KB107166

고려대학교 민족문화연구원 만주학 총서 ⑬

ᠰᡳᠶᠠᠨ ᠴᡠᠸᠠᠩ ᠯᡠ ᠮᡝᠩ

역주 한창녹몽

譯主 閒窓錄夢

siyan cuwang lu meng

제1책

김유범, 김양진, 신상현, 여채려

박문사

〈고려대학교 민족문화연구원 만주학총서〉 발간사

만주는 오랜 역사 속에서 늘 우리 한반도 곁에 있어 왔지만, 한동안은 관심에서 멀어져 있기도 하였다. 청나라와 함께 만주족의 국가가 사라지면서 잊혀졌고, 남북분단이 만든 지리적 격절이 그 망각을 더 깊게 하였다. 그러나 만주와 만주족은 여전히 한반도 이웃에 존재한다. 한 민족의 국가가 사라졌다 해서 그 역사와 문화가 모두 사라지는 것은 아니다. 만주족은 동북아 지역의 역사를 이끌어 온 주역 중 하나였고, 유구한 역사 속에서 부침하며 남긴 언어와 문화의 자취는 지금도 면면히 전해지고 있다. 학자들의 노력을 통해 다시 조명되고 있고, 사람들의 관심 속에 되살아나고 있다. 일본과 서구에서 만주학에 대한 관심이 끊이지 않고 이어져 왔을 뿐 아니라, 근래에는 중국에서도 만주학 관련 자료 정리와 연구가 본격적으로 진행되고 있다.

청나라를 세웠던 만주족은 거대 제국을 통치하며 그들의 언어로 많은 자료를 남겼고, 그것은 중국과 한국 및 동아시아 지역을 이해하는 데 소홀히 할 수 없는 귀중한 자산이다. 역사적으로나 지역적으로, 그리고 언어학적으로도 밀접한 관계에 있는 한국은 만주족의 문화를 이해하는 데 좋은 조건을 가지고 있다. 만주를 넘나들며 살아온 한반도 거주민들은 만주족과 역사를 공유하는 부분도 적지 않고 언어학상으로도 유사성을 가지고 있다.

고려대학교 민족문화연구원은 만주학센터를 세워 만주학 관련 자료를 수집 정리하고 간행해 왔으며, 만주어 강좌를 통해 만주학에 대한 관심을 확산시키고, 국내외 전문가들을 초청하여 학술을 교류하며 연구성과를 공유해 왔다. 2012년부터 발간하고 있는 〈만주학총서〉는 그 과정에서 축적되고 있는 학계의 소중한 성과이다.

총서에는 조선후기 사역원에서 사용하던 만주어 학습서('역주 청어노걸대 신석')를 비롯하여, 청나라 팔기군 장병의 전쟁 기록을 담은 일기('만주 팔기 증수 일기'), 인도에서 비롯되어 티벳족과 몽골족의 민간고사까지 포괄해 재편성된 이야기집('언두리가 들려주는 끝나지 않는 이야기') 등 매우 다양한 성격의 자료가 포함되어 있다. 만주학의 연구 성과를 묶은 연구서('청대 만주어 문헌 연구')뿐 아니라, 전 12권으로 발간되는 만주어 사전('교감역주 어제청문감')과 문법 관련서 등 만주학 연구의 기반이 되는 자료들도 적지 않다.

만주학 관련 언어, 문화, 역사 등 각 방면에 걸친 이 자료와 연구성과들은 만주학 발전에 적잖은 도움이 될 것이다. 이 총서의 발간으로 한국에서의 만주학 연구 수준을 한 층 높이고, 한민족과 교류한 다양한 문화에 사람들의 관심을 기울이도록 하는 데 기여할 수 있으리라 기대한다.

2018년 8월

민족문화연구원 원장 김형찬

역주 『한창녹몽』 서문

만주학총서는 고려대학교 민족문화연구원 만주학센터의 만주학 연구 성과를 결집해 놓은 보고(寶庫)이다. 더불어 우리나라에서 만주학이 시작된 역사와 흔적을 담고 있다는 점에서도 귀중한 사료적 가치를 지닌다. 만주어와 그것으로 이루어진 다양한 언어, 문학, 역사, 문화 관련 자료들에 대한 연구는 동북아시아를 재조명하고 그로부터 미래적 가치를 발견하는 새로운 도전이라고 할 수 있다. '중화(中華)'로부터 '이적(夷狄)'으로 패러다임의 새로운 변화에서 만주학이 그 중심에 서 있다.

이번에 간행하는 총서인 『한창녹몽(閑窓錄夢)』은 팔기의 포의좌령(包衣佐領)에 속해 있던 무치히얀(mucihiyan, 穆齊賢)이 27세 때인 도광 8년(1828) 1월 1일부터 기록한 일기이다. 저자인 무치히얀은 가경 6년(1801)에 북경에서 태어나 가경제 시기[1796-1820]에 청소년기를 보냈고, 도광제(道光帝) 시기[1821-1850]에 주로 활동했던 인물이다. 집안이 가난하여 궁핍하게 생활하였으나 어려서부터 만주어를 학습하였으며, 『요재지이(聊齋志異)』를 만주어로 번역할 때 참여할 정도로 만주어를 잘 구사하였다.

내용은 저자가 북경에서 생활하면서 겪은 매일매일의 일상을 기록한 것으로 당시 북경에 살던 사람들의 실제 모습을 엿볼 수 있는 자료이다. 특히 당시의 경제생활을 연구하는 데 중요한 자료인데, 당시의 쌀값과 돈의 가치 변화를 알 수 있으며, 방앗간, 전당포, 찻집, 술집, 식당, 서점, 시장 등 150여 곳의 상점을 언급하고 있어 북경의 상업 활동이 얼마나 활발하였는지를 살펴볼 수 있다. 또한 경극(京劇)을 비롯한 다양한 종류의 기예와 연극을 공연하던 극장인 '희원(戲園)'과 극단, 공연한 작품 등을 제공하고 있어 팔기에 속한 기인들의 문화생활을 탐색해 볼 수도 있다. 이외에도 통역 시험, 혼사, 이사, 승진, 생일, 출산, 장례 등 당시의 일상을 엿볼 수 있는 다양한 기록이 존재하고 있어 훌륭한 연구 자료라 하지 않을 수 없다.

현재 전하는 『한창녹몽』은 모두 5책 분량으로 제1책은 '도광 8년(1828) 1월 1일-7월 29일', 제2책은 '도광 9년(1829) 1월 1일-6월 30일', 제3책은 '도광 9년 7월 1일-12월 30일', 제4책은 '도광 10년(1830) 1월 1일-5월 30일', 제5책은 '도광 15년(1835) 1월 1일-6월 27일'까지 대략 4년 정도의 기간이며, 이외의 기록은 전하지 않아 언제까지 일기를 기록하였는지는 알 수가 없다. 일기의 원본은 일본 오사카대학 부속도서관의 외국학도서관에 소장되어 있으며, 이를 저본으로 2011년에 조령지(趙令志)와 관강(關康)이 한문으로 번역하여 중국의 중앙민족대학 출판사에서 만주어 원문과 함께 『閑窓錄夢譯編』으로 간행한 바가 있다.

이번 총서 역시 국내 만주학 연구의 산실인 고려대학교 민족문화연구원 만주학센터의 뜨겁고 진지한 만주학 연구의 결실을 보여 주는 또 하나의 역사로 자리할 것이다. 총서의 기획 및 그에 따른 연구 진행, 그리고 원고의 정리 및 출판 관련 업무에 수고해 주신 모든 분들께 심심한 감사의 인사를 전한다. 이 총서가 국내외에서 만주학에 관심을 갖고 계신 모든 분들께 만주학의 세계로 나아가는 유익한 통로가 되어 주기를 바라 마지않는다.

2023년 어느 겨울,

만주학센터 센터장 김유범

『역주 한창녹몽』(제1책) 작성기

김양진*

1. 필자들이 〈한창녹몽(閑窓錄夢)〉을 처음 접하게 된 계기는 고려대학교 민족문화연구원 만주학센터가 공식적으로 개소한 2012년 3월 직후의 일이다. 이에 앞서 필자들은 2010년부터 만주학센터의 전신이라 할 수 있는 고려대학교 민족문화연구원 내에 만주어연구팀을 만들어 『만주 팔기 증수의 일기』(2011.9), 『언두리가 들려주는 끝나지 않는 이야기』(2012.6)와 『역주 청어노걸대신석』(2012.5) 등 만주어 문헌의 한국어 번역에 대한 기초를 다져 오고 있었다.

만주어센터가 공식 개소한 2012년 3월 이후 고려대학교 민족문화연구원에서는 중국 등에서 출간된 만주어 원문 및 다양한 중국어 번역 자료들을 대거 구입하여 민족문화연구원 내의 도서관에 비치하여 만주학센터의 만주어 연구의 기반을 마련하였는데, 그 가운데에는 2011년 조령지(趙令志)와 관강(關康)이 편역한 중국어판 『한창녹몽』도 포함되어 있었다. 오삼계의 난을 진압하는 과정에 참여한 증수의 일기를 번역하면서 번역 문학이 가지고 있는 '현실감의 힘'을 직접 경험한 필자들은 만주어로 된 본격적인 일기 문학의 정수라 할 수 있는 만주어판 〈한창녹몽〉을 한국어로 번역할 필요성을 직감하고 이 자료에 관심을 기울이기 시작하였다.

앞서 언급한 3권의 책을 「민족문화연구원 만주학총서」로 간행하게 되면서 다양한 만주어 원문 자료를 번역하여 한국 내에 소개하는 일의 중요성을 인지하게 되면서 〈어제피서산장〉, 〈어제성경부〉, 〈만주족의 신화 이야기〉, 〈서상기〉, 〈이역록〉, 〈흠정만주제신제천전례〉 등 만주어로 된 다양한 문학 작품 및 언어 자료들을 한국어로 번역하는 일에 매진하게 되었다. 이 과정에서 2011년

* 경희대학교 국어국문학과

중국에서 간행한『한창녹몽』이 오사카 대학에 있는 만주어 원본의 〈한창녹몽〉이 아니라 원본의 도쿄대학 복사본을 바탕으로 이루어진 것임을 알고 오사카 대학에 소장된 만주어 원문으로 된 〈한창녹몽〉을 직접 참고할 필요를 느끼기도 하였다.

이러한 관심이 모여서 2014년부터 한국연구재단의 지원을 받으면서 만주학센터의 만주어 연구가 본격적인 궤도에 오르게 되었는데, 이 성과들이 2018년 7월에서 2019년 8월 사이에 시간의 차이를 두고 출간하였으며, 만주어 원문의 〈한창녹몽〉 필사본의 번역도 이 과정에 함께 번역 작업이 이루어졌다. 번역은 우선 조령지와 관강이 편역한 중국어판『한창녹몽』(2011, 중앙민족대학 출판부)에 실린 도쿄대학 복사본을 중심으로 진행하되 번역상의 편견을 줄이기 위하여 중국어 번역은 최대한 참고하지 않고 원문 중심의 이해를 바탕으로 번역을 진행하였다.

한편 2016년 7월 2일(월)에는 필자 등이 오사카 대학을 방문하여 이 대학의 만주학 연구의 대가이신 기시다 후미타카(岸田文隆) 선생님을 방문하여 이 대학에서 소장한 만주어 원문으로 된 〈한창녹몽〉에 대해 상세한 소개를 받고 이어서 기시다 선생님의 안내로 오사카 대학 부속도서관의 전 오사카 외대 만주어 교수인 와타나베 시게타로(渡部薫太郎)의 소장 목록 중 만주어판 〈한창녹몽〉 등 기타 만주어 자료를 열람하고 만주어 원문의 〈한창녹몽〉을 포함한 몇몇 만주어 자료의 사진을 찍어오면서 〈한창녹몽〉 원문에 대한 본격적인 탐색이 가능해졌다. 기시다 후미타카 선생님은 이 책의 번역본이 완성되었을 무렵 소중한 추천사를 작성해 주시기도 하였다. 이 자리를 빌어 감사를 표한다.

2. 알려진 바와 같이 만주어 원문 〈한창녹몽〉은 한산기인(閑散旗人) 출신의 포의좌령(布衣佐領, booi niru)으로 내무부(內務府) 하오기(下五旗) 소속의 왕공부(王公府)에 사속(私屬)되어 있던 무치히얀(Muchihiyan, 穆齊賢, 1801~?)의 일기를 책으로 묶은 것이다. 무치히얀은 20대 초반부터 가경제의 3째 아들인 돈친왕(惇親王)의 왕부에서 6품 관령(管領)으로 근무하다가 도광 18년(1838) 5월에 돈친왕이 각종 비리에 연루되어 군왕(郡王)으로 강등될 때 기적(旗籍)에서 박탈되어 일반 민인의 신분으로 원적인 산동성 봉래현(蓬萊縣)으로부터 북경성 주변 일대를 관할하던 순천부(順天府)의 민적에 편입되었다. 이 책은 바로 이 무렵, 무치히얀의 나이 28세인 도광 8년(1828) 1월 1일부터 쓰기 시작한 일기로 언제까지 썼는지는 알 수가 없다.

이렇게 쓰여진 일기가 어떻게 전해져 왔는지는 알 수 없으나, 1930년을 전후하여 오사카 외국어학교 몽골학부 강사로 있었던 와타나베 시게타로(渡部薫太郎, 1861-1936)에 의해 전체 일기 가운데 총 5책만(제1책: 1828.1.-7., 제2책: 1829.1.-6., 제3책: 1829.7.-12., 제4책: 1830.1-5., 제5책: 1835.1.-6.)

이 수집되었다. 이후 오사카 외국어학교와 오사카 외국어대학을 거쳐 현재 오사카 대학 부속도서관 와타나베 문고에 유일본으로 소장되어 있다.

와타나베 시게타로는 야마토국(大和國) 고리야마(群山) 출신으로, 1880년에는 오사카에서 영어를 배웠고 1883년부터는 가와구치(川口)에 있는 산이치 신학교(三一神學校)에서 신학을 공부했다. 1889년 무렵 도쿄 우편국에 잠깐 근무하였다가 러일전쟁 당시 육군통역관으로 활동하여 조선과 인연을 맺었고, 이후 48세인 1908년부터 간도로 들어가 사진업을 하면서 만주인 성위(成蔚) 씨를 만나 만주어를 학습하였다. 이후 십수 년 동안 조선인 마을인 간도 용정촌(龍井村)에 거주하면서 거류민회 서기장, 조선인 지도를 위한 조선인 촉탁, 북선일보사(北鮮日報社), 오사카 아사히 신문사, 경성일보사(京城日報社) 등의 통신 촉탁 일을 보고 있었고 1922년부터는 사립 영신학교의 일본어 교수로 촉탁받으면서 교육계에 몸담는 등 일제강점기 전후의 조선 및 간도 지역과 긴밀하게 관련을 맺으며 지냈다. 이후 와타나베 선생은 1924년부터 오사카 외국어학교에서 만주어학을 강의하게 되었고, 텐리 외국어대학(天理外國語大學)의 개교와 함께 이곳에서 조선어학을 강의하며 73세로 작고할 때까지 일본에서의 조선어(한국어), 만주어 교육에 기여하였다.

3. 만주어판 〈한창녹몽〉의 역주 작업은 쉽지 않았다. 필사본 만주어 자료이기 때문에 우리가 알고 있던 만주어 사전의 기록과 다르거나 사전에 등재되지 않은 단어 및 표현들이 적지 않았고 일상 생활어로서의 쓰임이나 맥락이 충분하지 않아 현대의 한국어로 옮기기에 적합한 문구를 찾는 일이 쉽지 않았다. 낯선 베이징 지역의 지명들이나 처음 보는 사람의 이름, 누각의 이름, 각종 찻집과 술집, 식당, 서점, 전당포, 방앗간, 시장의 이름들은 〈한창녹몽〉을 번역하는 내내 우리를 괴롭힌 대상들이었다. 필사본이기 때문이기도 하였겠지만 우리가 가지고 있던 만주어 사전에 등재되어 있지 않은 단어들이나 사전의 표기와 다른 비규범적 표기의 단어들에 대한 판독에도 많은 어려움이 있었다.

총 5책 분량의 만주어 필사 자료를 로마자로 전사하고 이를 한국어로 1차 번역을 하고 보니 총 1,500쪽 분량의 방대한 자료가 되었다. 이를 바탕으로 2019년부터 제1책을 민족문화연구원 만주어 총서의 하나로 출판하는 작업이 본격화하였지만, 출판으로 이어가는 일은 쉽지 않았다. 무엇보다 일기문 속의 판독되지 않은 숱한 정보들을 남겨 둔 채 출판한다는 것이 내키지 않았다. 다행히 『북경지명전(北京地名典)』(2008)을 통해 베이징 지역의 후퉁이나 거리, 유적에 대한 상세한 정보를 얻을 수 있었다. 이 역주서의 부록에서 이를 '후퉁(衚衕)', '북경의 성문(城門)', '사묘(寺廟)', '원각(園閣)', '산과 하천', '가항(街巷)', '북경의 희원(戲院)' 등으로 나누어 정리해 두었다.

이 책의 출간은 코로나 19 시대를 맞으면서 다시 한번 늦추어졌다. 그 사이 중국에서는 중국어판『한창녹몽』(2011)의 출간에 힘입어 〈한창녹몽〉 연구가 본격적으로 진행되었고, 국내에서도 최형섭(2019, 2021, 2022) 등의 연구가 이어지면서 〈한창녹몽〉의 원자료에 대한 요구가 본격화되었다. 이러한 흐름에 분발하여 다시 출간을 위한 준비를 서둘렀으며, 우선 제1책의 내용만으로 700여 쪽에 이르는 역주서 내용을 갖추었다. 출판 과정에서 수고를 아끼지 않은 참여자들과 기꺼이 편집을 맡아준 출판사 담당자에게 감사를 드린다.

4. 이 일기의 원자료는 가로 13cm, 세로 18cm의 작은 크기로 문고판보다 조금 큰 정도인데 "松筠 記述 閑窓錄夢 五卷"이라는 이름으로 5책이 한데 묶여 있다. 또 각 권마다 왼쪽에서 오른쪽 세로쓰기로 일기문이 작성되어 있고 일기 작성자인 송균의 기록인지 후대의 소장자의 기록인지 알 수 없지만 각 일기 내용 중 내용 단락을 나누거나 구두점을 찍는다든지 특별히 강조할 부분을 표시하기 위한 주점(朱點)들이 다양한 형식으로 달려 있다. 이 역주서에서는 이러한 내용에까지 세세하게 신경을 쓰지 못하였지만 추후 이에 대한 별도의 논의가 필요하다는 점을 강조하기 위하여 아래에 이 원자료의 사진 일부를 첨부한다.

한편 〈한창녹몽〉 제1책의 역주서의 출간은 이 일기의 남겨진 제2책, 제3책, 제4책, 제5책의 출간의 기준점이 될 것이나 이 변역 주석서들이 모두 출간되기 전에는 미완의 작업일 뿐이다. 남은 일기를 모두 번역하고 주석을 완료한 이후, 일기 전체를 아우르는 1820년대 후반-1830년대 초반에 베이징 지역에서 살면서 만주어를 구사하는 지식인들의 일상생활과 관련된 문화 지도를 그려볼 수 있을 것이다. 산술적으로 볼 때, 총 3,500여 쪽에 이르는 방대한 양의 결과물로 남게 될 〈한창녹몽〉 완역 역주서를 기약한다.

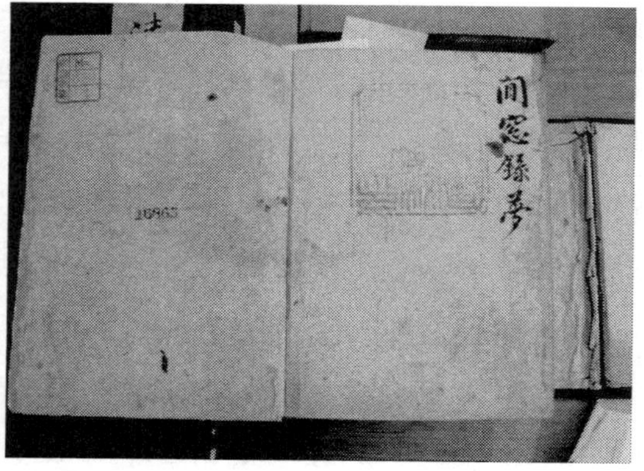

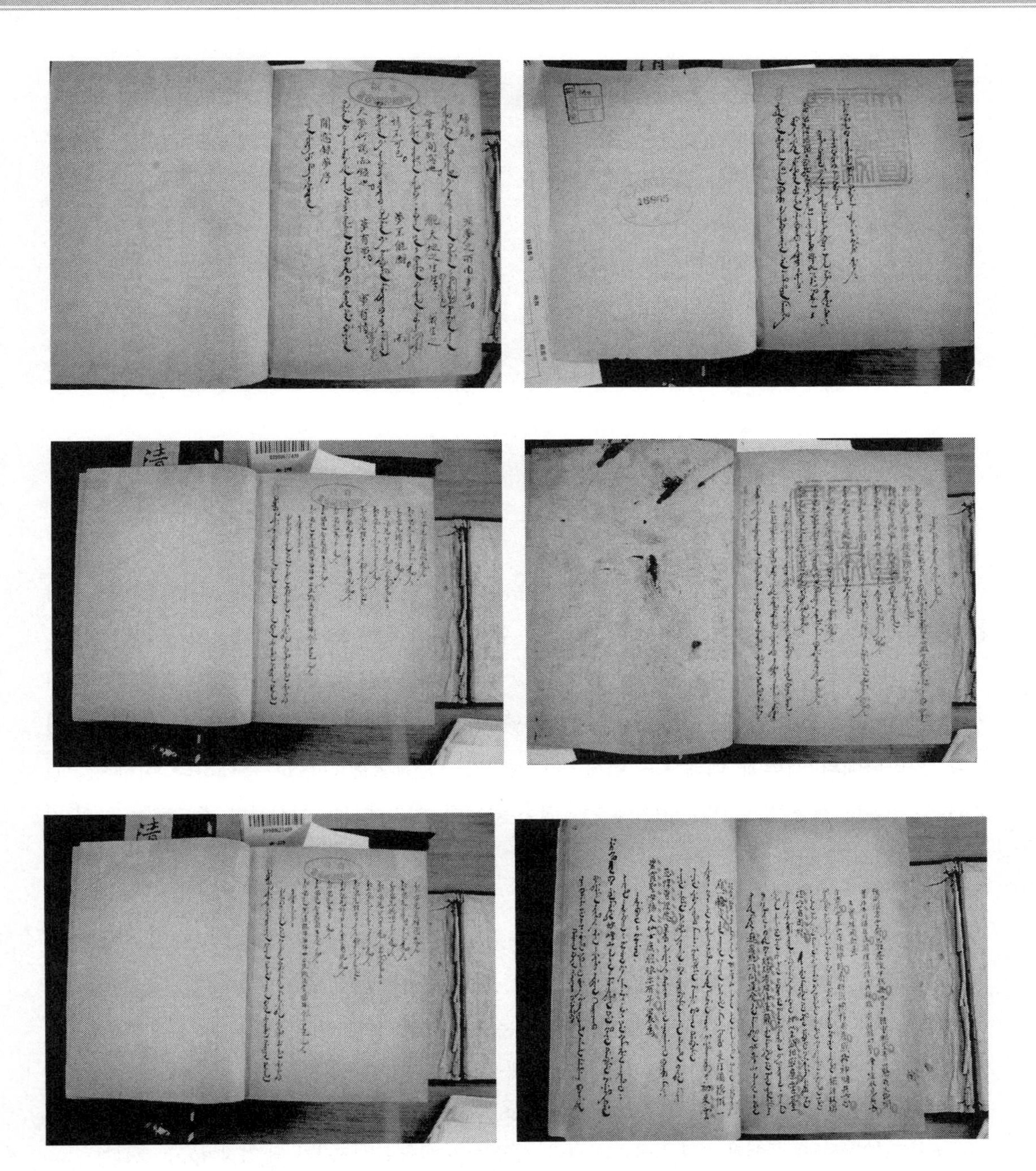

※ 위 사진 자료는 오사카대학교 부속도서관의 협조로 촬영하였다.

추천사

기시다 후미타카(岸田文隆)*

이번에 김양진 경희대학교 교수님이 주관하신 만문 『한창녹몽(閑窓錄梦)』의 번역, 해설서가 간행된다. 만주학 분야의 일대경사라고 아니할 수 없으니 여기에 추천사를 올리는 바이다.

『한창녹몽』은 지금 일본의 오사카대학(大阪大學) 부속도서관에 소장되어 있지만 원래는 오사카 외국어학교(大阪外國語學校) 몽고어부의 강사였던 와타나베 시게타로(渡部薫太郎)가 수집한 것이다. 와타나베의 경력에 대해서는 이시하마 준타로(石濱純太郎)(1936), 우에하라 히사시(上原久)(1965; 1966), 김정실(金珽實)(2017)에 기술되어 있는데, 여기에서는 이시하마 준타로(1936)의 기술을 인용하고자 한다.

「와타나베 선생은 사실은 "와타나베 시게타로"라고 불러야 하지만, 사람들이 습관적으로 "군타로"라고 부르기 때문에 그에 따라 저서의 로마자 표기에서도 "군타로"라고 되어 있는 경우도 있다. 자주 있는 일이라서 선생도 괘념치 않으셨는지 모른다. 야마토국(大和國) 고리야마(郡山) 출신으로, 분큐(文久) 원년(1861) 9월 20일에 태어나셨다. 메이지(明治) 13년(1880)에 오사카(大阪)에 가서 영어를 배우시고 메이지 16년(1883)에는 가와구치(川口)에 있는 산이치(三一) 신학교(神學校)에 들어가 신학 등을 배우셨다. 신앙 상의 이유로 선교사가 될 작정이셨던 듯하지만, 어떤 사정이 있어 속무(俗務)에 종사하게 되어, 메이지 22년(1889) 도쿄(東京) 우편국에 근무하셨다. 그러나 러일전쟁 시기에 육군 통역이 되어 전후 공(功)으로 훈팔등(勳八等)에 사훈되어 서보장(瑞宝章)을 받으셨다. 이 전쟁이 연이 되었는지 선생은 41년(1908)에 간도(間島)에

* 일본 오사카대학 교수

들어가 사진업을 시작하셨다. 여기에서 선생은 만주인 성위(成蔚) 씨를 알게 되어 만주어에 침잠하시게 되었다. 간도 용정촌(龍井村)에 십수년 있는 동안 거류민회(居留民会) 서기장, 조선인 지도를 위한 조선총독부 촉탁으로서 다년간 일본과 조선 양국인을 위해 전력하시는 한편, 북선일보사(北鮮日報社), 오사카아사히신문사(大阪朝日新聞社), 경성일보사(京城日報社) 등의 통신위탁을 받고 계셨다. 또 이 사이에 왕래했던 학계 명사들에게 만주어를 배우고 있는 선생의 이름도 점차 알려지게 되었다. 다이쇼(大正) 11년(1922)에는 사립 영신(永新) 중학교의 일본어 교수를 촉탁 받아, 이를 계기로 교육계에 몸을 담게 되셨다. 13년(1924)에 나카노메 아키라(中目覚) 씨에게 초빙을 받아 오사카외국어학교(大阪外國語學校)에 부임하여 만주어학을 강의하게 되셨으며, 또 텐리외국어학교(天理外國語學校)가 개교하게 되자 이곳에서도 조선어학을 강의하시며 인재 육성 및 학술 연구에 몰두하셨다. 이미 노년이 되신 선생이셨지만, 몸과 마음 모두 왕성하시고 오로지 학문에 종사하고 있으셨는데, 작년 경부터 때때로 신체의 이상 징후를 호소하시며, 스스로도 어쩌면 일어날 수 없게 되는 것을 각오하셨는지, 열렬한 신앙은 처음부터 전혀 바뀌지 않으셨는데, 교회당에는 일찍이 다니시지 못하신 것을 드디어 선교사를 초대해 특별히 성찬(聖餐)을 받거나 뒷일을 의뢰하시거나 하시다가, 올해 쇼와(昭和) 11년(1936) 7월 22일에는 자택에서 76년의 고결한 생애를 마치셨다.」이시하마 준타로(1936)p.92

즉, 와타나베가 만주어학에 종사하게 된 계기는 1908년 48세에 간도, 즉 현재의 중국 길림성 연변에 가서 만주인 성위(成蔚)와 만난 일이다. 이 사실은 와타나베 자신의 저서인 와타나베 시게타로(1918)의 모두에 있는「만어학 총서 발간지사(滿語學叢書發刊之辭)」에도 기술되어 있다.

「러일 전쟁의 혈흔이 아직 마르지 않아 피비린내가 북조선의 산야에 진동하던 때, 일확천금을 목적으로 여진의 옛 땅, 즉 청나라의 발상지라고 칭하는 간도에 와서, 우연히 중국 문학에 정통한 만주인 성위(成蔚) 씨와 서로 알게 되어, 일본어와 만주어를 서로 가르쳐 주었다. 이것이 내가 만주어를 연구하게 된 첫걸음이 되었다.」서 2a-2b

위에서 제시한 이시하마 준타로(1936)의 기술과 같이 기록으로 확인되는 한, 간도에서 와타나베는 사진업 등을 운영하고 있었던 것으로 알려지고 있다. 그 후 간도의 영신 중학교에서 일본어 교육에 종사하였는데, 1924년에 오사카외국어학교 교장 나카노메 아키라에게 초빙을 받아 몽고어부의 강사가 되어, 만주어의 교육과 연구에 본격적으로 종사하게 되었다[1]. 당시 몽고어부의 학생은

1) 와타나베는 오사카외국어학교 몽고어부의 동창회지의 성격을 띤 학술지인『사쿠후(朔風)』에 기고한 글인 와타나베 시게타로(1934)에서 나카노메 아키라와의 인연 및 오사카외국어학교에서 만주어 수업이 이루어지게 된 경위

만주어 수업이 필수였다고 하며, 몽일사전(蒙日辭典)의 편찬으로 이름 높은 故 아베마쓰 겐이치(楠松源一) 오사카외국어대학 명예교수도 직접 와타나베의 강의를 들은 한 사람이었다. 또한 와타나베가 수집한 방대한 만주어 서적은 오사카외국어학교에 기증되었는데 그 후 그 후신인 오사카외국어대학, 그리고 오사카대학 외국어학부가 물려받았다가 현재는 오사카대학 부속도서관에 귀중서로서 소장되어 있으며 연구자의 열람을 기다리고 있다.

『한창녹몽』에 관해서는 와타나베 자신이 작성한 목록인 와타나베 시게타로(1932)에 다음과 같이 소개되어 있다.

「『한창녹몽(閑窓錄夢)』 5 책 (소(小)[2]) (사본)

이 책은 만주인 송균(松筠)이 도광(道光) 8년(1828) 정월부터 동 15년(1835) 납월(12월)에 이르는 8년간의 일기이다. 서문에서 말하기를 '蓋聞天地梦境, 古今梦影, 人物梦魂, 動容周旋爲梦事, 死生爲人梦醒梦之是梦者同一梦也'라 하였다. 이로 기사 내용이 어떠한 것인지를 짐작할 수가 있겠지만, 구체적으로 기사의 일절을 예시해 본다면, 『모반자가 와서 말하되 나는 죽을 때를 알고 싶은데 아무도 가르쳐 주지 않는다. 하룻밤 신불의 계시로 나의 죽을 때를 알았다. 몇 월 며칠 몇 시에 죽을 것이다. 과연 그 말대로 죽었다. 아, 나도 또한 그러할 것인가.』라는 것이 있다. 그 밖에 친구가 찾아왔던 일이나 양친의 탄생에 관한 일 등에 대해서는 자세히 기록하였으며, 또한 정치에 관해서도 이러니저러니 언급하고 있어서 사기(私記)로서 자못 재미있는 것이다.」

이 자료의 가치를 단적으로 지적한 해설이다. 「한창녹몽」의 번역과 주석으로서는 지금까지 중국에서 조령지(趙令志)·관강(關康) 역(2011)이 간행된 바가 있지만, 이번의 김양진 교수님이 주관하신 대저는 한국에서 처음으로 이루어진 번역, 주석서이며, 이 귀중한 자료에 대한 연구를 가일층 심화시키는 계기가 될 것임을 확신한다.

에 대해 다음과 같이 기술하고 있다.
「그런데 나카노메 교장 선생님은 몇 해 전 가라후토(사할린)의 오로코, 닉분 사람의 언어를 조사하고, 각 문전(文典)의 저술을 하셨던 관계로 만주어의 지식을 얻으시게 된 우연한 계기로 인해 어학상의 일에 관해 저와 교제를 시작하였습니다. 나카노메 교장 선생님은 몽고어와 만주어의 관계가 깊음을 보시고 만주어를 학교에 추가하심에 따라, 세계에 존재하는 세 학교 중 하나에 속하게 되었습니다. 이것은 학계를 위해서도 대단히 기뻐할 만한 일이며 서양의 학자에 대해서도 크게 면목을 세울 만한 일입니다. 또한 일본의 외국어학사상(外国語学史上)에 광채를 부여한 일이라고 믿어 의심치 않습니다.」pp.7-8.

2) 이 목록의 범례에는 「小ハ美濃紙半切竪ツニ二ツ折リ(소는 미로가미 절반 사이즈를 세로 둘로 접은 크기)」라고 하였다. 따라서 13×19cm 정도 크기이다.

[참고문헌]

김정실(金珽実)(2017), 『満洲・間島における日本人 : 満洲事変以前の日本語教育と関連して』, 花書院.

와타나베 시게타로(渡部薫太郎)(1918), 『満語文典』, 満語学叢書発行会.

와타나베 시게타로(渡部薫太郎)(1932), 『増訂満洲語図書目録』(『亜細亜研究』第3号), 大阪東洋学会.

와타나베 시게타로(渡部薫太郎)(1934), 「満洲語漫談」, 『朔風』4, 満蒙研究会.

우에하라 히사시(上原久)(1965; 1966), 「渡部薫太郎の満洲語学(1); (2)」, 『埼玉大学紀要 人文科学篇』 14; 15.

이시하마 준타로(石濱純太郎)(1936), 「故渡部薫太郎先生 附渡部先生論著目録」, 『東洋史研究』2(1).

趙令志·關康 譯(2011), 『閑窓錄夢譯編』, 中央民族大學出版社.

역주 『한창녹몽』 해제

신상현*

1. 저자에 대하여

『한창녹몽(閑窓錄夢)』은 도광 연간에 무치히얀(mucihiyan, 穆齊賢)이 북경에 거주하면서 겪은 일상생활을 만주문자로 기록한 일기로 일본 오사카대학 부속도서관의 외국학도서관에 소장되어 있다. 현재 모두 5책 분량이 남아 있으며, 표지는 "閑窓錄夢"이라는 한자로 되어 있고, 서문에서는 한자음을 음차하여 만주문자로 'siyan cuwang lu meng'으로 표기하고 있다.[1)]

초기의 연구자들은 이 일기를 몽고정람기(蒙古正藍旗) 출신이자 대학사를 지낸 송균(松筠, 1752-1835)이 기록한 것으로 여겼는데, 「한창녹몽서」의 말미에 "도광 8년 무자 정월 송균이 쓰다(doro eldengge i jakūci aniya suwayan singgeri aniya biya)."라는 기록에 의해서였다. 그러나 도광 15년 2월 24일 일기에 "가경 23년(1818) 내 나이 18살에 전탑(磚塔) 후퉁 남로에서 판장(板墻) 후퉁으로 이사해 살았다"라고 하였는데, 이로 볼 때 일기의 저자는 가경 6년(1801)에 북경에서 태어나 가경제(嘉慶帝) 시기[1796-1820]에 청소년기를 보냈고, 도광제(道光帝) 시기[1821-1850]에 주로 활동했던 인물이었음을 알 수 있다. 그리고 『청사고(清史稿)』에 의하면, 당시 송균은 67세로 "가경 22년(1817)에 정백기(正白旗) 한군도통(漢軍都統)에 임명되었으며, 얼마 후 예부상서에 제수되었다"고 되어 있고, 『선종실록(宣宗實錄)』에 의하면, 송균은 도광 15년(1835) 5월 23일에 사

* 고려대학교 민족문화연구원 연구교수

1) 이 원본을 저본으로 2011년에 趙令志와 關康이 한문으로 번역하여 중국의 중앙민족대학 출판사에서 간행하였다.

망한 것으로 되어 있는데, 일기의 제5권에는 도광 15년 6월 27일까지 기록되어 있을 뿐만 아니라 일기 가운데의 여러 가지 기록들이 대학사 송균의 일생과는 맞지 않는 부분들이 많다.

그렇다면 이 일기를 기록한 저자는 누구일까. 만주문자로 기록된『한창녹몽』을 한문으로 번역한 조령지(趙令志)와 관강(關康)(2011)은『청사고』와『선종실록』을 토대로 저자를 무치히얀으로 비정하였다[2]. 이 논의에 따르면, 포의좌령(包衣佐領)에 속해 있던 보오이(booi, 包衣)[3]로 팔기 내에서 관병(官兵)으로 근무하지 못하던 '한산기인(閑散旗人)[4]'이었으며, 이들의 경제적인 어려움을 해결하기 위해 옹정 2년(1724)부터 일정한 인원을 별도로 선발하여 금전적 지원을 하던 양육병(養育兵) 출신이었다.[5]

그는 20대 초부터 가경제의 3째 아들 돈친왕(惇親王) 면개(綿愷)의 왕부(王府)와 함덕원(涵德園)을 오가며 근무하였다. 직급은 6품 관령(管領)이었고, 봉록은 1년에 은 60냥과 쌀 30곡(斛)을 고정적으로 받았다. 그런데 도광 18년(1838) 5월에 돈친왕이 무치히얀을 비롯하여 태감(太監)과 다른 보오이들을 왕부와 함덕원에 구금하자 무치히얀의 부인이 도찰원(都察院)에 고발한다. 이에 황제의 명으로 조사가 이루어지게 되고, 돈친왕의 여러 악행과 불법이 드러나면서 돈친왕은 군왕(郡王)으로 강등하게 된다. 이 사건으로 무치히얀도 기적(旗籍)에서 박탈되어 일반 민인(民人)이 되었을 뿐만 아니라, 원적인 산동성 봉래현(蓬萊縣)에서 순천부(順天府)의 민적(民籍)으로 편입된 것으로 추정된다.[6]

무치히얀은 어려서부터 만주어를 학습하여 경지에 올랐던 것으로 보인다. 청나라 초에 포송령(蒲松齡, 1640-1715)이 지은『요재지이(聊齋志異)』를 작단(jakdan, 扎克丹)이 만주어로 선역(選譯)하여 도광 28년(1848)에『택번요재지이(擇繙聊齋志異)』로 간행하면서 앞부분에「우범소전(禹範小傳)」을 실었는데, 우범(禹範)은 무치히얀의 자(字)이다. 그는 이 소전에서 무치히얀에 대하여 다음과 같이 기록하였다.

---

2) 이 일기의 저자에 대한 논의는 다음의 글을 참조하였다.
穆齊賢 記, 趙令志·關康 譯,「譯者前言」,『閑窓錄夢譯編』, 中央民族大學出版社, 2011.
關 康,「《閑窓錄夢》作者考」,『滿语研究』2010年01期, 2010.06.30.
關 康,「《閑窗錄夢》研究」, 中央民族大學碩士學位論文, 2011.

3) 'booi'는 만주어로 '집의' 또는 '집에 속한'이라는 의미로 처음에는 요동의 漢人 포로가 주를 이루었으며, 지배층의 장원에서 농사나 목축을 담당하였다. 청나라가 북경으로 들어온 뒤로는 황실에 소속되어 환관을 맡거나 지배층의 집사가 되었으며, 八旗로 재편한 뒤에는 'booi niru[包衣牛彔]' 또는 '包衣佐領'으로 불렀다.

4) 만주어로는 'sula'라고 하며, '閑散'이라고도 한다.

5) 순치-옹정 연간을 지나면서 팔기, 특히 漢軍旗人의 수가 지나치게 증가하게 되면서 직책을 가지고 官兵으로 근무하지 못하는 閑散旗人도 늘어나게 된다. 기인은 다른 직업을 가질 수 없었기 때문에 옹정제는 이들의 금전적 지원을 위해 養育兵 제도를 실시하였고, 건륭제는 건륭 7년(1742)년부터 이들의 수를 줄이기 위해 出旗를 허용하는 정책을 실시하였다.

6) 각주 2)의 논문 참조.

> 穆公은 登郡 蓬萊 출신으로 이름은 齊賢, 자는 禹範, 호가 友蓮이다. 나와는 나이를 잊은 친구 사이로 타고난 천성이 순수하고 성정이 바르고 곧아 義를 보면 반드시 행하고, 위세와 무력에 굴하지 않는 사람이다. 어렸을 때 가숙(家塾)에서 독서할 때에 만주어를 익히는 자가 있는 것을 보고 마음으로 매우 기뻐하고 흠모하여 만주어도 또 같이 배웠는데, 전생에 인연이 있었던 듯하였다. 장년이 되자 모친은 늙고 집은 가난하여 잠시 親王의 記室[表文이나 서신 등을 작성하던 관직]에 응했으나, 의외로 남과 잘 어울리지 못하여 고통스런 삶을 감내해야만 하였다. 생활에 필요한 것을 오직 필묵과 말에 의존해야 했기 때문에 몹시 가난하고 불우하였다. 戊戌年(1838) 초가을 部의 논의에 따라 順天府 호적에 편입되었다. 학당을 개설하자 생도들이 구름처럼 따랐으며, 학문에 힘쓰는 여가에 더욱 만주어에 전력하여 십여 년이 지나자 경지에 오르게 되었다.[7]

소전(小傳)의 기록에 의하면, 먼저 무치히얀은 성정이 바르고 의(義)를 행하며, 비굴하지 않은 인물이었다. 어릴 때부터 만주어를 공부하였고, 집이 가난하여 생활이 궁핍하고 불우하게 살았으나 학문에 조예가 깊어 생도들이 따랐으며, 특히 만주어 학습에 전력하여 경지에 올랐다고 하였다. 이것은 무치히얀이『택번요재지이』의 번역 작업에 많은 부분 참여하였음을 의미하며, 그런 까닭으로 책의 앞부분에 그의 소전을 실었던 것이다.

소전에서 기록한 무치히얀의 삶은 일기에서도 확인할 수 있는데, 도광 15년 2월 24일 일기에서 "계산해 보니 나는 13살 때 부친을 여의고, 14살 때 형님이 돌아가셨다. …… 도광 원년(1821) 매형이 사망하자 누이와 외조카를 부양할 사람이 없었다. 나는 모친의 명을 받들어 누이와 외조카들을 맞아들여 같이 살았다"고 하면서, 그의 나이 35살인 도광 15년까지 "이도책란(二道柵欄), 소성황묘(小城隍廟), 소원(小院) 후퉁, 전탑(磚塔) 후퉁, 판장(板墻) 후퉁, 소라백(蘇羅伯) 후퉁 등 모두 6번이나 이사했다"고 기록하고 있다. 또한 당시로서는 늦은 나이인 도광 9년(1829)에 29살의 나이에 첫 번째 아들을 얻었는데, "이날 모친은 황제가 어가를 출발해 성경(盛京)을 방문하는 날에 손자가 태어났다고 하여 '타위(打圍)'의 뜻을 취해 아명을 '위아(圍兒)'라 하고, 이름을 물루(mulu, 穆魯)로 지어 주었"지만, 불행하게도 도광 15년 5월 30일에 "6살이 못 되어 요절하였고, 뒤이어 얻은 복순(福順)과 상아(祥兒)도 어렸을 때 모두 잃었다"고 기록하고 있다. 이런 기록을 통해 그는 넉넉하지 못한 집안 살림과 불행했던 가족사를 엿볼 수 있으며, 누이와 조카들을 어머니와 함께 부양해야만 하는 막중한 부담을 안고 있었음을 알 수 있다.

---

7) 蒲松齡 著, 扎克丹 譯,『擇繙聊齋志異』,「禹範小傳」, "穆公登郡蓬萊人, 名齊賢, 字禹範, 號友蓮. 余之忘年交. 其人天資純粹, 秉性鯁直, 見義必爲, 威武不屈者也. 方其少時, 讀書塾中, 見有肄業清文者, 心甚忻慕, 亦兼學之, 若有夙緣. 及其年壯, 以母老家貧, 聊應親藩記室, 不圖落落難合, 遂爾甘考蓬茆. 薪水之需, 惟資舌耨, 既乃顚連不偶. 戊戌初秋准部議入籍順天. 絳帳甫設, 生徒雲從. 典學之暇, 益肆力於清文, 十數年已登岸矣."

2. 일기의 구성

현재 전하는『한창녹몽』은 모두 5책으로 제1책은 '도광 8년(1828) 1월 1일-7월 29일', 제2책은 '도광 9년(1829) 1월 1일-6월 30일', 제3책은 '도광 9년 7월 1일-12월 30일', 제4책은 '도광 10년(1830) 1월 1일-5월 30일', 제5책은 '도광 15년(1835) 1월 1일-6월 27일'까지, 각각 5개월에서 6개월 단위로 묶여 있으며, 전체 가운데 약 2년 반 정도의 기록만이 남아 있다. 서문의 말미에 송균이 쓴 '도광 8년 무자 정월에 쓴다'는 기록으로 볼 때, 도광 8년 정월부터 작성하였음을 알 수가 있다.

일기는 먼저 해당 연도와 해당 달을 간지로 기록한 다음, 해당 일의 간지, 오행, 28수(宿), 건제십이신(建除十二神)을 표기하였다. 만약 해당 일이 24절기에 해당하면 그 절기를 추가하여 표기하였고, 이어서 해당 일의 사건을 'emu hacin'으로 하나씩 묶어서 기록하였다. 내용은 대부분 만주문자로 기록하였으며, 인명과 지명 등의 고유명사는 한자로 표기하였으나, 만주족 이름일 경우에는 만주문자로 표기하였다. 도광 8년 정월 초하루의 예를 들어 보면 다음과 같다.

> 도광 8년 무자년 정월 큰달 甲寅月을 맞았다.
> 초하루, 신축 土行 婁宿 閉日.
> 하나, 아침에 忠魁가 인사하러 왔다.
> 하나, 忠賢이 인사하러 왔다.
> 하나, 金蘭齋와 王老二가 왔다
> 하나, 景聲五가 문을 들어오지는 않았다.
> (doro eldengge i jakūci aniya suwayan singgeri. aniya biya amban niowanggiyan tasha alihabi.
> ice de šahūn ihan boihon i feten ludahūn usiha yaksintu enduri inenggi..
> emu hacin erde 忠魁 hengkileme jihe..
> emu hacin 忠賢 hengkileme jihe..
> emu hacin 金蘭齋 王老二 jihe..
> emu hacin 景聲五 jifi duka dosikakū..)

예문에서도 보이는 것과 같이 매일매일의 사건은 저자가 북경에서 생활하면서 겪은 매일의 일상을 상세하게 기록한 것인데, 저자의 눈을 통해 당시 북경에 살던 사람들의 실제 모습을 엿볼 수 있다. 즉 '아침에 밥을 먹고 어딘가에 가서 누군가를 만나려고 했는데, 그 사람이 없어서 다른 곳에 갔'고, 또 '누군가를 문안하러 갔는데, 마침 그 사람들이 있어서 같이 식당이나 술집, 혹은 찻집에 가서 음식(국수, 떡 등)도 먹고 차도 마시고 술도 마셨다'라던가, 또 '어느 성문을 나가 밖에서 놀다가 다시 성으로 들어와서 무언가를 사서 집으로 돌아왔다'라던가 하는 내용이다. 게다가 '오늘 날씨가 어떤지', '아침에 누군가가 우리 집에 왔는지', '누군가가 학당에 찾아와서 그 사람과 이야기하였다'던가, '저녁 밥을 먹고 나가서 누군가의 집에 이르러 한참 동안 이야기하다가 야경을 칠 때 집으로 돌아왔다'라는 식으로 기록되어 있다.

3. 자료의 가치

『한창녹몽』은 청대 도광 연대 북경 사람들의 일상생활을 잘 보여주는 기록이다. 특히 당시의 경제생활을 연구하는 데 중요한 자료를 제공하는데, 도광 연대의 북경 사람들이 어떻게 생활하였는지를 잘 보여준다. 예를 들어 본문 가운데에는 쌀값과 돈의 가치 변화에 관한 기록이 많이 보이는데, 이러한 기록을 통해 당시 사회적 경제는 쌀값과 돈의 가치 변화와 밀접한 관계가 있었음을 알 수 있다.

나는 왕부에서 나가서 평소대로 豐昌號 가게에 이르렀다. 그 가게에서 2만전을 빌렸다.(bi fu ci tucifi an i feng cang h'ao puseli de isinaha. ini puseli ci orin minggan jiha juwen gaiha.) 〈도광 8년 2월 7일〉

하나, 德惟一 형이 왔다. 二姑爺가 그가 가질 수 있는 俸祿 쌀, 江米 찹쌀은 4석 1말 6되, 백미 쌀 18석 5말 4되, 거친 백미는 1석 3말, 좁쌀은 13석, 전부 37석의 俸祿 쌀을 가지는 문서들이다. 형이 나에게 건네주어 전하고, 豐昌號에 팔자고 한다.(emu hacin 德惟一 age jihe. 二姑i gaici acara fulun i bele 江米 bele duin hule emu hiyase ninggun moro hiyase. 白米 bele juwan jakūn hule sunja hiyase duin moro hiyase eberi 白米 emu hule ilan hiyase. 粟米 juwan ilan hule. ere uheri gūsin nadan hule i fulun i bele gaire afaha be. age minde afabufi ulame 豐昌號 de uncaki sembi. kejine tefi yamji erinde boode mariha..) 〈도광 8년 2월 27일〉

내가 거기에서 나가 豐昌號에 이르러 德惟一 형이 부탁한 二姑爺의 도장이 찍힌 俸祿 쌀 가지는 문서를 蕭掌櫃에게 건네주고 그의 가게에서 팔고자 하니, 그가 '된다'고 하였다. 나의 이번 계절의 봉록 쌀 14석 2말 5되를 그의 가게에 주고 2만 6천 4백 전에 팔았다.(bi tubaci tucifi 豐昌號 puseli de isinaha. 德惟一 agei yanduha 二姑 i fulun i bele gaire doron gidaha afaha be 蕭掌櫃 de afabufi ini puseli de udabuki seci i ombi sehe. mini ere forgon i fulun i bele juwan duin hule juwe hiyase sunja moro hiyase be ini puseli de bufi orin ninggun minggan duin tanggū jiha de uncaha..)〈도광 8년 2월 29일〉

위의 기록으로 보면, 당시의 관료들은 지급받은 '봉록 쌀[俸米]'을 미포(米鋪)에 가지고 가서 돈으로 환전하여 생활비로 사용하였음을 알 수 있다. 뿐만 아니라 쌀을 취급하는 상인들과 특별한 관계를 유지하면서 경제적으로 곤란할 때에는 이들 상인에게 이자를 주고 돈을 빌려 사용하였음도 알 수가 있다. 이것은 북경에 거주하던 관료들이 상인들과의 긴밀한 상호 유착하면서 공생관계였음을 파악할 수 있을 뿐만 아니라 쌀과 돈의 교환 비율이나 교환 방법, 쌀의 가격과 쌀의 유통 과정 등을 알 수 있는 자료라 할 수 있다.

또 일기 가운데에는 저자가 방문하였던 방앗간, 전당포, 찻집, 술집, 식당, 서점, 시장 등 150여 곳의 상점을 언급하고 있는데, 이를 통해 당시 북경의 상업 활동이 얼마나 활발하였는지를 살펴볼 수 있다. 청나라 초기에 북경의 내성에서는 기인들만 살 수 있고 일반 민인(民人)들이 살 수 없었으며, 상점을 열 수 없다는 금령이 있어서 상업 활동을 할 수가 없었다. 그러나 얼마 지나지 않아 민인들이 내성에서 가게를 세우면서 거주 환경과 상업 활동이 점점 증가하게 되었는데, 이 일기에서는 그러한 당시의 상황을 잘 살펴볼 수 있다.

내용 중에는 저자가 북경의 극장에서 여러 차례에 걸쳐 공연을 관람하는 기록이 보인다. 당시 북경에는 경극(京劇)을 비롯한 다양한 종류의 기예와 연극을 공연하던 '희원(戲園)' 혹은 '희루(戲樓)'로 불리던 극장이 있었다. 이들 극장은 청나라 초기에 술을 팔던 '주관(酒館)'과 차를 팔던 '차원(茶園)'에 정식으로 무대를 만들어 '극장식 식당' 형태로 상업적 영업을 하였으며, 희곡(戲曲)은 비교적 조용한 차원에서 공연하였다고 한다. 그리고 점차 시간이 지나면서 각각 희관(戲館)과 희원(戲園)으로 불리면서 전문화되었는데, 건륭제로부터 도광제에 이르기까지 북경에는 이러한 희원이 수십 군데가 있었다. 일기 가운데에는 '만홍원(萬興園)', '부성원(阜成園)', '경락원(慶樂園)', '중화원(中和園)', '천락원(天樂園)', '광덕루(廣德樓)' 등의 희원이 보이는데, 현재에 이르기까지 그 명맥을 유지하는 곳도 있다. 아울러 전문 극단[hūfan]이 있어 희원에서 극을 무대에 올렸는데, 일기에서는 '경화춘(景和春)', '쌍화(雙和)', '신흥금옥(新興金鈺)', '춘대(春臺)', '화춘(和春)'과 같은 극단과 이들 극단에서 공연한『정충전(精忠傳)』,『십불한(十不閑)』,『석옥곤(石玉崑)』,『용도안(龍圖案)』,『임광순(任廣順)』,『수호전(水滸傳)』등의 작품이 보인다. 이러한 일기의 내용들은 당시 사람들의 문화생활을 엿볼 수 있는 자료로서 가치가 있다고 하겠다.

기존에 잘 알려지지 않은 특이한 기록도 보이는데, 잡거지(雜居地)의 생활에 관한 것이다. 잡거지는 북경의 독특한 거주 방식 가운데 하나로, 집을 살 수 없는 사람은 월세를 내고 다른 사람의 방을 임대하여 살면서 특별한 관계를 맺는 것을 가리킨다. 이러한 잡거지에 대한 기록은 찾아보기 힘든데, 근대 초기 노사(老舍)가 쓴 소설인『유가대원(柳家大院)』에서 북경 빈민들의 비참한 잡거지 생활을 묘사하고 있는 정도이다. 이 일기에서는 임대인의 정원을 함께 공유하면서 월세로 살던 당시 사람들의 생활을 상세하게 기록하고 있어 이 분야 연구의 중요한 참고 자료가 활용할 수가 있겠다.

이외에도 팔기의 문화생활, 통역 시험, 혼사, 이사, 승진, 생일, 출산, 장례 등과 관련된 것도 많이 기록되어 있다. 이 가운데 통역 시험은 청나라 때 치러진 특이한 시험으로 만주어 번역, 몽고어 번역, 비트허(bithe) 시험 등으로 구분하고 공원(貢院)에서 실시하였다. 이 시험은 합격자에게 앞길을 열어주는 아주 중요한 시험이었기 때문에 시험 과정에서 부정행위도 있었는데, 일기에는 4번의 시험 부정행위가 기록되어 있기도 하다.

[참고문헌]

穆齊賢 記, 趙令志·關康 譯,『閑窓錄夢譯編』, 中央民族大學出版社, 2011.

關 康,「《閑窗錄夢》研究」, 中央民族大學 碩士學位論文, 2011.05.

關 康,「《閑窗錄夢》作者考」,『滿語研究』2010年01期, 2010.06.30.

李 越,「論《閑窗錄夢》及其演藝史料價值」,『文化藝術研究』2017年02期, 2017.06.18.

최형섭,「滿文 일기《閒窓錄夢》을 통해 본 보오이(booi)의 삶과 정체성」,『중국문학』99, 한국중국어문학회, 2019.05., pp.21-40.

최형섭,「보오이 穆齊賢과『聊齋志異』滿文本에서의 그의 역할」,『인문사회 21』12(5) 통권 48, 인문사회21, 2021., pp.2847-2860.

최형섭,「《閒窓錄夢》에 나타난 旗人들의 공연문화」,『중국소설논총』67, 한국중국소설학회, 2022.08., pp.157-183.

Bingyu Zheng,「Diary of a Poor Bannerman: Surviving Day-to-Day in Qing Beijing in the Early Nineteenth Century」,『The Journal of Asian Studies』, Vol.58, No.4 (Nov., 1999), pp.992-1032.

목 차

역주 한창녹몽

제1책

譯主 閒窓錄夢

1. 서문

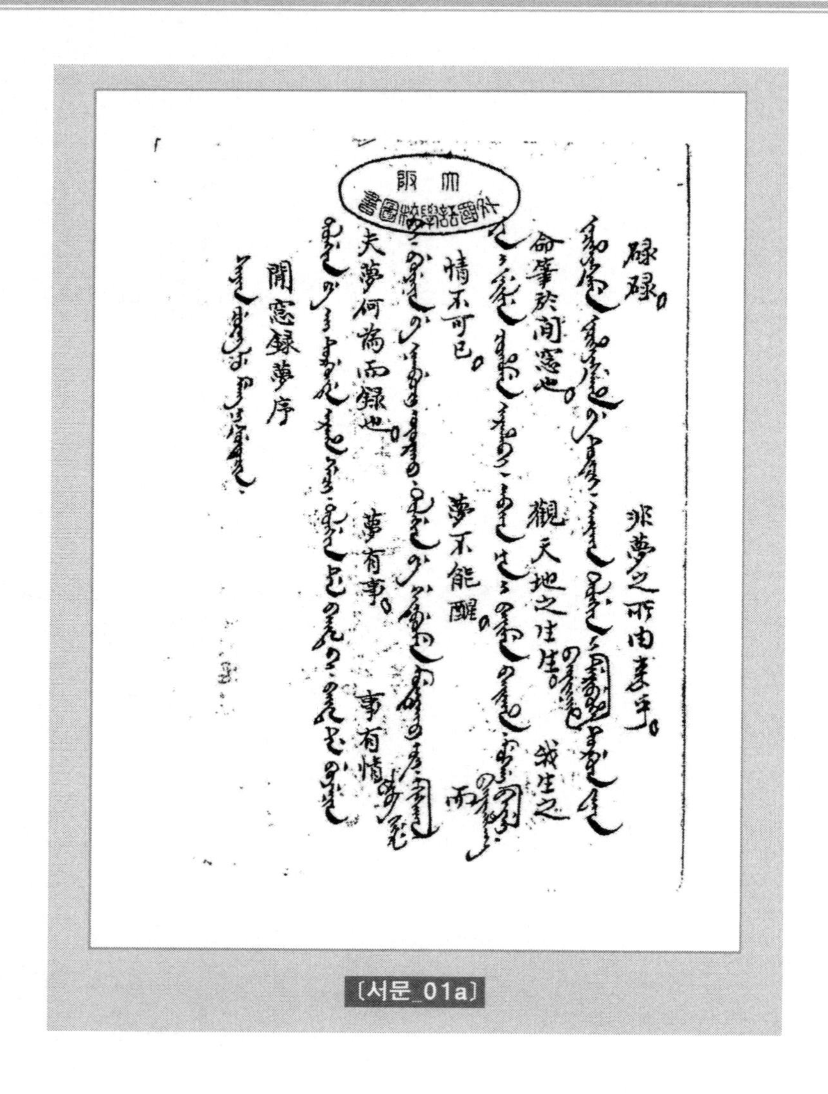
碌碌。非夢之所由來乎。
命筆於閒窓也。觀天地之生生我生之
情不可已。夢不能醒而
夫夢何爲而錄也。夢有事。事有情
閒窓錄夢序

〔서문_01a〕

siyan cuwang lu meng ni šutucin.
閒窓錄夢序
閒 窓 錄 夢 의 序文

tolgin be ai turgunde araha seci. tolgin de baita bi. baita de buyenin
夫夢何爲而錄也 夢有事 事有情
꿈 을 무슨 까닭에 썼는가 하면 꿈 에 일 있고 일 에 性情

bi. buyenin be nakabuci ojorakū. tolgin be getebume muterakū ofi. (ekisaka) cib sere[1]
情不可已 夢不能醒 而
있어 性情 을 그칠 수 없고 꿈 을 깨울 수 없게 되어서 (말없이) 고요히

1) cib sere : 원문에 'ekisaka'를 'cib sere'로 수정하였다.

fa i fejile cohome arahabi. abka na i banjime banjiha. musei (beyei) banjihangge[2].
命筆於閒窓也 觀天地之生生. 我生之
창 의 아래 특별히 지었다 하늘 땅 의 태어나고 태어난 것 우리의 (자신의) 태어난 것

facihiyašame facihiyašaha be tuwaci. aika tolgin i (deribuhe) banjinaha[3] turgun waka
碌碌 非夢之所由來乎
서두르고 서두른 것 을 보면 어찌 꿈 의 (일어난) 생겨난 까닭 아니다

—— ◦ —— ◦ —— ◦ ——

한창녹몽 서문
꿈이란 무슨 까닭으로 꾸는가 하니, 꿈에 일이 있고 일에 성정이 있어서 성정을 그칠 수 없고, 꿈을 깰 수 없게 되어서 (말없이) 조용히 창 아래에서 특별히 지었다. 하늘과 땅이 생겨나고 생겨난 것과 우리의 (자신의) 태어난 것이 바쁘게 서두르는 것을 보면, 어찌 꿈의 (일어난) 생겨난 까닭이 아니라

2) banjihangge : 원문에 'beyei'를 'banjihangge'로 수정하였다.
3) banjinaha : 원문에 'deribuhe'를 'banjinaha'로 수정하였다.

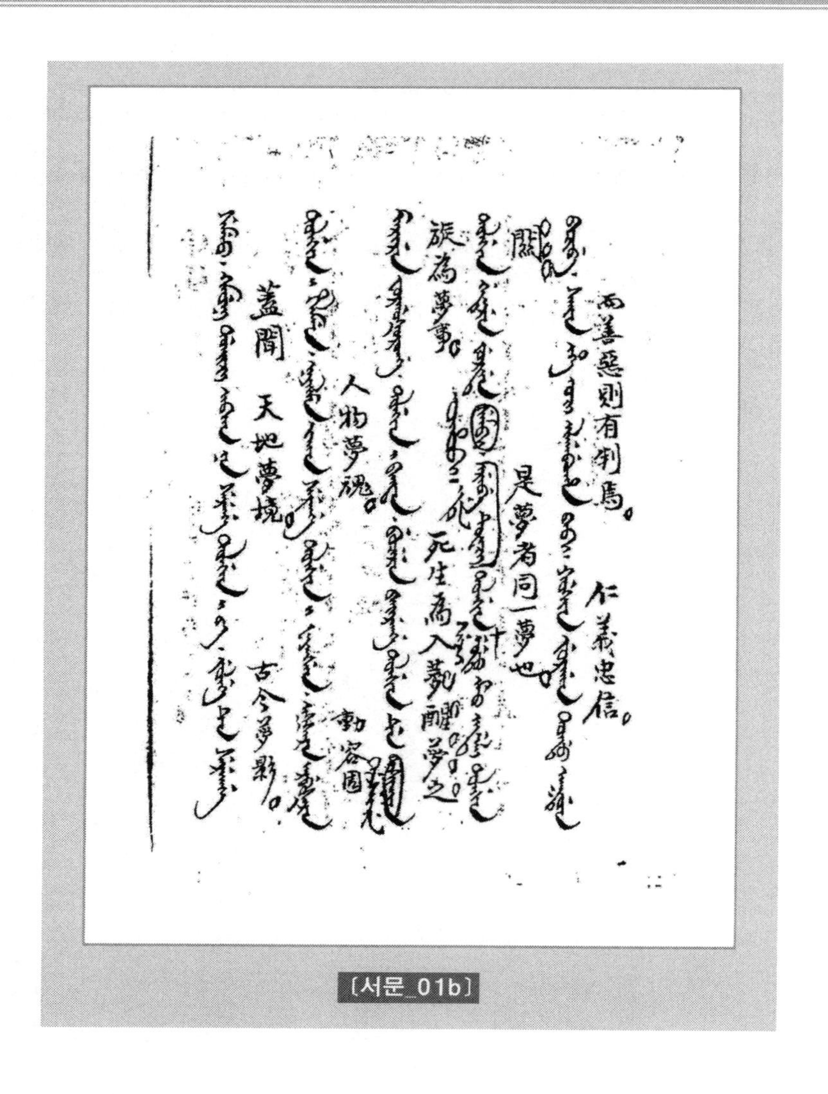
而善惡則有判焉。 仁義忠信。
關 是夢者同一夢也
旋爲夢事。 死生爲入夢醒夢之
人物夢魂。 動容周
蓋聞 天地夢境 古今夢影。

[서문_01b]

semeo. kemuni donjiri abka na serengge tolgin i ba. julge te serengge
蓋聞 天地夢境 古今夢影
하겠는가 늘 듣느니 하늘 땅 하는 것 꿈 의 경계 옛날 지금 하는 것

tolgin i helmen. niyalma jaka serengge tolgin i fayangga. aššara arbušara
人物夢魂 動容周
꿈 의 그림자 人 物 하는 것 꿈 의 혼 움직이며 돌아다니고

marire forgošorongge. tolgin i baita. bucere banjirengge tolgin de dosire
旋爲夢事 死生爲入夢醒夢之
맴돌며 돌아가는 것 꿈 의 일 죽고 사는 것 꿈 에 들어가고

tolgin getere furdan (sembi) ohobi[4]. (erebe tuwaci) ede[5] tolgin seci udu emu adali tolgin
關 是夢者同一夢也
꿈 깨는 관문 (한다) 되었다 (이것을 보면) 이 꿈 하면 비록 하나 같이 꿈

bicibe. sain ehe oci ilgabuha babi. gosin jurgan tondo akdun
而善惡則有判焉 仁義忠信
있다 하여도 善 惡 이라면 분별한 바 있다 仁 義 忠 信

—— ◦ —— ◦ —— ◦ ——

하겠는가? 늘 듣느니 천지(天地)는 꿈의 영역. 옛날과 오늘날은 꿈의 그림자. 사람과 사물은 꿈의 넋. 움직이고 돌아다니고 돌아오고 돌아가는 것은 꿈의 일. 죽음과 삶은 꿈에 들어가고 꿈을 깨는 관문이 되었구나. (이것을 보면) 이 꿈이란 것은 비록 하나같이 꿈일 뿐이라 하여도, 좋고 나쁨은 분별할 수 있다. 인(仁), 의(義), 충(忠), 신(信)과

4) ohobi : 원문에 'sembi'를 'ohobi'로 수정하였다.
5) ede : 원문에 'erebe tuwaci'를 'ede'로 수정하였다.

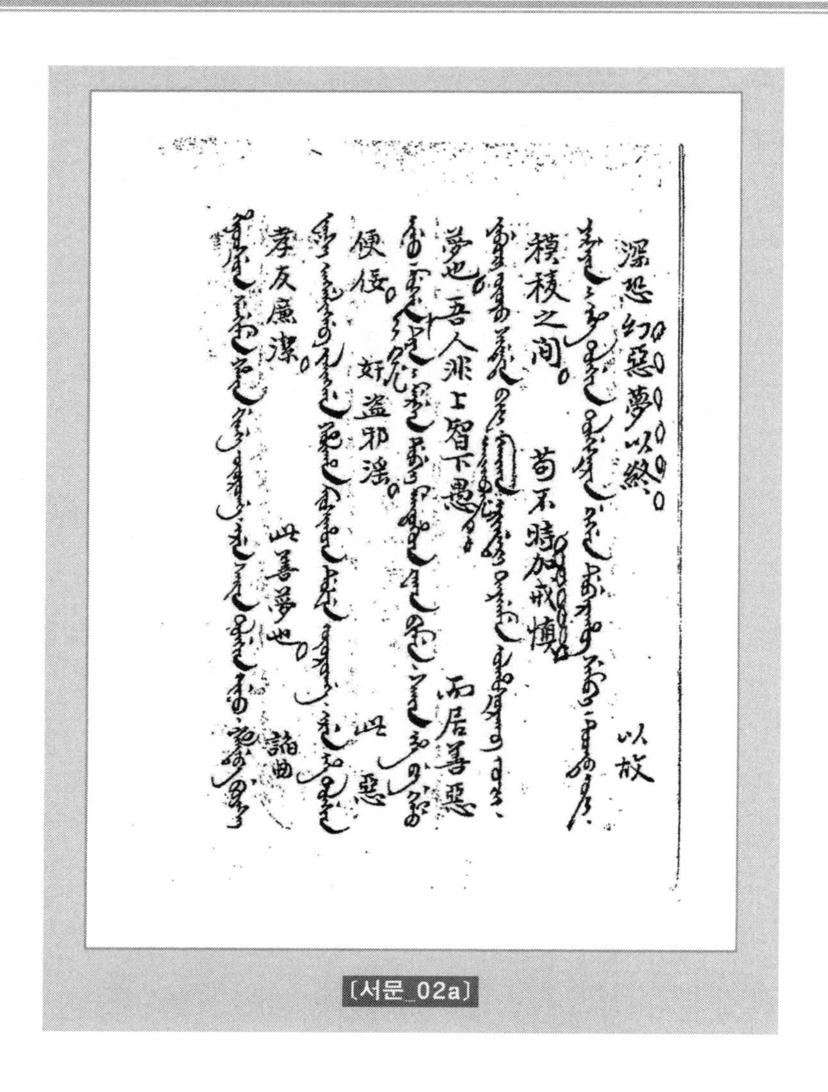

[서문_02a]

hiyoošun senggime hanja gingge ojorongge. ere sain tolgin inu. haldaba buyasi
孝友廉潔 此善夢也 諂曲
孝 友 廉 潔 할 수 있는 것 이 좋은 꿈 이다 아부 아첨

faksi anggalinggū jalingga hūlha miosihon dufe ojorongge. ere ehe tolgin
便佞 奸盜邪淫 此惡
교묘한 말솜씨 간사함 도둑질 사특함 음탕함 할 수 있는 것 이것 나쁜 꿈

inu. muse i beye ten i mergen dubei mentuhun waka bime. sain ehe be gemu
夢也. 吾人非上智下愚 而居善惡
이다 우리 의 자신 지극히 지혜 끝의 어리석음 아니며 善 惡 을 모두

yabuci ojoro sidende bifi. (aika) aikabade[6] erindari targame olhošorakū oci.
模棱之間 苟不時加戒慎
행할 수 있는 사이에 있어서 (어찌) 어떻게 때마다 조심하고 삼가지 않으면

yargiyan i[7] ehe tolgin tolgišara gese duberahū sembi. tuttu ofi.
深恐幻惡夢以終 以故
실로 나쁜 꿈 꾸는 것 같은 끝내지 않겠는가 한다 그리하여서

—— ◦ —— ◦ —— ◦ ——

효(孝), 우(友), 렴(廉), 결(潔), 이것은 좋은 꿈이다. 아부, 아첨, 교묘한 말솜씨, 간사함, 도둑질, 사특함, 음탕함. 이것은 나쁜 꿈이다. 우리 자신은 가장 똑똑한 이도, 가장 어리석은 이도 아니며 선과 악을 행하게 되는 중간에 있으니 (어찌) 어찌하여 때마다 조심하고 삼가지 않으며 실로 나쁜 꿈 꾸기 따위를 끝내지 않으랴 한다. 그러므로

6) aikabade : 원문에 'aika'를 'aikabade'로 수정하였다.
7) yargiyan i : 관용구로 '실로'의 뜻이다.

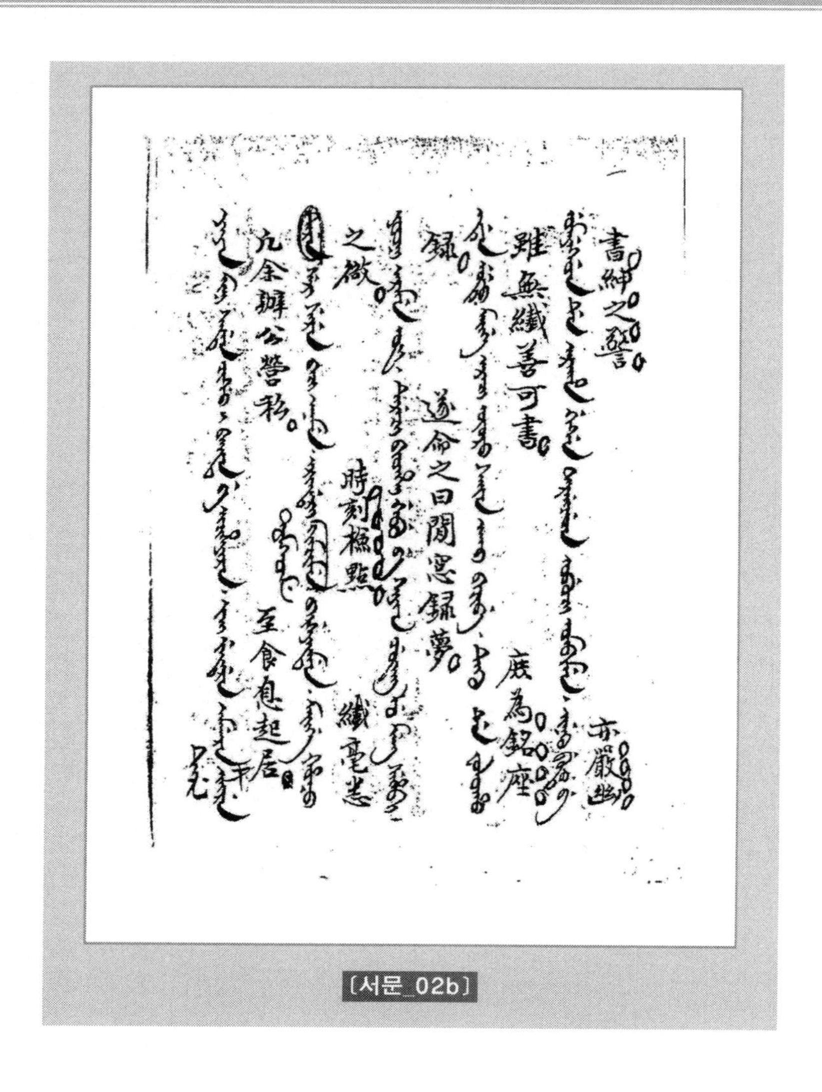

[서문_02b]

yaya mini siden cisu i baita be icihiyara. jai jetere amgara tere ilire
凡余辦公營私 至食息起居
무릇 나의 공적 사적 의 일 을 처리하고 또 먹고 자고 앉고 일어나는

(tere[8]) ser sere baci aname. erindari (kimcime) tomsome[9] bargiyatame. majige hono
之微 時刻檢點 纖毫志
세세한 곳으로부터 차례로 때마다 (상세하게) 수습하여 거두어 모아서 조금이라도

8) tere : 원문에 'tere'를 삭제하였다.
9) tomsome : 원문에 'kimcime'를 'tomsome'로 수정하였다.

yooni arame ofi. tereci bithei gebu be siyan cuwang lu meng sehebi.
錄 遂命之曰閒窓錄夢
온전히 쓰게 되고 그로부터 글의 이름 을 閒 窓 錄 夢 하였다

ede udu majige araci ojoro sain akū bicibe. teku de foloho
雖無纖善可書 庶爲銘座
이에 무언가 조금 지을 수 있어 좋지 않더라도 자리 에 새기고

umiyesun de araha gese targacun obuci ombime. ineku butu be
書紳之警[10] 亦嚴幽
허리띠 에 쓴 것 같이 훈계 삼을 수 있고 본래의 그윽함 을

—— ∘ —— ∘ —— ∘ ——

모든 나의 공적이고 사적인 일을 따져보고, 또 먹고 쉬고 거하고 일어나고 작은 일에 이르기까지 때마다 (꼼꼼하게) 점검하고 조금씩 전부 다 쓰게 되고, 그로 인해 글의 이름을 『한창녹몽(閒窓錄夢)』이라 하였다. 여기에 몇 사소한 것들을 적는다고 좋을 것도 없겠지만 의자에 새기고 띠에 적은 것처럼 계율로 삼아 마땅하리라. 또한 어두운 중에도

10) 銘座書紳之警 : 어떤 일을 잊지 않기 위해 의자에 새기고 큰 띠[帶]에 적어두는 것을 가리킨다.

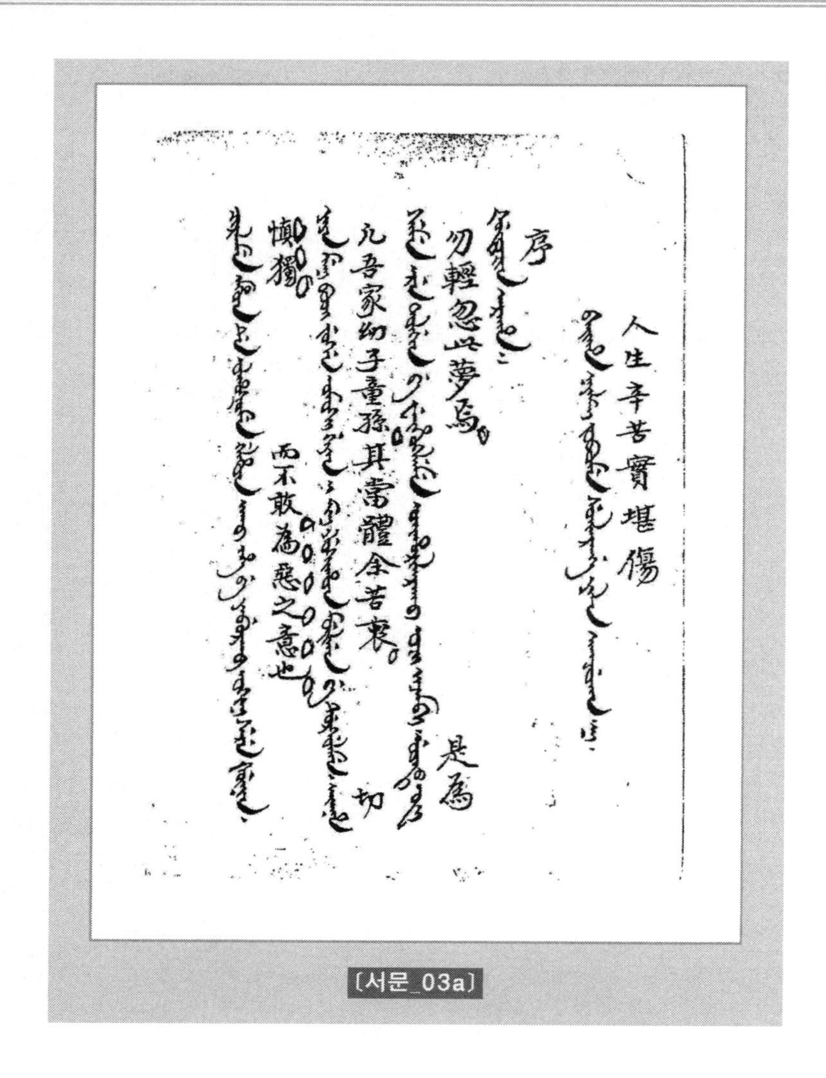
人生辛苦實堪傷
序
是爲
勿輕忽此夢焉
切
凡吾家幼子童孫其當體余苦衷
而不敢爲惡之意也
愼獨

〔서문_03a〕

ciralame emhun de olhošome gelhun akū ehe be yaburakū okini sere gūnin.
愼獨 而不敢爲惡之意也
엄격하게 홀로 삼가며 감히 惡 을 행하지 않겠다 하는 생각이다

yaya meni booi juse omosi giyan i mini gosihon mujilen be dursuleme. ainaha
凡吾家幼子童孫 其當體余苦衷 切
무릇 우리의 집의 子 孫 마땅히 나의 괴로운 마음 을 본보기로 하고 절대로

seme ere tolgin be weihukeleme oihorilarakū oci acambi. uttu ofi
勿輕忽此夢焉 是爲
하여 이 꿈 을 가벼이 여기고 경솔히 여기지 않아야 마땅하다 이리 되어서

šutucin araha..
序
서문 지었다

banjiha niyalmai jobome suilarangge yala akacuka ni.
人生辛苦實堪傷
태어난 사람의 괴롭고 수고로운 것 진실로 아프구나

—— ◦ —— ◦ —— ◦ ——

삼가 홀로 신중하게 감히 나쁜 일을 행하지 않겠다 하는 생각이기도 하다. 무릇 우리 집의 아이들과 후손이 나의 괴로운 마음을 겪어봄이 어떨꼬 하며 이 꿈을 가벼이 여기지 않음 직하다. 이에 서문을 쓴다.

人生辛苦實堪傷 인생의 괴로움과 수고로움은 진실로 아프구나.

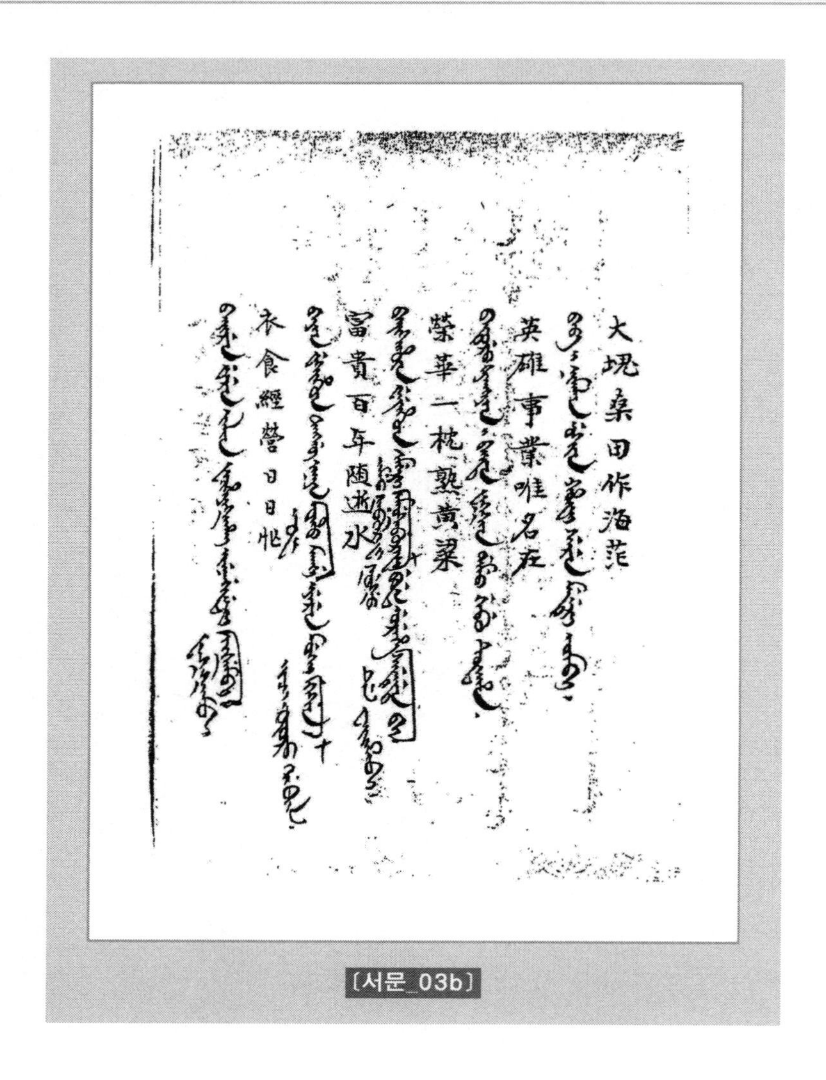
大塊桑田作海茫
英雄事業唯名在
榮華一枕熟黃梁
富貴百年隨逝水
衣食經營日日忙

〔서문_03b〕

banjire were jalin facihiyašahai inenggidari (ekšembi) faššambi[11].
衣食經營日日忙
입는 것 먹는 것 위해서 일에 힘쓰며 날마다 (바쁘다) 애 쓴다

bayan wesihun tanggū aniya (oho manggi) ofi[12] eyere mukei (gese) ici ojoro dabala[13].
富貴百年隨逝水
富 貴 百 年 (된 후) 되어서 흐르는 물의 (같이) 쪽 될 뿐이고

---

11) faššambi : 원문에 'ekšembi'를 'faššambi'로 수정하였다.
12) ofi : 원문에 'oho manggi'를 'ofi'로 수정하였다.
13) ici ojoro dabala : 원문에 'gese'를 'ici ojoro dabala'로 수정하였다.

banjishūn wenjehun emgeri (emusaburafi) emu saburafi[14] šušu[15] buda urehe (sidende bi) de wajihabi[16].
榮華一枕熟黃粱
榮 華 한 번 하나 보이고 수수 밥 익은 (사이에 있다)에 끝났다

baturu kiyangkian i baita faššan damu gebu tutaha.
英雄事業唯名在
英 雄 의 事 業 오직 이름 뒤에 남기고

baba i nimalan usin hūwai sere mederi ombi.
大塊桑田作海茫
곳곳 의 뽕나무 밭 거세게 넘치는 바다 된다

—— ◦ —— ◦ —— ◦ ——

衣食經營日日忙 먹고 입는 것을 위해서 날마다 애쓰노라.
富貴百年隨逝水 부귀는 백년이 되면 흐르는 물처럼 될 뿐이고,
榮華一枕熟黃粱 영화는 한 번 드러나서 수수밥이 익는 사이에 끝나네.
英雄事業唯名在 영웅의 사업은 오직 이름을 뒤에 남길 뿐이고,
大塊桑田作海茫 곳곳의 뽕나무 밭은 거세게 넘치는 바다가 된다네.

---

14) emu saburafi : 원문에 ‘emusaburafi’를 ‘emu saburafi’로 수정하였다.
15) šušu : 원문에 šušu가 추가되었다.
16) de wajihabi : 원문에 ‘sidende bi’를 ‘de wajihabi’로 수정하였다.

閒牕命筆漫成章
細玩世情眞是夢

〔서문_04a〕

baime kimcici jalan i baita yargiyan i tolgin i adali.
細玩世情眞是夢
구하여 상세히 살피니 세상 의 일 진실 로 꿈 의 같다

baisin i ofi baitakū fa i fejile fi nikebufi fiyelen banjibume arahabi..
閒窓命筆漫成章
한가하게 되어서 일없이 창 의 아래 붓 잡고서 한 편 이루어져 지었다

—— ◦ —— ◦ —— ◦ ——

細玩世情眞是夢	구하여 상세히 살피니 세상의 일이 진실로 꿈과 같고,
閒窓命筆漫成章	한가하게 되어 일없이 창 아래 붓을 잡고 한 편의 글을 지어 이루어졌노라.

道光八年歲在戊子正月 松筠識

[서문_04b]

doro eldengge i jakūci aniya suwayan singgeri aniya biya
道光八年歲在戊子正月 松筠識
道 光 의 여덟째 해 황색의 쥐 해 正月

—— ◦ —— ◦ —— ◦ ——

도광(道光) 8년 무자(戊子) 정월(正月) 송균(松筠)이 쓰다.

2. 도광 08년(1828) 정월

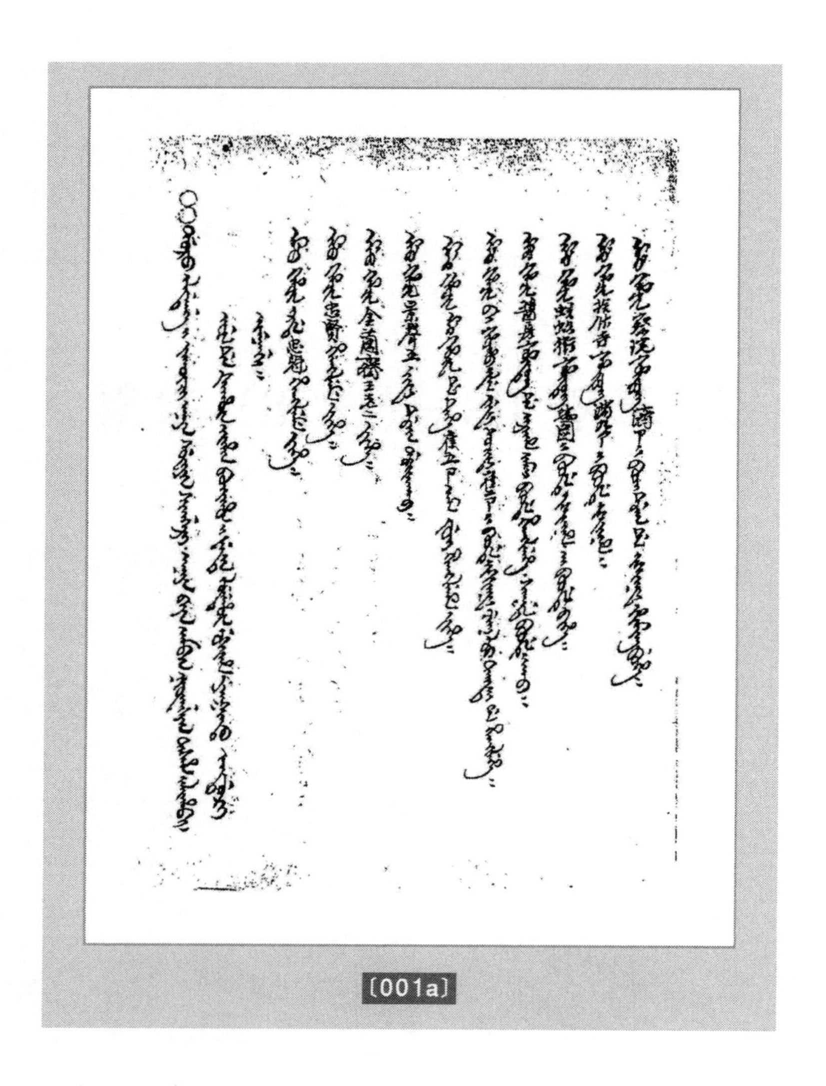

[001a]

○○doro eldengge i jakūci aniya suwayan singgeri. aniya biya amban niowanggiyan tasha alihabi.
道 光 의 여덟 째 해 누런 쥐 해 정월 큰 푸른 호랑이 맞았다

ice de šahūn ihan boihon i feten ludahūn usiha yaksintu enduri
초하루 에 희끄무레한 소 흙 의 五行 婁 宿 閉 神

inenggi..
날

emu hacin erde 忠魁 hengkileme jihe..
한 가지 아침 忠魁 인사하러 왔다

emu hacin 忠賢 hengkileme jihe..
한 가지 忠賢 인사하러 왔다

emu hacin 金蘭齋 王老二 jihe..
한 가지 金蘭齋 王老二 왔다

emu hacin 景聲五 jifi duka dosikakū..
한 가지 景聲五 와서 문 들어오지 않았다

emu hacin emu hūwa de tehe 崔五卩 ama jui hengkileme jihe..
한 가지 한 동네 에 사는 崔五爺 父 子 인사하러 왔다

emu hacin bi hoho efen jefi tucifi 崔二卩 i boode isinafi ceni loo taitai de hengkilehe..
한 가지 나 水餃子 먹고 나가서 崔二爺 의 집에 이르러 그들의 老 太太 에 인사하였다

emu hacin 醬房 hūtung de araha amai boode hengkilehe. sakda boode akū..
한 가지 醬房 hūtung 에 養 父의 집에 인사하였다 어르신 집에 없다

emu hacin 蜈蚣衛 hūtung 瑞图 i boode isinaha. i boode bihe..
한 가지 蜈蚣衛 hūtung 瑞圖 의 집에 이르렀다 그 집에 있었다

emu hacin 捨佑寺 hūtung 滿九卩 i boode isinaha..
한 가지 捨佑寺 hūtung 滿九爺 의 집에 이르렀다

emu hacin 察院 hūtung 濟卩 i booi duka de isinafi jyming[17] buhe..
한 가지 察院 hūtung 濟爺 의 집의 문 에 이르러 制命 주었다

—— ◦ —— ◦ —— ◦ ——

도광(道光) 8년 무자년(戊子年) 정월 큰달 갑인(甲寅)월을 맞았다.
초하루, 신축(辛丑) 토행(土行) 루수(婁宿) 폐일(閉日).
하나, 아침에 충괴(忠魁)가 인사하러 왔다.
하나, 충현(忠賢)이 인사하러 왔다.
하나, 김난재(金蘭齋)와 왕노이(王老二)가 왔다.
하나, 경성오(景聲五)가 왔으나 문을 들어오지는 않았다.
하나, 같은 동네에 사는 최오야(崔五爺) 부자가 인사하러 왔다.
하나, 나는 물만두를 먹고 나가서 최이야(崔二爺)의 집에 이르러 그들의 늙은 할머니[太太]께 인사를 드렸다.
하나, 장방(醬房) 후퉁에 있는 양부의 집에 인사하였다. 양부모님은 집에 없었다.
하나, 오공위(蜈蚣衛) 후퉁에 있는 서도(瑞圖)의 집에 이르렀는데, 그는 집에 있었다.
하나, 사우사(捨佑寺) 후퉁에 있는 만구야(滿九爺)의 집에 이르렀다.
하나, 찰원(察院) 후퉁 제야(濟爺)의 집 대문에 이르러 제명(制命)을 주었다.

---

17) jiming : '制命'의 음차이다. 제명(制命)은 임금이 신하에게 이르는 말이라는 뜻으로 주나라 때에는 '명(命)'이라 하였고, 진나라에서는 '제(制)'라 하였는데, 당나라 이후부터는 '제명(制命)'이라 하였다.

[001b]

aniya biya amban
정월 큰달

emu hacin 老來街 uksun 惠大卩 i boode isinaha..
한 가지 老來街 종친 惠大爺 의 집에 이르렀다

emu hacin 城隍庙 giyai 德至齋 i boode isinaha..
한 가지 城隍廟 街 德至齋 의 집에 이르렀다

emu hacin 学院 hūtung 阿斐軒 i boode isinaha. i boode akū..
한 가지 學院 hūtung 阿斐軒 의 집에 이르렀다 그 집에 없다

emu hacin 高又拉 ba i 凤五卩 朱老大 i booi duka de jyming buhe..
한 가지 高又拉 지역 의 鳳五爺 朱老大 의 집의 문 에서 制命 주었다

emu hacin 南宽街 楊八 kūwaran i da i booi duka de jyming buhe..
한 가지 南寬街 楊八 營 의 長 의 집의 문 에서 制命 주었다

emu hacin 中宽街 雅卩 i boode isinaha..
한 가지 中寬街 雅爺 의 집에 이르렀다

emu hacin 武定侯 hūtung 寧五卩 i booi duka de isinaha..
한 가지 武定侯 hūtung 寧五爺 의 집의 문 에 이르렀다

emu hacin 水車 hūtung 龔三卩 i booi duka de isinaha..
한 가지 水車 hūtung 龔三爺 의 집의 문 에 이르렀다

emu hacin 水車 hūtung isiyang 伊卩 i boode isinaha. i boode akū..
한 가지 水車 hūtung 伊祥 伊爺 의 집에 이르렀다 그 집에 없다

emu hacin elgiyen i mutehe duka be tucifi 奎文農 i boode isinaha. i boode akū..
한 가지 阜成門 을 나와서 奎文農 의 집에 이르렀다 그 집에 없다

emu hacin tofohon jiha de huncu tehe..
한 가지 15 錢 에 썰매 탔다

emu hacin tob wargi duka be dosifi 樺皮廠 許老梅 i boode isinaha. i boode akū..
한 가지 西直門 을 들어가서 樺皮廠 許老梅 의 집에 이르렀다 그 집에 없다

emu hacin 博熙齋 i boode isinaha 博大嬸 ne nimekuleme bihe..
한 가지 博熙齋 의 집에 이르렀다 博大嬸 지금 병들어 있었다

—— ◦ —— ◦ —— ◦ ——

정월 큰달

하나, 노래가(老來街)의 종친 혜대야(惠大爺)의 집에 이르렀다.
하나, 성황묘가(城隍廟街)의 덕지재(德至齋)의 집에 이르렀다.
하나, 학원(學院) 후퉁 아비헌(阿斐軒)의 집에 이르렀다. 그는 집에 없었다.
하나, 고우랍(高又拉) 지역의 봉오야(鳳五爺) 주노대(朱老大)의 집 대문에서 제명(制命)을 주었다.
하나, 남관가(南寬街) 병영장(兵營長) 양팔(楊八)의 집 대문에서 제명을 주었다.
하나, 중관가(中寬街) 아야(雅爺)의 집에 이르렀다.
하나, 무정후(武定侯) 후퉁 영오야(寧五爺)의 집 대문에 이르렀다.
하나, 수거(水車) 후퉁 공삼야(龔三爺)의 집 대문에 이르렀다.
하나, 수거(水車) 후퉁 이샹[isiyang, 伊祥] 이야(伊爺)의 집에 이르렀다. 그는 집에 없었다.
하나, 부성문(阜成門)을 나와서 규문농(奎文農)의 집에 이르렀다. 그는 집에 없었다.
하나, 15전에 썰매를 탔다.
하나, 서직문(西直門)을 들어가서 화피창(樺皮廠) 허노매(許老梅)의 집에 이르렀다. 그는 집에 없었다.
하나, 박희재(博熙齋)의 집에 이르렀더니 박씨 아주머니[博大嬸]가 지금 병들어 있었다.

〔002a〕

emu hacin 大來號 de isinaha. 連舁 minde hengkilehe..
한 가지 大來號 에 이르렀다 連興 나에게 인사하였다

emu hacin 北草廠 hūtung 濟三卩 i booi duka de jyming buhe..
한 가지 北草廠 hūtung 濟三爺 의 집의 문 에서 制命 주었다

emu hacin 東观音寺 hūtung 布三卩 i boode isinaha..
한 가지 東观音寺 hūtung 布三爺 의 집에 이르렀다

emu hacin 春樹 hūtung 慶熙臣 i booi duka de jyming buhe..
한 가지 春樹 hūtung 慶熙臣 의 집의 문 에서 制命 주었다

emu hacin ecimari 四道口 bade 熙臣 be ucaraha. ○ sefu aja i boode geli imbe ucaraha..
한 가지 오늘 아침 四道口 곳에서 熙臣 을 만났다 師傅 母 의 집에서 또 그를 만났다

emu hacin 西廊下 吳二卩 i boode isinaha..
한 가지 西廊下 吳二爺 의 집에 이르렀다

emu hacin 德惟一 age i boode isinaha. age boode akū. amala 冰窖 hūtung ni dolo 老春 be
한 가지 德惟一 형 의 집에 이르렀다 형 집에 없다 뒤에 冰窖 hūtung 의 안 老春 을

ucaraha..
만났다

emu hacin 四條 hūtung 兆堯蓂 i boode isinaha. i boode akū..
한 가지 四條 hūtung 兆堯蓂 의 집에 이르렀다 그 집에 없다

emu hacin 頭條 hūtung emhe i boode isinaha. tubade 蟒卩 be ucaraha..
한 가지 頭條 hūtung 장모 의 집에 이르렀다 거기에서 蟒爺 을 만났다

emu hacin 松茂號 de isinaha..
한 가지 松茂號 에 이르렀다

emu hacin 能仁寺 芬夢馀 i boode isinaha..
한 가지 能仁寺 芬夢餘 의 집에 이르렀다

emu hacin 四眼井 ioipu 玉卩 i booi duka de jyming buhe..
한 가지 四眼井 玉璞 玉爺 의 집의 문 에서 制命 주었다

—— ∘ —— ∘ —— ∘ ——

하나, 대래호(大來號)에 갔다. 연흥(連興)이 나에게 인사하였다.
하나, 북초창(北草廠) 후퉁 제삼야(濟三爺)의 집 대문에서 제명(制命)을 주었다.
하나, 동관음사(東觀音寺) 후퉁 포삼야(布三爺)의 집에 이르렀다.
하나, 춘수(春樹) 후퉁 경희신(慶熙臣)의 집 대문에서 제명을 주었다.
하나, 오늘 아침에 사도구(四道口) 지역에서 희신(熙臣)을 만났다. 사모(師母)의 집에서 또 그를 만났다.
하나, 서랑하(西廊下) 오이야(吳二爺)의 집에 이르렀다.
하나, 덕유일(德惟一) 형의 집에 이르렀다. 형은 집에 없었다. 그리고 빙교(冰窖) 후퉁의 안쪽에서 노춘(老春)을 만났다.
하나, 사조(四條) 후퉁 조요명(兆堯蓂)의 집에 이르렀다. 그는 집에 없었다.
하나, 두조(頭條) 후퉁 장모님 집에 이르렀다. 거기에서 망야(蟒爺)을 만났다.
하나, 송무호(松茂號)에 이르렀다.
하나, 능인사(能仁寺) 분몽여(芬夢餘)의 집에 이르렀다.
하나, 사안정(四眼井) 옥박(玉璞) 옥야(玉爺)의 집 대문에서 제명을 주었다.

[002b]

aniya biya
　정월

emu hacin 三道柵欄 jakdambu 扎大丁 i boode jyming buhe..
한 가지 三道柵欄 jakdambu 扎大爺 의 집에 制命 주었다

emu hacin 元寶 hūtung fulu 富七丁 i boode jyming buhe..
한 가지 元寶 hūtung fulu 富七爺 의 집에 制命 주었다

emu hacin 三盛店 de isinaha..
한 가지 三盛店 에 이르렀다

emu hacin 二道柵欄 邵六爺 i boode isinaha..
한 가지 二道柵欄 邵六爺 의 집에 이르렀다

emu hacin 羊肉 hūtung 吳先生 i boode isinaha..
한 가지 羊肉 hūtung 吳先生 의 집에 이르렀다

emu hacin 遵古堂 oktoi puseli de isinaha. 和順居 i 姜二爺 be ucaraha..
한 가지 遵古堂 약의 가게 에 이르렀다 和順居 의 姜二爺 을 만났다

emu hacin 金蘭齋 hoseri puseli de isinaha..
한 가지 金蘭齋 盒子 가게 에 이르렀다

emu hacin 景聲五 i booi duka de isinaha. geli imbe ucaraha..
한 가지 景聲五 의 집의 문 에 이르렀다 또 그를 만났다

emu hacin wargi ergi adaki 郝大爺 i boode isinaha..
한 가지 서 쪽 이웃의 郝大爺 의 집에 이르렀다

emu hacin emu hūwa de tehe 高三爺 i boode isinaha..
한 가지 한 동네 에 사는 高三爺 의 집에 이르렀다

emu hacin 崔五爺 i boode isinaha..
한 가지 崔五爺 의 집에 이르렀다

emu hacin ere inenggi uheri dehi boode isinaha..
한 가지 이 날 전부 40 집에 이르렀다

emu hacin donjici enenggi 永倫哥 永華哥 生哥 鶴年 延珍 延桂 延 連興 孫承善 uheri uyun
한 가지 들으니 오늘 永倫형 永華형 生형 鶴年 延珍 延桂 延 連興 孫承善 전부 9

—— ◦ —— ◦ —— ◦ ——

정월
하나, 삼도책란(三道柵欄) 잡담부(jakdambu, 扎克丹布) 찰대야(扎大爺)의 집에 제명(制命)을 주었다.
하나, 원보(元寶) 후퉁 풀루(fulu, 富祿) 부칠야(富七爺)의 집에 제명을 주었다.
하나, 삼성점(三盛店)에 이르렀다.
하나, 이도책란(二道柵欄) 소육야(邵六爺)의 집에 이르렀다.
하나, 양육(羊肉) 후퉁 오선생(吳先生)의 집에 이르렀다.
하나, 준고당(遵古堂) 약국에 갔다. 화순거(和順居)의 강이야(姜二爺)를 만났다.
하나, 금난재(金蘭齋) 그릇 가게에 이르렀다.
하나, 경성오(景聲五)의 집 대문에 이르렀다. 또 그를 만났다.
하나, 서쪽 이웃집 학대야(郝大爺)의 집에 이르렀다.
하나, 같은 동네에 사는 고삼야(高三爺)의 집에 이르렀다.
하나, 최오야(崔五爺)의 집에 이르렀다.
하나, 이 날에, 모두 40집에 이르렀다.
하나, 들으니 오늘 영륜(永倫) 형, 영화(永華) 형, 생(生) 형, 학년(鶴年), 연진(延珍), 연계(延桂), 연○(延○), 연흥(連興), 손승선(孫承善) 등 전부 아홉

[003a]

niyalma gemu jihe..
사람 모두 왔다

emu hacin donjici 德惟一 age jihe..
한 가지 들으니 德惟一 형 왔다

emu hacin donjici 慶熙臣 jihe. duka dosikakū..
한 가지 들으니 慶熙臣 왔다 문 들어오지 않았다

emu hacin fafuri 法大卩 jifi jyming buhe..
한 가지 fafuri 法大爺 와서 制命 주었다

emu hacin donjici jucangga 珠老大 jifi jyming buhe..
한 가지 들으니 jucangga 珠老大 와서 制命 주었다

emu hacin tesu hūtung[18] ni uksun 慶耆賢 jihe. jyming buhe..
한 가지 본 hūtung 의 종친 慶耆賢 왔다 制命 주었다

emu hacin donjici 朴二卩 ama jui gemu jihe..
한 가지 들으니 朴二爺 父 子 모두 왔다

emu hacin 渠老八 jihe..
한 가지 渠老八 왔다

emu hacin 刘三卩 jihe..
한 가지 劉三爺 왔다

emu hacin tesu hūtung ni 小豬店張 aniyai doroi jihe. dosikakū..
한 가지 본 hūtung 의 小豬店張 새해의 禮로 왔다 들어오지 않았다

emu hacin donjici araha ama jihe..
한 가지 들으니 養 父 왔다

emu hacin donjici 瑞图 jihe..
한 가지 들으니 瑞圖 왔다

emu hacin 郝大卩 jihe..
한 가지 郝大爺 왔다

—— ◦ —— ◦ —— ◦ ——

사람이 모두 왔다 한다.
하나, 들으니 덕유일(德惟一) 형이 왔다 한다.
하나, 들으니 경희신(慶熙臣)이 왔는데 대문을 들어오지 않았다 한다.
하나, 파푸리(fafuri, 法福禮) 법대야(法大爺)가 와서 제명(制命)을 주었다.
하나, 들으니 주창가(jucangga, 珠昌阿) 주노대(珠老大)가 와서 제명을 주었다 한다.
하나, 우리 후퉁의 종친 경기현(慶耆賢)이 와서 제명을 주었다.
하나, 들으니 박이야(朴二爺) 부자가 모두 왔다 한다.
하나, 거노팔(渠老八)이 왔다.
하나, 유삼야(劉三爺)가 왔다.
하나, 우리 후퉁의 소저점(小豬店)의 장(張)씨가 새해 인사를 왔으나 들어오지 않았다.
하나, 들으니 양부가 왔다 한다.
하나, 들으니 서도(瑞圖)가 왔다 한다.
하나, 학대야(郝大爺)가 왔다.

18) tesu hūtung : '현재 내가 거주하고 있는 후퉁(胡同)'을 가리킨다.

[003b]

aniya biya
정월

emu hacin ere inenggi nesuken halukan bihe..
한 가지 이 날 날씨 잔잔하고 따뜻하였다

—— ◦ —— ◦ —— ◦ ——

정월

하나, 이 날은 날씨가 잔잔하고 따뜻하였다.

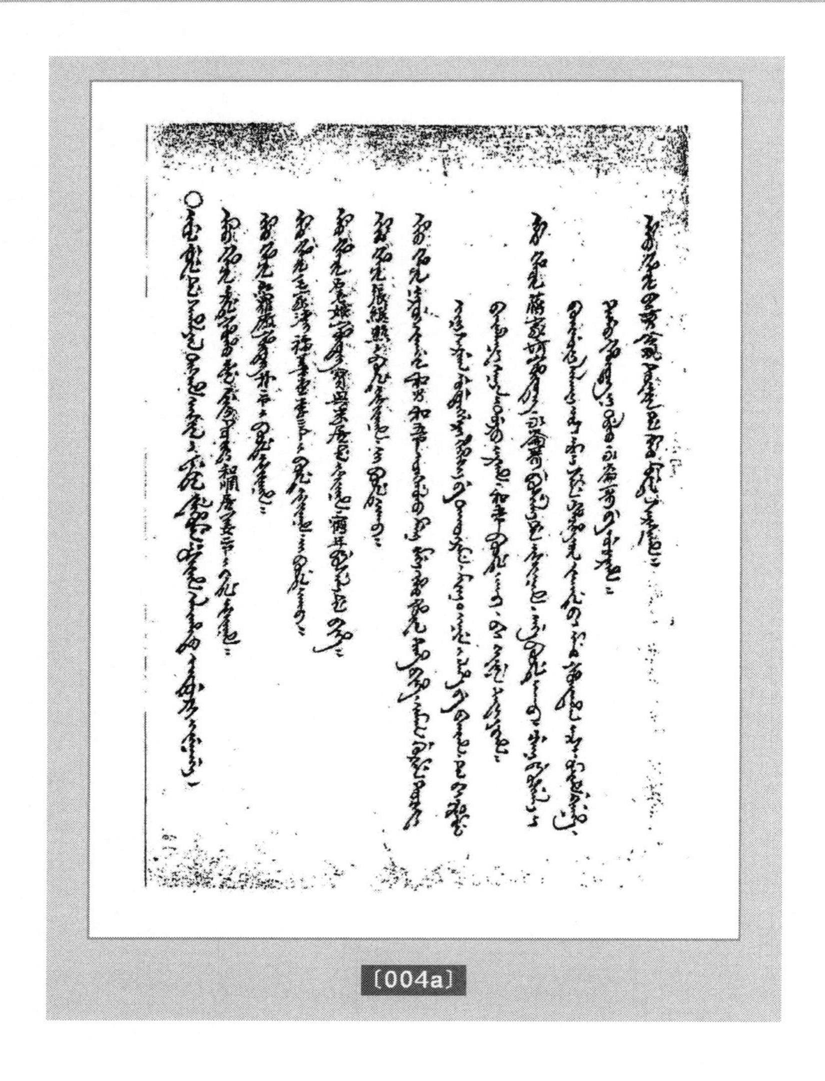

[004a]

○ice juwe de sahaliyan tasha aisin i feten welhūme usiha alihantu enduri inenggi.
초 2 에 검은 호랑이 金 의 五行 胃 宿 建 神 날

emu hacin erde hoho efen jefi tucifi 和順居 姜二㇓ i bade isinaha..
한 가지 아침 水餃子 먹고 나가서 和順居 姜二爺 의 곳에 이르렀다

emu hacin 紅羅廠 hūtung 朴二㇓ i boode isinaha..
한 가지 紅羅廠 hūtung 朴二爺 의 집에 이르렀다

emu hacin 毛家灣 福善堂 李三㇓ i boode isinaha. i boode akū..
한 가지 毛家灣 福善堂 李三爺 의 집에 이르렀다 그 집에 없다

emu hacin 石老娘 hūtung 寶與 米居 de isinaha. 鶴年 puseli de bihe..
한 가지 石老娘 hūtung 寶興 米居 에 이르렀다 鶴年 가게 에 있었다

emu hacin 張繼照 i boode isinaha. i boode akū..
한 가지 張繼照 의 집에 이르렀다 그 집에 없다

emu hacin nirui janggin 和昌 和五丌 onggolo meni emgi emu hūwa tehe bihe. amala gurime tucifi
한 가지 佐領 和昌 和五爺 전에 우리의 함께 한 동네 살았었다 뒤에 옮겨서 나가고

ini sargan udunggeri hehesi be takūrame. mini ○ eniye i elhe be baiha. te bi cohome
그의 아내 여러 번 여자들 을 시켜서 나의 어머니 의 평안 을 물었다 이제 나 특별히

baihanafi aniya i doro araha. 和五丌 boode akū. bi kejine tefi yoha..
찾아가서 해 의 禮 지었다 和五爺 집에 없다 나 꽤 앉고서 갔다

emu hacin 蔣家坊 hūtung 永崙哥 puseli de isinaha. age boode akū. ceni puseli i
한 가지 蔣家坊 hūtung 永崙형 가게 에 이르렀다 형 집에 없다 그들의 가게 의

boigoji lalanji oki omi seme hacihiyara jakade bi emu hontahan[19] arki omiha genehe.
주인 녹초 되자 마셔라 하고 강권할 적에 나 한 잔 소주 마시고 갔다

tesu hūtung ni dolo 永崙哥 be ucaraha..
본 hūtung 의 안 永崙형 을 만났다

emu hacin bi 曹公观 tuwaran de emu mudan sarašaha..
한 가지 나 曹公觀 僧院 에 한 차례 놀았다

—— ◦ —— ◦ —— ◦ ——

초이틀, 임인(壬寅) 금행(金行) 위수(胃宿) 건일(建日).
하나, 아침에 물만두 먹고 나가서 화순거(和順居) 강이야(姜二爺)가 있는 곳에 이르렀다.
하나, 홍라창(紅羅廠) 후퉁 박이야(朴二爺)의 집에 이르렀다.
하나, 모가만(毛家灣) 복선당(福善堂) 이삼야(李三爺)의 집에 이르렀다. 그는 집에 없었다.
하나, 석노랑(石老娘) 후퉁 보홍미거(寶興米居)에 이르렀다. 학년(鶴年)이 가게에 있었다.
하나, 장계조(張繼照)의 집에 이르렀다. 그는 집에 없었다.
하나, 좌령(左領) 화창(和昌) 화오야(和五爺)는 전에 우리와 함께 같은 동네에 살았었다. 나중에 이사해 나가고, 그의 아내가 여러 번 여자들을 시켜서, 우리 어머니의 평안을 물었다. 이제 내가 특별히 찾아가서 새해 인사를 하였다. 화오야(和五爺)는 집에 없고, 나는 꽤 앉아 있다가 갔다.
하나, 장가방(蔣家坊) 후퉁 영륜(永崙) 형의 가게에 이르렀는데, 형은 집에 없었다. 그들 가게 주인이 '녹초가 되도록 마셔라' 하고 강권하므로 내가 소주 반 되를 마시고 갔다. 우리 후퉁 안에서 영륜(永崙) 형을 만났다.
하나, 나는 조공관(曹公觀) 승원(僧院)에서 한 차례 놀았다.

19) hontahan : 'hūntahan'의 잘못으로 보인다.

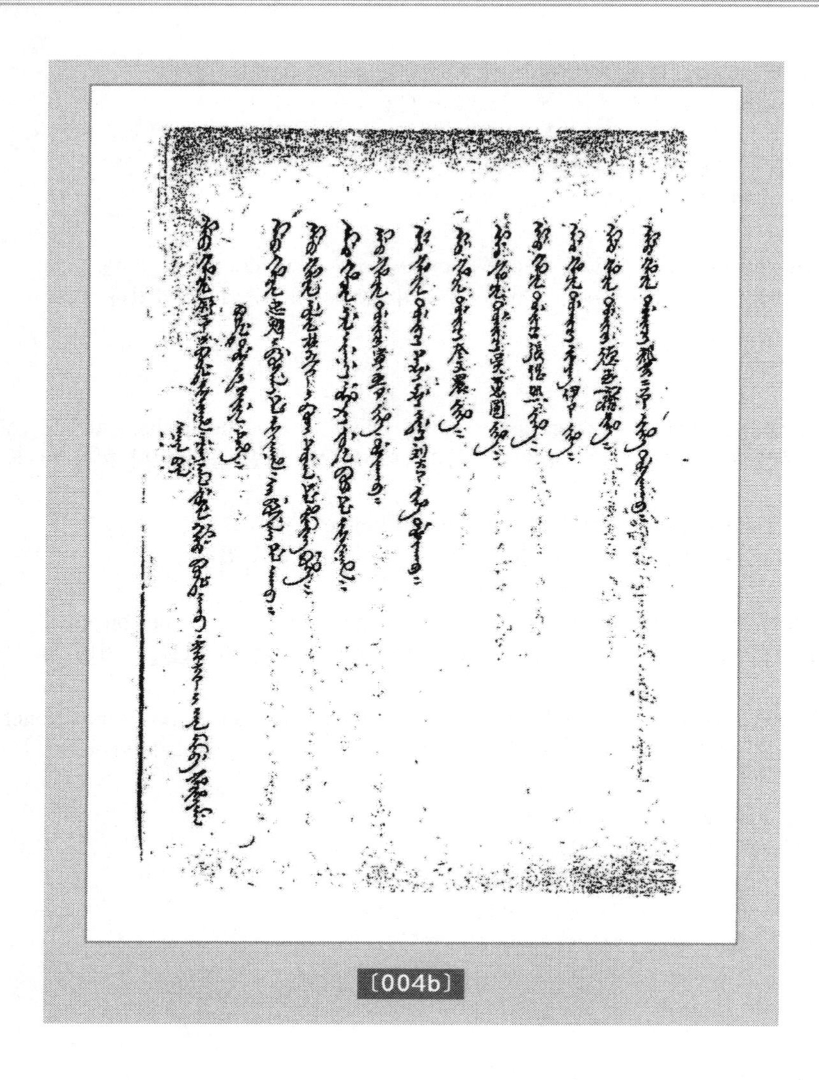

〔004b〕

aniya biya
　정월

emu hacin 舒二卩 i boode isinaha. ceni ama juse gemu boode akū. 常大卩 i aja
한 가지 舒二爺 의 집에 이르렀다 그의 父 子들 모두 집에 없다 常大爺 의 어머니
mimbe hacihiyame
나를 권하여

boode dosifi kejine tehe..
집에 들어가서 꽤 앉았다

emu hacin 忠魁 i puseli de isinaha. i puseli de akū..
한 가지 忠魁 의 가게 에 이르렀다 그 가게 에 없다

emu hacin ulin 林五卩 i booi duka de jyming buhe..
한 가지 ulin 林五爺 의 집의 문 에서 制命 주었다

emu hacin ere inenggi uheri juwan boo de isinaha..
한 가지 이 날 전부 20 집 에 이르렀다

emu hacin donjici 寧五卩 jihe. dosikakū..
한 가지 들으니 寧五爺 왔다 들어오지 않았다

emu hacin donjici dergi ergi adaki 刘大卩 jihe dosikakū..
한 가지 들으니 동 쪽 이웃의 劉大爺 왔다 들어오지 않았다

emu hacin donjici 奎文農 jihe..
한 가지 들으니 奎文農 왔다

emu hacin donjici 吳蕙圃 jihe..
한 가지 들으니 吳蕙圃 왔다

emu hacin donjici 張繼照 jihe..
한 가지 들으니 張繼照 왔다

emu hacin donjici isiyang 伊卩 jihe..
한 가지 들으니 伊祥 伊爺 왔다

emu hacin donjici 德至齋 jihe..
한 가지 들으니 德至齋 왔다

emu hacin donjici 龔三卩 jihe dosikakū..
한 가지 들으니 龔三爺 왔다 들어오지 않았다

—— ◦ —— ◦ —— ◦ ——

정월

하나, 서이야(舒二爺)의 집에 갔더니, 그의 아버지와 아들들이 다 집에 없었다. 상대야(常大爺)의 모친이 나를 권하여 집에 들어가서 꽤 앉아 있었다.
하나, 충괴(忠魁)의 가게에 이르렀다. 그는 가게에 없었다.
하나, 울린(ulin, 烏林) 임오야(林五爺)의 집 대문에서 제명(制命)을 주었다.
하나, 오늘 전부 20집에 이르렀다.
하나, 들으니 영오야(寧五爺)가 왔으나, 들어오지 않았다 한다.
하나, 들으니 동쪽 이웃인 유대야(劉大爺)가 왔으나, 들어오지 않았다 한다.
하나, 들으니 규문농(奎文農)이 왔다 한다.
하나, 들으니 오혜포(吳蕙圃)가 왔다 한다.
하나, 들으니 장계조(張繼照)가 왔다 한다.
하나, 들으니 이샹(isiyang, 伊祥) 이야(伊爺)가 왔다 한다.
하나, 들으니 덕지재(德至齋)가 왔다 한다.
하나, 들으니 공삼야(龔三爺)가 왔으나, 들어오지 않았다 한다.

[005a]

emu hacin bi boode marifi 高三卩 i jalahi jui 老祥 jihe. boode kejine tehe..
한 가지 나 집에 돌아오니 高三爺 의 조카 아이 老祥 왔다 집에 꽤 앉았다

emu hacin doron i jalan i janggin dalingga 楊八卩 jihe. jyming alibuha..
한 가지 印 參 領 dalingga 楊八爺 왔다 制命 전하였다

emu hacin 金蘭齋 刘文輔 jihe. jyming alibuha..
한 가지 金蘭齋 劉文輔 왔다 制命 전하였다

emu hacin ioipu 玉卩 jihe. jyming alibuha..
한 가지 玉璞 玉爺 왔다 制命 전하였다

emu hacin ahūngga jihe. jyming alibuha..
한 가지 ahūngga 왔다 制命 전하였다

—— ◦ —— ◦ —— ◦ ——

하나, 내가 집에 돌아오니 고삼야(高三爺)의 조카 노상(老祥)이 와서 집에 꽤 앉아 있었다.
하나, 인무참령(印務參領) 달링가(dalingga, 達凌阿) 양팔야(楊八爺)가 와서 제명(制命)을 전하였다.
하나, 금난재(金蘭齋) 유문보(劉文輔)가 와서 제명을 전하였다.
하나, 이오이푸(ioipu, 玉璞) 옥야(玉爺)가 와서 제명을 전하였다.
하나, 아훙가(ahūngga, 阿洪阿)가 와서 제명을 전하였다.

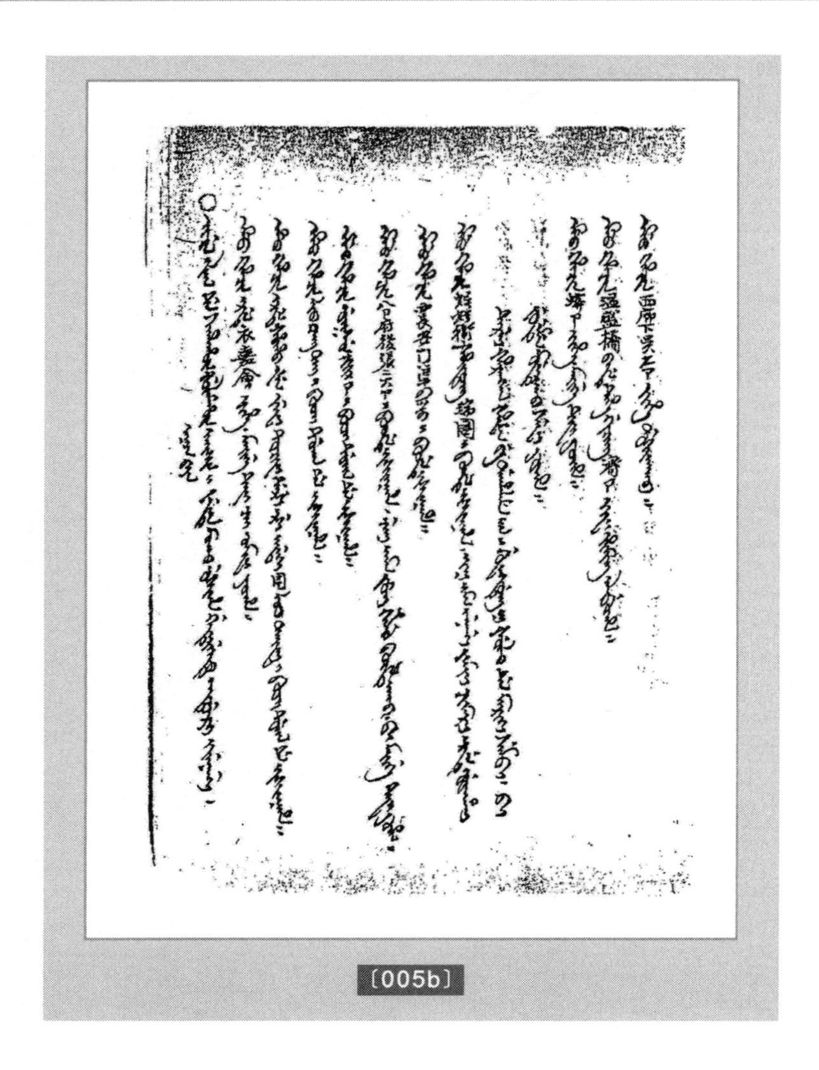
〔005b〕

aniya biya
정월

○ice ilan de sahahūn gūlmahūn aisin i feten moko usiha geterentu enduri inenggi.
초 3 에 거무스름한 토끼 金 의 五行 昴 宿 除 神 날

emu hacin erde 衣嘉會 jihe. majige tefi cai omifi yoha..
한 가지 아침 衣嘉會 왔다 잠시 앉고서 차 마시고 갔다

emu hacin erde hoho efen jefi tucifi dergi ergi adaki 周 loo taitai i booi duka de isinaha..
한 가지 아침 水餃子 먹고 나가서 동 쪽 이웃의 周 老 太太 의 집의 문 에 이르렀다

emu hacin lio cangtai i booi duka de isinaha..
한 가지 劉 長泰 의 집의 문 에 이르렀다

emu hacin uksun 慶丫 i booi duka de isinaha..
한 가지 종친 慶爺 의 집의 문 에 이르렀다

emu hacin 八丫府 後 張二大丫 i boode isinaha. ceni ama jui gemu boode akū. bi majige tefi yoha..
한 가지 八爺府 뒤 張二大爺 의 집에 이르렀다 그의 父 子 모두 집에 없다 나 잠시 앉고서 갔다

emu hacin 西長安門 渠四哥 i boode isinaha..
한 가지 西長安門 渠四哥 의 집에 이르렀다

emu hacin 蜈蚣衛 hūtung 瑞图 i boode isinaha. ini ama enenggi yamji cimari erde uthai
한 가지 蜈蚣衛 hūtung 瑞圖 의 집에 이르렀다 그의 아버지 오늘 밤 내일 아침 바로

terei harangga hafan be dahalame an i guwangdung ni golo de mariki sembi.. bi
그의 副官 을 따라서 평소대로 廣東 의 省 에 돌아가자 한다 나

fudeme muterakū sefi yoha..
보낼 수 없다 하고 갔다

emu hacin 蟒丫 jihe. majige tefi yoha..
한 가지 蟒爺 왔다 잠시 앉고서 갔다

emu hacin 溫盛橋 bade tehe gicang 濟丫 jifi jyming alibuha..
한 가지 溫盛橋 곳에 살던 濟昌 濟爺 와서 制命 전하였다

emu hacin 西廊下 吳大丫 jihe. dosikakū..
한 가지 西廊下 吳大爺 왔다 들어오지 않았다

—— ◦ —— ◦ —— ◦ ——

정월

초사흘, 계묘(癸卯) 금행(金行) 앙수(昴宿) 제일(除日).

하나, 아침에 의가회(衣嘉會)가 와서 잠시 앉아서 차를 마시고 갔다.

하나, 아침에 물만두 먹고 나가서 동쪽 이웃인 주(周)씨 할머니 집의 대문에 이르렀다.

하나, 리오 창타이(lio cangtai, 劉長泰) 집의 대문에 이르렀다.

하나, 종친 경야(慶爺) 집의 대문에 이르렀다.

하나, 팔야부(八爺府) 뒤에 있는 장이대야(張二大爺)의 집에 이르렀다. 그의 부자가 모두 집에 없었다. 나는 잠시 앉아 있다가 갔다.

하나, 서장안문(西長安門) 거사가(渠四哥)의 집에 이르렀다.

하나, 오공위(蜈蚣衛) 후퉁 서도(瑞圖)의 집에 이르렀다. 그의 아버지가 오늘 밤과 내일 아침 사이에 바로 그의 부관(副官)을 따라서 평소대로 광동성(廣東省)에 돌아간다고 한다. 나는 전송할 수 없다 하고 갔다.

하나, 망야(蟒爺)가 와서 잠시 앉아 있다가 갔다.

하나, 온성교(溫盛橋) 지역에 살던 기창(gicang, 濟昌) 제야(濟爺)가 와서 제명(制命)을 전하였다.

하나, 서랑하(西廊下) 오대야(吳大爺)가 왔으나, 들어오지 않았다.

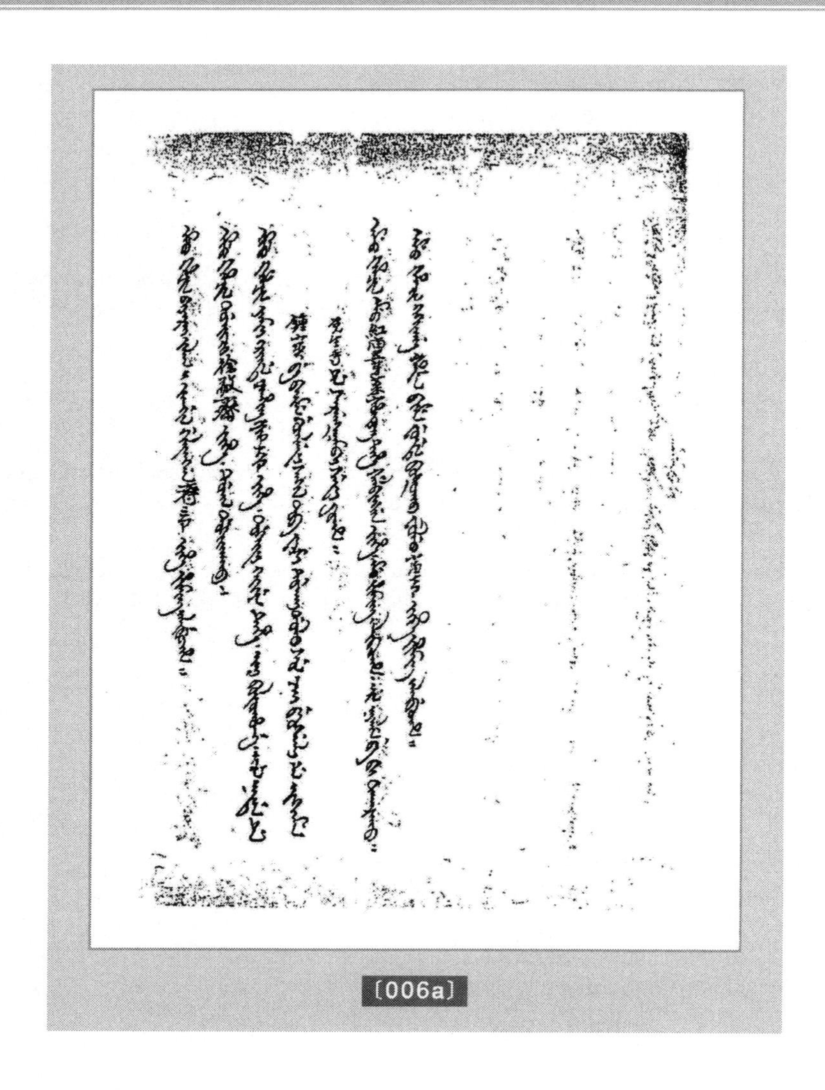

[006a]

emu hacin bayara jalan i janggin gilingga 濟三卩 jihe jyming alibuha..
한 가지 護軍參領 濟靈阿 濟三爺 왔다 制命 전하였다

emu hacin donjici 徐敬齋 jihe. duka dosikakū..
한 가지 들으니 徐敬齋 왔다 문 들어오지 않았다

emu hacin yamji erinde canghing 常大卩 jihe. dosifi kejine tehe. ini boljohongge ice nadan de
한 가지 저녁 때에 常興 常大爺 왔다 들어와서 꽤 앉았다 그의 약속한 것 초 7 에

鍾山英 be baime guilefi sasa tob wargi dukai dolo sun cai puseli de isame
鍾山英 을 청해서 회합하고 같이 西直門의 안 우유 차 가게 에 모여서

觉生寺 de sargašanambi sefi yoha..
覺生寺 에 놀러간다 하고 갔다

emu hacin emu 紅庙 豆芽菜 hūtung tehe galbingga jihe. emu jyming alibuha. ere niyalma be
한 가지 한 紅廟 豆芽菜 hūtung 사는 葛勒炳阿 왔다 한 制命 전하였다 이 사람 을
bi takarakū..
나 알아볼 수 없다

emu hacin kesingge hafan bime funde bošokū fulu 富七卩 jihe. jyming alibuha..
한 가지 恩騎尉 兼 驍騎校 fulu 富七爺 왔다 制命 전하였다

—— ∘ —— ∘ —— ∘ ——

하나, 호군참령(護軍參領) 길링가(gilingga, 濟靈阿) 제삼야(濟三爺)가 와서 제명(制命)을 전하였다.

하나, 들으니 서경재(徐敬齋)가 왔으나, 대문을 들어오지 않았다 한다.

하나, 저녁때에 상흥(常興) 상대야(常大爺)가 와서 들어와서는 꽤 앉아 있었다. 그가 약속하기를, '초이레에 종산영(鍾山英)을 청해서 회합하고, 함께 서직문(西直門) 안에 있는 우유 찻집에 모여서 각생사(覺生寺)에 놀러간다' 하고 갔다.

하나, 어느 홍묘(紅廟) 두아채(豆芽菜) 후퉁에 사는 갈빙가(galbingga, 葛勒炳阿)가 와서 제명 하나를 전하였다. 이 사람을 나는 알아볼 수 없었다.

하나, 은기위(恩騎尉) 겸 효기교(驍騎校)인 풀루(fulu, 富祿) 부칠야(富七爺)가 와서 제명을 전하였다.

[006b]

aniya biya
정월

○ice duin de niowanggiyan muduri tuwa i feten bingha usiha jaluntu enduri inenggi.
초 4 에 푸른 용 火 의 五行 畢 宿 滿 神 날

emu hacin duleke aniya acabuha oktoi belge be te gemu wacihiyame omime wajiha..
한 가지 지난 해 조제한 약의 알 을 지금 모두 완전히 마시기 마쳤다

emu hacin erde šasigan arafi jefi abkai elhe obure duka deri yabume
한 가지 아침 국 만들어 먹고 天安門 으로 가서
fafungga cin wang ni fu i 萬道子
fafungga 親 王 의 府 의 萬道子

祁茂 i booi duka de jyming alibuha..
祁茂 의 집의 문 에서 制命 전하였다

emu hacin 盔甲廠 何老大 i boode isiname i tucifi acaha. bi dosikakū yoha..
한 가지 盔甲廠 何老大 의 집에 이르고 그 나와서 만났다 나 들어가지 않고 갔다

emu hacin 十方院 德二刀 i boode jyming alibuha..
한 가지 十方院 德二爺 의 집에 制命 전하였다

emu hacin 演樂 hūtung faidan i da 喀大刀 i boode jyming alibuha..
한 가지 演樂 hūtung 儀仗 의 長 喀大爺 의 집에 制命 전하였다

emu hacin šun be aliha dukai amba giyai de 協昇號 王景元 i puseli de jyming buhe..
한 가지 朝陽門 大 街 에 協昇號 王景元 의 가게 에 制命 주었다

emu hacin 四條 hūtung gosingga 郭二刀 i boode jyming buhe..
한 가지 四條 hūtung gosingga 郭二爺 의 집에 制命 주었다

emu hacin 六條 hūtung 慶三刀 i boode jyming alibuha..
한 가지 六條 hūtung 慶三爺 의 집에 制命 전하였다

emu hacin 杠房 hūtung 馬大哥 i boode isinaha. i boode akū..
한 가지 杠房 hūtung 馬大哥 의 집에 이르렀다 그 집에 없다

emu hacin 十二條 hūtung 廣三刀 i boode jyming alibuha..
한 가지 十二條 hūtung 廣三爺 의 집에 制命 전하였다

emu hacin 图懋齋 i boode isinaha. ini eme ne nimekuleme bi. 懋齋 ne idulame bifi boode
한 가지 圖懋齋의 집에 이르렀다 그의 어머니 지금 병들어 있다 懋齋 지금 당직하고 있어 집에

―― ◦ ―― ◦ ―― ◦ ――

정월
초나흘, 갑진(甲辰) 화행(火行) 필수(畢宿) 만일(滿日).
하나, 지난해에 조제한 환약을 지금 마시기를 완전히 끝냈다.
하나, 아침에 국을 만들어서 먹고 천안문(天安門)으로 가서 숙친왕부(肅親王府)의 만도자(萬道子) 기무(祁茂)의 집 대문에서 제명(制命)을 전하였다.
하나, 회갑창(盔甲廠) 하노대(何老大)의 집에 다다르니, 그가 나와서 만났다. 나는 들어가지 않고 갔다.
하나, 시방원(十方院) 덕이야(德二爺)의 집에 제명을 전하였다.
하나, 연락(演樂) 후퉁 왕부장사(王府長史) 객대야(喀大爺)의 집에 제명을 전하였다.
하나, 조양문(朝陽門) 길에 있는 협승호(協昇號) 왕경원(王景元)의 가게에 제명을 주었다.
하나, 사조(四條) 후퉁 고싱가(gosingga, 郭興阿) 곽이야(郭二爺)의 집에 제명을 주었다.
하나, 육조(六條) 후퉁 경삼야(慶三爺)의 집에 제명을 전하였다.
하나, 강방(杠房) 후퉁 마대가(馬大哥)의 집에 이르렀다. 그는 집에 없었다.
하나, 십이조(十二條) 후퉁 광삼야(廣三爺)의 집에 제명을 전하였다.
하나, 도무재(圖懋齋)의 집에 이르렀다. 그의 어머니가 지금 병들어 있다. 무재(懋齋)는 지금 당직하고 있어서 집에

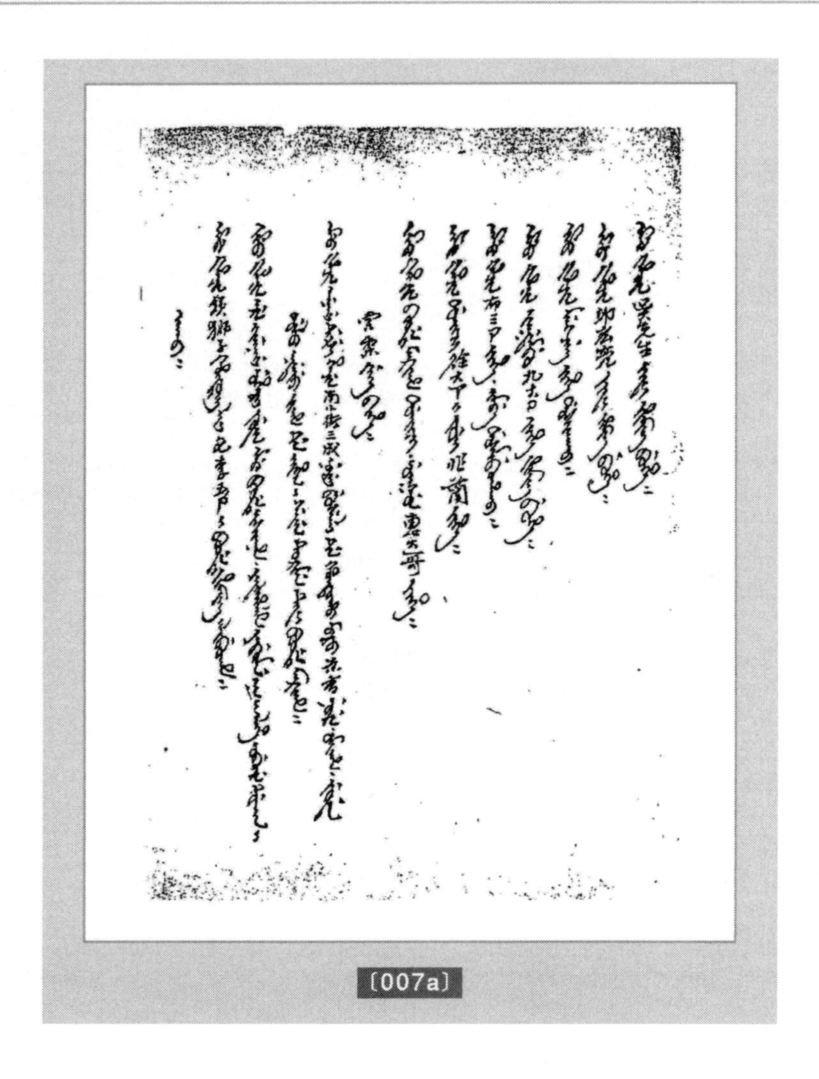
[007a]

akū..
없다

emu hacin 鐵獅子 hūtung lii kun 李五卩 i boode jyming alibuha..
한 가지 鐵獅子 hūtung 李 昆 李五爺 의 집에 制命 전하였다

emu hacin ere inenggi uheri juwan emu boode isinaha. yafahalame yabume na i elhe obure duka i
한 가지 이 날 전부 20 1 집에 이르렀다 걸어 가서 地安門 의

dolo nadanju jiha de eihen i sejen turime tefi boode mariha..
안 70 錢 에 나귀 의 수레 빌려서 타고 집에 돌아왔다

emu hacin enenggi dergi hecen 南小街 三成 nurei puseli de hontoho moro 涼香 nure omiha. juwe
한 가지 오늘 동쪽 城 南小街 三成 술의 가게 에 반 되 涼香 술 마셨다 2

棠梨 jeke bihe..
棠梨 먹었다

emu hacin boode mariha. donjici uksun 惠大哥 jihe..
한 가지 집에 돌아왔다 들으니 종친 惠大형 왔다

emu hacin donjici 徐大丁 i jui 兆蘭 jihe..
한 가지 들으니 徐大爺 의 아들 兆蘭 왔다

emu hacin 布三丁 jihe. imbe dosimbuhakū..
한 가지 布三爺 왔다 그를 들어오지 못하게 하였다

emu hacin jakdambu 扎大丁 jihe. jyming buhe..
한 가지 jakdambu 扎大爺 왔다 制命 주었다

emu hacin mengceng jihe. dosikakū..
한 가지 孟誠 왔다 들어오지 않았다

emu hacin 邱宏亮 jifi jyming buhe..
한 가지 邱宏亮 와서 制命 주었다

emu hacin 吳先生 jifi jyming buhe..
한 가지 吳先生 와서 制命 주었다

—— ◦ —— ◦ —— ◦ ——

없었다.
하나, 철사자(鐵獅子) 후퉁 리쿤(lii kun, 李昆) 이오야(李五爺)의 집에 제명(制命)을 전하였다.
하나, 오늘 모두 21집에 이르렀다. 걸어가서 지안문(地安門) 안에서 70전에 나귀 수레를 빌려서 타고 집에 돌아왔다.
하나, 오늘 동성(東城) 남소가(南小街) 삼성(三成) 술 가게에서 량향(涼香) 술 반 되를 마시고, 팥배 2개를 먹었다.
하나, 집에 돌아와서 들으니, 종친 혜대(惠大) 형이 왔다 한다.
하나, 들으니 서대야(徐大爺)의 아들 조란(兆蘭)이 왔다 한다.
하나, 포삼야(布三爺)가 왔는데, 그를 들어오지 못하게 하였다.
하나, 작담부(jakdambu, 扎克丹布) 찰대야(扎大爺) 와서 제명을 전하였다.
하나, 멍청(mengceng, 孟誠)이 왔으나, 들어오지 않았다.
하나, 구굉량(邱宏亮)이 와서 제명을 전하였다.
하나, 오선생(吳先生)이 와서 제명을 전하였다.

〔007b〕

aniya biya aga muke[20].
　정월　우　수

emu hacin 郁蓮莊 jifi jyming buhe..
한 가지 郁蓮莊 와서 制命 주었다

20) aga muke : '비와 물'의 뜻으로, 24절기의 '우수(雨水)'의 만주식 표현이다.

—— ◦ —— ◦ —— ◦ ——

정월 우수(雨水)

하나, 욱련장(郁蓮莊)이 와서 제명(制命)을 전달하였다.

〔008a〕

○ice sunja de niohon meihe tuwa i feten semnio usiha necintu enduri inenggi.
초 5 에 푸르스름한 뱀 火 의 五行 觜 宿 平 神 날

ulgiyan erin i tob jai kemu de aga muke aniya biyai dulin..
돼지 때 의 正 再 刻 에 雨 水 정월의 보름이다

emu hacin erde hoho efen arafi jefi tucifi 徐敬齋 i boode isinaha. kejine tefi
한 가지 아침 水餃子 만들어 먹고 나가서 徐敬齋 의 집에 이르렀다 꽤 앉고서

yoha..
갔다

emu hacin 石駙馬後宅 高桂卩 i boode isinaha. gemu boode akū. bi dosifi majige tefi
한 가지 石駙馬後宅 高桂爺 의 집에 이르렀다 모두 집에 없다 나 들어가서 잠시 앉고서

yoha..
갔다

emu hacin nadanju jiha de juwe jancuhūn jofohori[21] udaha..
한 가지 70 錢 에 2 단 밀감 샀다

emu hacin 夏文義 jifi jyming alibuha..
한 가지 夏文義 와서 制命 전하였다

emu hacin 忠魁 jihe. kejine tefi yoha..
한 가지 忠魁 왔다 꽤 앉고서 갔다

emu hacin yamji šasigan arafi jefi teo tiyoo hūtung de isinaha. tubade 吳五 i jacin jui
한 가지 저녁 국 만들어 먹고 頭 條 hūtung 에 이르렀다 거기서 吳五 의 둘째 아들

吳二卩 i jui be ucaraha amala bi emhe i etuku be juwen gaiha. eyun cimari etuki
吳二爺 의 아들 을 만난 뒤에 나 장모 의 옷 을 빌려 가졌다 누나 내일 입자

sembi. jai ging ni erinde boode mariha..
한다 둘째 更 의 때에 집에 돌아왔다

emu hacin jakūnju jiha de emu farsi behe udaha..
한 가지 80 錢 에 한 덩이 먹 샀다

—— ◦ —— ◦ —— ◦ ——

초닷새, 을사(乙巳) 화행(火行) 자수(觜宿) 평일(平日).
해시(亥時)의 정(正) 2각(二刻)에 우수(雨水)이다. 정월의 보름이다.
하나, 아침에 물만두를 만들어 먹고 나가서 서경재(徐敬齋)의 집에 이르러, 꽤 앉아 있다가 갔다.
하나, 석부마후택(石駙馬後宅) 고계야(高桂爺)의 집에 이르렀는데, 모두 집에 없다. 나는 들어가서 잠시 앉아 있다가 갔다.
하나, 70전으로 단 밀감 2개를 샀다.
하나, 하문의(夏文義)이 와서 제명(制命)을 전하였다.
하나, 충괴(忠魁)가 왔다. 꽤 앉아 있다가 갔다.
하나, 저녁에 국을 만들어 먹고 두조(頭條) 후퉁에 이르렀다. 거기에서 오오(吳五)의 둘째 아들과 오이야(吳二爺)의 아들을 만났다. 그 뒤에 나는 장모의 옷을 빌렸다. 누나가 내일 입고자 한다. 2경 때에 집으로 돌아왔다.
하나, 80전으로 먹 한 덩이 샀다.

21) jancuhūn jofohori : '귤'이라는 뜻이다.

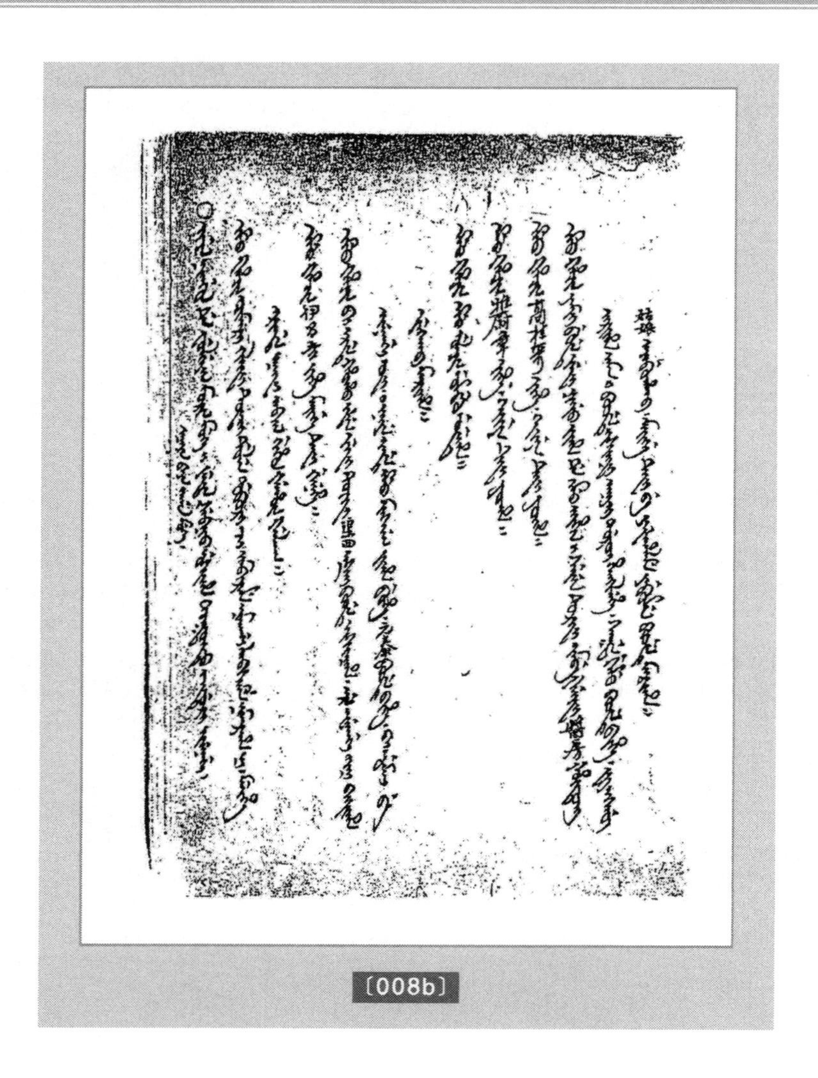

〔008b〕

aniya biya aga muke.
정월 우 수

○ice ninggun de fulgiyan morin muke i feten šebnio usiha toktontu enduri inenggi.
초 6 에 붉은 말 水 의 五行 參 宿 定 神 날

emu hacin cimari ilifi tuwaci dule dobori ci ambarame nimanggi labsame nimaraha ni.
한 가지 오늘 아침 일어나서 보니 뜻밖에 밤 부터 크게 눈 흩날리며 내렸구나
meihe
뱀

erinde nakafi abka gehun gahūn galaka..
때에 그치고 하늘 말끔하고 맑게 개었다

emu hacin 伊昌吾 jihe. majige tefi genehe..
한 가지 伊昌吾 왔다 잠시 앉고서 갔다

emu hacin bi erde hoho efen jefi tucifi 渠四 ašai boode isinaha. ere inenggi ini banjiha
한 가지 나 아침 水餃子 먹고 나가서 渠四 형수의 집에 이르렀다 이 날 그의 태어난

nenggi ofi ○ eniye inde emu minggan jiha buhe. 元泰 boode bihe. bi umai be
날이어서 어머니 그에게 1 千 錢 주었다 元泰 집에 있었다 나 아무것 을

jekekū mariha..
먹지 않고 돌아왔다

emu hacin emu ulcin umpu udaha..
한 가지 한 꿰미 탕후루 샀다

emu hacin 雅蔚章 jihe. kejine tefi yoha..
한 가지 雅蔚章 왔다 꽤 앉고서 갔다

emu hacin 高桂哥 jihe. kejine tefi yoha..
한 가지 高桂형 왔다 꽤 앉고서 갔다

emu hacin yamji buda jefi ninju jiha de emu eihen i sejen turifi imbe gaifi 醬房 hūtung
한 가지 저녁 밥 먹고 60 錢 에 한 나귀 의 수레 빌려서 이를 가지고 醬房 hūtung

araha ama i boode isinafi aniyai doroi hengkilehe. sakda gemu boode bihe. fiyanggū
養 父 의 집에 이르러 새해의 禮로 인사하였다 어르신 모두 집에 있었다 막내

姑娘 acabuhakū. majige tefi be yafahalame yabume boode mariha..
姑娘 만나지 못하였다 잠시 앉고서 우리 걸어 가서 집에 돌아왔다

—— ◦ —— ◦ —— ◦ ——

정월 우수(雨水)
초엿새, 병오(丙午) 수행(水行) 삼수(參宿) 정일(定日).
하나, 오늘 아침에 일어나서 보니 뜻밖에 밤부터 많은 눈이 날리며 내렸구나. 사시(巳時)에 그치고 하늘이 말끔하게 개였다.
하나, 이창오(伊昌吾)가 와서, 잠시 앉아 있다가 갔다.
하나, 나는 아침에 물만두를 먹고 나가서 거사(渠四) 형수의 집에 이르렀다. 이날은 형수의 생일날이어서 어머님께서 그에게 은 1천 전을 주었다. 원태(元泰)가 집에 있었다. 나는 아무것도 먹지 않고 돌아왔다.
하나, 탕후루(糖葫蘆)[22] 한 꼬치를 샀다.
하나, 아울장(雅蔚章)이 와서 꽤 앉아 있다가 갔다.
하나, 고계(高桂) 형이 와서 꽤 앉아 있다가 갔다.
하나, 저녁밥을 먹고 60전으로 나귀수레 하나를 빌려서 타고 장방(醬房) 후퉁 양부의 집에 이르러 새해 인사를 드렸다. 어르신들 모두 집에 있었다. 막내딸은 만나지 못하였다. 잠시 앉아 있다가 우리는 걸어서 집에 돌아왔다.

---

22) 탕후루(糖葫蘆) : 원문의 'umpu'는 탕후루를 가리키는 'umpu debsen'으로 보인다.

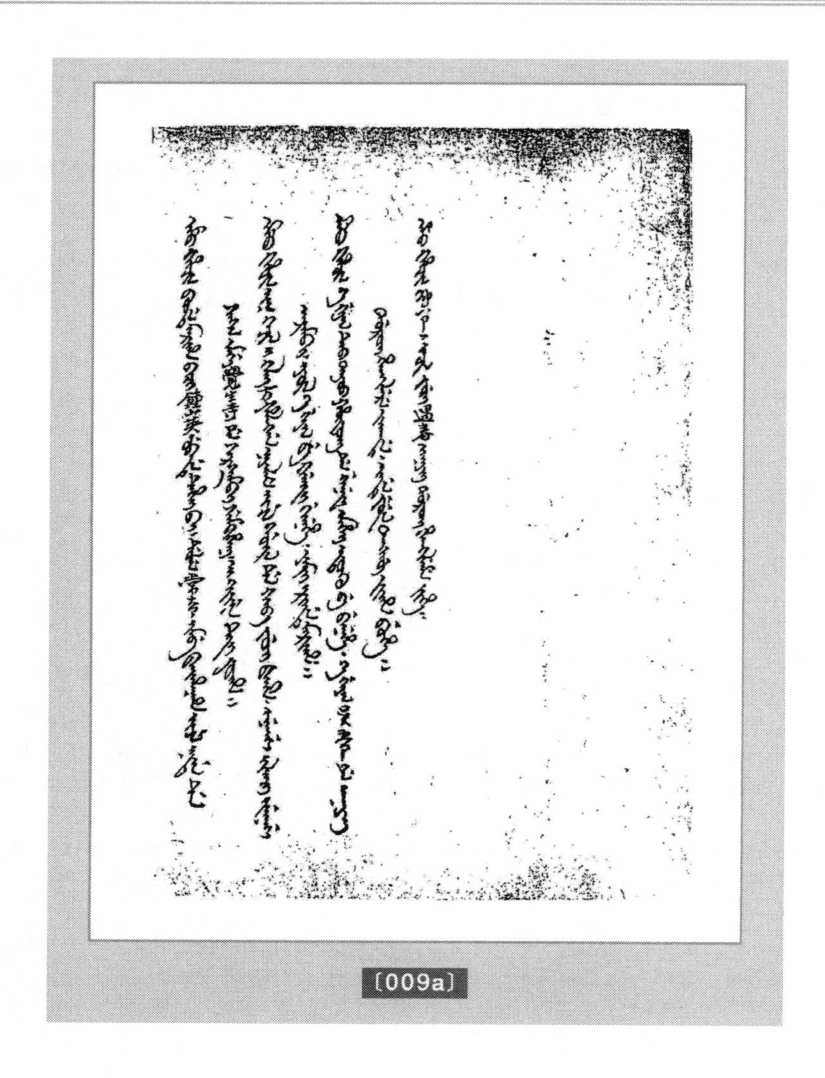

[009a]

emu hacin boode mariha bici 鍾山英 ubade tehei bi. dule 常大乃 imbe baihanaha
한 가지 집에 돌아와 있으니 鍾山英 이곳에 앉은 채로 있다 뜻밖에 常大爺 이를 찾아와서
ice nadan de
초 7 에

sasa emgi 覺生寺 de saršambi sembi. heni i kejine tefi yoha..
같이 함께 覺生寺 에서 논다 한다 조금 꽤 앉고서 갔다

emu hacin ina kecin i keli 方 halangga niyalma ice sunja de kaba jui baha.
한 가지 조카 克勤 의 동서 方 성의 사람 초 5 에 쌍둥이 낳았다
enenggi ilaci inenggi
오늘 셋째 날

arambi[23]. eyūn[24] ke giyan be gaifi genehe. yamji erinde mariha..
목욕시킨다 누나 ke giyan 을 데리고 갔다 저녁 때에 돌아왔다

emu hacin ke giyan teo tiyoo hūtung de genefi emhei etuku be benehe. ke giyan
한 가지 ke giyan 頭 條 hūtung 에 가서 장모의 옷 을 보냈다 ke giyan
吳五𠆧 de aniyai
吳五爺 에 새해의

doroi hengkilere jakade. inde juwe tanggū jiha buha..
禮로 인사할 적에 그에게 2 百 錢 주었다

emu hacin 邹六𠆧 i jacin jui 遇春 aniyai doroi hengkileme jihe..
한 가지 鄒六爺 의 두 번째 아들 遇春 새해의 禮로 인사하러 왔다

— ○ — ○ — ○ —

하나, 집에 돌아와 있으니 종산영(鍾山英)이 이곳에 앉아 있다. 뜻밖에 상대야(常大爺)가 이를 찾아와서 '초이레에 함께 각생사(覺生寺)에서 논다' 한다. 조금 꽤 앉아 있다가 갔다.

하나, 조카 커친(kecin, 克勤)의 동서인 방(方)씨라는 사람이 초닷새에 쌍둥이를 낳았는데, 오늘 목욕시킨다. 누나가 커기얀(kegiyan, 克儉)을 데리고 갔다가 저녁때에 돌아왔다.

하나, 커기얀이 두조(頭條) 후퉁에 가서 장모의 옷을 보냈다. 커기얀이 오오야(吳五爺)에게 새해 인사를 드릴 적에, 그에게 200전을 주었다.

하나, 추육야(鄒六爺)의 둘째 아들인 우춘(遇春)이 새해 인사를 하러 왔다.

---

23) ilaci inenggi arambi : '사흘 지낸다'의 뜻이나 여기서는 관용적 용법으로 "아이가 출생한 지 사흘 만에, (장수를 기원하며) 목욕시키는 행사를 하다"의 말이다.

24) eyūn : 'eyun'의 잘못 또는 방언으로 추정된다.

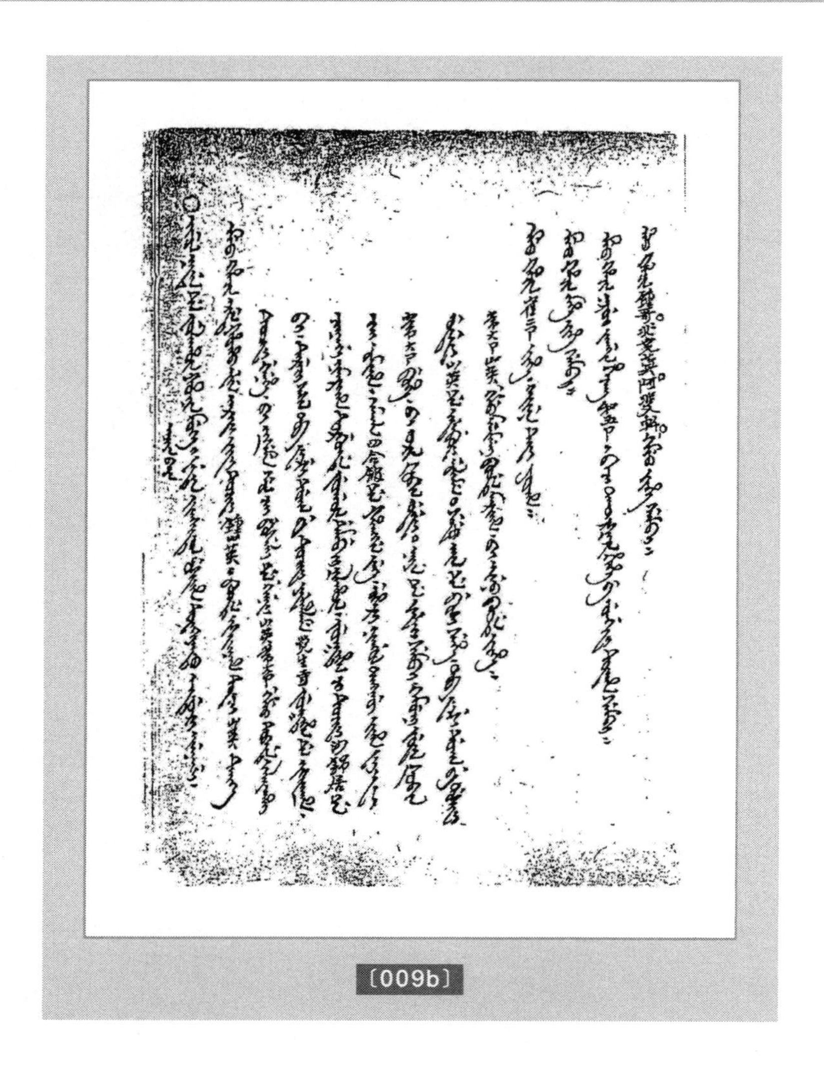

〔009b〕

aniya biya
정월

○ice nadan de fulahūn honin muke i feten jingsitun usiha tuwakiyantu enduri inenggi.
초 7 에 불그스름한 양 水 의 五行 井 宿 執 神 날

emu hacin erde hoho efen arafi jefi tucifi 鍾山英 i boode isinaha tuwaci 山英 teike
한 가지 아침 水餃子 만들어 먹고 나가서 鍾山英 의 집에 이르러서 보니 山英 조금전

tucifi genehe. bi ekšeme sun cai puseli de genefi 山英 常大丆 gemu tubade aliyahai
나가서 갔다 나 급하게 우유 차 가게 에 가고 山英 常大爺 모두 거기에서 기다린 채

bi. tereci sasa tob wargi duka be tucifi yafahalame 觉生寺 juktehen de isinaha.
있다 거기에서 같이 西直門 을 나가서 걸어가고 覺生寺 절 에 이르렀다

cananggi nimaraha turgunde jugūn dembei nilhūn. juktehen ci tucifi 沙鍋居 de
그저께 눈이 온 까닭에 길 아주 미끄럽다 절 에서 나가서 沙鍋居 에

cai omiha. amala 四合館 de hangse jeke. uheri ninggun tanggū jiha fayafi
차 마셨다 뒤에 四合館 에서 국수 먹었다 전부 6 百 錢 써서

常大卩 buhe. bi orin šobin[25] udafi ∘ eniye de jafaki sembi. kemuni juwan šobin
常大爺 주었다 나 20 燒餅 사서 어머니 에 드리자 한다 또 10 燒餅

udafi 山英 de afabufi ulame ∘ sefu aja de buki sehe. tob wargi duka be dosifi
사서 山英 에 건네주어 전하고 師傅 母 에 주자 하였다 西直門 을 들어가서

常大卩 山英 gemu meimeni boode mariha. bi inu boode jihe..
常大爺 山英 모두 각각 집에 돌아왔다 나 도 집에 왔다

emu hacin 崔二卩 jihe. kejine tefi yoha..
한 가지 崔二爺 왔다 꽤 앉고서 갔다

emu hacin emhe jihe sembi..
한 가지 장모 왔다 한다

emu hacin nirui janggin hecang 和五卩 i baci takūršara hehe be unggifi tuwaha sembi..
한 가지 佐領 和昌 和五爺 의 곳에서 사환하는 여자 를 보내서 보았다 한다

emu hacin 鍾哥 兆尭蓂 阿斐軒 gemu jihe sembi..
한 가지 鍾哥 兆堯蓂 阿斐軒 모두 왔다 한다

—— ∘ —— ∘ —— ∘ ——

정월
초이레, 정미(丁未) 수행(水行) 정수(井宿) 집일(執日).
하나, 아침에 물만두를 만들어 먹고 나가서 종산영(鍾山英)의 집에 이르러서 보니, 산영(山英)이 조금 전에 나갔다. 나는 급하게 우유 찻집에 가고, 산영과 상대야(常大爺)가 모두 거기에서 기다리고 있다. 거기에서 같이 서직문(西直門)을 나가 걸어서 각생사(覺生寺)에 이르렀다. 그저께 온 눈 때문에 길이 아주 미끄럽다. 절에서 나가서 사과거(沙鍋居)에서 차를 마신 뒤에 사합관(四合館)에서 국수를 먹었다. 전부 600전 썼는데, 상대야(常大爺)가 주었다. 나는 샤오빙[燒餅]을 20개 사서 어머니께 드리고자 한다. 또 샤오빙 10개 사서 산영(山英)에게 건네주고서 사모에게 주라 하였다. 서직문을 들어가서 상대야와 산영이 모두 각각 집에 돌아갔고, 나도 집에 왔다.
하나, 최이야(崔二爺)가 와서 꽤 앉아 있다가 갔다.
하나, 장모가 왔다 한다.
하나, 좌령(佐領) 허창(hecang, 和昌) 화오야(和五爺)가 사는 곳에서 사환하는 여자를 보내서 보았다 한다.
하나, 종가(鍾哥), 조요명(兆尭蓂), 아비헌(阿斐軒)이 모두 왔다 한다.

25) šobin : '샤오빙[燒餅]'의 만주어 음차로 밀가루로 둥글게 만들어 속를 넣고 불에 지진 것을 가리킨다.

[010a]

○ice jakūn de suwayan bonio boihon i feten guini usiha efujentu enduri inenggi.
초 8 에 누런 원숭이 土 의 五行 鬼 宿 破 神 날

emu hacin erde hoho efen jefi tucifi 護國寺 juktehen de isinaha. nadanju jiha de emu
한 가지 아침 水餃子 먹고 나가서 護國寺 절 에 이르렀다 70 錢 에 한

šunggiyada ilha[26] udaha. tereci 石老娘 hūtung 宝兴米局 de isinaha. 鶴年 依嘉惠
수선화 꽃 샀다 거기로부터 石老娘 hūtung 寶興米局 에 이르렀다 鶴年 依嘉惠

gemu puseli de akū. bi majige tefi mariha..
모두 가게 에 없다 나 잠시 앉고서 돌아왔다

26) šunggiyada ilha : '수선화(水仙花)'를 가리킨다.

emu hacin 德 taitai jihe..
한 가지 德 太太 왔다

emu hacin 滿九卩 i boode mini beye ice de uthai ceni boode isinafi aniya doroi hengkilehe.
한 가지 滿九爺 의 집에 나의 몸소 초하루 에 바로 그의 집에 이르러 새해 禮로 인사하였다
inenggi
낮

teile teni karušame jihe. ai turgunde ushahakū ainaha be sarkū. majige tefi yoha..
에야 겨우 보답하고 왔다 무슨 까닭으로 원망하지 않는지 왠지 를 모르겠다 잠시 앉고서 갔다

emu hacin 祁茂 jifi jyming alibuha..
한 가지 祁茂 와서 制命 전하였다

―― ◦ ―― ◦ ―― ◦ ――

초여드레, 무신(戊申) 토행(土行) 귀수(鬼宿) 파일(破日).
하나, 아침에 물만두를 먹고 나가서 호국사(護國寺)에 갔다. 70전으로 수선화 꽃을 한 송이 샀다. 거기에서 석노랑(石老娘) 후퉁의 보흥미국(寶興米局)에 갔다. 학년(鶴年)과 의가혜(依嘉惠)가 모두 가게에 없었다. 나는 잠시 앉아 있다가 돌아왔다.
하나, 덕(德) 부인이 왔다.
하나, 만구야(滿九爺)의 집에 내가 직접 초하루에 바로 그의 집에 이르러 새해 인사를 하였다. 낮에야 겨우 보답하고 왔다. 무슨 까닭으로 원망하지 않는지, 왠지를 모르겠다. 잠시 앉아 있다가 갔다.
하나, 기무(祁茂)가 와서 제명(制命)을 전하였다.

〔010b〕

aniya biya
정월

○ice uyun de sohon coko boihon i feten lirha usiha tuksintu enduri inenggi.
초 9 에 누르스름한 닭 土 의 五行 柳 宿 危 神 날

emu hacin erde hoho efen jefi ina ke giyan ina sargan jui nionio ina omolo 套兒 be
한 가지 아침 水餃子 먹고 조카 ke giyan 조카 딸 아이 妞妞 조카 손자 套兒 를
gaifi 曹公觀
데리고 曹公觀

muktehen de isinafi sarašaha. tanggū susai jiha de ninggun gargan ayan i araha ilha[27)]
廟 에 이르러서 놀았다 百 50의 錢 에 6 송이 燈花

udaha. 套兒 de emu hacin efiku udafi buhe. tob wargi duka be tucifi huncu de
샀다 套兒 에게 한 종류 장난감 사서 주었다 西直門 을 나가서 썰매 에

tehe. elgiyen i mutehe duka be dosifi 天成軒 de cai omiha. yafahalame boode mariha..
탔다 阜成門 을 들어가서 天成軒 에서 차 마셨다 걸어서 집에 돌아왔다

emu hacin 瑞图 jihe. 套兒 de juwe tanggū jiha buhe. kejine tefi yoha..
한 가지 瑞圖 왔다 套兒 에 2 百 錢 주었다 꽤 앉고서 갔다

emu hacin 德惟一 age jihe. kejine tehe. jai ging ni erinde mariha..
한 가지 德惟一 형 왔다 꽤 앉았다 둘째 更 의 때에 돌아왔다

emu hacin ninju jiha de emu juru 蝦米須 juru gisun[28)] udaha..
한 가지 60 錢 에 한 쌍 蝦米須 對聯 샀다

emu hacin 德惟一 age 克儉 sede sunja tanggū jiha buhe..
한 가지 德惟一 형 克儉 등에게 5 百 錢 주었다

—— ◦ —— ◦ —— ◦ ——

정월(正月)

초아호레, 기유(己酉) 토행(土行) 유수(柳宿) 위일(危日).

하나, 아침에 물만두를 먹고 조카 커기얀(kegiyan, 克儉), 조카딸 니오니오(nionio, 妞妞), 조카손자 투아(套兒)를 데리고 조공관(曹公觀)의 묘에 이르러서 놀았다. 150전으로 등화(燈花) 여섯 송이를 샀다. 투아(套兒)에게 장난감 한 개를 사서 주었다. 서직문(西直門)을 나가서 썰매에 탔다. 부성문(阜成門)을 들어가서 천성헌(天成軒)에서 차를 마셨다. 걸어서 집에 돌아왔다.

하나, 서도(瑞圖)가 왔다. 투아(套兒)에게 200전을 주었다. 꽤 앉아 있다가 갔다.

하나, 덕유일(德惟一) 형이 왔다. 꽤 앉아 있었다. 2경 때에 돌아왔다.

하나, 60전으로 하미수(蝦米須) 대련(對聯) 한 쌍을 샀다.

하나, 덕유일(德惟一) 형이 커기얀 등에게 500전을 주었다.

---

27) ayan i araha ilha : '납으로 만든 꽃'이라는 뜻으로 납으로 만든 '등롱(燈籠)'을 은유적으로 나타내는 말이다.

28) 蝦米須 juru gisun : 'juru gisun'는 기둥이나 집 입구의 문 양쪽에 써서 거는 '대련(對聯)'을 말하는데, 그 모양이나 양식에 따라 'amba juru gisun(큰 대련)', 'ajige juru gisun(작은 대련)', '條幅 juru gisun(반절보다 폭이 좁고 세로로 긴 형태인 條幅처럼 쓴 대련)' 등이 있다. 이 가운데 '蝦米須 juru gisun'은 대가 되는 구절을 'ㅓㅓ' 모양과 같이 위 4줄에 각 4자씩, 아래 2줄에 각 7자씩을 배치한 것으로 그 모양이 새우 수염과 같다 하여 붙여진 이름으로 '蝦須對'라고도 한다.

[011a]

○juwan de šanyan indahūn aisin i feten simori usiha mutehentu enduri inenggi.
10 에 흰 개 金 의 五行 星 宿 成 神 날

emu hacin morin erinde emgeri emu šaburaha..
한 가지 말 시에 한 번 한 졸았다

emu hacin šuntuhuni booci tucikekū..
한 가지 하루 종일 집에서 나가지 않았다

emu hacin jakūci nakcu tara non 畫兒 be gaime jihe. be nakcu de aniyai doroi hengkilehe..
한 가지 여덟째 외삼촌 사촌 여동생 畫兒 를 데리고 왔다 우리 외삼촌 에 새해의 禮로 인사하였다

jakūci nakcu 套兒 de emu tanggū jiha buhe. honin i yali bujufi tuhe
여덟째 외삼촌 套兒 에게 1 百 錢 주었다 양 의 고기 삶고 보리

efen[29] udafi jakūci nakcu de ulebuhe. ○ eniye 畵兒 de juwe tanggū jiha. bi
떡 사서 여덟째 외삼촌 에게 먹게 하였다 어머니 畵兒 에게 2 百 錢 나

emu tanggū jiha buhe. yamji erinde marime yoha..
1 百 錢 주었다 저녁 때에 돌아서 갔다

emu hacin 德惟一 ašai fulgiyan bocoi suri kubun i etuku ajige dehele emte be
한 가지 德惟一 형수의 붉은 색의 명주 솜 의 옷 작은 민소매 홑저고리 하나씩 을
age juwen gaime
형 빌려 가지고

etubuki sehe. 克儉 be takūrafi gajiha..
입게 하자 하였다 克儉 을 시켜서 가져왔다

—— ○ —— ○ —— ○ ——

10일, 경술(庚戌) 금행(金行) 성수(星宿) 성일(成日).
하나, 오시(午時)에 한 번 졸았다.
하나, 하루 종일 집에서 나가지 않았다.
하나, 여덟째 외삼촌이 사촌 여동생 화아(畵兒)를 데리고 왔다. 우리는 외삼촌에게 새해 인사를 하였다. 여덟째 외삼촌이 투아(套兒)에게 100전을 주었다. 양고기를 삶고 보리떡을 사서 여덟째 외삼촌에게 드시게 하였다. 어머니께서 화아(畵兒)에게 200전, 나에게는 100전을 주었다. 저녁때에 돌아서 갔다.
하나, 덕유일(德惟一) 형수의 붉은색 명주 솜옷, 작은 민소매 홑저고리 하나씩을 형이 빌려서 입히자 하였다. 커기얀(kegiyan, 克儉)을 시켜서 가져왔다.

---

29) tuhe efen : 보리를 갈아 가루로 만든 다음, 반죽하여 얇게 펴고 둥글게 만들어서 마른 솥에 기름을 발라 지져서 익혀 먹는 떡의 일종을 가리킨다.

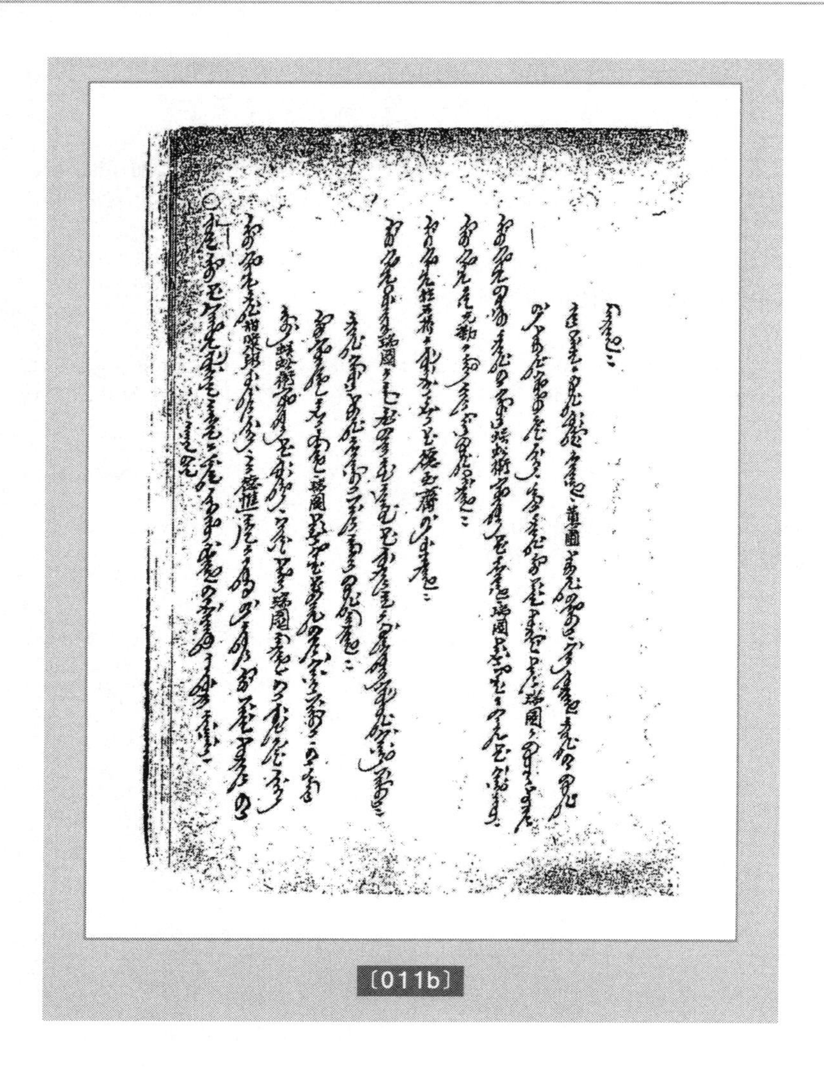

[011b]

aniya biya
정월

○juwan emu de šahūn ulgiyan aisin i feten jabhū usiha bargiyantu enduri inenggi.
10 1 에 희끄무레한 돼지 金 의 五行 張 宿 收 神 날

emu hacin erde 甜漿粥 udafi jeke. i 德惟一 aša i etuku be etufi emu sejen turifi bi
한 가지 아침 甜漿粥 사서 먹었다 그 德惟一 형수 의 옷 을 입고 한 수레 빌려서 나

imbe 蜈蚣衛 hūtung de fudehe. kejine tehei 瑞图 mariha. bi juwe efen jeke
그를 蜈蚣衛 hūtung 에 보냈다 꽤 앉은 채 瑞圖 돌아왔다 나 2 떡 먹었고

emu hontahan arki omiha. 瑞图 dergi hecen de baita bifi geneki sembi. bi yamji
한 잔 소주 마셨다 瑞圖 동쪽 성 에 일 있어서 가자 한다 나 저녁

erinde kemuni tubade isinambi sefi amasi boode mariha..
때에 또 거기에 이른다 하고 도로 집에 돌아왔다

emu hacin donjici 瑞图 i ama ere biyai ice ninggun de jurafi an i guwangdung
한 가지 들으니 瑞圖 의 아버지 이 달의 초 엿새 에 출발해서 평소대로 廣東
golode genehe sembi..
省에 갔다 한다

emu hacin 乾石桥 i julergi ergi de 德至齋 be ucaraha..
한 가지 乾石橋 의 남 쪽 에서 德至齋 를 만났다

emu hacin ina 克勤 i emhe jifi meni boode dariha..
한 가지 조카 克勤 의 장모 와서 우리의 집에 들렀다

emu hacin bonio erinde bi kemuni 蜈蚣衛 hūtung de isinaha. 瑞图 dergi hecen i
한 가지 원숭이 때에 나 또 蜈蚣衛 hūtung 에 이르렀다 瑞圖 동쪽 성 의
baita de genehekū.
일 에 가지 않았다

be tubade hoho efen jeke. yamji erinde emu sejen turime tefi 瑞图 i booci tucifi
우리 거기에서 水餃子 먹었다 저녁 때에 한 수레 빌려서 타고 瑞圖 의 집으로부터 나가서

ini dancan i boode fudeme isinaha. 蕙圃 tubade bihebi. ging foriha erinde bi boode
그의 친정 의 집에 바래다 주고 이르렀다 蕙圃 거기에 있었다 更 친 때에 나 집에

mariha..
돌아왔다

—— ◦ —— ◦ —— ◦ ——

11일, 신해(辛亥) 금행(金行) 장수(張宿) 수일(收日).
하나, 아침에 첨장죽(甜漿粥)[30]을 사서 먹었다. 그는 덕유일(德惟一) 형수님의 옷을 입고 수레를 하나 빌려서 내가 그를 오공위(蜈蚣衛) 후퉁에 보냈다. 꽤 앉았는데 서도(瑞圖)가 돌아왔다. 나는 떡 2개를 먹고 소주 한 잔을 마셨다. 서도가 동성(東城)에 일이 있어서 가려고 한다. 나는 저녁때에 또 거기에 이른다 하고 도로 집에 돌아왔다.
하나, 들으니 서도의 아버지가 이번 달 초엿새에 출발해서 평소대로 廣東省(광동성)에 갔다 한다.
하나, 건석교(乾石橋)의 남쪽에서 덕지재(德至齋)을 만났다.
하나, 조카 커친(kecin, 克勤)의 장모가 와서 우리 집에 들렀다.
하나, 신시(申時)에 나는 또 오공위 후퉁에 이르렀다. 서도가 동성의 일에 가지 않았다. 우리는 거기에서 물만두를 먹었다. 저녁때에 수레 하나를 빌려서 타고 서도의 집에서 나가 그의 처갓집에 바래다주고 이르렀다. 혜포(蕙圃)가 거기에 있었다. 야경 칠 무렵에 나는 집으로 돌아왔다.

30) 첨장죽(甜漿粥) : 두부장을 죽처럼 끓여서 먹는 음식이다.

[012a]

○juwan juwe de sahaliyan singgeri moo i feten imhe usiha neibuntu enduri inenggi.
10 2 에 검은 쥐 木 의 五行 翼 宿 開 神 날

emu hacin erde 鶴年 jihe. kejine tefi genehe..
한 가지 아침 鶴年 왔다 꽤 앉고서 갔다

emu hacin erde budai amala 德惟一 age jihe. sasa tucifi amasi yabume 萬興園 de 景和春 sere
한 가지 아침 밥의 뒤에 德惟一 형 왔다 같이 나가서 도로 가서 萬興園 에 景和春 하는

hūfan i jucun be donjiha. guwanse[31]i dolo funde bošokū 善刀 雅蔚章 be
극단 의 연극 을 들었다 管席 의 안 驍騎校 善爺 雅蔚章 을

31) guwanse : ‘guwangsi(管席)’의 잘못이다.

sabuha. amala juculeme wajifi sasa emgi boode marifi hoho efen jeke. ere nerginde
보았다 뒤에 연극하기 끝나고 같이 함께 집에 돌아와서 水餃子 먹었다 이 때에

lii pei sere 李三卩 jihe. aniyai doroi hengkilefi yoha. bi 德惟一 agei emgi
李 培 하는 李三爺 왔다 새해의 禮로 인사하고 갔다 나 德惟一 형의 함께

buda jefi ging forire onggolo emgi yabume 琪世堂 i juleri 灯謎 be buhiyehe.
밥 먹고 更 치기 전에 함께 가서 琪世堂 의 앞에 燈謎 를 알아맞혔다

age boode marime genehe. bi teo tiyoo hūtung de isinaha. 蕙圃 瑞图 gemu
형 집에 돌아서 갔다 나 頭 條 hūtung 에 이르렀다 蕙圃 瑞圖 모두

tubade bihe. amala gabsihiyan isiyang 伊卩 geli jihe. emgi tecefi arki omiha. hono
거기에 있었다 뒤에 前鋒營 伊祥 伊爺 또 왔다 함께 마주 앉아 소주 마셨다 게다가

simhuleme eficehe.[32] boljoho bade cimari dengjan dabure erinde leksei gemu mini boode
손짓하면서 같이 놀았다 약속한 바에 내일 등잔 불 켤 때에 일제히 모두 우리의 집에서

guileme isandufi tucifi dengjan be tuwaname geneki seme gisureme toktobuha. jai
회합하고 같이 모여 나가서 등잔 을 보러 가자 하고 약속하여 정하였다 둘째

ging ni erin i amala meimeni boode mariha..
更 의 때 의 뒤에 각각 집에 돌아왔다

emu hacin donjici 克勤 克俭 gemu 瑞图 i boode aniyai doroi hengkileme genehe. 瑞图 cende
한 가지 들으니 克勤 克儉 모두 瑞圖 의 집에 새해의 禮로 인사하러 갔다 瑞圖 그들에게

—— ◦ —— ◦ —— ◦ ——

12일, 임자(壬子) 목행(木行) 익수(翼宿) 개일(開日).
하나, 아침에 학년(鶴年) 왔다. 꽤 앉아 있다가 갔다.
하나, 아침 식사 뒤에 덕유일(德惟一) 형이 왔다. 같이 나가고 도로 가서 만흥원(萬興園)에 경화춘(景和春)이라는 극단의 연극을 보았다. 관중석 안에서 효기교(驍騎校) 선야(善爺)와 아울장(雅蔚章)을 보았다. 연극이 끝난 뒤에 같이 집에 돌아와서 물만두를 먹었다. 이때에 이배(李培)라는 이삼야(李三爺)가 왔다. 새해 인사를 하고 갔다. 나는 덕유일 형과 함께 밥 먹고 야경 치기 전에 함께 가서 기세당(琪世堂) 앞에서 등미(燈謎)[33]를 알아맞혔다. 형이 집에 돌아갔다. 나는 두조(頭條) 후퉁에 이르렀다. 혜포(蕙圃)와 서도(瑞圖)가 모두 거기에 있었다. 뒤에 전봉(前鋒) 이상(伊祥) 이야(伊爺)가 또 왔다. 함께 마주 앉아서 소주를 마셨다. 게다가 손가락 세어 벌주놀이하면서 같이 놀았다. 약속하기를 '내일 등불놀이 불 켤 때에 다 같이 모두 우리 집에서 회합하고, 같이 모여 등불놀이를 보러 나가자' 하고 정하였다. 2경을 친 뒤에 각자 집에 돌아왔다.
하나, 들으니 커친(kecin, 克勤)과 커기얀(kegiyan, 克儉)이 모두 서도의 집에 새해 인사하러 갔다. 서도가 그들에게

32) simhuleme eficehe : 서로 손가락을 내서 그 수를 계산하여 술을 마시며 노는 것을 가리키며, 그러한 놀이를 'simhulere efin'이라 한다.
33) 등미(燈謎) : 초롱에 수수께끼의 문답을 써넣는 놀이를 가리킨다.

[012b]

aniya biya
정월

emu minggan jiha buhe. 瑞图 i sargan cende hiyan i erihe emu hacin niyaniyun i
1 千 錢 주었다 瑞圖 의 아내 그들에게 香 의 염주 한 종류 빈랑 의

jumanggi emu hacin buhe sembi..
주머니 한 종류 주었다 한다

emu hacin 十方苑 tehe defu 德二卩 jifi jyming alibuha..
한 가지 十方苑 살던 德福 德二爺 와서 制命 전하였다

—— ◦ —— ◦ —— ◦ ——

정월

1천 전을 주었다. 서도(瑞圖)의 아내가 그들에게 향 염주 한 종류, 빈랑 주머니 한 종류를 주었다 한다.

하나, 시방원(十方苑)에 사는 더푸(defu, 德福) 덕이야(德二爺)가 와서 제명(制命)을 전하였다.

〔013a〕

○juwan ilan de sahahūn ihan moo i feten jeten usiha yaksintu enduri inenggi.
10 3 에 거무스름한 소 木 의 五行 軫 宿 閉 神 날

emu hacin erde budai amala tucifi 芬夢馀 i boode isinafi tuwaha. age boode akū. bi cin i
한 가지 아침 밥의 뒤에 나가서 芬夢餘 의 집에 이르러서 보았다 형 집에 없다 나 몸

boode kejine tefi yabuha..
채에 꽤 앉고서 갔다

emu hacin elgiyen i mutehe amba giyai de emu mudan feliyeme yabuha. gūsin niolhun efen[34] udaha..
한 가지 阜成 大 街 에 한 번 걸어서 갔다 30 元宵 샀다

34) niolhun efen : 찹쌀가루로 경단을 만들어 속을 넣고 뜨거운 물에 삶아 먹는 음식인 '탕원(湯圓)'으로 특히 보름날에 먹는 것을 '원소(元宵)'라고 한다.

emu hacin amba giyai isiyang 伊丌 i deo mang丌 be ucaraha..
한 가지 大 街 伊祥 伊爺 의 동생 mang爺 를 만났다

emu hacin boode marifi donjici teike 图懋斎 jihe. ○ eniyei imbe duka de hacihiyame
한 가지 집에 돌아와서 들으니 조금전 圖懋齋 왔다 어머니 그를 문 에서 강권하여
dosimbuhakū
들어오지 못하게 하였다

sembi..
한다

emu hacin dengjan dabuha erinde 吳蕙圃 張繼照 gemu jihe. bajima 瑞图 inu jihe. 伊丌 i deo
한 가지 등잔 불 켠 때에 吳蕙圃 張繼照 모두 왔다 잠시 뒤 瑞圖 도 왔다 伊爺 의 동생

蟒丌 jihe. ini ahūn be ne alban de bifi marihakū sembi. ging foriha erinde meni sunja
蟒爺 왔다 그의 형 을 지금 공무 에 있어서 돌아오지 않았다 한다 更 친 때에 우리의 5

nofi tucifi dengjan be tuwaha. 双 ○○ 閼 mafai muktehen de isinaha. 妙应寺 juktehen i dalbai
사람 나가서 등잔 을 보았다 雙 關 mafa의 廟 에 이르렀다 妙應寺 절 의 옆의

增祥軒 de cai omiha. ilaci ging ni amala 蕙圃 蟒丌 gemu boode marime yoha.
增祥軒 에 차 마셨다 셋째 更 의 뒤에 蕙圃 蟒爺 모두 집에 돌아서 갔다

瑞图 繼照 meni ilan niyalma 酒星居 de arki omiha. ere jiha gemu 瑞图 fayaha..
瑞圖 繼照 우리의 3 사람 酒星居 에서 소주 마셨다 이 錢 모두 瑞圖 썼다

boljohongge cimaha yamji 張繼照 i boode isifi ceni hūtung ni wargi angga de bisire
약속한 것 내일 저녁 張繼照 의 집에 가서 그들의 hūtung 의 서쪽 입구 에 있는

—— ◦ —— ◦ —— ◦ ——

13일, 계축(癸丑) 목행(木行) 진수(軫宿) 폐일(閉日).
하나, 아침 식사 뒤에 나가서 분몽여(芬夢餘) 집에 이르러서 보았다. 형은 집에 없었다. 나는 몸채에 꽤 앉아 있다가 갔다.
하나, 부성대가(阜成大街)에서 한 번 걸어서 갔다. 찹쌀떡 30개를 샀다.
하나, 대가(大街)의 이상(isiyang, 伊祥) 이야(伊爺)의 동생 망야(蟒爺)를 만났다.
하나, 집에 돌아와서 들으니 조금 전에 도무재(圖懋齋)가 왔다. 어머니가 그를 대문에서 강권하여 들어오지 못하게 하였다 한다.
하나, 등불놀이 불 켤 무렵에 오혜포(吳蕙圃)와 장계조(張繼照)가 모두 왔다. 잠시 뒤 서도(瑞圖)도 왔다. 이야의 동생 망야가 왔다. 그의 형은 지금 공무에 있어서 돌아오지 않았다고 한다. 야경 칠 무렵에 우리 다섯 사람이 나가서 등불놀이를 보았다. 쌍관제묘(雙關帝廟)에 이르렀다. 묘응사(妙應寺) 옆의 증상헌(增祥軒)에서 차를 마셨다. 3경 뒤에 혜포(蕙圃)와 망야가 모두 집에 돌아서 갔다. 서도와 계조(繼照), 우리 세 사람이 주성거(酒星居)에서 소주를 마셨다. 이 돈은 모두 서도가 썼다. 약속하기를, '내일 저녁 장계조의 집에 가서 그들의 후퉁 서쪽 입구에 있는

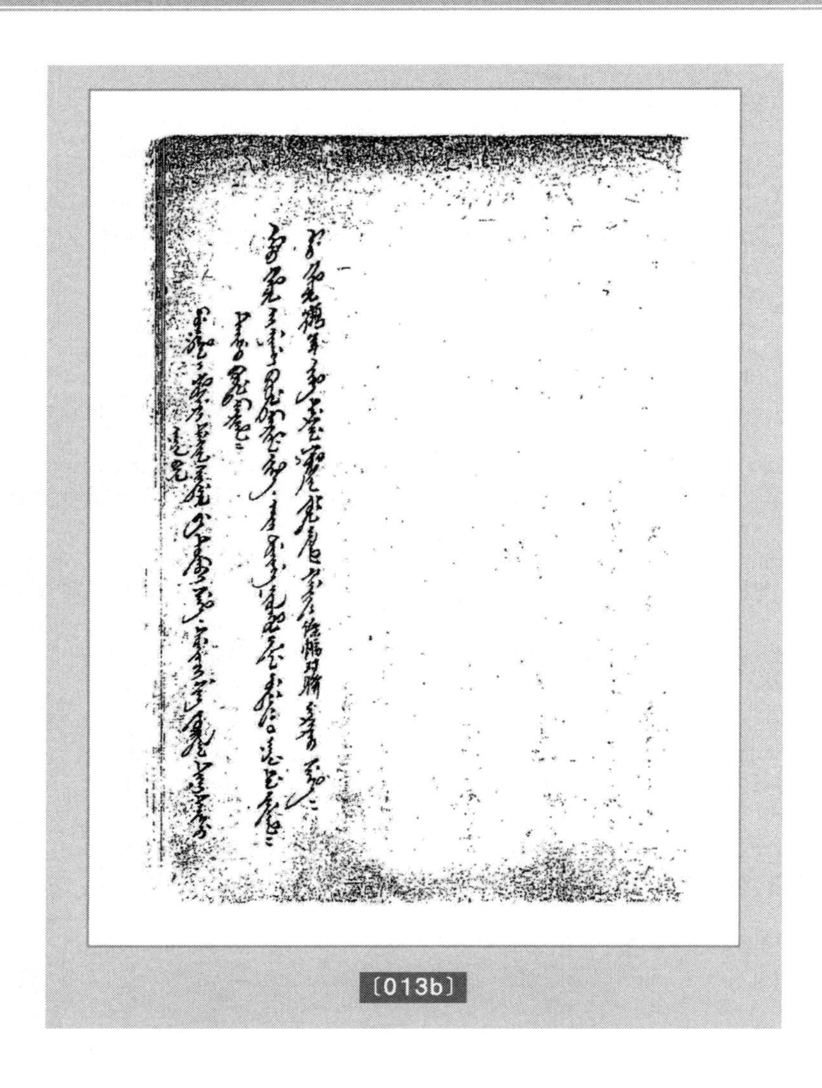
〔013b〕

aniya biya
정월

muktehen i hoseri dengjan[35] sindara be tuwambi sehe. sunjaci ging foritala teni teisu
廟 의 盒子燈 폭죽 놓는 것 을 본다 하였다 다섯째 更 치도록 비로소 각

teisu boode mariha..
각 집에 돌아갔다

35) hoseri dengjan : '盒子燈'이라고 하며, 상자 모양의 폭죽을 가리키는 말이다. 정월 13일에 이 폭죽과 다른 종류의 다양한 폭죽을 터뜨리며 불꽃놀이를 한다.

emu hacin i enenggi boode marime jihe. enji doingge niolhun efen udafi ○ eniye de jafaha..
한 가지 그 오늘 집에 돌아서 왔다 야채 속 元宵 사서 어머니 에게 드렸다

emu hacin 鶴年 jihe. dersen hoošan[36] juwe afaha gajifi 條幅 对聯[37] ararao sehe..
한 가지 鶴年 왔다 白鷺紙 2 장 가져와서 條幅 對聯 쓰겠는가 하였다

—— ◦ —— ◦ —— ◦ ——

정월

묘(廟)의 합자등(盒子燈) 폭죽 놓는 것을 보자' 하였다. 5경을 친 뒤에야 비로소 각각 집에 돌아왔다.

하나, 그가 오늘 집에 돌아서 왔다. 야채 속 넣은 원소(元宵) 떡을 사서 어머님께 드렸다.

하나, 학년(鶴年)이 왔다. 백로지(白鷺紙) 2장을 가져와서 족자[條幅] 대련(對聯)을 써 달라 하였다.

36) dersen hoošan : 지면이 좀 거칠고 품질이 낮은 백로지(白鷺紙)를 가리키는 말이다.

37) 條幅 對聯 : '條幅'은 글씨를 쓴 가늘고 긴 족자라는 뜻으로 '條幅 juru gisun'으로 표기하기도 한다.

[014a]

○juwan duin de niowanggiyan tasha muke i feten gimda usiha alihantu enduri inenggi.
10 4 에 푸른 호랑이 水 의 五行 角 宿 建 神 날

emu hacin enenggi erde budai amala ayan edun dame deribuhe. šun dosika amala toroko..
한 가지 오늘 아침 밥의 뒤에 큰 바람 일기 시작하였다 해 진 뒤에 잠잠해졌다

emu hacin 德惟一 agei boode isinafi juwen gaiha aša i etuku be benefi aša de afabuha..
한 가지 德惟一 형의 집에 이르러 빌려 가진 형수 의 옷 을 보내서 형수 에게 건네주었다

age 老山 be gaifi 觉生寺 de sargašame genehe sembi. boode akū. bi kejine
형 老山 을 데리고 覺生寺 에 구경 하러 갔다 한다 집에 없다 나 꽤

tefi tereci yoha..
앉고서 거기에서 갔다

emu hacin sefu ajai boode isinaha. 鍾哥 老秀 gemu boode bihe. 老秀 arki udafi minde
한 가지 師傅 母의 집에 이르렀다 鍾哥 老秀 모두 집에 있었다 老秀 소주 사서 나에게

omibuha. bi tubade kejine tehe. bonio erinde boode mariha..
마시게 하였다 나 거기에서 꽤 앉았다 원숭이 때에 집에 돌아왔다

emu hacin 景声五 i booci duin fila booha gajime buhe..
한 가지 景聲五 의 집에서 4 접시 반찬 가져와 주었다

emu hacin 高三哥 克勤 ecimari ubade arki omiha..
한 가지 高三哥 克勤 오늘 아침 여기에서 소주 마셨다

emu hacin yamji buda jefi tucifi 石老娘 hūtung 張繼照 i boode isinaha. bi kejine
한 가지 저녁 밥 먹고 나가서 石老娘 hūtung 張繼照 의 집에 이르렀다 나 꽤

aliyahai ilaci ging otolo 瑞图 teni genehe. imbe teike teo tiyoo hūtung de bihe. 蕙
기다리면서 셋째 更 되기까지 瑞圖 비로소 갔다 그를 조금전 頭 條 hūtung 에 있었다 蕙

圃 de baita bifi jime muterakū sembi. 張繼照 i boode olhoho tubihe jergi
圃 에 일 있어서 올 수 없다 한다 張繼照 의 집에 마른 과일 등

booha belhefi arki omicaha. ninggiya efen[38] jeke. jing icinggai gisurere nerginde donjici
반찬 준비해서 소주 같이 마셨다 餛飩 먹었다 마침 마음이 맞아 이야기할 때에 들으니

—— ◦ —— ◦ —— ◦ ——

14일, 갑인(甲寅) 수행(水行) 각수(角宿) 건일(建日).
하나, 오늘 아침 식사 뒤에 큰 바람이 일기 시작하였다. 해 진 뒤에 잠잠해졌다.
하나, 덕유일(德惟一) 형의 집에 이르러 빌린 형수의 옷을 보내서 형수에게 돌려주었다. 형은 노산(老山)을 데리고 각생사(覺生寺)에 구경하러 갔다고 한다. 집에 없다. 나는 꽤 앉아 있다가 거기에서 갔다.
하나, 사모(師母)의 집에 이르렀다. 종가(鍾哥)와 노수(老秀)가 모두 집에 있었다. 노수가 소주를 사서 나에게 마시게 하였다. 나는 거기에서 꽤 앉아 있다가 신시(申時)에 집에 돌아왔다.
하나, 경성오(景聲五)의 집에서 반찬 4접시를 가져와 주었다.
하나, 고삼가(高三哥) 커친(kecin, 克勤)이 아침에 여기에서 소주를 마셨다.
하나, 저녁 밥 먹고 나가서 석노랑(石老娘) 후퉁 장계조(張繼照)의 집에 이르렀다. 내가 꽤 기다린 채 3경 쯤 되어서야 서도(瑞圖)가 비로소 갔다. 그는 조금 전 두조(頭條) 후퉁에 있었는데, 혜포(蕙圃)에게 일이 있어서 올 수 없다 한다. 장계조의 집에서 마른 과일 등 반찬을 준비해서 소주를 같이 마시고 혼돈(餛飩)을 먹었다. 마침 마음이 맞아 이야기할 때에 들으니,

38) ninggiya efen : 밀가루를 둥글게 만들어 고기 속을 넣고 마름 모양으로 만들어 끓는 물에 삶아서 먹는 것으로 '혼돈(餛飩)'이라고도 한다.

〔014b〕

aniya biya
정월

emgeri hoseri dengjan fushubume sindaha sembi. inu bahafi tuwahakū. 瑞图
한 번 盒子燈 폭죽 터뜨려서 놓았다 한다 또 얻어서 보지 않았다 瑞圖

kemuni tofohon i dengjan erinde 天豐軒 de isambi sehe. sunjaci ging ni
또 보름날 의 등잔 때에 天豐軒 에 모인다 하였다 다섯째 更 의

amala teni fakcafi teisu teisu boode mariha..
뒤에 비로소 헤어져서 각 각 집에 돌아왔다

emu hacin bi boode marifi emu hontahan šatan muke omiha..
한 가지 나 집에 돌아와서 한 단 설탕 물 마셨다

── ◦ ── ◦ ── ◦ ──

정월
합자등(盒子燈) 폭죽을 한 번 터뜨려 놓았다 한다. 또 얻어 보지 못하였다. 서도(瑞圖)가 또 보름날 등불놀이 때에 천풍헌(天豐軒)에서 모인다 하였다. 5경 뒤에 비로소 헤어져서 각각 집에 돌아왔다.
하나, 나는 집에 돌아와서 단 설탕물 한 잔을 마셨다.

[015a]

○tofohon de niohon gūlmahūn muke i feten k'amduri usiha geterentu enduri inenggi.
보름 에 푸르스름한 토끼 水 의 五行 亢 宿 除 神 날

emu hacin cimari 金蘭齋 王老二 jihe. i jihe manggi bi kemuni ilire unde.
한 가지 아침 金蘭齋 王老二 왔다 그 온 후 나 여전히 일어나지 못하였다
murušeme donjici i
대략 들으니 그

ere biyai juwan uyun de jurafi šandung golode[39] mariki sembi. majige tefi yoha..
이 달의 10 9 에 출발해서 山東 省에 돌아가자 한다 잠시 앉고서 갔다

39) šandung golode : 원문에서 'šandung golode de'로 되어 조사 'de'가 중복되었다.

emu hacin ∘ eniye i beye cihakū. erde buda jetere unde..
한 가지 어머니 의 몸 불편하다 아침 밥 먹지 못하였다

emu hacin šuntuhuni bi booci tucire unde. gūwabsi genehekū..
한 가지 하루 종일 나 집에서 나가지 못하였다 다른 곳에 가지 않았다

emu hacin yamji erinde 克俭 be takūrafi 瑞图 i boode isinafi acafi mini dengjan be
한 가지 저녁 때에 克儉 을 보내서 瑞圖 의 집에 이르러서 만나 나의 등잔 을
tuwame geneme
보러 갈

muterakū babe alanabuha..
수 없는 바를 알리게 하였다

emu hacin ere dobori bi dengjan be tuwahakū. beye inu asuru kušun ofi jai ging ni
한 가지 이 밤 나 등잔 을 보지 않았다 몸 도 매우 불편해져서 둘째 更 의
erinde uthai
때에 바로

usame amgaha..
쓸쓸하게 잤다

emu hacin ere inenggi i honin i erinde emgeri amu šaburaha..
한 가지 이 날 의 양 의 때에 한 번 잠 졸았다

—— ∘ —— ∘ —— ∘ ——

보름(15일), 을묘(乙卯) 수행(水行) 항수(亢宿) 제일(除日).

하나, 아침에 금난재(金蘭齋) 왕노이(王老二)가 왔다. 그가 온 뒤에도 나는 여전히 일어나지 못하였다. 대략 들으니, 그가 이번 달 19일에 출발해서 산동성(山東省)으로 돌아가려고 한다. 잠시 앉아 있다가 갔다.

하나, 어머니의 몸이 불편하여 아침밥을 먹지 못하였다.

하나, 하루 종일 나는 집에서 나가지 못하고, 다른 곳에 가지 않았다.

하나, 저녁때에 커기얀(kegiyan, 克儉)을 시켜서 서도(瑞圖)의 집에 이르러 만나게 하고, 내가 등불놀이를 보러 갈 수 없는 바를 알리게 하였다.

하나, 이 밤에 나는 등불놀이를 보지 않았다. 몸도 매우 불편해져서 2경 즈음에 바로 쓸쓸하게 잤다.

하나, 오늘 미시(未時)에 한 번 졸았다.

[015b]

aniya biya
정월

○juwan ninggun de fulgiyan muduri boihon i feten dilbihe usiha jaluntu enduri inenggi
10 6 에 푸른 용 土 의 五行 氐 宿 滿 神 날

emu hacin šuntuhuni boode bifi gūwa bade genehekū..
한 가지 하루 종일 집에 있고 다른 곳에 가지 않았다

emu hacin ging foriha erinde tucifi ∘ eniye de 紅枣 soro be udara de 聚福館 pojan[40] cargilakū
한 가지 更 친 때에 나가서 어머니 에게 紅棗 대추 를 살 때 聚福館 폭죽 火筒

40) pojan : '폭죽(爆竹)'을 뜻하는 '炮仗'의 만주어 음차로 보인다.

fushubume sindara be tuwaha..
터뜨려 놓는 것 을 보았다

emu hacin ere inenggi oihori gehun gahūn. inenggi hairakan yaya bade sargašame genehekū..
한 가지 이 날 너무나 말끔하게 맑다 낮 아쉽게도 어느 곳에 놀러 가지 않았다

emu hacin 金蘭齋 de isinafi 王老二 be acaha. i šandung ni goloi boode mariki sembi. bi inde
한 가지 金蘭齋 에 이르러 王老二 을 만났다 그 山東 의 省의 집에 돌아가자 한다 나 그에게

emu minggan jiha bufi kunesun obuha..
1 千 錢 주고 전별 하였다

emu hacin dengjan i erinde araha ama jihe. sakdai banjiha eyūngge sargan jui doro eldengge i sucungga
한 가지 등잔 의 때에 養 父 왔다 어른의 낳은 맏 딸 아이 道 光 의 元의

aniyai jakūn biyai tofohon de ○ iowan ming yuwan i bayara fengšentu de bufi sargan obuha.
해의 8 월의 보름 에 圓 明 園 의 護軍 fengšentu 에 주어 아내 삼았다

donjici ere aniya aniya biyai juwan ilan de nimeme akū oho juwan uyun de giran umbumbi
들으니 이 해 정월의 10 3 에 병들어 죽었고 10 9 에 시신 매장한다

sembi sehe. sakda kejine tefi yoha..
한다 하였다 어르신 꽤 앉고서 갔다

—— ◦ —— ◦ —— ◦ ——

정월(正月)
16일, 병진(丙辰) 토행(土行) 저수(氐宿) 만일(滿日).
하나, 하루 종일 집에 있고, 다른 곳에 가지 않았다.
하나, 야경 칠 무렵에 나가서 어머니께 드릴 붉은 대추를 살 때, 취복관(聚福館)에서 폭죽 화통(火筒) 터뜨리는 것을 보았다.
하나, 이날은 너무나 말끔하고 맑다. 아쉽게도 어느 곳에도 놀러 가지 않았다.
하나, 금난재(金蘭齋)에 이르러 왕노이(王老二)을 만났다. 그는 산동성(山東省)의 집에 돌아가려고 한다. 나는 그에게 1천 전을 주고 전별하였다.
하나, 등잔 켤 때에 양부가 왔다. 어른신이 낳으신 맏딸을 도광(道光) 원년 8월 보름에 원명원(圓明園)의 호군(護軍)인 펑션투(fengšentu, 豐紳圖)에게 주어서 아내로 삼게 하였는데, 들으니 올해 정월 13일에 죽었고, 19일에 시신을 매장한다 하였다. 어르신이 꽤 앉아 있다가 갔다.

[016a]

○juwan nadan de fulahūn meihe boihon i feten falmahūn usiha necintu enduri inenggi.
10 7 에 불그스름한 뱀 土 의 五行 房 宿 平 神 날

emu hacin erde 鶴年 jihe. majige tefi genehe..
한 가지 아침 鶴年 왔다 잠시 앉고서 갔다

emu hacin erde šasigan arafi jefi elgiyen i mutehe duka be tucifi huncu de tehe. 倚虹堂
한 가지 아침 국 만들어 먹고 阜成門 을 나가서 썰매 에 탔다 倚虹堂

bade juwe tanggū susai jiha de eihen i sejen turime tehe. han' de yuwan de
곳에 2 百 50의 錢 에 나귀 의 수레 빌려서 탔다 涵 德 園 에

isinaha. donjici 郁蓮莊 juwan ilan de uthai idu ci hokoho..
이르렀다 들으니 郁蓮莊 10 3 에 곧바로 당직 에서 나왔다

emu hacin dolo dosifi taigiyan meng šen de de emu 乕 sere hergen i 條幅 inde buhe. lio
한 가지 內庭 들어가서 太監 孟 愼 德 에 한 虎 하는 글자 의 條幅 그에게 주었다 劉

cing fu de emu 鵞 sere hergen i 條幅 bumbi seme inu meng šen de de afabuha.
慶 福 에 한 鵝 하는 글자 의 條幅 준다 하고 또 孟 愼 德 에 건네주었다

lio jin an de emu 横幅 buhe. lioi hiyoo ceng de emu ajige 横幅 buhe..
劉 金 安 에 한 横幅 주었다 呂 孝 成 에 한 작은 横幅 주었다

emu hacin cen yong tai. wei šuwang ceng sei hergen debtelin be fileme[41] tuwaha..
한 가지 陳 永 泰 魏 雙 成 등의 글자 서책 을 批點하여 보았다

emu hacin dangse boode isinafi ailungga be tuwaha..
한 가지 檔子 집에 이르러서 ailungga 를 보았다

emu hacin donjiha bade nadaci jergi šeo ling taigiyan lio da ice de han' de yuwan i
한 가지 들은 바에 일곱째 품 首 領 太監 劉 大 초하루 에 涵 德 園 의

dolo nimeme akū oho 海甸 ba i 倒座观音寺 i wargi ergi de umbume
안 병들어 죽어서 海甸 땅 의 倒座觀音寺 의 서 쪽 에 묻어

sindaha sembi. hairakan. oihori emu nomhon sain niyalma bihe kai..
두었다 한다 아쉽다 너무나 한 온화하고 좋은 사람 이었도다

── ◦ ── ◦ ── ◦ ──

17일, 정사(丁巳) 토행(土行) 방수(房宿) 평일(平日).
하나, 아침에 학년(鶴年)이 왔다. 잠시 앉아 있다가 갔다.
하나, 아침에 국을 만들어 먹고 부성문(阜成門)을 나가서 썰매에 탔다. 의홍당(倚虹堂)에서 250전에 나귀수레를 빌려서 타고 함덕원(涵德園)에 이르렀다. 들으니 욱연장(郁蓮莊)이 13일에 곧바로 당직에서 나왔다 한다.
하나, 내정(內庭)[42]에 들어가서 태감(太監) 맹신덕(孟愼德)에게 '호(虎)'라는 글자의 족자[條幅] 하나를 주었다. 유경복(劉慶福)에게 '아(鵞)'라는 글자의 족자 하나를 준다 하고, 또 맹신덕에게 건네주었다. 유금안(劉金安)에게 가로 족자 하나를 주었다. 여효성(呂孝成)에게 작은 가로 족자 하나를 주었다.
하나, 진영태(陳永泰), 위쌍성(魏雙成) 등이 글자 서책[字書]을 비점(批點)하여 보았다.
하나, 당자방(檔子房)에 이르러서 알룽가(ailungga, 艾隆阿)를 보았다.
하나, 들은 바에 의하면, 7품 수령 태감 유대(劉大)가 초하루에 함덕원 안에서 병들어 죽어서 해전(海甸)의 도좌관음사(倒座觀音寺) 서쪽에 묻어 두었다 한다. 아쉽구나, 너무나 온화하고 좋은 사람이었도다.

---

41) filreme : 'pileme'의 잘못으로 보인다.
42) 내정(內庭) : 황제가 사적인 생활을 하는 궁궐의 내부를 일컫는 말이다.

〔016b〕

aniya biya
정월

emu hacin dolo dosifi taigiyan lan lio be tuwaha..
한 가지 안 들어가서 太監 蘭 劉 를 보았다

emu hacin budai boode buda budalaha amala tatan i da i boode darifi tuwaha. i boode akū..
한 가지 飯房에서 밥 먹은 뒤에 宿營 의 長 의 집에 들러서 보았다 그 집에 없다

emu hacin dergi ergi boihon i alin de emgeri tafaka..
한 가지 동 쪽 흙 의 산 에 한 번 올랐다

—— ◦ —— ◦ —— ◦ ——

정월

하나, 내정(內庭)에 들어가서 태감(太監) 란유(蘭劉)를 보았다.

하나, 반방(飯房)에서 밥을 먹은 뒤에 숙영장(宿營長)의 집에 들러서 보았다. 그는 집에 없었다.

하나, 동쪽 토산(土山)에 한 번 올라갔다.

[017a]

○juwan jakūn de suwayan morin tuwa i feten sindubi usiha toktontu enduri inenggi.
10 8 에 누런 말 火의 五行 心 宿 定 神 날

emu hacin han' de yuwan de bisire de sula cenken de juwe tanggū jiha buhe..
한 가지 涵 德 園 에 있을 때에 散官 cenken 에 2 百 錢 주었다

emu hacin erde buda i boode buda jefi han' de yuwan de baita akū. tereci tucifi
한 가지 아침 飯房에서 밥 먹고서 涵 德 園 에 일 없다 거기에서 나가서

大有莊 jakūci nakcu i boode isinafi hehe nakcu de niyeceme aniyai doroi
大有莊 여덟째 외삼촌 의 집에 이르러서 외숙모 에게 보충하여 새해의 禮로

hengkilehe. geli 周二卩 i boode isinaha. sakda niyalma boode akū. jakūci nakcu
인사하였다 또 周二爺 의 집에 이르렀다 어르신 사람 집에 없다 여덟째 외삼촌

tubade bihe. bi juwe hūntahan cai omifi tubaci aljaha. kemuni 夏文義 i
거기에 있었다 나 2 잔 茶 마시고서 거기서 떠났다 또한 夏文義 의

tehe muktehen de isinaha. i tubade akū. terei hūwašan be acafi mini
살던 절 에 이르렀다 그 거기에 없다 거기의 和尙 을 만나서 나의

jyming werihe..
制命 남겼다

emu hacin mukdengge 徐二卩 be ucaraha..
한 가지 mukdengge 徐二爺 을 만났다

emu hacin 大有莊 bade tanggū orin jiha de emu eihen turime yaluha. 倚虹堂 de
한 가지 大有莊 곳에서 百 20 錢 에 한 당나귀 빌려서 탔다 倚虹堂 에

isinaha manggi ebuhe. 日昇齋 de 缸炉 udafi tob wargi duka be dosifi
다다른 후 내렸다 日昇齋 에서 缸爐 사고 西直門 을 들어가서

樺皮廠 de 博大卩 i boode isinafi 大嬸 de 缸炉 bufi tuwaha. tuwaci 大嬸
樺皮廠 에서 博大爺 의 집에 이르러서 大嬸 에게 缸爐 주고서 보았다 보니 大嬸

ne nimekulehe ujen nagan i wa[43] baha. yamji cimari niyalma oho.[44] bi majige
지금 병들어서 무겁고 구들 의 냄새 얻었다 저녁 아침 사람 되었다 나 잠시

── ◦ ── ◦ ── ◦ ──

18일, 무오(戊午) 화행(火行) 심수(心宿) 정일(定日).

하나, 함덕원(涵德園)에 있을 때 산관(散官) 천컨(cenken, 陳琨)에게 200전 주었다.

하나, 아침에 반방(飯房)에서 밥을 먹고, 함덕원에는 일이 없다. 거기에서 나가서 대유장(大有莊) 여덟째 외삼촌 집에 이르러서 외숙모에게 보충으로 새해 인사를 하였다. 또 주이야(周二爺)의 집에 이르렀다. 어르신은 집에 없고, 여덟째 외삼촌이 거기에 있었다. 나는 차를 두 잔 마시고 거기서 떠났다. 또한 하문의(夏文義)가 살던 절에 이르렀으나, 그는 거기에 없었다. 거기의 화상(和尙)을 만나서 나의 제명(制命)을 남겼다.

하나, 묵덩거(mukdengge, 穆克登額) 서이야(徐二爺)를 만났다.

하나, 대유장에서 120전에 당나귀 한 마리를 빌려서 탔다. 의홍당(倚虹堂)에 다다른 뒤에 내렸다. 일승재(日昇齋)에서 항로(缸爐) 과자[45] 사고 서직문(西直門)으로 들어가 화피창(樺皮廠)에 있는 박대야(博大爺)의 집에 이르러서 아주머니[大嬸]에게 항로 과자를 주고서 보았다. 보니 아주머니가 지금 병들어 위중하고, 구들 냄새가 몸에 배어서 아침저녁 하는 사람이 되어 죽을 듯하였다. 나는 잠시

---

43) nagan i wa : nagan은 nahan[炕]의 이형태이고, 'wa'는 '냄새'를 가리키는 말인데, 병으로 오래 누워 있어 구들에서 나는 냄새가 몸에 배었다는 것을 가리키는 것으로 보인다.

44) yamji cimari niyalma oho : '아침저녁 하는 사람이 되었다'는 뜻으로 '조만간 죽을 것임'을 의미한다.

45) 항로(缸爐) 과자 : 밀가루, 계란, 설탕을 반죽하여 발효시켜 직경 8cm 정도의 둥글고 납작한 모양으로 구운 누런색 과자의 일종이다.

〔017b〕

aniya biya
정월

tefi tereci aljaha..
앉고서 거기에서 떠났다

emu hacin tesu hūtung ni anggai tule uyuci age be ucaraha. age teike boode
한 가지 본 hūtung 의 입구의 밖 아홉째 형 을 만났다 형 조금전 집에

dariha sembi. ishunde beye mehufi fakcaha..
들렀다 한다 서로 몸 숙이고서 헤어졌다

emu hacin yamji erinde hoho efen arafi jeke..
한 가지 저녁 때에 水餃子 만들어서 먹었다

emu hacin donjici sikse 渠老八 jimbihe sembi..
한 가지 들으니 어제 渠老八 왔었다 한다

emu hacin ○ eniye i beye majige yebe oho..
한 가지 어머니 의 몸 조금 낫게 되었다

—— ◦ —— ◦ —— ◦ ——

정월
앉아 있다가 거기에서 떠났다.
하나, 우리 후퉁 입구 밖에서 여덟째 형을 만났는데, 조금 전에 집에 들렀다 한다. 서로 몸을 숙여 절하고서 헤어졌다.
하나, 저녁때에 물만두를 만들어서 먹었다.
하나, 들으니 어제 거노팔(渠老八)이 왔었다 한다.
하나, 어머니의 몸이 조금 나아졌다.

〔018a〕

○juwan uyun de sohon honin tuwa i feten weisha usiha tuwakiyantu enduri inenggi.
10 9 에 누르스름한 양 火 의 五行 尾 宿 執 神 날

emu hacin erde 鶴年 jifi ○ eniye be tuwaha. majige tefi yoha..
한 가지 아침 鶴年 와서 어머니 를 보았다 잠시 앉고서 갔다

emu hacin boode bifi 鶴年 i gaiha 條幅 be araha..
한 가지 집에 있어서 鶴年 의 가져온 條幅 를 썼다

emu hacin šuntuhuni gūwabsi genehekū..
한 가지 하루 종일 다른 곳에 가지 않았다

—— ◦ —— ◦ —— ◦ ——

19일, 기미(己未) 화행(火行) 미수(尾宿) 집일(執日).

하나, 아침에 학년(鶴年)이 와서 어머니를 보았다. 잠시 앉아 있다가 갔다.

하나, 집에 있으면서 학년이 가져온 족재[條幅]를 썼다.

하나, 하루 종일 다른 곳에 가지 않았다.

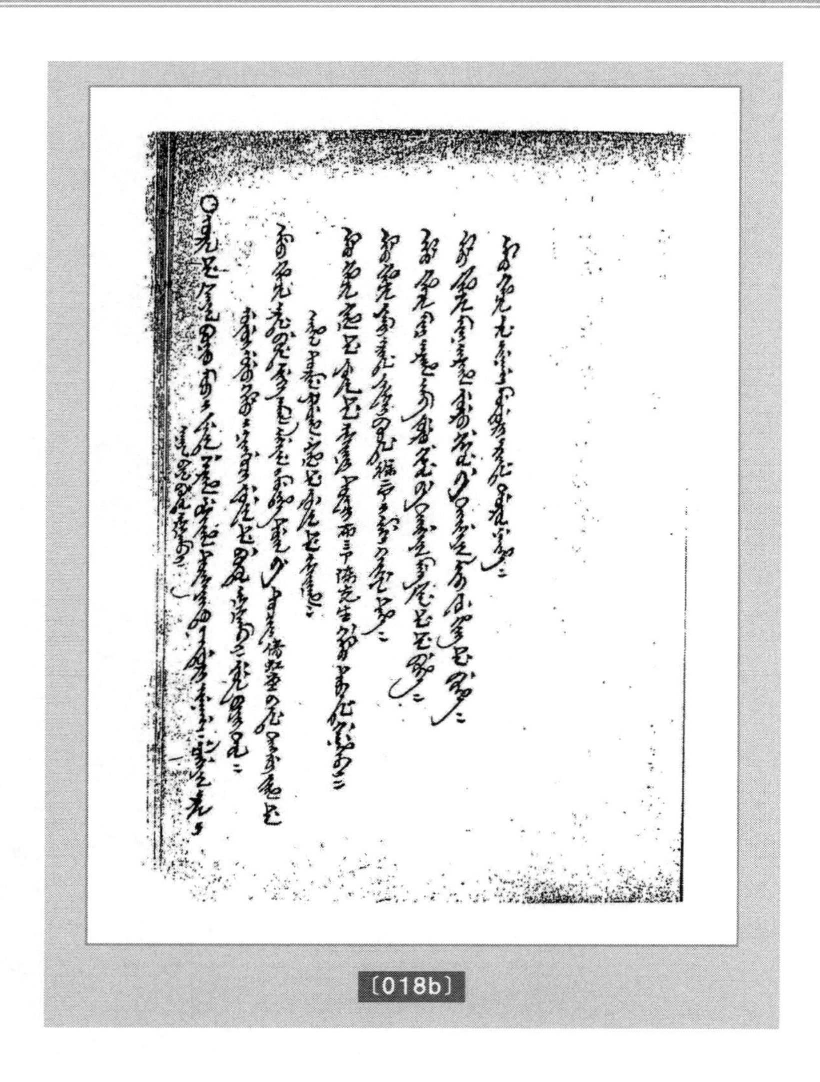

〔018b〕

aniya biya butun aššambi.
정월 驚蟄

○orin de šanyan bonio moo i feten girha usiha tuwakiyantu enduri inenggi. ulgiyan erin i
20 에 흰 원숭이 木 의 五行 箕 宿 執 神 날 돼지 때 의

ujui uju kemu i ningguci fuwen de butun aššambi. juwe biyai ton..
처음의 첫 刻 의 여섯째 分 에 驚蟄 2 월의 節

emu hacin erde buda jeke amala elgiyen i mutehe duka be tucifi 倚虹堂 bade tanggū jiha de
한 가지 아침 밥 먹은 뒤에 阜成門 을 나가서 倚虹堂 곳에서 百 錢 에

eihen turime yaluha. han' de yuwan de isinaha..
당나귀 빌려서 탔다 涵 德 園 에 이르렀다

emu hacin han' de yuwan de isinafi tuwaci 布三卩 陈先生 gemu tubade genehebi..
한 가지 涵 德 園 에 이르러서 보니 布三爺 陳先生 모두 거기에 갔었다

emu hacin yamji erinde yafasi boode 徐二卩 i emgi kejine tehe..
한 가지 저녁 때에 園戶에서 徐二爺 와 함께 꽤 앉았다

emu hacin mini araha amba juru gisun be taigiyan meng šen de de buhe..
한 가지 나의 쓴 큰 對聯 을 太監 孟 愼 德 에게 주었다

emu hacin mini araha juru gisun be taigiyan lio fu hing de buhe..
한 가지 나의 쓴 對聯 을 太監 劉 福 興 에게 주었다

emu hacin ere inenggi muduri erinde doron neihe..[46]
한 가지 이 날 용 때에 도장 열었다

—— ◦ —— ◦ —— ◦ ——

정월 경칩(驚蟄)

20일, 경신(庚申) 목행(木行) 기수(箕宿) 집일(執日). 해시(亥時)의 첫 1각(刻) 6분(分)에 경칩이다. 2월의 절기(節氣)이다.

하나, 아침밥을 먹은 뒤에 부성문(阜成門)을 나가서 의홍당(倚虹堂)에서 100전으로 당나귀를 빌려서 타고 함덕원(涵德園)에 이르렀다.

하나, 함덕원에 이르러서 보니, 포삼야(布三爺)와 진선생(陳先生)이 모두 거기에 가 있었다.

하나, 저녁 무렵에 원호(園戶)에서 서이야(徐二爺)와 함께 꽤 앉아 있었다.

하나, 내가 쓴 큰 대련(對聯)을 태감(太監) 맹신덕(孟愼德)에게 주었다.

하나, 내가 쓴 대련을 태감 유복흥(劉福興)에게 주었다.

하나, 오늘 진시(辰時)에 도장을 꺼냈다.

---

46) doron neihe : 관공서에서 연말에 사무를 마무리하고 넣어 둔 관인(官印)을 그 다음 해 정월 중순에 다시 사무를 시작하면서 꺼내던 것을 가리키며, 한자로는 '開印'이라고 한다.

[019a]

○orin emu de šahūn coko moo i feten demtu usiha efujentu enduri inenggi.
20 1 에 희끄무레한 닭 木 의 五行 斗 宿 破 神 날

emu hacin han' de yuwan de bisire de erde budai amala tucifi 平安園 de taktu de
한 가지 涵 德 園 에 있을 때에 아침 밥의 뒤에 나가서 平安園 에 樓 에

tafafi cai omiha. yamjifi han' de yuwan de marifi dangse boode ailungga i
올라서 차 마셨다 해 저물고 涵 德 園 에 돌아가서 檔子 집에 ailungga 의

emgi buda jeke..
함께 밥 먹었다

emu hacin dengjan dabuha erinde 成兒 jihe. i 郁蓮莊 i boode bihe. cimari kemuni
한 가지 등잔 불 켠 때에 成兒 왔다 그 郁蓮莊 의 집에 있었다 내일 또

genefi 蓮莊 imbe gaifi jucun donjimbi sehe. bi emu jasigan weilefi
가서 蓮莊 그를 데리고 연극 듣는다 하였다 나 한 편지 남기고

hono onggolo 蓮莊 ci juwen gaifi doolaha jucun be irgebun araha gūsin
또 전에 蓮莊 에게서 빌려 가지고 베껴 쓴 연극 을 詩 쓴 30

irgebun be inu suwaliyame fempilefi cengl de afabufi ulame 蓮莊 de bukini
詩 를 또한 함께 봉하여서 成兒 에 건네주어 전하고 蓮莊 에게 주자

sehe..
하였다

emu hacin yafasi boode kejine tehe..
한 가지 園戶에 꽤 앉았다

——。——。——。——

21일, 신유(辛酉) 목행(木行) 두수(斗宿) 파일(破日).
하나, 함덕원(涵德園)에 있을 때 아침식사 뒤에 나가서 평안원(平安園) 다관에 있는 누각에 올라가 차를 마셨다. 해가 저물어 함덕원에 돌아와 당자방(檔子房)에서 아이룽가(ailungga, 艾隆阿)와 함께 밥을 먹었다.
하나, 등잔 불 켤 무렵에 성아(成兒)가 왔다. 그는 욱연장(郁蓮莊)의 집에 있었다. 내일 또 가서 연장(蓮莊)이 그를 데리고 연극을 본다고 하였다. 나는 편지 하나를 남기고, 그리고 전에 연장으로부터 빌려서 베껴 쓴 「연극을 시로 쓴 30수(題戲詩30首)」를 또한 편지와 함께 봉하여 성아에게 건네서 전하고, 연장에게 주라고 하였다.
하나, 원호(園戶)에 꽤 앉아 있었다.

〔019b〕

aniya biya
정월

○orin juwe de sahaliyan indahūn muke i feten niohan usiha tuksintu enduri inenggi.
20 2 에 검은 개 水 의 五行 牛 宿 危 神 날

emu hacin han' de yuwan de bisire de erde budai amala fu i dorgici 贺首领 jifi
한 가지 涵 德 園 에 있을 때 아침 밥의 뒤에 府 의 안에서 賀首領 와서

acaha. tatan i da i boode imbe bibufi buda ulebuhe. bi tubade majige
만났다 宿營 의 長 의 집에 그를 머물게 하고 밥 먹게 하였다 나 거기에 잠시

tehe. ini doro eldengge i duici aniya minde yandume ulame juwen gaiha
앉았다 그의 道 光 의 넷째 해 나에게 부탁하여 전하여 빌려 가진

menggun juwan yan. jiha ninggun minggan be i te juwe biyai ice sunja de
銀 10 兩 錢 6 千 을 그 지금 2 월의 초 5 에

mimbe 豐昌號 de genefi gana sehe..
나를 豐昌號 에 가서 가져가라 하였다

emu hacin tuwaci 布三卩 jihe. bonio erinde bi ini sejen de tehe. sasa emgi tob
한 가지 보니 布三爺 왔다 원숭이 때에 나 그의 수레 에 탔다 같이 함께

wargi duka de isinafi bi ebufi fakcafi bi hoton i gencehen deri yabume
西直門 에 이르러서 나 내려서 헤어지고 나 성 의 언저리 따라 가서

elgiyen i mutehe duka be dosifi boode mariha..
阜城門 을 들어가서 집에 돌아왔다

emu hacin boode marifi donjici sikse 豐昌號 i niyalma 谢掌櫃 jihe. ini gisun
한 가지 집에 돌아와서 들으니 어제 豐昌號 의 사람 謝掌櫃 왔다 그의 말

duleke aniya jorgon biyai 滿九卩 i toodaki sehe tofohon minggan jiha be
지난 해 섣달의 滿九爺 의 갚자 한 15 千 錢 을

goha. arkan i duin minggan jihai afaha buhe. ere aniya baitalaci dule
바꾸었다 겨우 4 千 錢으로 한 枚 주었다 이 해 쓰면 놀랍게도

holoi afaha ni. te da an i 九卩 i boode bederebuhe. inci jiha gaimbi
가짜의 한 枚 로구나 지금 평소대로 九爺 의 집에 되돌아가게 하였다 그에게서 錢 가져온다

—— ◦ —— ◦ —— ◦ ——

정월

22일, 임술(壬戌) 수행(水行) 우수(牛宿) 위일(危日).

하나, 함덕원(涵德園)에 있을 때, 아침 식사 뒤에 왕부(王府) 안에서 하수령(賀首領)이 와서 만났다. 숙영장(宿營長) 집에 그를 머물게 하고 밥을 먹게 하였다. 나는 거기에 잠시 앉아 있었다. 그가 도광(道光) 4년에 내가 부탁하여 빌린 은 10냥과 6천 전을 빌렸는데, 그가 이제 2월 초닷새에 나를 풍창호(豐昌號)에 가서 가져가라 하였다.

하나, 보니 포삼야(布三爺)가 왔다. 신시(申時)에 나는 그의 수레에 탔다. 함께 서직문(西直門)에 이르러 내가 내려서 헤어지고, 성의 언저리를 따라가서 부성문(阜成門)을 들어가 집으로 돌아왔다.

하나, 집에 돌아와 들으니 어제 풍창호 사람 사장궤(謝掌櫃)[47]가 왔다. 그의 말인즉, '작년 섣달에 만구야(滿九爺)가 갚겠다고 한 1만 5천 전을 번복하고, 겨우 4천 전으로 한 매 주었다. 이 4천 전 한 매는 올해 쓰면 놀랍게도 가짜 지폐 한 매였단다. 지금 평소대로 구야(九爺)의 집에 돌려보내게 하고, 그에게서 돈을 받아 가져오려

47) 사장궤(謝掌櫃) '掌櫃'는 '돈궤를 맡은 사람'이라는 뜻으로 가게에서의 주인을 가리키는 말로 추정된다.

[020a]

seci urui boode akū dere acaburakū siltame anatambi sefi yoha sembi..
하니 언제나 집에 없어 얼굴 만날 수 없고 거부하고 거절한다 하고 갔다 한다

emu hacin donjici sikse 瑞图 ini sargan i sasa boode darifi tuwanjiha. kemuni gūwa
한 가지 들으니 어제 瑞圖 그의 아내 와 같이 집에 들러서 보러 왔다 또 다른

baita bifi buda jekekū. majige tefi geli sasa genehe..
일 있어서 밥 먹지 않았다 잠시 앉고서 또 같이 갔다

emu hacin donjici eyūn ke giyan be takūrafi 瑞图 i boode emu 戳紗扇套 beneme buhe..
한 가지 들으니 누나 ke giyan 을 보내서 瑞圖 의 집에 한 戳紗扇套 보내 주었다

—— ◦ —— ◦ —— ◦ ——

하지만, 그는 언제나 집에 없어 얼굴 만날 수 없고 거부하고 거절한다' 하며 갔다 한다.

하나, 들으니 어제 서도(瑞圖)와 그의 아내가 같이 집에 들러서 보러 왔다. 또 다른 일이 있어서 밥은 먹지 않았다. 잠시 앉아 있다가 또 같이 갔다.

하나, 들으니 누나가 커기안(kegiyan, 克儉)을 보내서 서도의 집에 '얇은 비단에 수를 놓은 부채주머니[戳紗扇套]'를 하나 보내 주었다.

〔020b〕

aniya biya
정월

○orin ilan de sahahūn ulgiyan muke i feten nirehe usiha mutehentu enduri inenggi.
20 3 에 거무스름한 돼지 水 의 五行 女 宿 成 神 날

emu hacin erde 鶴年 jihe. mini araha 條幅 juru gisun be gemu gamaha. yamji erinde
한 가지 아침 鶴年 왔다 나의 쓴 條幅 對聯 을 모두 가져갔다 저녁 때에

imbe solime hoho efen ulebumbi sehe. i je sefi yoha..
그를 청하여 水餃子 먹게 한다 하였다 그 그러자 하고서 갔다

emu hacin erde budai erinde 瑞图 jihe. i sikse ini boode buhe fusheku jumanggi be
한 가지 아침 밥의 때에 瑞圖 왔다 그 어제 그의 집에서 준 부채 주머니 를

geli amasi benjihe. ere jaka emgeri cende buhe bime geli amasi benjihengge. ai
또 도로 가져왔다 이 물건 한 번 그들에게 주었고 또 도로 가져 온 것 무슨

dorolon. yooni ojorakū sehe manggi. i geli hefeliyeme gamafi yoha..
禮인가 온전히 안 된다 한 후 그 또 안고서 가지고 갔다

emu hacin 吳蕙圃 jihe tuwaha. majige tefi genehe..
한 가지 吳蕙圃 왔고 보았다 잠시 앉고서 갔다

emu hacin yamji erinde 鶴年 jifi hoho efen arafi inde ulebuhe. i majige tefi
한 가지 저녁 때에 鶴年 와서 水餃子 만들어서 그에게 먹게 하였다 그 잠시 앉고서

genehe..
갔다

emu hacin ecimari ilifi tuwaci dule dobori de ududu nimanggi ilha maktaha ni.
한 가지 오늘 아침 일어나서 보니 뜻밖에 밤 에 많은 눈 꽃 내렸도다
abka gehun
하늘 말끔하게

gahūn dembei šahūrun..
맑고 아주 춥다

—— ◦ —— ◦ —— ◦ ——

정월

23일, 계해(癸亥) 수행(水行) 여수(女宿) 성일(成日).

하나, 아침에 학년(鶴年)이 왔다. 내가 만든 족자[條幅] 대련을 모두 가져갔다. 저녁때에 그를 청하여 물만두를 먹게 하겠다고 하였다. 그는 알겠다 하고는 갔다.

하나, 아침식사 때에 서도(瑞圖)가 왔다. 그는 어제 그의 집에서 준 부채주머니를 도로 가져왔다. 이 물건은 한 번 그들에게 주었는데, 또 도로 가져온 것은 무슨 예인가. 절대 안 된다 하였더니, 그가 다시 안고서 가지고 갔다.

하나, 오혜포(吳蕙圃)가 와서 보았다. 잠시 앉아 있다가 갔다.

하나, 저녁식사 때에 학년이 와서 물만두를 만들어서 그에게 먹게 하였다. 그는 잠시 앉아 있다가 갔다.

하나, 오늘 아침에 일어나서 보니, 뜻밖에 밤에 많은 눈꽃이 내렸도다. 하늘은 말끔하게 맑고 아주 춥다.

[021a]

○orin duin de niowanggiyan singgeri aisin i feten hinggeri usiha bargiyantu enduri inenggi.
20 4 에 푸른 쥐 金 의 五行 虛 宿 收 神 날

emu hacin erde buda jeke amala tucifi teo tiyoo hūtung de isinafi tuwaha. tederi
한 가지 아침 밥 먹은 뒤에 나가서 頭 條 hūtung 에 이르러서 보았다 거기로부터

tob wargi duka be tucifi yafahalame yabume han' de yuwan de isinaha. ere
西直門 을 나가서 걸어 가서 涵 德 園 에 이르렀다 이

ineggi dembei šahūrun ofi dangse boode ergehe..
날 아주 춥게 되어서 檔子 집에 쉬었다

emu hacin donjici kasigar facuhūn be deribuhe ubašaha huise jangger be te jafame
한 가지 들으니 kasigar 반란 을 일으킨 배신한 回子 jangger 를 이제 잡아

baha sembi. amba urgun. 揚威將軍長齡 be 威勇公 fungnehe. 參讚大臣楊芳 be
얻었다 한다 크게 기쁘다 揚威將軍長齡 을 威勇公 봉하였다 參讚大臣楊芳 을

果勇侯 fungnehe. gemu juwe yasai tojin i funggala šangname hadabuha..
果勇侯 봉하였다 모두 2 눈의 공작의 깃털 상주고 붙이게 하였다

—— ◦ —— ◦ —— ◦ ——

24일, 갑자(甲子) 금행(金行) 허수(虛宿) 수일(收日).

하나, 아침에 밥 먹은 뒤에 나가서 두조(頭條) 후통에 이르러서 보았다. 거기로부터 서직문(西直門)을 나가고 걸어서 함덕원(涵德園)에 이르렀다. 이 날은 아주 추워서 당자방(檔子房)에서 쉬었다.

하나, 들으니 카시가르(kasigar, 喀什葛爾)에서 반란을 일으킨 배신한 회회인(回回人) 장거르(jangger, 張格爾)를 이제 잡았다 한다. 매우 기쁘다. 양위장군(揚威將軍) 장령(長齡)을 위용공(威勇公)에 봉하였고, 참찬대신(參讚大臣) 양방(楊芳)을 과용후(果勇侯)로 봉하였다. 모두 눈이 둘씩 있는 공작 깃털을 상으로 주고 모자에 붙이게 하였다.

〔021b〕

aniya biya niowanggiyan singgeri
정월 푸른 쥐

○orin sunja de niohon ihan aisin i feten weibin usiha neibuntu enduri inenggi.
20 5 에 푸르스름한 소 金 의 五行 危 宿 開 神 날

emu hacin han' de yuwan de bisire de ○ ye meihe erinde han' de yuwan de isinaha..
한 가지 涵 德 園 에 있을 때에 爺 뱀 때에 涵 德 園 에 이르렀다

bonio erinde hoton dosika..
원숭이 때에 성 들어갔다

emu hacin 布三爷 陳先生 han de yuwan de isinara be sabuha..
한 가지 布三爷 陳先生 涵 德 園 에 이르는 것 을 보았다

emu hacin donjici geren wang gemu keksebuku alibufi jangger be jafame baha jalin
한 가지 들으니 諸 王 모두 如意 바쳐서 jangger 를 잡아 얻었기 때문에

enduringge ejen de urgun arambi sembi..
聖 皇 에게 기쁨 만든다 한다

emu hacin 雅蔚章 enenggi han' de yuwan de genehe. bi ini emgi yabume han' de
한 가지 雅蔚章 오늘 涵 德 園 에 갔다 나 그와 함께 가서 涵 德

yuwan ci tucifi tob wargi dukai tule doohan i dalbai cai taktu de
園 에서 나가서 西直門의 밖 다리 의 옆의 茶 樓 에서

cai omime teyehe amala elgiyen i mutehe duka be dosifi i 錦什坊
茶 마시고 쉰 뒤에 阜成門 을 들어가서 그 錦什坊

街 be dosifi boode yoha. bi inu boode mariha..
街 를 들어가서 집에 갔다 나 도 집에 돌아왔다

emu hacin enenggi 景声五 i banjiha inenggi ofi halhūn mucen emke hoseri emke
한 가지 오늘 景聲五 의 태어난 날 되어서 火鍋 하나 盒子 하나

ulgiyan i yali juwe ginggen toro efen[48] susai uheri duin hacin beneme
돼지 의 고기 2 斤 복숭아 떡 50 전부 4 가지 보내어

buhe. ceni booci niyehei yali emu fila. mayan i yali emu fila. hoseri booha[49]
주었다 그들의 집에서 오리의 고기 한 접시 앞다리 의 고기 한 접시 盒子菜

—— ◦ —— ◦ —— ◦ ——

정월 갑자

25일, 을축(乙丑) 금행(金行) 위수(危宿) 개일(開日).

하나, 함덕원(涵德園)에 있을 때, 왕야(王爺)가 사시(巳時)에 함덕원에 이르렀다가 신시(申時)에 성에 들어갔다.

하나, 포삼야(布三爺) 진선생(陳先生)이 함덕원에 이르는 것을 보았다.

하나, 들으니 제왕(諸王)들이 모두 온 마음을 바쳐서 장거르(jangger, 張格爾)를 잡았기 때문에 성군(聖君)께서 기뻐하신다 한다.

하나, 아울장(雅蔚章)이 오늘 함덕원에 갔다. 나는 그와 함께 다니다가 함덕원에서 나가 서직문(西直門) 밖 다리 옆의 다루(茶樓)에서 차 마시면서 쉬었다. 그런 뒤에 부성문(阜成門)을 들어가고, 그는 금십방가(錦什坊街)로 들어가서 집에 갔다. 나도 집에 돌아왔다.

하나, 오늘 경성오(景聲五)의 날이어서 신선로 하나, 합자(盒子) 하나, 돼지고기 2근, 복숭아 떡 50개 전부 4가지를 보내주었다. 그들의 집에서 오리고기 한 접시, 돼지 앞다리 고기 한 접시, 합자채(盒子菜)

48) toro efen : 복숭아 모양의 떡을 가리킨다.

49) hoseri booha : '합자채(盒子菜)'를 가리키는데, 양념한 돼지고기의 여러 부위를 원형 나무함에 담아서 팔았기 때문에 '합자채'라고 한다.

[022a]

emu fila. ulhūma yali emu fila. benjime buhe. bi erebe boohalame arki udafi
한 접시 꿩 고기 한 접시 보내서 주었다 나 이를 요리하여 소주 사서

omiha. šobin[50] jeke. dengjan dabuha erinde bi ceni boode darifi 声五 i emgi
마셨다 燒餠 먹었다 등잔 불 켠 때에 나 그의 집에 들러서 聲五와 함께

emgeri gisun jondofi mariha..
한 번 말 하고서 돌아왔다

emu hacin ere inenggi šuntuhuni wargi amargi ayan edun daha. šun dosika manggi teni

50) šobin : '샤오빙[燒餠]'의 만주어 음차로 밀가루로 둥글게 만들어 속를 넣고 불에 지진 것을 가리킨다.

한 가지 이 날 하루 종일 서쪽 북쪽 큰 바람 불었다 해 진 후 비로소

toroko..
잠잠해졌다

emu hacin ○ eniye i beye ambula yebe oho..
한 가지 어머니 의 몸 많이 낫게 되었다

emu hacin donjici anfu 安二卩 kasigar coohai baci gemun hecen de marifi. erdemui etehe
한 가지 들으니 anfu 安二爺 kasigar 군사의 곳에서 京 城 에 돌아와서 德勝

dukai tule 吉升店 de tehe. enenggi cahar gūsai amban i tušan i genehe
門의 밖 吉升店 에 앉았다 오늘 cahar 旗의 대신 의 任職 의 갔다

sembi..
한다

—— ◦ —— ◦ —— ◦ ——

한 접시. 꿩고기 한 접시를 보내 주었다. 나는 이것을 요리하고 소주를 사서 마시고, 샤오빙[燒餠]을 먹었다. 등잔불 켤 무렵에 나는 그의 집에 들러서 성오(聲五)와 함께 한 번 이야기하고 돌아왔다.
하나, 이날 하루 종일 서북풍이 크게 불었다. 해가 진 뒤에야 비로소 잠잠해졌다.
하나, 어머니의 몸이 많이 낫게 되었다.
하나, 들으니 안푸(anfu, 安福) 안이야(安二爺)가 카시가르(kasigar, 喀什葛爾)의 군대로부터 경성에 돌아와서 덕승문(德勝門) 밖 길승점(吉升店)에서 묵었다. 오늘 차하르(cahar, 察哈爾) 기(旗)의 도통(都統)의 직임(職任)에 갔다 한다.

[022b]

aniya biya
정월

○orin ninggun de fulgiyan tasha tuwa i feten šilgiyan usiha yaksintu enduri inenggi.
20 6 에 붉은 호랑이 火 의 五行 室 宿 閉 神 날

emu hacin šuntuhuni ayan edun daha. bi booci tucikekū..
한 가지 하루 종일 큰 바람 불었다 나 집에서 나가지 않았다

—— ◦ —— ◦ —— ◦ ——

정월

26일, 병인(丙寅) 화행(火行) 실수(室宿) 폐일(閉日).

하나, 하루 종일 큰 바람이 불었다. 나는 집에서 나가지 않았다.

[023a]

○orin nadan de fulahūn gūlmahūn tuwa i feten bikita usiha alihantu enduri inenggi.
20 7 에 불그스름한 토끼 火 의 五行 壁 宿 建 神 날

emu hacin erde budai amala ina kecin i jui 套兒 be gaifi 護國寺 de isinaha. 鎖 叉子
한 가지 아침 밥의 뒤에 조카 kecin 의 아들 套兒 를 데리고 護國寺 에 이르렀다 鎖 叉子

juwe be dasatabuha. juktehen i dolo 吳耀庭 be ucaraha. bi 套兒 be gaifi
2 를 고치게 하였다 절 의 안 吳耀庭 을 만났다 나 套兒 를 데리고

永和軒 de cai omiha. inde efen juwe hangse emu moro ulebuhe. yafahalame
永和軒 에서 茶 마셨다 그에게 떡 2 국수 1 사발 먹게 하였다 걸어서

boode mariha..
집에 돌아왔다

emu hacin boode mariha baci[51] 滿九卩 jihe. donjici eniye i gisun teike 豐昌號 老開
한 가지 집에 돌아온 바로부터 滿九爺 왔다 들으니 어머니 의 말 조금전 豐昌號 老開

九卩 i edelehe jihai jalin baihanjime jihe sembi. amala 九卩 mimbe guileme
九爺 의 빚진 錢 때문에 찾으러 와서 왔다 한다 뒤에 九爺 나를 청하고

tucifi 永福館 de tahūra efen[52] jeke. erei jiha ilan tanggū funcere be
나가서 永福館 에서 扁食 먹었다 이의 錢 3 百 넘는 것 을

mini boje de arabuha. boljoho gisun age mimbe cimari imbe baihanafi
나의 장부 에 적게 하였다 약속한 말 형 나를 내일 그를 찾아가서

julergi ergi hecen de sargašanambi sehe. 九卩 boode mariha..
남 쪽 성 에 놀러간다 하였다 九爺 집에 돌아갔다

emu hacin 忠魁 jihe. majige tefi yoha..
한 가지 忠魁 왔다 잠시 앉고서 갔다

emu hacin donjici 鶴年 jimbihe sembi..
한 가지 들으니 鶴年 왔었다 한다

—— ◦ —— ◦ —— ◦ ——

27일, 정묘(丁卯) 화행(火行) 벽수(壁宿) 건일(建日).
하나, 아침 식사 뒤에 조카 커친(kecin, 克勤)의 아들 투아(套兒)를 데리고 호국사(護國寺)에 이르렀다. 자물쇠와 가로막 두 가지를 고치게 하였다. 절 안에서 오요정(吳耀庭)을 만났다. 나는 투아를 데리고 영화헌(永和軒)에서 차를 마셨다. 그에게 떡 두 개, 국수 한 그릇을 사서 먹게 하였다. 걸어서 집에 돌아왔다.
하나, 집에 돌아온 것으로부터 만구야(滿九爺)가 왔다. 들으니 어머니의 말씀은 조금 전 풍창호(豐昌號) 노개(老開)가 구야(九爺)의 빚진 돈 때문에 찾아왔다 한다. 뒤에 구야가 나를 청하고 나가서 영복관(永福館)에서 편식(扁食) 먹었다. 이 300전이 넘는 돈을 나의 장부에 적게 하였다. 약속한 말에, 형이 나를 보고 내일 그를 찾아가서 '남쪽 성에 놀러 간다' 하라 하였다. 구야가 집에 돌아갔다.
하나, 충괴(忠魁)가 왔다. 잠시 앉아 있다가 갔다.
하나, 들으니 학년(鶴年)이 왔었다 한다.

---

51) boode mariha baci : 여기서 'baci'는 '(자신이 사는) 동네에서'라는 뜻이다.
52) tahūra efen : 고기와 야채 속을 넣어 진주조개 모양으로 만든 떡을 가리키며 '편식(扁食)'이라고도 한다.

〔023b〕

aniya biya
정월

○orin jakūn de suwayan muduri moo i feten kuinihe usiha geterentu enduri inenggi.
20 8 에 누런 용 木 의 五行 奎 宿 除 神 날

emu hacin erde budai amala 鶴年 jifi ini puseli i boigoji 鄒從彥 mimbe guileme jucun
한 가지 아침 밥의 뒤에 鶴年 와서 그의 가게 의 주인 鄒從彥 나를 청하여 연극

donjimbi seme 阜盛軒 de aliyaha sembi. bi 鶴年 i emgi cai puseli de
듣는다 하고 阜盛軒 에서 기다렸다 한다 나 鶴年 과 함께 茶 가게 에

sasa acafi elgiyen i mutehe duka be tucifi 阜成園 de 双和 sere hūfan i
같이 만나서 阜成門 을 나가서 阜成園 에서 雙和 하는 극단 의

jucun be donjiha. guwanse[53]i dolo 阿斐軒 恒貴 be ucaraha. amala jucun
연극 을 들었다 管席 의 안 阿斐軒 恒貴 를 만났다 뒤에 연극

wajifi hoton dosifi 魁昌居 de tahūra efen jeke. gemu 鄒從彦 jiha
끝나고서 성 들어가서 魁昌居 에서 扁食 먹었다 모두 鄒從彦 錢

fayaha. duin camgan i bade ishunde fakcaha..
썼다 四 牌樓 의 곳에서 서로 헤어졌다

emu hacin boode mariha baci 伊昌吾 boode tehe bihe. ging foriha manggi i genehe..
한 가지 집에 돌아온 바로부터 伊昌吾 집에 앉아 있었다 更 친 후 그 갔다

emu hacin uyuci age i boode bi genehekū..
한 가지 아홉째 형 의 집에 나 가지 않았다

emu hacin ujui funiyehe fusihe..
한 가지 머리의 털 잘랐다

—— ◦ —— ◦ —— ◦ ——

정월

28일, 무진(戊辰) 목행(木行) 규수(奎宿) 제일(除日).

하나, 아침 식사 뒤에 학년(鶴年)이 와서 그의 가게 주인 추종언(鄒從彦)이 나를 청하여 연극을 본다고 부성헌(阜盛軒)에서 기다리고 있다 한다. 나는 학년과 함께 찻집에서 만나 부성문(阜成門)을 나가서 부성원(阜成園)에서 쌍화(雙和) 라는 극단의 연극을 보았다. 관중석 안에서 아비헌(阿斐軒) 항귀(恒貴)를 만났다. 연극이 끝난 뒤에 성에 들어가서 괴창거(魁昌居)에서 편식(扁食)을 먹었다. 모두 추종언이 돈을 썼다. 사패루(四牌樓)에서 서로 헤어졌다.

하나, 집에 돌아와서 보니, 이창오(伊昌吾)가 집에 앉아 있었다. 야경 친 후에 그가 갔다.

하나, 아홉째 형의 집에 나는 가지 않았다.

하나, 머리를 깎았다.

53) guwanse : 'guwangsi(管席)'의 잘못이다.

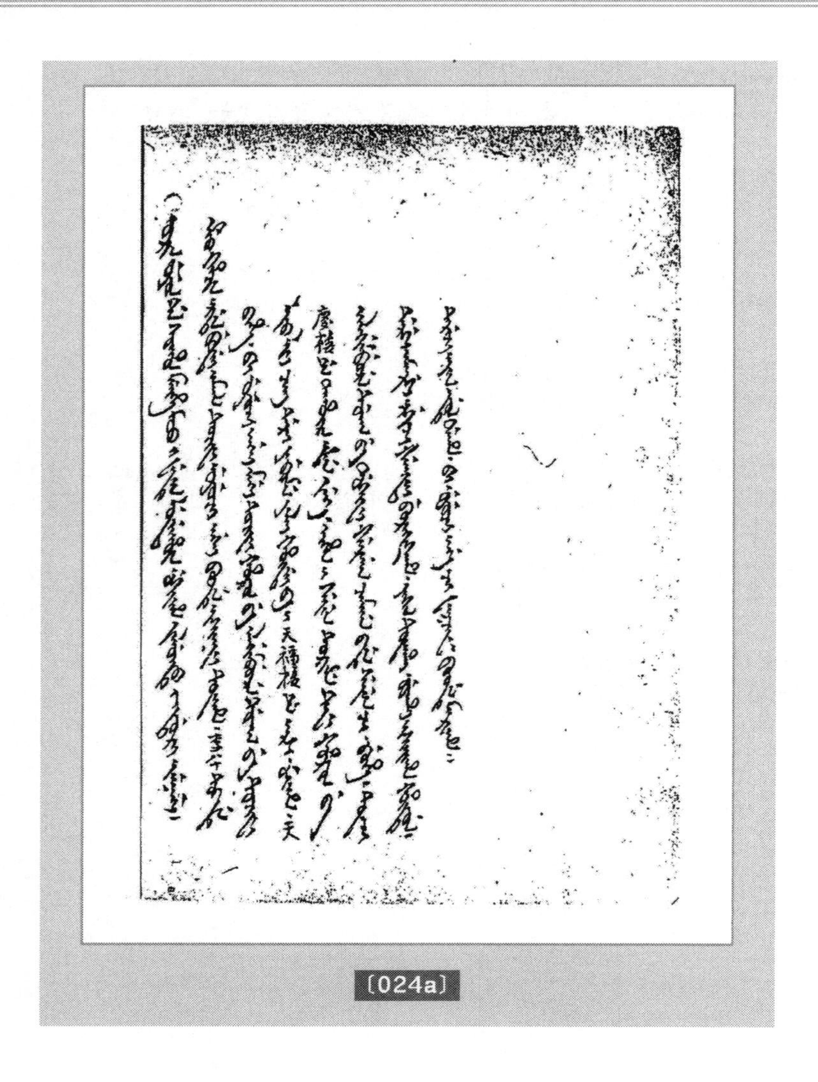

〔024a〕

○orin uyun de sohon meihe moo i feten ludahūn usiha jaluntu enduri inenggi.
20 9 에 누르스름한 뱀 木 의 五行 婁 宿 滿 神 날

emu hacin erde budai amala tucifi uyuci agei boode isinafi tuwaha. 李八十 tubade
한 가지 아침 밥의 뒤에 나가서 아홉째 형의 집에 이르러서 보았다 李八十 거기에

bihe. bi uyuci agei emgi tucifi horon be algimbure duka be tucifi
있었다 나 아홉째 형과 함께 나가서 宣武門 을 나가서

lio lii cang deri yabume yali hūdai ba i 天福楼 de arki omiha. 天
琉 璃 廠 으로 가서 고기 시장 의 天福樓 에서 소주 마셨다 天

慶楼 de tahūra efen jeke. eihen i sejen turime tefi horon be
慶樓 에서 扁食 먹었다 당나귀 의 수레 빌려서 타고 宣

algimbure duka be dosifi gargan camgan bade sejen ci ebuhe. tuwaci
武門 을 들어가서 單 牌樓 곳에서 수레 에서 내렸다 보니

dergi amargi ergici gaitai burakišaha. yasa tuwahai uthai isinjiha hūdun.
동 북 쪽에서 갑자기 먼지 날렸다 눈 보면서 곧 이른 것 빠르다

tereci ayan edun daha. bi uyuci age ci fakcafi boode mariha..
거기에서 큰 바람 일었다 나 아홉째 형 으로부터 헤어져서 집에 돌아왔다

—— ◦ —— ◦ —— ◦ ——

29일, 기사(己巳) 목행(木行) 누수(婁宿) 만일(滿日).
하나, 아침 식사 뒤에 나가서 아홉째 형의 집에 이르러서 보았다. 이팔십(李八十)이 거기에 있었다. 나는 아홉째 형과 함께 선무문(宣武門)을 나가 유리창(琉璃廠)으로 가서 고기 시장의 천복루(天福樓)에서 소주를 마셨다. 천경루(天慶樓)에서 편식(扁食)을 먹었다. 당나귀 수레를 빌려 타고 선무문(宣武門)으로 들어가서 단패루(單牌樓)에서 수레에서 내렸다. 보니 동북쪽으로부터 갑자기 먼지가 날렸다. 눈을 돌리자마자 곧 닥칠 만큼 빠르다. 거기에서 큰 바람이 일었다. 나는 아홉째 형과 헤어져서 집에 돌아왔다.

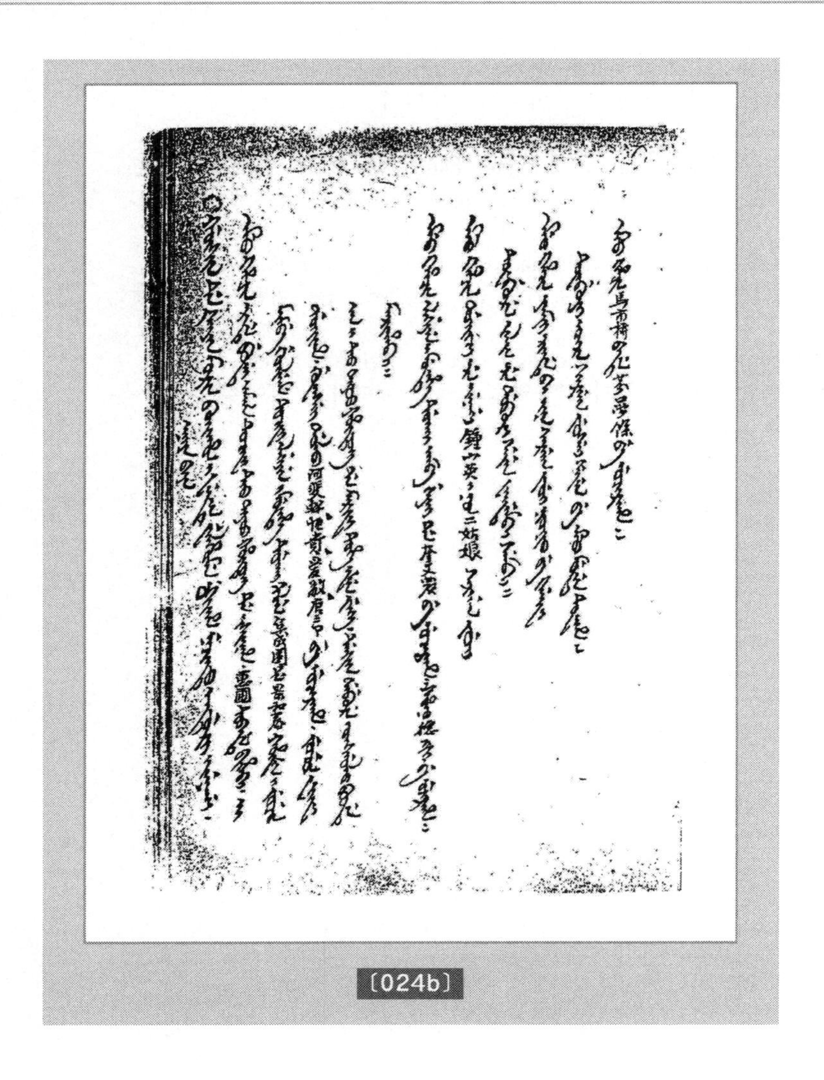

〔024b〕

aniya biya
정월

○gūsin de šanyan morin boihon i feten welhūme usiha necintu enduri inenggi.
30 에 흰 말 土 의 五行 胃 宿 平 神 날

emu hacin erde budai amala tucifi teo tiyoo hūtung de isinaha. 蕙圃 tubade bihebi. i
한 가지 아침 밥의 뒤에 나가서 頭 條 hūtung 에 이르렀다 蕙圃 거기에 있었다 그

mimbe guileme tucifi elgiyen i mutehe dukai tule 阜成園 de 景和春 hūfan i jucun
나를 청하여 나가서 阜成門의 밖 阜成園 에서 景和春 극단 의 연극

donjiha. guwanse[54]i dolo 阿斐軒 恒貴 愛敬 唐三卩 be ucaraha. jucun wajifi
들었다 管席의 안 阿斐軒 恒貴 愛敬 唐三爺 를 만났다 연극 끝나고

an i teo tiyoo hūtung de marifi tuhe efen[55] jeke. dengjan dabure onggolo boode
평소대로 頭 條 hūtung 에 돌아와서 보리 떡 먹었다 등잔 불 켜기 전 집에

marihabi..
돌아왔다

emu hacin elgiyen i mutehe dukai amba giyai de 奎文農 be ucaraha. hono 德五卩 be ucaraha..
한 가지 阜成門의 大 街 에서 奎文農 을 만났다 그리고 德五爺 을 만났다

emu hacin donjici ere inenggi 鍾山英 i non 二姑娘 sargan jui[56]
한 가지 들으니 이 날 鍾山英 의 여동생 二姑娘 딸 아이

tuwabure jalin ere dobori sejen faidambi sembi..
시험보기 때문에 이 밤 수레 늘어놓는다 한다

emu hacin yamji erinde bi ina sargan jui nionio be gaifi
한 가지 저녁 때에 나 조카 딸 아이 nionio 를 데리고

tuwabuci acara sargan jusei sejen be emu mudan tuwaha..
보게 하니 만나는 딸 아이들의 수레 를 한 번 보았다

emu hacin 馬市桥 bade 芬夢馀 be ucaraha..
한 가지 馬市橋 곳에 芬夢餘 를 만났다

── ◦ ── ◦ ── ◦ ──

정월

30일, 경오(庚午) 토행(土行) 위수(胃宿) 평일(平日).

하나, 아침 식사 뒤에 나가서 두조(頭條) 후퉁에 이르렀다. 혜포(蕙圃)가 거기에 있었다. 그가 나를 청하여 나가서 부성문(阜成門) 밖 부성원(阜成園)에서 경화춘(景和春) 이라는 극단의 연극을 보았다. 관중석 안에서 아비헌(阿斐軒), 항귀(恒貴), 애경(愛敬), 당삼야(唐三爺)를 만났다. 연극이 끝나고 평소대로 두조 후퉁에 돌아와 보리떡을 먹었다. 등잔불 켜는 시간 전에 집에 돌아왔다.

하나, 부성문 대가(大街)에서 규문농(奎文農)을 만났다. 그리고 덕오야(德五爺)를 만났다.

하나, 들으니 오이날 종산영(鍾山英)의 여동생 이고낭(二姑娘)이 수녀(秀女) 시험보기 때문에 이 밤에 수레를 늘어놓는다 한다.

하나, 저녁 즈음에 나는 조카딸 니오니오(nionio, 妞妞)를 데리고 가서 시험 보게 하고, 시험에 맞은 수녀들의 수레를 한 번 보았다.

하나, 마시교(馬市橋) 지역에서 분몽여(芬夢餘)를 만났다.

---

54) guwanse : 'guwangsi(管席)'의 잘못이다.

55) tuhe efen : 보리를 갈아 가루로 만든 다음, 반죽하여 얇게 펴고 둥글게 만들어서 마른 솥에 기름을 발라 지져서 익혀 먹는 떡의 일종을 가리킨다.

56) sargan jui : 여기서는 문맥에 따라 궁중에 뽑혀 들어가는 여관(女官), 즉 '수녀(秀女)'를 뜻하는 것으로 본다.

3. 도광 08년(1828) 2월

[025a]

○○juwe biya osohon niohon gūlmahūn alihabi. ice de šahūn honin boihon i feten
2 월 작은달 푸르스름한 토끼 맞았다 초하루 에 희끄무레한 양 土 의 五行

moko usiha toktontu enduri inenggi..
昴 宿 定 神 날

emu hacin erde canghing 常大卩 jihe. boode dosifi kejine teme 德惟一 age be
한 가지 아침 canghing 常大爺 왔다 집에 들어가서 꽤 앉아 德惟一 형 을
aliyahai jihekū.
기다리면서 오지 않았다

meni juwe niyalma yafahalame yabume tob šun i duka be tucifi 天慶楼 de tahūra
우리 2 사람 걸어서 가고 正陽門 을 나가서 天慶樓 에서 扁食

efen jeke. i jiha buhe. 高明遠 de cai omiha. šun kelfike erinde 德惟一 age
먹었다 그 錢 주었다 高明遠 에 茶 마셨다 해 기운 때에 德惟一 형

baihaname isinaha. age erde buda jeke amala teni genehe sembi. tereci sasa yabume
찾아와 이르렀다 형 아침 밥 먹은 뒤에 비로소 갔다 한다 거기에서 같이 가서

boigon i jurgan[57] de isinaha. 蕭掌櫃 be ucaraha. 柏二丌 inu acaha. amala gemu
戶部 에 이르렀다 蕭掌櫃 를 만났다 柏二爺 도 만났다 뒤에 모두

fulun be gaiha. cang an giyai de sejen turime tehe. fakcafi boode mariha..
俸祿 을 취하였다 長 安 街 에서 수레 빌려서 탔다 헤어져서 집에 돌아왔다

emu hacin donjici bayarai jalan i janggin gilingga ne aisilame kadalara da de cohobuha sembi..
한 가지 들으니 護軍의 參領 gilingga 이제 副將 에 임명되었다 한다

emu hacin donjici ne 舒三叔 boode jihe sembi..
한 가지 들으니 이제 舒三叔 집에 왔다 한다

emu hacin yamji erinde 鶴年 jihe..
한 가지 저녁 때에 鶴年 왔다

emu hacin mini fulun i menggun gūsin yan be 小六合 de nadanju ninggun minggan juwe tanggū
한 가지 나의 俸祿 의 銀 30 兩 을 小六合 에 70 6 千 2 百

jiha de uncaha.
錢 에 팔았다

—— ◦ —— ◦ —— ◦ ——

2월 작은달 을묘(乙卯)월 맞음. 초하루, 신미(辛未) 토행(土行) 앙수(昴宿) 정일(定日).
하나, 아침에 상흥(常興) 상대야(常大爺)가 왔다. 집에 들어가서 꽤 앉아 있으면서 덕유일(德惟一) 형을 기다렸으나 오지 않았다. 우리 두 사람은 걸어서 정양문(正陽門)을 나가서 천경루(天慶樓)에서 편식(扁食)을 먹었다. 그가 돈을 주었다. 고명원(高明遠)에서 차를 마셨다. 해가 기울 때에 덕유일 형이 찾아와서 이르렀다. 형은 아침 식사를 한 뒤에 비로소 갔다 한다. 거기에서 같이 가서 호부(戶部)에 이르러 소장궤(蕭掌櫃)를 만났고, 백이야(柏二爺)도 만났다. 뒤에 모두 녹봉(祿俸)을 취하였다. 장안가(長安街)에서 수레를 빌려서 타고 헤어져서 집에 돌아왔다.
하나, 들으니 호군참령(護軍參領) 길링가(gilingga, 濟靈阿)가 현재 부장(副將)으로 임명되었다 한다.
하나, 들으니 지금 서삼숙(舒三叔)이 집에 왔다 한다.
하나, 저녁때에 학년(鶴年)이 왔다.
하나, 나는 녹봉(祿俸) 은 30냥을 소육합(小六合)에서 7만 6천 2백 전에 팔았다.

57) boigon i jurgan : '집의 관청'이라는 뜻으로서 '호부(戶部)'를 의미한다.

[025b]

juwe biya osohon
2 월 작은달

emu hacin 寶㒷局 de orin duin minggan i madagan jiha toodaha..
한 가지 寶興局 에 20 4 千 의 이자 錢 갚았다

emu hacin 三盛店 de belei jiha juwan emu minggan duin tanggū susai toodaha..
한 가지 三盛店 에 쌀의 錢 10 1 千 4 百 50 갚았다

emu hacin booi turigen ninggun minggan ninggun tanggū buhe..
한 가지 집의 세 6 千 6 百 주었다

emu hacin 陽春居 de juwe minggan jakūn tanggū jiha toodaha..
한 가지 陽春居 에 2 千 8 百 錢 갚았다

emu hacin 金蘭齋 de sunja minggan sunja tanggū jiha toodaha..
한 가지 金蘭齋 에 5 千 5 百 錢 갚았다

emu hacin 宏興號 de duin minggan jiha toodame buhe..
한 가지 宏興號 에 4 千 錢 갚아 주었다

emu hacin 振昌號 emu minggan sunja tanggū jiha buhe..
한 가지 振昌號 1 千 5 百 錢 주었다

emu hacin 鶴年 de orin minggan jiha toodame buhe. kemuni juwan ninggun minggan
한 가지 鶴年 에 20 千 錢 갚아 주었다 아직 10 6 千

jiha edelefi bure unde..
錢 모자라서 주지 못한다

ereci wesihun jakūn hacin uheri nadanju sunja minggan jakūn tanggū susai
이로부터 위 8 가지 전부 70 5 千 8 百 50

jiha baibuha. kemuni ilan tanggū susai jiha funcehe..
錢 받았다 아직 3 百 50 錢 남았다

emu hacin enenggi 高明遠 de anking 李𠆤 be ucaraha..
한 가지 오늘 高明遠 에서 安慶 李爺 를 만났다

—— ◦ —— ◦ —— ◦ ——

2월 작은달
하나, 보흥국(寶興局)에 2만 4천 전의 이자 돈을 갚았다.
하나, 삼성점(三盛店)에 쌀값 1만 1천 4백 50전을 갚았다.
하나, 집세 6천 6백 전을 주었다.
하나, 양춘거(陽春居)에 2천 8백 전을 갚았다.
하나, 금난재(金蘭齋)에 5천 5백 전을 갚았다.
하나, 굉흥호(宏興號)에 4천 전을 갚아 주었다.
하나, 진창호(振昌號) 1천 5백 전을 주었다.
하나, 학년(鶴年)에게 2천 전을 갚아 주었다. 아직 1만 6천 전이 모자라서 주지 못한다. 이로부터 위의 8가지 전부 7만 5천 8백 50전 받았다. 아직 3백 50전이 남아 있다.
하나, 오늘 고명원(高明遠)에서 안경(安慶) 이야(李爺)를 만났다.

[026a]

○ice juwe de sahaliyan bonio aisin i feten bingha usiha tuwakiyantu enduri inenggi.
초 2 에 검은 원숭이 金 의 五行 畢 宿 執 神 날

jempin inenggi[58]..
煎餠 날

emu hacin erde budai amala lii pei 李三丌 i booci niyalma be takūrafi dobon i oyo[59] benjibume
한 가지 아침 밥의 뒤에 李 培 李三爺 의 집에서 사람 을 시켜서 공양물 의 고기 보내와서

58) jempin inenggi : 'jempin'은 '煎餠'의 만주어 차용어로, 매년 2월 2일은 전병을 먹는 풍습이 있는데, 이날을 '전병날'이라고 한다.
59) oyo : 제사를 지낼 때에 고기를 한 덩이씩 잘라 제단에 올려놓은 것을 가리킨다.

buhe..
주었다

emu hacin 鶴年 jihe. onggolo i biyadari minde ninggun minggan jiha juwen bumbihe. bi edelefi
한 가지 鶴年 왔다 이전에 달마다 나에게 6 千 錢 빌려 주었었다 나 모자라서

yongkiyame bume mutehekū ofi bi imbe ilan minggan jiha bukini sehe. i je
다 갖추어 줄 수 없어서 나 그를 3 千 錢 주자 하였다 그 그러자

sefi ilan minggan jiha benjime buhe..
하고 3 千 錢 가져와서 주었다

emu hacin 鶴年 genehe. 德惟一 age jihe. ilan farsi wehei doron benjifi 二姑卩 i gisun
한 가지 鶴年 갔다 德惟一 형 왔다 3 조각 돌의 도장 가져와서 二姑爺 의 말

minde folobuki sehebi. majige tefi genehe. dule 老山 dukai tule aliyame
나에게 새기게 하자 했었다 잠시 앉고서 갔다 뜻밖에 老山 문의 밖 기다리고

biheni. imbe hacihiyaci dosikakū yoha..
있었도다 그를 권하였으나 들어오지 않고 갔다

emu hacin yamji erinde tucifi 德惟一 agei boode isinafi ilaci ecike be tuwaha. 鍾哥
한 가지 저녁 때에 나가서 德惟一 형의 집에 이르러서 셋째 叔父 를 보았다 鍾哥

山英 gemu tubade bihe. 安姑娘 dancalame jihe de acaha. jai ging ni erinde
山英 모두 거기에 있었다 安姑娘 覲行하러 왔음 에 만났다 둘째 更 의 때에

bi boode mariha..
나 집에 돌아왔다

—— ◦ —— ◦ —— ◦ ——

초이틀, 임신(壬申) 금행(金行) 필수(畢宿) 집일(執日). 전병(煎餅) 날이다.
하나, 아침 식사 뒤에 이배(李培) 이삼야(李三爺)의 집에서 사람을 시켜 제물(祭物)을 보내 주었다.
하나, 학년(鶴年)이 왔다. 예전에 매달 나에게 6천 전을 빌려 주었었다. 내가 돈이 모자라서 다 갖추어 돌려줄 수 없어서 3천 전을 주겠다고 하였다. 그가 그러자고 하여 3천 전을 가져와서 주었다.
하나, 학년이 갔고, 덕유일(德惟一) 형이 왔다. 돌 도장 3개를 가져와서 이고야(二姑爺)의 말을 나에게 새겨 달라고 하였다. 잠시 앉아 있다가 갔다. 뜻밖에 노산(老山)이 문 밖 기다리고 있었구나. 그에게 권했지만 들어오지 않고 갔다.
하나, 저녁때에 나가서 덕유일 형의 집에 이르러서 셋째 숙부를 보았다. 종가(鍾哥)과 산영(山英)이 모두 거기에 있었다. 안고낭(安姑娘)이 근행(覲行)하러 왔기에 만났다. 2경 때에 나는 집에 돌아왔다.

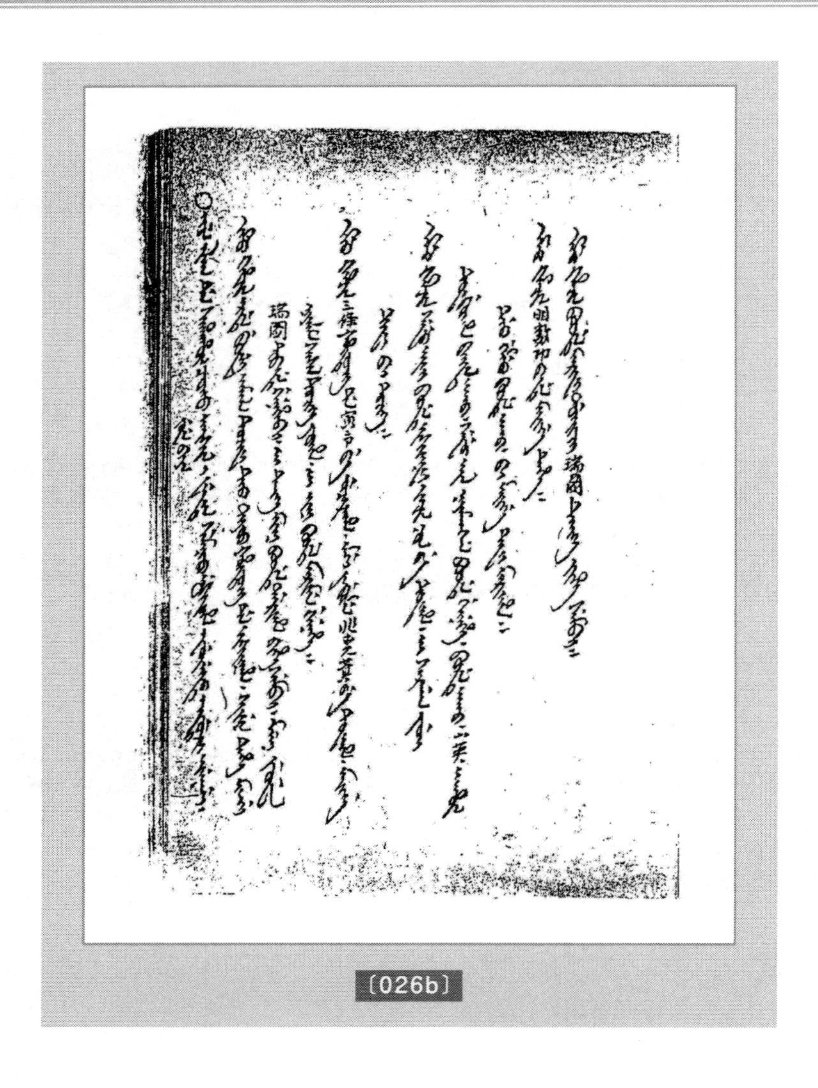

〔026b〕

juwe biya
2 월

○ice ilan de sahahūn coko aisin i feten semnio usiha efujentu enduri inenggi.
초 3 에 거무스름한 닭 金 의 五行 觜 宿 破 神 날

emu hacin erde budai amala tucifi teo tiyoo hūtung de isinaha. kejine tehe manggi
한 가지 아침 밥의 뒤에 나가서 頭 條 hūtung 에 이르렀다 꽤 앉은 후

瑞图 tubade genehebi. i teike mini boode dariha bihe sembi. meni juwe
瑞圖 거기에 갔었다 그 조금전 나의 집에 들렀었다 한다 우리의 2

niyalma sasa tucike yoha. i ini boode marime genehe..
사람 같이 나가서 갔다 그 그의 집에 돌아서 갔다

emu hacin 三條 hūtung de 寅二爷 be ucaraha. emgi yabume 兆尧蓂 be tuwaha. majige
한 가지 三條 hūtung 에서 寅二爺 를 만났다 함께 가서 兆堯蓂 을 보았다 잠시

tefi bi tucike..
앉고서 나 나갔다

emu hacin sefu ajai boode isinafi jacin non be tuwaha. i sargan jui
한 가지 師傅 母의 집에 이르러서 둘째 여동생 을 보았다 그 딸 아이

tuwabuha baita akū. sefu aja niyamangga boode genehe boode akū. 山英 ahūn
보인 일 없다 師傅 母 친척 집에 갔다 집에 없다 山英 兄

deo gemu boode akū. bi majige tefi mariha..
弟 모두 집에 없다 나 잠시 앉고서 돌아왔다

emu hacin 明数功 bade majige tehe..
한 가지 明數功 곳에 잠시 앉았다

emu hacin boode marifi donjici 瑞图 teike jihe sembi..
한 가지 집에 돌아와서 들으니 瑞圖 조금전 왔다 한다

—— 。—— 。—— 。——

2월
초사흘, 계유(癸酉) 금행(金行) 자수(觜宿) 파일(破日).
하나, 아침 식사 뒤에 나가서 두조(頭條) 후퉁에 갔다. 꽤 앉아 있으니 서도(瑞圖)가 거기에 들렀다. 그는 조금 전에 우리 집에 들렀었다 한다. 우리 두 사람이 같이 나가서 갔는데, 그는 그의 집으로 돌아갔다.
하나, 삼조(三條) 후퉁에서 인이야(寅二爺)를 만났다. 함께 가서 조요명(兆堯蓂)을 보았다. 잠시 앉아 있다가 나는 나갔다.
하나, 사모(師母)의 집에 이르러서 둘째 여동생을 보았다. 그는 수녀(秀女)를 시험 본 일이 없다. 사모는 친척 집에 가서 집에 없다. 산영(山英) 형제가 모두 집에 없다. 나는 잠시 앉아 있다가 돌아왔다.
하나, 명수공(明數功)이 있은 곳에 잠시 앉아 있었다.
하나, 집에 돌아와서 들으니 서도가 조금 전에 왔다 한다.

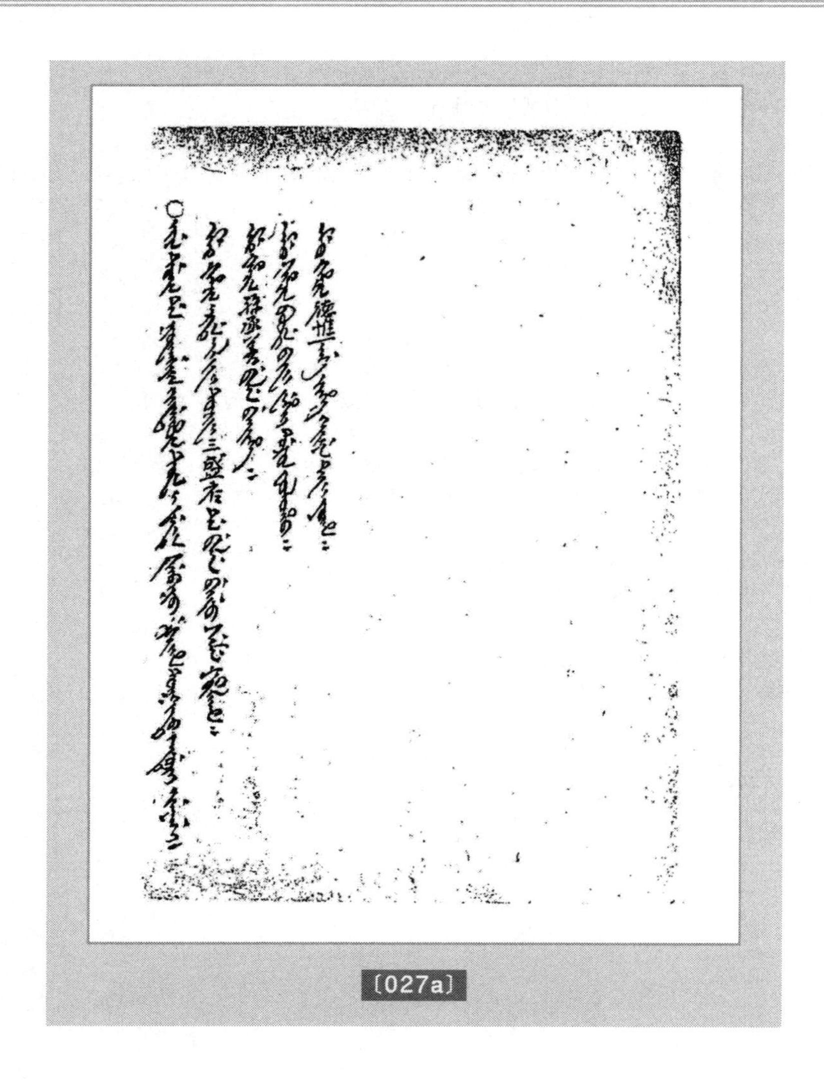

[027a]

○ice duin de niowanggiyan indahūn tuwa i feten šebnio usiha tuksintu enduri inenggi.
초 4 에 푸른 개 火 의 五行 參 宿 危 神 날

emu hacin erde ilifi tucifi 三盛店 de bele benju seme hūlaha..
한 가지 아침 일어나 나가서 三盛店 에 쌀 가져 오라 하고 불렀다

emu hacin 孫承善 bele benjihe..
한 가지 孫承善 쌀 가져왔다

emu hacin boode bifi wehei doron foloho..
한 가지 집에 있고서 돌의 도장 새겼다

emu hacin 德惟一 age jihe. kejine tefi yoha..
한 가지 德惟一 형 왔다 꽤 앉고서 갔다

—— ∘ —— ∘ —— ∘ ——

초나흘, 갑술(甲戌) 화행(火行) 삼수(參宿) 위일(危日).
하나, 아침에 일어나 나가서 삼성점(三盛店)에 쌀을 가져오라 하고 불렀다.
하나, 손승선(孫承善)이 쌀을 보내왔다.
하나, 집에 있으면서 돌 도장을 새겼다.
하나, 덕유일(德惟一) 형이 왔다. 한참 앉아 있다가 갔다.

〔027b〕

juwe biya niyengniyeri dulin
2 월 春 分

○ice sunja de niohon ulgiyan tuwa i feten jingsitun usiha mutehentu enduri inenggi.
초 5 에 푸르스름한 돼지 火 의 五行 井 宿 成 神 날

emu hacin erde 鶴年 jifi mimbe guileme tucifi gargan camgan ba i 陽春館 de
한 가지 아침 鶴年 와서 나를 청하여 나가서 單 牌樓 곳 의 陽春館 에서

arki juwe tampin cokoi yali emu fila boohalame omiha. tahūra efen[60] juwan
소주 2 병 닭의 고기 한 접시 먹으며 마셨다 扁食 10

60) tahūra efen : 고기와 야채 속을 넣어 진주조개 모양으로 만든 떡을 가리키며 '편식(扁食)'이라고도 한다.

emu moro jeke. sunja tanggū susai jiha bihe. tereci horon be
한 사발 먹었다 5 百 50 錢 이었다 거기에서

algimbure duka be tucifi wesihun yabume lio lii cang 文盛堂 de
宣武門 을 나가서 동쪽으로 가서 琉 璃 廠 文盛堂 에

tere dobton 金石韻府 be fonjici emgeri uncaha sembi. ere bithe
이 冊 金石韻府 를 물으니 이미 팔았다 한다 이 책

minde salgabun feten akū. aibe gisurembi ni. tob šun i dukai tule
나에게 인연 분수 없다 무엇을 말하겠는가 正陽門의 밖

天樂園 de 新兴金鈺 sere hūfan i jucun be donjiha. jucun wajifi
天樂園 에서 新興金鈺 하는 극단 의 연극 을 들었다 연극 끝나고서

tucifi 粮食店 hūtung ni yaksiha 恆盛館 de isinaha. 鶴年 i ina
나가서 糧食店 hūtung 의 휴업한 恆盛館 에 이르렀다 鶴年 의 조카

acaha. juwan ilan de puseli neimbi sembi. majige tefi tubaci aljafi
만났다 10 3 에 가게 연다 한다 잠시 앉고서 그곳에서 떠나서

tob šun i duka be dosifi tanggū juwe jiha de eihen i sejen turime
正陽門 을 들어가서 百 2 錢 에 당나귀 의 수레 빌려서

tefi wargi elhe obure duka de ebuhe. dukai dolo 大慶軒 de cai
타고 西安門 에서 내렸다 문의 안 大慶軒 에서 茶

omiha. efen duin hangse ninggun moro jeke. juwe tanggū jiha baibuha..
마셨다 떡 4 국수 6 사발 먹었다 2 百 錢 받았다

—— ◦ —— ◦ —— ◦ ——

2월 춘분

초닷새, 을해(乙亥) 화행(火行) 정수(井宿) 성일(成日).

하나, 아침에 학년(鶴年)이 와서 나를 청하고 나가서 단패루(單牌樓)의 양춘관(陽春館)에서 소주 2병을 닭고기 한 접시 먹으면서 마셨다. 만두 열한 그릇을 먹었다. 5백 50전이었다. 거기에서 선무문(宣武門)을 나가 동쪽으로 가서 유리창(琉璃廠) 문성당(文盛堂)에서 『금석운부(金石韻府)』 책을 물어보니 이미 팔았다 한다. 이 책은 나하고는 인연이 없다. 무슨 말을 하겠는가. 정양문(正陽門) 밖 천락원(天樂園)에서 신흥금옥(新興金鈺) 이라는 극단의 연극을 들었다. 연극이 끝나고 나가서 양식점(糧食店) 후퉁의 휴업한 긍성관(恆盛館)에 이르렀다. 학년의 조카를 만났다. 13일에 가게를 연다 한다. 잠시 앉아 있다가 그곳을 떠나 정양문(正陽門)으로 들어가 1백 2전으로 당나귀 수레를 빌려 타고 서안문(西安門)에서 내렸다. 문 안에 있는 대경헌(大慶軒)에서 차를 마셨다. 떡 4개, 국수 여섯 그릇을 먹었다. 2백 전을 받았다.

[028a]

gemu 鶴年 jiha fayaha. ging forire onggolo fakcafi bi boode mariha..
모두 鶴年 錢 썼다 更 치기 전 헤어져서 나 집에 돌아왔다

emu hacin donjici 忠魁 jimbihe sehe..
한 가지 들으니 忠魁 왔었다 하였다

emu hacin ere inenggi i ulgiyan erin i tob jai kemu i ningguci fuwen de niyengniyeri
한 가지 이 날 의 돼지 때 의 正 二 刻 의 여섯 째 分 에 春

dulin. juwe biyai dulin..
分 2 월의 보름이다

—— ◦ —— ◦ —— ◦ ——

모두 학년(鶴年)이 돈을 썼다. 야경 치기 전에 헤어져서 나는 집에 돌아왔다.
하나, 들으니 충괴(忠魁)가 왔었다 하였다.
하나, 이날 해시(亥時)의 정(正) 2각(刻) 6분(分)에 춘분(春分)이다. 2월의 보름이다.

〔028b〕

juwe biya
2 월

○ice ninggun de fulgiyan singgeri muke i feten guini usiha bargiyantu enduri inenggi.
초 6 에 붉은 쥐 水 의 五行 鬼 宿 收 神 날

emu hacin erde budai amala 德惟一 age jihe. kejine tehe. teike 老春 be dahalame
한 가지 아침 밥의 뒤에 德惟一 형 왔다 꽤 앉았다 조금전 老春 을 따라가서

i ubaliyambure šusai simneme enenggi harangga gūsade gabtara niyamniyara be
그 번역하는 秀才 시험보고 오늘 소속된 旗에서 활쏘기 말 달리며 활쏘기 를

tuwabume genehe sembi. mini foloho wehei doron 裕庭 serengge emu farsi
보러 갔다 한다 나의 새긴 돌의 도장 裕庭 하는 것 한 조각

瑾瑜齋 serengge emu farsi. 平安家信 serengge emu farsi. uheri ilan
瑾瑜齋 하는 것 한 조각 平安家信 하는 것 한 조각 전부 3

farsi be age amasi gamame yoha..
조각 을 형 도로 가지고 갔다

emu hacin šuntuhuni bi booci tucikekū..
한 가지 하루 종일 나 집에서 나가지 않았다

—— ◦ —— ◦ —— ◦ ——

2월
초엿새, 병자(丙子) 수행(水行) 귀수(鬼宿) 수일(收日).
하나, 아침 식사 뒤에 덕유일(德惟一) 형이 왔다. 한참 앉아 있었다. 얼마 전에 노춘(老春)을 따라가서 그가 통역하는 수재(秀才) 시험보고, 오늘은 소속된 기(旗)에서 활쏘기와 말 달리며 활쏘기를 보러 갔다 한다. 내가 새긴 돌 도장 가운데, '유정(裕庭)'이라고 새긴 것 한 개, '근유재(瑾瑜齋)'라고 새긴 것 한 개, '평안가신(平安家信)'이라고 새긴 것 한 개, 전부 세 개를 형이 도로 가지고 갔다.
하나, 하루 종일 나는 집에서 나가지 않았다.

〔029a〕

○ice nadan de fulahūn ihan muke i feten lirha usiha neibuntu enduri inenggi.
초 7 에 불그스름한 소 水 의 五行 柳 宿 開 神 날

emu hacin erde budai amala tucifi dergi ergi hecen 汪家 hūtung 图懋齋 i boode darifi ini
한 가지 아침 밥의 뒤에 나가서 동 쪽 성 汪家 hūtung 圖懋齋 의 집에 들러서 그의

eniye be tuwaha. te yebe oho. bi kejine tefi tereci aljaha..
어머니 를 보았다 지금 낫게 되었다 나 꽤 앉고서 거기에서 떠났다

emu hacin 豐昌號 de isinafi fonjici taigiyan h'o hi umai minde jiha bibuhekū. bi tubaci
한 가지 豐昌號 에 이르러 물으니 太監 胡 喜 결코 나에게 錢 남지 않게 하였다 나 그곳에서

tucifi fu de isinaha. fu de seci bi doro eldengge i sunjaci aniya ninggun biyai
나가서 府 에 이르렀다 府 에서 말하니 나 道 光 의 다섯째 해 6 월의

orin juwe de ○ ye i jalafungga inenggi doroi hengkilere jalin fu de isinaha ci
20 2 에 爺 의 壽의 날 禮로 인사하기 위해 府 에 이른 것 으로부터

tetele ilan aniya isika. bi enenggi fu de dosifi dangse boode isinafi 懋齋 be
지금까지 3 해 이르렀다 나 오늘 府 에 들어가서 檔子 집에 이르러서 懋齋 를

tuwaha. i inu beye cihakū bihe. te yebe oho. i hoseri emke arki udafi
보았다 그 도 몸 불편해 있었다 지금 낫게 되었다 그 盒子 하나 소주 사서

minde omibuha efen udafi bi juwe jeke. amala h'o hi tucike manggi bi inde
나에게 마시게 하였고 떡 사서 나 2 먹었다 뒤에 胡 喜 나간 후에 나 그에게

baihanafi acaha. i niyalma be takūrafi gūsin minggan jihai afaha minde buhe.
찾아가서 만났다 그 사람 을 시켜서 30 千 錢으로 한 枚 나에게 주었다

ere uthai doro eldengge i duici aniya i juwen gaime gamaha menggun juwan
이 곧 道 光 의 넷째 해 의 빌려 가지고 가진 銀 10

yan jiha ninggun minggan be te gemu wacihiyame toodaha. bi 懋齋 ci aljafi
兩 錢 6 千 을 지금 모두 완전히 갚았다 나 懋齋 로부터 떠나서

珠本齋 de baihanafi defu 德二TJ be tuwaha. kejine gisureme tefi bi fu ci
珠本齋 에게 찾아가서 defu 德二爺 를 보았다 꽤 말하며 앉고서 나 府 에서

—— ◦ —— ◦ —— ◦ ——

초이레, 정축(丁丑) 수행(水行) 유수(柳宿) 개일(開日).

하나, 아침 식사 뒤에 나가서 동성(東城) 왕가(汪家) 후퉁 도무재(圖懋齋)의 집에 들러서 그의 어머니를 보았다. 지금 나아지셨다. 나는 꽤 앉아 있다가 거기에서 떠났다.

하나, 풍창호(豐昌號)에 이르러 물어보니, 태감(太監) 호희(胡喜)가 나에게 돈을 남지 않게 하였다. 나는 그곳에서 나가서 왕부(王府)에 갔다. 왕부에서 말하니, 내가 도광(道光) 5년 6월 22일에 왕야(王爺)의 생신을 축하하기 위해 왕부에 이른 때로부터 지금까지 3년이 되었다. 나는 오늘 왕부로 들어가서 당자방(檔子房)에 이르러서 무재(懋齋)를 보았다. 그도 몸이 불편했었으나, 지금은 나아졌다. 그는 합자(盒子) 하나와 소주를 사서 나에게 마시게 하였고, 떡을 사서 내가 2개를 먹었다. 그런 뒤에 호희가 나간 뒤에 내가 그를 찾아가서 만났다. 그는 사람을 시켜서 3만전 한 매를 나에게 주었다. 이것으로 바로 도광 4년에 빌린 은 10냥과 6천 전을 지금 모두 완전히 갚았다. 나는 무재로부터 떠나서 주본재(珠本齋)에게 찾아가서 더푸(defu, 德福) 덕이야(德二爺)를 보았다. 꽤 이야기하면서 앉아 있다가 나는 왕부에서

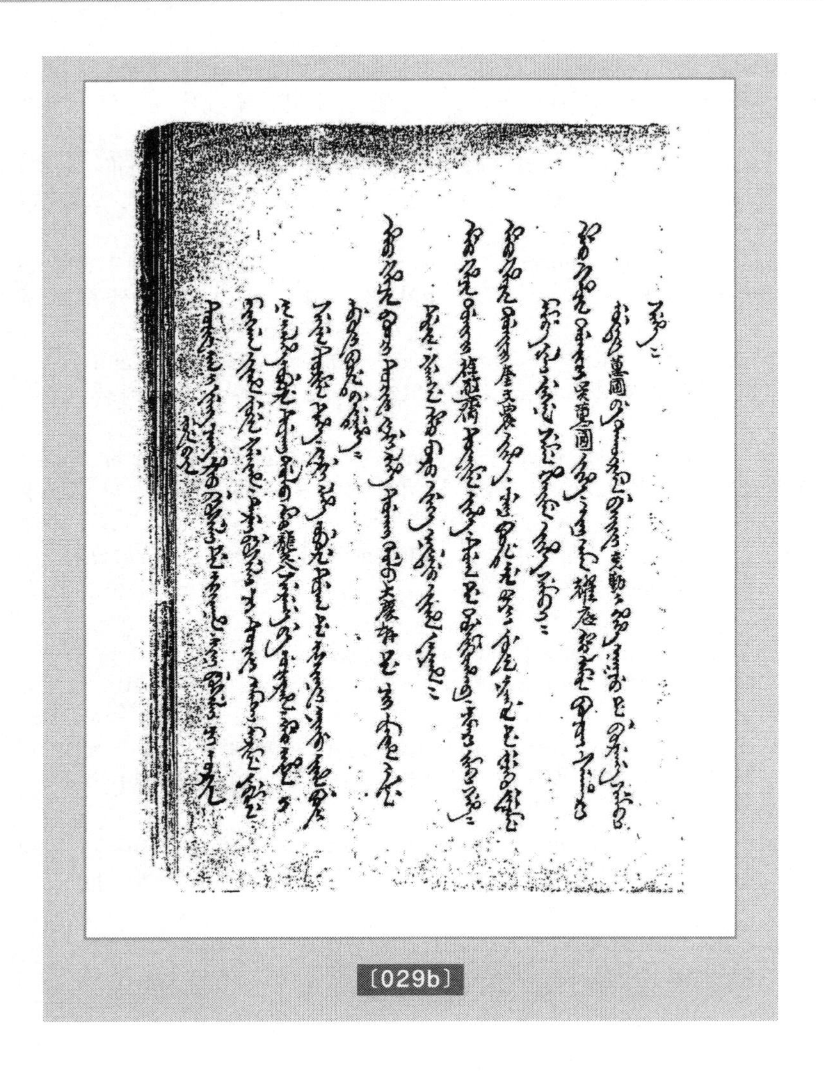

[029b]

juwe biya
2 월

tucifi an i feng cang h'ao puseli de isinaha. ini puseli ci orin
나가서 평소대로 豐 昌 號 가게 에 이르렀다 그의 가게 에서 20

minggan jiha juwen gaiha. terei puseli ci tucifi amasi marime yabume
千 錢 빌려 가졌다 그의 가게 에서 나가서 뒤로 돌아서 가고

na i elhe obure dukai dolo emu 龔八 serengge be ucaraha. emu eihen i
地安門의 안 한 龔八 하는 이 를 만났다 한 당나귀 의

sejen turime tehe. wargi elhe obure duka de isinafi ninju jiha bufi
수레 빌려서 탔다 西安門 에 이르러서 60 錢 주고서

ebufi boode bederehe..
내려서 집에 되돌아왔다

emu hacin booci tucifi wargi elhe dukai dolo 大慶軒 de cai omiha efen
한 가지 집에서 나가서 西安門의 안 大慶軒 에서 차 마셨고 떡

duin. hangse emu moro jeke nadanju jiha fayaha..
4 국수 한 사발 먹었고 70 錢 썼다

emu hacin donjici 徐敬齋 tuwanjime jihe. duka de dosimbuhakū. cimari jimbi sehe..
한 가지 들으니 徐敬齋 방문하여 왔다 문 에 들어가게 하지 않았다 내일 온다 하였다

emu hacin donjici 奎文農 jihe. ceni boode ere biyai juwan ninggun de weceku weceme
한 가지 들으니 奎文農 왔다 그들의 집에서 이 달의 10 6 에 神 제사하고

mimbe yali jekene seme henjime jihe sembi..
나를 고기 먹으러 가라 하고 보내서 왔다 한다

emu hacin donjici 吳蕙圃 jihe. ini ama 耀庭 emu lamun bocoi gahari
한 가지 들으니 吳蕙圃 왔다 그의 아버지 耀庭 한 藍 色의 적삼

udafi 蕙圃 be takūrame benjifi 克勤 i hehe nakcu de burengge sembi
사서 蕙圃 를 보내 가져와서 克勤 의 외숙모 에게 줄 것 한다

sehe..
하였다

—— ◦ —— ◦ —— ◦ ——

2월
나가서 평소대로 풍창호(豐昌號) 가게에 이르렀다. 그 가게에서 2만전을 빌렸다. 그 가게에서 나가서 되돌아가서 지안문(地安門) 안에 있는 어떤 공팔(龔八)이라는 사람을 만났다. 당나귀 수레 하나를 빌려서 탔다. 서안문(西安門)에 이르러서 60전 주고 내려서 집에 되돌아왔다.
하나, 집에서 나가서 서안문(西安門) 안의 대경헌(大慶軒)에서 차를 마셨고, 떡 4개, 국수 한 그릇을 먹었고, 70전을 썼다.
하나, 들으니 서경재(徐敬齋)가 방문하러 왔으나 대문에 들어오지 않았다. 내일 온다 하였다.
하나, 들으니 규문농(奎文農)이 왔다. 그들의 집에서 이번 달 16일에 신(神)에게 제사하는데, 나를 고기 먹으러 가라 하고 보내서 왔다 한다.
하나, 들으니 오혜포(吳蕙圃)가 왔다. 그의 아버지 요정(耀庭)이 남색 적삼을 하나 사서 혜포(蕙圃)를 보내 가져와서는 커친(kecin, 克勤)의 외숙모에게 줄 것이라 한다 하였다.

〔030a〕

emu hacin enenggi bi hono 凝氤館 de isinafi emu minggan sunja tanggū jihai afaha
한 가지 오늘 나 또 凝氤館 에 이르러서 1 千 5 百 錢의 한 枚

buhe. mini gibalabuha hacin be ganaci. 李二 掌櫃 puseli de akū ofi
주었다 나의 표구한 물품 을 가지러 가니 李二 掌櫃 가게 에 없어서

bi teile jiha buhe. gibalabuhangge be gaihakū..
나 오직 錢 주었다 표구한 것 을 받지 못했다

emu hacin ere inenggi halukan oho..
한 가지 이 날 따뜻하게 되었다

── ◦ ── ◦ ── ◦ ──

하나, 오늘 나는 또 응인관(凝氤館)에 이르러서 지폐 1천 5백 전 한 매를 주었다. 내가 표구한 물품을 가지러 가니, 이이(李二) 장궤(掌櫃)가 가게에 없어서 나는 오로지 돈만 주고 표구한 것을 가져오지 못하였다.

하나, 이날 따뜻해졌다.

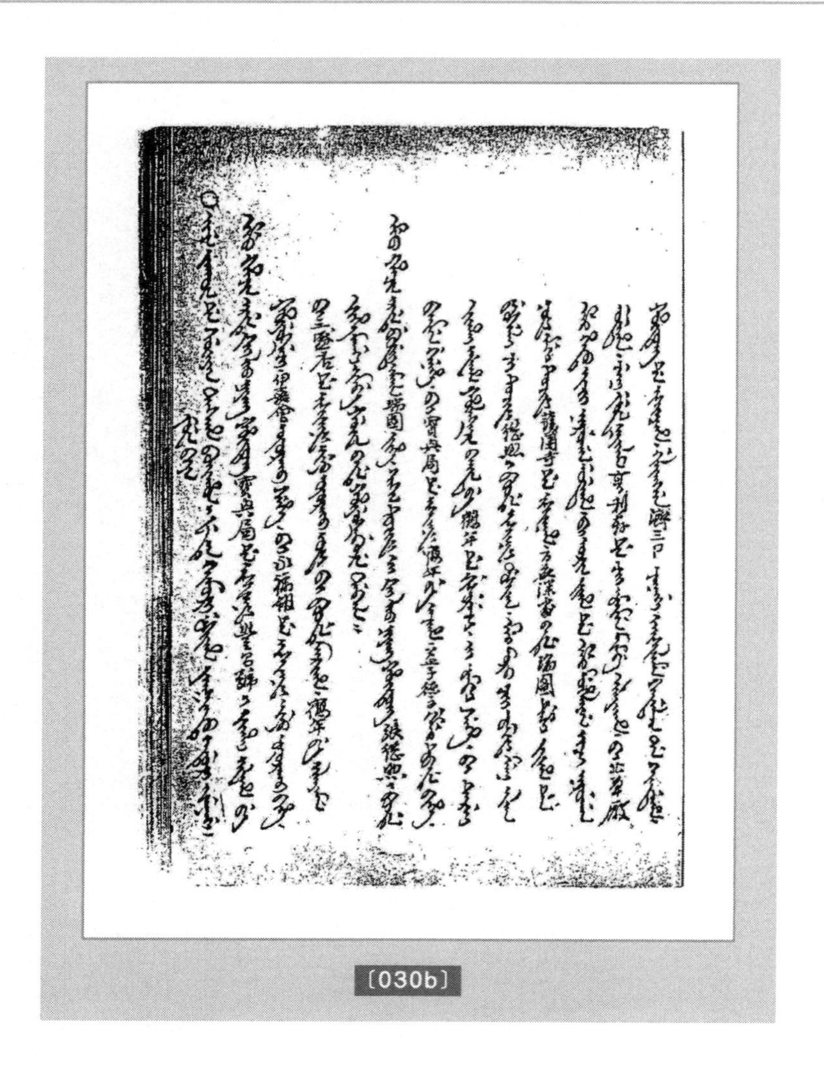

〔030b〕

juwe biya
2 월

○ice jakūn de suwayan tasha boihon i feten simori usiha yaksintu enduri inenggi.
초 8 에 누런 호랑이 土 의 五行 星 宿 閉 神 날

emu hacin erde ši lao niyang hūtung 寶㒷局 de isinafi 豐昌號 i jihai afaha be
한 가지 아침 石 老 娘 hūtung 寶興局 에 이르러서 豐昌號 의 錢으로 한 枚 를

hūyušeci. 伊嘉會 ojorakū sehe. bi 永福館 de isinafi inu ojorakū bihe..
교환하니 伊嘉會 안 된다 하였다 나 永福館 에 이르러서 또 안 되었 었다

bi 三盛店 de isinafi inu ojorakū ofi bi boode mariha. 鶴年 be aliyame
나 三盛店 에 이르러서 또 안 되어서 나 집에 돌아왔다 鶴年 을 기다리며

jihe manggi imbe gūwa bade hūyušebure dabala..
온 후 그를 다른 곳에 교환하게 할 따름이다

emu hacin erde budai amala 瑞图 jihe. sasa tucifi i ši lao niyang hūtung 張繼照 i boode
한 가지 아침 밥의 뒤에 瑞圖 왔다 같이 나가서 그 石 老 娘 hūtung 張繼照 의 집에

baime genehe. bi 寶兴局 de isinafi 鶴年 be acaha. 益子 德文 gemu tubade bihe.
찾으러 갔다 나 寶興局 에 이르러서 鶴年 을 만났다 益子 德文 모두 거기에 있었다

jihai afaha hūlašara baita be 鶴年 de gisureci. i ombi sehe. bi terei
錢으로 한 枚 교환하는 일 을 鶴年 에 말하니 그 된다 하였다 나 그의

puseli ci tucifi 繼照 i boode isinafi dosika. emu moro cai omifi meni ilan
가게 에서 나가서 繼照 의 집에 이르러서 들어갔다 한 사발 茶 마시고서 우리의 3

nofi emgi tucifi 護國寺 de isinaha. 方夜深處 bade 瑞图 dehi jiha de
사람 함께 나가서 護國寺 에 이르렀다 方夜深處 곳에 瑞圖 40 錢 에

emu hetu ici nirugan udaha. bi orin jiha de emu muheliyen ici nirugan
한 가로 방향 그림 샀다 나 20 錢 에 한 둥근 방향 그림

udaha. ceni juwe niyalma 亨利轩 de cai omime mimbe aliyaha. bi 北草廠
샀다 그들의 2 사람 亨利軒 에서 茶 마시며 나를 기다렸다 나 北草廠

hūtung de isinaha. gilingga 濟三丌 cananggi aisilame kadalara da sindaha.
hūtung 에 이르렀다 gilingga 濟三爺 그저께 副將 두었다

—— 。—— 。—— 。——

2월

초여드레, 무인(戊寅) 토행(土行) 성수(星宿) 폐일(閉日).

하나, 아침에 석노랑(石老娘) 후퉁 보흥국(寶興局)에 이르러서 풍창호(豐昌號)의 돈으로 한 매를 교환하려 하나, 이가회(伊嘉會)가 안 된다 하였다. 내가 영복관(永福館)에 이르렀으나 역시 안 되었다. 삼성점(三盛店)에 이르러서도 안 되어서 나는 집에 돌아왔다. 학년(鶴年)을 기다려서, 온 다음에 그에게 다른 곳에서 교환하게 할 따름이다.

하나, 아침 식사 뒤에 서도(瑞圖)가 왔다. 같이 나가다가 그는 석노랑 후퉁 장계조(張繼照)의 집에 찾으러 갔다. 나는 보흥국에 이르러 학년을 만났다. 익자(益子)와 덕문(德文)이 모두 거기에 있었다. 돈으로 한 매 교환하는 일을 학년에게 말하니, 그가 된다고 하였다. 나는 그의 가게에서 나가서 계조(繼照)의 집에 이르러서 들어갔다. 차 한 그릇 마시고 우리 3사람이 함께 나가서 호국사(護國寺)에 이르렀다. '방야심처(方夜深處)' 라는 곳에서 서도가 40전으로 가로 방향의 그림 하나를 샀다. 나는 20전으로 둥그런 모양의 그림 하나를 샀다. 그들 두 사람이 형이헌(亨利軒)에서 차를 마시면서 나를 기다렸다. 나는 북초창(北草廠) 후퉁에 이르렀다. 길링가(gilingga, 濟靈阿) 제삼야(濟三爺)가 그저께 부장(副將)에 임명되었다.

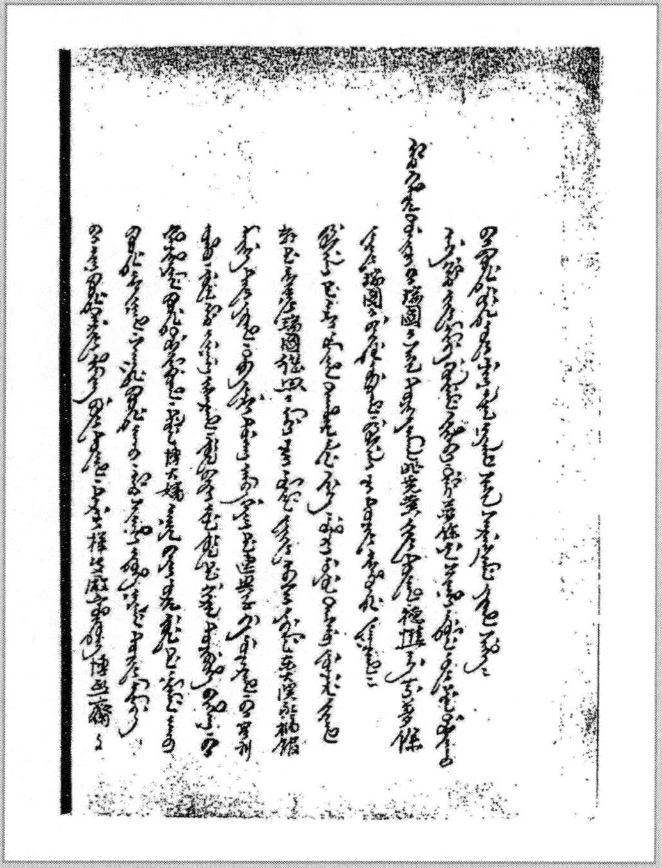

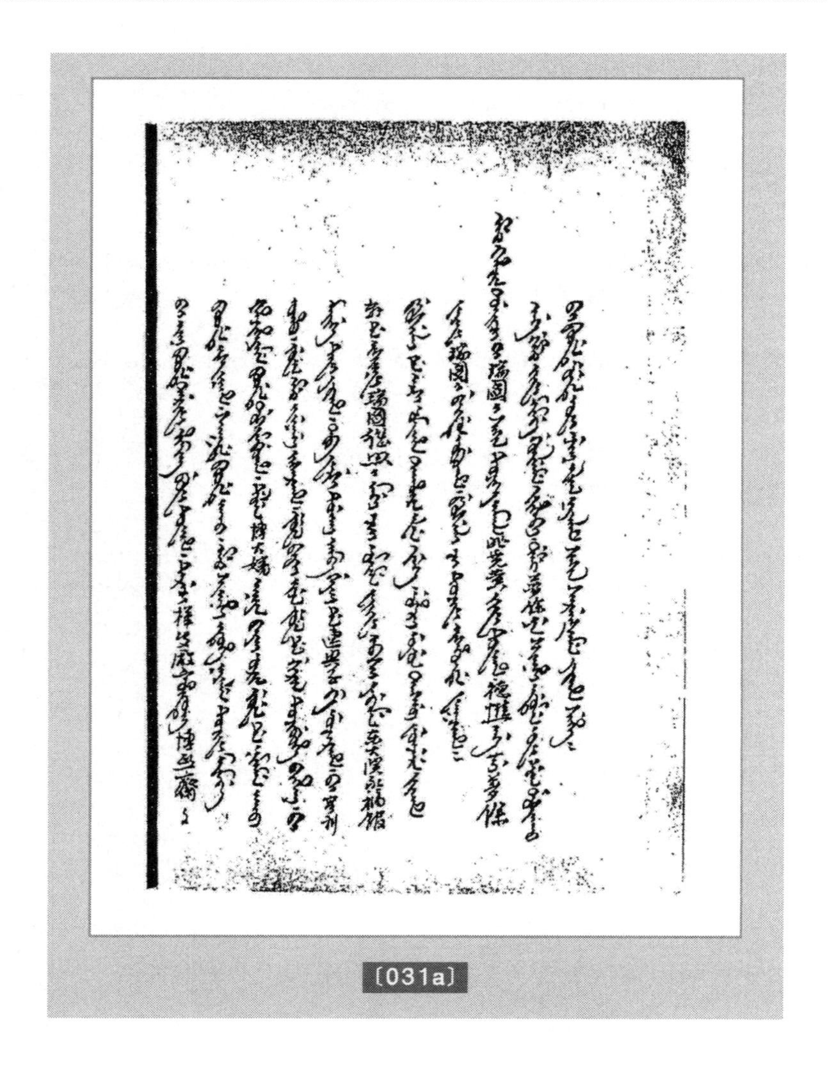

[031a]

bi ini boode darifi jyming bufi tuwaha. tereci 樺皮廠 hūtung 博熙齋 i
나 그의 집에 들러서 制命 주고서 보았다 거기에서 樺皮廠 hūtung 博熙齋 의

boode isinaha. sakda boode akū. emu sinahi etuhe niyalma tucifi mimbe
집에 이르렀다 어르신 집에 없다 한 상복 입은 사람 나가서 나를

hacihiyame boode dosimbuha. dule 博大嬸 aniya biyai orin juwe de nimeme akū
권하고 집에 들어가게 하였다 뜻밖에 博大嬸 정월의 20 2 에 병들어 죽게

oho. juwan emu inenggi asaraha. juwe biyai ice juwe de giran tucibuhe biheni. bi
되었다 10 1 일 안치하였다 2 월의 초 2 에 시신 出棺하였도다 나

majige tefi yoha. tob wargi dukai amba giyai de 連兴子 be ucaraha. bi 亨利
잠시 앉고서 갔다 西直門의 大 街 에 連興子 를 만났다 나 亨利

轩 de isinafi 瑞图 繼照 i emgi cai omime wajifi ebsi yabume 东大院 永福館
軒 에 이르러서 瑞圖 繼照 과 함께 차 마시기 마치고 이후 가서 東大院 永福館

puseli de arki omiha tahūra efen[61] jeke. uheri uyun tanggū funcere jiha
가게 에서 소주 마셨고 扁食 먹었다 전부 9 百 넘는 錢

fayafi 瑞图 i bekdun obuha. puseli ci tucifi ishunde fakcaha..
써서 瑞圖 의 외상 하였다 가게 에서 나가서 서로 헤어졌다

emu hacin donjici bi 瑞图 i sasa tucike amala 兆尧蓂 jifi tuwaha. 德惟一 age 芬夢馀
한 가지 들으니 나 瑞圖 와 같이 나간 뒤에 兆堯蓂 와서 보았다 德惟一 형 芬夢餘

age gemu jifi mimbe guileme jihebi. damu 夢馀 ne sinahi etume ofi duka dosikakū.
형 모두 와서 나를 청하러 왔었다 다만 夢餘 지금 상복 입게 되어서 문 들어가지 않았다

bi boode unde ofi ceni ilan niyalma sasa sargašame yoha sehe..
나 집에 없게 되어서 그들의 3 사람 같이 놀러 갔다 하였다

—— ◦ —— ◦ —— ◦ ——

나는 그의 집에 들러서 제명(制命)을 주고서 보았다. 거기에서 화피창(樺皮廠) 후통 박희재(博熙齋)의 집에 이르렀는데, 어르신은 집에 없다. 상복 입은 사람 한 명이 나와서 나를 권하여 집에 들어가게 하였다. 박(博)씨 아주머니가 정월 22일에 뜻밖에 병으로 죽게 되어 11일간 안치하였다가 2월 초이틀에 시신을 출관하였구나. 나는 잠시 앉아 있다가 갔다. 서직문(西直門) 대가(大街)에서 연흥자(連興子)를 만났다. 나는 형리헌(亨利軒)에 이르러서 서도(瑞圖), 계조(繼照)와 함께 차 마시기를 마치고, 이후에 가서 동대원(東大院) 영복관(永福館) 가게에서 술을 마시고 편식(扁食)을 먹었다. 전부 9백 전 넘는 돈을 썼는데 서도가 외상으로 하였다. 가게에서 나가서 서로 헤어졌다.
하나, 들으니 내가 서도와 함께 나간 뒤에 조요명(兆堯蓂)이 와서 조문하였고, 덕유일(德惟一) 형, 분몽여(芬夢餘) 형이 모두 와서 나를 청하러 왔었는데, 다만 몽여(夢餘)가 지금 상복을 입고 있어서 문으로 들어오지 않았다. 내가 집에 없어서 그들 3사람이 같이 놀러 갔다 하였다.

61) tahūra efen : 고기와 야채 속을 넣어 진주조개 모양으로 만든 떡을 가리키며 '편식(扁食)'이라고도 한다.

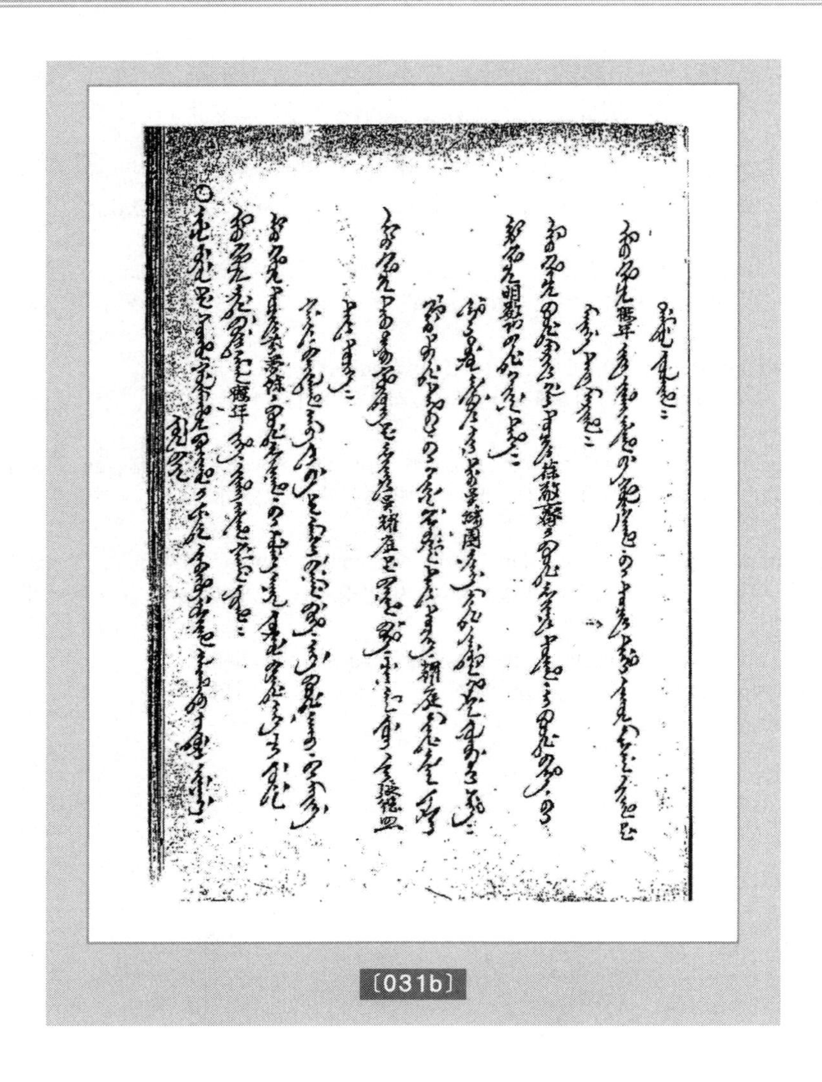

〔031b〕

juwe biya
2 월

○ice uyun de sohon gūlmahūn boihon i feten jabhū usiha alihantu enduri inenggi.
초 9 에 누르스름한 토끼 土 의 五行 張 宿 建 神 날

emu hacin erde budai amala 鶴年 jihe. jihai afaha gamame yoha..
한 가지 아침 밥의 뒤에 鶴年 왔다 錢으로 한 枚 가지고 갔다

emu hacin tucifi 芬夢馀 i boode isinaha. bi duleke aniya jorgon biyade age ci juwen
한 가지 나가서 芬夢餘 의 집에 이르렀다 나 지난 해 선달에 형 에게서 빌려

gaifi baitalaha amba fi be te amasi beneme buhe. age boode akū. bi majige
가지고 쓴 큰 筆 을 이제 도로 되돌려 주었다 형 집에 없다 나 잠시

tefi tucike..
앉고서 나갔다

emu hacin teo tiyoo hūtung de isinafi 吳耀庭 de baniha buhe. ceni ama jui jai 張繼照
한 가지 頭 條 hūtung 에 이르러서 吳耀庭 에 감사 드렸다 그들의 父 子 또 張繼照

gemu tubade tehebi. bi kejine gisureme tefi tucike. 耀庭 minde ilan farsi
모두 거기에 앉았었다 나 꽤 말하며 앉고서 나갔다 耀庭 나에게 3 조각

wehei doron afabufi ini deo 吳綺園 ningge minde yandume hergen folobuki sehe.
돌의 도장 건네주고 그의 동생 吳綺園 하는 이 나에게 부탁하여 글자 새기게 하자 하였다

emu hacin 明数功 bade kejine tehe..
한 가지 明數功 곳에서 꽤 앉았다

emu hacin boode marifi geli tucifi 徐敬齋 i boode isinafi tuwaha. i boode bihe. bi
한 가지 집에 돌아와서 또 나가서 徐敬齋 의 집에 이르러서 보았다 그 집에 있었다 나

majige tefi mariha..
잠시 앉고서 돌아왔다

emu hacin 鶴年 jifi jihai afaha be hūlašaha. bi tucifi dehi jakūn minggan jiha de
한 가지 鶴年 와서 錢으로 한 枚 를 교환하였다 나 나가서 40 8 千 錢 에

damtun jooliha..
저당물 되찾았다

—— ◦ —— ◦ —— ◦ ——

2월
초아흐레, 기묘(己卯) 토행(土行) 장수(張宿) 건일(建日).
하나, 아침 식사 뒤에 학년(鶴年)이 왔다. 돈으로 한 매를 가지고 갔다.
하나, 나가서 분몽여(芬夢餘)의 집에 이르렀다. 나는 작년 섣달에 형에게서 빌려 쓴 큰 붓을 이제 도로 되돌려주었다. 형은 집에 없고, 나는 잠시 앉아 있다가 나갔다.
하나, 두조(頭條) 후퉁에 이르러서 오요정(吳耀庭)에게 감사 드렸다. 그들 부자(父子)와 장계조(張繼照)가 모두 거기에 앉아 있었다. 나는 꽤 이야기하면서 앉아 있다가 나갔다. 요정(耀庭)이 나에게 돌 도장 3개를 건네주고, 그의 동생 오기원(吳綺園)이라는 이가 나에게 부탁하며 글자를 새겨 달라고 하였다.
하나, 명수공(明數功)이라는 데에서 꽤 앉아 있었다.
하나, 집에 돌아와서 다시 나가서 서경재(徐敬齋)의 집에 이르러서 보았는데, 그는 집에 있었다. 나는 잠시 앉아 있다가 돌아왔다.
하나, 학년이 와서 돈으로 지폐 한 매를 교환하였다. 나는 나가서 4만 8천 전으로 저당물을 되찾았다.

[032a]

emu hacin yamji erinde 忠奎 jihe. kejine tefi genehe..
한 가지 저녁 때에 忠奎 왔다 꽤 앉고서 갔다

emu hacin ecimari ududu agai sabdan maktaha. morin erinde gehun galaka..
한 가지 오늘 아침 많은 비의 방울 내렸다 말 때에 말끔히 개었다

—— ◦ —— ◦ —— ◦ ——

하나, 저녁때에 충규(忠奎)가 왔다. 한참 앉아 있다가 갔다.
하나, 오늘 아침에 많은 빗방울이 내렸다. 오시(午時)에 개었다.

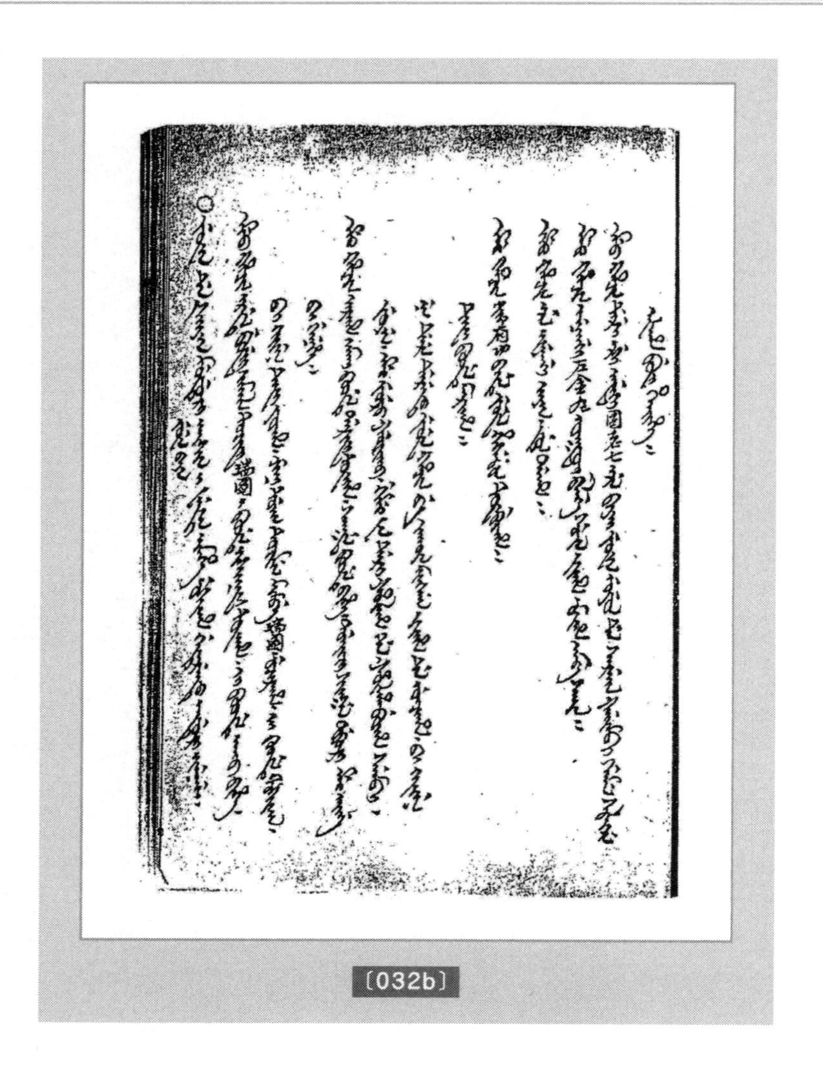

juwe biya
2 월

○juwan de šanyan muduri aisin i feten imhe usiha geterentu enduri inenggi.
10 에 흰 용 金의 五行 翼 宿 除 神 날

emu hacin erde budai amala tucifi 瑞图 i boode isinafi tuwaha. i boode akū bihe.
한 가지 아침 밥의 뒤에 나가서 瑞圖 의 집에 이르러서 보았다 그 집에 없었다

bi kejine tefi yoha. ceni duka tucime mimbe 瑞图 ucaraha. i boode dosika.
나 꽤 앉고서 갔다 그들의 문 나가서 나를 瑞圖 만났다 그 집에 들어갔다

bi genehe..
나 갔다

emu hacin araha amai boode darifi tuwaha. sakda boode bihe. donjici sikse dobori emu ajige
한 가지 養 父의 집에 들러서 보았다 어르신 집에 있었다 들으니 어제 밤 한 작은

juyen emu juru gocikū gemu fa deri hūlha de hūlhabuha sembi.
솜저고리 한 쌍 무릎덮개 모두 창 통해서 도둑 에 도둑맞았다 한다

ne dere deretu juwe hacin be jakūn minggan jiha de uncaha. bi kejine
지금 桌 案 2 가지 를 8 千 錢 에 샀다 나 꽤

tefi boode mariha..
앉고서 집에 돌아왔다

emu hacin 常有功 bade juwe hesebun tuwabuha..
한 가지 常有功 곳에서 2 運命 보였다

emu hacin ere inenggi ayan edun daha..
한 가지 이 날 큰 바람 일었다

emu hacin enenggi 左金丸 oktoi belge sunja jiha omiha amba sain..
한 가지 오늘 左金丸 약의 알 5 錢 먹었고 매우 좋다

emu hacin dergi ergi adaki 周老七 ere biyai juwan uyun de sargan gaimbi seme solire
한 가지 동 쪽 이웃의 周老七 이 달의 10 9 에 아내 취한다 하고 청하는

afaha bufi henjihe..
단자 주어서 가져왔다

—— ◦ —— ◦ —— ◦ ——

2월

10일, 경진(庚辰) 금행(金行) 익수(翼宿) 제일(除日).

하나, 아침 식사 뒤에 나가서 서도(瑞圖)의 집에 와서 방문하였다. 그는 집에 없었다. 나는 한참 앉아 있다가 갔다. 그 집의 문을 나가다가 나와 서도가 만났다. 그는 집으로 들어갔다. 나는 갔다.

하나, 양부의 집에 들러서 보았다. 어르신이 집에 있었다. 들으니 어젯밤에 작은 솜저고리 하나와 무릎 덮개 한 쌍을 모두 창을 통해서 도둑에게 도둑맞았다 한다. 지금 탁자와 상 두 가지를 8천 전에 샀다. 나는 꽤 앉아 있다가 집에 돌아왔다.

하나, 상유공(常有功)이라는 데에서 두 가지 운명(運命)을 보았다.

하나, 이날 큰 바람이 일었다.

하나, 이날 좌금환(左金丸)이라는 환약 5전 어치를 먹었고 매우 좋다.

하나, 동쪽 이웃집 주노칠(周老七)이 이 달 19일에 아내 취한다 하고 청하는 단자(單子)를 주어서 가져 왔다.

[033a]

emu hacin 趙德善 ere biyai orin de sargan gaimbi seme solire afaha benjifi henjihe..
한 가지 趙德善 이 달의 20 에 아내 취한다 하고 청하는 單子 보내와서 가져 왔다

emu hacin yamji erinde 忠魁 jihe..
한 가지 저녁 때에 忠魁 왔다

—— ◦ —— ◦ —— ◦ ——

하나, 조덕선(趙德善)이 이 달 20일에 아내 취한다 하고 청하는 단자(單子)를 보내서 가져왔다.
하나, 저녁때에 충괴(忠魁)가 왔다.

〔033b〕

juwe biya
2 월

○juwan emu de šahūn meihe aisin i feten jeten usiha jaluntu enduri inenggi
10 1 에 희끄무레한 뱀 金 의 五行 軫 宿 滿 神 날

emu hacin erde 鶴年 jihe. mimbe guileme tucifi wargi elhe duka de sejen turime tehe. tob
한 가지 아침 鶴年 왔다 나를 청하여 나가서 西安門 에서 수레 빌려서 탔다

šun i dukai tule tob šun i doohan de isinafi ebuhe. 粮食店 hūtung ni
正陽門의 밖 正陽橋 에 이르러서 내렸다 糧食店 hūtung 의

dolo jugūn i šun dekdere ergi 鶴年 i ina i puseli de isinaha. bi ceni
안 길 의 해 뜨는 쪽 鶴年 의 조카의 가게 에 이르렀다 나 그들의

funde emu 百護館 sere iletulehen araha. kemuni juru gisun 條幅对联 be
대신 한 百護館 하는 편액 썼다 게다가 對聯 條幅對聯 을

araha. erde ceni amargi ergi 大酒缸 bade arki omiha hangse jeke. hergen
썼다 아침 그들의 북 쪽 大酒缸 곳에서 소주 마셨고 국수 먹었다 글자

arame wajiha manggi šun urhuhe. bi 鶴年 i emgi tubaci aljafi lio lii
쓰기 마친 후 해 기울었다 나 鶴年 과 함께 거기에서 떠나서 琉 璃

cang deri yabume horon be algimbure dukai fuka i dolo tatašara urgetu
廠 으로 가서 宣武門의 甕圈 의 안 끌어당기는 인형

juculere be emgeri tuwaha. hoton dosifi gargan camgan i bade 天豐轩 de
공연하는 것 을 한 번 보았다 성 들어가서 單 牌樓 의 곳에 天豐軒 에서

cai omiha. efen jeke. hangse jeke. cai puseli ci tucifi i puseli de
茶 마셨다 떡 먹었다 국수 먹었다 茶 가게 에서 나가서 그 가게 에

yoha. bi boode mariha..
갔다 나 집에 돌아왔다

emu hacin donjici 滿九TJ jihe. ina i emgi tucike sembi..
한 가지 들으니 滿九爺 왔다 조카 와 함께 나갔다 한다

emu hacin donjici 雅蔚章 jihe. minde yandume duin juru juru gisun banjibureo
한 가지 들으니 雅蔚章 왔다 나에게 부탁하여 4 쌍 對聯 만들어 주겠는가

—— ◦ —— ◦ —— ◦ ——

2월
11일, 신사(辛巳) 금행(金行) 진수(軫宿) 만일(滿日).
하나, 아침에 학년(鶴年)이 왔다. 나를 청하여 나가서 서안문(西安門)에서 수레를 빌려 탔다. 정양문(正陽門) 밖 정양교(正陽橋)에 이르러서 내렸다. 양식점(糧食店) 후퉁의 안길 해 뜨는 쪽 학년의 조카 가게에 이르렀다. 나는 그들 대신에 '백호관(百護館)'이라는 편액을 하나와 족자[條幅] 대련(對聯)을 썼다. 아침에 그들의 북쪽 대주항(大酒缸)이라는 곳에서 술을 마시고 국수를 먹었다. 글자 쓰기를 마치니 해가 기울었다. 나는 학년과 함께 그곳을 떠나 유리창(琉璃廠)으로 가서 선무문(宣武門) 옹권(甕圈)[62] 안에서 줄로 끌어당기는 인형 공연하는 것을 한 번 보았다. 성에 들어가서 단패루(單牌樓)의 천풍헌(天豐軒)에서 차를 마시고 떡을 먹고 국수를 먹었다. 찻집에서 나가서 그는 가게에 갔고, 나는 집으로 돌아왔다.
하나, 들으니 만구야(滿九爺)가 와서 조카와 함께 나갔다 한다.
하나, 들으니 아울장(雅蔚章)이 왔다. 나에게 부탁하여 4쌍 대련을 만들어 주겠는가

62) 옹권(甕圈) : 성벽의 옹문(甕門)과 옹성(甕城) 사이를 둘러싼 둘레를 가리킨다.

[034a]

sehe. kejine tehe manggi genehe sembi..
하였다 꽤 앉은 후에 갔다 한다

―― ◦ ―― ◦ ―― ◦ ――

하였다. 한참 앉아 있다가 갔다 한다.

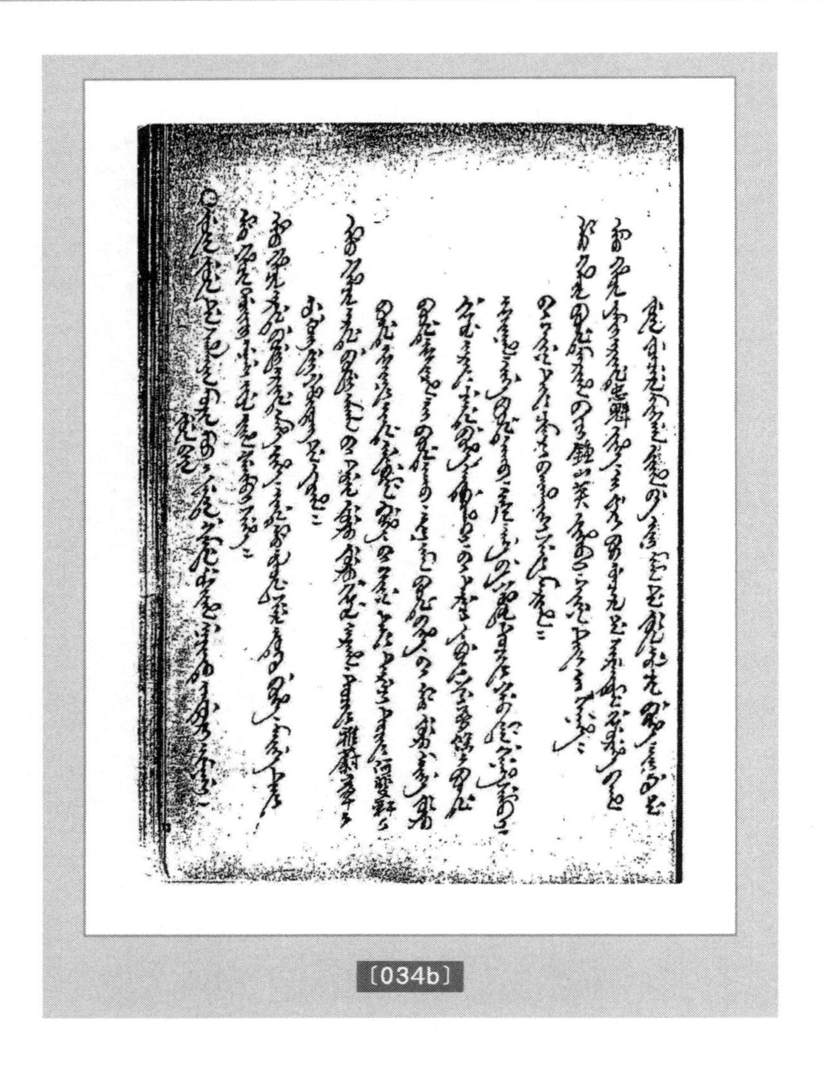

[034b]

juwe biya
2 월

○juwan juwe de sahaliyan morin moo i feten gimda usiha necintu enduri inenggi.
10 2 에 검은 말 木 의 五行 角 宿 平 神 날

emu hacin donjici enenggi ice jiha gaimbi sehe..
한 가지 들으니 오늘 새 錢 얻는다 하였다

emu hacin erde budai erinde emhe jihe. inde emu oloda[63] sere etuku buhe. majige tefi
한 가지 아침 밥의 때에 장모 왔다 그에게 한 oloda 하는 옷 주었다 잠시 앉고서

63) oloda : 삼으로 만든 옷을 가리키는 듯하나, 어떤 옷인지 명확하지는 않다.

u gung wei hūtung de yoha..
蜈 蚣 衛 hūtung 에 갔다

emu hacin erde budai amala bi duin juru juru gisun araha. tucifi 雅蔚章 i
한 가지 아침 밥의 뒤에 나 4 쌍 對聯 썼다 나가서 雅蔚章 의

boode isinafi inde afabume buhe. bi kejine tefi tereci tucifi 阿斐軒 i
집에 이르러서 그에게 건네서 주었다 나 꽤 앉고서 거기에서 나가서 阿斐軒의

boode isinaha. i boode akū. ini ama boode bihe. bi emu juru ajige juru
집에 이르렀다 그 집에 없다 그의 아버지 집에 있었다 나 한 쌍 작은 對

gisun arafi cende buhe latubuhabi. bi tereci yabufi 芬夢馀 i boode
句 써서 그들에게 주어 붙이게 하였다 나 거기에서 가서 芬夢餘 의 집에

isinaha. age boode akū. aša age be hoton tucifi gabtame genehe sembi.
이르렀다 형 집에 없다 형수 형 을 城 나가서 활 쏘러 갔다 한다

bi kejine tefi cimari baihanjiki sefi mariha..
나 꽤 앉고서 내일 찾아오자 하고서 돌아왔다

emu hacin boode mariha bici 鍾山英 jihebi. kejine tefi i genehe..
한 가지 집에 돌아와 있으니 鍾山英 왔었다 꽤 앉고서 그 갔다

emu hacin yamji erinde 忠魁 jihe. i weri boo uncara de sirentume gisurehe[64] baha
한 가지 저녁 때에 忠魁 왔다 그 남의 집 팔 때에 손에 넣어 말하고 받은

juwan funcere minggan jiha be ini mama de juwe ulcin buhe. ini gu de
10 넘는 千 錢 을 그의 할머니 에 20 꿰미 주었다 그의 姑 에

—— ◦ —— ◦ —— ◦ ——

2월
12일에, 임오(壬午)일 목행(木行) 각수(角宿) 평일(平日).
하나, 들으니 오늘 새 돈을 얻는다 하였다.
하나, 아침 식사 때에 장모가 왔다. 그에게 올로다(oloda)라는 옷을 하나 주었다. 잠시 앉아 있다가 오공위(蜈蚣衛) 후퉁에 갔다.
하나, 아침 식사 뒤에 나는 4쌍 대련을 썼다. 나가서 아울장(雅蔚章)의 집에 이르러서 그에게 건네주었다. 나는 꽤 앉아 있다가 거기에서 나가서 아비헌(阿斐軒)의 집에 이르렀다. 그는 집에 없고, 그의 아버지가 집에 있었다. 나는 작은 대구(對句) 한 쌍 써서 그들에게 주어 붙이게 하였다. 나는 거기에서 가서 분몽여(芬夢餘)의 집에 이르렀다. 형은 집에 없고, 형수가 형이 성을 나가서 활 쏘러 갔다 한다. 나는 꽤 앉아 있다가 내일 찾아오겠다 하고 돌아왔다.
하나, 집에 돌아와 있으니 종산영(鍾山英)이 왔다. 꽤 앉아 있다가 갔다.
하나, 저녁때에 충괴(忠魁)가 왔다. 그는 다른 사람의 집을 팔 때 중개하고 받은 은 1만 1천 여전을 그의 할머니에게 20 돈꿰미로 주었다. 그의 고모에게

64) sirentume gisurehe : '중간에서 중개하는 것'을 말한다.

[035a]

sunja tanggū jiha buhe. kejine tefi yoha..
5 百 錢 주었다 꽤 앉고서 갔다

—— ◦ —— ◦ —— ◦ ——

5백 전을 주었다. 꽤 앉아 있다가 갔다.

〔035b〕

juwe biya
2 월

○juwan ilan de sahahūn honin moo i feten k'amduri usiha toktontu enduri inenggi.
10 3 에 거무스름한 양 木 의 五行 亢 宿 定 神 날

emu hacin erde 鶴年 jihe. bi bithei doron gidafi i gamafi tob šun i dukai
한 가지 아침 鶴年 왔다 나 책의 도장 찍고서 그 가져가서 正陽門의

tule 百護館 de yoha..
밖 百護館 에 갔다

emu hacin erde budai amala tucifi 芬夢馀 i boode isinaha. kejine tefi agei emgi sasa
한 가지 아침 밥의 뒤에 나가서 芬夢餘 의 집에 이르렀다 꽤 앉고서 형과 함께 같이

tucifi 馬市桥 ba i 一條龍 puseli de 涼香 nure omiha. amala age 冰窖 hūtung de
나가서 馬市橋 곳 의 一條龍 가게 에 涼香 술 마셨다 뒤에 형 冰窖 hūtung 에

baita bi sefi yoha. bi teo tiyoo hūtung de isinafi kejine tehe. boode
일 있다 하고 갔다 나 頭 條 hūtung 에 이르러서 꽤 앉았다 집에

mariha..
돌아왔다

emu hacin 忠魁 jihe. ubade arki omiha. yamji erinde genehe..
한 가지 忠魁 왔다 여기에서 소주 마셨다 저녁 때에 갔다

emu hacin šuntuhuni ayan edun daha..
한 가지 하루 종일 큰 바람 불었다

—— ◦ —— ◦ —— ◦ ——

2월
13일, 계미(癸未) 목행(木行) 항수(亢宿) 정일(定日).
하나, 아침에 학년(鶴年)이 왔다. 내가 서인(書印)을 찍고, 그가 가지고 정양문(正陽門) 밖 백호관(百護館)에 갔다.
하나, 아침 식사 뒤에 나가서 분몽여(芬夢餘)의 집에 갔이르렀다. 꽤 앉아 있다가 형과 함께 나가서 마시교(馬市橋)의 일조룡(一條龍)이라는 가게에서 량향(涼香) 술을 마셨다. 그런 뒤에 형이 빙교(冰窖) 후퉁에 일이 있다 하고 갔다. 나는 두조(頭條) 후퉁에 이르러서 꽤 앉아 있다가 집에 돌아왔다.
하나, 충괴(忠魁)가 왔다. 여기에서 소주 마셨다. 저녁때에 갔다.
하나, 하루 종일 큰 바람이 불었다.

〔036a〕

○juwan duin de niowanggiyan bonio muke i feten dilbihe usiha tuwakiyantu enduri inenggi.
10 4 에 푸른 원숭이 水 의 五行 氐 宿 執 神 날

emu hacin erde 鶴年 jihe. majige tefi yoha..
한 가지 아침 鶴年 왔다 잠시 앉고서 갔다

emu hacin erde buda jeke amala elgiyen i mutehe duka be tucifi 順河居 de 石玉琨 i 精忠傳 be
한 가지 아침 밥 먹은 뒤에 阜成門 을 나가서 順河居에서 石玉琨의 精忠傳 을

donjiha. hoton dosifi 奎文農 be ucaraha. boode mariha. yamji buda jeke..
들었다 城 들어가서 奎文農 을 만났다 집에 돌아왔다 저녁 밥 먹었다

emu hacin 羊肉 hūtung ni dolo 天義齋 de nadan tanggū susai jiha de emu juru
한 가지 羊肉 hūtung 의 안 天義齋 에서 7 百 50 錢 에 한 쌍

bosoi 山東造 sere sabu udafi etuhe..
베의 山東造 하는 sabu 사서 신었다

emu hacin yamji erinde bethe oboho..
한 가지 저녁 때에 발 씻었다

emu hacin ging forire onggolo kecin i boode juwe hūntahan arki omiha..
한 가지 更 치기 전 kecin 의 집에서 2 잔 소주 마셨다

emu hacin tuwaci ere inenggi ice sindaha 獨石口 bai aisilame kadalara da gilingga 濟三TJ
한 가지 보니 이 날 처음 부임한 獨石口 곳의 副將 gilingga 濟三爺

jifi jyming alibuha..
와서 制命 전하였다

—— ◦ —— ◦ —— ◦ ——

14일, 갑신(甲申) 수행(水行) 저수(氐宿) 집일(執日).

하나, 아침에 학년(鶴年)이 왔다. 잠시 앉아 있다가 갔다.

하나, 아침밥을 먹은 뒤에 부성문(阜成門)을 나가서 순하거(順河居)에서 석옥곤(石玉琨)의 『정충전(精忠傳)』[65]을 들었다. 성에 들어가서 규문농(奎文農)을 만났다. 집에 돌아왔다. 저녁밥을 먹었다.

하나, 양육(羊肉) 후퉁 안쪽의 천의재(天義齋)에서 7백 50전으로 베로 만든 산동조(山東造)라는 사부(sabu) 신발 한 켤레를 사서 신었다.

하나, 저녁때에 발을 씻었다.

하나, 야경 치기 전에 커친(kecin, 克勤)의 집에서 소주 두 잔을 마셨다.

하나, 보니 이날 처음 부임한 독석구(獨石口)라는 곳의 부장(副將) 길링가(gilingga, 濟靈阿) 제삼야(濟三爺)가 와서 제명(制命)을 전하였다.

65) 『정충전(精忠傳)』: 18세기 초에 전채(錢彩)가 지은 『설악전전(說岳全傳)』을 바탕으로 편찬한 민간 장편 소설로 『악비전(岳飛傳)』이라고도 한다. 20권 80회분으로 구성되었으며, 현존하는 최고본은 1864년 동치 연간의 것이다.

〔036b〕

juwe biya
2 월

○tofohon de niohon coko muke i feten falmahūn usiha efujentu enduri inenggi.
보름 에 푸르스름한 닭 水 의 五行 房 宿 破 神 날

emu hacin erde budai amala elgiyen i mutehe dukai tule 順河居 de 石玉琨 i 精忠傳 be
한 가지 아침 밥의 뒤에 阜成門의 밖 順河居에서 石玉琨 의 精忠傳 을

donjiha. inenggishūn erinde 南苑市口 ba i 大酒缸 de emu tampin arki omiha..
들었다 한낮 때에 南苑市口 곳 의 大酒缸 에서 한 병 소주 마셨다

yamji erinde hoton dosifi boode mariha. handu uyan buda jeke..
저녁 때에 성 들어가서 집에 돌아왔다 흰쌀 죽 밥 먹었다

emu hacin ere inenggi 巡捕廳 hūtung de juwan i da galbisen be ucaraha..
한 가지 이 날 巡捕廳 hūtung 에서 護軍校 galbisen 을 만났다

—— ◦ —— ◦ —— ◦ ——

2월
보름(15일), 을유(乙酉) 수행(水行) 방수(房宿) 파일(破日).
하나, 아침 식사 뒤에 부성문(阜成門) 밖 순하거(順河居)에서 석옥곤(石玉琨)의 『정충전(精忠傳)』을 들었다. 한낮 즈음에 남원시구(南苑市口)라는 곳의 대주항(大酒缸)에서 소주 한 병을 마셨다. 저녁때에 성으로 들어와서 집에 돌아왔다. 흰 쌀죽 밥을 먹었다.
하나, 이날 순포청(巡捕廳) 후퉁에서 호군교(護軍校) 갈비선(galbisen, 葛爾比森)을 만났다.

[037a]

○juwan ninggun de fulgiyan indahūn boihon i feten sindubi usiha tuksintu enduri inenggi.
10 6 에 붉은 개 土 의 五行 心 宿 危 神 날

emu hacin erde elgiyen i mutehe duka be tucifi kubuhe fulgiyan i manju gūsai
한 가지 아침 阜成門 을 나가서 镶红旗의
ice alban i booi
初 관리 의 booi

kūwaran de 奎文農 i boode isinafi wecehe yali jeke. tubade 德惟一 age be ucaraha..
營 에 奎文農 의 집에 이르러 제사한 고기 먹었다 거기에서 德惟一 형 을 만났다

emgi yabume 永瑞居 nurei puseli de mini kurume gūlha be taka sindaha. age boode
함께 가서 永瑞居 술의 가게 에 나의 마고자 gūlha 를 잠시 놓았다 형 집에

marime yoha. bi wehei jugūn[66] deri yabume 覺生寺 i juleri teyehe. 長河兒 be
돌아서 갔다 나 돌의 길 따라 가서 覺生寺 의 앞에 쉬었다 長河兒 를

ucaraha. entehe be ucarafi emgi cai omiha. cai jiha emke i buhe. amala 雅蔚章
만났다 entehe 를 만나서 함께 차 마셨다 차 錢 하나 그 주었다 뒤에 雅蔚章

inu isinafi duin moro cai omiha. cai jiha duin bi buhe. kemuni onggolo
도 이르러 2 사발 차 마셨다 차 錢 2 나 주었다 또 전에

han' de yuwan i budai booi sula 刘洪 be ucaraha. bi inde emu moro cai omibuha.
涵 德 園 의 飯房의 散官 劉洪 을 만났다 나 그에게 한 사발 차 마시게 하였다

kejine teyefi bi 蔚章 entehe i emgi yabufi han' de yuwan de isinaha. bi bithei
꽤 쉬었고 나 蔚章 entehe 와 함께 가서 涵 德 園 에 이르렀다 나 책의

boode isinafi tuwaci 郁蓮莊 emu fempi jasigan werihebi. bi neifi tuwaci.
집에 이르러서 보니 郁蓮莊 한 통 편지 남겼었다 나 열어서 보니

dule cengel bithei boode bisirakū oho. nenehe fonde juwe jakūn biyade gemu
뜻밖에 cengel 책의 집에 있지 않았다 지난 때에 2 8 월에 모두

dangse booci duite minggan jiha gaifi bithei boobe dasatambihe. te gaici
檔子 집에서 4개마다 千 錢 가지고서 책의 집을 보수하였다 지금 얻으면

burakū sembi sehe. 山東李 mimbe acaha. 永泰 双成 gemu minde acanjifi
주지 않는다 한다 하였다 山東李 나를 만났다 永泰 雙成 모두 나에게 만나러 와서

—— ◦ —— ◦ —— ◦ ——

16일에, 병술(丙戌) 토행(土行) 심수(心宿) 위일(危日).

하나, 아침에 부성문(阜成門)을 나가서 만주 양홍기(镶红旗) 신임 관리 보이(booi, 包衣) 영(營) 규문농(奎文農)의 집에 이르러 제사한 고기를 먹었다. 거기에서 덕유일(德惟一) 형을 만났다. 함께 가서 영서거(永瑞居) 술 가게에서 나의 마고자와 굴하(gūlha) 신발을 잠시 놓아두었다. 형이 집에 돌아서 갔다. 나는 석경(石徑)을 따라 가서 각생사(覺生寺) 앞에서 쉬었다. 장하아(長河兒)를 만났다. 언터허(entehe, 恩特赫)를 만나서 함께 차를 마셨다. 차 한 잔 값을 그에게 주었다. 뒤에 아울장(雅蔚章)도 이르러서 차 2잔을 마셨다. 차 2잔 값을 내가 주었다. 또 전에 함덕원(涵德園) 반방(飯房)의 산관(散官)이었던 유홍(劉洪)을 만났다. 나는 그에게 차 한 잔을 마시게 하였다. 꽤 쉬었다가 나는 울장(蔚章), 언터허와 함께 가서 함덕원에 이르렀다. 내가 서방(書房)에 이르러서 보니, 욱연장(郁蓮莊)이 편지를 한 통 남겼다. 내가 열어 보니 "뜻밖에 청결(cengel, 成兒)이 서방에 있지 않았다. 지난 2월, 8월 때에 모두 당자방(檔子房)에서 각 4개씩 1천 전을 가지고서 서방을 보수하였다. 지금 얻으면 주지 않는다 한다."고 하였다. 산동(山東)의 이(李)씨가 나를 만났다. 영태(永泰)와 쌍성(雙成)이 다 나에게 만나러 와서

66) wehei jugūn : 단순한 '돌의 길'이라는 뜻이 아니라 '돌로 된 길'이 고유명사화 된 어떤 지명을 가리키는 듯하다. 부성문(阜成門) 바깥쪽으로 지금의 석경산(石徑山)이 있는데 아마도 이곳을 말하는 듯하다.

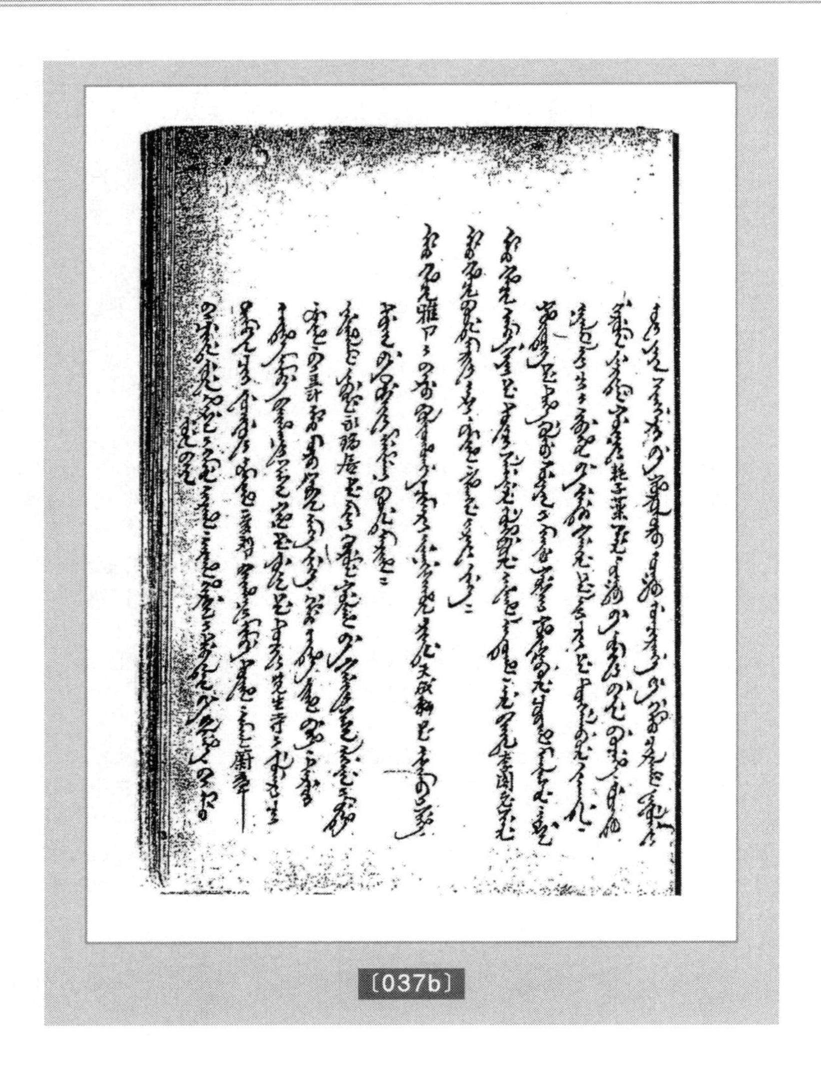

[037b]

juwe biya
2 월

bi cende juwe hergen i kemun araha. araha hergen i debtelin be pilehe. bi emu
나 그들에게 2 글자 의 모범 썼다 쓴 글자 의 서책 을 批點하였다 나 한

tampin cai fuifufi omiha. 慶刘卩 baihanafi mimbe tuwaha. amala 蔚章
병 차 끓여서 마셨다 慶劉爺 찾아가서 나를 보았다 뒤에 蔚章

entehe mimbe baihanafi sasa han' de yuwan de tucifi 觉生寺 i juleri cai
entehe 나를 찾아가서 같이 涵 德 園 에 나가서 覺生寺 앞에 차

omiha. bi 豆汁 emu moro šobin emke jeke. gemu entehe jiha buhe. tereci
마셨다 나 豆汁 한 사발 燒餠 하나 먹었다 모두 entehe 錢 주었다 거기에서

yafahalame yabume 永瑞居 de mini kurume gūlha be gaifi sasa elgiyen i mutehe
걸어서 가고 永瑞居 에 나의 마고자 gūlha 를 가지고 같이 阜成門

duka be dosifi meimeni boode mariha..
을 들어가서 각각 집에 돌아왔다

emu hacin 雅卩 i baru boljohongge cimari inenggishūn erinde 天成軒 de isambi sehe..
한 가지 雅爺 의 쪽 약속한 것 내일 한낮 때에 天成軒 에서 모인다 하였다

emu hacin boode marifi arki omiha. hangse arafi jeke..
한 가지 집에 돌아와서 소주 마셨다 국수 만들어서 먹었다

emu hacin amba giyai de tuwaci selgiyere ulhibure afaha latuha. ere baita 李阁老 sere
한 가지 大 街 에서 보니 전하여 깨닫게 하는 문서 붙였다 이 일 李閣老 하는

hūtung de tehe gulu suwayan i manju gūsai hūwašabure cooha mailasun. irgen
hūtung 에 사는 만주 정황기의 養育兵 mailasun 백성

niyalma lii ci i jibehun be jendu gaire de lii ci de tunggalabure jakade.
사람 李 七 의 이불 을 몰래 훔침 에 李 七 에 우연히 마주치는 까닭에

girume yerteme gūnifi 耗子藥 sere okto be omifi beye bucehe. uttu
부끄러워하며 생각하고 耗子藥 하는 약 을 먹고서 몸 죽었다 이러므로

ofi yaya singgeri be horoloro okto uncarangge be gemu ciralaha fafulafi
무릇 쥐 를 위협할 약 파는 것 을 모두 엄격하게 금해서

—— ◦ —— ◦ —— ◦ ——

2월
나는 그들에게 글씨본을 두 개 썼고, 쓴 자서(字書)를 비점(批點)하였다. 나는 차를 한 병 끓여서 마셨다. 경유야(慶劉爺)가 찾아와서 내가 보았다. 뒤에 울장(蔚章) 언터허(entehe, 恩特赫)가 나를 찾아와서 같이 함덕원(涵德園)에서 나가서 각생사(覺生寺) 앞에서 차를 마셨다. 나는 콩물 한 그릇과 쇼빙[燒餠] 하나를 먹었다. 모두 언터허가 돈을 주었다. 거기에서 걸어가서 영서거(永瑞居)에서 나의 마고자와 굴하(gūlha) 신발을 가지고 같이 부성문(阜成門)을 들어가서 각각 집에 돌아왔다.
하나, 아야(雅爺)와 약속하기를, '내일 한낮 즈음에 천성헌(天成軒)에서 모이자' 하였다.
하나, 집에 돌아와서 소주를 마셨다. 국수를 만들어서 먹었다.
하나, 대가(大街)에서 보니 공고문이 붙었다. 이 일은 이각로(李閣老)라는 후퉁에 사는 만주 정황기(正黃旗)의 양육병(養育兵) 마일라순(mailasun, 麥拉蓀)이 백성 이칠(李七)의 이불을 몰래 훔칠 때, 이칠과 우연히 마주치는 바람에 부끄럽게 생각해서 모자약(耗子藥)이라는 약을 먹고 스스로 죽었다. 이러므로 무릇 쥐를 위협하는 약 파는 것을 모두 엄격하게 금하고

[038a]

uncara be nakabuha ni.
파는 것 을 멈추게 하였도다

emu hacin donjici aniya biyade jyli goloi 河间府 献縣 de emu irgen niyalma gebu 孫荣 facuhūn
한 가지 들으니 정월에 吉林 省의 河間府 獻縣 에서 한 백성 사람 이름 孫榮 반란

deribuki sembi. deribure onggolo baita iletulefi alban de jafabuha sembi..
일으키자 한다 일으키기 전에 일 드러나서 관리 에게 잡혔다 한다

emu hacin tuwaci ㅇㅇ dergi hese. kasigar coohai mudan de jangger be jafame baha de
한 가지 보니 上 조서 kasigar 군사의 계곡 에서 jangger 를 잡아 얻었을 때

guwan mafa ududu mudan enduringge horonggo be tuwabuha. hese fungnere colo udu hergen
關 mafa 여러 번 神 威 를 드러냈다 조서 봉하는 號 몇 글자

nonggibuha sembi. tob šun i duka be tucire de tuwaci tob šun i dukai
추가하게 하였다 한다 正陽門 을 나갈 때 보니 正陽門의

fukai dolo
甕圈의 안

guwan mafa i muktehen be ne hūwalafi ice obume dasataki sembi..
關 mafa 의 廟 를 지금 부수고 새로 만들어 보수하자 한다

emu hacin g'an su i fideme kadalara amban. šansi g'an su i uheri kadalara amban i
한 가지 甘 肅 의 巡撫 陝西 甘 肅 의 總督 의
baita be daiselaha
일 을 대리한

勁勇 baturu 楊遇春 te šansi g'an su i uheri kadalara amban sindaha. šušu bocoi julhū[67]
勁勇 baturu 楊遇春 지금 陝西 甘 肅 의 總督 임명하였다 자주 색의 馬革

šangname baitalabuha sembi..
상주고 쓰게 하였다 한다

── ◦ ── ◦ ── ◦ ──

파는 것을 그만두게 하였구나.

하나, 들으니 정월에 길림성(吉林省)의 하간부(河間府) 헌현(獻縣)에서 손영(孫榮)이란 이름을 가진 백성 한 명이 반란을 일으키려고 하다 일으키기 전에 일이 드러나서 관리에게 잡혔다 한다.

하나, 보니 황상의 조서(詔書)에 카시가르(kasigar, 喀什葛爾)에서 군사로 계곡에서 장거르(jangger, 張格爾)를 잡았을 때, 관우(關羽) 신이 여러 번 신위(神威)를 드러냈다. 조서(詔書)로 봉호(封號) 몇 글자를 추가하게 하였다 한다. 정양문(正陽門)을 나갈 때 보니 정양문(正陽門)의 옹권(甕圈) 안 관우 신의 사당을 지금 부수고 새로 만들어 보수하자 한다.

하나, 감숙성(甘肅省)의 순무(巡撫)로서 섬서(陝西)·감숙(甘肅) 총독(總督)의 일을 대리한 경용(勁勇) 바투루(baturu) 양우춘(楊遇春)을 지금 섬서·감숙의 총독에 정식으로 임명되었다. 자주색 마혁(馬革)을 상으로 주고 쓰게 하였다 한다.

67) julhū : 말안장 양쪽에 장식으로 늘어뜨린 장식이 된 고삐인 '마혁(馬革)'을 가리킨다.

[038b]

juwe biya
2 월

○juwan nadan de fulahūn ulgiyan boihon i feten weisha usiha mutehentu enduri inenggi.
10 7 에 불그스름한 돼지 土 의 五行 尾 宿 成 神 날

emu hacin erde budai amala tucifi 天成軒 de isinaci 雅蔚章 tubade aliyaha. ini adaki
한 가지 아침 밥의 뒤에 나가서 天成軒 에 이르니 雅蔚章 거기에서 기다렸다 그의 이웃의

kubuhe fulgiyan i manju gūsai gocika juwan i da fengšembu be minde takabuha.
만주 양홍기 親軍校 豐紳布 를 나에게 알게 하였다

ere baita 巡捕廳 hūtung de tehe kubuhe lamun i manju gūsai fulumbu. irgen
이 일 巡捕廳 hūtung 에 사는 만주 양람기 富祿布 백성

lio žui juwe niyalma turulame tanggū sei acan deribuhe. niyalma tome biyadari
劉瑞 2 사람 앞서서 百 歲 모임 시작했다 사람 매번 달마다

ilan tanggū jiha. ilan ninggun uyun jorgon jergi biyai bele i forgon de
3 百 錢 3 6 9 12 등 달의 쌀 의 계절 에

sunja tanggū jiha isandume jakūn aniya oho manggi baita akū oci
5 百 錢 모아 8 년 된 뒤에 일 없으면

dehi juwe minggan jiha baitalabumbi. jakūn aniyai dolo acakū baita
40 2 千 錢 쓰게 한다 8 년의 안 喪事

tucici dehi minggan jiha baitalabureci tulgiyen. kemuni sunja dobon[68]. bosoi
나오면 40 千 錢 쓰게 하니 이외에 게다가 五供 베의

mengse. dengjan. lakiyaha suje i jergi hacin bi. uttu ofi bi 蔚章 i
장막 등잔 걸린 비단 등 종류 있다 이러므로 나 蔚章

ilduka de emu ton araha. ina kecin inu cihangga seme ke giyan mimbe dahame
서로 알기 에 한 數目 만들었다 조카 kecin 도 하고싶다 하고 ke giyan 나를 따라

天成軒 de cai omiha. 蔚章 genehe amala mini beye 克俭 豐卩 gemu 巡捕廳
天成軒 에서 차 마셨다 蔚章 간 뒤에 나의 자신 克儉 豐爺 모두 巡捕廳

hūtung ni jugūn i amargi 福壽堂 fulumbu 富卩 i boode isinaha. dosifi
hūtung 의 길 의 북쪽 福壽堂 fulumbu 富爺 의 집에 이르렀다 들어가서

—— ◦ —— ◦ —— ◦ ——

2월

17일, 정해(丁亥) 토행(土行) 미수(尾宿) 성일(成日).

하나, 아침 식사 뒤에 나가서 천성헌(天成軒)에 이르니, 아울장(雅蔚章)이 거기에서 기다렸다. 그의 이웃인 만주 양홍기(鑲紅旗) 친군교(親軍校) 펑셤부(fengšembu, 豐紳布)를 나에게 소개하였다. 이 일은 순포청(巡捕廳) 후퉁에 사는 만주 양람기(鑲藍旗) 풀룸부(fulumbu, 富祿布)와 일반 백성 유서(劉瑞) 두 사람이 앞장서서 백세 모임을 시작했다. 사람마다 달마다 3백 전, 3월, 6월, 9월, 12월 달의 쌀의 계절에 5백 전을 모아 8년이 된 뒤에 일이 없으면 4만 2천 전을 쓰게 한다. 8년 안에 상사(喪事)가 나오면 4만전 쓰게 하는 외에, 게다가 오공(五供), 베 장막[布帳], 등잔, 거는 비단 등 종류가 있다. 이러므로 나는 울장(蔚章)을 잘 알기에 한 수목(數目)을 만들었다. 조카 커친(kecin, 克勤)도 하고 싶다 하고, 커기얀(kegiyan, 克儉)은 나를 따라 천성헌에서 차를 마셨다. 울장이 간 뒤에 나 와 커기얀(kegiyan, 克儉), 풍야(豐爺)가 모두 순포청 후퉁 길의 북쪽 복수당(福壽堂) 풀룸부 부야의 집에 이르렀다. 들어가서

---

68) sunja dobon : 제사할 때 바치는 제물을 담는 용기인 오공(五供)을 가리키는데, 향로 하나, 촛대 두 개, 향통(香筒) 하나, 기름등 하나로 구성된다.

[039a]

cin i boode tehe. 蔚章 be acaha. bi ilan tanggū jiha bufi ce minde emu
몸채에 앉았다 蔚章 을 만났다 나 3 百 錢 주고 그들 나에게 한

bukdari buhe. ke giyan inu ilan tanggū jiha buhe. emu bukdari gaiha. mini
부적 주었다 ke giyan 도 3 百 錢 주었다 한 부적 얻었다 나의

bukdari 元 sere hergen i orin ningguci h'ao kecin i bukdari 元 sere hergen i orin
부적 元 하는 글자 의 20 여섯째 號 kecin 의 부적 元 하는 글자 의 20

nadaci h'ao bihe. honin erinde bi 克俭 i emgi boode mariha..
일곱째 號 있었다 양 때에 나 克儉 과 함께 집에 돌아왔다

emu hacin ayan edun daha..
한 가지 큰 바람 불었다

—— ◦ —— ◦ —— ◦ ——

몸채에 앉았다. 울장(蔚章)을 만났다. 내가 3백 전을 주고, 그들이 나에게 부적 하나를 주었다. 커기얀(kegiyan, 克儉)도 3백 전을 주고 부적 하나를 얻었다. 나의 부적은 '원(元)'이라는 글자의 26번째 호(號)이고 커친(kecin, 克勤)의 부적은 '원(元)'이라는 글자의 27번째 호가 있었다. 미시(未時)에 나는 커기얀과 함께 집에 돌아왔다.
하나, 큰 바람이 불었다.

[039b]

juwe biya
2 월

○juwan jakūn de suwayan singgeri tuwa i feten girha usiha bargiyantu enduri inenggi.
10 8 에 누런 쥐 火 의 五行 箕 宿 收 神 날

emu hacin šun dekdere ergi de tehe andargi 周老七 ere inenggi sargan gaimbi. ○ eniiye eyūn be
한 가지 해 뜨는 쪽 에 사는 이웃 周老七 이 날 아내 취한다 어머니 누나 를

takūrafi 克俭 be gaifi emu minggan jihai 分資 buhe. eyūn erde 周老七 i
시켜 克儉 을 데리고 1 千 錢으로 分資 주었다 누나 아침 周老七 의

boode urgun acaname genehe..
집에 축하하러 갔다

emu hacin erde budai amala elgiyen i mutehe duka be tucifi 順河居 de 石玉琨 i 精忠傳 be
한 가지 아침 밥의 뒤에 阜成門 을 나가서 順河居 에서 石玉琨 의 精忠傳 을

donjiha. inenggishūn erinde bira be bitume yabume tob wargi dukai tule 日昇
들었다 한낮 때에 강 을 따라 가서 西直門의 밖 日昇

齋 ci 缸炉 efen ninggun udaha. wehei jugūn deri an i šūn ho gioi de mariha.
齋 로부터 缸爐 떡 6 샀다 돌의 길 따라 평소대로 順 河 居 에 돌아왔다

yamji erinde hoton dosifi boode mariha..
저녁 때에 성 들어가서 집에 돌아왔다

emu hacin yamji erinde eyūn 周老七 i booci boode bederehe..
한 가지 저녁 때에 누나 周老七 의 집으로부터 집에 되돌아왔다

—— ◦ —— ◦ —— ◦ ——

2월
18일, 무자(戊子) 화행(火行) 기수(箕宿) 수일(收日).
하나, 해 뜨는 동쪽에 사는 이웃인 주노칠(周老七)이 이날 아내를 취한다. 어머니께서 누나를 시켜 커기안(kegiyan, 克儉)을 데리고 가서 1천 전의 축의금[分資[69]]을 주었다. 누나가 아침에 주노칠의 집에 축하하러 갔다.
하나, 아침 식사 뒤에 부성문(阜成門)을 나가서 순하거(順河居)에서 석옥곤(石玉琨)의 『정충전(精忠傳)』을 들었다. 한낮 때에 강을 따라가서 서직문(西直門) 밖 일승재(日昇齋)로부터 항로(缸爐)떡 6개를 샀다. 석경(石徑)을 따라서 평소대로 순하거에 돌아왔다. 저녁때에 성에 들어가서 집에 돌아왔다.
하나, 저녁때에 누나가 주노칠의 집으로부터 집에 돌아왔다.

69) 分資 : '分資'는 '축의금'에 해당하는 돈을 가리킨다.

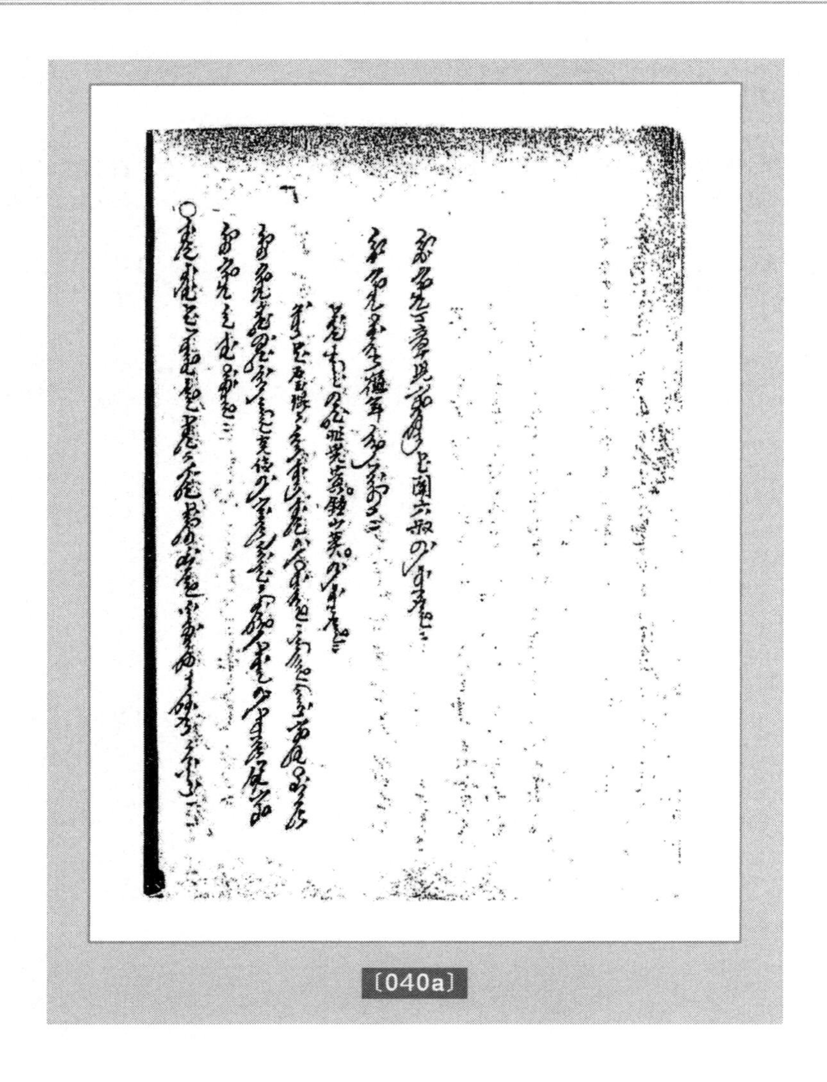
[040a]

○juwan uyun de sohon ihan tuwa i feten demtu usiha neibuntu enduri inenggi.
10 9 에 누르스름한 소 火 의 五行 斗 宿 開 神 날

emu hacin an jun dabuha..
한 가지 평소대로 부뚜막 불 켰다

emu hacin erde buda jeke amala 克俭 be gaifi elgiyen i mutehe duka be tucifi šūn ho
한 가지 아침 밥 먹은 뒤에 克儉 을 데리고 阜成門 을 나가서 順 河

gioi de 石玉琨 i jing jung juwan be donjiha. yamjiha manggi hoton dosifi
居 에서 石玉琨 의 精 忠 傳 을 들었다 해 저문 후에 성 들어가서

duin camgan bade 兆堯蓂 鍾山英 be ucaraha..
四 牌樓 곳에서 兆堯蓂 鍾山英 을 만났다

emu hacin donjici 鶴年 jihe sembi..
한 가지 들으니 鶴年 왔다 한다

emu hacin 丁章兒 hūtung de 關六叔 be ucaraha..
한 가지 丁章兒 hūtung 에서 關六叔 을 만났다

—— ◦ —— ◦ —— ◦ ——

19일, 기축(己丑) 화행(火行) 두수(斗宿) 개일(開日).
하나, 평소대로 아궁이에 불을 붙였다.
하나, 아침밥을 먹은 뒤에 커기얀(kegiyan, 克儉)을 데리고 부성문(阜成門)을 나가서 순하거(順河居)에서 석옥곤(石玉琨)의 『정충전(精忠傳)』을 들었다. 해가 저문 뒤에 성에 들어가서 사패루(四牌樓)에서 조요명(兆堯蓂)과 종산영(鍾山英)을 만났다.
하나, 들으니 학년(鶴年)이 왔다 한다.
하나, 정장아(丁章兒) 후퉁 에서 관육숙(關六叔)을 만났다.

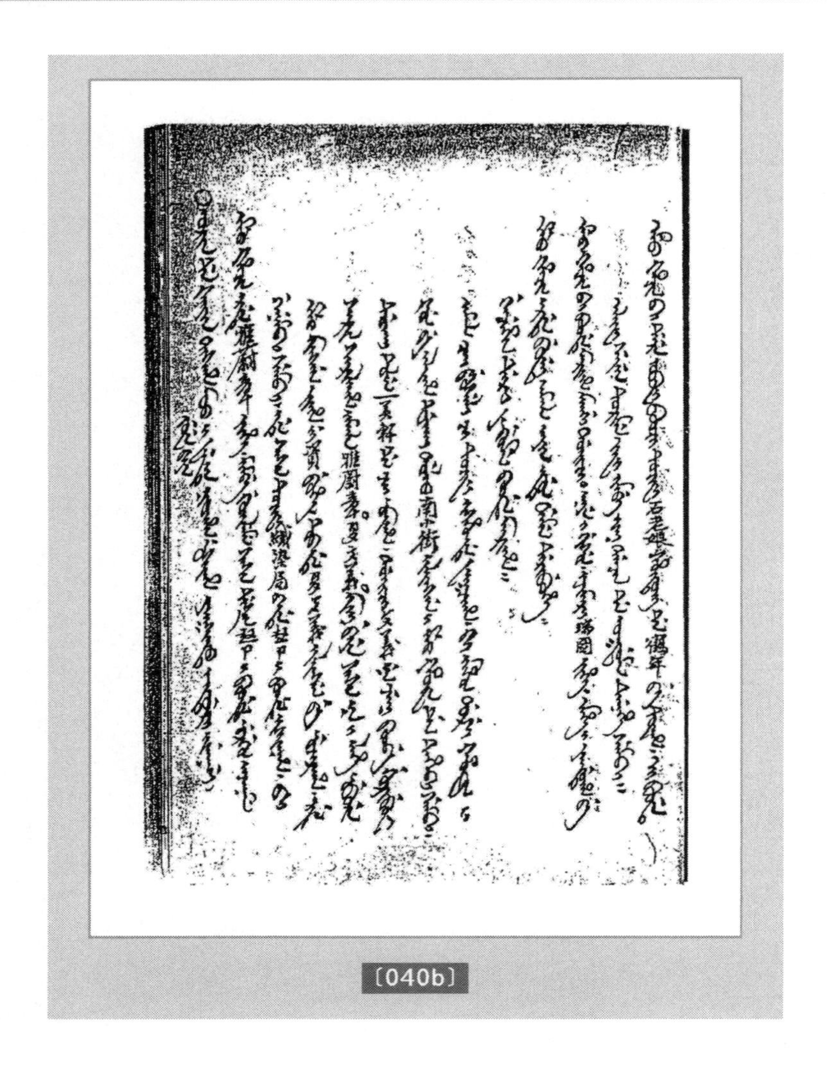

〔040b〕

juwe biya
2 월

○orin de šanyan tasha moo i feten niohan usiha yaksintu enduri inenggi.
20 에 흰 호랑이 木 의 五行 牛 宿 閉 神 날

emu hacin erde 雅蔚章 jihe. mimbe guileme sasa dešan 赵卩 i boode urgun acaname
한 가지 아침 雅蔚章 왔다 나를 청하여 같이 德善 趙爺 의 집에 축하하러

genembi sembi. ede sasa tucifi 織染局 bade 赵卩 i boode isinaha. bi
간다 한다 바로 같이 나가서 織染局 곳에 趙爺 의 집에 이르렀다 나

emu minggan jiha 分資 buhe. tubade 夏文義 ilingga be ucaraha. erde
1 千 錢 分資 주었다 거기에서 夏文義 ilingga 를 만났다 아침

sarin sarilaha amala 雅蔚章 夏文義 mini beye sasa na i elhe obure
잔치 잔치한 뒤에 雅蔚章 夏文義 나의 자신 같이 地安

dukai tule 一美軒 de cai omiha. donjici 文義 ne ceni boobe guribufi
門의 밖 一美軒 에서 차 마셨다 들으니 文義 지금 그들의 집을 옮기게 해서

šun be aliha dukai dolo 南小街 ilingga i emu hūwa de tehebi sembi.
朝陽門 안 南小街 ilingga 와 한 동네 에 살고 있었다 한다

amala cai puseli ci tucifi ishunde fakcaha. bi emhun dorgi hoton i
뒤에 차 가게 로부터 나가서 서로 헤어졌다 나 혼자 內 城 의

gencehen deri yabume boode mariha..
언저리 따라 가서 집에 돌아왔다

emu hacin erde budai amala ayan edun dame deribuhe..
한 가지 아침 밥의 뒤에 큰 바람 불러 일으켰다

emu hacin bi boode mariha manggi donjici ᄋ eniye i gisun ecimari 瑞图 jihe. emhe i
한 가지 나 집에 돌아온 후에 들으니 어머니 의 말 오늘 아침 瑞圖 왔다 장모 의
yanduha be
부탁한 것 을

alifi sejen turime jifi imbe ini dancan de okdome tenehe sembi..
받아서 수레 빌려 와서 그를 그의 친정 에 마중하러 나갔다 한다

emu hacin bi dere obofi booci tucifi 石老娘 hūtung de 鶴年 be tuwaha. i boode
한 가지 나 얼굴 씻어 집에서 나가서 石老娘 hūtung 에서 鶴年 을 보았다 그 집에

—— ◦ —— ◦ —— ◦ ——

2월
20일, 경인(庚寅) 목행(木行) 우수(牛宿) 폐일(閉日).
하나, 아침에 아울장(雅蔚章)이 왔다. 나를 청하여 같이 더산(dešan, 德善) 조야(趙爺)의 집에 축하하러 간다 한다. 바로 함께 나가서 직염국(織染局) 있는 곳의 조야의 집에 이르렀다. 나는 1천 전의 축의금[分資]을 주었다. 거기에서 하문의(夏文義)와 일링가(ilingga, 伊凌阿)를 만났다. 아침에 잔치를 한 뒤에 아울장과 하문의, 그리고 내가 직접 같이 지안문(地安門) 밖 일미헌(一美軒)에서 차를 마셨다. 들으니 문의(文義)가 지금 그들의 집을 옮겨서 조양문(朝陽門) 안 남소가(南小街) 일링가와 같은 동네에 살고 있다 한다. 그런 뒤에 찻집으로부터 나가서 서로 헤어졌다. 나는 혼자 내성(內城) 언저리를 따라 가서 집에 돌아왔다.
하나, 아침 식사 뒤에 큰 바람이 불어서 일었다.
하나, 내가 집에 돌아온 뒤에 들으니 어머니의 말씀에, 오늘 아침에 서도(瑞圖)가 왔는데 장모가 부탁을 받아 수레를 빌려 가지고 와서 장모의 친정에 마중하러 나갔다 한다.
하나, 나는 얼굴을 씻고 집에서 나가서 석노랑(石老娘) 후퉁에서 학년(鶴年)을 찾았다. 그는 집에

[041a]

akū. 永華哥 tubade bihe. bi tubaci aljafi teo tiyoo hūtung de isinaha.
없다 永華哥 거기에 있었다 나 거기서 떠나서 頭 條 hūtung 에 이르렀다

amala 吳綺園 tubade genehe. yoha bime geli jihe. bi emhei boode arki omiha.
뒤에 吳綺園 거기에 갔다 가서 있고 또 왔다 나 장모의 집에 소주 마셨다

mere ufa i hangse arafi bi emu moro jeke. 綺園 yoha amala bi kemuni
메밀 가루 의 국수 만들어서 나 한 사발 먹었다 綺園 간 뒤에 나 그대로

majige tefi inu boode bederehe..
잠시 앉고서 또 집에 되돌아갔다

emu hacin bi enenggi kubun i fakūri suhe..
한 가지 나 오늘 솜바지 벗었다

—— ◦ —— ◦ —— ◦ ——

없다. 영화가(永華哥)가 거기에 있었다. 나는 거기서 떠나서 두조(頭條) 후퉁에 이르렀다. 뒤에 오기원(吳綺園)이 거기에 갔다. 가서 있다가 다시 왔다. 나는 장모의 집에서 소주를 마셨다. 메밀가루로 국수를 만들어서 내가 한 그릇을 먹었다. 기원(綺園)이 간 뒤에 나는 그대로 잠시 앉아 있다가 또 집에 돌아왔다.
하나, 나는 오늘 솜바지를 벗었다.

〔041b〕

juwe biya hangsi
2 월 寒食

○orin emu de šahūn gūlmahūn moo i feten nirehe usiha yaksintu enduri inenggi.
20 1 에 희끄무레한 토끼 木 의 五行 女 宿 閉 神 날

emu hacin bi cimari ○ eniyei emgi hangse jeke. bi elgiyen i mutehe duka be tucifi
한 가지 나 아침 어머니와 함께 국수 먹었다 나 阜成門 을 나가서

bira be bitume yabume 觉生寺 i juleri majige teyehe. 白塔庵 bade aliha
강 을 따라 가서 覺生寺 의 앞에 잠시 쉬었다 白塔庵 곳에서 尙

amban de bihe jisiha i wehei bithe be tuwaha. dalbade emu niyalma
書 에 있었던 jisiha 의 돌의 글 을 보았다 옆에 한 사람

cai omime tehe bihe. i minde amcatame gisun jonoho. dule ere eifu
차 마시면서 앉아 있었다 그 나에게 말을 걸며 말 하나하나 말하였다 뜻밖에 이 무덤

kūwaran uthai erei mafari biheni. enenggi tasha erin i uju ujui kemu i
墻 바로 이의 조상들 있었도다 오늘 호랑이 때 의 첫 처음의 刻 의

juwan duici fuwen de hangsi ofi hoošan deijime jihe sembi. fonjici
10 넷째 分 에 寒食 되어 종이 태우러 왔다 한다 들으니

gulu suwayan i manju gūsai gabsihiyan ingwen inu. tuwaci ere niyalma
滿洲 正黃旗의 前鋒 ingwen 이다 보니 이 사람

yokcin akū banjiha bime suihutu tuwara ba akū ibiyada. bi ja ja de
볼품 없게 태어났고 술주정꾼이며 볼 바 없어 혐오스럽다 나 쉽게

bahafi ukcaha. ai tuwaci ini mafa jisiha ○○○ taidzung hūwangdi i fonde
얻어서 벗어났다 어찌 보면 그의 할아버지 濟席哈 太宗 皇帝 의 때

ai hacin i baturulame faššafi gungge gebu mutebuhe ni. ubu fayangga gamaha
어찌어찌 여러 가지로 용감하게 분투하여 功 名 이루었도다 관직 영혼 가졌고

aise jaci emhulehe dere. ere gese dekjirakū enen biheni. bi ambula cibsime
아마도 몹시 독점하였으리라 이 같이 영예롭지 못한 자손 있었구나 나 매우 한탄하며

nasaha. bi han' de yuwan de dosifi idu gaiha..
애석해하였다 나 涵 德 園 에 들어가서 당직 교대했다

—— ◦ —— ◦ —— ◦ ——

2월 한식(寒食)

21일, 신묘(辛卯) 목행(木行) 여수(女宿) 폐일(閉日).

하나, 나는 아침에 어머니와 함께 국수를 먹었다. 나는 부성문(阜成門)을 나가서 강을 따라 가서 각생사(覺生寺) 앞에서 잠시 쉬었다. 백탑암(白塔庵) 있는 곳에서 상서(尙書)로 있던 지시하(jisiha, 濟席哈)의 비문을 보았다. 옆에 한 사람이 차를 마시면서 앉아 있었다. 그는 나에게 말을 걸며 몇 마디 하였다. 뜻밖에 이 묘원(墓園)이 바로 그의 조상들이었구나. 오늘 인시(寅時) 일각(一刻) 14분에 한식이 되어서 종이를 태우러 왔다 한다. 알고 보니, 만주 정황기(正黃旗) 전봉(前鋒)인 잉원(ingwen)이다. 보자니, 이 사람은 볼품없게 태어났고, 술주정꾼이며, 볼만 한 곳 없어 싫다. 나는 '그렇군요' 하고서 벗어났다. 어찌 보면, 그의 할아버지 지시하가 태종(太宗) 황제 때, 어찌어찌 여러 가지로 용감하게 분투하여 공명을 이루었고, 관직을 가진 것이 아마도 몹시 독점하였으리라. 그런데 이와 같이 영예롭지 못한 자손이 있었다니, 나는 매우 한탄하며 애석해하였다. 나는 함덕원(涵德園)에 들어가서 당직을 교대했다.

〔042a〕

emu hacin yamji budai amala yafasi boo dangse boode gemu majige tehe..
한 가지 저녁 밥의 뒤에 園戶 檔子 집에 모두 잠시 앉았다

emu hacin ging foriha erinde 徐二卩 mimbe hacihiyame juwe hūntahan arki omiha..
한 가지 更 친 때에 徐二爺 나를 권하여 2 잔 소주 마셨다

emu hacin bi bithei boode amgara namašan 徐二卩 baihanjifi emgeri gisun jonoho. mimbe
한 가지 나 책의 집에서 잘 적에 徐二爺 찾아와서 한 번 말 나누었다 나를

hacihiyame cimari ini boode isinafi arki omime gisureki seci bi angga
권하여 내일 그의 집에 이르러서 소주 마시면서 이야기하자 하니 나 약속

aljahakū..
하지 않았다

emu hacin enenggi han' de yuwan de jidere de gosingga be ucaraha..
한 가지 오늘 涵 德 園 에 올 때 gosingga 를 만났다

—— ◦ —— ◦ —— ◦ ——

하나, 저녁 식사 뒤에 원호(園戶)와 당자방(檔子房)에서 모두 잠시 앉아 있었다.
하나, 야경 칠 무렵에 서이야(徐二爺)가 나에게 권하여 소주 두 잔을 마셨다.
하나, 내가 서방(書房)에서 잘 적에 서이야가 찾아와서 한 번 이야기를 나누었다. 나를 권하여 내일 그의 집에 와서 소주 마시면서 이야기하자 하나, 나는 약속하지 않았다.
하나, 오늘 함덕원(涵德園)에 올 때 고싱가(gosingga, 郭興阿)를 만났다.

〔042b〕

juwe biya
2 월

○orin juwe de sahaliyan muduri muke i feten hinggeri usiha alihantu enduri inenggi.
20 2 에 검은 용 水 의 五行 虛 宿 建 神 날

emu hacin erde yafasi boode dere oboho..
한 가지 아침 園戶에서 얼굴 씻었다

emu hacin erde buda jeke amala fuju 蔣丁 minde yandume boo gurire juru gisun be
한 가지 아침 밥 먹은 뒤에 fuju 蔣爺 나에게 부탁하여 집 옮기는 對聯 을

araha..
썼다

emu hacin bi lan 刘卩 i emgi šun dekdere ergi boihon i alin de emu mudan
한 가지 나 lan 劉爺 와 함께 해 뜨는 쪽 흙 의 산 에 한 번

tafafi yabuha..
올라서 갔다

emu hacin 蔣卩 minde mobin hoošan juwan emu afaha gung liyan hoošan sunja afaha buhe..
한 가지 蔣爺 나에게 毛邊 紙 10 1 장 公 連 紙 5 장 주었다

emu hacin bithei boode fajiran de latuha alban i baita hacin be leksei uhufi horho de
한 가지 책의 집에 벽 에 붙인 공무 의 일 종류 를 다 같이 말아서 궤 에

bargiyame sindaha..
보관하여 놓았다

emu hacin yamji erinde yafasi boode majige tehe. ging foriha erinde abka tulhušefi udu
한 가지 저녁 때에 園戶에서 잠시 앉았다 更 친 때에 하늘 흐려서 몇

agai sabdan maktafi aga ohakū..
비의 방울 내려서 비 되지 않았다

—— ◦ —— ◦ —— ◦ ——

2월
22일, 임진(壬辰) 수행(水行) 허수(虛宿) 건일(建日).
하나, 아침에 원호(園戶)에서 얼굴을 씻었다.
하나, 아침밥을 먹은 뒤에 푸주(fuju, 富住) 장야(蔣爺)가 나에게 부탁하여 집 옮기는 대련을 썼다.
하나, 나는 란(lan, 蘭) 유야(劉爺)와 함께 해 뜨는 동쪽 토산에 한 번 올라갔다.
하나, 장야가 나에게 모변지(毛邊紙) 11장, 공련지(公連紙) 5장을 주었다.
하나, 서방(書房) 벽에 붙인 공무의 일 한 건을 다 같이 말아서 궤에 보관해 놓았다.
하나, 저녁때에 원호(園戶)에서 잠시 앉아 있었다. 야경 칠 무렵에 하늘이 흐려서 비 몇 방울이 내렸으나 비가 되지는 않았다.

[043a]

○orin ilan de sahahūn meihe muke i feten weibin usiha geterentu enduri inenggi.
20 3 에 거무스름한 뱀 水 의 五行 危 宿 除 神 날

emu hacin han' de yuwan de bisire de erde budai amala yong tai šuwang ceng ni araha
한 가지 涵 德 園 에 있음 에 아침 밥의 뒤에 永 泰 雙 成 의 쓴

hergen i debtelin be tuwaha..
글자 의 서책 을 보았다

emu hacin taigiyan king 刘卩 永泰 be takūrafi minde emu okcingga moro[70] cai fuifuhe.
한 가지 太監 慶 劉爺 永泰 를 시켜서 나에게 한 찻잔 차 끓였다

70) okcingga moro : 뚜껑과 잔 받침이 있는 일인용 다기를 가리킨다.

bi omiha king lio ye bithei boode majige tehe..
나 마셨다 慶 劉 爺 책의 집에 잠시 앉았다

emu hacin 吳耀庭 i yanduha ilan farsi wehei doron be foloho..
한 가지 吳耀庭 의 부탁한 3 조각 돌의 도장 을 새겼다

emu hacin donjici ○ ye ○○○ wargi ergi munggan de hangsi hacin i doroi[71] waliyame wecefi
한 가지 들으니 爺 西陵 에 寒食 보름 의 禮로 제물 올려 제사하고

enenggi gemun hecen de isinjiha. fu yuwan men i tatan i boode tataha. cimari
오늘 京 城 에 이르렀다 扶 遠 門 의 宿營 의 집에서 머물렀다 내일

bukdari alibumbi sembi..
상소 올린다 한다

emu hacin ere inenggi asuru edun daha..
한 가지 이 날 매우 바람 불었다

emu hacin yamji erinde dolo dosifi lan 刘丁 i boode kejine tehe..
한 가지 저녁 때에 안 들어가서 lan 劉爺 의 집에서 꽤 앉았다

—— ○ —— ○ —— ○ ——

23일, 계사(癸巳) 수행(水行) 위수(危宿) 제일(除日).
하나, 함덕원(涵德園)에 있을 때, 아침 식사 뒤에 영태(永泰) 쌍성(雙成)이 쓴 자서(字書)를 보았다.
하나, 태감(太監) 경유야(慶劉爺)가 영태를 시켜서 나에게 차 한 잔을 끓이게 하여서 내가 마셨다. 경유야가 서방(書房)에 잠시 앉아 있었다.
하나, 오요정(吳耀庭)이 부탁한 돌 도장 3개를 새겼다.
하나, 들으니 야(爺)가 서릉(西陵)에 한식 성묘하러 가서 제물 올려 제사하고 오늘 경성에 이르렀다. 부원문(扶遠門) 숙영지의 집에서 머물렀다. 내일 상소를 올린다 한다.
하나, 이날 바람이 매우 불었다.
하나, 저녁때에 안에 들어가서 란(lan, 蘭) 유야(劉爺)의 집에서 꽤 앉아 있었다.

71) hangsi hacin i doro : '한식에 치르는 제례' 즉 '한식 성묘'를 가리키는 말이다.

〔043b〕

juwe biya
2 월

○orin duin de niowanggiyan morin aisin i feten šilgiyan usiha jaluntu enduri inenggi.
20 4 에 푸른 말 金 의 五行 室 宿 滿 神 날

emu hacin han' de yuwan de bisire de 吳耀庭 i yanduha bithei doron. emu farsi de 護封
한 가지 涵 德 園 에 있을 때 吳耀庭 의 부탁한 책의 도장 한 조각 에 護封

sere hergen. emu farsi de 善慶堂 sere hergen. emu farsi de 綺園 sere hergen
하는 글자 한 조각 에 善慶堂 하는 글자 한 조각 에 綺園 하는 글자

seme uheri ilan farsi gemu folome wajiha..
쓰고 전부 3 조각 모두 새기기 마쳤다

emu hacin dangse booi sula niyalma 老袁 minde juwe yan arki omibuha..
한 가지 檔子 집의 散官 사람 老袁 나에게 2 兩 소주 마시게 하였다

emu hacin donjici ○ ye tofohon inenggi šolo baiha sembi..
한 가지 들으니 爺 보름 날 휴가 얻었다 한다

emu hacin lan 刘丁 bithei boode majige tehe..
한 가지 lan 劉爺 책의 집에 잠시 앉았다

emu hacin taigiyan king 刘丁 mini sabu be juwen gamafi emgeri etuhe amala wei šuwang
한 가지 太監 慶 劉爺 나의 sabu 를 빌려 가지고 한 번 신은 뒤에 魏 雙

ceng be takūrafi benjibuhe..
成 을 보내서 가져왔다

emu hacin yamji erinde sy ši hūwa niyoo jiyei cūn i amargi ergi bira de taigiyan lan 刘丁
한 가지 저녁 때에 四 時 花 鳥 皆 春 의 북 쪽 강 에 太監 lan 劉爺

王文涛 i emgi ajige jahūdai de tehe. šurume efihe. amala dalin be baime emgeri
王文濤 와 함께 작은 배 에 탔다 젓고 놀았다 뒤에 강가 를 올라가서 한 번

fehuci mini sabu fomoci majige usihibuhe..
밟으니 나의 sabu 양말 조금 젖었다

—— ◦ —— ◦ —— ◦ ——

2월

24일, 갑오(甲午) 금행(金行) 실수(室宿) 만일(滿日).

하나, 함덕원(涵德園)에 있을 때 오요정(吳耀庭)이 부탁한 서인(書印)을, 한 개에는 '호봉(護封)'이라는 글자를, 한 개에는 '선경당(善慶堂)'이라는 글자를, 한 개에는 '기원(綺園)'이라는 글자를 써서, 전부 3개를 모두 새기기 마쳤다.

하나, 당자방(檔子房)의 산관(散官) 노원(老袁)이 나에게 소주 2냥을 마시게 하였다.

하나, 들으니 왕야(王爺)가 보름날 휴가를 얻었다 한다.

하나, 란(lan, 蘭) 유야(劉爺)가 서방(書房)에 잠시 앉아 있었다.

하나, 태감(太監) 경유야(慶劉爺)가 나의 사부(sabu) 신발을 빌려서 한 번 신은 뒤에 위쌍성(魏雙成)을 보내서 가져왔다.

하나, 저녁때에 사시화조개춘(四時花鳥皆春)의 북쪽 강에 태감 란(lan, 蘭) 유야(劉爺), 왕문도(王文濤)와 함께 작은 배에 타서 노를 저으며 놀았다. 뒤에 강가를 올라가서 한 번 밟으니, 내 사부(sabu) 신발과 양말이 약간 젖었다.

〔044a〕

○orin sunja de niohon honin aisin i feten bikita usiha necintu enduri inenggi.
20 5 에 푸르스름한 양 金 의 五行 壁 宿 平 神 날

emu hacin han' de yuwan de bisire de erde budai amala omo de emgeri weihu de wesifi
한 가지 涵 德 園 에 있음 에 아침 밥의 뒤에 호수 에 한 번 나무배 에 올라

tehe. amala weihu ci wasifi taigiyan da meng ye. lan lio ye. king lio ye. gemu fu
탔다 뒤에 나무배 에서 내려와서 太監 長 孟 爺 蘭 劉 爺 慶 劉 爺 모두 福

lio ye i boode gisurendume tecehe. mini beye inu tesei emgi tembihe..
劉 爺 의 집에서 이야기하면서 마주 앉았다 나의 자신 도 그들과 함께 앉았었다

emu hacin yamji budai erinde dangse booi hafan ailungga 艾爺 mimbe solime arki omibuha..
한 가지 저녁 밥의 때에 檔子 집의 관리 ailungga 艾爺 나를 청하여 소주 마시게 하였다

hangse arafi minde ulebuhe. mini dambagu yadaha ofi i mini fadu de jalutala
국수 만들어서 나에게 먹게 하였다 나의 담배 곤궁하게 되어 그 나의 주머니 에 가득 차도록

dambagu fadulaha..
담배 주머니에 넣었다

emu hacin taigiyan da 孟卩 minde emu 條幅 nirugan afabufi minde yandume erei nirugan i onco
한 가지 太監 長 孟爺 나에게 한 족자 그림 건네주고 나에게 부탁하여 이의 그림 의 넓은

isheliyen i ici songkoi emu 條幅 ararao sehe. emu sithen de emu farsi behe
모양 의 쪽 그대로 한 족자 만들어주겠는가 하였다 한 함 에 한 조각 먹

tebufi minde buhe..
담아서 나에게 주었다

emu hacin ioigan minde yandume 條幅 对聯 araha..
한 가지 玉甘 나에게 부탁하여 족자 對聯 썼다

—— ◦ —— ◦ —— ◦ ——

25일, 을미(乙未) 금행(金行) 벽수(壁宿) 평일(平日).

하나, 함덕원(涵德園)에 있을 때 아침 식사 뒤에 호수에서 한 번 통나무배에 올라탔다. 그런 뒤에 통나무배에서 내려와서 태감(太監)의 수장 맹야(孟爺), 란유야(蘭劉爺), 경유야(慶劉爺)가 모두 복유야(福劉爺)의 집에서 이야기하면서 앉아 있었다. 나도 그들과 함께 앉아 있었다.

하나, 저녁 식사 때에 당자방(檔子房)의 관리 아이룽가(ailungga, 艾隆阿) 애야(艾爺)가 나를 청하여 소주 마시게 하였다. 국수를 만들어서 나에게 먹게 하였다. 내 담배가 모자라게 되자 그는 내 주머니에 가득 차도록 담배를 넣었다.

하나, 태감의 수장 맹야가 나에게 족자[條幅] 그림 하나를 건네주고 나에게 부탁하여 이 그림의 넓은 모양 그대로 족자 하나를 만들어 주겠는가 하였다. 함 하나에 먹 한 개 담아서 나에게 주었다.

하나, 옥감(玉甘)이 나에게 부탁하여 족자[條幅]와 대련(對聯)을 썼다.

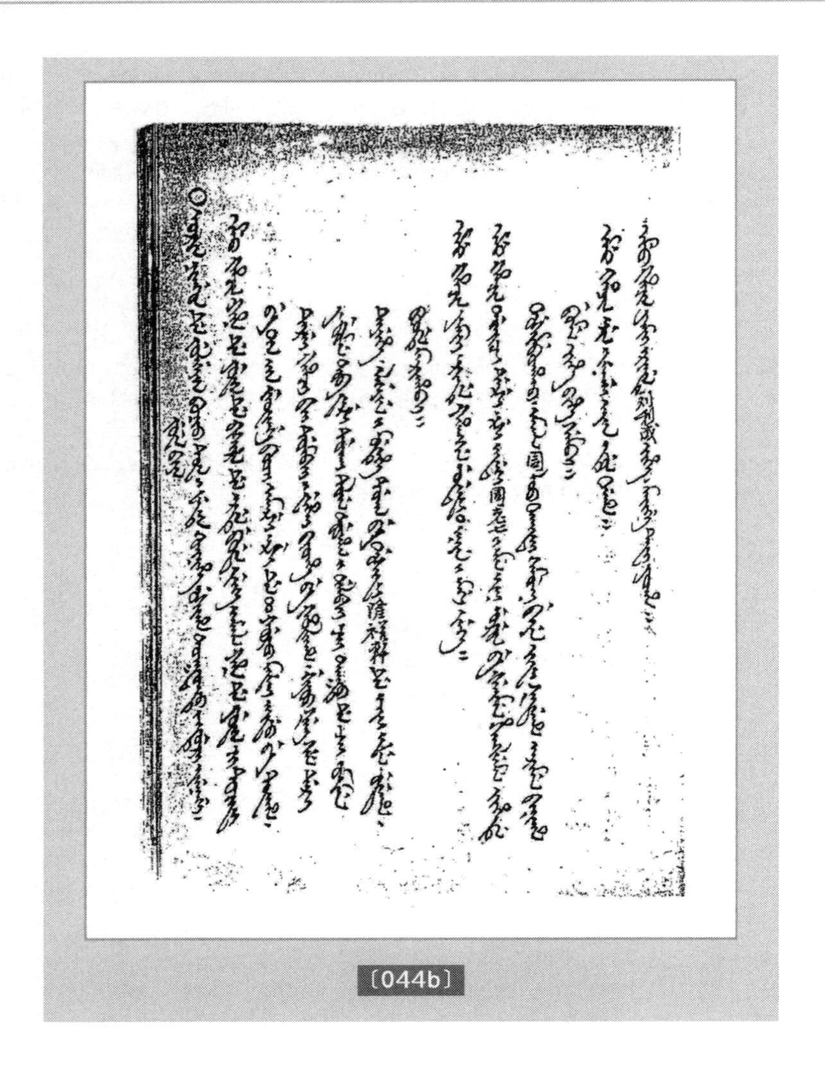

〔044b〕

juwe biya
2 월

○orin ninggun de fulgiyan bonio tuwa i feten kuinihe usiha toktontu enduri inenggi.
20 6 에 붉은 원숭이 火 의 五行 奎 宿 定 神 날

emu hacin han' de yuwan de bisire de erde buda jeke amala han' de yuwan ci tucifi
한 가지 涵 德 園 에 있음 에 아침 밥 먹은 뒤에 涵 德 園 에서 나가서

be ta an jeofingge booi amargi ergi de ○○ goro mafai eifu be tuwaha..
白 塔 庵 암자의 북 쪽 에 외조부 무덤 을 보았다

terei hanci bi dumbai i wehei bithe be hūlaha. giyoo šeng sy deri
거기에서 가까이 있는 dumbai 의 돌의 글 을 읽었다 覺 生 寺 으로

yabume tob wargi dukai tule doohan i dalbai cai taktu de cai omime
가서 西直門 밖 다리 의 옆의 차 樓 에서 차 마시면서

teyehe. elgiyen i mutehe duka be dosifi 隆裕軒 de enji efen udaha.
쉬었다 阜成門 을 들어가서 隆裕軒 에서 야채 만두 샀다

boode marihabi..
집에 돌아왔었다

emu hacin yamji erinde hangse udafi ◦ eniye i emgi jeke..
한 가지 저녁 때에 국수 사서 어머니 와 함께 먹었다

emu hacin donjici dergi ergi adaki 周老七 i eme ini urun be gaime hengkileme jihede
한 가지 들으니 동 쪽 이웃의 周老七 의 어머니 그의 기쁨 을 가지고 인사하러 왔을 때

dosimbuhakū. amala 周 loo taitai kemuni beye jifi šadaha arame baniha
들어오지 않았다 뒤에 周 老 太太 게다가 몸소 와서 감사함 보이면서 감사

bume jihe bihe sembi..
드리러 왔었다 한다

emu hacin ere inenggi ayan edun daha..
한 가지 이 날 큰 바람 불었다

emu hacin yamji erinde 刘利成 jihe. majige tefi yoha..
한 가지 저녁 때에 劉利成 왔다 잠시 앉고서 갔다

—— ◦ —— ◦ —— ◦ ——

2월
26일, 병신(丙申) 화행(火行) 규수(奎宿) 정일(定日).
하나, 함덕원(涵德園)에 있을 때, 아침 밥 먹은 뒤에 함덕원에서 나가서 백탑암(白塔庵) 암자의 북쪽에서 외조부의 무덤을 보았다. 거기에서 인접한 곳에 있는 둠바이(dumbai)의 비문을 읽었다. 각생사(覺生寺)로 가서 서직문(西直門) 밖 다리 옆의 다루(茶樓)에서 차를 마시면서 쉬었다. 부성문(阜成門)을 들어가서 융유헌(隆裕軒)에서 야채 만두를 사서 집에 돌아왔다.
하나, 저녁때에 국수를 사서 어머니와 함께 먹었다.
하나, 들으니 동쪽 이웃인 주노칠(周老七)의 어머니가 그의 기쁨을 가지고 인사하러 왔을 때 들어오지 않았다. 뒤에 주(周)씨 할머니[太太]가 게다가 몸소 와서 감사함을 보이면서 감사드리러 왔었다 한다
하나, 이 날 큰 바람이 불었다.
하나, 저녁때에 유리성(劉利成)이 왔다. 잠시 앉아 있다가 갔다.

[045a]

○orin nadan de fulahūn coko tuwa i feten ludahūn usiha tuwakiyantu enduri inenggi.
20 7 에 불그스름한 닭 火 의 五行 婁 宿 執 神 날

emu hacin boode bifi emu 條幅 araha..
한 가지 집에 있어서 한 족자 썼다

emu hacin 德惟一 age jihe. 二姑卩 i gaici acara fulun i bele 江米 bele[72] duin hule emu
한 가지 德惟一 형 왔다 二姑爺 그 가질 수 있는 俸祿 의 쌀 江米 쌀 4 石 1

hiyase ninggun moro hiyase. 白米 bele juwan jakūn hule sunja hiyase duin moro
말 6 되 白米 쌀 10 8 石 5 말 4 되

---

72) 江米 bele : 찹쌀의 종류인 강미(江米)쌀을 가리킨다.

hiyase eberi 白米 emu hule ilan hiyase. 粟米 juwan ilan hule. ere uheri
거친 白米 1 石 3 말 粟米 10 3 石 이 전부

gūsin nadan hule i fulun i bele gaire afaha be. age minde afabufi ulame
30 7 石 의 俸祿 의 쌀 가지는 문서 등이다 형 나에게 건네주어 전하고

豐昌號 de uncaki sembi. kejine tefi yamji erinde boode mariha..
豐昌號 에 팔자 한다 꽤 앉고서 저녁 때에 집에 돌아왔다

—— ◦ —— ◦ —— ◦ ——

27일, 정유(丁酉) 화행(火行) 누수(婁宿) 집일(執日).

하나, 집에 있으면서 족자[條幅] 하나를 썼다.

하나, 덕유일(德惟一) 형이 왔다. 이고야(二姑爺)가 그가 가질 수 있는 봉록(俸祿) 쌀, 강미(江米) 찹쌀은 4석 1말 6되, 백미 쌀 18석 5말 4되, 거친 백미는 1석 3말, 좁쌀은 13석, 전부 37석의 봉록(俸祿) 쌀을 가지는 문서들이다. 형이 나에게 건네주어 전하고, 풍창호(豐昌號)에 팔자고 한다. 꽤 앉아 있다가 저녁때에 집에 돌아갔다.

〔045b〕

juwe biya
2 월

◯orin jakūn de suwayan indahūn moo i feten welhūme usiha efujentu enduri inenggi.
20 8 에 누런 개 木 의 五行 胃 宿 破 神 날

emu hacin erde budai amala 芬夢馀 age ini emei jobolon tanggū inenggi jaluka. jifi
한 가지 아침 밥의 뒤에 芬夢餘 형 그의 어머니의 喪事 百 日 찼다 와서

šadaha arame tuwanjiha. ○ eniyei age de emu 截紗 gulu cuse mooi ilhangga
위로 지으면서 위로하러 왔다 어머니의 형 에게 한 截紗 소박한 대 나무의 꽃무늬의

dambagu fadu buhe. age majige tefi sejen de wesifi yoha..
담배 주머니 주었다 형 잠시 앉고서 수레 에 올라서 갔다

emu hacin ujui funiyehe fusihe..
한 가지 머리의 털 깎았다

emu hacin bethe oboho..
한 가지 발 씻었다

emu hacin šun dekdere ergi adaki lio halangga booci emu malu ši guwe gung sere nure
한 가지 해 뜨는 쪽 이웃의 劉 성의 집에서 한 병 西 國 公 하는 술

bonggime jihe..
보내서 왔다

—— ◦ —— ◦ —— ◦ ——

2월
28일, 무술(戊戌) 목행(木行) 위수(胃宿) 파일(破日).
하나, 아침 식사 뒤에 분몽여(芬夢餘) 형이 그의 어머니 상사(喪事)가 100일이 찼다. 그래서 와서 위로를 보이면서 위로하러 왔다. 어머니가 형에게 비단을 잘라 만든 소박한 대나무 꽃무늬가 있는 담배 주머니 하나를 주었다. 형이 잠시 앉아 있다가 수레에 올라서 갔다.
하나, 머리를 깎았다.
하나, 발을 씻었다.
하나, 해 뜨는 동쪽 이웃인 유(劉)씨의 집에서 서국공(西國公)이라는 술을 한 병 보내 왔다.

[046a]

○orin uyun de sohon ulgiyan moo i feten moko usiha tuksintu enduri inenggi.
20 9 에 누르스름한 돼지 木 의 五行 昴 宿 危 神 날

emu hacin erde buda jeke amala bi tucifi dergi ergi hecen 十二條 hūtung de 郁連莊 i
한 가지 아침 밥 먹은 뒤에 나 나가서 동 쪽 성 十二條 hūtung 에 郁連莊 의

boode isinafi tuwaha. i boode bifi bi dosifi kejine gisureme tehe. mini taigiyan
집에 이르러서 보았다 그 집에 있어서 나 들어가서 꽤 이야기하며 앉았다 나의 太監

meng šen de de araha 條幅 taigiyan lio cing fu de arame buhe juru gisun
孟 愼 德 에게 쓴 條幅 太監 劉 慶 福 에게 써서 준 對聯

jergi hacin be gemu 蓮莊 de afabufi yandume i han' de yuwan de
등 물품 을 모두 蓮莊 에게 건네주어 부탁하고 그 涵 德 園 에

idulame genehe de mini funde tesede afabume bukini seci. i angga
당직하러 갔을 때 나의 대신 그들에게 건네서 주자 하니 그 입

aljafi bargiyaha. bi tubaci tucifi 豐昌號 puseli de isinaha. 德惟一
약속해서 받았다 나 거기에서 나가서 豐昌號 가게 에 이르렀다 德惟一

agei yanduha 二姑丌 i fulun i bele gaire doron gidaha afaha be 蕭掌櫃 de
형 부탁한 二姑爺 의 俸祿 의 쌀 가지는 도장 찍힌 문서 를 蕭掌櫃 에

afabufi ini puseli de udabuki seci i ombi sehe. mini ere forgon i
건네주고 그의 가게 에서 사게 하자 하니 그 된다 하였다 나의 이 계절 의

fulun i bele juwan duin hule juwe hiyase sunja moro hiyase be ini
俸祿 의 쌀 10 4 石 2 말 5 되 를 그의

puseli de bufi orin ninggun minggan duin tanggū jiha de uncaha. bi
가게 에 주고 20 6 千 4 百 錢 에 팔았다 나

tereci 隆福寺 juktehen de isinafi sarašaha. juktehen i dolo šugan
그로부터 隆福寺 절 에 이르러서 놀았다 절 의 안 šugan

ahūn deo be ucaraha. dule ce te ijasha[73] mampime uncame biheni..
형 제 를 만났다 뜻밖에 그들 지금 ijasha 매어서 팔고 있었구나

—— ◦ —— ◦ —— ◦ ——

29일, 기해(己亥) 목행(木行) 앙수(昻宿) 위일(危日).

하나, 아침 밥 먹은 뒤에 나는 나가서 동성(東城) 십이조(十二條) 후퉁에 욱련장(郁連莊)의 집에 이르러서 보았다. 그가 집에 있어서 나는 들어가서 꽤 이야기하며 앉아 있었다. 우리 태감(太監) 맹신덕(孟愼德)에게 쓴 족자[條幅], 태감 유경복(劉慶福)에게 써 준 대련 등 물품을 모두 연장(蓮莊)에게 건네주어 부탁하면서, 그가 함덕원(涵德園)에 당직하러 갔을 때 나 대신 그들에게 건네서 주라 하니, 그가 입으로 약속하며 받았다. 나는 거기에서 나가 풍창호(豐昌號) 가게에 이르렀다. 덕유일(德惟一) 형이 부탁한 이고야(二姑爺)의 도장이 찍힌 봉록(俸祿) 쌀 가지는 문서를 소장궤(蕭掌櫃)에게 건네주고 그의 가게에서 사게 하자 하니, 그가 '된다'고 하였다. 나의 이번 계절의 봉록(俸祿) 쌀 14석 2말 5되를 그의 가게에 주고 2만 6천 4백 전에 팔았다. 나는 그로부터 융복사(隆福寺) 절에 이르러서 놀았다. 절 안에서 슈간(šugan, 舒甘) 형제를 만났는데, 뜻밖에 그들은 지금 이자스하(ijasha) 모자를 매어서 팔고 있었구나.

73) ijasha : <어제청문감>의 'ijasha mahala'에서 "국화 증자를 박아서 만든, 높은 사람이 쓰는 모자를 이자스하(ijasha) 모자라 한다.(moncon hadame araha wesihun niyalma i eture mahala be. ijasha mahala sembi.)"로 풀이하고 있으며, 한어로는 '산반결(算盤結)'이라고 한다.

[046b]

juwe biya
2 월

bi juktehen i dolo emu hūntahan arki omiha. coloho[74] yali. emu moro hangse
나 절 의 안 한 잔 소주 마셨다 coloho 고기 한 사발 국수

jeke. juktehen ci tucifi 凝氤館 gibalara puseli de isinaha. gūnihakū
먹었다 절 로부터 나가서 凝氤館 표구하는 가게 에 이르렀다 뜻밖에

kingioi sere 張老四 be ucaraha. bi emu ferehe 蘭花 ilhai nirugan be
景玉 하는 張老四 를 만났다 나 한 박쥐 난초 꽃의 그림 을

74) coloho : 의미 미상이다.

terei puseli de afabufi gibalabuha. sunja tanggū jiha i gaimbi seme
그의 가게 에 건네주고 표구하게 하였다 5 百 錢으로 얻는다 하고

toktobuha. mini onggolo gibalabuha 博熙齋 i araha 山靜江橫新水繞
정해졌다 나의 전에 표구하게 한 博熙齋 의 쓴 山靜江橫新水繞

sere hergen i 條 jai ajige juru gisun juwe juru be gemu amasi
하는 글자 의 족자 또 작은 對聯 2 쌍 을 모두 도로

gamaha. kemuni 瑞图 i buhe šungkeri ilhai nirugan. te kemuni gibalame
가져갔다 게다가 瑞圖 의 준 붓꽃의 그림 지금 아직도 표구하기

jabdure unde. jai gaju sehe. bi tereci aljafi dorgi hoton i gencehen
여유 갖지 못하였다 다시 가져오라 하였다 나 거기에서 떠나서 內 城 의 언저리

deri yabume 天顺斋 ci juwe uhun 糕乹[75] tehei aliyahai teliyeme baha
따라 가서 天順齋 에서 2 봉지 糕乾 앉은 채로 기다리면서 익혀서 얻은

manggi bi teni yodame boode mariha..
후 나 비로소 들고 집에 돌아왔다

emu hacin donjici enenggi 鶴年 jihe sembi..
한 가지 들으니 오늘 鶴年 왔다 한다

emu hacin yamji erinde 忠魁 jihe..
한 가지 저녁 때에 忠魁 왔다

emu hacin bodoci ere biyade uheri orin minggan ninggun tanggū jiha fayame baitalaha..
한 가지 계산하니 이 달에 전부 20 千 6 百 錢 소비해서 썼다

—— ◦ —— ◦ —— ◦ ——

2월
나는 절 안에서 소주 한 잔을 마셨다. 촐로호(coloho) 고기 국수 한 그릇을 먹었다. 절에서부터 나가서 응인관(凝氤館)이라는 표구하는 가게에 이르렀다. 뜻밖에 경옥(景玉)이라는 장노사(張老四)를 만났다. 내가 박쥐와 난초 꽃이 있는 그림 하나를 그의 가게에 건네주고 표구하게 하였다. 5백 전을 받는다 해서 정해졌다. 내가 예전에 표구하게 한 박희재(博熙齋)가 쓴 "산정강횡신수요(山靜江橫新水繞)"라는 족자[字條], 또 작은 대련 2쌍을 모두 도로 가져갔다. 게다가 서도(瑞圖)가 준 붓꽃의 그림은 지금 아직도 표구할 여유를 갖지 못한다. 다시 가져오라 하였다. 나는 거기로부터 떠나서 내성(內城)의 언저리를 따라 가서 천순재(天順齋)에서 말린 떡 두 봉지를 앉은 채로 기다리면서 익혀서 받은 뒤에 비로소 들고 집에 돌아왔다.
하나, 들으니 오늘 학년(鶴年)이 왔다 한다.
하나, 저녁때에 충괴(忠魁)가 왔다.
하나, 계산하니 이 달에 전부 2만 6백 전을 소비해서 썼다.

75) 糕乹 : 쌀가루와 설탕을 재료로 만든 '말린 떡'인 고건(糕乾)을 가리킨다. '糕乾' 뒤에 만주어 'efen'을 덧붙여 '糕乾 efen'으로 표기하기도 한다.

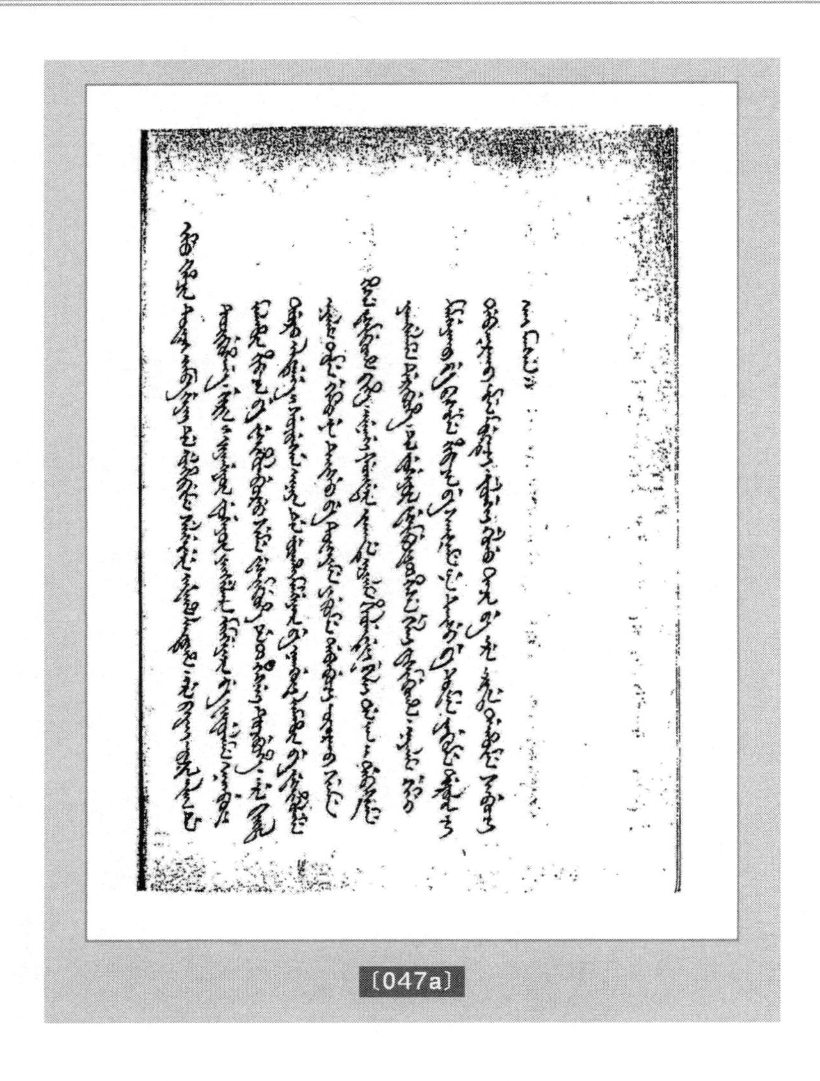

[047a]

emu hacin tuwaci amba giyai de ulhibume selgiyere afaha latuha. ere biyai orin ilan de
한 가지 보니 大 街 에 알려서 깨닫게 하는 문서 붙였다 이 달의 20 3 에

tucibuhengge. girin i jiyanggiyūn fugiyūn yangselara mamgiyara be fafulame nakabufi
드러낸 것이다 吉林 의 將軍 fugiyūn 꾸미고 사치하는 것 을 금하고 그만두게 해서

malhūn hibcan be wesihulebureo seme wesimbuhe de ∞ hesei tucibuhe. ere baita
검소함 알뜰함 을 중시하게 하겠는가 하고 상주했을 때 조서 내었다 이 일

doro eldengge i sucungga aniya de uthai mamgiyara be nakabufi mamhūn be wesihuleme
道 光 의 元의 해 에 바로 사치하는 것 을 금지해서 검소함 을 중시하여

niyalma tome gemu ne teisu be tuwakiyame yabume dababuci ojorakū seme
사람 매 번 모두 이제 본분 을 지켜서 행하고 넘어서게 할 수 없다 하고

hese wasimbuhe bihe. inenggi goidara jakade niyalma heoledefi geli da an i dabašame
조서 내렸었었다 날 오래되기 때문에 사람 푸대접해서 또 평소대로 넘어서고

yangselaha deribuhe. te fugiyūn wesimbufi ○○ hese geli wasimbuha. niyalma gemu
꾸미는 것 일으켰다 이제 fugiyūn 상주해서 조서 또 내렸다 사람 모두

mamgiyakū be basume hibcan be saišame ne teisu be tuwame yabume dorolon ci
사치 를 비웃고 알뜰함 을 칭찬하며 이제 본분 을 지키고 행하며 예의 로부터

dabanarakū ome muteci julgei gulu tacin be ere erinde dahūme sabuci
넘어가지 않게 할 수 있으면 옛날의 순박한 풍속 을 이 때에 다시 보이니

ai mangga..
무엇 어렵겠는가

—— ◦ —— ◦ —— ◦ ——

하나, 보니 대가(大街)에 포고문이 붙어 있다. 이 달 23일에 게시한 것이다. 길림장군(吉林將軍) 푸기윤(fugiyūn, 富俊)이 "꾸미고 사치하는 것을 단속하고 금지하며, 검소함과 알뜰함을 중시하게 하소서." 하고 상주함에 따라 조서를 내렸다. 이 일은 도광(道光) 원년에 곧 "사치를 금하고 검소함을 중시하며, 사람마다 모두 이제 본분을 지켜서 행하고 지나치게 할 수 없다." 라는 조서가 내렸었다. 날이 오래되었기 때문에 사람들이 무시하고 다시 예전에 하던 대로 지나치게 꾸미기 시작하였는데, 이번에 푸기윤이 상주해서 조서가 다시 내렸다. 사람들이 모두 사치함을 비웃고 알뜰함을 칭송하며, 이제 본분을 지키고 행하며, 예의에 지나치지 않게 할 수 있으면, 옛날의 순박한 풍속을 지금 다시 보는 것이 무엇이 어렵겠는가.

4. 도광 08년(1828) 3월

[047b]

ilan biya amban
3 월 큰달

○○ilan biya amban fulgiyan muduri alihabi. ice de šanyan singgeri boihon i feten
3 월 큰달 붉은 용 맞았다 초하루 에 흰 쥐 土 의 五行

bingha usiha mutehentu enduri inenggi..
畢 宿 成 神 날

emu hacin erde budai amala 鶴年 jihe. kejine tefi genehe..
한 가지 아침 밥의 뒤에 鶴年 왔다 꽤 앉고서 갔다

emu hacin yamji budai amala 瑞图 imbe boode fudeme jihe. 瑞图 i boljoho gisun cimari
한 가지 저녁 밥의 뒤에 瑞圖 그를 집에 보내주고 왔다 瑞圖 의 약속한 말 내일

mimbe imbe baihanaki sefi yoha..
나를 그를 찾아가자 하고 갔다

emu hacin dengjan dabuha erinde 忠魁 jihe..
한 가지 등잔 불 켠 때에 忠魁 왔다

emu hacin donjici enenggi i coko erinde šun be jekebi[76] sembi..
한 가지 들으니 오늘 의 닭 때에 해 를 먹었다 한다

emu hacin ina ke giyan enenggi ci deribume mimbe dahame juwan juwe ujui bithe[77] be
한 가지 조카 ke giyan 오늘 부터 시작하여 나를 따라 10 2 字頭 를

taciha..
배웠다

—— ∘ —— ∘ —— ∘ ——

3월 큰달
3월 큰달 병진(丙辰)월 맞았다. 초하루, 경자(庚子) 토행(土行) 필수(畢宿) 성일(成日).
하나, 아침 식사 뒤에 학년(鶴年)이 왔다. 꽤 앉아 있다가 갔다.
하나, 저녁 식사 뒤에 서도(瑞圖)가 그를 집에 보내주고 왔다. 서도의 약속한 말에, 내일 나더러 그를 찾아가라 하고는 갔다.
하나, 등불 켜는 무렵에 충괴(忠魁)가 왔다.
하나, 들으니 오늘 유시(酉時)에 일식(日蝕)이라 한다.
하나, 조카 커기얀(kegiyan, 克儉)이 오늘부터 시작하여 나를 따라 12자두(字頭)를 배웠다.

---

76) šun be jembi : 일식(日蝕)을 가리키는 만주어 표현이다.
77) juwan juwe ujui bithe : 만주어로 조합 가능한 음절을 12가지 조합 방식으로 표기하여 나열한 것을 12자두(12字頭)라 한다.

[048a]

○ice juwe de šahūn ihan boihon i feten semnio usiha bargiyantu enduri inenggi.
초 2 에 희끄무레한 소 土 의 五行 觜 宿 收 神 날

emu hacin erde budai amala tucifi 瑞图 i boode isinaha. tucifi sasa horon be
한 가지 아침 밥의 뒤에 나가서 瑞圖 의 집에 이르렀다 나가서 같이

algimbure duka be tucifi doohan i bade isiname geli hoton be dosifi
宣武門 을 나가서 다리 의 곳에 이르고 또 성 을 들어가서

四宜軒 de cai omiha. an i ceni boode marifi arki omiha. hangse jeke.
四宜軒 에서 차 마셨다 평소대로 그의 집에 돌아와서 소주 마셨다 국수 먹었다

ini nakcu i emgi gisurembihe. yamjiha manggi bi boode mariha..
그의 외삼촌 과 함께 이야기하였다 해 저문 뒤에 나 집에 돌아왔다

emu hacin donjici 鶴年 jihe sembi..
한 가지 들으니 鶴年 왔다 한다

emu hacin donjici 鍾山英 jihe sembi..
한 가지 들으니 鍾山英 왔다 한다

—— ◦ —— ◦ —— ◦ ——

초이틀, 신축(辛丑) 토행(土行) 자수(觜宿) 수일(收日).
하나, 아침 식사 뒤에 나가서 서도(瑞圖)의 집에 이르렀다. 나가서 같이 선무문(宣武門)을 나가서 다리 있는 곳에 이르고, 또 성을 들어가서 사의헌(四宜軒)에서 차를 마셨다. 평소대로 그의 집에 돌아와서 소주를 마시고 국수를 먹었다. 그의 외삼촌과 함께 이야기하고, 해가 저문 뒤에 나는 집에 돌아왔다.
하나, 들으니 학년(鶴年)이 왔다 한다.
하나, 들으니 종산영(鍾山英)이 왔다 한다.

〔048b〕

ilan biya
3 월

○ice ilan de sahaliyan tasha aisin i feten šebnio usiha neibuntu enduri inenggi.
초 3 에 검은 호랑이 金 의 五行 參 宿 開 神 날

emu hacin erde budai amala tucifi ilungga i bade majige tehe..
한 가지 아침 밥의 뒤에 나가서 ilungga 의 곳에서 잠시 앉았다

emu hacin teo tiyoo hūtung de isinaha. mini 吳耀庭 de foloho ilan farsi bithei
한 가지 頭 條 hūtung 에 이르렀다 나의 吳耀庭 에게 새긴 3 조각 책의

doron be emhe de afabuha. 瑞图 tubade bihe. bi kejine tefi neneme yabuha..
도장 을 장모 에게 건네주었다 瑞圖 거기에 있었다 나 꽤 앉고서 먼저 갔다

emu hacin 瑞華樓 i juleri 芬夢馀 be ucaraha. majige tefi gisurefi fakcaha..
한 가지 瑞華樓 의 앞에 芬夢餘 를 만났다 잠시 앉고서 이야기하고 헤어졌다

emu hacin 兆尧蓂 i boode isinafi tuwaha. i boode akū..
한 가지 兆堯蓂 의 집에 이르러서 보았다 그 집에 없다

emu hacin 德惟一 agei boode isinafi tuwaha. age boode akū. tuwaci ceni boode
한 가지 德惟一 형의 집에 이르러서 보았다 형 집에 없다 보니 그의 집에

ne wargi ergi asaha i boo be weileme arame bi..
지금 서 쪽 사랑채 를 짓고 만들고 있다

emu hacin hūwa pi cang hūtung 博熙齋 i boode isinaha. sakda boode akū.
한 가지 樺 皮 廠 hūtung 博熙齋 의 집에 이르렀다 어르신 집에 없다

emu sinahi etuhe niyalma tubade bihe. emu hehe tubade sishe be sekteme
한 상복 입은 사람 거기에 있었다 한 여자 거기서 요 를 수선하고

ufime bihe. donjici 熙齋 i sargan jui juwe biyai orin de nimeme
바느질하고 있었다 들으니 熙齋 의 딸 아이 2 월의 20 에 병들어

akū oho. cananggi giran tucibuhe sembi. uttu oci. sakda i emu emhun
죽게 되었다 일전에 시신 出棺하였다 한다 이러면 어르신 의 한 혼자

emteli beyei funcehe. jai niyamangga niyalma akū oho. sakdai dubesilehe
한 사람 몸으로 남았다 또 친척의 사람 없게 되었다 어르신의 끝이 가까워진

—— ◦ —— ◦ —— ◦ ——

3월

초사흘, 임인(壬寅) 금행(金行) 삼수(參宿) 개일(開日).

하나, 아침 식사 뒤에 나가서 일룽가(ilungga, 伊隆阿)가 사는 곳에서 잠시 앉아 있었다.

하나, 두조(頭條) 후퉁에 이르렀다. 내가 오요정(吳耀庭)에게 새긴 서인(書印) 3개를 장모에게 건네주었다. 서도(瑞圖)가 거기에 있었다. 나는 꽤 앉아 있다가 먼저 갔다.

하나, 서화루(瑞華樓) 앞에서 분몽여(芬夢餘)를 만났다. 잠시 앉아서 이야기하고서 헤어졌다.

하나, 조요명(兆堯蓂)의 집에 이르러서 보았다. 그는 집에 없었다.

하나, 덕유일(德惟一) 형의 집에 이르러서 보았다. 형이 집에 없다. 보자니 그의 집에 지금 서쪽 사랑채를 만들어 짓고 있다.

하나, 화피창(樺皮廠) 후퉁 박희재(博熙齋)의 집에 이르렀다. 어르신은 집에 없고, 한 상복 입은 사람이 거기에 있었다. 한 여자가 거기서 요를 수선하고 바느질하며 있었다. 들으니 희재(熙齋)의 딸이 2월 20일에 병들어 죽었다. 일전에 출관하였다 한다. 이러면 어르신이 혼자 한 사람 몸으로 남았다. 그리고 친척도 없었다. 어르신의 끝이 가까워진

〔049a〕

forgon eberi ten ere gese akara urere erun sui yala niyalma be oforo
時期 약한 끝 이 같이 슬픔 근심 刑 罪 진실로 사람 을 코

jušubumbi[78]. boode bisire baitalara tetun be gemu lengseki weri de uncaha.
시큰거리게 한다 집에 있는 쓰는 그릇 을 모두 대충 남 에게 팔았다

ere biyade uthai dergi ergi hecen i 八條 hūtung ni 德宅 de bithe tacibume
이 달에 곧 동 쪽 성 의 八條 hūtung 의 德宅 에서 책 가르치러

geneki sembi. bi majige tefi tubaci aljaha..
가자 한다 나 잠시 앉고서 거기서 떠났다

78) jušubumbi : 'jušun(醋)'에서 파생된 동사로 보인다.

emu hacin 布三卩 i boode isinafi i boode akū. bi inu dosikakū. atanggi bicibe
한 가지 布三爺 의 집에 이르고 그 집에 없다 나 도 들어가지 않았다 언젠가

fulehun giyūn wang fu tucire de ina ke cin ke giyan juwe niyalma be harangga
惠 郡 王 府 나갈 때 조카 ke cin ke giyan 2 사람 을 管下의

fu i alban caliyan gaimbi seme ulame ceni anda sade gisurereo. ubabe
府 의 관원 錢糧 가져간다 하여 전달하고 그들의 친구들에게 이야기하겠는가 이곳을

bi emu fempi jasigan weilefi 布三卩 i booi niyalma de afabufi 布三卩 de
나 한 통 편지 써서 布三爺 의 집의 사람 에게 건네주고 布三爺 에게

tuwabukini sehe..
보게 하자 하였다

emu hacin ○ sefu ajai boode darifi tuwaha. 山英 ahūn deo gemu boode akū.
한 가지 師傅 母의 집에 들러서 보았다 山英 兄 弟 모두 집에 없다

donjici ere aniya aniya biyai orin deri 鍾哥 emu haha jui sargan
들으니 이 해 정월의 20 으로부터 鍾哥 한 아들 딸

jui baha sembi..
아이 얻었다 한다

emu hacin yamji erinde 忠魁 jihe..
한 가지 저녁 때에 忠魁 왔다

—— ◦ —— ◦ —— ◦ ——

시기가 약하고, 끝이 이와 같이 슬픔과 근심, 형벌과 죄가 진실로 사람을 코가 시큰거리게 한다. 집에 있는 쓰는 그릇을 모두 대충 남에게 팔았다. 이 달에 곧 동성(東城)의 팔조(八條) 후퉁의 덕댁(德宅)에 글자를 가르치러 가려고 한다. 나는 잠시 앉아 있다가 거기서 떠났다.

하나, 포삼야(布三爺)의 집에 이르렀는데 그는 집에 없었다. 나도 들어가지 않았다. '언젠가 혜군왕부(惠郡王府)에 나갈 때 조카 커친(kecin, 克勤)과 커기얀(kegiyan, 克儉) 두 사람을 관하(管下) 부(府)의 관원이 전량(錢糧)을 가져간다 하여 전달하고, 그들의 친구들에게 이야기하겠는가.' 이것을 내가 편지 한 통을 써서 포삼야 집의 사람에게 건네주고 포삼야에게 보이라 하였다.

하나, 사모(師母)의 집에 들러서 보았다. 산영(山英) 형제가 모두 집에 없다. 들으니 이 해 정월 20일로부터 종가(鍾哥)가 아들 하나, 딸 하나를 얻었다 한다.

하나, 저녁때에 충괴(忠魁)가 왔다.

〔049b〕

ilan biya boihon i wang kadalambi[79]..
3 월 土 의 旺 주관한다

○ice duin de sahahūn gūlmahūn aisin i feten jingsitun usiha yaksintu enduri
초 4 에 거무스름한 토끼 金 의 五行 井 宿 閉 神

ineggi. boihon i wang kadalambi..
날 土 의 旺 주관한다

79) boihon i wang kadalambi : 토왕용사(土旺用事)의 만주어 표현으로, 이 날은 오행 중에서 '토(土)'의 기운이 왕성하다고 한다. 춘하추동의 절기마다 한 번씩 있으며, 이때는 흙과 관련한 일은 금한다고 한다.

emu hacin sikse dobori de emu burgin ajige aga agaha. arkan i na be usihihe..
한 가지 어제 밤 에 한 갑자기 가는 비 왔다 겨우 땅 을 적셨다

erde gehun galapi[80] meihe erin ci ayan edun dame deribuhe..
아침 말끔히 개이고 뱀 때 부터 큰 바람 불기 시작하였다

emu hacin yamji budai amala 德惟一 age jihe. ging forire onggolo yoha..
한 가지 저녁 밥의 뒤에 德惟一 형 왔다 更 치기 전에 갔다

emu hacin bi šuntuhuni booci tucikekū..
한 가지 나 하루 종일 집에서 나가지 않았다

— ◦ — ◦ — ◦ —

3월, 토왕용사(土旺用事)이다.

초나흘, 계묘(癸卯) 금행(金行) 정수(井宿) 폐일(閉日). 토왕용사(土旺用事)이다.

하나, 어젯밤에 가는 한 차례 비가 왔다. 겨우 땅을 적셨다. 아침에 말끔히 개이고 사시(巳時)부터 큰 바람이 불기 시작하였다.

하나, 저녁 식사 뒤에 덕유일(德惟一) 형이 왔다. 야경 치기 전에 갔다.

하나, 나는 하루 종일 집에서 나가지 않았다.

---

80) gehun galapi : '하늘이 맑고 개다'는 표현은 만주어로 'gehun gahūn' 혹은 'gehun galaka'인데, 원문에서는 'gehun galapi'로 보인다. 이 'galapi'는 아마도 'galaka'를 잘못 쓴 것이 아닌가 한다.

〔050a〕

○ice sunja de niowanggiyan muduri tuwa i feten guini usiha alihantu enduri inenggi.
초 5 에 푸른 용 火 의 五行 鬼 宿 建 神 날

emu hacin erde budai amala tucifi hūwa pi cang hūtung 博熙齋 i boode darifi
한 가지 아침 밥의 뒤에 나가서 樺 皮 廠 hūtung 博熙齋 의 집에 들러서

tuwaha. sakda geli boode akū. bi emu fempi jasigan werihe. kejine tefi bi
보았다 어르신 또 집에 없다 나 한 통 편지 남겼다 꽤 앉고서 나

yabuha..
갔다

emu hacin bi 三道栅欄 de isinafi bele benju seme hūlaha. tuwaci 忠賢 tubade gurinjifi
한 가지 나 三道栅欄 에 이르러서 쌀 가져오라 하고 불렀다 보니 忠賢 거기에 옮겨와서

maimašame jiheni..
장사하러 왔구나

emu hacin ere inenggi 忠魁 jihe..
한 가지 이 날 忠魁 왔다

emu hacin ere inenggi ayan edun daha..
한 가지 이 날 큰 바람 불었다

—— ◦ —— ◦ —— ◦ ——

초닷새, 갑진(甲辰) 화행(火行) 귀수(鬼宿) 건일(建日).

하나, 아침 식사 뒤에 나가서 화피창(樺皮廠) 후퉁 박희재(博熙齋)의 집에 들러서 보았다. 어르신이 또 집에 없다. 나는 편지 하나를 남겼다. 꽤 앉아 있다가 나는 갔다.

하나, 나는 삼도책란(三道栅欄)에 이르러서 쌀을 가져오라 하고 불렀다. 보니 충현(忠賢)이 거기로 옮겨와서 장사하러 왔구나.

하나, 이날 충괴(忠魁)가 왔다.

하나, 이날 큰 바람이 불었다.

[050b]

ilan biya
3 월

○ice ninggun de niohon meihe tuwa i feten lirha usiha geterentu enduri inenggi.
초 6 에 푸르스름한 뱀 火 의 五行 柳 宿 除 神 날

emu hacin erde ilifi tucifi amba giyai de gūwan wang duleme ofi bi 亨利軒 cai
한 가지 아침 일어나 나가서 大 街 에 官 王 지나게 되어 나 亨利軒 차

puseli de dosifi majige jailaha. duleke manggi bi tucifi 樺皮廠 hūtung
가게 에 들어가서 잠시 피하였다 지나간 뒤에 나 나가서 樺皮廠 hūtung

博熙齋 i boode isinafi tuwafi acaha. kejine tefi sakdai gucu 善二卩
博熙齋 의 집에 이르러 보고서 만났다 꽤 앉고서 어른신의 친구 善二爺

sakda be solime tucifi buda ulebuki sefi neneme yabuha. bi dahanduhai
어른 을 청하여 나가서 밥 먹게 하자 하고 먼저 갔다 나 즉시

inu yoha..
또 갔다

emu hacin 大來號 de isinafi tuwaha. 連與 puseli de akū. ceni puseli i boigoji
한 가지 大來號 에 이르러서 보았다 連興 가게 에 없다 그의 가게 의 주인

猛 halangga be acaha. bi majige tefi tereci aljaha..
猛 성 가진 이 를 만났다 나 잠시 앉고서 거기에서 떠났다

emu hacin bi 巡捕廳 hūtung 福壽堂 富 halangga booi duka de isinafi ilan
한 가지 나 巡捕廳 hūtung 福壽堂 富 성의 집의 문 에 이르러서 3

tanggū jiha bufi acan i temgetu gidaha..
百 錢 주어서 모임 의 인장 찍었다

emu hacin boode marifi eyūn i boode hoho efen arafi minde ulebuhe amala tucifi araha
한 가지 집에 돌아와서 누나 의 집에서 水餃子 만들어서 나에게 먹게 한 뒤에 나가서 養

amai boode isinafi tuwaha. sakda boode akū. bi majige tefi tucifi yabuha..
父의 집에 이르러서 보았다 어르신 집에 없다 나 잠시 앉고서 나가서 갔다

emu hacin uyuci agei boode isinaha. age boode bifi sasa tucifi horon be algimbure
한 가지 아홉째 형의 집에 이르렀다 형 집에 있어서 같이 나가서 宣武

—— ◦ —— ◦ —— ◦ ——

3월

초엿새, 을사(乙巳) 화행(火行) 유수(柳宿) 제일(除日).

하나, 아침에 일어나서 나가니, 대가(大街)에서 관왕(官王)이 지나게 되어 나는 형리헌(亨利軒) 찻집에 들어가서 잠시 피하였다. 지나간 뒤에 나는 나가서 화피창(樺皮廠) 후퉁 박희재(博熙齋)의 집에 이르러 보고서 만났다. 꽤 앉아 있다가 어르신의 친구 선이야(善二爺)가 어른을 청하여 나가서 밥 먹게 하자 하고 먼저 갔다. 나도 곧이어 갔다.

하나, 대래호(大來號)에 이르러서 보았다. 연흥(連興)이 가게에 없었다. 그의 가게 주인 맹(猛)씨 성을 가진 이를 만났다. 나는 잠시 앉아 있다가 거기에서 떠났다.

하나, 나는 순포청(巡捕廳) 후퉁 복수당(福壽堂) 부(富)씨 집 대문에 이르러 3백 전을 주고 모임의 인장을 찍었다.

하나, 집에 돌아와서 누나의 집에서 물만두를 만들어다가 나에게 먹게 한 뒤에 나가서 양부의 집에 이르러서 보았다. 어르신이 집에 없다. 나는 잠시 앉아 있다가 나가서 갔다.

하나, 아홉째 형의 집에 이르렀다. 형이 집에 있어서 같이 나가서 선무문(宣武門)의

[051a]

dukai amba giyai de emu mudan feliyehe. 慶元居 de emu tampin liyang siyang nure
門의 大 街 에서 한 번 걸었다 慶元居 에서 한 항아리 凉 香 술

omiha. amala 龍盛軒 de cai omiha. arki omiha. colaha fahūn emu hacin cokoi yali
마셨다 뒤에 龍盛軒 에서 차 마셨다 소주 마셨다 볶은 간장 한 가지 닭의 고기

emu hacin boohalaha. hangse jeke. uheri duin tanggū funcere jiha fayaha. yamji
한 가지 요리 먹었다 국수 먹었다 전부 4 百 넘는 錢 썼다 저녁

erinde fakcaha..
때에 헤어졌다

emu hacin donjici 阿斐軒 jihe sembi..
한 가지 들으니 阿斐軒 왔다 한다

—— ◦ —— ◦ —— ◦ ——

대가(大街)에서 한 차례 걸었다. 경원거(慶元居)에서 량향(凉香) 술 한 항아리를 마셨다. 뒤에 용성헌(龍盛軒)에서 차를 마시고, 소주를 마셨다. 볶은 간장 한 가지와 닭고기 한 가지 요리를 먹었다. 전부 4백여 전을 썼다. 저녁때에 헤어졌다.

하나, 들으니 아비헌(阿斐軒)이 왔다 한다.

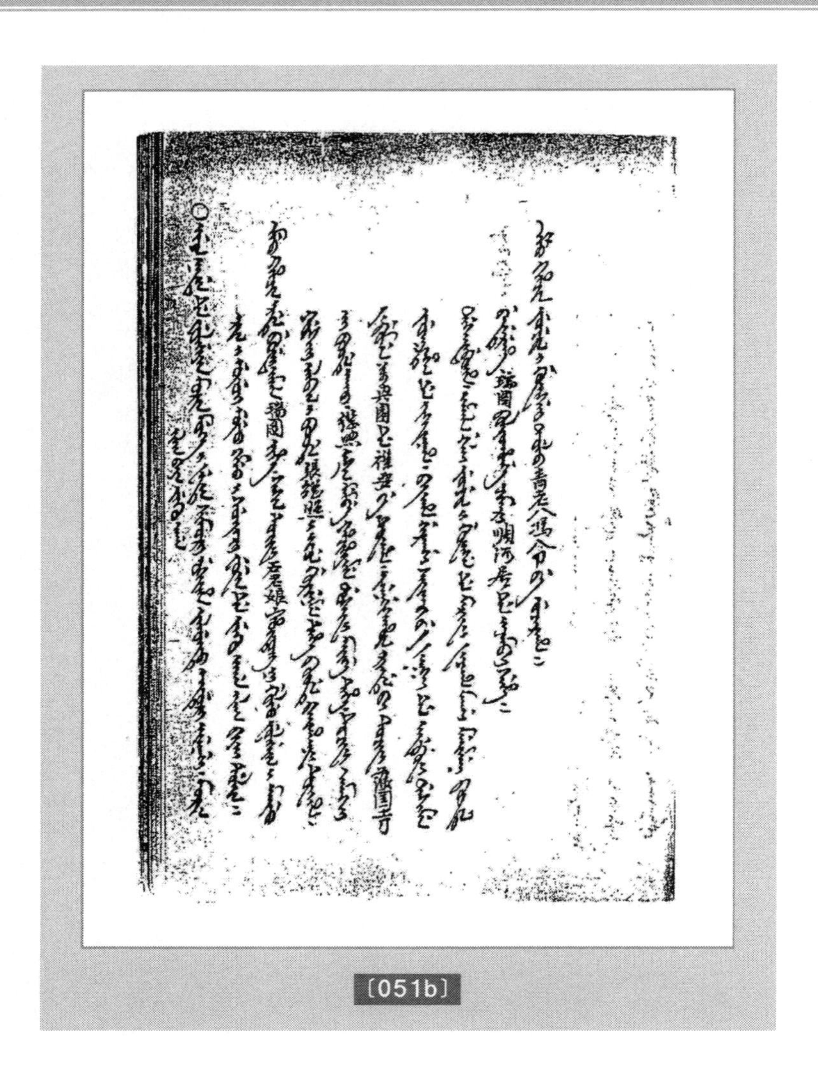

[051b]

ilan biya jeku aga
3 월 穀 雨

○ice nadan de fulgiyan morin muke i feten simori usiha jaluntu enduri inenggi. morin
초 7 에 붉은 말 水 의 五行 星 宿 滿 神 날 말

erin i ujui uju kemu i sunjaci fuwen de jeku aga ilan biyai dulin..
때 의 처음의 첫 刻 의 다섯째 分 에 穀雨 3 월의 보름이다

emu hacin erde budai amala 瑞图 jihe. sasa tucifi 石老娘 hūtung ni gulu fulgiyan i manju
한 가지 아침 밥의 뒤에 瑞圖 왔다 같이 나가서 石老娘 hūtung 의 만주

gūsai alban i boode 張繼照 i ice gurineme tehe boode baihanafi tuwaha.
정홍기 관리 의 집에 張繼照 의 새로 옮겨가서 사는 집에 찾아가서 보았다

i boode akū. 繼照 aša membe hacihiyame dosifi majige tehe. tucifi amasi
그 집에 없다 繼照 형수 나를 권하여 들어가서 잠시 앉았다 나가서 돌아

yabume 萬兴園 de 襍耍 be tuwaha. inenggishūn erinde bi tucifi 護國寺
가서 萬興園 에 雜耍 를 보았다 한낮 때에 나 나가서 護國寺

juktehen de isinaha. bijaha giranggi sifikū be faksi de afabufi dasame
절 에 이르렀다 부러뜨린 뼈 비녀 를 장인 에게 건네주고 다시

dasatabuha. amala geli jucun i guwanse[81] de marifi facaha manggi meimeni boode
수리하게 하였다 뒤에 또 연극 의 管席 에 돌아와서 파한 뒤에 각각 집에

bederehe. 瑞图 boljohongge cimari 順河居 de acambi sehe..
되돌아갔다 瑞圖 약속한 것 내일 順河居 에서 모인다 하였다

emu hacin jucun i guwansei dolo 青老八 馮八卩 be ucaraha..
한 가지 연극 의 管席의 안 青老八 馮八爺 를 만났다

—— ◦ —— ◦ —— ◦ ——

3월 곡우(穀雨)

초이레, 병오(丙午) 수행(水行) 성수(星宿) 만일(滿日).

오시(午時)의 첫 1각(刻) 5분(分)에 곡우(穀雨)로 3월의 보름이다.

하나, 아침 식사 뒤에 서도(瑞圖)가 왔다. 같이 나가서 석노랑(石老娘) 후퉁의 만주 정홍기 관리의 집에 장계조(張繼照)가 새로 옮겨가서 사는 집에 찾아가서 보았다. 그는 집에 없다. 계조(繼照)의 형수가 나를 권하여 들어가서 잠시 앉아 있었다. 나가서 돌아가서 만홍원(萬興園)에서 잡사(雜耍)[82]를 보았다. 한낮 때에 나는 나가서 호국사(護國寺) 절에 이르렀다. 부러뜨린 뼈 비녀를 장인에게 건네주고 다시 수리하게 하였다. 뒤에 또 연극의 관중석에서 돌아와서 파한 뒤에 각자 집에 되돌아갔다. 서도가 약속하기를 내일 순하거(順河居)에서 모인다 하였다.

하나, 연극의 관중석 안에서 청노팔(青老八)과 풍팔야(馮八爺)를 만났다.

---

81) guwanse : 'guwangsi(管席)'의 잘못이다.

82) 잡사(雜耍) : 옛날에 곡예(曲藝)나 잡기(雜技) 등과 같이 민간에서 유행되는 각종 문예에 대한 총칭이다.

[052a]

○ice jakūn de fulahūn honin muke i feten jabhū usiha necintu enduri inenggi.
초 8 에 불그스름한 양 水 의 五行 張 宿 平 神 날

emu hacin erde 鍾哥 jifi duka dosikakū. mimbe 太平居 de aliyaki seme gisun werifi
한 가지 아침 鍾哥 와서 문 들지 않았다 나를 太平居 에 기다리자 하고 말 남기고

yoha. bi ilifi genefi acaha. dule i mimbe gūwa bade ini funde ulame
갔다 나 일어나 가서 만났다 뜻밖에 그 나를 다른 곳에 그의 대신 전달하여

ninggun nadan ulcin jiha juwen gaime baitalabuki sembi. bi angga aljahakū
6 7 꿰미 錢 빌려 가지고 쓰게 하자 한다 나 약속하지 않고

facaha..
파했다

emu hacin erde budai amala 瑞图 baihanjiha. bi neneme elgiyen i mutehe duka be tucifi
한 가지 아침 밥의 뒤에 瑞圖 찾아왔다 나 먼저 阜成門 을 나가서

順河居 de aliyaha. 瑞图 amala isinafi sasa 石玉崑 精忠傳 be donjiha..
順河居 에서 기다렸다 瑞圖 뒤에 이르러서 같이 石玉崑 精忠傳 을 들었다

cai jiha bi buhe. inenggishūn erinde i okcingga moro de arki udafi
차 錢 나 주었다 한낮 때에 그 뚜껑 있는 사발 에 소주 사서

tebufi omiha. facafi hoton be dosifi sasa teo tiyoo hūtung de isinaha.
담아서 마셨다 파하고 성 을 들어가서 같이 頭 條 hūtung 에 이르렀다

蕙圃 tubade bihebi. majige tefi be sasa tereci aljafi 東大院 永福館 de
蕙圃 거기에 있었다 잠시 앉고서 우리 같이 거기에서 떠나서 東大院 永福館 에서

arki omiha tahūra efen[83] jeke. erei jiha duin tanggū funcere be mini boje
소주 마셨고 扁食 먹었다 이의 錢 4 百 넘는 것 을 나의 장부

arabuha. arki omire de 瑞图 mini baru dolo gisun be majige jonoho.
적게 하였다 소주 마실 때에 瑞圖 나의 쪽 속 말 을 조금 꺼냈다

ging forire amala meimeni fakcaha. i kemuni boljorongge. juwan de mimbe
更 친 뒤에 각각 헤어졌다 그 또 약속한 것 10 에 나를

—— ◦ —— ◦ —— ◦ ——

초여드레, 정미(丁未) 수행(水行) 장수(張宿) 평일(平日).
하나, 아침에 종가(鍾哥)가 왔서 문을 들어오지 않았다. 나를 태평거(太平居)에서 기다리라 하는 말을 남기고 갔다. 나는 일어나 가서 만났다. 뜻밖에 그가 나를 다른 곳에 그 대신 전달하여 6~7꿰미의 돈을 빌려 쓰게 해 달라고 한다. 내가 약속하지 않고 헤어졌다.
하나, 아침 식사 뒤에 서도(瑞圖)가 찾아왔다. 나는 먼저 부성문(阜成門)을 나가서 순하거(順河居)에서 기다렸다. 서도가 뒤에 이르러서 같이 석옥곤(石玉崑)의 『정충전(精忠傳)』을 들었다. 찻값을 내가 주었다. 한낮 때에 그는 뚜껑이 있는 잔[蓋碗]에 소주를 사서 담아서 마셨다. 헤어져 성을 들어가서 같이 두조(頭條) 후퉁에 이르렀다. 혜포(蕙圃)가 거기에 있었다. 잠시 앉아 있다가 우리는 같이 거기에서 떠나 동대원(東大院) 영복관(永福館)에서 소주를 마셨고, 편식(扁食)을 먹었다. 이 4백 전 넘는 돈을 나의 장부에 적게 하였다. 소주 마실 때에 서도가 나한테 속의 말을 잠시 꺼냈다. 야경 친 뒤에 각각 헤어졌다. 그가 또 약속하기를 10일에 나를

83) tahūra efen : 고기와 야채 속을 넣어 진주조개 모양으로 만든 떡을 가리키며 '편식(扁食)'이라고도 한다.

〔052b〕

ilan biya
3 월

baihanjime 蕙圃 be guileme jucun donjimbi sehe..
찾아와서 蕙圃 를 청하여 연극 듣는다 하였다

emu hacin enenggi 順河居 de gui jeo dzun i fu i fu i saraci 于国琇 于四
한 가지 오늘 順河居 에서 貴 州 遵 義 府 의 府 의 知事 于國琇 于四

丆 be sabuha. doron i janggin hailu 海三丆 be ucaraha..
爺 를 보았다 印務章京 hailu 海三爺 를 만났다

emu hacin enenggi 鶴年 jihe..
한 가지 오늘 鶴年 왔다

—— ◦ —— ◦ —— ◦ ——

3월
찾아와 혜포(蕙圃)를 초청하여 연극을 듣겠다고 하였다.
하나, 오늘 순하거(順河居)에서 귀주준의부(貴州遵義府)의 지부(知府) 우국수(于國琇), 우사야(于四爺)를 보았다. 인무장경(印務章京) 하일루(hailu, 海祿), 해삼야(海三爺)를 만났다.
하나, 오늘 학년(鶴年)이 왔다.

[053a]

○ice uyun de suwayan bonio boihon i feten imhe usiha toktontu enduri inenggi.
초 9 에 누런 원숭이 土 의 五行 翼 宿 定 神 날

emu hacin erde 鶴年 jihe. sasa tucifi gargan camgan 陽春館 de tahūra
한 가지 아침 鶴年 왔다 같이 나가서 單 牌樓 陽春館 에서 扁食

efen jeke. sunja tanggū jiha bihe. horon be algimbure duka be tucifi
먹었다 5 百 錢 있었다 宣武門 을 나가서

lio lii cang deri yabume 粮食店 hūtung 中和園 de 新兴金鈺 sere
琉 璃 廠 으로 가서 糧食店 hūtung 中和園 에서 新興金鈺 하는

hūfan i jucun be donjiha. guwanse[84]i dolo 永福館 王掌櫃 be ucaraha.
극단 의 연극 을 들었다 管席 의 안 永福館 王掌櫃 를 만났다

i kemuni minde baihanjime gisurehe. amala 百護館 李 emu toholon tampin
그 또 나에게 찾아와서 이야기하였다 뒤에 百護館 李 한 주석 항아리

cai fuifufi benjihe omiha. jucun facafi an i fe jugūn deri marime
차 끓여서 가져왔고 마셨다 연극 파하고 평소대로 옛 길 따라 돌아오고

horon be algimbure duka be dosifi 亨泰軒 de hangse jeke. gemu 鶴年
宣武門 을 들어가서 亨泰軒 에 국수 먹었다 모두 鶴年

jiha fayaha. ging forire onggolo fakcaha..
錢 썼다 更 치기 전에 헤어졌다

—— ◦ —— ◦ —— ◦ ——

초아흐레, 무신(戊申) 토행(土行) 익수(翼宿) 정일(定日).

하나, 아침에 학년(鶴年)이 왔다. 같이 나가서 단패루(單牌樓) 양춘관(陽春館)에서 편식(扁食) 먹었다. 5백 전이었다. 선무문(宣武門)을 나가서 유리창(琉璃廠)으로 가서 양식점(糧食店) 후퉁 중화원(中和園)에서 신흥금옥(新興金鈺) 이라는 극단의 연극을 들었다. 관중석 안에서 영복관(永福館) 왕장궤(王掌櫃)를 만났다. 그는 또 나에게 찾아와 이야기하였다. 뒤에 백호관(百護館) 이(李)가 주석 항아리 하나에 차를 끓여 가져와서 마셨다. 연극이 파하고 평소대로 옛길을 따라서 돌아와 선무문(宣武門)을 들어가서 형태헌(亨泰軒)에서 국수를 먹었다. 모두 학년이 돈을 썼다. 야경 치기 전에 헤어졌다.

84) guwanse : 'guwangsi(管席)'의 잘못이다.

[053b]

ilan biya
3 월

○juwan de sohon coko boihon i feten jeten usiha tuwakiyantu enduri inenggi.
10 에 누르스름한 닭 土 의 五行 軫 宿 執 神 날

emu hacin donjici enenggi 博熙齋 uthai dergi hecen 八條 hūtung 德宅 boode bithe
한 가지 들으니 오늘 博熙齋 곧 東 城 八條 hūtung 德宅 집에 글

tacibume genehe sembi..
가르치러 갔다 한다

emu hacin erde budai amala tucifi 能仁寺 bade 鍾山英 be ucaraha..
한 가지 아침 밥의 뒤에 나가서 能仁寺 곳에서 鍾山英 을 만났다

emu hacin 芬夢馀 i boode isinaha. age boode akū. bi majige tefi tucike..
한 가지 芬夢餘 의 집에 이르렀다 형 집에 없다 나 잠시 앉고서 나갔다

emu hacin teo tiyoo hūtung de isinaha..
한 가지 頭 條 hūtung 에 이르렀다

emu hacin 德惟一 agei boode isinaha. age boode akū. 老春 boode bihe..
한 가지 德惟一 형의 집에 이르렀다 형 집에 없다 老春 집에 있다

emu hacin sefu ajai boode isinaha. 山英 ahūn deo gemu boode akū. bi kejine tehe..
한 가지 師傅 母의 집에 이르렀다 山英 兄 弟 모두 집에 없다 나 꽤 앉았다

emu hacin boode mariha manggi 山英 boode tehebi. kejine gisureme tehe. dengjan
한 가지 집에 돌아온 후 山英 집에 앉아 있었다 꽤 이야기하며 앉았다 등잔
dabuha manggi
불 켠 후

i teni yabuha..
그 비로소 갔다

emu hacin bi enenggi 瑞图 be aliyaci jihekū..
한 가지 나 오늘 瑞圖 를 기다리나 오지 않았다

emu hacin donjici araha ama jihe. bi boode akū ofi acahakū..
한 가지 들으니 養 父 왔다 나 집에 없어서 만나지 못했다

—— ◦ —— ◦ —— ◦ ——

3월
10일, 기유(己酉) 토행(土行) 진수(軫宿) 집일(執日).
하나, 들으니 오늘 박희재(博熙齋)가 바로 동성(東城) 팔조(八條) 후통 덕댁(德宅) 집에 글 가르치러 갔다 한다.
하나, 아침 식사 뒤에 나가서 능인사(能仁寺) 있는 곳에서 종산영(鍾山英)을 만났다.
하나, 분몽여(芬夢餘)의 집에 이르렀다. 형이 집에 없다. 나는 잠시 앉아 있다가 나갔다.
하나, 두조(頭條) 후퉁에 이르렀다.
하나, 덕유일(德惟一) 형의 집에 이르렀다. 형은 집에 없고, 노춘(老春)이 집에 있었다.
하나, 사모(師母)의 집에 이르렀다. 산영(山英) 형제가 모두 집에 없다. 나는 꽤 앉아 있었다.
하나, 집에 돌아오니, 산영이 집에 앉아 있었다. 꽤 이야기하며 앉아 있었다. 등잔 불 켠 뒤에 그가 비로소 갔다.
하나, 나는 오늘 서도(瑞圖)를 기다렸으나 오지 않았다.
하나, 들으니 양부가 왔다. 내가 집에 없어서 만나지 못하였다.

〔054a〕

○juwan emu de šanyan indahūn aisin i feten gimda usiha efujentu enduri inenggi.
10 1 에 흰 개 金 의 五行 亢 宿 破 神 날

emu hacin erde budai amala tucifi 北草廠 hūtung aisilame kadalara da gilingga 濟三丁阝
한 가지 아침 밥의 뒤에 나가서 北草廠 hūtung 副將 gilingga 濟三爺

boode isinafi tuwaha. bi inde 截紗 dambagu fadu emke fusheku jumanggi emke
집에 이르러서 보았다 나 그에게 截紗 담배 주머니 하나 부채 주머니 하나

niyaniyun jumanggi emke. 靴掖 emke. uheri duin hacin galai weilen buhe.
빈랑 주머니 하나 靴掖 하나 전부 4 가지 손의 일 주었다

i mimbe hacihiyame dosimbufi acafi gisureme tehe. tere nerginde sabingga cin wang
그 나를 권하여 들게 하고 만나서 이야기하며 앉았다 그 때에 sabingga 親 王

ni dukai uju jergi giyajan dahing 達二卩 inu 济卩 be tuwanaha..
의 문의 제일 等 侍從 dahing 達二爺 도 濟爺 를 보러 갔다

濟三卩 imbe minde acabuha. kejine gisurefi i neneme yoha. donjici 濟三卩
濟三爺 그를 나에게 만나게 하였다 꽤 이야기하고 그 앞서 갔다 들으니 濟三爺

juwan jakūn de jurambi sehebi. bi kejine tefi terei booci tucike..
10 8 에 출발한다 했었다 나 꽤 앉고서 그의 집에서 나갔다

emu hacin tere inden de bi tob wargi duka be tucifi bira be bitume yabume
한 가지 거기 쉼 에 나 西直門 을 나가서 강 을 따라 가서

elgiyen i mutehe duka be dosika boode mariha..
阜成門 을 들어갔고 집에 돌아왔다

emu hacin šuntuhuni abka tulhušehe. coko erinde gaitai akjan akjafi emu burgin
한 가지 하루 종일 하늘 흐려졌다 닭 때에 갑자기 우레 치고 한 갑자기

ajige bono bonoho amala emu burgin aga agaha. goidahakū nakaha..
작은 우박 내린 뒤에 한 갑자기 비 내렸다 오래되지 않아 그쳤다

—— ◦ —— ◦ —— ◦ ——

11일, 경술(庚戌) 금행(金行) 항수(亢宿) 파일(破日).

하나, 아침 식사 뒤에 나갔는데, 북초창(北草廠) 후퉁 부장(副將) 길링가(gilingga, 濟靈阿) 제삼야(濟三爺)가 집에 와서 만났다. 나는 그에게 비단을 잘라 만든 담배 주머니 한 개, 부채 주머니 한 개, 빈랑 주머니 한 개, 장화에 넣는 주머니[靴掖] 한 개. 모두 4가지 을 수공 일을 주었다. 그가 나를 권하여 들게 해서 만나서 이야기하며 앉아 있었다. 그때에 서친왕(sabingga cin wang, 瑞親王) 집안의 일등 시종(侍從) 달흥(達興) 달이야(達二爺)도 제야(濟爺)를 보러 왔다. 제삼야가 그를 나에게 만나게 하였다. 꽤 이야기하고 그가 먼저 갔다. 들으니 제삼야가 18일에 출발한다 했었다. 나는 꽤 앉아 있다가 그 집에서 나갔다.

하나, 거기서 쉴 때에 나는 서직문(西直門)을 나가 강을 따라 가서 부성문(阜成門)을 들어갔고 집에 돌아왔다.

하나, 하루 종일 하늘이 흐렸다. 유시(酉時)에 갑자기 우레가 치고, 갑자기 작은 우박이 내린 뒤에 또 갑자기 한 차례 비가 내렸으나, 오래지 않아 그쳤다.

[054b]

ilan biya
3 월

○juwan juwe de šahūn ulgiyan aisin i feten k'amduri usiha tuksintu enduri inenggi.
10 2 에 희끄무레한 돼지 金 의 五行 亢 宿 危 神 날

emu hacin enenggi abka galaka edun daha..
한 가지 오늘 하늘 개었고 바람 불었다

emu hacin erde budai amala 瑞图 baihanjiha. sasa elgiyen i mutehe duka be tucifi 顺河居 de
한 가지 아침 밥의 뒤에 瑞圖 찾아왔다 같이 阜成門 을 나가서 順河居 에서

石玉崑 精忠傳 be donjiha. tubade bayarai jalan i janggin anakū i da[85] 春三爷 be
石玉崑 精忠傳 을 들었다 거기에서 護軍參領 열쇠 의 長 春三爷 를

ucaraha. i minde amcatame gisurehe. julen donjire jiha be i buhe. yamji erinde
만났다 그 나에게 먼저 말을 꺼내어 이야기하였다 故事 듣는 錢 을 그 주었다 저녁 때에

facafi 瑞图 mimbe guileme 蝦米居 de arki omiha. hoton dosifi meimeni boode
파하고 瑞圖 나를 청하여 蝦米居 에서 소주 마셨다 성 들어가서 각각 집에

mariha..
돌아왔다

emu hacin jalgasu mooi arsun udaha..
한 가지 참죽 나무의 싹 샀다

emu hacin enenggi ambalinggū alin 雪池 ba i mingioi i booci sinagalara babe donjibume jihe.
한 가지 오늘 景 山 雪池 곳 의 明玉 의 집에서 服喪하는 바를 듣고 왔다

ini ama 耿 ere aniya susai nadan se. ere biyai ice uyun de nimeme akūha. juwan
그의 아버지 耿 이 해 50 7 歲 이 달의 초 9 에 병들어 죽었다 10

ninggun de buda dobombi. juwan nadan de giran tucibumbi sehebi..
6 에 밥 제사한다 10 7 에 시신 出棺한다 했었다

emu hacin 顺河居 de fengšembu 豊八卩 be ucaraha..
한 가지 順河居 에서 fengšembu 豐八爺 를 만났다

—— ◦ —— ◦ —— ◦ ——

3월
12일, 신해(辛亥) 금행(金行) 항수(亢宿) 위일(危日).
하나, 오늘 하늘이 개었고 바람이 불었다.
하나, 아침 식사 뒤에 서도(瑞圖)가 찾아왔다. 같이 부성문(阜成門)을 나가서 순하거(順河居)에서 석옥곤(石玉崑)의 『정충전(精忠傳)』을 들었다. 거기에서 호군참령(護軍參領) 사약장(司鑰長) 춘삼야(春三爺)를 만났다. 그는 나에게 먼저 말을 꺼내며 이야기하였다. 고사(故事) 듣는 돈은 그가 주었다. 저녁때에 파하고, 서도가 나를 청하여 하미거(蝦米居)에서 소주를 마셨다. 성에 들어가서 각각 집에 돌아왔다.
하나, 참죽나무의 싹을 샀다.
하나, 오늘 경산(景山) 설지(雪池) 있는 곳 명옥(明玉)의 집에서 복상(服喪)한 것을 듣고 왔다. 그의 아버지 경(耿)은 이 해에 57세이고, 이 달 초아흐레에 병들어 죽었다. 16일에 밥 제사하고, 17일에 시신을 출관한다 했었다.
하나, 순하거에서 펑셤부(fengšembu, 豐紳布) 풍팔야(豐八爺)를 만났다.

85) anakū i da : '왕궁 문의 열쇠를 가진 장경(章京)'을 가리키며, 사약장(司鑰長)이라고도 한다.

[055a]

○juwan ilan de sahaliyan singgeri mooi feten dilbihe usiha mutehentu enduri inenggi.
10 3 에 검은 쥐 木의 五行 氐 宿 成 神 날

emu hacin šuntuhuni edun daha..
한 가지 하루 종일 바람 불었다

emu hacin erde budai amala elgiyen i mutehe duka be tucifi 順河居 de 石玉崑 julen
한 가지 아침 밥의 뒤에 阜成門 을 나가서 順河居 에 石玉崑 故事
alara be donjiha..
말하는 것 을 들었다

birai dalin de 老春 be ucaraha. i baita de yoha. yamji erinde bi hoton
강가 에서 老春 을 만났다 그 일 로 갔다 저녁 때에 나 성

dosifi boode mariha..
들어가서 집에 돌아왔다

—— ∘ —— ∘ —— ∘ ——

13일, 임자(壬子) 목행(木行) 저수(氐宿) 성일(成日).

하나, 하루 종일 바람이 불었다.

하나, 아침 식사 뒤에 부성문(阜成門)을 나가서 순하거(順河居)에서 석옥곤(石玉崑)의 고사(故事) 말하는 것을 들었다. 강가에서 노춘(老春)을 만났으나, 그는 일 때문에 갔다. 저녁때에 나는 성에 들어가서 집에 돌아왔다.

〔055b〕

ilan biya
3 월

○juwan duin de sahahūn ihan moo i feten falmahūn usiha bargiyantu enduri inenggi.
10 4 에 거무스름한 소 木 의 五行 房 宿 收 神 날

emu hacin erde budai amala elgiyen i mutehe duka be tucifi 順河居 de 石玉崑 精忠傳
한 가지 아침 밥의 뒤에 阜成門 을 나가서 順河居 에서 石玉崑 精忠傳

bithe be donjiha. yamji erinde boode mariha..
글 을 들었다 저녁 때에 집에 돌아왔다

emu hacin donjici 兆堯蓂 jifi tuwaha sembi. bi boode akū acahakū..
한 가지 들으니 兆堯蓂 와서 보았다 한다 나 집에 없어 만나지 못하였다

emu hacin eyūn i booci hangse benjifi bi jeke..
한 가지 누나 의 집에서 국수 보내와서 나 먹었다

—— ◦ —— ◦ —— ◦ ——

3월
14일, 계축(癸丑) 목행(木行) 방수(房宿) 수일(收日).
하나, 아침 식사 뒤에 부성문(阜成門)을 나가서 순하거(順河居)에서 석옥곤(石玉崑)의 『정충전(精忠傳)』의 글을 들었다. 저녁때에 집에 돌아왔다.
하나, 들으니 조요명(兆堯蓂)이 와서 보았다 한다. 내가 집에 없어서 만나지 못하였다.
하나, 누나의 집에서 국수를 보내와서 내가 먹었다.

[056a]

○tofohon de niowanggiyan tasha muke i feten sindubi usiha neibuntu enduri inenggi.
보름 에 푸른 호랑이 水 의 五行 心 宿 開 神 날

emu hacin erde budai amala 鶴年 jihe. kejine tefi yoha..
한 가지 아침 밥의 뒤에 鶴年 왔다 꽤 앉고서 갔다

emu hacin tucifi araha ama i boode isinaha. sakda boode bihe. donjici ere biyai juwan
한 가지 나가서 養 父 의 집에 이르렀다 어르신 집에 있었다 들으니 이 달의 10

uyun de boobe 小院 hūtung 圓通庵 bakcilaha bisire ajige hūtung ni dolo
9 에 집을 小院 hūtung 圓通庵 마주한 있는 작은 hūtung 의 안

gurineme teki sembi. bi kejine tefi tereci aljaha..
옮겨가서 살자 한다 나 꽤 앉고서 거기에서 떠났다

emu hacin 蜈蚣衛 hūtung 瑞图 i boode darifi tuwaha. i boode akū. ini nakcu
한 가지 蜈蚣衛 hūtung 瑞圖 의 집에 들러서 보았다 그 집에 없다 그의 외삼촌

minde gucu arame tehe. bi majige tefi tubaci tucike..
나에게 친구 삼고 앉았다 나 잠시 앉고서 거기서 나갔다

emu hacin tuwaci 乾石橋 i julergi ergi 亨泰軒 cai puseli i bakcilame bisire
한 가지 보니 乾石橋 의 남 쪽 亨泰軒 차 가게 의 마주하여 있는

nurei puseli budai puseli hiyan ayan i puseli sikse dobori gemu tuwa
술의 가게 밥의 가게 香 燭 의 가게 어제 밤 모두 불

turibufi deijibuhe..
일어나서 태웠다

emu hacin amba giyai de geli araha ama be ucarafi bi boode marime jihe..
한 가지 大 街 에 또 養 父 를 만나고 나 집에 돌아서 왔다

emu hacin donjici enenggi emhe tuwanjiha sembi..
한 가지 들으니 오늘 장모 보러왔다 한다

—— ◦ —— ◦ —— ◦ ——

보름(15일), 갑인(甲寅) 수행(水行) 심수(心宿) 개일(開日).
하나, 아침 식사 뒤에 학년(鶴年)이 왔다. 꽤 앉아 있다가 갔다.
하나, 나가서 양부의 집에 갔다. 어르신이 집에 있었다. 들으니 이번 달 19일에 집을 소원(小院) 후퉁의 원통암(圓通庵)과 마주해 있는 작은 후퉁 안에 옮겨가서 살고자 한다. 나는 꽤 앉아 있다가 거기에서 떠났다.
하나, 오공위(蜈蚣衛) 후퉁 서도(瑞圖)의 집에 들러서 보았다. 그는 집에 없었다. 그의 외삼촌이 나에게 벗 삼아 앉아 있었다. 나는 잠시 앉아 있다가 거기서 나갔다.
하나, 보니 건석교(乾石橋)의 남쪽 형태헌(亨泰軒) 찻집과 마주하고 있는 술 가게, 밥 가게, 향촉(香燭) 가게가 어젯밤에 모두 불이 나서 탔다.
하나, 대가(大街)에서 또 양부를 만나고, 나는 집에 돌아서 왔다.
하나, 들으니 오늘 장모가 보러 왔다 한다.

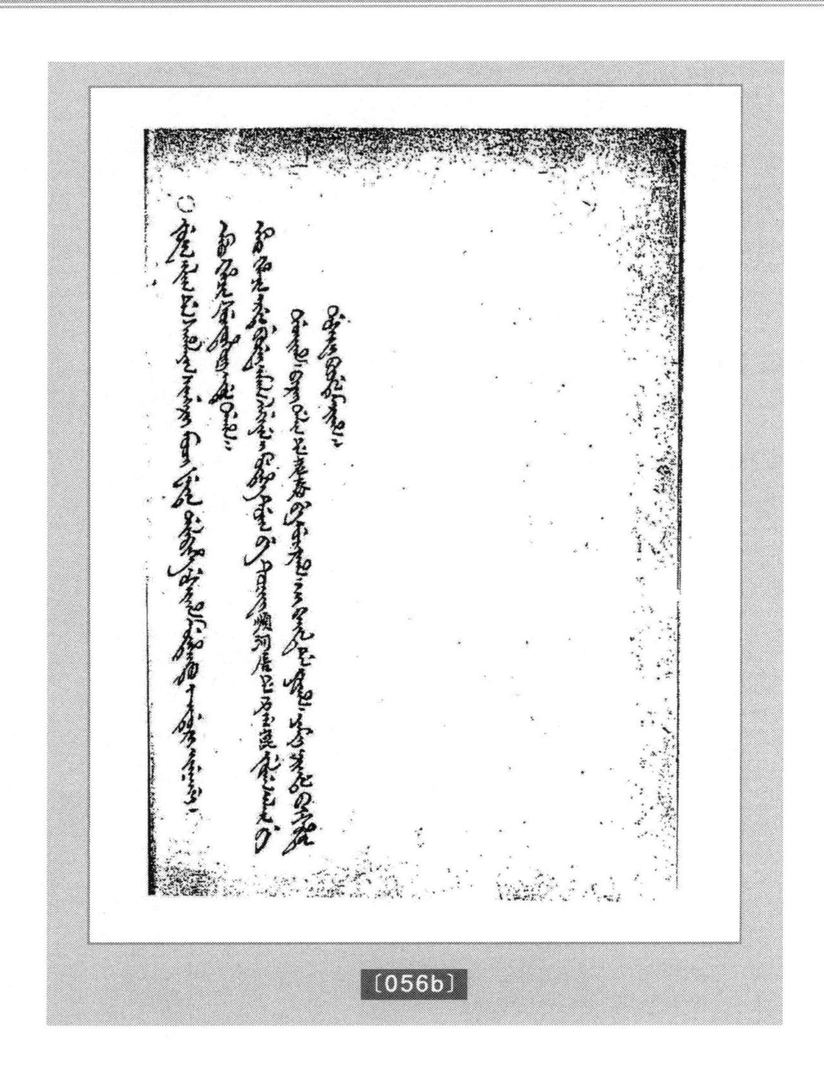

〔056b〕

ilan biya
3 월

◯juwan ninggun de niohon gūlmahūn muke i feten weisha usiha yaksintu enduri inenggi.
10 6 에 푸르스름한 토끼 水 의 五行 尾 宿 閉 神 날

emu hacin erde ilifi tucifi ambalinggū alin i wargi ergi dukai tule 雪池 bade tehe
한 가지 아침 일어나 나가서 景 山 의 서 쪽 문의 밖 雪池 곳에 사는

mingioi i boode isinafi emu ulcin jiha bufi sinagan de acanaha. tubade
明玉 의 집에 이르러서 한 꿰미 錢 주고 服喪 에 만나러 갔다 거기에서

sarilaha. amala 夏文義 德隆 伊凌阿 i emgi gisureme tehe. ce genehe
술자리를 베풀었다 뒤에 夏文義 德隆 伊凌阿 와 함께 이야기하며 앉았다 그들 간

amala bi dahūme mingioi de acafi inu boode mariha..
뒤에 나 다시 明玉 에게 만나서 또 집에 돌아왔다

emu hacin amba giyai de 阿斐軒 i ama 郭大卩 be ucaraha..
한 가지 大 街 에서 阿斐軒의 아버지 郭大爺 를 만났다

emu hacin 四合軒 ci juwan 艾窩窩[86] sere efen udaha..
한 가지 四合軒 으로부터 10 艾窩窩 하는 떡 샀다

emu hacin farsilaha indahūn soroi ufa udaha..
한 가지 잘린 멧대추 가루 샀다

—— ◦ —— ◦ —— ◦ ——

3월

16일, 을묘(乙卯) 수행(水行) 미수(尾宿) 폐일(閉日).

하나, 아침에 일어나 나가서 경산(景山) 서쪽 문 밖에 설지(雪池) 있는 곳에 사는 명옥(明玉)의 집에 이르러서 돈 한 꿰미를 주고 조문하러 갔다. 거기에서 술자리를 베풀었다. 뒤에 하문의(夏文義), 덕륭(德隆), 이릉아(伊凌阿)와 함께 이야기하며 앉아 있었다. 그들이 간 뒤에 나는 다시 명옥을 만나고, 역시 집에 돌아왔다.

하나, 대가(大街)에서 아비헌(阿斐軒)의 아버지 곽대야(郭大爺)를 만났다.

하나, 사합헌(四合軒)으로부터 애와와(艾窩窩)라는 떡 10개를 샀다.

하나, 잘린 멧대추 가루를 샀다.

86) 艾窩窩 : 춘절(春節)을 전후하여 먹는 음식으로 찹쌀가루를 반죽하여 홍두(紅豆)나 과일의 씨앗을 넣어 둥글게 빚은 떡을 가리킨다.

〔057a〕

○juwan nadan de fulgiyan muduri boihon i feten girha usiha alihantu enduri inenggi.
10 7 에 붉은 용 土 의 五行 箕 宿 建 神 날

emu hacin erde hangse jefi elgiyen i mutehe duka be tucifi yafahalame yabume 觉生寺 i
한 가지 아침 국수 먹고 阜成門 을 나가서 걸어 가서 覺生寺 의

juleri cai omime teyehe. honin i erinde han' de yuwan de isinafi idu gaiha.
앞 차 마시면서 쉬었다 양 의 때에 涵 德 園 에 이르러서 당직 교대하였다

郁蓮莊 tofohon ci hoton dosika. emu fempin jasigan werihe. tuwaci tede
郁蓮莊 보름 부터 성 들어갔다 한 통 편지 남겼다 보니 그것에

arahangge. ere biyai ice juwe de funde bošokū detai jifi 永泰 双成 ne gemu
쓴 것 이 달의 초 2 에 驍騎校 detai 와서 永泰 雙成 지금 모두

ai bithe hūlame bi seme fonjiha. 永泰 se ne dule gemu an dulimba bithe[87]
무슨 책 읽고 있는가 하고 들었다 永泰 등 지금 뜻밖에 모두 中庸 글

urebuhebi seme jabuha. ice ninggun de geli fafulaha afaha isinjiha. mucihiyan
익혔다 하고 대답하였다 초 6 에 또 傳敎한 문서 왔다 mucihiyan

ioisio sakini. yong tai. šuwang ceng be gemu meimeni inenggidari juwanta
郁秀 보아라 永 泰 雙 成 을 모두 각각 날마다 10 개씩

hergen takabu. araha hergen i debtelin i tala sidende yooni ajige hergen ashame
글자 알게 하라 쓴 글자 의 서책 의 줄 사이에 모두 작은 글자 달아

arabu sehebe gingguleme dahaha. ereci tulgiyen 蓮莊 i gucu niyalma 杏村 玉樞
쓰라 한 것을 우러러 받들었다 이외에 蓮莊 의 친구 사람 杏村 玉樞

蓮莊 de irgebume buhe irgebun orin meyen be werifi minde tuwabuki sembi
蓮莊 에게 시 지어 준 시 20 편 을 남겨서 나에게 보게 하자 한다

sehe..
하였다

emu hacin tuwaci bithei booi tulergi giyalan i nagan be jakan 蓮莊 jiha fayafi halame
한 가지 보니 책의 집의 바깥 間 의 구들 을 요즘 蓮莊 錢 써서 바꾸러

―― ∘ ―― ∘ ―― ∘ ――

17일, 병진(丙辰) 토행(土行) 기수(箕宿) 건일(建日).
하나, 아침에 국수를 먹고서 부성문(阜成門)을 나가서 걸어가서 각생사(覺生寺) 앞에서 차를 마시면서 쉬었다. 미시(未時) 즈음에 함덕원(涵德園)에 이르러서 당직을 교대하였다. 욱연장(郁蓮莊)이 보름부터 성에 들어갔는데, 편지 한 통을 남겼다. 보니 거기에 쓰기를, "이번 달 초이틀에 효기교(驍騎校) 더타이(detai, 德泰)가 와서 영태(永泰)와 쌍성(雙成)이 지금 모두 무슨 책을 읽고 있는가 하고 물었는데, 영태 등이 지금 뜻밖에 모두 『중용(中庸)』을 익히고 있다 하고 대답하였다. 초엿새에 다시 전교(傳敎)한 문서가 왔는데, '무치히얀(mucihiyan, 穆齊賢), 이오이시오(ioisio, 郁秀)는 보아라. 영태와 쌍성은 모두 각각 날마다 글자 10개씩 알게 하라. 쓴 자서(字書)의 줄 사이에 모두 작은 글자를 달아 쓰라' 한 것을 우러러 받들었다. 이외에 연장(蓮莊)의 친구 행촌(杏村)과 옥추(玉樞)가 연장에게 지어준 시 20편을 남겨서 나에게 살펴보라 한다." 하였다.
하나, 보니 서방(書房)의 바깥 간(間)의 온돌을 요즘 연장이 돈을 써서 바꾸고

87) an dulimba bithe : 『중용(中庸)』의 만주어 표현이다.

〔057b〕

ilan biya
3 월

dasataha. bi dobori uthai tulergi giyalan de tehe..
보수하였다 나 밤 곧 바깥 間 에 앉았다

emu hacin alban i siden i baibungga juwe tanggū ninju jiha be bi bargiyaha..
한 가지 공무 의 사이 의 필요한 2 百 60 錢 을 나 수납하였다

emu hacin 四時花鳥皆春 sere ba i amargi ergi bira de yuwan be silgiyaha..
한 가지 四時花鳥皆春 하는 곳 의 북 쪽 강 에서 벼루 를 씻었다

emu hacin dangse boode isinaha. 艾卩 i emgi yamji buda jeke. dacungga i araha hailan i
한 가지 檔子 집에 이르렀다 艾爺와 함께 저녁 밥 먹었다 dacungga 의 만든 느릅나무 의

šašigan[88] be bi hontoho moro jeke..
국 을 나 반 사발 먹었다

emu hacin ging forire onggolo bi ergehe..
한 가지 更 치기 전에 나 잤다

— ◦ — ◦ — ◦ —

3월
보수하였다. 나는 밤에 바로 바깥 간(間)에 앉아 있었다.
하나, 내가 공무 사이에 필요한 2백 60전을 수납하였다.
하나, '사시화조개춘(四時花鳥皆春)' 라는 곳의 북쪽 강에서 벼루를 씻었다.
하나, 당자방(檔子房)에 이르렀다. 애야(艾爺)와 함께 저녁밥을 먹었다. 다충가(dacungga, 達崇阿)가 만든 느릅나무 열매 국을 나는 반 사발 먹었다.
하나, 야경 치기 전에 나는 잤다.

88) hailan i šasigan : 느릅나무 열매로 만든 국을 가리키며, '유전갱(楡錢羹)'이라고도 한다.

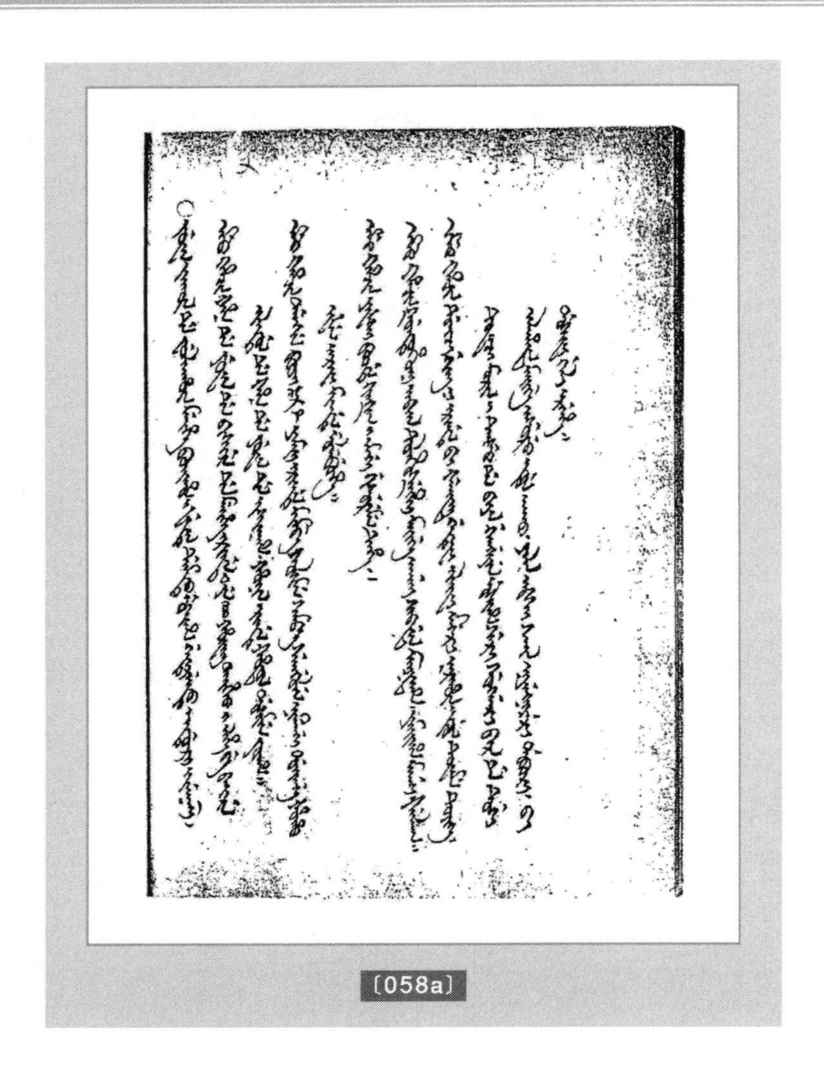

[058a]

○juwan jakūn de fulahūn meihe boihon i feten demtu usiha geterentu enduri inenggi.
10 8 에 불그스름한 뱀 土 의 五行 斗 宿 除 神 날

emu hacin han' de yuwan de bisire de meihe erinde △ ye ○○○ hūwang taiheo i elhe be baire
한 가지 涵 德 園 에 있을 때 뱀 때에 爺 皇 太后 의 평안 을 드리는

ildun de han' de yuwan de isinaha. honin erinde hoton dosime yoha..
김 에 涵 德 園 에 이르렀다 양 때에 성 들어서 갔다

emu hacin dangse booi 艾卩 yamji erinde mimbe solime sampa sengkule nimenggi doingge hoho
한 가지 檔子 집의 艾爺 저녁 때에 나를 청하여 새우 부추 기름 속 水

efen arafi minde ulebuhe..
餃子 만들어서 나에게 먹게 하였다

emu hacin yafasi boode kingšan i emgi gisureme tehe..
한 가지 園戶에서 慶善 과 함께 이야기하며 앉았다

emu hacin šuntuhuni abka tulhušehei majige agai sabdan maktaha. yamjiha manggi galaka..
한 가지 하루 종일 하늘 흐려진 채 조금 비의 방울 내렸다 해 저문 뒤에 개었다

emu hacin duici ging ni erinde bi gaitai getefi ilifi emgeri narhūn edun tuwame tucike.
한 가지 넷째 更 의 때에 나 갑자기 깨어서 일어나 한 번 소변 보러 나갔다

tuwaci morin i teisu de biya genggiyen usiha seri sunggari bira de tugi
보니 말 의 운수 에 달 뚜렷하고 별 적으며 은하수 에 구름

alhata majige asuru edun akū. yala absi sain niyengniyeri dobori. bi
뒤섞이고 작거나 큰 바람 없다 진실로 얼마나 좋은 봄 밤인가 나

dosifi geli ergehe..
들어가서 또 잤다

—— ◦ —— ◦ —— ◦ ——

18일, 정사(丁巳) 토행(土行) 두수(斗宿) 제일(除日).
하나, 함덕원(涵德園)에 있을 때, 사시(巳時) 무렵에 왕야(王爺)는 황태후(皇太后)의 평안을 드리는 김에 함덕원에 이르렀다. 미시(未時) 무렵에 성에 들어서 갔다.
하나, 당자방(檔子房)의 애야(艾爺)가 저녁 때 나를 초청하여 새우, 부추, 기름으로 속을 넣은 물만두 만들어서 나에게 먹게 하였다.
하나, 원호(園戶)에서 경선(慶善)과 함께 이야기하며 앉아 있었다.
하나, 하루 종일 하늘이 흐린 채 빗방울이 조금 내렸다. 해가 저문 뒤에 개었다.
하나, 4경 때에 나는 갑자기 깨어서 일어나 한 번 소변보러 나갔다. 보니 말의 운수[午數]에 달은 뚜렷하고 별은 적으며, 은하수에 구름이 뒤섞이고, 크고 작은 바람이 없다. 진실로 얼마나 좋은 봄의 밤인가. 나는 들어가서 다시 잤다.

[058b]

ilan biya
3 월

○juwan uyun de suwayan morin tuwa i feten niohan usiha jaluntu enduri inenggi.
10 9 에 누런 말 火 의 五行 牛 宿 滿 神 날

emu hacin han' de yuwan de bisire de erde budai amala tucifi wargi ergi be baime
한 가지 涵 德 園 에 있음 에 아침 밥의 뒤에 나가서 서 쪽 을 찾아서

yabume. 萬壽山 i amargi dukai tule jakūci nakcu be sabuha. nakcu
가고 萬壽山 의 북쪽 문의 밖 여덟째 외삼촌 을 보았다 외삼촌

emu gala de hiyan. emu gala de efen i uhun jafame yabuha. sandalahangge
한 손 에 香 한 손 에 떡 의 보자기 잡고 갔다 떨어진 것

aldangga ofi elkihekū. bi 青龍桥 bade isinafi doohan i ebele murihan
멀게 되어서 부르지 않았다 나 青龍橋 곳에 이르러서 다리 의 이쪽 모퉁이

booi cai puseli de cai omiha. cai be taka sindafi bi 紅石山 alin de
집의 차 가게 에서 차 마셨다 차 를 잠시 놓고서 나 紅石山 산 에

tafaka. jing karame terede juwe niyalma inu tafanjiha. emgi tecehe. fonjici
올랐다 마침 조망하고 앉음에 2 사람 도 올라왔다 함께 마주 앉았다 들으니

emke hala lio emke hala g'eo. lio halangga uthai 青龍桥 首飾楼 de
하나 성 劉 하나 성 高 劉 성의 곧 青龍橋 首飾樓 에서

maimašambi. g'eo halangga uthai tubade boo tembi sembi. gemu gūsin isirakū
장사한다 高 성의 곧 거기에서 집 산다 한다 모두 30 이르지 않은

se. habcihiyan sain. kejine gisureme tehe. amala edun dekdefi sasa alin i
나이다 친절하고 착하다 꽤 이야기하며 앉았다 뒤에 바람 일어서 같이 산 의

ningguci wasinjiha. alin i fejile emu sansi goloi 會館 bi. dule ○○
정상에서 내려왔다 산 의 아래에 한 山西 省의 會館 있다 뜻밖에

guwan mafai muktehen ni. umesi bolgo šunggiya. lio g'eo juwe niyalma. muktehen i
關 mafa의 廟로구나 매우 깨끗하고 아름답다 劉 高 2 사람 廟 의

urse de ildumbi seme mimbe hacihiyame muktehen de dosifi tuwaha..
무리 에게 서로 안다 하고 나를 권하여 廟 에 들어가서 보았다

—— ◦ —— ◦ —— ◦ ——

3월
19일, 무오(戊午) 화행(火行) 우수(牛宿) 만일(滿日).
하나, 함덕원(涵德園)에 있을 때, 아침 식사 뒤에 나가서 서쪽을 찾아 가서, 만수산(萬壽山) 북쪽 문 밖에서 여덟째 외삼촌을 보았다. 외삼촌은 한 손에는 향, 한 손에는 떡 보자기를 들고 가고 있었다. 멀리 떨어져 있어서 부르지는 않았다. 나는 청룡교(青龍橋) 있는 곳에 이르러 다리의 이쪽 모퉁이 집의 찻집에서 차를 마셨다. 차를 잠시 내려놓고서 나는 홍석산(紅石山)에 올랐다. 바야흐로 조망하고 앉아 있는데 두 사람이 올라와서 함께 마주 앉았다. 들으니 한 명은 유(劉)씨이고 한 명은 고(高)씨인데, 유씨는 바로 청룡교 수식루(首飾樓)에서 장사를 하고, 고씨는 바로 거기에서 산다고 한다. 모두 30살에 이르지 않은 나이로 친절하고 착하다. 꽤 이야기하며 앉아 있은 뒤에 바람이 일어서 같이 산의 정상에서 내려왔다. 산 아래에 산서성(山西省)의 회관(會館)이 하나 있는데, 뜻밖에도 관우(關羽)의 사당이로구나. 매우 깨끗하고 아름답다. 유씨와 고씨 두 사람이 사당의 무리들에게 서로 안다 하고 나를 권하여 사당에 들어가서 보았다.

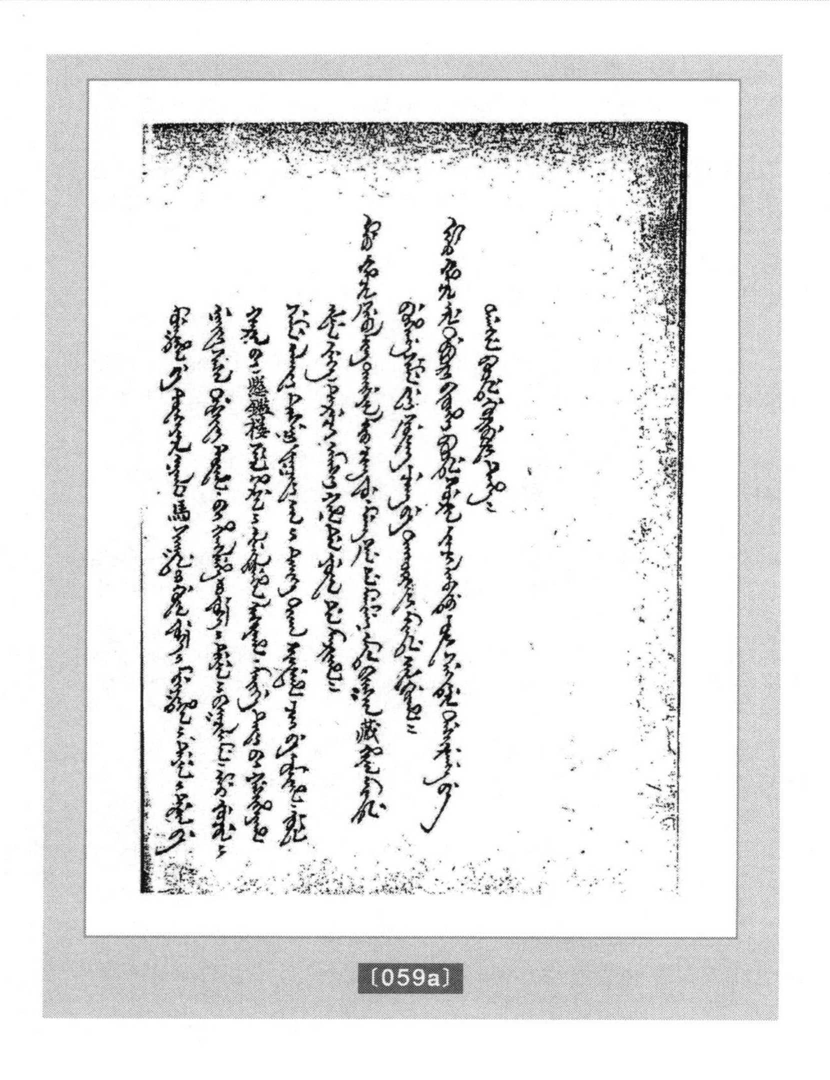

[059a]

muktehen be tuwakiyara niyalma 馬 sakda ∞ guwan fudzi i muktehen i deyen i duka be
廟 를 지키는 사람 馬 어르신 關夫子 의 廟 의 殿 의 문 을

neifi sasa dosifi tuwaha. bi hengkilehe. ∞ fuzi i deyen i bakcilame. emu jucun i
열어서 같이 들어가서 보았다 나 인사하였다 夫子 의 殿 의 맞은편 한 연극 의

karan bi. 懸鑑楼 sere hergen i iletulehen lakiyaha. majige tefi bi gasihiyaha
台 있다 懸鑑樓 하는 글자 의 현판 걸었다 잠시 앉고서 나 폐를 끼쳤다

seme alafi teseci fakcafi an i teike taka sindaha cai be omiha. juwe
하고 말하고 그들로부터 헤어지고 평소대로 조금전 잠시 놓아둔 차 를 마셨다 2

efen jeke. tereci amasi han' de yuwan de mariha..
떡 먹었다 그로부터 도로 涵 德 園 에 돌아왔다

emu hacin šeo ling taigiyan lio cing fu meng šen de meimeni emte baksan 藏 hiyan minde
한 가지 首 領 太監 劉 慶 福 孟 愼 德 각각 한 개 묶음 藏 香 나에게

buhengge seme wei šuwang ceng be takūrafi minde afabuhe..
준 것 하고 魏 雙 成 을 시켜서 나에게 건네주었다

emu hacin ere dobori bithei boode suran jaci labdu ofi sektere dasirengge be
한 가지 이 밤 책의 집에 벼룩 너무 많게 되어서 깔고 덮는 것 을

dangse boode guribufi tehe..
檔子 집에 옮겨가게 해서 앉았다

—— ◦ —— ◦ —— ◦ ——

사당을 지키는 사람은 마(馬) 어르신인데 관부자(關夫子) 사당의 전문(殿門)을 열어서 같이 들어가서 보았다. 나는 인사를 하였다. 관부자(關夫子) 전(殿)의 맞은편에 연극 무대가 하나 있는데, 현감루(懸鑑樓)라는 글자의 현판이 걸렸다. 잠시 앉아 있다가 나는 '폐를 끼쳤다'고 말하고 그들과 헤어져서 조금 전에 잠시 놓아둔 차를 마셨다. 떡 2개를 먹었다. 그로부터 도로 함덕원(涵德園)에 돌아왔다.

하나, 수령(首領) 태감(太監) 유경복(劉慶福)과 맹신덕(孟愼德)이 각각 장향(藏香)[89] 한 묶음씩을 나에게 주는 것이라 하고 위쌍성(魏雙成)을 시켜서 나에게 건네주었다.

하나, 이 밤에 서방(書房)에 벼룩이 너무 많아서 깔고 덮는 것을 당자방(檔子房)에 옮겨서 앉아 있었다.

89) 장향(藏香) : 티베트에서 생산한 선향(線香, 향료 가루를 풀과 섞어서 가늘고 긴 선 모양으로 만들어 굳힌 향)이다. 검은색과 노란색이 있다.

〔059b〕

ilan biya
3 월

○orin de sohon honin tuwa i feten nirehe usiha necintu enduri inenggi.
20 에 누르스름한 양 火 의 五行 女 宿 平 神 날

emu hacin han' de yuwan de bisire de sikse dobori ci majige aga agaha.
한 가지 涵 德 園 에 있을 때 어제 밤 부터 조금씩 비 내렸다

tetele abka tulhušehei šuntuhuni galakakū. bi erde budai amala
지금까지 하늘 흐려진 채 하루 종일 개지 않았다 나 아침 밥의 뒤에

tucifi amba duka de kejine iliha..
나가서 大 門 에 꽤 섰다

—— ◦ —— ◦ —— ◦ ——

3월
20일, 기미(己未) 화행(火行) 여수(女宿) 평일(平日).
하나, 함덕원(涵德園)에 있을 때에 어젯밤부터 조금씩 비가 내렸는데, 지금까지 하늘이 흐려진 채 하루 종일 개지 않았다. 나는 아침 식사 뒤에 나가서 대문에 꽤 서 있었다.

[060a]

○orin emu de šanyan bonio moo i feten hinggeri usiha toktontu enduri inenggi.
20 1 에 흰 원숭이 木 의 五行 虛 宿 定 神 날

emu hacin han' de yuwan de bisire de šuntuhuni abka tulhušehe. erde buda jeke
한 가지 涵 德 園 에 있을 때 하루 종일 하늘 흐려졌다 아침 밥 먹은

amala tucifi 萬壽山 de isinaha. tuwaci 文昌阁 ci 繡漪橋 de
뒤에 나가서 萬壽山 에 이르렀다 보니 文昌閣 에서 繡漪橋 에

isitala dalangga be gemu ice ome weileme arahabi. juwe biyaci deribume
이르도록 둑 을 모두 새롭게 보수하고 있었다 2 월부터 시작하여

dasataha. amba muru ninggun biyade teni wajime mutembi dere. ere bade aika
수리하였다 대략 6 월에 비로소 끝날 수 있으리라 이 곳에서 만약

ne dasatame weilere waka bici. an i ucuri. yaya niyalma isiname muterakū
지금 보수하는 것 아니면 평소대로 무릇 사람 다다를 수 없다

bihe. bi 文昌阁 i juleri ilifi 昆明湖 be tuwaci. aibe 西湖景
나 文昌閣 의 앞 서서 昆明湖 를 보니 어째서 西湖景

sembi. niruci inu mangga. tere aika enduri i ba aise. bi 文昌阁 ci
하는가 그리면 또 어렵다 그 아마도 신 의 땅 같다 나 文昌閣 부터

julesi yabume 繡漪橋 de isinaha. jugūn unduri cirgeku cirgere
남쪽으로 가서 繡漪橋 에 이르렀다 길 따라 撞槌 다지고

cirgere teksilehen hūlara be gemu tuwaha donjiha. weilere hūsun inu
다지기 대오를 지어 노래 부르기 를 모두 보고 들었다 보수하는 役人 도

mujakū geren. bi 廓如亭 de kejine tehe. teišun i ihan be tuwaha.
몹시 많다 나 廓如亭 에 꽤 앉았다 구리 의 소 를 보았다

ere teišun i ihan mujakū sain. aimaka weihun ningge encu akū.
이 구리 의 소 몹시 좋다 대개 살아 있는 것 다르지 않다

bi kemuni 十七孔桥 doohan de wesifi kejine iliha. tuwaci ere doohan i
나 여전히 十七孔橋 다리 에 올라서 꽤 섰다 보니 이 다리 의

—— ◦ —— ◦ —— ◦ ——

21일, 경신(庚申) 목행(木行) 허수(虛宿) 정일(定日).

하나, 함덕원(涵德園)에 있을 때에 하루 종일 하늘이 흐렸다. 아침 밥 먹은 뒤에 나가서 만수산(萬壽山)에 이르렀다. 보자니 문창각(文昌閣)에서 수의교(繡漪橋)에 이르도록 둑을 모두 새롭게 보수하고 있었다. 2월부터 시작하여 수리하였다. 대략 6월에야 비로소 끝날 수 있으리라. 만약 이곳에서 지금 보수를 하지 않는다면, 평소대로 무릇 사람들이 다다를 수가 없다. 나는 문창각 앞에 서서 곤명호(昆明湖)를 보니, 어째서 서호경(西湖景)라 하는가. 그리려 해도 그리기 어렵다. 아마도 그 선경이 이 같은 곳이리라. 나는 문창각에서 남쪽으로 가서 수의교에 이르렀다. 길을 따라 당퇴(撞槌)로 땅을 다지면서 대오를 지어 노래 부르는 것을 모두 보고 들었다. 보수하는 역인(役人) 또한 몹시 많다. 나는 곽여정(廓如亭)에 꽤 앉아 있었다. 구리소를 보았는데, 이 구리소가 매우 좋다. 대체로 살아 있는 것과 다르지 않았다. 나는 계속해서 십칠공교(十七孔橋) 다리에 올라서 꽤 서 있었다. 보니 이 다리의

[060b]

ilan biya
3 월

julergi ergi jerguwen de 修竦淩波 sere duin hergen. amargi ergi i
남 쪽 난간 에 修竦淩波 하는 4 글자 북 쪽 의

jerguwen de 靈鼉偃月 sere duin hergen bi. doohan i cala uthai
난간 에 靈鼉偃月 하는 4 글자 있다 다리 의 저쪽 곧

muduri wang ni muktehen inu. bi casi genehekū. ere doohan de wesirengge
龍 王 의 廟 이다 나 저쪽으로 가지 않았다 이 다리 에 오르는 것

yala tuktan mudan secina. jai ere doohan i julergi amargi de gemu juru
진실로 처음 번 하겠다 또 이 다리 의 남 북 에 모두 대련

gisun bi. jahūdai de terakū oci. jai saburakū. yala emu sain ba.
글자 있다 배 에 타지 않으면 다시 볼 수 없다 진실로 한 좋은 곳

bonio erinde an jugūn i deri han' de yuwan de mariha. dangse booi
원숭이 때에 평소 길 을 따라 涵 德 園 에 돌아왔다 檔子 집의

hafan ailungga 艾卩 mimbe solime tubade arki omiha buda jeke..
관리 艾隆阿 艾爺 나를 청하여 거기에서 소주 마시고 밥 먹었다

emu hacin tuwaci ○ ye i fafulaha afaha isinjiha. tede araha gisun. ere biyai orin
한 가지 보니 爺 의 傳敎한 문서 이르렀다 거기에 쓴 말 이 달의 20

ninggun i gūlmahūn erinde yaya duleke aniya juwan biyai i juwan uyun de
6 의 토끼 때에 무릇 지난 해 10 월 의 10 9 에

facabuha tacire urse be gemu han' de yuwan de unggifi bithei booi
해산시킨 배우는 무리 를 모두 涵 德 園 에 보내서 책의 집의

asaha i boode te. duka tuciburakū okini sehe..
사랑채에 머물라 문 나가게 하지 말자 하였다

emu hacin bithei booi cin i boode daci faidame sindaha bithei hiyadan emu juru be
한 가지 책의 집의 몸채에 원래 나열해 놓아 둔 책의 棚 한 쌍 을

enenggi dangse booi niyalma ○ fafulaha afaha be dahafi gurime tucibufi
오늘 檔子 집의 사람 傳敎한 문서 를 따라서 옮겨 나가게 해서

—— ◦ —— ◦ —— ◦ ——

3월
남쪽 난간에는 '수동능파(修蝀凌波)'라는 네 글자가, 북쪽 난간에는 '영타언월(靈鼉偃月)'이라는 네 글자가 있다. 다리의 저편은 바로 용왕묘(龍王廟)이다. 나는 저편으로는 가지 않았다. 이 다리에 오르는 것은 진실로 처음이라 하겠다. 그리고 이 다리의 남북에 모두 대련(對聯) 글자가 있는데, 배를 타지 않으면 다시 볼 수는 없다. 진실로 한 좋은 곳이다. 신시(辛時)에 평소 길을 따라서 함덕원(涵德園)에 돌아왔다. 당자방(檔子房)의 관리 아이룽가(ailungga, 艾隆阿) 애야(艾爺)가 나를 청하여 거기에서 소주를 마시고 밥을 먹었다.
하나, 보니 왕야(王爺)의 전교(傳敎)한 문서가 이르렀다. 거기에 쓴 말에, "이번 달 26일에 묘시(卯時)에 무릇 지난 해 10월 19일에 해산시킨 배우는 무리들을 모두 함덕원에 보내서 서방(書房)의 사랑채에 머물게 하라. 문을 나가지 못하게 하라." 하였다.
하나, 서방의 몸채에 원래 진열해 놓아 둔 서가(書架) 한 쌍을 오늘 당자방(檔子房)의 사람들이 전교한 문서를 따라 옮겨서 내고

[061a]

dangse booi namun i boode sindaha..
檔子 집의 곳간 의 방에 놓았다

emu hacin bi jasigan arafi 豐昌號 ci 通州 梁光明 眼藥 be baiha. ere jasigan be
한 가지 나 편지 써서 豐昌號 에서 通州 梁光明 眼藥 을 구하였다 이 편지 를

張老十 de afabufi niyalma be tomilame benebukini sehe..
張老十 에게 맡겨서 사람 을 시켜 보내게 하는구나 하였다

—— ◦ —— ◦ —— ◦ ——

당자방(檔子房)의 곳간 방에 놓았다.

하나, 나는 편지를 써서 '풍창호(豐昌號)에서 통주(通州) 양광명(粱光明) 안약을 구하였다. 이 편지를 장노십(張老十)에게 맡겨서 사람을 시켜 보내게 하는도다' 하였다.

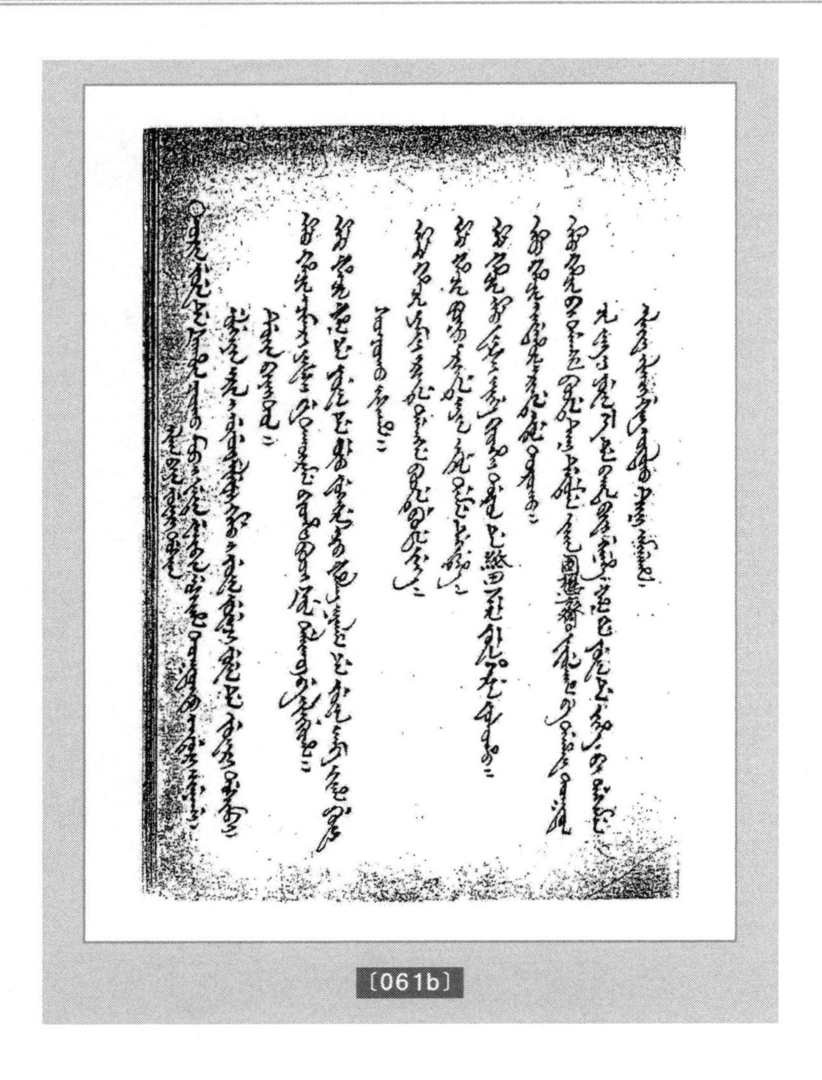
[061b]

ilan biya juwari dosika
3 월 여름 들어갔다

○orin juwe de šahūn coko moo i feten weibin usiha toktontu enduri inenggi.
20 2 에 희끄무레한 닭 木 의 五行 危 宿 定 神 날

ulgiyan erin i ujui ilaci kemu i juwan juweci fuwen de juwari dosimbi.
돼지 때 의 처음의 셋째 刻 의 10 둘째 分 에 여름 들어간다

duin biyai ton..
4 월의 節

emu hacin ecimari yafasi be takūrame bithei booi šun dalikū[90] be ilibuha..
한 가지 오늘 아침 園丁 을 시켜서 책의 집의 해 影壁 을 세우게 하였다

emu hacin han' de yuwan de uju fusire lio halai niyalma de juwan amba jiha bufi
한 가지 涵 德 園 에서 머리 깎는 劉 씨의 사람 에게 10 큰 錢 주고

soncoho isaha..
변발 땋았다

emu hacin yamji erinde dangse boode buda jeke..
한 가지 저녁 때에 檔子 집에 밥 먹었다

emu hacin bonio erinde ayan edun dame dekdehe..
한 가지 원숭이 때에 큰 바람 불어 일었다

emu hacin emu farsi ajige bithei doron de 紙田 sere juwe hergen foloho..
한 가지 한 조각 작은 책의 도장 에 紙田 하는 2 글자 새겼다

emu hacin indahūn erinde edun toroko..
한 가지 개 때에 바람 잠잠해졌다

emu hacin bi dangse boode teni dedume jaka 图懋斋 ○ fafulaha be dahafi tokton
한 가지 나 檔子 집에 잠시 누웠자마자 圖懋齋 傳教한 것 을 따라서 tokton

cin wang ni yuwan dzi de baita bifi genehe. han' de yuwan de jihe. bi dasame
親 王 의 園 子 에 일 있어서 갔다 涵 德 園 에 왔다 나 정리하고

ilifi ilaci ging otolo teni amgaha..
일어나 세 번째 更 쯤 겨우 잤다

—— ◦ —— ◦ —— ◦ ——

3월 여름 들어갔다[立夏].
22일, 신유(辛酉) 목행(木行) 위수(危宿) 정일(定日).
해시(亥時) 첫 3각(刻) 12분(分)에 여름 들어간다. 4월의 절기(節氣)이다.
하나, 오늘 아침에 원정(園丁)을 시켜서 서방(書房)의 영벽(影壁)을 세우게 하였다.
하나, 함덕원(涵德園)에서 머리 깎는 유(劉)씨라는 사람에게 큰돈 10전을 주고 변발을 땋았다.
하나, 저녁때에 당자방(檔子房)에서 밥을 먹었다.
하나, 신시(申時) 때에 큰 바람이 불어 일었다.
하나, 작은 서인(書印) 한 개에 지전(紙田)이라는 두 글자를 새겼다.
하나, 술시(戌時) 때에 바람이 잠잠해졌다.
하나, 나는 당자방에 잠시 눕자마자 도무재(圖懋齋)가 전교(傳教)한 것을 따라서 정친왕(定親王)의 원자(園子)에 일이 있어서 갔다가 함덕원에 왔다. 나는 정리하고 일어나서 3경(更) 쯤에야 겨우 잤다.

90) šun dalikū : 해를 가리기 위해 세운 벽 모양의 구조물을 가리키며, 조벽(照壁) 또는 영벽(影壁)이라 한다.

[062a]

○orin ilan de sahaliyan indahūn muke i feten šilgiyan usiha tuwakiyantu enduri inenggi.
20 3 에 검은 개 水 의 五行 室 宿 執 神 날

emu hacin han' de yuwan de bisire de erde bi iliha manggi 图懋斎 aifini
한 가지 涵 德 園 에 있을 때 아침 나 일어난 후 图懋齋 이미

hoton dosime yoha..
성 들어서 갔다

emu hacin bi sikse yamji lan 刘丌 i boode cai omime tehe bihe. enenggi i baihanjifi kejine
한 가지 나 어제 저녁 lan 劉爺 의 집에 차 마시면서 앉아 있었다 오늘 그 찾아와서 꽤

gisureme tehe..
이야기하며 앉았다

emu hacin ajige farsi bithei doron de 樂山樂水 sere duin fukjingga hergen foloho..
한 가지 작은 조각 책의 도장 에 樂山樂水 하는 4 篆 글자 새겼다

emu hacin šuntuhuni abka tulhušehe..
한 가지 하루 종일 하늘 흐려졌다

—— ◦ —— ◦ —— ◦ ——

23일, 임술(壬戌) 수행(水行) 실수(室宿) 집일(執日).
하나, 함덕원(涵德園)에 있을 때, 아침에 내가 일어난 뒤에 도무재(圖懋齋)가 이미 성에 들어갔다.
하나, 나는 어제 저녁에 란(lan, 蘭) 유야(劉爺)의 집에서 차를 마시면서 앉아 있었다. 오늘 그가 찾아와서 꽤 이야기하며 앉아 있었다.
하나, 작은 서인(書印) 하나에 '요산요수(樂山樂水)'라는 전서(篆書) 네 글자를 새겼다.
하나, 하루 종일 하늘이 흐렸다.

〔062b〕

ilan biya niowanggiyan singgeri
3 월 푸른 쥐

○orin duin de sahahūn ulgiyan muke i feten bikita usiha efujentu enduri inenggi.
20 4 에 거무스름한 돼지 水 의 五行 壁 宿 破 神 날

emu hacin han' de yuwan de bisire de ajige farsi bithei doron de emke de 友蓮 sere
한 가지 涵 德 園 에 있을 때 작은 조각 책의 도장 에 하나 에 友蓮 하는

hergen. emke de 平安家信 sere hergen foloho..
글자 하나 에 平安家信 하는 글자 새겼다

emu hacin booking ni ama ere biyai orin de nimeme akū oho. orin nadan de buda dobombi.
한 가지 寶慶 의 아버지 이 달의 20 에 병들어 죽게 되었다 20 7 에 밥 제사한다

orin jakūn de giran tucibumbi seme niyalma be takūrafi solire afaha bufi
20 8 에 시신 出棺한다 하고 사람 을 시켜서 청하는 單子 주고

minde baihanjifi henjihe..
나에게 찾아와서 보내왔다

emu hacin šuntuhuni abka tulhušehe. yamji erinde ler seme aga agaha. neneme
한 가지 하루 종일 하늘 흐려졌다 저녁 때에 촉촉하게 비 내렸다 앞

hontoho dobori agaha. jai inenggi erde ilifi tuwaci nakafi galaha..
반 밤 비 내렸다 다음 날 아침 일어나서 보니 그치고 개었다

—— ◦ —— ◦ —— ◦ ——

3월 갑자(甲子)

24일, 계해(癸亥) 수행(水行) 벽수(壁宿) 파일(破日).

하나, 함덕원(涵德園)에 있을 때 작은 서인(書印) 하나에는 '우련(友蓮)'이라는 글자와 다른 하나에는 '평안가신(平安家信)'이라는 글자를 새겼다.

하나, 보경(寶慶)의 아버지가 이번 달 20일에 병들어 죽었다. 27일에 밥 제사하고, 28일에 출관한다 하고 사람을 시켜서 청하는 단자(單子)를 주고 나에게 찾아와서 보내왔다.

하나, 하루 종일 하늘이 흐렸다. 저녁때에 촉촉하게 비가 내렸다. 전 중야(中夜)에 비가 내렸는데, 다음 날 아침 일어나서 보니 그치고 개었다.

[063a]

○orin sunja de niowanggiyan singgeri aisin i feten kuinihe usiha tuksintu enduri inenggi.
20 5 에 푸른 쥐 金 의 五行 奎 宿 危 神 날

emu hacin han' de yuwan de bisire de erde dangse booi hafan ailungga 艾卩 mimbe
한 가지 涵 德 園 에 있을 때 아침 檔子 집의 관리 ailungga 艾爺 나를

solime tubade hangse jeke..
청하여 거기에서 국수 먹었다

emu hacin tucifi 萬壽山 文昌阁 i juleri dalangga de kejine iliha. 昆明湖 i
한 가지 나가서 萬壽山 文昌閣 의 앞 둑 에 꽤 섰다 昆明湖 의

tuwabungga be tuwaha. tereci aljafi 万寿山 i dergi ergi gung men duka
경치 를 보았다 거기에서 떠나서 萬壽山 의 동 쪽 宮 門 문

deri dulefi 青龍桥 de isinaha. 紅石山 alin be wesifi umesi
통해서 지나가서 青龍橋 에 이르렀다 紅石山 산 을 올라 매우

den bade tafafi kejine tehe. sikse aga agaha turgunde dergi julergi
높은 곳에 올라서 꽤 앉았다 어제 비 내린 까닭에 東 南

ergi be baime karame tuwaci hoton i dolo jungken i taktu. tungken i
쪽 을 찾아서 조망하여 보니 성 의 안 鐘 의 樓 鼓 의

taktu. ambalinggū alin ajige subargan[91] be gemu yasa de sabuha. tere
樓 景 山 작은 탑 을 모두 눈 에 보였다 그

tob wargi duka. elgiyen i mutehe duka. 妙应寺 juktehen i amba
西直門 阜成門 妙應寺 절 의 큰

subargan be oci 萬寿山 alin dalibuha ofi saburakū. yala tuwara
탑 등 이면 萬壽山 산 막히게 되어서 볼 수 없다 진실로 보고

šara de ambula oncokon obuha. bi kejine tefi wasinjifi 青龍桥
바라봄 에 매우 넓게 되게 하였다 나 꽤 앉고서 내려와서 青龍橋

cai puseli de cai omiha. amala han' de yuwan de mariha..
茶 가게 에서 茶 마셨다 뒤에 涵 德 園 에 돌아왔다

—— ◦ —— ◦ —— ◦ ——

25일, 갑자 금행(金行) 규수(奎宿) 위일(危日).
하나, 함덕원(涵德園)에 있을 때, 아침에 당자방(檔子房)의 관리 아이룽가(ailungga, 艾隆阿) 애야(艾爺)가 나를 청하여 거기에서 국수를 먹었다.
하나, 나가서 만수산(萬壽山) 문창각(文昌閣)의 앞 둑에 꽤 서 있으면서 곤명호(昆明湖)의 경치를 보았다. 거기에서 떠나 만수산의 동쪽 궁문(宮門)을 통해 지나가서 청룡교(青龍橋)에 이르렀다. 홍석산(紅石山)을 올라 가장 높은 곳에 올라서 꽤 앉아 있었다. 어제 비가 내린 까닭에 동남쪽을 찾아서 바라보니, 성 안의 종루(鐘樓), 고루(鼓樓), 경산(景山), 작은 탑을 모두 눈에 보였다. 그 서직문(西直門), 부성문(阜成門), 묘응사(妙應寺)의 큰 탑 등은 만수산에 막혀 있어서 볼 수 없다. 진실로 바라보니 매우 광활해지게 되었다. 나는 꽤 앉아 있다가 내려와서 청룡교 찻집에서 차를 마셨다. 뒤에 함덕원에 돌아왔다.

---

91) ajige subargan : '작은 탑'이라는 의미로 백탑암(白塔庵)에 있는 백탑(白塔)을 가리키는데, 묘응사(妙應寺) 안에 있는 백탑(白塔)을 'amba subargan(큰 탑)'이라고 한다.

〔063b〕

ilan biya
3 월

emu hacin ere inenggi ○ ye i fafulaha gisun bithei booi cin i boode delung
한 가지 이 날 爺의 傳敎한 말 책의 집의 몸채에 德隆

mingtung tere be dahame. ilaci jergi giyajan fuju be selgiyeme han' de
明通 그를 따라 셋째 等 侍從 富住를 명령하여 涵德

yuwan de isinafi bithei booi delung mingtung ni tere cin i boode hiyan
園 에 이르러서 책의 집의 德隆 明通 의 그 몸채에 香

hoošan dobon i jergi hacin belhefi deyen i enduri de hiyan dabukini
종이 공물 종류 준비해서 殿 의 神 에 香 피우자

sehebe gingguleme dahafi fuju jifi ging foriha erinde bithei boode
했음을 공손하게 따라서 富住 와서 更 친 때에 책의 집에

hiyan dabuha..
香 피웠다

emu hacin 蔣爺 minde yandume han' de yuwan i gubci fu fajiran de bula muhaliyara
한 가지 蔣爺 나에게 부탁하여 涵 德 園 의 온 府 담장 에 가시나무 쌓는

baita be nakabuki sere emu alibun i jise jiselebureo sehe. bi cende
일 을 멈추게 하자 하는 한 청원서 의 草稿 적어서 주겠는가 하였다 나 그들에게

emu jise araha..
한 草稿 썼다

emu hacin 蔣爺 dangse booi ging forisi 老袁 be bašaki seci bi dere baime gisurere
한 가지 蔣爺 檔子 집의 更 치기 老袁 을 쫓아내자 하니 나 얼굴 청하며 말하는

jakade imbe guwebuhe..
까닭에 그를 용서하였다

emu hacin 凌雲 凌爺 jifi acaha. mooi faksi 王明 inu jihe..
한 가지 凌雲 凌爺 와서 만났다 나무의 장인 王明 도 왔다

emu hacin enenggi bi hono culgan tuwara taktu de isinambihe..
한 가지 오늘 나 잠시 閱武樓 에 이르렀었다

—— ∘ —— ∘ —— ∘ ——

3월

하나, 이날 왕야(王爺)의 전교(傳敎)한 말에, "서방(書房)의 몸채에 있는 덜룽(delung, 德隆)과 명통(明通)이 그를 따르는 삼등시종(三等侍從)인 푸주(fuju, 富住)에게 명령하여 함덕원(涵德園)에 이르러서 서방의 덜룽과 명통이 있는 그 몸채에 향, 종이, 공물 종류를 준비해서 전신(殿神)에게 향을 피우라." 한 것을 공손하게 따라 푸주가 와서 야경 칠 무렵에 서방에서 향을 피웠다.

하나, 장야(蔣爺)가 나에게 부탁하기를, "'함덕원의 온 관청의 담장에 가시나무 쌓는 일을 멈추게 하라'고 하는 청원서 초고 하나를 적어서 주겠는가." 하였다. 나는 그들에게 초고 하나를 써주었다.

하나, 장야가 당자방(檔子房)의 야경 치기 노원(老袁)을 쫓아내자 하였으나, 내가 얼굴을 청하고 말을 한 까닭에 그를 용서하였다.

하나, 능운(凌雲) 능야(凌爺)가 와서 만났다. 목수(木手) 왕명(王明)도 왔다.

하나, 오늘 나는 잠시 열무루(閱武樓)에 이르렀었다.

[064a]

○orin ninggun de niohon ihan aisin i feten ludahūn usiha mutehentu enduri inenggi.
20 6 에 푸르스름한 소 金 의 五行 婁 宿 成 神 날

emu hacin han' de yuwan de bisire de erde 郁蓮莊 jihe. dule fu i dorgici imbe
한 가지 涵 德 園 에 있음 에 아침 郁蓮莊 왔다 뜻밖에 府 의 안으로부터 그를

selgiyeme jiheni. bi budai booci booha baifi arki udafi 蓮莊 be bibufi
명을 전하러 왔구나 나 飯房으로부터 요리 구하고 소주 사서 蓮莊 을 머물게 해서

arki omibuha buda ulebuhe. amala 雅蔚章 inu jihe. bithei boode
소주 마시게 하고 밥 먹게 하였다 뒤에 雅蔚章 도 왔다 책의 집에

gisureme tehe. taigiyan lii san darifi majige tehe. morin erinde ce
이야기하며 앉았다 太監 李 三 들러서 잠시 앉았다 말 때에 그들

gemu hoton dosime yoha..
모두 성 들어서 갔다

emu hacin ere inenggi delung mingtung šicengboo šišengboo sun sy fu hinghai ioigan
한 가지 이 날 德隆 明通 šicengboo šišengboo 孫 四 福 興海 玉甘

ilingga itungga šuwangkui juwan niyalma han' de yuwan de isinaha. damu
ilingga itungga 雙奎 10 사람 涵 德 園 에 이르렀다 다만

mingioi ini amai jobolon ofi jihekūci tulgiyen. funiyagan i emu niyalmai
明玉 그의 아버지의 喪 되어 오지 않은 것 외에 funiyagan 의 한 사람의

teile isinara unde. umai akū ofi bithei booi derhi be bi delung
뿐만 오지 못하였다 무엇도 없게 되어 책의 집의 돗자리 를 나 德隆

sede buhe..
들에 주었다

emu hacin ere inenggi ○ deyen i enduri be wecehe. dangse booi 蒋卩 mimbe solime
한 가지 이 날 殿 의 神 을 제사하였다 檔子 집의 蔣爺 나를 청하여

ganafi dangse boode 徐二卩 張老十 徐二卩 i ajige jui 佩兒 i emgi
데려가서 檔子 집에 徐二爺 張老十 徐二爺 의 작은 아들 佩兒 와 함께

—— ○ —— ○ —— ○ ——

26일, 을축(乙丑) 금행(金行) 누수(婁宿) 성일(成日).

하나, 함덕원(涵德園)에 있을 때, 아침에 욱련장(郁蓮莊)이 왔다. 부(府)의 안에서 그에게 명을 전하여 왔구나. 나는 반방(飯房)으로부터 요리를 구하고 소주를 사서 연장(蓮莊)을 머물게 해서 술을 마시게 하고 밥을 먹게 하였다. 뒤에 아울장(雅蔚章)도 왔다. 서방(書房)에서 이야기하며 앉았다. 태감(太監) 이삼(李三)이 들러서 잠시 앉았다. 오시(午時)에 그들은 모두 성으로 들어서 갔다.

하나, 이날 덜룽(delung, 德隆), 명통(明通), 쉬청보(šicengboo, 什成保), 쉬셩보(šišengboo, 什勝保), 손사복(孫四福), 홍해(興海), 옥감(玉甘), 이링가(ilingga, 伊淩阿), 이퉁가(itungga, 伊通阿), 쌍규(雙奎)의 열 사람이 함덕원에 이르렀다. 다만 명옥(明玉)은 그의 아버지의 상이어서 오지 않은 것 외에 푸니야간(funiyagan, 富尼雅干) 한 사람만 오지 못하였다. 아무 것도 없어서 서방(書房)의 돗자리를 내가 덜룽 등에게 주었다.

하나, 오늘 전신(殿神)에게 제사하였다. 당자방(檔子房)의 장야(蔣爺)가 나를 청하여 데려가서 당자방에서 서이야(徐二爺)와 장노십(張老十), 서이야의 작은 아들 패아(佩兒)와 함께

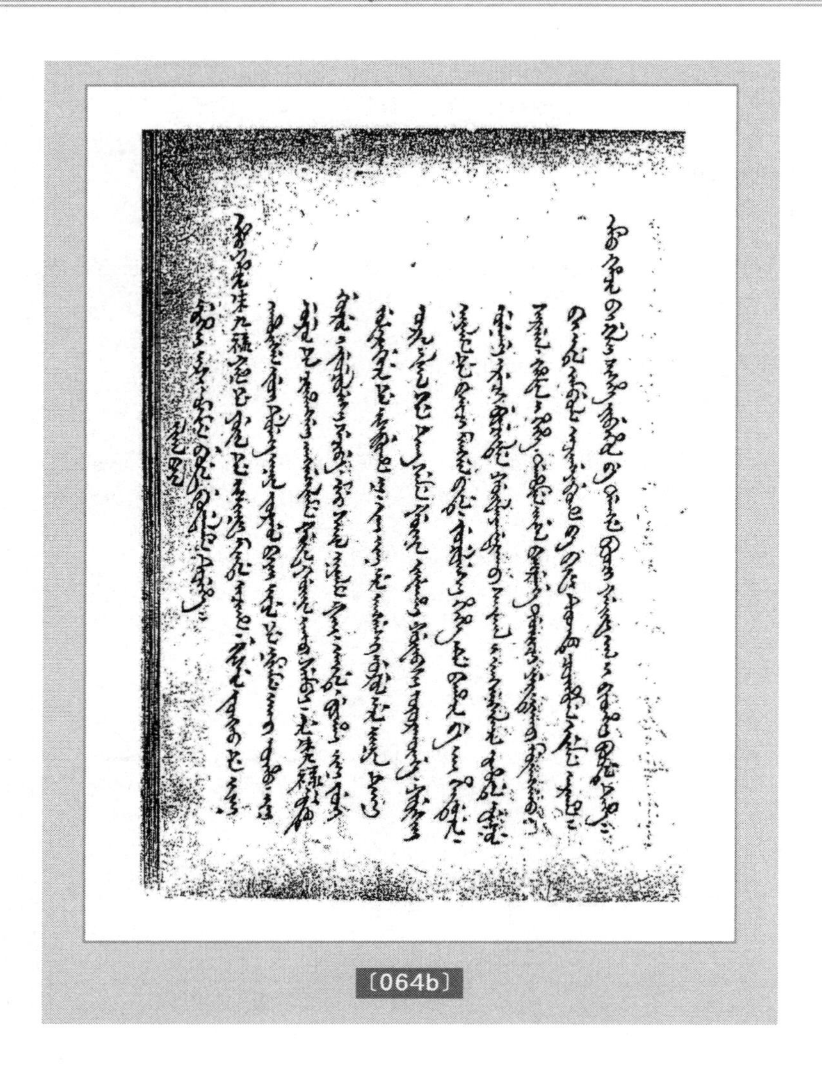

[064b]

ilan biya
3 월

uhei arki omime buda budalame tecehe..
같이 소주 마시고 밥 먹고 마주 앉았다

emu hacin 朱九祿 han' de yuwan de isinafi minde acaha. gisun jongko de ini
한 가지 朱九祿 涵 德 園 에 이르러서 나에게 만났다 이야기 말함 에 그의

ahūngga jui duleke aniya jorgon biyai ice de nimeme akū oho. ini
만 아이 지난 해 섣달의 초하루 에 병들어 죽게 되었다 그의

urun te cihanggai anggasilame gūwa gūnin akū sembi. ere 朱九祿 udu
며느리 이제 기꺼이 과부되고 다른 마음 없다 한다 이 朱九祿 비록

gurun i juculesi secibe. emu sain niyalma kai. aide uthai ini jui
나라 의 배우 해도 한 좋은 사람이로다 어찌하여 곧 그의 아들

ufarabure de isibuha ni. jai ini ere anggasi urun ere aniya teni
잃기 에 이르게 하였는가 또 그의 이 과부 며느리 이 해 겨우

orin ilan se teng seme gūnin jafahai gūwabsi ojorakūngge. gūsai
20 3 歲 굳건히 마음 잡은 채 다른 곳에 될 수 없는 것 旗의

niyalma de baici mangga bade juculesi hehe de bahara be ai hendure.
사람 에서 찾아도 어려운 바에 배우 여자 에 발견하는 것 을 무어라 말하랴

unenggi ereci bucetele gūwaliyadarakū saikan i anggasilara ohode uksun
진실로 이로부터 죽을 때까지 절개 변하지 않고 좋게 과부하는 때에 종친

sargan. hafan i hehe dahūme eigen bairengge donjici yerterakū mujanggao.
아내 관리 의 여인 다시 남편 구하는 것 들으면 부끄러워하지 않는 것 정말인가

bi ede ambula acinggiyabuha ba bifi tuttu cohome ejeme araha..
나 이에 매우 감동한 바 있어서 그래서 특별히 기록해서 썼다

emu hacin bi geli sishe jibehun be dangse booci gajifi an i bithei boode tehe..
한 가지 나 또 요 이불 을 檔子 집에서 가져와서 평소처럼 책의 집에 앉았다

—— ◦ —— ◦ —— ◦ ——

3월
같이 소주를 마시면서 밥을 먹고 마주 앉았다.
하나, 주구록(朱九祿)이 함덕원(涵德園)에 이르러서 나하고 만났다. 이야기하며 말하기를, 그의 맏아들이 지난 해 섣달 초하루에 병들어 죽었는데, 그의 며느리가 이제 기꺼이 과부가 되고 다른 마음이 없다 한다. 이 주구록은 비록 나라의 배우라 하여도 좋은 사람이로구나. 어찌하여 곧 그의 아들을 잃기에 이르게 되었는가. 또 그의 과부 며느리는 이 해에 겨우 23살인데, 굳건히 마음을 다잡은 채 다른 데로 가지 않은 것은, 기인(旗人)에게서 찾아도 어려운 것을, 배우 여자에게서 발견하는 것을 무어라 말하겠는가. 진실로 이로부터 죽을 때까지 절개를 변하지 않고 잘 과부로 지내는 때에 종친의 아내나 관리의 여인이 다시 남편을 구하는 것을 들으면, 부끄러워하지 않는 것이 정말인가. 나는 이에 매우 감동한 바가 있어서 그래서 특별히 기록해 썼다.
하나, 나는 다시 요와 이불을 당자방(檔子房)에서 가져와서 평소처럼 서방(書房)에 앉았다.

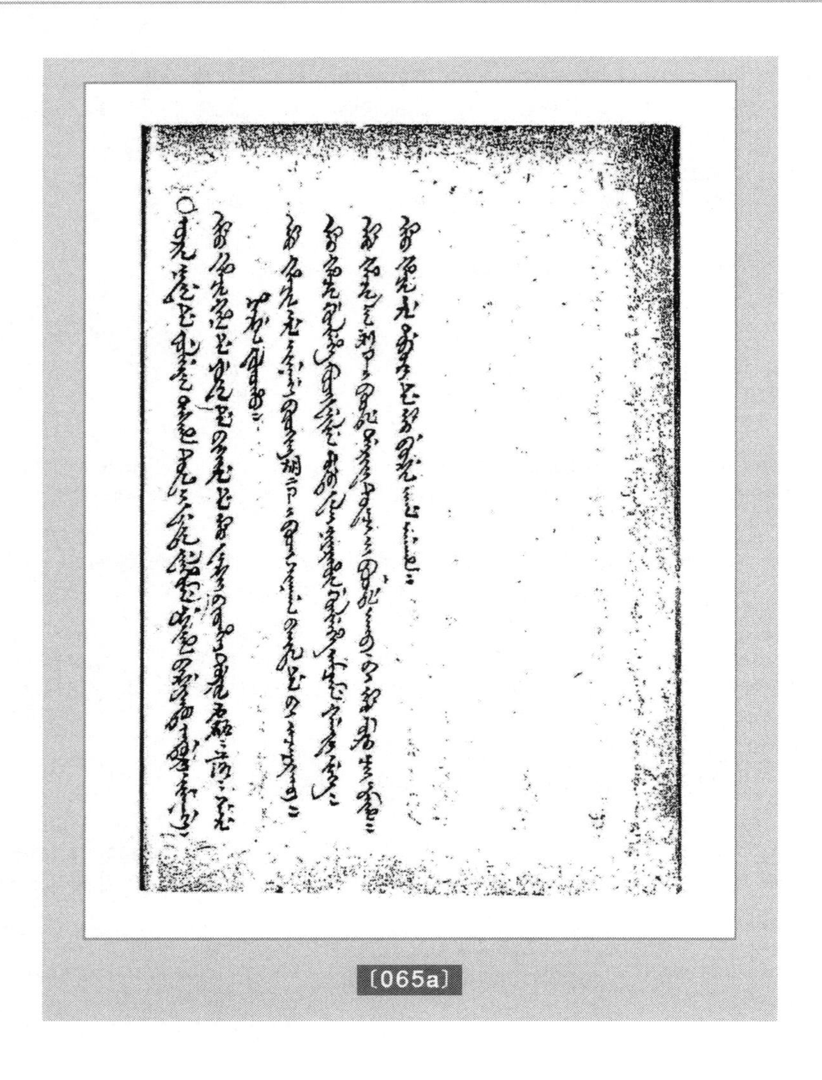

[065a]

○orin nadan de fulgiyan tasha tuwa i feten welhūme usiha bargiyantu enduri inenggi.
20 7 에 붉은 호랑이 火 의 五行 胃 宿 收 神 날

emu hacin han' de yuwan de bisire de emu farsi bithei doron 磊磊落落 sere
한 가지 涵 德 園 에 있을 때 한 조각 책의 도장 磊磊落落 하는

hergen foloho..
글자 새겼다

emu hacin ere inenggi booking 胡二卩 i booi sinagan baita de bi acanarakū..
한 가지 이 날 寶慶 胡二爺 의 집의 喪服 일 에 나 만나러 가지 않았다

emu hacin guilehe mooi fejile udu fali niyarhūn guilehe amcame gaifi jeke..
한 가지 살구 나무의 밑에 몇 개 신선한 살구 따라 주워서 먹었다

emu hacin lan 刘卩 i boode darifi tuwaci i boode akū. bi emu moro cai omiha..
한 가지 lan 劉爺 의 집에 들러서 보니 그 집에 없다 나 한 사발 차 마셨다

emu hacin ere dobori de emu burgin aga agaha..
한 가지 이 밤 에 한 갑자기 비 내렸다

—— ◦ —— ◦ —— ◦ ——

27일, 병인(丙寅) 화행(火行) 위수(胃宿) 수일(收日).
하나, 함덕원(涵德園)에 있을 때, 서인(書印) 하나에 '뢰뢰락락(磊磊落落)'이라는 글자를 새겼다.
하나, 이날 보경(寶慶) 호이야(胡二爺)의 집의 상사(喪事)에 나는 만나러 가지 않았다.
하나, 살구나무 밑에 신선한 살구 몇 개가 굴러 와서 주워서 먹었다.
하나, 란(lan, 蘭) 유야(劉爺)의 집에 들러서 보니 그는 집에 없었다. 나는 차 한 사발을 마셨다.
하나, 이날 밤에 갑자기 한 차례 비가 내렸다.

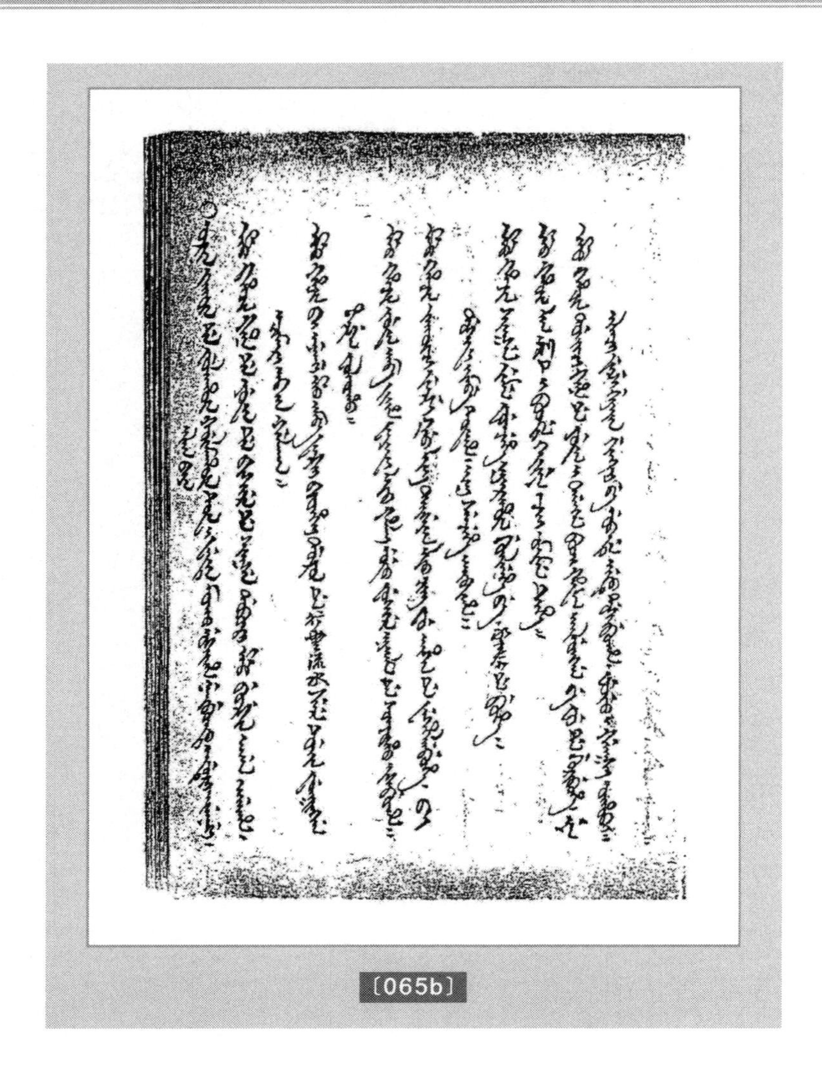

[065b]

ilan biya
3 월

○orin jakūn de fulahūn gūlmahūn tuwa i feten moko usiha neibuntu enduri inenggi.
20 8 에 불그스름한 토끼 火 의 五行 昴 宿 開 神 날

emu hacin han' de yuwan de bisire de sikse dobori emu burgin aga agaha.
한 가지 涵 德 園 에 있을 때 어제 밤 한 갑자기 비 내렸다

ecimari abka galaka..
오늘 아침 하늘 개었다

emu hacin bi enenggi emu amba farsi bithei doron de 行雲流水 sere duin fukjingga
한 가지 나 오늘 한 큰 조각 책의 도장 에 行雲流水 하는 4 篆書

hergen foloho..
글자 새겼다

emu hacin juwan amba jiha fayafi lio hala uju fusire niyalma de soncoho isabuha..
한 가지 10 큰 錢 써서 劉 성 머리 깎는 사람 에게 변발 땋게 하였다

emu hacin jakūci jergi šeo ling taigiyan lio cing fu eihen de feshelebuhe. bi
한 가지 여덟째 등급 首 領 太監 劉 慶 福 당나귀 에 차였다 나

dosifi imbe tuwaha. ini sencehe aibiha..
들어가서 이를 보았다 그의 아래턱 부었다

emu hacin sikse jeme funcehe niyarhūn guilehe be 永泰 de buhe..
한 가지 어제 먹고 남은 신선한 살구 를 永泰 에게 주었다

emu hacin lan 刘ㄗ i boode kejine cai omime tehe..
한 가지 lan 劉爺 의 집에 잠시 차 마시면서 앉았다

emu hacin donjici han' de yuwan i dangse booi hafan ailungga be fu de guribuhe. ne
한 가지 들으니 涵 德 園 의 檔子 집의 관리 艾隆阿 를 府 에 옮기게 하였다 지금

ilaci jergi giyajan gingji be ubade idu dosibuha. fuju i gaksi ohobi..
셋째 等 侍從 景吉 를 거기에서 당직 들어가게 하였다 fuju 의 동료 되었었다

—— ◦ —— ◦ —— ◦ ——

3월

28일, 정묘(丁卯) 화행(火行) 앙수(昴宿) 개일(開日).

하나, 함덕원(涵德園)에 있을 때, 어젯밤 갑자기 한 차례 비가 내렸는데, 오늘 아침에 하늘이 개었다.

하나, 나는 오늘 서인(書印) 큰 조각 하나에 '행운유수(行雲流水)'라는 전서(篆書) 네 글자를 새겼다.

하나, 큰 돈 10전을 써서 머리 깎는 사람 유(劉)씨에게 머리를 땋게 하였다.

하나, 8품인 수령(首領) 태감(太監) 유경복(劉慶福)이 당나귀에게 차였다. 내가 들어가서 그를 보았는데, 그의 아래턱이 부었다.

하나, 어제 먹고 남은 신선한 살구를 永泰에게 주었다.

하나, 란(lan, 蘭) 유야(劉爺)의 집에서 잠시 차를 마시면서 앉아 있었다.

하나, 들으니 함덕원의 당자방(檔子房) 관리 아이룽가(ailungga, 艾隆阿)를 부(府)에 옮기게 하였다. 지금 3품인 왕부시종(王府侍從) 경길(景吉)을 거기에서 당직 들어가게 하였는데, 푸주(fuju, 富住)와 함께 당직하게 되었다.

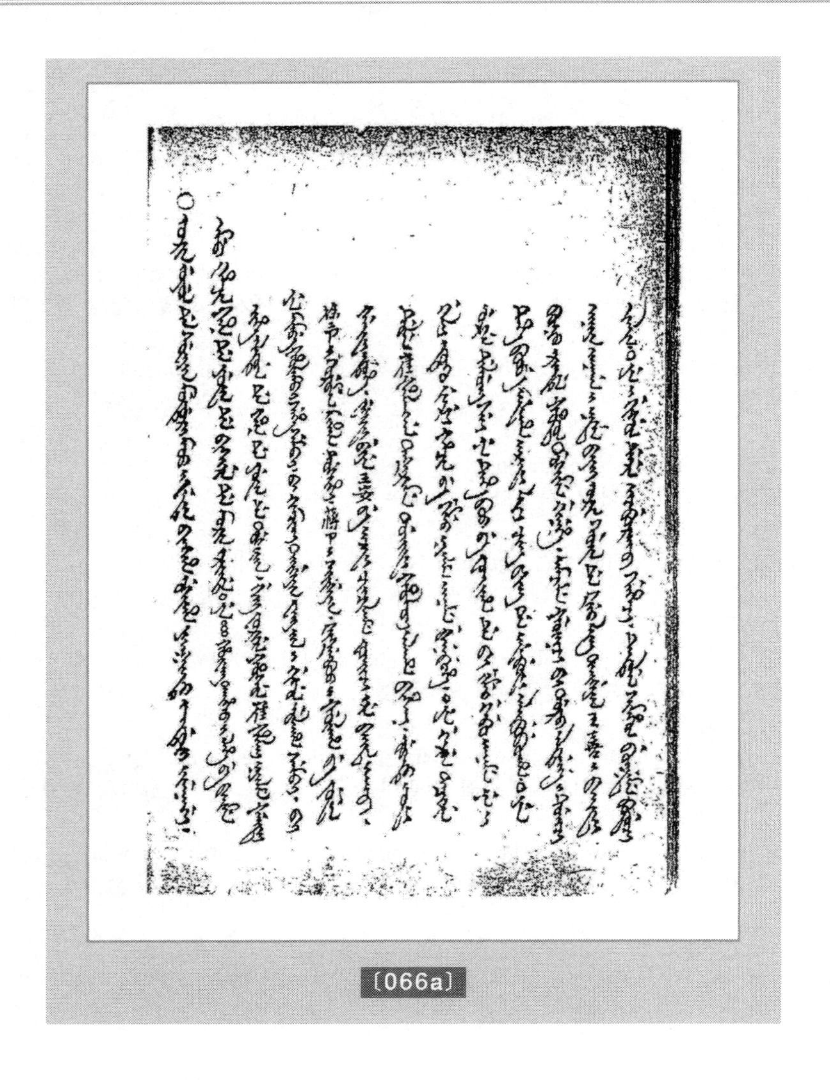

[066a]

○orin uyun de suwayan muduri moo i feten bingha usiha yaksintu enduri inenggi.
20 9 에 누런 용 木의五行 畢 宿 閉 神 날

emu hacin han' de yuwan de bisire de morin erinde ○ ye ○○○ hūwang taiheo i elhe be baime
한 가지 涵 德 園 에 있음에 말 때에 爺 皇 太后 의 평안 을 드리러

jihe ildun de han' de yuwan de dosika. ging forire hūsun 崔 halai niyalma gaitai
온 김 에 涵 德 園 에 들어갔다 更 치는 役人 崔 성의 사람 갑자기

ye mimbe hūlambi sehe sembi. bi kimcici taigiyan wang an i gisun ulaha sembi. bi
爺 나를 부른다 하였다 한다 나 살펴보니 太監 王 安 의 말 전하였다 한다 나

徐二卩 i kurume mahala dusihi[92]. 蔣卩 i sijigiyan. šišengboo i gūlha be juwen
徐二爺 의 마고자 모자 甲裳 蔣爺 의 긴 옷 šišengboo 의 gūlha 를 빌려

gaifi etuhe. wesifi beye 王安 be acafi cincilame fonjici ere baita akū.
가지고 입었다 올라가서 직접 王安 을 만나서 자세히 들으니 이 일 없다

dule 崔 halangga tašarame donjifi holoi alaha biheni. uttu ofi
뜻밖에 崔 성의 잘못 들어서 가짜로 알렸었구나 이러므로

geli etuku jergi hacin be gemu niyalma aname benebuhe. ○ ye geren tacire
또 옷 물건 종류 를 모두 사람 넘겨주었다 爺 여러 배우는

urse delung sei ne tehe boo be fonjiha de bi gemu gebu aname ne i
무리 delung 등의 지금 사는 집 을 물음 에 나 모두 이름 순서로 지금 그

tehe boobe afaha arafi lii cing ping de afabufi alibubuha. ○ ye
사는 집을 문서 만들어서 李 淸 平 에 건네서 전하게 하였다 爺

bonio erinde hoton dosime genehe. amcame gūnici bi doro eldengge i duici
원숭이 때에 성 들어서 갔다 돌이켜 생각하니 나 道 光 의 두번째

aniya anagan i nadan biyai orin sunja de šeo ling taigiyan 王喜 i baitai
해 구실 의 7 월의 20 5 에 首 領 太監 王喜 의 일의

jalin ○ ye i gisun dere acaburakū seheci. tetele simhun bukdame bodoci
때문에 爺 의 말 얼굴 만나지 못한다 하였더니 지금까지 손가락 꼽아 계산하니

—— ○ —— ○ —— ○ ——

29일, 무진(戊辰) 목행(木行) 필수(畢宿) 폐일(閉日).

하나, 함덕원(涵德園)에 있을 때, 오시(午時)에 왕야(王爺)가 황태후(皇太后)의 평안을 드리러 온 김에 함덕원에 들어갔다. 야경 치는 역인(役人) 최(崔)씨라는 사람이 갑자기 왕야가 나를 부른다 하였다 한다. 내가 살펴보니, 태감(太監) 왕안(王安)의 말을 전하였다 한다. 나는 서이야(徐二爺)의 마고자, 모자, 갑상(甲裳), 장야(蔣爺)의 긴 옷, 쉬셩보(šišengboo, 什勝保)의 굴하(gūlha) 신발을 빌려서 입었다. 올라가서 직접 왕안을 만나서 자세히 들으니, 그런 일이 없다. 뜻밖에 최씨가 잘못 들어서 가짜로 알렸었구나. 그래서 또 옷과 물건 종류를 모두 본인에게 넘겨주었다. 왕야가 덜룽(delung, 德隆) 등 여러 학생들이 지금 사는 집을 물음에, 내가 모두 이름 순서대로 지금 그들이 사는 집을 문서로 만들어서 이청평(李淸平)에게 건네서 전하게 하였다. 왕야가 신시(申時)에 성에 들어갔다. 돌이켜 생각하니, 내가 도광(道光) 2년 윤 7월 25일에 수령(首領) 태감(太監) 왕희(王喜)의 일 때문에 왕야의 목소리와 얼굴을 만나지 못한다 하였는데, 지금까지 손가락을 꼽아 계산하니

92) dusihi : 상하로 분리되는 갑옷의 허리 아랫부분을 보호하는 부속 갑옷의 일종으로 '갑상(甲裳)' 또는 '갑군(甲裙)'이라고 한다.

[066b]

ilan biya
3 월

duin aniya ohobi. enenggi 崔 halangga i tašarame selgiyehe be donjifi bi
4 해 되었다 오늘 崔 성의 잘못 전달한 것 을 듣고서 나

yargiyan i geli dahūme ○ wesihun cira be bahafi hargašambi sembihe. dule
진실로 또 다시 귀한 얼굴 을 얻어서 뵙는다 하였다 역시

waka nio. akacuka bai..
아닌 것인가 상심한 채로

emu hacin entehe jifi fafulaha afaha be minde tuwabuha. dule bula muhaliyara baita
한 가지 entehe 와서 傳敎한 문서 를 나에게 보여 주었다 본래 가시나무 쌓는 일

tafulame ilibuha babe ○ ye sain sehe. fuju be saišaha ni. mini jiselahangge
간언하여 세운 바를 爺 좋다 하였다 fuju 를 칭찬하였도다 나의 적은 것

ofi tuttu minde tuwabuha..
되고 그래서 나에게 보여주었다

emu hacin yamji erinde lan 刘卩 i boode kejine cai omime tehe..
한 가지 저녁 때에 lan 劉爺 의 집에 꽤 차 마시면서 앉았다

emu hacin ere ududu inenggi han' de yuwan de bisire de dergi debtelin jijungge nomun i
한 가지 이 몇 날 涵 德 園 에 있을 때 上 卷 易 經 의

bithe be urebume hūlaha..
글 을 익숙하도록 읽었다

—— ○ —— ○ —— ○ ——

4년이 되었다. 오늘 최(崔)씨가 잘못 전달한 것을 듣고서 나는 '진실로 다시 존안(尊顔)을 찾아뵙게 되는 것인가' 여겼는데, 역시 아닌 것인가. 상심한 바이다.

하나, 언터허(entehe, 恩特赫)가 와서 전교(傳敎)한 문서를 나에게 보여 주었다. 본래 가시나무 쌓는 일을 간언하여 세운 바를 왕야(王爺)가 '좋다' 하였고, 푸주(fuju, 富住)를 칭찬하였도다. 내가 적은 것이어서, 그래서 나에게 보여주었다.

하나, 저녁때에 란(lan, 蘭) 유야(劉爺)의 집에서 꽤 차를 마시면서 앉아 있었다.

하나, 이 며칠 함덕원(涵德園)에 있을 때 『역경(易經)』 상권을 익숙해지도록 읽었다.

[067a]

○gūsin de sohon meihe moo i feten semnio usiha alihantu enduri inenggi.
그믐 에 누르스름한 뱀 木 의 五行 觜 宿 建 神 날

emu hacin ere inenggi erde buda jeke amala han' de yuwan ci tuwaci yafahalame yabume
한 가지 이 날 아침 밥 먹은 뒤에 涵 德 園 에서 보니 나가서 가서

覺生寺 i juleri majige teyehe. taigiyan 李三卩 morin yalume hoton dosimbi.
覺生寺 의 앞에 잠시 쉬었다 太監 李三爺 말 타고 성 들어간다

mimbe sabufi ebuhe. geli morin yalume yoha. bi elgiyen i mutehe duka be
나를 보고서 내려왔다 또 말 타고 갔다 나 阜成門 을

dosifi boode mariha..
들어가서 집에 돌아왔다

emu hacin donjici 德惟一 age juwan jakūn de jihe. 二姑卩 i baci jasigan jifi
한 가지 들으니 德惟一 형 10 8 에 왔다 二姑爺 의 곳에서 편지 와서

minde afabuha bihe sembi..
나에게 건네주었다 한다

emu hacin donjici 芬夢馀 age orin juwe de jihe. orin uyun de geli jihe
한 가지 들으니 芬夢餘 형 20 2 에 왔다 20 9 에 또 왔

bihe sembi..
었다 한다

emu hacin donjici 吳蕙圃 tuwanjimbihe sembi..
한 가지 들으니 吳蕙圃 보러왔었다 한다

emu hacin donjici defu 德二卩 i uhen nimeme akūha seme solire afaha benjihe.
한 가지 들으니 德福 德二爺 의 제수 병들어 죽었다 하고 청하는 單子 보내왔다

geneme mutehekū bihe sembi..
갈 수 없었었다 한다

emu hacin donjiha orin nadan de araha ama 玉兒 be tebeliyeme gaifi jihe. kejine
한 가지 들었는데 20 7 에 養 父 玉兒 를 안고 데리고 왔다 꽤

—— ◦ —— ◦ —— ◦ ——

그믐날, 기사(己巳)일 목행(木行) 자수(觜宿) 건일(建日).
하나, 이날 아침 밥 먹은 뒤에 함덕원(涵德園)에서 보니, 나가서 가서 각생사(覺生寺) 앞에서 잠시 쉬었다. 태감(太監) 이삼야(李三爺)가 말을 타고 성에 들어가다가 나를 보고 말에서 내려왔다가 다시 말을 타고 갔다. 나는 부성문(阜成門)을 들어가서 집에 돌아왔다.
하나, 들으니 덕유일(德惟一) 형이 18일에 와서 이고야(二姑爺)가 있는 곳에서 편지가 와 나에게 건네주었다 한다.
하나, 들으니 분몽여(芬夢餘) 형이 22일에 왔고, 29일에 또 왔었다 한다.
하나, 들으니 오혜포(吳蕙圃)가 보러왔었다 한다.
하나, 들으니 더푸(defu, 德福) 덕이야(德二爺)의 제수가 병들어 죽었다 하고 청하는 단자(單子)를 보내왔으나 갈 수 없었다 한다.
하나, 들었는데, 27일에 양부가 옥아(玉兒)를 안아 데리고 왔다. 꽤

〔067b〕

ilan biya
3 월

tembihe. 老姑娘 be orin ninggun de dahūme eigen gaime genehe sembi.
앉았었다 老姑娘 을 20 6 에 다시 남편 취하러 갔다 한다

小姑娘 be ne 香山 de gurinehe sembi. juwan jakūn de araha ama boobe
小姑娘 을 이제 香山 에 옮겨갔다 한다 10 8 에 養 父 집을

小院兒 hūtung de tenehe sembi sehe..
小院兒 hūtung 에 살았다 한다 하였다

emu hacin donjici 鶴年 jimbihe sembi..
한 가지 들으니 鶴年 왔었다 한다

emu hacin donjici ke giyan i hehe nakcu orin ninggun ci beye cihakū orin uyun de
한 가지 들으니 ke giyan 의 외숙모 20 6 부터 몸 불편하고 20 9 에

ambula yebe akū bihe. te baita akū oho sembi..
많이 낫지 않고 있었다 지금 일 없게 되었다 한다

emu hacin 忠魁 jihe. arki udafi emgi omiha. imbe bibufi hangse ulebuhe..
한 가지 忠魁 왔다 소주 사서 함께 마셨다 그를 머물게 하고 국수 먹게 하였다

emu hacin 鶴年 孫承善 be takūrame ilan minggan jiha benjibume jihe. i
한 가지 鶴年 孫承善 을 보내서 3 千 錢 보내서 왔다 그

majige tefi genehe..
잠시 앉고서 갔다

emu hacin donjici cananggi wargi ergi adaki 郝奶奶 emu ajige kesike benjime buhe
한 가지 들으니 그저께 서 쪽 이웃의 郝奶奶 한 작은 고양이 가져와서 주었다

sembi. bi tuwaci yala emu sain kesike ni..
한다 나 보니 진실로 한 착한 고양이구나

emu hacin donjici 夢馀 age jihede ○ eniye inde emu 戳紗扇套 bumbihe sembi..
한 가지 들으니 夢餘 형 왔음에 어머니 그에게 한 戳紗扇套 주었다 한다

emu hacin donjici orin deri jakūci nakcu jimbihe sembi..
한 가지 들으니 20 부터 여덟째 외삼촌 왔었다 한다

—— ◦ —— ◦ —— ◦ ——

3월

앉아 있었다. 노고낭(老姑娘)은 26일에 다시 남편 취하러 갔다 한다. 소고낭(小姑娘)은 이제 향산(香山)으로 옮겨 갔다 한다. 18일에는 양부가 집을 소원아(小院兒) 후퉁에 살러 갔다 하였다.

하나, 들으니 학년(鶴年)이 왔었다 한다.

하나, 들으니 커기얀(kegiyan, 克儉)의 외숙모가 26일부터 몸이 불편하고, 29일에도 크게 나아지지 않다가 지금은 괜찮아졌다 한다.

하나, 충괴(忠魁)가 왔다. 소주를 사서 함께 마셨다. 그를 머물게 해서 국수를 먹게 하였다.

하나, 학년이 손승선(孫承善)을 보내서 3천 전을 보내 왔다. 그는 잠시 앉았다가 갔다.

하나, 들으니 그저께 서쪽 이웃인 학내내(郝奶奶)가 작은 고양이 한 마리를 가져와서 주었다 한다. 내가 보니 정말로 착한 고양이로구나.

하나, 들으니 몽여(夢餘) 형이 왔는데 어머니가 그에게 비단을 잘라 만든 부채 주머니 하나를 주었다 한다.

하나, 들으니 20일부터 여덟째 외삼촌이 왔었다 한다.

[068a]

emu hacin bodoci ere biyade uheri orin minggan ilan tanggū ninju jakūn jiha
한 가지 계산해보니 이 달에 전부 20 千 3 百 60 8 錢

fayame baitalaha..
소비해서 썼다

—— ◦ —— ◦ —— ◦ ——

하나, 계산해보니 이 달에 전부 2만 3백 68전을 소비해서 썼다.

5. 도광 08년(1828) 4월

[068b]

duin biya osohon
4 월 작은달

○○duin biya osohon fulahūn meihe alihabi. ice de šanyan morin boihon i feten
4 월 작은달 불그스름한 뱀 맞았다 초하루 에 흰 말 土 의 五行

šebnio usiha geterentu enduri inenggi.
參 宿 除 神 날

emu hacin erde tucifi 東大院 de beyebe ebišehe. 磚塔兒 hūtung de ujui funiyehe
한 가지 아침 나가서 東大院 에서 몸을 목욕하였다 磚塔兒 hūtung 에 머리의 털

fusihe..
깎았다

emu hacin ere inenggi šuntuhuni ayan edun daha. abkai boco gemu sohokon oho..
한 가지 이 날 하루 종일 큰 바람 불었다 하늘의 색 모두 누르스름하게 되었다

—— ◦ —— ◦ —— ◦ ——

4월 작은달
4월 작은달 정사(丁巳)월을 맞았다. 초하루, 경오(庚午) 토행(土行) 삼수(參宿) 제일(除日).
하나, 아침에 나가서 동대원(東大院)에서 몸을 목욕하였다. 전탑아(磚塔兒) 후퉁에서 머리를 깎았다.
하나, 이날 하루 종일 큰 바람이 불었다. 하늘빛이 온통 누르스름하였다.

[069a]

○ice juwe de šahūn honin boihon i feten jingsitun usiha jaluntu enduri inenggi.
초 2 에 희끄무레한 양 土 의 五行 井 宿 滿 神 날

emu hacin erde ilifi tucifi tob šun i duka be tucifi hoton i fukai dolo
한 가지 아침 일어나 나가서 正陽門 을 나가서 성 의 甕圈의 안

guwan mafai muktehen de hiyan dabufi gingguleme hengkilehe. tuwaci muktehen be
關 羽의 廟 에 香 피우고 공손하게 인사하였다 보니 廟 를

te gemu ice ome dasatame weilehe. deyen i dolo ○○ han i beyei araha
이제 모두 새롭게 보수하였다 殿 의 안 han의 몸소 쓴

神威 sere juwe amba hergen i iletulehen juwe biyade ᠤᠤ enduringge beye arafi
神威 하는 2 큰 글자 의 현판 2 월에 皇上 직접 쓰셔서

lakiyahangge. kemuni 威顯 sere juwe hergen i wesihun colo nonggibuha babe
건 것 또 威顯 하는 2 글자 의 고귀한 號 추가된 곳을

emu eldengge wehei bithe ilibuhabi. bi tucifi lang fang hūtung 韩殿安
한 찬연한 돌의 글 세우게 했다 나 나가서 廊 房 hūtung 韓殿安

puseli de juwe fi udaha. tob šun i duka be dosifi bi
가게 에서 2 筆 샀다 正陽門 을 들어가서 나

daicing duka i dulimbai duka be dosifi 西長安門 be tucifi
大淸門 의 中門 을 들어가서 西長安門 을 나가서

dorgi hoton i gencehen deri yabume boode marihabi..
內 城 의 언저리 따라 가서 집에 돌아왔다

emu hacin boode mariha bici 朴二卩 boode jifi tehei bi. kejine tefi genehe.
한 가지 집에 돌아와 있으니 朴二爺 집에 와서 앉은 채로 있다 꽤 앉고서 갔다

bi erde buda jeke..
나 아침 밥 먹었다

emu hacin erde budai amala 德惟一 age jihe. kejine tefi yoha..
한 가지 아침 밥의 뒤에 德惟一 형 왔다 꽤 앉고서 갔다

—— ∘ —— ∘ —— ∘ ——

초이틀, 신미(辛未) 토행(土行) 정수(井宿) 만일(滿日).
하나, 아침에 일어나 나가서 정양문(正陽門)을 나가서 성의 옹권(甕圈) 안에 있는 관우(關羽)의 사당에서 향을 피우고 공손하게 인사하였다. 보자니 사당을 이제 모두 새롭게 보수하였다. 전(殿)의 안에 황상(皇上)께서 직접 쓰신 '신위(神威)'라는 큰 두 글자의 현판은 2월에 황상께서 직접 쓰셔서 건 것이다. 그리고 '위현(威顯)'이라는 두 글자의 존호(尊號)가 추가된 바를 찬연한 비문 하나를 세우게 하였다. 나는 나가서 랑방(廊房) 후퉁 한전안(韓殿安) 가게에서 붓을 두 개 샀다. 정양문(正陽門)을 들어가서 나는 대청문(大淸門)의 중문(中門)을 들어가고, 서장안문(西長安門)으로 나가서 내성(內城) 언저리를 따라 가서 집에 돌아왔다.
하나, 집에 돌아왔더니 박이야(朴二爺)가 집에 와서 앉은 채로 있다. 꽤 앉아 있다가 갔다. 나는 아침밥을 먹었다.
하나, 아침 식사 뒤에 덕유일(德惟一) 형이 왔다. 꽤 앉아 있다가 갔다.

〔069b〕

duin biya
4 월

emu hacin ina kecin i emgi tonio sindaha..
한 가지 조카 kecin 과 함께 바둑 두었다

emu hacin yamji budai amala bi 小院兒 hūtung de araha ama i boode isinaha. tuwaci
한 가지 저녁 밥의 뒤에 나 小院兒 hūtung 에 養 父 의 집에 이르렀다 보니

emteli duka emu hūwa ilan giyalan cin i boo inu nikedeme teci ombi.
하나의 문 한 정원 3 間 몸채 또한 어떻게든 살 수 있다

sakda gemu boode bihe. gincihiyan inu sain. bi kejine tefi tereci
어르신 모두 집에 있었다 안색 도 좋다 나 꽤 앉고서 거기에서

aljaha. 能仁寺 hūtung 芬夢馀 i boode isinafi tuwaci ilaci
떠났다 能仁寺 hūtung 芬夢餘 의 집에 이르러서 보니 셋째

ašai gisun age be teike mimbe baihanjiha sehe. bi umai dosifi tehekū
형수의 말 형 을 조금전 나를 찾아왔다 하였다 나 결코 들어가서 앉지 않았고

ekšeme marifi boode isinjiha. fonjici age jihekū..
급하게 돌아와서 집에 이르렀다 들으니 형 오지 않았다

—— ◦ —— ◦ —— ◦ ——

4월
하나, 조카 커친(kecin, 克勤)과 함께 바둑을 두었다.
하나, 저녁 식사 뒤에 나는 소원아(小院兒) 후퉁에 양부의 집에 이르렀다. 보니 문 하나에 정원 하나, 3간(間)의 몸채, 또한 어떻게든 살 수 있겠다. 어르신이 모두 집에 있었다. 안색도 좋다. 나는 꽤 앉아 있다가 거기에서 떠났다. 능인사(能仁寺) 후퉁 분몽여(芬夢餘)의 집에 이르러서 보니, 셋째 형수의 말이 '형이 방금 나를 찾아갔다' 하였다. 나는 결코 들어가서 앉지 않고 급히 돌아서 집에 이르렀으나, 들으니 형은 오지 않았다 한다.

[070a]

○ice ilan de sahaliyan bonio aisin i feten guini usiha necintu enduri inenggi.
초 3 에 검은 원숭이 金 의 五行 鬼 宿 平 神 날

emu hacin erde 芬夢馀 age jihe. age 二姑丅 i age de buhe jasigan be minde
한 가지 아침 芬夢餘 형 왔다 형 二姑爺 의 형 에게 준 편지 를 나에게

tuwabuha. ○ eniye age be bibufi hoseri gaifi arki omibuha. tuhe
보여주었다 어머니 형 을 머물게 해서 盒子 가지고 소주 마시게 하였다 보리

efen udafi age de ulebuhe. morin erinde yoha..
떡 사서 형 에게 먹게 하였다 말 때에 갔다

emu hacin 鶴年 jihe. amba niyarhūn 海鯽魚[93] ilan da. ujen ninggun ginggen
한 가지 鶴年 왔다 크고 신선한 海鯽魚 3 마리 무게 6 근

funceme bi. ginggen tome tanggū ninju jiha. uheri minggan isire
넘어 있다 斤 마다 百 60 錢 전부 千 가까운

jiha fayame udafi minde ulebume buhe. majige tefi i yoha. kecin
錢 소비하여 사서 나에게 먹게 하여 주었다 잠시 앉고서 그 갔다 kecin

ere nimaha be arafi uhei jeke..
이 물고기 를 만들어 함께 먹었다

emu hacin ○ eniye de 木瓜 nure udafi enji booha gaifi anggasibuha..
한 가지 어머니 에게 木瓜 술 사서 야채 요리 가지고 맛보게 하였다

emu hacin 郝妳妳 buhe ajige kesike ere yamji kecin i sargan de fehubuhe. dobori de
한 가지 郝妳妳 준 작은 고양이 이 저녁 kecin 의 아내 에게 밟혔다 밤 에

budehe. hairakan emu sain kesike. ere absi biheni..
죽었다 안타까운 한 좋은 고양이 이 그리 되었구나

emu hacin bi ini menggun i semken be damtulafi ○ eniye i sifikū etuku be jooliha..
한 가지 나 그의 銀 의 팔찌 를 전당잡히고 어머니 의 비녀 옷 을 되찾았다

emu hacin ere inenggi boro[94] halame etuhe..
한 가지 이 날 boro 바꿔 썼다

—— ◦ —— ◦ —— ◦ ——

초사흘, 임신(壬申) 금행(金行) 귀수(鬼宿) 평일(平日).
하나, 아침에 분몽여(芬夢餘) 형이 왔다. 형이 이고야(二姑爺)의 형에게 준 편지를 나에게 보여주었다. 어머니가 형을 머물게 해서 합자(盒子) 가지고 와서 소주를 마시게 하고, 보리떡을 사서 형에게 먹게 하였다. 오시(午時)에 갔다.
하나, 학년(鶴年)이 왔다. 크고 신선한 해즉어(海鯽魚) 3마리가 무게가 6근이 넘는다. 근당 160전이고 전부 1천 전 가까이 소비하여 사서 나에게 먹게 하여 주었다. 잠시 앉아 있다가 그가 갔다. 커친(kecin, 克勤)은 이 생선을 요리 만들어서 같이 먹었다.
하나, 어머니에게 모과(木瓜) 술을 사서 야채 요리를 가져가 맛보게 하였다.
하나, 학니니(郝妳妳)가 준 작은 고양이가 이날 저녁 커친의 아내에게 밟혀서 밤에 죽었다. 안타깝게 한 좋은 고양이가 그리 되었구나.
하나, 나는 그의 은팔찌를 전당잡히고 어머니의 비녀와 옷을 되찾았다.
하나, 이날 보로(boro)로 바꿔 썼다.

93) 해즉어(海鯽魚) : '바다 붕어'라는 뜻으로 돔을 가리킨다.
94) boro : 청나라 때 여름에 쓰는 모자의 일종이다.

[070b]

duin biya
4 월

○ice duin de sahahūn coko aisin i feten lirha usiha toktontu enduri inenggi.
초 4 에 거무스름한 닭 金의 五行 柳 宿 定 神 날

emu hacin ere udu inenggi abka halukan ofi jun be hūwa de gurime tucibuhe..
한 가지 이 몇 날 하늘 따뜻하게 되어서 부뚜막 을 마당 에 옮겨 나가게 하였다

emu hacin erde 芬夢餘 age baihanjiha. bi erde buda jefi sasa tucifi 德惟一 age be
한 가지 아침 芬夢餘 형 찾아왔다 나 아침 밥 먹고 같이 나가서 德惟一 형 을

baihanaci 老春 tucifi age be teniken 老山 老廉 be gaifi tucike sembi.
찾아가니 老春 나가서 형 을 방금 老山 老廉 을 데리고 나갔다 한다

uttu ofi meni juwe niyalmai olbo ajige mahala be gemu 老春 de afabufi
이리 되어 우리의 2 사람의 마고자 작은 모자 를 모두 老春 에 건네주고

boode sindaha. 德惟一 age sebe amcame isinafi emgi emgilefi tob wargi
집에 놓았다 德惟一 형 들을 쫓아 이르러서 함께 함께해서 西直門

duka be tucifi golmin bira be bitume yabume 萬寿寺 juktehen de
을 나가서 長 河 를 따라 가서 萬壽寺 절 에

isinaha manggi. 惟一 age 老山 sebe gaifi sejen turifi 西頂 廣仁宮 de
이른 뒤에 惟一 형 老山 등을 데리고 수레 빌려서 西頂 廣仁宮 에

genehe. bi 夢馀 i emgi 萬寿寺 de dosika. bi 張二大卩 be ucaraha.
갔다 나 夢餘 와 함께 萬壽寺 에 들어갔다 나 張二大爺 를 만났다

dergi ergi ashan i hūwa de 愛莲 i deo be ucaraha. 関二叔 be sabuha.
동 쪽 측면 의 마당 에서 愛蓮 의 동생 을 만났다 關二叔 을 보았다

bi 夢馀 i emgi šun dekdere ergi nanggin i fejile cai omiha. kejine oho manggi
나 夢餘 와 함께 해 뜨는 쪽 회랑 의 밑 차 마셨다 꽤 된 뒤에

tucifi 小鋪兒 i dolo arki omiha efen jeke. geli dahūme juktehen i
나가서 小鋪兒 의 안 소주 마셨고 떡 먹었다 또 다시 절 의

dolo emgeri feliyefi teni tucike. bi ejeku hafan uksun iktangga be
안 한 번 걷고 이윽고 나갔다 나 主事 종친 iktangga 를

—— 。—— 。—— 。——

4월
초나흘, 계유(癸酉) 금행(金行) 유수(柳宿) 정일(定日).
하나, 이 며칠 동안 날씨가 따뜻해져서 부뚜막을 마당으로 옮겨 나가게 하였다.
하나, 아침에 분몽여(芬夢餘) 형이 찾아왔다. 나는 아침밥을 먹고 같이 나가서 덕유일(德惟一) 형을 찾아가니 노춘(老春)이 나와서, '형이 방금 노산(老山)과 노염(老廉)을 데리고 나갔다' 한다. 그리하여 우리 두 사람이 마고자와 작은 모자를 모두 노춘에게 건네주어 집에 놓아두게 하고는 덕유일 형 등을 쫓아가서 같이 함께하고, 서직문(西直門)을 나가 장하(長河)를 따라 가서 만수사(萬壽寺)에 이르렀다. 뒤에 유일(惟一) 형이 노산 등을 데리고 수레를 빌려서 서정(西頂) 광인궁(廣仁宮)에 갔고, 나는 몽여(夢餘)와 함께 만수사에 들어갔다. 나는 그곳에서 장이대야(張二大爺)를 만났고, 동쪽 측면의 마당에서 애련(愛蓮)의 동생을 만났으며, 관이숙(關二叔)을 보았다. 나는 몽여와 함께 동쪽 회랑 아래에서 차를 마셨다. 꽤 된 다음에 나가서 소포아(小鋪兒) 안에서 소주를 마시고 떡을 먹었다. 또 다시 절 안을 한 번 걷고서 이윽고 나갔다. 나는 주사(主事) 종친 익탕가(iktangga, 伊克唐阿)를

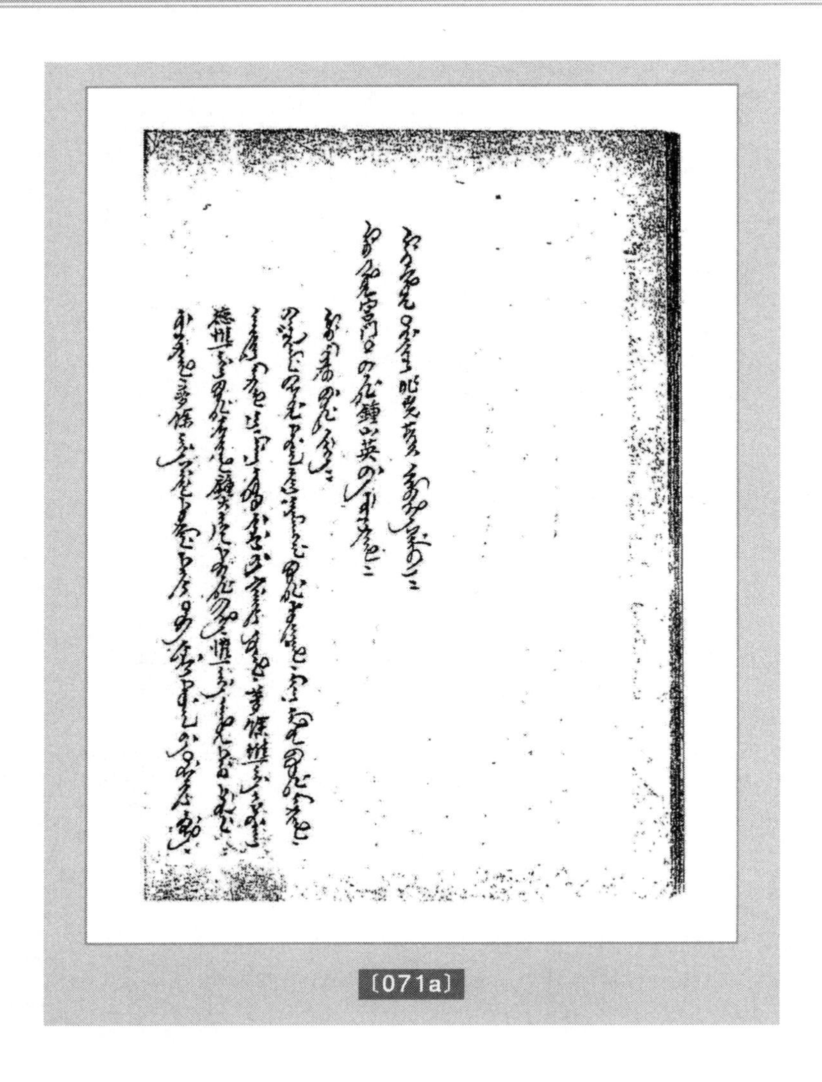

[071a]

ucaraha. 夢馀 age sejen turime tefi tob wargi duka be dosifi ebuhe.
만났다 夢餘 형 수레 빌려서 타고 西直門 을 들어가서 내렸다

德惟一 agei boode isinaha. 鍾大 aša tubade bihe. 惟一 age ahūn deo dule
德惟一 형의 집에 이르렀다 鍾大 형수 거기에 있었다 惟一 형 兄 弟 뜻밖에

aifini mariha ni. meni etuku jergi be gaifi yoha. 夢馀 惟一 age i dukai
이미 돌아왔구나 우리의 옷 물건 을 가지고 갔다 夢餘 惟一 형 의 문의

bakcilame bisire duka ini niyamangga boode tuwanaha. mini emhun boode mariha.
마주 하고 있는 문 그의 친척 집에 보러 갔다 나의 혼자 집에 돌아왔다

emu moro buda jeke..
한 사발 밥 먹었다

emu hacin 宮门口 bade 鍾山英 be ucaraha..
한 가지 宮門口 곳에 鍾山英 을 만났다

emu hacin donjici 兆尭蓂 jimbihe sembi..
한 가지 들으니 兆堯蓂 왔었다 한다

—— ◦ —— ◦ —— ◦ ——

만났다. 몽여(夢餘) 형이 수레를 빌려서 타고 서직문(西直門)으로 들어가서 내렸다. 덕유일(德惟一) 형의 집에 이르렀는데, 종대(鍾大) 형수가 거기에 있었다. 유일(惟一) 형의 형제는 뜻밖에도 이미 돌아왔구나. 우리는 두었던 옷과 물건을 가지고 갔다. 몽여가 유일 형의 대문과 마주하고 있는 대문, 그의 친척 집에 보러갔다. 내가 혼자 집에 돌아왔다. 밥 한 그릇을 먹었다.

하나, 궁문구(宮門口) 있는 곳에서 종산영(鍾山英)을 만났다.

하나, 들으니 조요명(兆堯蓂)이 왔었다 한다.

〔071b〕

duin biya
4 월

○ice sunja de niowanggiyan indahūn tuwa i feten simori usiha tuwakiyantu enduri inenggi.
초 5 에 푸른 개 火 의 五行 星 宿 執 神 날

emu hacin erde hangse jefi tucifi dergi ergi hecen 豐昌號 de isinaha. tubade
한 가지 아침 국수 먹고 나가서 동 쪽 성 豐昌號 에 이르렀다 거기에서

李九丌 kumungge jergi urse be ucaraha. 二姑丌 i fulun i bele gūsin nadan
李九爺 kumungge 등 무리 를 만났다 二姑爺 의 俸祿 의 쌀 30 7

hule be hule tome duin minggan susai jiha salimbi. uheri emu tanggū dehi
石 을 石 마다 4 千 50 錢 상당한다 전부 1 百 40

ninggun minggan juwe tanggū susai jiha de uncaha. emu harangga puseli i
6 千 2 百 50 錢 에 팔았다 한 부속한 가게 의

jihai afaha arafi minde afabuha. 蕭掌櫃 minde gidaha turi miyehu juwe
錢으로 한 枚 만들어 나에게 건네주었다 蕭掌櫃 나에게 절인 콩 두부 2

tamse hoošan emu bukdan yasai okto ilan ajige malu buhe. bi tereci
항아리 종이 1 묶음 눈의 약 3 작은 병 주었다 나 거기에서

tucifi na i elhe obure duka de emu eihen i sejen turime tehe. 天順居 de
나가서 地安門 에서 한 당나귀 의 수레 빌려서 탔다 天順居 에서

糕乹 efen[95] udaha. wargi elhe duka de isinafi sejen ci ebuhe. boode
糕乾 떡 샀다 西安門 에 이르러 수레 에서 내렸다 집에

mariha..
돌아왔다

emu hacin ○ eniye yasai okto be 郝妳妳 de juwe ajige malu buhe. kemuni gidaha turi
한 가지 어머니 눈의 약 을 郝妳妳 에게 2 작은 병 주었다 또 절인 콩

miyehu emu farsi buhe. 高三卩 i boo 景大卩 i boode gemu emte farsi buhe..
두부 한 조각 주었다 高三爺 의 집 景大爺 의 집에 모두 한 조각 주었다

emu hacin tucifi sefu aja boode isinaha. kejine tehe..
한 가지 나가서 師傅 母 집에 이르렀다 꽤 앉았다

—— ◦ —— ◦ —— ◦ ——

4월
초닷새, 갑술(甲戌) 화행(火行) 성수(星宿) 집일(執日).
하나, 아침에 국수를 먹고 나가서 동성(東城) 풍창호(豐昌號)에 이르렀다. 거기에서 이구야(李九爺), 쿠뭉거(kumungge, 庫蒙額) 등 사람들을 만났다. 이고야(二姑爺)의 봉록(俸祿) 쌀 37석은 1석당 4천 50전에 상당한다. 전부 1백 4만 6천 2백 50전에 팔았다. 한 풍창호 관하(管下) 가게의 돈으로 한 매를 만들어 나에게 건네주었다. 소장궤(蕭掌櫃)가 나에게 절인 두부 두 항아리, 종이 한 묶음, 안약 작은 것 세 병을 주었다. 나는 거기에서 나가 지안문(地安門)에서 당나귀 수레 하나를 빌려서 탔다. 천순거(天順居)에서 말린 떡[糕乾]을 샀다. 서안문(西安門)에 이르러 수레에서 내렸다. 집에 돌아왔다.
하나, 어머니가 안약을 학니니(郝妳妳)에게 작은 것 두 병을 주었다. 또 절인 두부 한 모를 주었다. 고삼야(高三爺)의 집과 경대야(景大爺)의 집에 모두 한 모씩 주었다.
하나, 나가서 사모의 집에 이르렀다. 꽤 앉아 있었다.

95) 糕乹 efen : 쌀가루와 설탕을 재료로 만든 '말린 떡'인 고건(糕乾)을 가리킨다. '糕乾' 뒤에 만주어 'efen'을 덧붙여 '糕乾 efen'으로 표기하기도 한다.

[072a]

emu hacin 德惟一 agei boode isinaha. age boode akū. bi 豐昌號 i jihai afaha be
한 가지 德惟一 형의 집에 이르렀다 형 집에 없다 나 豐昌號의 錢으로 한 枚 를

二姑姑 de afabuha. bi majige tefi tucike..
二姑姑 에게 건네주었다 나 잠시 앉고서 나갔다

emu hacin teo tiyoo hūtung de isinaha. 蕙圃 boode bethe obome ofi bi boode
한 가지 頭 條 hūtung 에 이르렀다 蕙圃 집에서 발 씻으므로 나 집에

dosikakū. hūwa i dolo tefi juwe moro cai omiha. tereci aljafi boode
들어가지 않았다 마당 의 안 앉고서 2 사발 차 마셨다 거기에서 떠나서 집에

mariha..
돌아왔다

emu hacin erde udu agai sabdan maktafi aga ohakū. yamji erinde geli udu agai
한 가지 아침 몇 비의 방울 내리고 비 되지 않았다 저녁 때에 또 몇 비의

sabdan maktafi aga ohakū. abka dembei halukan bihe..
방울 내리고 비 되지 않았다 하늘 아주 따뜻하였다

emu hacin donjici 鍾山英 i banjiha ajige sargan jui duleke biyai juwan uyun de ufaraha
한 가지 들으니 鍾山英 의 태어난 작은 딸 아이 지난 달의 10 9 에 요절하였다

sembi..
한다

―― ◦ ―― ◦ ―― ◦ ――

하나, 덕유일(德惟一) 형의 집에 이르렀다. 형이 집에 없다. 나는 풍창호(豐昌號)의 돈으로 한 매를 둘째 고모에게 건네주었다. 나는 잠시 앉아 있다가 나갔다.
하나, 두조(頭條) 후통에 이르렀다. 혜포(蕙圃)가 집에서 발 씻고 있어서 나는 집에 들어가지 않았다. 마당 안에 앉아 있으면서 차 두 사발을 마셨다. 거기에서 떠나 집에 돌아왔다.
하나, 아침에 비가 몇 방울 내렸으나 비가 되지는 않았다. 저녁때에 또 비가 몇 방울 내렸으나 비가 되지는 않았다. 하늘이 아주 따뜻하였다.
하나, 들으니 종산영(鍾山英)의 태어난 작은 딸아이가 지난 달 19일에 요절하였다 한다.

〔072b〕

duin biya
4 월

○ice ninggun de niohon ulgiyan tuwa i feten jabhū usiha efujentu enduri inenggi.
초 6 에 푸르스름한 돼지 火 의 五行 張 宿 破 神 날

emu hacin šuntuhuni ayan edun daha. yamji budai amala teni toroko. bi tucifi
한 가지 하루 종일 큰 바람 불었다 저녁 밥의 뒤에 비로소 잠잠해졌다 나 나가서

天成軒 de isinaha tuwaci. canghing 常大丿 emgeri neneme isinaha. baji ofi
天成軒 에 이르렀고 보니 常興 常大爺 이미 먼저 이르렀다 잠시 되어

慶熙臣 inu isinaha. emgi cai omime gisureme tehe. 德惟一 age baita
慶熙臣 도 이르렀다 함께 차 마시고 이야기하며 앉았다 德惟一 형 일

bifi genehekū. be ging foriha erinde teni fakcaha. 常大卩 i gisun juwan
있어서 가지 않았다 우리 更 친 때에 비로소 헤어졌다 常大爺 의 말 10

emu ci tofohon de isitala ya inenggi be bodorakū. mimbe baihanjime. 萬寿
1 부터 보름 에 이르기까지 어느 날 을 헤아리지 않고 나를 찾아오고 萬壽

寺 de sarašame genembi sehe..
寺 에 놀러 간다 하였다

emu hacin 馬市桥 bade 芬夢馀 be ucaraha. age minde yandume jiselehe. 二姑卩 de
한 가지 馬市橋 곳에 芬夢餘 를 만났다 형 나에게 부탁하여 적었다 二姑爺 에게

bure jasigan i jise be bi agede afabuha. ishunde fakcaha..
줄 편지 의 草稿 를 나 형에게 건네주었다 서로 헤어졌다

emu hacin iletulehe erdemu giyai de ilungga be ucaraha. i teike boode kejine
한 가지 景德 街 에서 ilungga 를 만났다 그 조금전 집에서 꽤
tembihe sembi..
앉아 있었다 한다

—— ◦ —— ◦ —— ◦ ——

4월

초엿새, 을해(乙亥) 화행(火行) 장수(張宿) 파일(破日).

하나, 하루 종일 큰 바람이 불었다. 저녁 식사 뒤에 비로소 잠잠해졌다. 나는 나가서 천성헌(天成軒)에 이르러서 보니. 상흥(常興) 상대야(常大爺)가 먼저 이르렀다. 잠시 뒤에 경희신(慶熙臣)도 이르렀다. 함께 차를 마시고 이야기하며 앉아 있었다. 덕유일(德惟一) 형은 일이 있어서 오지 않았다. 우리는 야경 칠 무렵에 비로소 헤어졌다. 상대야가 말하기를, '11일부터 보름(15일)에 이르기까지 어느 날이든 헤아리지 말고 나를 찾아오면 만수사(萬壽寺)에 놀러 간다' 하였다.

하나, 마시교(馬市橋) 있는 곳에서 분몽여(芬夢餘)를 만났다. 형이 나에게 부탁하여 편지를 적었다. 이고야(二姑爺)에게 줄 편지의 초고를 나는 형에게 건네주고 서로 헤어졌다.

하나, 경덕가(景德街)에서 일릉가(ilungga, 伊隆阿)를 만났다. 그는 조금 전에 우리 집에서 꽤 앉아 있었다 한다.

〔073a〕

○ice nadan de fulgiyan singgeri muke i feten imhe usiha tuksintu enduri inenggi.
초 7 에 붉은 쥐 水 의 五行 翼 宿 危 神 날

emu hacin erde 德惟一 age jihe. mimbe guileme tucifi sejen turime tefi horon be
한 가지 아침 德惟一 형 왔다 나를 청하여 나가서 수레 빌려 타고 宣

algimbure duka be tucifi doohan i bade ebuhe. yafahalame yabume lio lii cang
武門 을 나가서 나루 의 곳에 내렸다 걸어 가서 琉 璃 廠

bade age jasigan ulabuha. tereci 天慶楼 de tahūra efen[96] jeke.
곳에 형 편지 전하였다 그로부터 天慶樓 에 扁食 먹었다

---

96) tahūra efen : 고기와 야채 속을 넣어 진주조개 모양으로 만든 떡을 가리키며 '편식(扁食)'이라고도 한다.

emu sejen turime tefi age boode marime yoha. bi inu boode
한 수레 빌려서 타고 형 집에 돌아서 갔다 나 도 집에

jihe..
왔다

emu hacin inenggishūn erinde bi emgeri amu šaburaha..
한 가지 한낮 때에 나 한 번 잠 졸았다

emu hacin ○ eniye 糕乾 efen be jafame 小院 hūtung araha ajai boode tuwakini seme
한 가지 어머니 糕乾 떡 을 가지고 小院 hūtung 養 母의 집에 보자 하게

ofi bi ○ eniye be araha ajai boode fudeme isibuha. araha ama boode
되어 나 어머니 를 養 母의 집에 보내서 주었다 養 父 집에

akū bihe. bi neneme boode mariha..
없었다 나 먼저 집에 돌아왔다

emu hacin yamji erinde 瑞图 jihe. majige tefi genehe..
한 가지 저녁 때에 瑞圖 왔다 잠시 앉고서 갔다

emu hacin yamji erinde 克俭 genefi ○ eniye be boode okdome jihe..
한 가지 저녁 때에 克儉 가서 어머니 를 집에 마중하여 왔다

emu hacin emu jemin 左金丸 okto omiha..
한 가지 한 첩 左金丸 약 먹었다

—— ◦ —— ◦ —— ◦ ——

초이레, 병자(丙子) 수행(水行) 익수(翼宿) 위일(危日).

하나, 아침에 덕유일(德惟一) 형이 왔다. 나를 청하여 나가 수레를 빌려 타고 선무문(宣武門)을 나가서 나루 있는 곳에서 내렸다. 걸어가서 유리창(琉璃廠) 있는 곳에서 형이 편지를 전하였다. 그로부터 천경루(天慶樓)에서 편식(扁食)을 먹었다. 수레 하나를 빌려서 타고 형은 집에 돌아서 갔다. 나도 집에 왔다.

하나, 한낮 때에 나는 한 번 잠을 졸았다.

하나, 어머니가 말린 떡[糕乾]을 가지고 소원(小院) 후퉁의 양모 집에 가보자 하여 나는 어머니를 양모 집에 보내 주었다. 양부는 집에 없었다. 나는 먼저 집에 돌아왔다.

하나, 저녁때에 서도(瑞圖)가 왔다. 잠시 앉아 있다가 갔다.

하나, 저녁때에 커기얀(kegiyan, 克儉)가 가서 어머니를 집에 마중하여 왔다.

하나, 좌금환(左金丸) 약을 한 첩을 먹었다.

〔073b〕

duin biya ajige jalu
4 월 小滿

○ice jakūn de fulahūn ihan muke i feten jeten usiha mutehentu enduri inenggi.
초 8 에 불그스름한 소 水 의 五行 軫 宿 成 神 날

emu hacin erde tucifi 芬夢馀 age be baifi sasa 兆尭蓂 deo be baihanaci i
한 가지 아침 나가서 芬夢餘 형 을 찾아서 같이 兆堯蓂 아우 를 찾아가니 그

boode bihe. bi 夢馀 agei emgi neneme 德惟一 age i boode baime genehe..
집에 있었다 나 夢餘 형과 함께 먼저 德惟一 형 의 집에 찾아 갔다

amala 尭蓂 genehe manggi meni duin nofi tob wargi duka be tucifi 玫瑰露
뒤에 堯蓂 간 뒤에 우리의 4 사람 西直門 을 나가서 玫瑰露

arki udafi jafaha. golmin bira bitume yabume 五塔寺 de isinaha. bi
소주 사서 가졌다 長 河 따라 가서 五塔寺 에 이르렀다 나

尭蓂 i sasa subargan i karan de tafaka. amala tereci tucifi 萬寿寺
堯蓂 과 같이 탑 의 전망대 에 올랐다 뒤에 거기에서 나가서 萬壽寺

de isinaha. cai omime tehe. juktehen i dolo 奎老四 明老四 鍾山英 jergi
에 이르렀다 차 마시면서 앉았다 절 의 안 奎老四 明老四 鍾山英 등

urse be ucaraha. šun kelfike erinde tucifi ajige puseli de arki omiha. efen
무리 를 만났다 해 질 때에 나가서 작은 가게 에 소주 마셨다 떡

hangse jeke. geli dosifi juktehen de emu mudan yabuha. tucifi yafahalame
국수 먹었다 또 들어가서 절 에 한 번 갔다 나가서 걸어

yabume tob wargi duka be dosika. be gemu 秀才 hūtung 慶熙臣 i
가서 西直門 을 들어갔다 우리 모두 秀才 hūtung 慶熙臣 의

tacikūi boode isinaha. dule ceni tacikū be jakan 玉皇阁 ci ere 秀才 hūtung de
학당의 집에 이르렀다 뜻밖에 그들의 학당 을 요즘 玉皇閣 에서 이 秀才 hūtung 에

gurinjihe ni. be kejine teyeme tehe. 兆尭蓂 慶熙臣 sei emgi hebešendume
옮겨 왔구나 우리 꽤 쉬면서 앉았다 兆堯蓂 慶熙臣 등과 함께 상의하여

cimari miyoo feng šan alin de geneki seme tubade tutaha. bi 德惟一 age 芬
내일 妙 峯 山 산 에 가자 하고 거기에서 머물렀다 나 德惟一 형 芬

—— 。—— 。—— 。——

4월 소만(小滿)

초여드레, 정축(丁丑) 수행(水行) 진수(軫宿) 성일(成日).

하나, 아침에 나가서 분몽여(芬夢餘) 형을 찾아서 같이 조요명(兆堯蓂) 아우를 찾아가니, 그가 집에 있었다. 나는 몽여(夢餘) 형과 함께 먼저 덕유일(德惟一) 형의 집에 찾아 갔다. 뒤에 요명(堯蓂)에게 간 다음, 우리 네 사람은 서직문(西直門)을 나가서 매괴로(玫瑰露)라는 소주를 사서 지녔다. 장하(長河)를 따라 가서 오탑사(五塔寺)에 이르렀다. 나는 요명과 같이 탑의 전망대에 올라갔다. 그런 뒤에 거기에서 나가서 만수사(萬壽寺)에 이르렀다. 차를 마시면서 앉아 있었다. 절 안에 규노사(奎老四), 명노사(明老四), 종산영(鍾山英) 등 사람들을 만났다. 해 질 때에 나가서 작은 가게에서 소주를 마셨고, 떡과 국수를 먹었다. 또 들어가서 절에 한 번 더 갔다. 절을 나가 걸어가서 서직문(西直門)을 들어갔다. 우리는 모두 수재(秀才) 후퉁 경희신(慶熙臣)의 학당 건물에 이르렀다. 뜻밖에 그들의 학당을 최근에 옥황각(玉皇閣)에서 이 수재 후퉁으로 옮겨왔구나. 우리는 꽤 쉬면서 앉아 있었다. 조요명, 경희신 등과 함께 상의하여 내일 묘봉산(妙峯山)에 가자 하고 거기에서 머물렀다. 나, 덕유일 형,

[074a]

夢馀 age gemu yabuha. 德惟一 baita de yoha. bi 夢馀 i emgi yabume
夢餘 형 모두 갔다 德惟一 일 에 갔다 나 夢餘 와 함께 가서

meimeni boode mariha. donjici enenggi 奎文農 boode jihe sembi..
각각 집에 돌아왔다 들으니 오늘 奎文農 집에 왔다 한다

emu hacin bi 左金丸 okto omiha..
한 가지 나 左金丸 약 먹었다

emu hacin ere inenggi i morin erin i ujui jai kemu i emuci fuwen de ajige jalu duin
한 가지 이 날 의 말 때 의 처음의 둘째 刻 의 첫 번째 分 에 小滿 4

biyai dulin..
월의 보름이다

emu hacin kobdo i hebei amban de bure karulara jasigan be 德惟一 agede
한 가지 kobdo 의 參贊大臣 에게 주는 답하는 편지 를 德惟一 형에게

afabufi ildun de tuwame unggiki sembi..
건네주는 김 에 보고서 보내자 한다

—— ◦ —— ◦ —— ◦ ——

분몽여(芬夢餘) 형이 모두 갔는데, 덕유일(德惟一) 형은 일 때문에 갔고, 나는 몽여(夢餘) 형과 함께 가서 각각 집에 돌아왔다. 들으니 오늘 규문농(奎文農)이 집에 왔다 한다.
하나, 나는 좌금환(左金丸) 약을 먹었다.
하나, 이날 오시(午時) 첫 2각(刻) 1분(分)에 소만(小滿)이다. 4월의 보름이다.
하나, 코브도(kobdo, 科布多) 참찬대신(參贊大臣)에게 주는 답신을 덕유일 형에게 건네주는 김에 살펴보고서 보내자고 한다.

〔074b〕

duin biya
4 월

○ice uyun de suwayan tasha boihon i feten gimda usiha bargiyantu enduri inenggi.
초 9 에 누런 호랑이 土 의 五行 亢 宿 收 神 날

emu hacin erde dergi ergi adaki sejesi 刘柱兒 i lorin i sejen be turime gaifi ◦ eniye eyūn
한 가지 아침 동 쪽 이웃의 수레꾼 劉柱兒 의 노새 의 수레 를 빌려 가지고 어머니 누나

niol 套兒 mini beye sunja nofi. erde hangse jefi sasa tob wargi duka be
妞兒 套兒 나의 몸소 5 사람 아침 국수 먹고 같이 西直門 을

tucifi 五塔寺 de dosifi gemu subargan i karan de wesike. 五塔寺 ci tucifi
나가서 五塔寺 에 들어가서 모두 탑 의 전망대 에 올라갔다 五塔寺 에서 나가서

萬寿寺 de isinafi babade sarašaha. amala julergi ergi nanggin i fejile cai omime
萬壽寺 에 이르러 곳곳에서 놀았다 뒤에 남 쪽 회랑 의 밑에 차 마시면서

tehede. 雅蔚章 i emu hūwa de tehe adaki gocika juwan i da fengšembu 豐八ㄗ be
앉음에 雅蔚章 의 한 동네 에 사는 이웃의 親軍校 fengšembu 豐八爺 를

ucaraha. ini sargan juwe sargan jui be gaime inu tubade cai omire de tehe
만났다 그의 아내 2 딸 아이 를 데리고 또 거기에 차 마시기 에 앉은

babe baharakū ofi meni emu bade hacihiyame emgi tecehe. 豐八ㄗ niol 套兒 de juwete
곳을 얻지 못해서 우리의 한 곳에 권하여 함께 마주 앉았다 豐八爺 niol 套兒 에게 두 개씩

fila 涼糕[97] ulebuhe. cai jiha be bi buhe. tereci sasa 萬寿寺 ci tucifi
접시 涼糕 먹게 하였다 茶 錢 을 나 주었다 거기에서 같이 萬壽寺 에서 나가서

西頂 廣仁宮 de isinafi emgeri feliyehe. 西洋景 be tuwaha. 廣仁宮 ci tucifi
西頂 廣仁宮 에 이르러 한 번 걸었다 西洋景 을 보았다 廣仁宮 에서 나가서

繡漪桥 de isinaha manggi ayan edun dame dekdehe. ○ eniye eyūn niol 套兒
繡漪橋 에 다다른 후 큰 바람 불어 올랐다 어머니 누나 niol 套兒

豐八妳妳 gemu 繡漪桥 de wesihe. doohan ci wasifi handu usin deri
豐八妳妳 모두 繡漪橋 에 올랐다 다리 에서 내려서 벼 밭 으로

yabume 廓如亭 de isinafi teišun i ihan be tuwaki seci. alban i urse
가서 廓如亭 에 이르러 구리 의 소 를 보자 하니 官 의 무리

—— ○ —— ○ —— ○ ——

4월
초아흐레, 무인(戊寅) 토행(土行) 항수(亢宿) 수일(收日).
하나, 아침에 동쪽 이웃인 수레꾼 유주아(劉柱兒)의 노새 수레를 빌려서 어머니와 누나, 뉴아(妞兒), 투아(套兒), 나 다섯 사람이 아침에 국수를 먹고 같이 서직문(西直門)을 나가서 오탑사(五塔寺)에 들어가서 모두 탑의 전망대에 올라갔다. 오탑사에서 나가서 만수사(萬壽寺)에 이르러 곳곳에서 놀았다. 뒤에 남쪽 회랑 아래에서 차를 마시면서 앉아 있을 때, 아울장(雅蔚章)과 한 동네에 사는 이웃인 친군교(親軍校) 펑셤부(fengšembu, 豐紳布) 풍팔야(豐八爺)를 만났다. 그는 아내와 두 딸아이를 데리고, 거기에서 앉아서 차 마실 곳을 구하지 못해 우리와 같이 앉기를 권하여 함께 마주 앉았다. 풍팔야, 뉴아, 투아에게 두 접시씩 양고(涼糕)를 먹게 하였다. 찻값은 내가 주었다. 거기에서 같이 만수사에서 나가서 서정(西頂) 광인궁(廣仁宮)에 이르러 한 번 걸었고, 서양경(西洋景)을 보았다. 광인궁에서 나가서 수의교(繡漪橋)에 다다른 뒤에 큰 바람이 불어 올랐다. 어머니와 누나, 뉴아, 투아, 풍팔니니(豐八妳妳)가 모두 수의교에 올랐다가 다리에서 내려와서 논으로 가서 곽여정(廓如亭)에 이르러 구리 소를 보겠다 하니, 관의 사람들이

---

97) 涼糕 : 찹쌀가루로 만든 막대 모양의 여름철 식품으로 속에 대추·콩·팥 등을 넣어 얼음 위에 얹었다가 차가워진 뒤에 먹는다.

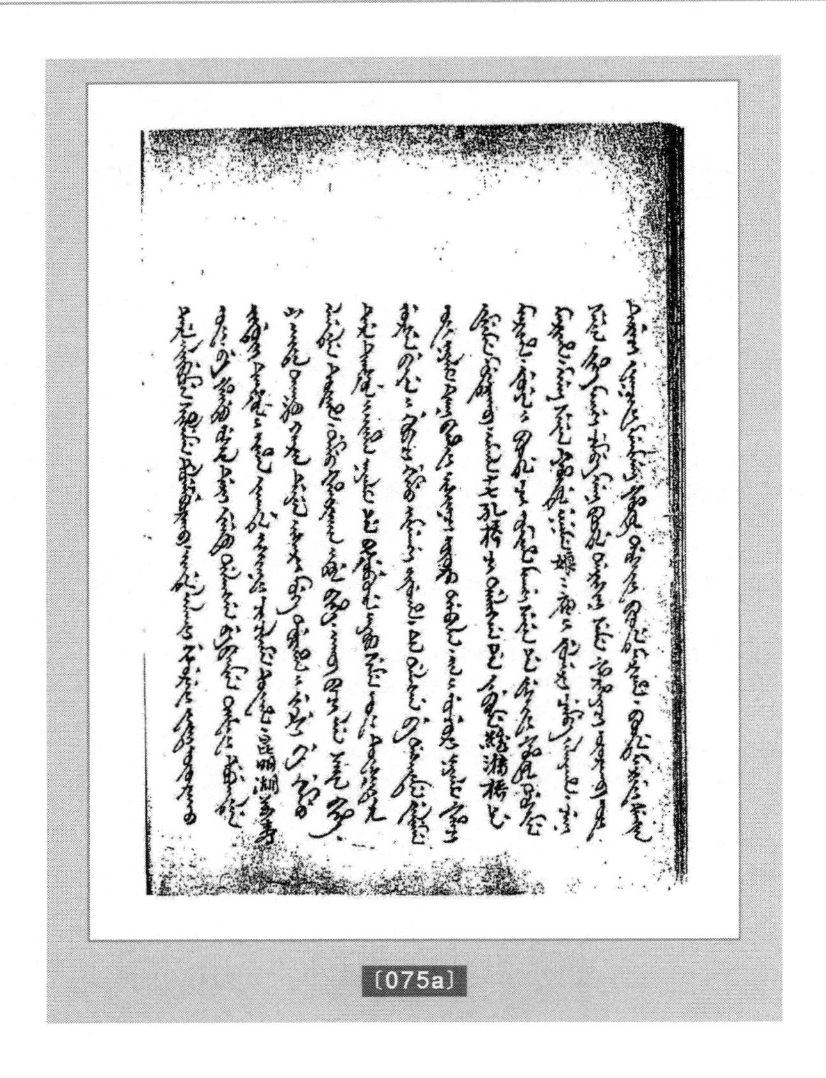

〔075a〕

tere ilibume siheleme dulemburakū. inde lalanji gisurefi watai ojorakū
거기 세워서 막고 지나가지 못하게 하였다 그에게 장황하게 말하고서 도저히 할 수 없게

ofi. be handu usin deri jendu dalangga be baime tafafi dubentele
되어 우리 벼 밭 으로 몰래 둑 을 찾아 올라서 끝까지

jiduji teišun i ihan jakade isinafi cincilame tuwaha. 昆明湖 萬寿山
결국 구리 의 소 곳에 이르러서 자세히 보았다 昆明湖 萬壽山

eiten taktu karan deyen asari muke doohan i jergi be gemu
모든 樓 전망대 殿 閣 물 다리 등 을 모두

eletele tuwaha. damu hairakan edun bihe. akū bici ele sain bihe..
만족하게 보았다 다만 아쉽게도 바람 이었다 없으면 더욱 좋은 이었다

tere teišun i ihan niyalma de bišubure ayoo seme ofi tuwašatara
그 구리 의 소 사람 에게 만져지는 것 아닌가 하게 되어 보호하는

urse beye i gubci gemu imenggi ijuha. te dalangga be dasatame weileme
무리 몸 의 전부 모두 기름 발랐다 이제 둑 을 보수하여 만들게

ofi niyalma teni bahafi isinaci ojoro dabala. an i ucuri niyalma hanci
되어 사람 비로소 찾아서 들어올 수 있을 따름이다 평소대로 사람 가까이

fimeme muterakū. amala 十七孔桥 ci dalangga de yabume 綉漪桥 de
할 수 없다 뒤에 十七孔橋 에서 둑 에 가서 綉漪橋 에

mariha. juye i boode cai omiha manggi sejen de wesifi hoton dosime
돌아왔다 朱爺 의 집에서 차 마신 뒤에 수레 에 올라서 성 들어가서

mariha. meni sejen hūdun neneme 娘娘庙 i juleri cembe aliyaha. ceni
돌아왔다 우리의 수레 빨리 먼저 娘娘廟 의 앞에 그들을 기다렸다 그들의

sejen jihe manggi cembe meni boode darikini seme hacihiyaci ojorakū ofi
수레 온 뒤에 그들을 우리 집에 들리자 하고 권할 수 없게 되어

tereci fakcafi meimeni hoton dosifi boode mariha. boode marifi dengjan
거기에서 헤어져서 각각 성 들어가서 집에 돌아왔다 집에 돌아와서 등잔

―― ◦ ―― ◦ ―― ◦ ――

거기서 세워서 막고 지나가지 못하게 하였다. 그에게 장황하게 말했는데도 도저히 할 수가 없어서, 우리는 논으로 몰래 둑을 찾아 끝까지 올라가서 결국 구리 소 있는 곳에 이르러 자세히 보았다. 곤명호(昆明湖) 만수산(萬壽山)의 모든 누각과 전망대, 전각(殿閣), 물과 다리 등을 모두 만족하게 보았다. 다만 아쉽게도 바람이 있었는데, 없었으면 더욱 좋았을 것이었다. 그 구리 소가 사람에게 만지게 되는 것이 아닌가 하여서 보호하는 사람들이 소의 온 몸에 전부 기름을 발랐다. 지금 둑을 보수하고 만들게 되어 사람들이 비로소 찾아서 들어올 수 있을 따름이다. 평소대로 사람들이 가까이 접근할 수 없다. 뒤에 십칠공교(十七孔橋)에서 둑에 가서 수의교(繡漪橋)[98]에 돌아왔다. 주야(朱爺)의 집에 차를 마신 뒤에 수레에 타서 수레에 올라 성에 들어가서 돌아왔다. 우리의 수레가 빨리 먼저 낭낭묘(娘娘廟) 앞에서 그들을 기다렸다. 그들의 수레가 온 뒤에 그들을 우리 집에 들리자 하고 권할 수 없게 되어 거기에서 헤어져 각각 성으로 들어가서 집에 돌아왔다. 집에 돌아와서 등잔불

98) 수의교(繡漪橋) : 원문의 '綉'는 '繡'의 이체자로 정자로 바꾸었다.

〔075b〕

duin biya
4 월

dabure erin oho. boode 綠豆 uyan mukei buda belhehe uhei jeke. sejesi
켜는 때 되었다 집에 綠豆 죽 물의 밥 준비해서 함께 먹었다 수레꾼

刘柱兒 de emu minggan juwe tanggū sejen i jiha buhe. ere inenggi juwe
劉柱兒 에게 1 千 2 百 수레 의 錢 주었다 이 날 2

minggan jiha fayaha. yamji erinde edun toroko. ere inenggi inu emu
千 錢 썼다 저녁 때에 바람 잠잠해졌다 이 날 도 한

sebjen i ba seci ombi. ere 豐八卩 i eigen sargan inu mende mujakū
즐거움 의 것 할 수 있다 이 豐八爺 의 남편 아내 도 나에게 정말로

salgabun feten bi. akūci aide uttu sengse[99] banjiha biheni..
인연의 分 있다 없으면 어째서 이렇게 기이한 현상 생긴 것인가

emu hacin 孫承善 bele benjime jimbihe sembi..
한 가지 孫承善 쌀 가지고 왔었다 한다

—— ◦ —— ◦ —— ◦ ——

4월
켜는 무렵이 되었다. 집에서 녹두죽 물밥을 준비해서 함께 먹었다. 수레꾼 유주아(劉柱兒)에게 1천 2백 전의 수레 값을 주었다. 이날 2천 전을 썼다. 저녁때에 바람이 잠잠해졌다. 이날도 한 즐거운 날이라 할 수 있다. 이 풍팔야(豐八爺) 부부도 나에게 정말로 인연의 연분(緣分)이 있나 보다. 없다면 어째서 이렇게 기이한 일이 생긴 것이겠는가.
하나, 손승선(孫承善)이 쌀을 가지고 왔었다 한다.

99) sengse : '기이하고 괴이한 형상이나 모양'이라는 의미의 'sengse saksa'의 축약형으로 보인다.

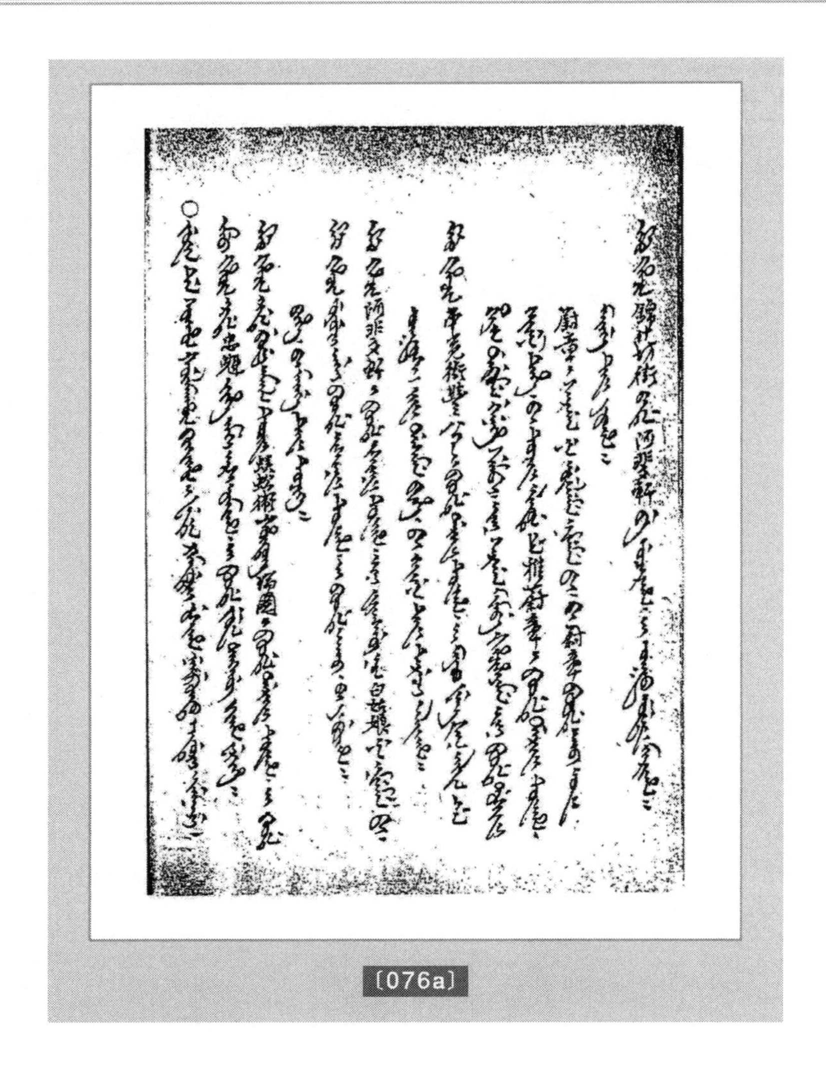

[076a]

○juwan de sohon gūlmahūn boihon i feten k'amduri usiha neibuntu enduri inenggi.
10 에 누르스름한 토끼 土 의 五行 亢 宿 開 神 날

emu hacin erde 忠魁 jihe emgi arki omiha. i boode juwe tanggū jiha werihe..
한 가지 아침 忠魁 왔다 함께 소주 마셨다 그 집에 2 百 錢 남겼다

emu hacin erde budai amala tucifi 蜈蚣衛 hūtung 瑞图 i boode darifi tuwaha. i boode
한 가지 아침 밥의 뒤에 나가서 蜈蚣衛 hūtung 瑞圖 의 집에 들러서 보았다 그 집에

bihe. bi majige tefi tucike..
있었다 나 잠시 앉고서 나갔다

emu hacin uyuci agei boode isinafi tuwaha. i boode akū. bi yabuha..
한 가지 아홉째 형의 집에 이르러서 보았다 그 집에 없다 나 갔다

emu hacin 阿斐軒 i boode isinafi tuwaha. ini fiyanggū non 白姑娘 ne nimeme bi.
한 가지 阿斐軒 의 집에 이르러서 보았다 그의 막내 여동생 白姑娘 지금 병들어 있다

oktosi jifi dasame bihe. bi kejine tefi tereci aljaha..
의사 와서 치료하고 있었다 나 꽤 앉고서 거기에서 떠났다

emu hacin 中寬街 豐八爺 i boode darifi tuwaha. i miyoo feng šan alin de
한 가지 中寬街 豐八爺 의 집에 들러서 보았다 그 妙 峯 山 산 에

hiyan dabume genehe sembi. ini sargan mimbe hacihiyame ini boode dosifi
향 피우러 갔다 한다 그의 아내 나를 권하여 그의 집에 들어가서

kejine tehe. bi tucifi ildun de 雅蔚章 i boode darifi tuwaha..
꽤 앉았다 나 나가는 김에 雅蔚章 의 집에 들러서 보았다

蔚章 i sargan ne ujeleme nimeme bi. bi 蔚章 boode akū ofi
蔚章 의 아내 지금 심하게 병들어 있다 나 蔚章 집에 없어서

majige tefi yoha..
잠시 앉고서 갔다

emu hacin 錦什坊街 bade 阿斐軒 be ucaraha. i okto udafi mariha..
한 가지 錦什坊街 곳에서 阿斐軒 을 만났다 그 약 사서 돌아왔다

—— ◦ —— ◦ —— ◦ ——

10일, 기묘(己卯) 토행(土行) 항수(亢宿) 개일(開日).
하나, 아침에 충괴(忠魁)가 와서 함께 술을 마셨다. 그가 집에 2백 전을 남겼다.
하나, 아침 식사 뒤에 나가서 오공위(蜈蚣衛) 후퉁 서도(瑞圖)의 집에 들러서 보았다. 그는 집에 있었다. 나는 잠시 앉아 있다가 나갔다.
하나, 아홉째 형의 집에 이르러서 보았다. 그가 집에 없어서 나는 갔다.
하나, 아비헌(阿斐軒)의 집에 이르러서 보았다. 그의 막내 여동생 백고낭(白姑娘)이 지금 병들어 있다. 의사가 와서 치료하고 있었다. 나는 꽤 앉아 있다가 거기에서 떠났다.
하나, 중관가(中寬街) 풍팔야(豐八爺)의 집에 들러서 보았다. 그는 묘봉산(妙峯山)에 향을 피우러 갔다 한다. 그의 아내가 나를 권하여 그의 집에 들어가서 꽤 앉아 있었다. 나는 나가는 김에 아울장(雅蔚章)의 집에 들러서 보았다. 울장(蔚章)의 아내는 지금 심하게 병들어 있다. 나는 울장이 집에 없어서 잠시 앉아 있다가 갔다.
하나, 금십방가(錦什坊街) 라는 곳에서 아비헌(阿斐軒)을 만났다. 그는 약을 사서 돌아왔다.

〔076b〕

duin biya
4 월

emu hacin bi 巡捕厛 hūtung 福寿堂 de tanggū jalafun acan de jiha buhe..
한 가지 나 巡捕廳 hūtung 福壽堂 에 百 壽 모임 에 錢 주었다

emu hacin teo tiyoo hūtung de isinaha..
한 가지 頭 條 hūtung 에 이르렀다

emu hacin boode mariha. yamji buda jeke. šun dosika manggi donjici 宮门口
한 가지 집에 돌아왔다 저녁 밥 먹었다 해 진 뒤에 들으니 宮門口

芝蘭軒 ci tuwa turibuhe sembi. bi genefi 鼎春號 cai abdaha puseli i
芝蘭軒 에서 불 일어났다 한다 나 가서 鼎春號 차 잎 가게 의

juleri ilifi tuwaha. amala geli 宫门口 hūtung 喜慶堂 i juleri
앞에 서서 보았다 뒤에 또 宮門口 hūtung 喜慶堂 의 앞에

tuwaha. tuwa turibuhengge yala amba. 芝蘭軒 hiyan puseli ci damtun i
보았다 불 일어난 것 진실로 크다 芝蘭軒 香 가게 에서 전당 의

puseli de isitala. jugūn i wargi ergi fi puseli ci amargi ergi otolo
가게 에 이르도록 길 의 서 쪽 筆 가게 에서 북 쪽 까지

gemu wacihiyame deijibuhe. 集善寺 i amba deyen ududu giyalan jakdan
모두 완전히 태웠다 集善寺 의 큰 殿 여러 間 松

moo siltan jergi be gemu deijibuhe saha. teile 芝蘭軒 hiyan ayan i
나무 幢竿 등 을 모두 태운 것 보았다 뿐만 아니라 芝蘭軒 香 초 의

puseli 聖濟堂 oforo dambagu puseli. 魁昌居 tahūra efen puseli.
가게 聖濟堂 코 담배 가게 魁昌居 扁食 가게

nurei puseli. 宝和襍货鋪 puseli. 時順 cai abdaha puseli. 天舆烟草 puseli.
술의 가게 寶和雜貨鋪 가게 時順 차 잎 가게 天興煙草 가게

天錫 ayan puseli. 芝蘭局 hiyan puseli. 滙豐 nurei puseli. 金珍 arki puseli.
天錫 초 가게 芝蘭局 香 가게 滙豐 술의 가게 金珍 소주 가게

kemuni ejerakū puseli utala gemu akū oho. yala amba tuwa gelecuke. bi
게다가 기억할 수 없는 가게 이 정도로 모두 없어졌다 진실로 큰 불 무섭다 나

—— 。—— 。—— 。——

4월

하나, 나는 순포청(巡捕廳) 후퉁 복수당(福壽堂)에서 백수회(百壽會)에 돈을 주었다.

하나, 두조(頭條) 후퉁에 이르렀다.

하나, 집에 돌아와서 저녁밥을 먹었다. 해 진 뒤에 들으니, 궁문구(宮門口) 지란헌(芝蘭軒)에서 불이 났다 한다. 나는 가서 정춘호(鼎春號) 찻잎 가게 앞에 서서 보았다. 그 뒤에는 또 궁문구(宮門口) 후퉁 희경당(喜慶堂) 앞에서 보았다. 불이 난 것이 진실로 크다. 지란헌 향 가게에서 전당포에 이르도록, 길의 서쪽 붓 가게에서 북쪽까지 모두 완전히 태웠다. 집선사(集善寺) 대전(大殿)의 수 간(間) 소나무 당간(幢竿) 등을 다 태우는 것을 보았다. 뿐만 아니라 지란헌 향촉(香燭) 가게, 성제당(聖濟堂) 코담배 가게, 괴창거(魁昌居) 편식(扁食) 가게, 술 가게, 보화잡화포(寶和雜貨鋪) 가게, 시순(時順) 찻잎 가게, 천흥연초(天興煙草) 가게, 천석(天錫) 초 가게. 지란국(芝蘭局) 향 가게, 회풍(滙豐) 술가게, 금진(金珍) 소주 가게, 게다가 기억할 수도 없는 가게 등이 이렇게 모두 없어졌다. 진실로 큰 불이 정말 무섭다. 나는

[077a]

kemuni 妙应寺 de dosifi tuwa be tuwaha. duici ging ni erinde teni
또 妙應寺 에 들어가서 불 을 보았다 네번째의 更 의 때에 겨우

boode mariha. ina ke giyan inu genefi tuwaha. i hono teo tiyoo hūtung
집에 돌아왔다 조카 ke giyan 도 가서 보았다 그 또 頭 條 hūtung

emhei boode darifi tuwaha. ce gemu bekterefi eiten jaka be gemu sejen
장모의 집에 들러서 보았다 그들 모두 당황해서 모든 물건 을 모두 수레

turime tebufi 西廊下吳二卩 i boode guribuhe sembi. bi boode mariha
빌려서 싣게 하고 西廊下吳二爺 의 집에 옮기게 하였다 한다 나 집에 돌아온

manggi 克俭 inu emgeri mariha..
뒤에 克儉 도 이미 돌아왔다

emu hacin 宮门口 bade tuwa be tuwara de 雅蔚章 i jacin deo be ucaraha..
한 가지 宮門口 곳에서 불 을 볼 때 雅蔚章 의 둘째 동생 을 만났다

—— ◦ —— ◦ —— ◦ ——

또 묘응사(妙應寺)에 들어가서 불을 보았다. 4경 무렵에 겨우 집에 돌아왔다. 조카 커기얀(kegiyan, 克儉)도 가서 보았다. 그는 또 두조(頭條) 후퉁 장모의 집에 들러서 보았다. 그들은 모두 당황해서 모든 물건을 수레를 빌려 싣게 해서 서랑하(西廊下) 오이야(吳二爺)의 집에 옮기게 하였다 한다. 나는 집에 돌아온 뒤에 커기얀도 이미 돌아왔다.
하나, 궁문구(宮門口) 있는 곳에서 불을 볼 때, 아울장(雅蔚章)의 둘째 동생을 만났다.

[077b]

duin biya
4 월

○juwan emu de šanyan muduri aisin i feten dilbihe usiha yaksintu enduri inenggi.
10 1 에 흰 용 金 의 五行 氐 宿 閉 神 날

emu hacin ecimari abka tulhušeme ler seme aga maktaha. bi simenggilehe gūlha
한 가지 오늘 아침 하늘 흐려지면서 촉촉하게 비 내렸다 나 기름칠한 gūlha

etufi sara be sarafi teo tiyoo hūtung de isinaha. donjici sikse
신고 우산 을 쓰고 頭 條 hūtung 에 이르렀다 들으니 어제

yamji 張繼照 吳蕙圃 祥伊卩 蟒卩 龔三卩 gemu tubade isinambihe..
밤 張繼照 吳蕙圃 祥伊爺 蟒爺 龔三爺 모두 거기에 이르렀었다

bi emhei boode arki omiha. hangse jeke. jing terede 吳曜亭 gaitai
나 장모의 집에서 소주 마셨다 국수 먹었다 마침 그곳에 吳曜亭 갑자기

易州 i baci usin i turigen gaime jihe. eiten jaka be gemu sejen ci
易州 의 곳에서 밭 의 지대 가지고 왔다 모든 물건 을 모두 수레 에서

gaime dosimbuha. bi kejine tefi tereci aljaha. geli tuwa turibuhe
가지고 들어오게 하였다 나 꽤 앉고서 거기에서 떠났다 또 불 일어난

bade isinafi emgeri tuwaha. tuwaci emgeri deijibuhe moo de emu sahaliyan bocoi
곳에 이르러서 한 번 보았다 보니 한 번 불탄 나무 에 한 검은 색의

kesike mooi mukdehen de dedume bifi budehe gese. amala niyalma bifi imbe
고양이 나무의 마른 가지 에 누워 있어서 죽은 것 같다 뒤에 사람 있어서 그를

aššaci kesike murambi. ere moo gemu tuwa de deijibufi emgeri haksaha
건드리니 고양이 소리친다 이 나무 모두 불 에 불타서 어느새 그을린

abdaha hono akū. sarkū ere kesike sikse jailame tafafi bahafi budehekū.
잎 까지 없다 웬일인지 이 고양이 어제 피하여 올라서 보전하여 죽지 않았다

amcame wasimbufi jilakan. manggi emu ajige juse tebeliyeme gaifi yoha.
쫓아서 내려오게 하고 불쌍하다 뒤에 한 작은 아이 안고서 데리고 갔다

ainci kemuni weihume[100] mutembi dere. tubade bi 海三卩 be ucaraha. meihe
아마도 아직 살아 있을 수 있으리라 거기에서 나 海三爺 를 만났다 뱀

—— ◦ —— ◦ —— ◦ ——

4월

11일, 경진(庚辰) 금행(金行) 저수(氐宿) 폐일(閉日).

하나, 오늘 아침에 하늘이 흐려지면서 촉촉하게 비가 내렸다. 나는 기름칠한 굴하(gūlha) 신발을 신고 우산을 쓰고서 두조(頭條) 후퉁에 이르렀다. 들으니 어젯밤 장계조(張繼照), 오혜포(吳蕙圃), 상이야(祥伊爺), 망야(蟒爺), 공삼야(龔三爺)가 다 거기에 이르렀었다 한다. 나는 장모의 집에서 소주를 마셨고 국수를 먹었다. 마침 그곳에 吳曜亭(吳曜亭)이 갑자기 이주(易州)에서 밭의 지대(地代)를 받아서 왔다. 모든 물건을 모두 수레에서 가지고 들이게 하였다. 나는 꽤 앉아 있다가 거기에서 떠났다. 또 불이 난 곳에 이르러서 한 번 보았다. 보자니, 한 번 불 탄 나무에 검은 색의 고양이 하나가 나무의 마른가지에 누워 있는데 죽은 것 같다. 뒤에 사람이 있어서 그를 건드리니, 고양이가 소리를 지른다. 이 나무가 모두 불에 불타서 어느새 그을린 잎조차 없다. 어찌된 일인지 이 고양이가 어제 피하여 올라 목숨을 보전하여 죽지 않았다. 쫓아서 내려오게 하고 불쌍하다. 뒤에 작은 아이 하나가 안고 갔다. 아마도 아직 살아 있으리라. 거기에서 나는 해삼야(海三爺)를 만났다. 사시(巳時)

100) weihume : weijume의 잘못으로 보인다.

[078a]

erinde abka aga nakaha. damu galakakū. bi amasi marifi i ilungga i
때에 하늘 비 그쳤다 다만 개지 않았다 나 도로 돌아와서 그 ilungga 의

bade kejine tehe. boode mariha..
곳에서 꽤 앉았다 집에 돌아왔다

emu hacin yamji erinde geli udu agai sabdan maktaha. šahūrun bihe..
한 가지 저녁 때에 또 몇 비의 방울 내렸다 추웠다

emu hacin ke cin i emgi tonio sindaha..
한 가지 ke cin 과 함께 바둑 두었다

emu hacin 豐昌號 滿九卩 i juwen gaime baitalaha tanggū minggan jihai jalin
한 가지 豐昌號 滿九爺 의 빌려 가지고 쓴 百 千 錢 때문에

geli mimbe baihanjiha erde[101] bi boode akū bihe acahakū..
또 나를 찾아왔을 때에 나 집에 없어서 만나지 못하였다

—— ◦ —— ◦ —— ◦ ——

무렵에 하늘이 비가 그쳤지만 개이지는 않았다. 나는 도로 돌아와서 일룽가(ilungga, 伊隆阿)가 있는 곳에서 꽤 앉아 있다가 집에 돌아왔다.

하나, 저녁때에 또 비가 몇 방울 내렸다. 추웠다.

하나, 커친(kecin, 克勤)과 함께 바둑을 두었다.

하나, 풍창호(豐昌號)가 만구야(滿九爺)의 빌려서 쓴 10만전 때문에 또 나를 찾아왔는데, 내가 집에 없어서 만나지 못하였다.

101) erde : 'erinde'의 잘못으로 보인다.

〔078b〕

duin biya
4 월

○juwan juwe de šahūn meihe aisin i feten falmahūn usiha alihantu enduri inenggi.
10 2 에 희끄무레한 뱀 金 의 五行 房 宿 建 神 날

emu hacin erde buda jefi tanggū orin jiha de sejen turifi ○ eniye ke cin ke giyan
한 가지 아침 밥 먹고 百 20 錢 에 수레 빌려서 어머니 ke cin ke giyan

套兒 mini beye tefi tob wargi duka be tucike. 高梁桥 bade ilan tanggū
套兒 나의 몸 타고 西直門 을 나갔다 高梁橋 곳에서 3 百

jiha de sejen turifi 六郎庄 bade ebuhe. ∘ eniye be yarume geli teišun i
錢 에 수레 빌려서 六郎莊 곳에 내렸다 어머니 를 안내하고 또 구리 의

ihan be tuwafi 十七孔桥 doohan de kejine iliha. 萬寿山 be cincilahai
소 를 보고서 十七孔橋 다리 에 꽤 섰다 萬壽山 을 자세히

tuwaha. dalangga deri julesi yabume 繍漪桥 de wesifi 妙应寺 i amba
보았다 둑 으로부터 남쪽 가서 繡漪橋 에 올라서 妙應寺 의 큰

šanyan subargan be karaha. dalangga deri julesi yafahalame yabume 西顶 廣仁宮
흰 탑 을 바라보았다 둑 으로부터 앞으로 걸어 가서 西頂 廣仁宮

de isinaha. ∘ eniye amba 西洋景 be tuwaha 自行人 be tuwaha. 豹狗熊 be
에 이르렀다 어머니 큰 西洋景 을 보았고 自行人 을 보았다 豹狗熊 을

tuwaha. muktehen de cai omiha. ere ci tucifi kemuni dergi ergi muktehen de
보았다 절 에서 차 마셨다 여기 에서 나가서 또 동 쪽 절 에

emgeri feliyehe. tucifi tanggū jiha de sejen turifi 萬寿寺 de ebufi
한 번 걸었다 나가서 百 錢 에 수레 빌려서 萬壽寺 에 내려서

juktehen de dosime saka 芬夢餘 兆尭蓂 慶熙臣 be ucaraha. ce
절 에 들어가자마자 芬夢餘 兆堯蓂 慶熙臣 을 만났다 그들

gemu ∘ eniye de tuwabuha. ∘ eniye juktehen de dosirakū oho sefi
모두 어머니 에게 문안하였다 어머니 절 에 들어갈 수 없다 하고

ke cin sebe gaifi ilan tanggū jiha de sejen turime tefi hoton dosime
ke cin 등을 데리고 3 百 錢 에 수레 빌려서 타고 성 들어가서

—— ∘ —— ∘ —— ∘ ——

4월

12일, 신사(辛巳) 금행(金行) 방수(房宿) 건일(建日).

하나, 아침에 밥 먹고 120전으로 수레를 빌려서 어머니와 커친(kecin, 克勤), 커기얀(kegiyan, 克儉), 투아(套兒)와 내가 타고 서직문(西直門)을 나섰다. 고량교(高梁橋) 있는 곳에서 3백 전으로 수레를 빌려서 육랑장(六郎莊) 있는 곳에서 내렸다. 어머니를 안내하여 또 구리 소를 보고 십칠공교(十七孔橋) 다리에서 꽤 서 있으면서 만수산(萬壽山)을 자세히 보았다. 둑으로부터 남쪽으로 가서 수의교(繡漪橋)에 올라서 묘응사(妙應寺)의 큰 백탑(白塔)을 바라보았다. 둑으로부터 앞으로 걸어 가서 서정(西頂) 광인궁(廣仁宮)에 이르렀다. 어머니가 큰 서양경(西洋景)을 보았고, 자행인(自行人)을 보았으며, 표범과 흑곰을 보았다. 절에서 차를 마셨다. 여기서 나가서 또 동쪽 절에서 한 차례 걸었다. 나가서 백 전에 수레를 빌려서 만수사(萬壽寺)에서 내려 절에 들어가자마자 분몽여(芬夢餘), 조요명(兆堯蓂), 경희신(慶熙臣)을 만났다. 그들은 모두 어머니에게 문안하였다. 어머니가 절에 들어갈 수 없다 하고 커친 등을 데리고 3백 전에 수레를 빌려서 타고 성으로 들어가서

[079a]

mariha. bi 夢馀 sei emgi juktehen de dosifi emgeri tefi dahūme tucifi
돌아왔다 나 夢餘 등과 함께 절 에 들어가서 한 번 앉고서 다시 나가서

ajige cai puseli de arki omiha. efen hangse jeke. erei jiha juwe tanggū
작은 차 가게 에서 소주 마셨다 떡 국수 먹었다 이의 錢 2 百

ninju be 尧萁 buhe. šun dosika manggi be tob wargi duka be dosika.
60 을 堯蓂 주었다 해 진 뒤에 우리 西直門 을 들어갔다

尧萁 熙臣 小街子 be dosifi boode mariha. bi 夢馀 i sasa wesihun yabume
堯蓂 熙臣 小街子 을 들어가서 집에 돌아왔다 나 夢餘 와 같이 동쪽으로 가서

sejen turici bahakū ojoro jakade age 溝沿 deri boode marime genehe.
수레 빌리니 얻지 못하는 까닭에 형 溝沿 따라 집에 돌아서 갔다

bi 護國寺 de yabume isinaha manggi gūsin jiha de sejen turifi
나 護國寺 에 가서 다다른 후 30 錢 에 수레 빌려서

duin camgan bade ebuhe boode mariha. ○ eniye aifini elgiyen i mutehe
四牌樓 곳에 내려서 집에 돌아왔다 어머니 이미 阜城

duka be dosifi mariha bihe..
門 을 들어가서 돌아왔었다

emu hacin donjici jakūci nakcu jihe. goidame tehekū marime genehe sembi..
한 가지 들으니 여덟째 외삼촌 왔다 오래도록 앉지 않고 돌아서 갔다 한다

emu hacin ere inenggi bi 岳亭 i araha fusheku be ya bade bisire be sarkū. šuwe
한 가지 이 날 나 岳亭 의 쓴 부채 를 어디 곳에 있는지 를 모르겠다 그대로

waliyabuha bihe. hairakan secina..
잃어버렸다 아쉽다 하겠다

―― ◦ ―― ◦ ―― ◦ ――

돌아왔다. 나는 몽여(夢餘) 등과 함께 절에 들어가서 한번 앉아 있다가 다시 나가서 작은 찻집에서 소주를 마시고 떡과 국수를 먹었다. 이 돈 2백 60전을 요명(堯蓂)에게 주었다. 해가 진 뒤에 우리는 서직문(西直門)을 들어갔다. 요명과 희신(熙臣)이 소가자(小街子)로 들어가서 집에 돌아갔다. 나는 몽여와 함께 동쪽으로 가서 수레를 빌렸으나, 구하지 못한 까닭에 형이 구연(溝沿)을 따라서 집에 돌아서 갔다. 나는 호국사(護國寺)에 가서 도착한 뒤에 30전으로 수레를 빌려서 사패루(四牌樓) 있는 곳에 내려서 집에 돌아왔다. 어머니는 이미 부성문(阜成門)을 들어가서 돌아왔다.
하나, 들으니 여덟째 외삼촌이 와서 오래 앉아 있지 않고서 돌아갔다 한다.
하나, 오늘 나는 악정(岳亭)이 쓴 부채를 어느 곳에 있는지를 모르겠다. 그대로 잃어버렸다. 아쉽다 하겠다.

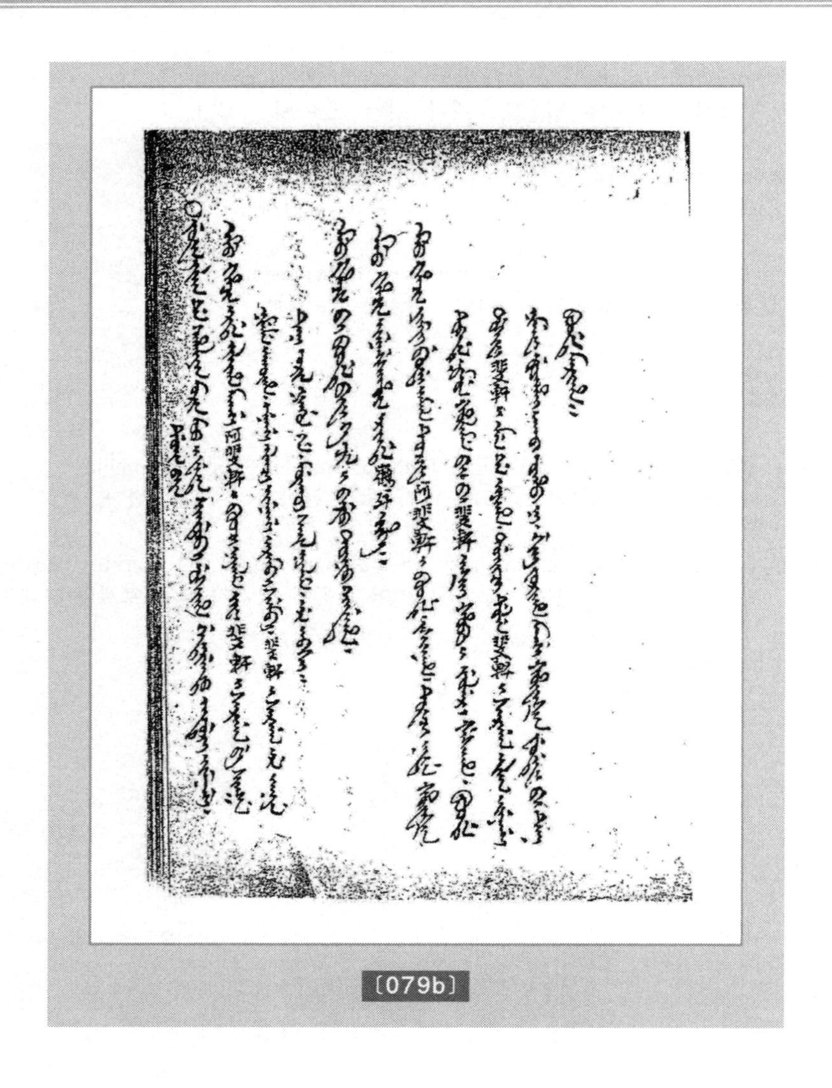

〔079b〕

duin biya
4 월

○juwan ilan de sahaliyan morin moo i feten sindubi usiha geterentu enduri inenggi.
10 3 에 검은 말 木 의 五行 心 宿 除 神 날

emu hacin erde iliha manggi 阿斐軒 i booci niyalma jifi 斐軒 i sargan be sikse
한 가지 아침 일어난 뒤에 阿斐軒 의 집에서 사람 와서 斐軒 의 아내 를 어제

nimeme akūha. enenggi ilaci inenggi arambi[102] sembi. 斐軒 i sargan ere aniya
병들어 죽었다 오늘 셋째 날 짓는다 한다 斐軒 의 아내 이 해

---

102) ilaci inenggi arambi : 사후 3일째 지내는 제사를 가리키는 것으로 보인다.

teni orin ninggun se. mujakū sain niyalma. ere absi..
겨우 20 6 세 매우 좋은 사람 이 정말인가

emu hacin bi boode bifi ke cin i baru tonio sindaha..
한 가지 나 집에 있어서 ke cin 의 쪽 바둑 두었다

emu hacin inenggishūn erinde 鶴年 jihe..
한 가지 한낮 때에 鶴年 왔다

emu hacin yamji budai amala tucifi 阿斐軒 i boode isinaha. tuwaci nadan hūwašan
한 가지 저녁 밥의 뒤에 나가서 阿斐軒 의 집에 이르렀다 보니 7 和尙

tubade nomun hūlame bi. bi 斐軒 ašai hobo i juleri gasaha. boode
거기서 經典 읽고 있다 나 斐軒 형수의 棺 의 앞 애도하였다 집에

dosifi 斐軒 i eme de acaha. donjici dule 斐軒 i sargan ilan inenggi
들어가서 斐軒 의 어머니 에 만났다 들으니 뜻밖에 斐軒 의 아내 3 일

nimefi uthai akū oho ni. ging foriha manggi hūwašan fudefi bi teni
아파서 바로 죽게 되었구나 更 친 뒤에 和尙 보내고 나 비로소

boode mariha..
집에 돌아왔다

—— ◦ —— ◦ —— ◦ ——

4월
13일, 임오(壬午) 목행(木行) 심수(心宿) 제일(除日).
하나, 아침에 일어난 뒤에 아비헌(阿斐軒)의 집에서 사람이 와서 비헌(斐軒)의 아내가 어제 병들어 죽었다 한다. 오늘 셋째 날 제사 지낸다 한다. 비헌의 아내는 이해 겨우 26살이고 매우 좋은 사람인데, 이것이 정말인가.
하나, 나는 집에 있으면서 커친(kecin, 克勤)과 바둑을 두었다.
하나, 한낮 무렵에 학년(鶴年)이 왔다.
하나, 저녁 식사 뒤에 나가서 아비헌의 집에 이르렀다. 보자니 화상(和尙) 7명이 거기서 경전을 읽고 있다. 나는 비헌 형수의 관 앞에서 애도하였다. 집에 들어가서 비헌의 어머니를 만났다. 들으니 뜻밖에 비헌의 아내가 3일 동안 아파하다가 바로 죽었다 한다. 야경 친 뒤에 화상을 보내고 나는 비로소 집에 돌아왔다.

[080a]

○juwan duin de sahahūn honin moo i feten weisha usiha jaluntu enduri inenggi.
10 4 에 거무스름한 양 木 의 五行 尾 宿 滿 神 날

emu hacin šuntuhuni edun bihe. bi boode bifi ke cin i baru tonio sindaha..
한 가지 하루 종일 바람 불었다 나 집에 있어서 ke cin 의 쪽 바둑 두었다

emu hacin donjici 克儉 i gisun teike 滿九丌 李八十 de gisun alaha. 豐昌號
한 가지 들으니 克儉 의 말 조금전 滿九爺 李八十 에게 말 말하였다 豐昌號

jihai jalin mimbe ini boode genefi mini baru gisurembi seme mimbe hūlaha
錢 때문에 나를 그의 집에 가서 나의 쪽 이야기한다 하고 나를 불렀다

sehe sembi. bi geneme mutehekū. gūnici 滿九卩 ududu biya jihekū oho.
하였다 한다 나 갈 수 없었다 생각하니 滿九爺 여러 달 오지 않았다

bi ere biyai juwan de hono agei boode isinafi elhe be baiha bihe. te
나 이 달의 10 에 또 형의 집에 이르러서 문안 을 했었다 이제

ainaha ni. age geli jiderakū oho ni. 豐昌號 i baitai jalin geli
어찌하는가 형 또 올 수 없게 되었구나 豐昌號 의 일 때문에 또

mimbe hūlaha ni..
나를 불렀구나

—— ◦ —— ◦ —— ◦ ——

14일, 계미(癸未) 목행(木行) 미수(尾宿) 만일(滿日).
하나, 하루 종일 바람이 불었다. 나는 집에 있으면서 커친(kecin, 克勤)과 바둑을 두었다.
하나, 들으니 커기얀(kegiyan, 克儉)의 말에, "조금 전 만구야(滿九爺)가 이팔십(李八十)에게 말하였는데, '풍창호(豐昌號)의 돈 때문에 나를 그의 집에 가서 나에게 이야기하게 한다 하고 나를 불렀다' 하였다 한다. 나는 갈 수가 없었다. 생각해 보니 만구야가 몇 달 오지 않았는데, 나는 이번 달 10일에 또 형의 집에 이르러서 문안을 했었다. 이제 어찌하는가. 형이 또 올 수 없게 되었구나. 풍창호의 일 때문에 또 나를 불렀구나.

[080b]

duin biya
4 월

○tofohon de niowanggiyan bonio muke i feten girha usiha necintu enduri inenggi.
보름 에 푸른 원숭이 水 의 五行 箕 宿 平 神 날

emu hacin erde bi ilime jaka canghing 常大卩 baihanjiha. niol tucifi 常大卩 i gisun erde
한 가지 아침 나 일어나자마자 常興 常大爺 찾아왔다 妞兒 나가고 常大爺 의 말 아침

budai amala mimbe ini boode genefi imbe baihana sehe. tereci duka dosikakū
밥의 뒤에 나를 그의 집에 가서 그를 찾아가라 하였다 그로부터 문 들어가지 않고

yoha. bi erde buda jefi 石碑 hūtung de imbe baici mimbe hacihiyame
갔다 나 아침 밥 먹고 石碑 hūtung 에서 그를 찾으니 나를 권하여

boode dosimbufi. ini eme jacin oke gemu minde acabuha. sasa yabufi tob
집에 들어가게 하고 그의 어머니 둘째 숙모 모두 나에게 만나게 하였다 같이 가서

wargi duka be tucifi golmin bira bitume yabume 五塔寺 de isinafi kejine
西直門 을 나가서 長 河 따라 가서 五塔寺 에 이르러 꽤

teyehe. tereci 萬寿寺 de isinaha. 芬夢馀 be ucaraha emgi cai omiha.
쉬었다 거기에서 萬壽寺 에 이르렀다 芬夢餘 를 만났고 함께 차 마셨다

夢馀 genehe. amala emu ubaliyambure hafan wenheng 文五卩 jifi emgi cai omime tehe.
夢餘 갔다 뒤에 한 繙譯 官 文恒 文五爺 와서 함께 차 마시며 앉았다

terebe minde takabuha. bi juktehen de tatan i da lio jin lu cen yong tai
그를 나에게 소개하였다 나 절 에서 숙영 의 우두머리 劉 晋 祿 陳 永 泰

wei šong ceng be ucaraha. ce inu juktehen de sarašame genehe bihe. amala
魏 雙 成 을 만났다 그들 도 절 에 놀러 갔었었다 뒤에

文五卩 neneme genehe manggi. bi 常大卩 i emgi inu yofi 四合館 de hangse jeke.
文五爺 먼저 간 뒤에 나 常大爺 와 함께 또 가서 四合館 에서 국수 먹었다

uheri duin tanggū jiha fayaha. tob wargi duka be dosifi 綺 beile i
전부 4 百 錢 썼다 西直門 을 들어가서 綺 버일러 의

fu i bade ishunde fakcaha. bi ildun de 鍾山英 i boode isinafi ini goro
府 의 곳에서 서로 헤어졌다 나 이참 에 鍾山英 의 집에 이르러서 그의 먼

—— ◦ —— ◦ —— ◦ ——

4월

보름(15일), 갑신(甲申) 수행(水行) 기수(箕宿) 평일(平日).

하나, 아침에 내가 일어나자마자 상흥(常興) 상대야(常大爺)가 찾아왔다. 뉴아(妞兒)가 나가니 상대야의 말에, '아침 식사 뒤에 내가 그의 집에 가서 그를 찾으가라' 하였다. 그로부터 문에 들어오지 않고 갔다. 내가 아침밥을 먹고 석비(石碑) 후퉁에서 그를 찾으니 나를 권하여 집에 들어가게 해서 그의 어머니, 둘째 숙모를 모두 나에게 만나게 하였다. 같이 가서 서직문(西直門)을 나가 장하(長河)를 따라 가서 오탑사(五塔寺)에 이르러 꽤 쉬었다. 거기에서 만수사(萬壽寺)에 이르렀다. 분몽여(芬夢餘)를 만났고, 함께 차를 마셨다. 몽여(夢餘)가 간 뒤에, 한 번역관 문항(文恒) 문오야(文五爺)가 와서 함께 차를 마시면서 앉아 있었다. 그를 나에게 소개하였다. 나는 절에서 숙영장(宿營長) 유진록(劉晋祿), 진영태(陳永泰), 위쌍성(魏雙成)을 만났다. 그들도 절에 놀러 가 있었다. 그로부터 문오야가 먼저 간 뒤에 나는 상대야와 함께 또 가서 사합관(四合館)에서 국수를 먹었다. 전부 4백 전을 썼다. 서직문(西直門)을 들어가서 기(綺) 버일러의 부(府)에서 서로 헤어졌다. 나는 가는 김에 종산영(鍾山英)의 집에 이르러서 그의

[081a]

mama be tuwaci dule ere inenggi i morin erinde uthai nimeme akū oho ni.
할머니 를 보니 뜻밖에 이 날 의 말 때에 곧 병들어 죽게 되었구나

ere aniya nadanju sunja se. ede bi boode dosifi giran i juleri gasaha.
이 해 70 5 살 이에 나 집에 들어가서 시신 의 앞에 조문하였다

fonjici cimari yamji ilaci inenggi doroi nomun hūlame fudembi. nadan inenggi
들으니 아침 저녁 셋째 날 道의 經 읽으면서 보낸다 7 일

asarafi orin emu de giran tucibumbi sembi. 老春 inu genefi acaha..
입관하고 20 1 에 시신 出棺한다 한다 老春 도 가서 만났다

雅老四 tubade bihe. ging foriha manggi bi boode mariha..
雅老四 거기에 있었다 更 친 뒤에 나 집에 돌아왔다

emu hacin ere inenggi morin erinci ayan edun dame dekdehe. šun dosika manggi
한 가지 이 날 말 때부터 큰 바람 불어 일어났다 해 진 뒤에

teni toroko..
비로소 잠잠해졌다

—— ◦ —— ◦ —— ◦ ——

외할머니를 보니, 뜻밖에 이날 오시(午時)에 곧 병들어 죽었구나. 올해 75살이다. 이에 나는 집에 들어가서 시신 앞에서 조문하였다. 들으니, 아침저녁으로 셋째 날 도경(道經)을 읽으면서 보낸다. 7일 뒤에 입관하고 21일에 시신 출관한다 한다. 노춘(老春)도 가서 만났다. 아노사(雅老四)도 거기에 있었다. 야경 친 뒤에 나는 집에 돌아왔다.
하나, 이날 오시부터 큰 바람이 불어 일었다. 해가 진 뒤에야 비로소 잠잠해졌다.

[081b]

duin biya
4 월

○juwan ninggun de niohon coko muke i feten demtu usiha toktontu enduri inenggi.
10 6 에 푸르스름한 닭 水 의 五行 斗 宿 定 神 날

emu hacin erde ○ eniye i tacihiyahangge. ere yamji eyūn be takūrame sefu aja i boode
한 가지 아침 어머니 의 가르친 것 이 저녁 누나 를 보내서 師傅 母 의 집에

acaname genebumbi. orin de inu uttu. emu minggan jiha bume hoošan
만나러 가게 한다 20 에 도 이렇다 1 千 錢 주고 종이

deijibumbi. giran tucibure de fuderakū. 阿斐軒 i boode oci šuwe
불사른다 시신 出棺할 때 보낼 수 없다 阿斐軒 의 집에서 되면 직접

acanarakū sehe..
만나러 갈 수 없다 하였다

emu hacin erde 阿斐軒 i booci niyalma jifi 阿卩 i sargan orin de giran tucibumbi seme
한 가지 아침 阿斐軒 의 집에서 사람 와서 阿爺의 아내 20 에 시신 出棺한다 하고

mejige isibume jihe..
소식 다다라서 왔다

emu hacin erde buda jeke amala emhe jifi tuwaha. majige tefi yoha..
한 가지 아침 밥 먹은 뒤에 장모 와서 보았다 잠시 앉고서 갔다

emu hacin bi elgiyen i mutehe duka be tucifi yafahalame yabume 觉生寺 de isinafi
한 가지 나 阜成門 을 나가서 걸어 가서 覺生寺 에 이르러서

mooi sebderi bade teyehe. han' de yuwan i dukai coohai niyalma mengceng
나무의 서늘한 곳에 쉬었다 涵 德 園 의 문의 군대의 사람 孟誠

inu hoton i dorgici jifi ucarafi emgi teyeme tehe. i emu tampin
도 城 의 안으로부터 와서 만나서 함께 쉬고 앉았다 그 한 병

cai fuifume udafi minde omibuha. kejine tehe manggi tereci aljafi
차 끓이고 사서 나에게 마시게 하였다 꽤 앉은 뒤에 거기에서 떠나서

sasa emgi yabume. i muwa edun tuwaha[103] ofi bi neneme han' de yuwan de
같이 함께 가고 그 대변 보게 되고 나 먼저 涵 德 園 에

—— ◦ —— ◦ —— ◦ ——

4월

16일, 을유(乙酉) 수행(水行) 두수(斗宿) 정일(定日).

하나, 아침에 어머니의 가르치시기를, '오늘 저녁에 누나를 보내서 사모(師母)의 집에 만나러 가게 한다. 20일에도 이렇게 한다. 1천 전을 주고 종이를 태운다. 시신 출관할 때에는 보낼 수 없다. 아비헌(阿斐軒)의 집에는 직접 만나러 갈 수 없다' 하였다.

하나, 아침에 아비헌의 집에서 사람이 와서 아야(阿爺)의 아내가 20일에 시신이 출관한다 하고 소식이 다다라 왔다.

하나, 아침밥을 먹은 뒤에 장모가 와서 보았다. 잠시 앉아 있다가 갔다.

하나, 나는 부성문(阜成門)을 나가 걸어가서 각생사(覺生寺)에 이르러 나무의 서늘한 곳에서 쉬었다. 함덕원(涵德園) 문의 군인인 맹성(孟誠)도 성 안으로부터 와서 만나 함께 쉬며 앉아 있었다. 그가 차 한 병 끓이고 사서 나에게 마시게 하였다. 꽤 앉아 있은 뒤에 거기에서 떠나 같이 함께 갔다. 그가 대변을 보게 되어 나는 먼저 함덕원에

103) muwa edun tuwaha : '대변을 보다'라는 뜻이다.

〔082a〕

isinafi idu gaiha..
이르러서 당직 교대하였다

emu hacin han' de yuwan de isinaha manggi coko erinde oho. bi budai boode isinafi
한 가지 涵 德 園 에 다다른 후 닭 때에 되었다 나 飯房에 이르러서

budalaha. tuwaci 郁蓮莊 minde emu fempi jasigan werihebi. dule ○ ye ere
밥먹었다 보니 郁蓮莊 나에게 한 통 편지 남겼었다 원래 爺 이

biyai ice sunja ice jakūn juwan juwe jergi inenggi gemu han' de yuwan de
달의 초 5 초 8 10 2 등 날 모두 涵 德 園 에

isinaha bihe. ice de fui dorgici juwan juwe yan menggun benjifi delung
다다랐었다 초하루 에 府의 안으로부터 10 2 兩 銀 가져와서 德隆

sei juwan juwe niyalma de meimeni emte yan šangnaha. 蓮莊 juwan juwe de
등의 10 2 사람 에 각각 하나씩 兩 상주었다 蓮莊 10 2 에

uthai hoton dosime genehe bihe. 李浩然 i jui 喜兒 ice uyun de
바로 성에 들어서 갔었다 李浩然 의 아들 喜兒 초 9 에

bithei boode jibufi takūršaha sembi..
책의 집에 오게 해서 사환시켰다 한다

emu hacin bi dangse boode kejine tehe. emu dambagu be emu uhuri 蔣爺 de
한 가지 나 檔子 집에 꽤 앉았다 한 담배 를 한 포 蔣爺 에

buhe..
주었다

emu hacin ere inenggi asuru halhūn. bi budai boode šasigan jetere de ambula nei
한 가지 이 날 대단히 덥다 나 飯房에서 국 먹음 에 많이 땀
tucike bihe..
났었다

—— ◦ —— ◦ —— ◦ ——

이르러서 당직을 교대하였다.
하나, 함덕원(涵德園)에 다다른 뒤에 유시(酉時)가 되었다. 나는 반방(飯房)에 이르러서 밥을 먹었다. 보니 욱연장(郁蓮莊)이 나에게 편지 한 통을 남겼는데, '원래 왕야(王爺)가 이 달 초닷새, 초여드레, 12일 등의 날에 모두 함덕원에 이르렀었다. 초하루에 왕부 안으로부터 은 12냥을 가져와서 덜룽(delung, 德隆) 등의 열 두 사람에게 각각 한 냥씩을 상으로 주었다. 연장(蓮莊)이 12일에 바로 성에 들어갔었다. 이호연(李浩然)의 아들 喜兒(喜兒)가 초아호레에 서방(書房)에 오게해서 사환을 시켰다' 한다.
하나, 나는 당자방(檔子房)에 꽤 앉아 있었다. 담배 한 포를 장야(蔣爺)에게 주었다.
하나, 이날은 대단히 덥다. 내가 반방에서 국을 먹을 때 땀이 많이 났었다.

〔082b〕

duin biya
4 월

○juwan nadan de fulgiyan indahūn boihon i feten niohan usiha tuwakiyantu enduri inenggi.
10 7 에 붉은 개 土 의 五行 牛 宿 執 神 날

emu hacin han' de yuwan de bisire de erde budai amala lan 刘卩 i boode tuwanaci
한 가지 涵 德 園 에 있을 때 아침 밥의 뒤에 lan 劉爺 의 집에 보러가니

i boode akū. bi emu moro cai omiha..
그 집에 없다 나 한 사발 차 마셨다

emu hacin yamji budai amala sy ši hūwa niyoo jiyei cūn i amargi ergi wehei alin de 吕卩 i
한 가지 저녁 밥의 뒤에 四 時 花 鳥 皆 春 의 북 쪽 돌의 산 에 呂爺 와

emgi tefi cai omiha. welmiyere be tuwaha..
함께 앉아서 차 마셨다 낚시하는 것 을 보았다

emu hacin ere inenggi i inenggishūn erinde emgeri amu šaburambihe..
한 가지 이 날 의 한낮 때에 한 번 잠 졸았었다

emu hacin taigiyan lio jin an yandume emu alibure afaha jiseleme araha..
한 가지 太監 劉 金 安 부탁하여 한 올리는 문서 적어서 썼다

—— ◦ —— ◦ —— ◦ ——

4월
17일, 병술(丙戌) 토행(土行) 우수(牛宿) 집일(執日).
하나, 함덕원(涵德園)에 있을 때, 아침 식사 뒤에 란(lan, 蘭) 유야(劉爺)의 집에 보러 가니, 그는 집에 없다. 나는 차를 한 그릇 마셨다.
하나, 저녁 식사 뒤에 사시화조개춘(四時花鳥皆春)의 북쪽 돌산에서 여야(呂爺)와 함께 앉아서 차를 마셨다. 낚시하는 것을 보았다.
하나, 이날의 한낮 때에 한 번 잠을 졸았다.
하나, 태감(太監) 유금안(劉金安)이 부탁해서 상주서(上奏書) 하나를 적어 썼다.

[083a]

○juwan jakūn de fulahūn ulgiyan boihon i feten nirehe usiha efujentu enduri inenggi.
10 8 에 불그스름한 돼지 土 의 五行 女 별 破 神 날

emu hacin han' de yuwan de bisire de budai boode nasan hengke sonda i arsun[104] be jeke..
한 가지 涵 德 園 에 있음 에 飯房에서 절인 오이 마늘 의 싹 을 먹었다

emu hacin dangse boode majige tehe..
한 가지 檔子 집에 잠시 앉았다

emu hacin indahūn erinde abka tulhušefi ududu agai sabdan maktaha. amba aga
한 가지 개 때에 하늘 흐려져서 많은 비의 방울 내렸다 큰 비

104) sonda i arsun : '마늘쫑'을 가리킨다. 마늘은 'suwanda'인데, 'sonda'는 음운변화가 일어난 것이다.

ohakū bicibe. talkiyan amba akjan gaitai kunggur sembi. dobonio tulhušeme
되지 않았다 해도 번개 큰 우레 갑자기 우르르 쾅 한다 밤새도록 흐려져

bihe dere. bi ging foriha erinde amgaha..
있었도다 나 更 친 때에 잤다

emu hacin ere inenggi bi dangse boode isinafi tuwaci. emu fafulaha afaha de fucihi jondoro
한 가지 이 날 나 檔子 집에 이르러서 보니 한 傳敎한 문서 에 부처 언급하는

uculen emu afaha. boihon i wang kadalaha inenggi boihon acinggiyara be ilibure gisuren.
노래 한 편 土 의 旺 주관하는 날 土 움직이는 것 을 세우는 말

emu ajige bukdari[105] juwe hacin funcengge de bu seme arahabi. bi gūnici.
한 작은 摺子 2 가지 funcengge 에게 주라 하고 써 있다 나 생각하니

han' de yuwan de funcengge sere gebungge akū. toktofi 芬夢馀 aise
涵 德 園 에서 funcengge 하는 이름가진 이 없다 필히 芬夢餘 아닌가

seme bi ere juwe hacin be fuju ci gaifi bargiyafi 夢馀 age be acaha
하고 나 이 2 가지 를 fuju 로부터 가지고 받아서 夢餘 형 을 만난

manggi buki sembi. ereci tulgiyen kemuni adali juwe hacin minde šangnarangge. bi
뒤에 주자 한다 이로부터 이외에 또한 같은 2 가지 나에게 상주는 것 나

alime gaifi bargiyaha..
받아 가지고 거두었다

── ◦ ── ◦ ── ◦ ──

18일, 정해(丁亥) 토행(土行) 여수(女宿) 파일(破日).
하나, 함덕원(涵德園)에 있을 때, 반방(飯房)에서 절인 오이와 마늘쫑을 먹었다.
하나, 당자방(檔子房)에 잠시 앉아 있었다.
하나, 술시(戌時)에 하늘이 흐려져서 많은 빗방울이 내렸으나, 큰 비가 되지는 않았다 해도 번개와 큰 우레가 갑자기 우르르 쾅 한다. 밤새도록 흐려져 있었도다. 나는 야경 칠 무렵에 잤다.
하나, 오늘 내가 당자방에 이르러서 보니, 전교(傳敎)한 문서 하나에, "부처 언급하는 노래 한 편, '토왕용사(土旺用事)'하는 날에 토(土)를 움직이는 것을 세우는 말, 작은 접자(摺子) 2가지를 푼청거(funcengge, 芬成額)에게 주라" 하고 써 있다. 내가 생각해 보니, 함덕원에는 푼청거라는 이름을 가진 사람이 없다. '필히 분몽여(芬夢餘)가 아닌가' 하고, 나는 이 2가지를 푸주(fuju, 富住)로부터 받아 가지고 몽여(夢餘) 형을 만난 뒤에 주려고 한다. 이로부터 이외에 또한 같은 2가지는 나에게 상주는 것인데, 나는 받아 가지고 거두었다.

105) bukdari : 종이를 접어서 특정한 내용을 적어 황제에게 올리는 상주서(上奏書)인 '접자(摺子)'를 가리킨다.

〔083b〕

duin biya
4 월

○juwan uyun de suwayan singgeri tuwa i feten hinggeri usiha tuksintu enduri inenggi.
10 9 에 누런 쥐 火의五行 虛 宿 危 神 날

emu hacin han' de yuwan de bisire de erde ler seme aga agaha. meihe erinde
한 가지 涵 德 園 에 있을 때 아침 촉촉하게 비 내렸다 뱀 때에

nakafi abka šuwe gehun galaka..
그치고 하늘 곧바로 말끔히 개었다

emu hacin amargi ergi bira de 呂卩 sei geren ursei nimaha welmiyere be tuwaha..
한 가지 북쪽 강에서 呂爺 등의 여러 사람들의 물고기 낚시하는 것을 보았다

emu hacin emu ajige farsi fusheku de gidara bithei doron de 瀟灑磊落 sere duin hergen
한 가지 한 작은 조각 부채 에 찍는 책의 도장 에 瀟灑磊落 하는 4 글자

foloho..
새겼다

emu hacin yamji erinde šun dekdere ergi boihon i alin de emgeri tafafi tališara be tookabuha..
한 가지 저녁 때에 해 뜨는 쪽 흙 의 산 에 한 번 올라서 흔들거림 을 풀었다

emu hacin yafasi boode cangjen i baru gisureme tehe..
한 가지 園戶에서 常眞 의 쪽 이야기하며 앉았다

emu hacin delung sei nimaha bujure be tuwaha..
한 가지 delung 등의 물고기 삶는 것 을 보았다

emu hacin sun sy fu emu moro cai benjifi bi omiha..
한 가지 孫 四 福 한 사발 차 가져와서 나 마셨다

—— 。 —— 。 —— 。 ——

4월
19일, 무자(戊子) 화행(火行) 허수(虛宿) 위일(危日).
하나, 함덕원(涵德園)에 있을 때, 아침에 촉촉하게 비가 내렸다. 사시(巳時)에 그치고 하늘이 곧바로 말끔히 개었다.
하나, 북쪽 강에서 여야(呂爺) 등의 여러 사람들이 물고기 낚시하는 것을 보았다.
하나, 부채에 찍는 작은 서인(書印) 한 조각에 '소쇄뢰락(瀟灑磊落)'이라는 글자를 새겼다.
하나, 저녁때에 해 뜨는 쪽 토산(土山)에 한 번 올라서 흔들거리는 것을 풀었다.
하나, 원호(園戶)에서 상진(常眞)과 이야기하면서 앉아 있었다.
하나, 덜룽(delung, 德隆) 등의 생선 삶는 것을 보았다.
하나, 손사복(孫四福)이 차 한 그릇을 가져와서 내가 마셨다.

[084a]

○orin de sohon ihan[106] tuwa i feten weibin usiha mutehentu enduri inenggi.
20 에 누르스름한 소 火 의 五行 危 宿 成 神 날

emu hacin han' de yuwan de bisire de erde buda jeke amala tucifi 成府 bade soncoho
한 가지 涵 德 園 에 있을 때 아침 밥 먹은 뒤에 나가서 成府 곳에서 변발

isaha. 萬寿山 文昌阁 asari i juleri dalangga de wesifi julesi yabume
땋았다 萬壽山 文昌閣 누각 의 앞 둑 에 올라서 남쪽으로 가서

廓如亭 ordo de kejine tehe. tuwaci geren faksisa teišun i ihan i aligan be
廓如亭 정자 에 꽤 앉았다 보니 여러 장인들 구리 의 소 의 받침대를

106) ihan : 원문에서는 'nihan'으로 되어 있다.

dasatame weileme bi. morin erinde ce budalame genehe. be nekulefi teišun i ihan i
수리하고 만들고 있다 말 때에 그들 밥먹으러 갔다 우리 틈타서 구리 의 소 의

beyei ebci de bisire fukjingga hergen jakūnju hergen be doolame araha.
몸의 옆구리 에 있는 篆書 글자 80 글자 를 베껴 썼다

tubade onggolo han' de yuwan de bihe ging forire hūsun 張德順 be ucaraha.
그곳에서 전에 涵 德 園 에 있던 更 치는 役人 張德順 을 만났다

dule i ne tere bade hūsun weileme boihon damjalame inenggidari ilan erin i
뜻밖에 그 지금 그 곳에서 役人 일하고 흙 지고 매일 3 때 의

alban i buda[107] ci tulgiyen hono tanggū jiha basa bahambi sembi. bi tubaci
公 의 밥 이외에 또 百 錢 품삯 얻는다 한다 나 그곳에서

aljafi 大有庄 jakūci nakcu i boode darifi tuwaci nakcu gemu boode
떠나서 大有莊 여덟째 외삼촌 의 집에 들러서 보니 외삼촌 모두 집에

akū. duici ambu tubade bifi tucifi acaha. jakūci nakcu be hoton
없다 넷째 이모 거기에 있어서 나가서 만났다 여덟째 외삼촌 을 성

dosika hehe nakcu be etuku obome genehe sehe. ceni booi uce be
들어갔고 외숙모 를 옷 빨래하러 갔다 하였다 그들의 집의 문 을

yooselaha anakū be baime bahakū ofi bi ne je yabuha. 大有庄 i
잠갔고 열쇠 를 찾을 수 없게 되어서 나 지금 예 갔다 大有莊 의

—— ◦ —— ◦ —— ◦ ——

20일, 기축(己丑) 화행(火行) 위수(危宿) 성일(成日).
하나, 함덕원(涵德園)에 있을 때, 아침 밥 먹은 뒤에 나가서 성부(成府)라는 곳에서 변발을 땋았다. 만수산(萬壽山) 문창각(文昌閣) 누각의 앞 둑에 올라서 남쪽으로 가서 곽여정(廓如亭) 정자에 꽤 앉아 있었다. 보니 많은 장인들이 구리 소의 받침대를 수리하여 만들고 있다. 오시(午時)에 그들은 밥 먹으러 갔고, 우리는 틈을 타서 구리 소의 몸 옆구리에 있는 전서(篆書) 80 글자를 베껴 썼다. 그곳에서 전에 함덕원에 있던 야경 치는 역인(役人) 장덕순(張德順)을 만났다. 뜻밖에 그는 지금 그곳에서 역인 일하고 흙을 지면서 매일 세 끼의 나랏밥 이외에도 100전의 품삯을 얻는다 한다. 나는 그곳에서 떠나서 대유장(大有莊) 여덟째 외삼촌의 집에 들러서 보니, 외삼촌이 모두 집에 없고 넷째 이모가 거기에 있어서 나아가 만났다. 여덟째 외삼촌은 성에 들어갔고, 외숙모는 옷을 빨래하러 갔다 하였다. 그들의 집의 문을 잠갔고, 열쇠를 찾을 수 없어서 나는 지금 '예' 하고 갔다. 대유장의

107) alban i buda : '공공의 일을 하고 그 대가로 먹는 밥'이라는 뜻이다.

[084b]

duin biya
4 월

gašan i duka be tucifi birai dalbade jakūci hehe nakcu be ucaraha. udu
마을 의 문 을 나가서 강의 가에서 여덟째 외숙모 를 만났다 몇

gisun gisurefi bi yabuha. jugūn de bi juwe lala juhe efen[108] jeke. yabufi
말 이야기하고 나 갔다 길 에서 나 2 糉子 먹었다 가서

iowan ming yuwan de isinaha manggi bi 平安園 cai taktu de tafafi cai
圓 明 園 에 다다른 후 나 平安園 茶 樓 에 올라서 차

108) lala juhe efen : 찹쌀을 씻어서 갈대 잎으로 어슷하게 네모로 싸서 찐 경단의 일종으로, '종자(糉子)'라고 한다.

omiha. bonio erinde han' de yuwan de mariha..
마셨다 원숭이 때에 涵 德 園 에 돌아왔다

emu hacin culgan tuwara taktu i amargi ergi de emu sejen de utala dere horho bandan tebufi
한 가지 閱武樓 의 북 쪽 에 한 수레 에 책상 궤 의자 여러 개 넣어서

ušame ilingga tere ninggude tehe be sabuha. ere toktofi 夏文義 大有庄 bade
끌며 ilingga 그 위에 앉음 을 보았다 이 필히 夏文義 大有莊 곳에서

ilibuha 敬述堂 niyalmai nimeku be tuwaha. te hoton i dolo beyebe alban de
세운 敬述堂 사람의 병 을 보았다 지금 성 의 안 몸을 공무 에

ušatabuha. umainaci ojorakū. ere babe gociki seme ilingga be takūrafi yaya
얽매었다 어찌할 수 없다 이 곳을 벗어나자 하고 ilingga 를 시켜서 무릇

tubade bihe agūra tetun be gemu hoton i dolo benebufi bargiyambi dere..
그곳에 있던 什 器 를 모두 성 의 안 보내게 하여 수납하리라

emu hacin taigiyan 陳永泰 魏双成 de meimeni emte hergen i kemun arafi buhe..
한 가지 太監 陳永泰 魏雙成 에게 각각 하나씩 글자 의 모범 써서 주었다

—— ◦ —— ◦ —— ◦ ——

4월
마을의 문을 나가서 강가에서 여덟째 외숙모를 만났다. 몇 마디 말을 이야기하고 나는 갔다. 길에서 나는 종자(糉子) 두 개를 먹었다. 원명원(圓明園)에 다다른 뒤에 나는 평안원(平安園) 다루(茶樓)에 올라서 차를 마셨다. 신시(申時)에 함덕원(涵德園)에 돌아왔다.
하나, 열무루(閱武樓)의 북쪽에 수레 하나에 책상, 궤, 의자 여러 개 넣고 끌며, 일링가(ilingga, 伊凌阿)가 그 위에 앉아 있는 것을 보았다. 이것은 필히 하문의(夏文義)가 대유장(大有莊) 있는 곳에 세운 경술당(敬述堂)에서 사람의 병을 진찰하였던 것인데, 지금 성 안에서 몸이 공무에 얽매여서 어찔 수 없이 이곳을 벗어나자 하고, 일링가를 시켜서 무릇 그곳에 있던 집기(什器)들을 모두 성 안에 보내게 하여 수납하는 것이리라.
하나, 태감(太監) 진영태(陳永泰)와 위쌍성(魏雙成)에게 각각 하나씩 글씨본을 써서 주었다.

[085a]

○orin emu de šanyan tasha moo i feten šilgiyan usiha bargiyantu enduri inenggi.
20 1 에 흰 호랑이 木 의 五行 室 宿 收 神 날

emu hacin han' de yuwan de bisire de emu farsi fusheku de gidara bithei doron de
한 가지 涵 德 園 에 있을 때 한 조각 부채 에 찍는 책의 도장 에

一味率真 sere duin hergen foloho..
一味率眞 하는 4 글자 새겼다

emu hacin ninggun amba jiha de arki udafi omiha..
한 가지 6 큰 錢 에 소주 사서 마셨다

emu hacin emu hergen i kemun arafi lii de ming de buhe. ere 李德明 serengge 山東李 i
한 가지 한 글자 의 모범 써서 李 德 明 에 주었다 이 李德明 이라는 사람 山東李 의

jui. huhuri gebu hil sembi. 蓮莊 inde emu 昉圃 sere colo bumbihe..
아들이다 유아 이름 喜兒 한다 蓮莊 그에게 한 昉圃 하는 호 주었다

emu hacin yamji erinde dangse booi juleri 蔣卩 徐三卩 i baru kejine gisureme tehe..
한 가지 저녁 때에 檔子 집의 앞 蔣爺 徐三爺 의 쪽 꽤 이야기하며 앉았다

—— ◦ —— ◦ —— ◦ ——

21일, 경인(庚寅) 목행(木行) 실수(室宿) 수일(收日).

하나, 함덕원(涵德園) 에 있을 때 부채에 찍는 서인(書印) 작은 조각 하나에 '일미솔진(一味率眞)'이라는 네 글자를 새겼다.

하나, 큰 돈 6전으로 술을 사서 마셨다.

하나, 글씨본 하나를 써서 이덕명(李德明)에게 주었다. 이 이덕명이라는 사람은 산동(山東) 리(李)의 아들로 아명(兒名)을 희아(喜兒)라고 한다. 연장(蓮莊)이 그에게 방포(昉圃)라는 호를 하나 주었다.

하나, 저녁 무렵에 당자방(檔子房) 앞에서 장야(蔣爺), 서삼야(徐三爺)와 꽤 이야기하면서 앉아 있었다.

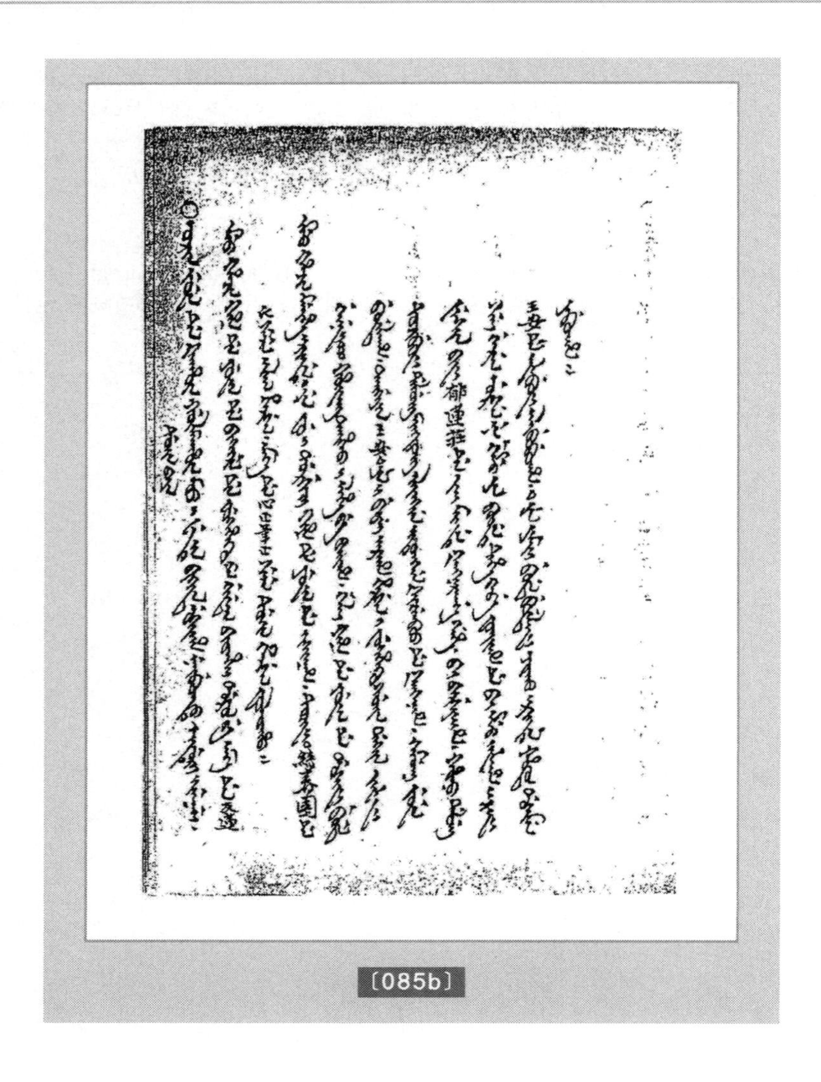

〔085b〕

duin biya
4 월

○orin juwe de šahūn gūlmahūn moo i feten bikita usiha neibuntu enduri inenggi.
20 2 에 희끄무레한 토끼 木 의 五行 壁 宿 開 神 날

emu hacin han' de yuwan de bisire de fusheku de gidara bithei doron be emke de 友蓮氏
한 가지 涵 德 園 에 있을 때 부채 에 찍는 책의 도장 을 하나 에 友蓮氏

sere ilan hergen. emke de 心正筆正 sere duin hergen foloho..
하는 3 글자 하나 에 心正筆正 하는 4 글자 새겼다

emu hacin meihe erinde ○ ye fu i dorgici han' de yuwan de isinaha. tucifi ○ 綺春園 de
한 가지 뱀 때에 爺 府 의 안으로부터 涵 德 園 에 이르렀다 나가서 綺春園 에

genefi ○○○ hūwang taiheo i elhe be baiha. geli han' de yuwan de dosifi buda
가서 皇 太后 의 안부 을 드렸다 또 涵 德 園 에 들어가서 밥

budalaha. taigiyan 王安 ○ ye i beyei araha hergen i fusheku sunja dasin jafafi
먹었다 太監 王安 爺 의 몸소 쓴 글자 의 부채 5 자루 가지고

turibufi delung mingtung ilingga itungga šicengboo de šangnaha. kemuni juwe
빼서 德隆 明通 ilingga itungga 什成保 에 상주었다 아직도 2

fesin bifi 郁蓮莊 de jai minde šangnarangge sehe. bi bargiyaha. hono delung
자루 있어서 郁蓮莊 에 또 나에게 상줄 것 하였다 나 받았다 또한 德隆

sei geren urse ne gemu ya boode tehe babe fonjiha de bi emu afaha arafi
등의 여러 무리 지금 모두 어느 집에 산 곳을 들음 에 나 한 單子 지어서

王安 de afabufi alibubuha. ○ ye yamji buda budalafi coko erinde hoton dosime
王安 에 건네서 올리게 하였다 爺 저녁 밥 먹고서 닭 때에 성 들어서

yabuha..
갔다

—— ◦ —— ◦ —— ◦ ——

4월
22일, 신묘(辛卯) 목행(木行) 벽수(壁宿) 개일(開日).
하나, 함덕원(涵德園)에 있을 때 부채에 찍는 서인(書印)을, 하나에는 '우련씨(友蓮氏)'라는 세 글자를, 하나에는 '심정필정(心正筆正)'이라는 네 글자를 새겼다.
하나, 사시(巳時)에 왕야(王爺)가 왕부(王府) 안으로부터 함덕원에 이르렀다. 나가서 기춘원(綺春園)에 가서 황태후(皇太后)에게 안부를 드렸다. 다시 함덕원에 들어가서 밥을 먹었다. 태감(太監) 왕안(王安)이 왕야가 몸소 글을 쓴 부채 5자루를 빼 가지고서 덜룽(delung, 德隆), 명통(明通), 일링가(ilingga, 伊凌阿), 이퉁가(itungga, 伊通阿), 쉬청보(šicengboo, 什成保)에게 상으로 주었다. 아직도 두 자루가 있어서 욱연장(郁蓮莊)에게, 또 나에게 상으로 줄 것이라 하였다. 내가 받았다. 또한 덜룽 등의 여러 사람들이 지금 모두 어느 집에 사는 곳을 물었는데, 내가 단자(單子) 하나를 만들어서 왕안에게 건네서 올리게 하였다. 왕야는 저녁 밥 먹고 유시(酉時)에 성에 들어서 갔다.

[086a]

○orin ilan de sahaliyan muduri muke i feten kuinihe usiha yaksintu enduri inenggi.
20 3 에 검은 용 水 의 五行 奎 宿 閉 神 날

emu hacin han' de yuwan de bisire de ninggun amba jiha de arki udafi omiha..
한 가지 涵 德 園 에 있을 때 6 큰 錢 에 술 사서 마셨다

emu hacin yamji erinde lan 刘丌 i boode kejine tehe. amala hūwa de bandan de tefi
한 가지 저녁 때에 lan 劉爺 의 집에 꽤 앉았다 뒤에 마당 에 의자 에 앉아서
吕丌 刘丌 i
呂爺 劉爺와

emgi kejine gisurehe..
함께 꽤 이야기하였다

emu hacin donjici hošoi sabingga cin wang juwe biyaci yoo banjime nimefi tetele yebe
한 가지 들으니 和碩 길조의 親 王 2 월부터 부스럼 생겨 병들어 지금까지 낫게

ohakū. geli ilan biya i šolo baiha nadan biyai ice ilan de teni tucimbi
되지 않았다 또 3 월 의 휴가 청했고 7 월의 초 3 에 겨우 나간다

sehebi..
했었다

—— ◦ —— ◦ —— ◦ ——

23일, 임진(壬辰) 수행(水行) 규수(奎宿) 폐일(閉日).

하나, 함덕원(涵德園)에 있을 때, 큰돈 6전으로 술을 사서 마셨다.

하나, 저녁때에 란(lan, 蘭) 유야(劉爺)의 집에 꽤 앉아 있었다. 뒤에 마당에서 의자에 앉아서 여야(呂爺), 유야와 함께 꽤 이야기하였다.

하나, 들으니 화석서친왕(和碩瑞親王)이 2월부터 부스럼이 생겨서 아파하며 지금까지 낫지 않았다. 그래서 3월의 휴가를 청했는데, 7월 초사흘에야 겨우 나간다 했었다.

[086b]

duin biya maise urembi[109]
4 월 麥子 익는다

○orin duin de sahahūn meihe muke i feten ludahūn usiha yaksintu enduri inenggi.
20 4 에 거무스름한 뱀 水 의 五行 婁 宿 閉 神 날

tasha erin i ujui uju kemu i juwanci fuwen de maise urembi. sunja
호랑이 때 의 처음의 첫 刻 의 열 번째 分 에 麥子 익는다 5

biyai ton..
월의 節

109) maise urembi : '보리 익는다'의 뜻으로, 24절기 중 양력 6월 6-7일 정도에 오는 '망종(芒種)'을 가리킨다.

emu hacin han' de yuwan de bisire de ajige farsi bithei doron emu farsi de 放情山水 sere
한 가지 涵 德 園 에 있을 때 작은 조각 책의 도장 한 조각 에 放情山水 하는

duin hergen. emu farsi de 得心寓酒 sere duin hergen foloho..
4 글자 한 조각 에 得心寓酒 하는 4 글자 새겼다

emu hacin šuntuhuni abka tulhušehe. indahūn erinde ser seme aga agaha. dobonio
한 가지 하루 종일 하늘 흐려졌다 개 때에 가느다랗게 비 내렸다 밤새도록

burgin burgin i agaha..
후두둑 후두둑 비 내렸다

—— ◦ —— ◦ —— ◦ ——

4월 망종(芒種)

24일, 계사(癸巳) 수행(水行) 누수(婁宿) 폐일(閉日).

인시(寅時)의 첫 1각(刻) 10분(分)에 망종이다. 오월의 절기(節氣)이다.

하나, 함덕원(涵德園)에 있을 때, 서인(書印) 작은 조각 하나에는 '방정산수(放情山水)'라는 네 글자, 한 개에는 '득심우주(得心寓酒)'라는 네 글자를 새겼다.

하나, 하루 종일 하늘이 흐려졌다. 술시(戌時)에 가느다랗게 비가 내렸다. 밤새도록 후두둑 후두둑 비가 내렸다.

[087a]

○orin sunja de niowanggiyan morin aisin i feten welhūme usiha alihantu enduri inenggi.
20 5 에 푸른 말 金의 五行 胃 별 建 神 날

emu hacin han' de yuwan de bisire de erde kemuni emu burgin i aga agaha. meihe
한 가지 涵 德 園 에 있을 때 아침 또 한 갑작스럽게 비 내렸다 뱀

erinde nakaha. morin erinde abka galaka..
때에 그쳤다 말 때에 하늘 개었다

emu hacin emu ajige farsi bithei doron de 奇文共欣賞 sere sunja hergen foloho..
한 가지 한 작은 조각 책의 도장 에 奇文共欣賞 하는 5 글자 새겼다

emu hacin taigiyan hūwang sy hi. han' de yuwan de isinaha be sabuha. yamji budai
한 가지 太監 黃 四 喜 涵 德 園 에 다다른 것 을 보았다 저녁 밥의

erinde budai boode imbe ucaraha..
때에 飯房에서 그를 만났다

emu hacin taigiyan yong tai. šuwangceng ni araha hergen be tuwaha..
한 가지 太監 永 泰 雙成 의 쓴 글자 를 보았다

emu hacin yamji erinde 首領 呂卩 i emgi han' de yuwan i amba duka i tule kejine iliha. i
한 가지 저녁 때에 首領 呂爺 와 함께 涵 德 園 의 큰 문 의 밖에 꽤 섰다 그

mimbe solime ini boode isinafi arki omiha cokoi yali mayan i yali i boohalame jeke..
나를 청하여 그의 집에 이르러서 소주 마셨고 닭의 고기 돼지 의 고기로 요리하여 먹었다

emu hacin dangse boode ○ ye i gisun be ulame bithei booi hafan i idulara inenggi be dangse
한 가지 檔子 집에 爺 의 말 을 전달하고 책의 집의 관리 의 당직하는 날 을 檔子

boode boolaki sehebi. bi emu idui afaha arafi dangse booi hafan fuju de
집에 보고하자 했었다 나 한 당직 單子 써서 檔子 집의 관리 富住 에

afabuha..
건네주었다

—— ◦ —— ◦ —— ◦ ——

25일, 갑오(甲午) 금행(金行) 위수(胃宿) 건일(建日).
하나, 함덕원(涵德園)에 있을 때, 아침에 갑작스럽게 한 차례 비가 내렸다. 사시(巳時)에 그쳤으며, 오시(午時)에는 하늘이 개었다.
하나, 작은 서인(書印) 조각 한 개에 '기문공흔상(奇文共欣賞)'이라는 다섯 글자를 새겼다.
하나, 태감(太監) 황사희(黃四喜)가 함덕원에 다다른 것을 보았다. 저녁 식사 때에 반방(飯房)에서 그를 만났다.
하나, 태감 영태(永泰)와 쌍성(雙成)이 쓴 글자를 보았다.
하나, 저녁때에 수령(首領) 여야(呂爺)와 함께 함덕원의 큰 문 밖에서 꽤 서 있었다. 그가 나를 청하여 그의 집에 이르러서 소주를 마셨고, 닭고기와 돼지고기로 요리하여 먹었다.
하나, 당자방(檔子房)에 왕야(王爺)의 말을 전달하고, 서방(書房)의 관리의 당직하는 날짜를 당자방에 보고하라 했다. 이에 나는 당직 단자 하나를 써서 당자방의 관리 푸주(fuju, 富住)에게 건네주었다.

〔087b〕

duin biya
4 월

○orin ninggun de niohon honin aisin i feten moko usiha geterentu enduri inenggi.
20 6 에 푸르스름한 양 金 의 五行 昴 별 除 神 날

emu hacin han' de yuwan de bisire de fusheku de gidara ajige bithei doron de emu
한 가지 涵 德 園 에 있을 때 부채 에 찍는 작은 책의 도장 에 한

farsi de mini gebu emu farsi de 辛酉人 sere ilan hergen foloho..
조각 에 나의 이름 한 조각 에 辛酉人 하는 3 글자 새겼다

emu hacin inenggishūn erinde 朱九祿 jihe. ini jui 福喜 be sunja biyai hacin be
한 가지 한낮 때에 朱九祿 왔다 그의 아들 福喜 를 5 월의 보름 을

duleke manggi imbe han' de yuwan isibume fudefi bithe hūlambi sehe. i
지난 뒤에 그를 涵 德 園 이르게 하여 보내고 글 읽는다 하였다 그

kemuni minde emu belge 平安丸 sere okto bumbi sehe. kejine tefi amasi
게다가 나에게 한 알 平安丸 하는 약 준다 하였다 꽤 앉고서 도로

mariha..
돌아왔다

emu hacin 呂卩 i baci anking be takūrafi mimbe solime arki omimbi sembi. bi
한 가지 呂爺 의 곳으로부터 anking 을 보내서 나를 청하여 소주 마신다 한다 나

dosifi arki omiha. 粘魚 nimaha. sampa. cokoi yali jergi booha jeke.
들어가서 소주 마셨다 粘魚 생선 새우 닭의 고기 등 요리 먹었다

bi tubade buda budalaha..
나 거기에서 밥 먹었다

emu hacin 刘六 mini soncoho be isaha..
한 가지 劉六 나의 변발 을 땋았다

emu hacin donjici enenggi delung sei geren urse boode mariki sehe babe dangse booci
한 가지 들으니 오늘 德隆 등의 여러 무리 집에 돌아가자 한 바를 檔子 집으로부터

alibure bithe arafi fu de unggifi ○ ye i tacibure be baiha sembi..
올리는 글 써서 府 에 보내서 爺 의 가르침 을 구했다 한다

—— 。—— 。—— 。——

4월

26일, 을미(乙未) 금행(金行) 앙수(昴宿) 제일(除日).

하나, 함덕원(涵德園)에 있을 때, 부채에 찍는 작은 서인(書印) 한 개에는 나의 이름을, 한 개에는 '신유인(辛酉人)'이라는 세 글자를 새겼다.

하나, 한낮 때에 주구록(朱九祿)이 왔다. 그의 아들 복희(福喜)를, 오월의 보름이 지난 뒤에 함덕원에 보내서 글을 읽게 한다고 하였다. 그는 또 나에게 평안환(平安丸)이라는 환약 하나를 준다고 하였다. 꽤 앉아 있다가 도로 돌아왔다.

하나, 여야(呂爺)가 있는 곳으로부터 안칭(安淸)을 보내서 나를 청하여 소주 마신다 한다. 나는 들어가서 소주를 마셨고, 메기, 새우, 닭고기 등의 요리를 먹었다. 나는 거기에서 밥을 먹었다.

하나, 유륙(劉六)이 내 변발을 땋았다.

하나, 들으니 오늘 덜룽(delung, 德隆) 등의 여러 사람들이 집에 돌아가고자 한 바를 당자방(檔子房)에서 상서(上書)를 써서 왕부(王府)에 보내 왕야(王爺)의 가르침을 구했다 한다.

[088a]

emu hacin enenggi kiyoo tukiyesi[110] 喬昇 bithei boode sindaha kiyoo be tucibuhe. halhūn
한 가지 오늘 喬 擧人 喬昇 책의 집에 둔 轎 를 끌어냈다 따뜻한

kiyoo halame sindaha..
轎 바꿔 두었다

emu hacin han' de yuwan ci tucifi ceng fu bade emu mudan feliyeme yabuha. dambagu
한 가지 涵 德 園 에서 나가서 成 府 곳에 한 바퀴 걸어서 갔다 담배

udaha..
샀다

110) tukiyesi : 청대에 향시(鄕試) 합격자인 '거인(擧人)'을 가리킨다.

emu hacin dangse boode isinafi 吳八ㄗ be tuwaha. ini gebu gingji sembi. ilaci
한 가지 檔子 집에 이르러서 吳八爺 를 보았다 그의 이름 景吉 한다 셋째

jergi giyajan bime ice sindaha dangse booi hafan inu. bi tubade cai
等 侍從 이며 처음 둔 檔子 집의 관리 이다 나 거기에서 차

omiha. i minde yandume ini fusheku de hergen arabureo seme minde
마셨다 그 나에게 부탁하여 그의 부채 에 글자 써 주겠는가 하고 나에게

afabuha..
건네주었다

emu hacin ere dobori kurbušehei amu akū. duici ging foritala teni amgaha..
한 가지 이 밤 뒤척이면서 잠 없다 넷째 更 치기까지 겨우 잤다

—— ◦ —— ◦ —— ◦ ——

하나, 오늘 교거인(喬擧人) 교승(喬昇)이 서방(書房)에 둔 수레를 끌어냈다. 따뜻한 수레로 바꿔 두었다.
하나, 함덕원(涵德園)에서 나가서 성부(成府) 있는 곳에 한 바퀴 걸어서 갔다. 담배를 샀다.
하나, 당자방(檔子房)에 이르러서 오팔야(吳八爺)를 보았다. 그의 이름은 경길(景吉)이라 하고, 3등시종(三等侍從)이며, 새로 둔 당자방의 관리이다. 나는 거기에서 차를 마셨다. 그가 나에게 부탁하기를, 그의 부채에 글씨를 써 주겠는가 하고 나에게 부채를 건네주었다.
하나, 이날 밤에 뒤척이면서 잠들 수 없다. 4경을 칠 무렵에서야 겨우 잤다.

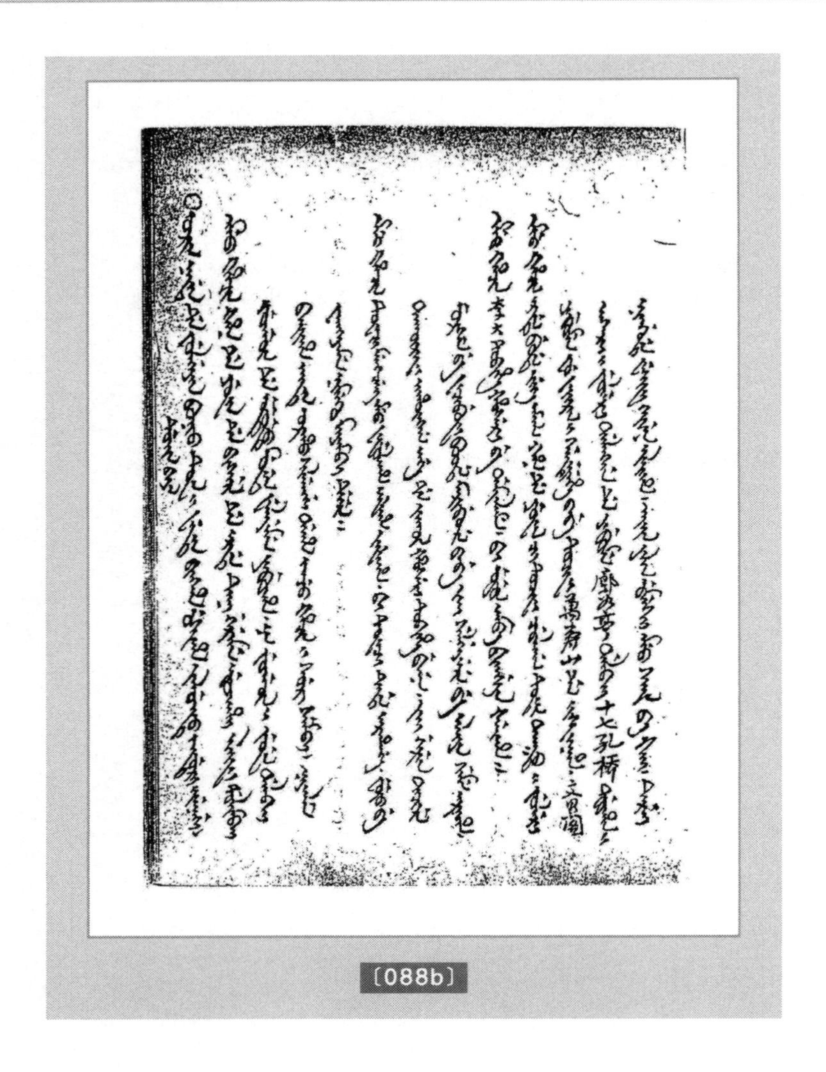

[088b]

duin biya
4 월

○orin nadan de fulgiyan bonio tuwa i feten bingha usiha jaluntu enduri inenggi.
20 7 에 붉은 원숭이 火 의 五行 畢 宿 滿 神 날

emu hacin han' de yuwan de bisire de erde teni gereme uthai ilifi dulimbai
한 가지 涵 德 園 에 있을 때 아침 금새 밝아지고 바로 일어나서 가운데의

jugūn[111] de ududu mudan feliyeme yabuha. na jugūn i juwe dalbai
길 에 여러 번 걸어서 갔다 땅 길 의 2 가의

111) dulimbai jugūn : 마당 한 가운데에 대문에서 들어오는 길을 가리키는데, 얇은 돌을 깔아 놓은 경우가 많다.

banjiha eiten orho silenggi daha. encu hacin i sur sembi. niyalma
자라는 모든 풀 이슬 붙었다 의외로 향기롭다 사람

wangkiyame nimeku mayambi dere..
냄새 맡고 병 없애리라

emu hacin tuwaci mengceng emu fafulaha afaha jafaha. bi tuwaci tede arahangge. fuju
한 가지 보니 孟誠 한 傳敎한 문서 올렸다 나 보니 거기에 쓴 것 fuju

be takūrafi ahūngga age de jakūn hoseri tubihe bene. jai geren tacire
를 시켜서 첫째 형 에게 8 盒子 과일 보내라 또 여러 배우는

urse be facabufi boode maribure babe jai selgiyere be aliya seme araha..
무리 를 해산시켜서 집에 돌아가게 하는 바를 또 명하는 것 을 기다리라 하고 썼다

emu hacin 李大 tubihe hoseri be damjalame. bi uyun amba binggiya gaiha..
한 가지 李大 과일 盒子 를 들어 올리고 나 9 큰 올방개 얻었다

emu hacin erde buda jeke amala han' de yuwan ci tucifi culgan tuwara taktu i juleri
한 가지 아침 밥 먹은 뒤에 涵 德 園 로부터 나가서 閱武樓 의 앞으로

yabume fu fajiran i sendejehe babe tucifi 萬寿山 de isinaha. 文昌阁
가서 담 벽 의 부서진 곳을 나가서 萬壽山 에 이르렀다 文昌閣

asari i juleri dalangga de yabume 廓如亭 dalbai 十七孔桥 doohan
누각 의 앞 둑 에 가서 廓如亭 옆의 十七孔橋 다리

i ninggude wesifi kejine iliha. ajaja yala umesi emu sain ba kai. terei
의 위에 올라가서 꽤 섰다 놀랍고 진실로 매우 한 좋은 곳이로다 거기의

—— ◦ —— ◦ —— ◦ ——

4월

27일, 병신(丙申) 화행(火行) 필수(畢宿) 만일(滿日).

하나, 함덕원(涵德園)에 있을 때, 아침이 금새 밝아져서 바로 일어나 마당의 가운데 길에 여러 번 걸어서 갔다. 길가 양측에 자라는 모든 풀에 이슬이 붙어 있는데, 의외로 향기롭다. 사람이 맡으면 병이 없어지겠구나.

하나, 보니 맹성(孟誠)이 전교(傳敎)한 문서 하나를 올렸다. 내가 거기에 쓰인 것을 보니, '푸주(fuju, 富住)를 시켜서 첫째 형에게 과일 8 합자(盒子)를 보내라. 또 여러 배우는 무리들을 해산시켜서 집에 돌아가게 하는 것은 명을 기다리라' 하고 썼다.

하나, 이대(李大)가 과일 합자를 들어 올려서 나는 큰 올방개 9개를 얻었다.

하나, 아침밥을 먹은 뒤에 함덕원으로부터 나가서 열무루(閱武樓) 앞으로 가서 담의 벽이 부서진 곳을 나가 만수산(萬壽山)에 이르렀다. 문창각(文昌閣) 누각 앞 둑에 가서 곽여정(廓如亭) 옆의 십칠공교(十七孔橋) 다리 위에 올라가서 꽤 서 있었다. 진실로 놀랍고 매우 좋은 곳이로다. 거기의

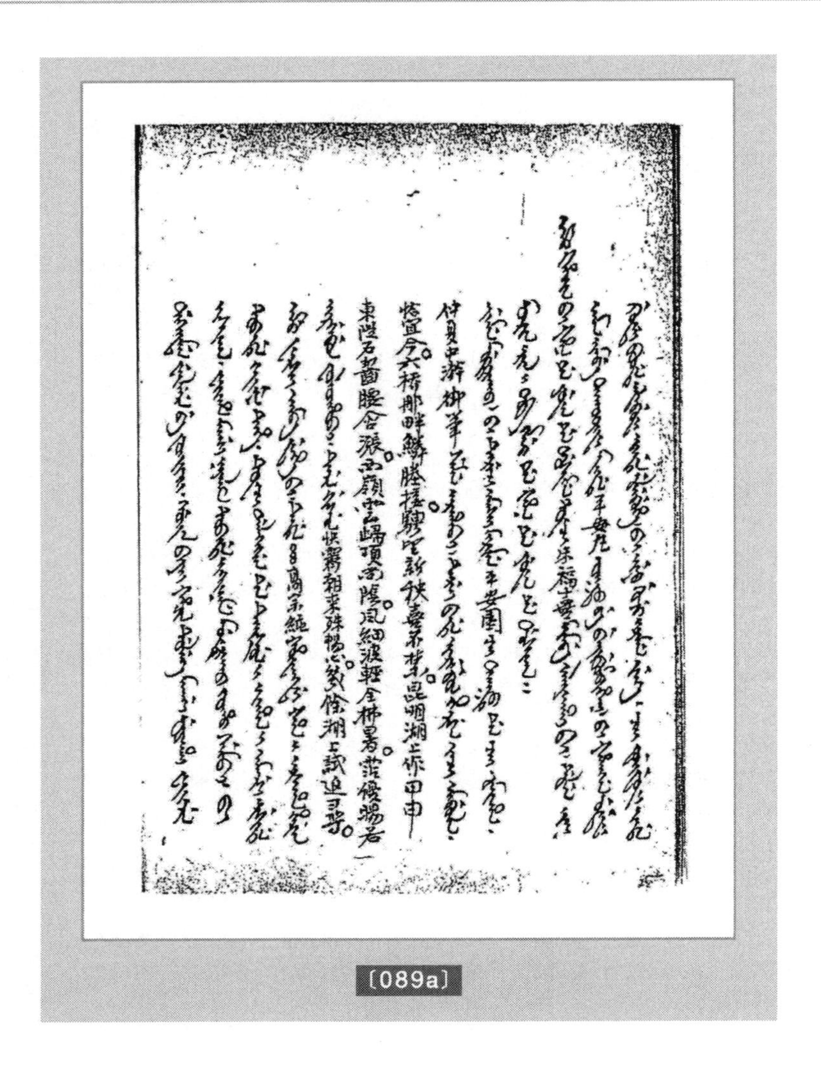

[089a]

dasatame weilere be fonjici. sunja biyai hacin duleke manggi uthai wajire
수리하고 만드는 것 을 들으니 5 월의 보름 지난 뒤에 곧 끝나기

isika. wajiha manggi niyalma tubade isiname muterakū oho sembi. bi
이르렀다 끝난 뒤에 사람 거기에 이를 수 없게 되었다 한다 나

tubade kejine tehe. tuwaci dalangga de teišun i ihan i amargi ergide
거기에 꽤 앉았다 보니 둑 에 구리 소 의 북 쪽에

emu farsi amba wehe bi. tede ○○○ 高宗純 hūwangdi han i araha hergen
한 조각 큰 돌 있다 거기에 高宗純 皇帝 의 쓴 글자

irgebun folohobi. tere gisun 快霽朝來殊暢心 幾馀湖上試返尋
詩 새겨있었다 그 말

東堤石罨腰含漲 西嶺雲歸頂尚陰 風細波輕全拂暑 霑優暘若恰宜今
六桥那畔鱗塍接 騁望新秧喜不禁 昆明湖上作甲申

仲夏中澣 御筆 seme arahabi. terei bade irgebun hergen jaci ambula
하고 써 있었다 그의 곳에 詩 글자 매우 많아

ejeme muterakū. bi tereci amasi marime 平安園 cai taktu de cai omiha..
기억할 수 없다 나 거기에서 도로 돌아와서 平安園 茶 樓 에서 차 마셨다

morin erin i tob kemu de han' de yuwan de dosika..
말 때 의 正 刻 에 涵 德 園 에 들어갔다

emu hacin bi han' de yuwan de dosime tuwaci 朱福喜 mimbe aliyahai bi. dule ini
한 가지 나 涵 德 園 에 들어가서 보니 朱福喜 나를 기다린 채 있다 원래 그의

ama imbe takūrafi minde 平安丸 okto be benjibumbiheni. bi hangse udafi
아버지 그를 시켜서 나에게 平安丸 약 을 보냈던 것이구나 나 국수 사서

budai boode afabufi inde ulebuhe. bi inu gucu arame jeke. cai fuifufi inde
飯房에 건네주어 그에게 먹게 하였다 나 도 친구 삼고 먹었다 차 끓여서 그에게

—— ◦ —— ◦ —— ◦ ——

수리하고 만드는 것을 들으니, 5월 보름이 지난 뒤에 곧 끝나게 되고, 끝난 뒤에는 사람들이 거기에 이를 수 없게 된다고 한다. 나는 거기에 꽤 앉아 있었다. 보자니 둑에서 구리 소의 북쪽에 큰 돌 한 덩이가 있다. 거기에 고종(高宗) 순황제(純皇帝)가 쓴 글과 시가 새겨져 있었다. 그 내용은 다음과 같았다.

快霽朝來殊暢心,	쾌청하게 개인 아침이 오니 유쾌한 마음이 별다르고,
幾餘湖上試返尋.	얼마나 남았을까, 호숫가에서 돌아갈 길 찾기 시도하는 것을.
東堤石罨腰含漲,	동쪽 제방의 돌은 넘치는 물을 머금으며 허리에 걸리고,
西嶺雲歸頂尚陰.	서쪽 고개의 구름은 음기를 숭상하며 꼭대기로 돌아간다.
風細波輕全拂暑,	바람 불어 잔물결은 가볍게 더위 떨치기에 충분하고,
霑優暘若恰宜今.	젖어드는 부드러운 햇살은 마치 지금 딱 알맞은 듯 하구나.
六橋那畔鱗塍接,	서제육교(西堤六橋) 저편 둑은 비늘처럼 밭두둑에 접해 있고,
騁望新秧喜不禁.	새로 모내기 하는 것을 멀리 바라보니 기쁨을 금할 수가 없구나.
昆明湖上作, 甲申仲夏中澣 御筆	「곤명호(昆明湖) 가에서 짓다」 갑신년(甲申年) 중하(仲夏) 중순에 어필(御筆)하다

거기에는 시와 글이 너무 많아 기억할 수 없다. 나는 거기에서 도로 돌아와 평안원(平安園) 다루(茶樓)에서 차를 마셨다. 오시(午時) 정각에 함덕원(涵德園)에 들어갔다.
하나, 내가 함덕원에 들어가 보니 주복희(朱福喜)가 나를 기다린 채 있다. 그의 아버지가 그를 시켜 나에게 평안환(平安丸)이라는 약을 보냈던 것이었구나. 나는 국수를 사서 반방(飯房)에 건네주고 그에게 먹게 하였다. 나도 벗 삼아 먹었다. 차를 끓여서 그에게

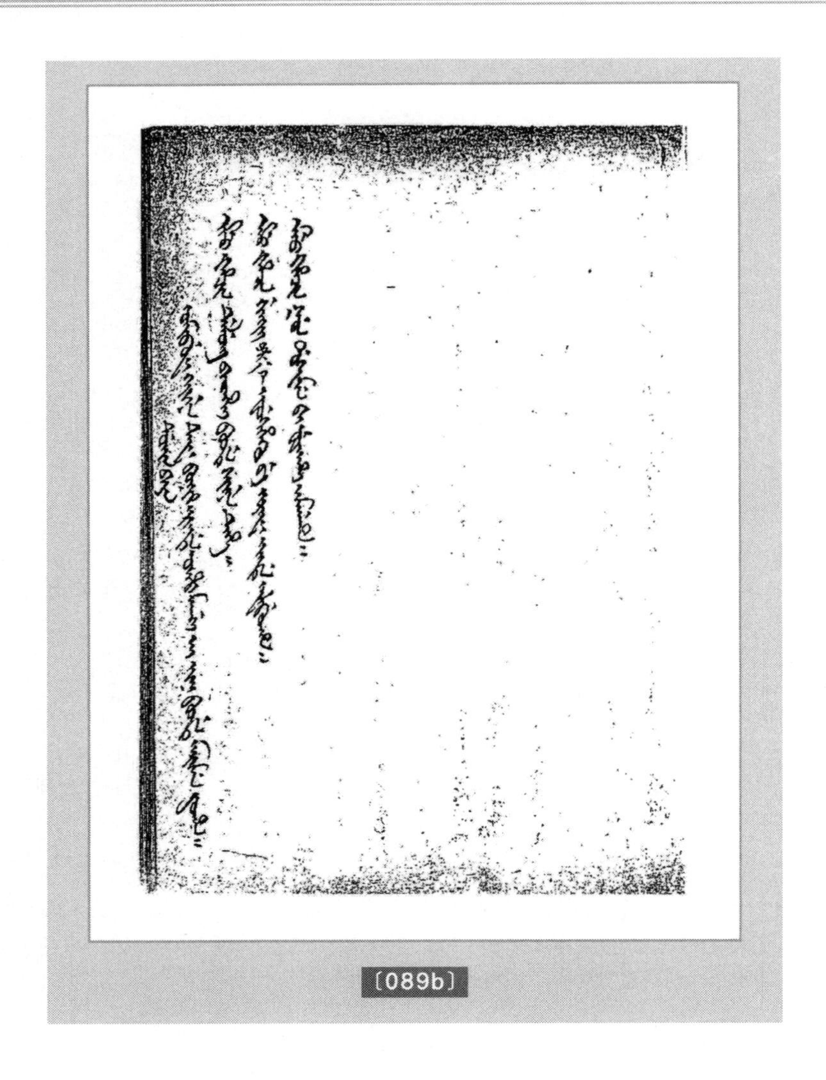

〔089b〕

duin biya
4 월

omibufi kejine tefi bonio erinde oho manggi i ini boode marime yoha..
마시게 하고 꽤 앉고서 원숭이 때에 된 뒤에 그 그의 집에 돌아서 갔다

emu hacin delung bithei boode kejine tehe..
한 가지 德隆 책의 집에 꽤 앉았다

emu hacin gingji 吳八卩 i fusheku be arafi inde afabuha..
한 가지 景吉 吳八爺 의 부채 를 써서 그에게 건네주었다

emu hacin šun dosime bi uthai amgaha..
한 가지 해 지고 나 바로 잤다

—— ◦ —— ◦ —— ◦ ——

4월
마시게 하고, 꽤 앉아 있다가 신시(申時)가 된 뒤에야 그는 그의 집으로 돌아갔다.
하나, 덜룽(delung, 德隆)이 서방(書房)에 꽤 앉아 있었다.
하나, 경길(景吉)이 오팔야(吳八爺)의 부채를 써서 그에게 건네주었다.
하나, 해가 지자 나는 바로 잤다.

[090a]

○orin jakūn de fulahūn coko tuwa i feten semnio usiha necintu enduri inenggi.
20 8 에 불그스름한 닭 火 의 五行 觜 宿 平 神 날

emu hacin han' de yuwan de bisire de erde dangse boode △ fafulaha afaha be minde
한 가지 涵 德 園 에 있음 에 아침 檔子 집에 傳敎한 문서 를 나에게

tuwabuha. tede araha gisun geren tacire urse delung sei juwan emu niyalma be
보였다 거기에 쓴 말 여러 배우는 무리 德隆 등의 10 1 사람 을

gemu orin uyun i tasha erinde facabufi meimeni boode maribukini. suweni dangse
모두 20 9 의 호랑이 때에 해산시켜서 각각 집에 돌아가게 하자 너희들의 檔子

booci sejen turifi emu sejen de juwe niyalma tebu. sunja biyai tofohon de
집으로부터 수레 빌려서 한 수레 에 2 사람 타게 하라 5 월의 보름 에

isinaha manggi. an i han' de yuwan de dosime te sehe seme arahabi.
다다른 후 평소대로 涵 德 園 에 들어가서 머물라 하였다 하고 써 있었다

ubabe bi delung sede alaha. delung mingtung šicengboo šišengboo hinghai
이것을 나 德隆 등에게 알렸다 德隆 明通 什成保 什勝保 興海

sun sy fu. ioigan šuwangkui ilingga itungga funiyagan sei gebu be arafi dangse
孫 四 福 玉甘 雙圭 伊凌阿 伊通阿 富尼雅干 등의 이름 을 써서 檔子

boode afabuha..
집에 건네주었다

emu hacin meihe erinde ○ ye ○○○ hūwang taiheo i elhe be baiha ildun de han' de yuwande
한 가지 뱀 때에 爺 皇 太后 의 안부 를 드린 김 에 涵 德 園에

dosifi buda jeke. morin erinde hoton dosime yoha..
들어가서 밥 먹었다 말 때에 성 들어 갔다

emu hacin ere mudan han' de yuwan de idu gaire de fejergi debtelin i jijungge
한 가지 이 번 涵 德 園 에 당직 교대할 때 下 卷 의 易

nomun i gūsin duin jijugan be urebume hūlaha. juwan farsi ajige
經 의 30 4 괘 를 익숙하도록 읽었다 10 조각 작은

—— ○ —— ○ —— ○ ——

28일, 정유(丁酉) 화행(火行) 자수(觜宿) 평일(平日).

하나, 함덕원(涵德園)에 있을 때, 아침에 당자방(檔子房)에서 전교(傳敎)한 문서를 나에게 보였다. 거기에 쓴 말에, '여러 배우는 무리들, 덜룽(delung, 德隆) 등 11사람을 모두 29일 인시(寅時)에 해산시켜서 각각 집에 돌아가게 하라. 너희들의 당자방에서 수레를 빌려서 한 수레에 2 사람 타게 하라. 5월의 보름에 이른 뒤에 평소대로 함덕원에 들어가 머물라 하였다' 하고 써 있었다. 이것을 나는 덜룽 등에게 알렸다. 덜룽, 명퉁(明通), 쉬청보(šicengboo, 什成保), 쉬셩보(šišengboo, 什勝保), 흥해(興海), 손사복(孫四福), 옥감(玉甘), 쌍규(雙圭), 일링가(ilingga, 伊凌阿), 이퉁가(itungga, 伊通阿), 푸니야간(funiyagan, 富尼雅干) 등의 이름을 써서 당자방에 건네주었다.

하나, 사시(巳時)에 왕야(王爺)가 황태후(皇太后)의 안부를 드리는 김에 함덕원에 들어가서 밥을 먹었다. 오시(午時)에 성에 들어서 갔다.

하나, 이번 함덕원에 당직 교대할 때, 『역경(易經)』 하권 34괘(卦)를 익숙하도록 읽었다. 10 개의 작은

〔090b〕

duin biya
사 월

bithei doron foloho. enenggi hono emu farsi muheliyen turun i ajige bithei
책의 도장 새겼다 오늘 여전히 한 조각 둥근 旗印 의 작은 글의

doron de 無能為 sere ilan hergen foloho..
도장 에 無能爲 하는 3 글자 새겼다

emu hacin ulgiyan erinde akjan akjame aga agaha. jai inenggi i erde nakafi
한 가지 돼지 때에 우레 치고 비 내렸다 다음 날 의 아침 그치고

galaka..
개었다

—— ◦ —— ◦ —— ◦ ——

4월
서인(書印)을 새겼다. 오늘에야 둥근 기인(旗印)의 작은 서인 하나에 '무능위(無能爲)'라는 세 글자를 새겼다.
하나, 해시(亥時)에 우레가 치고 비가 내렸다. 다음 날 아침에 그치고 개었다.

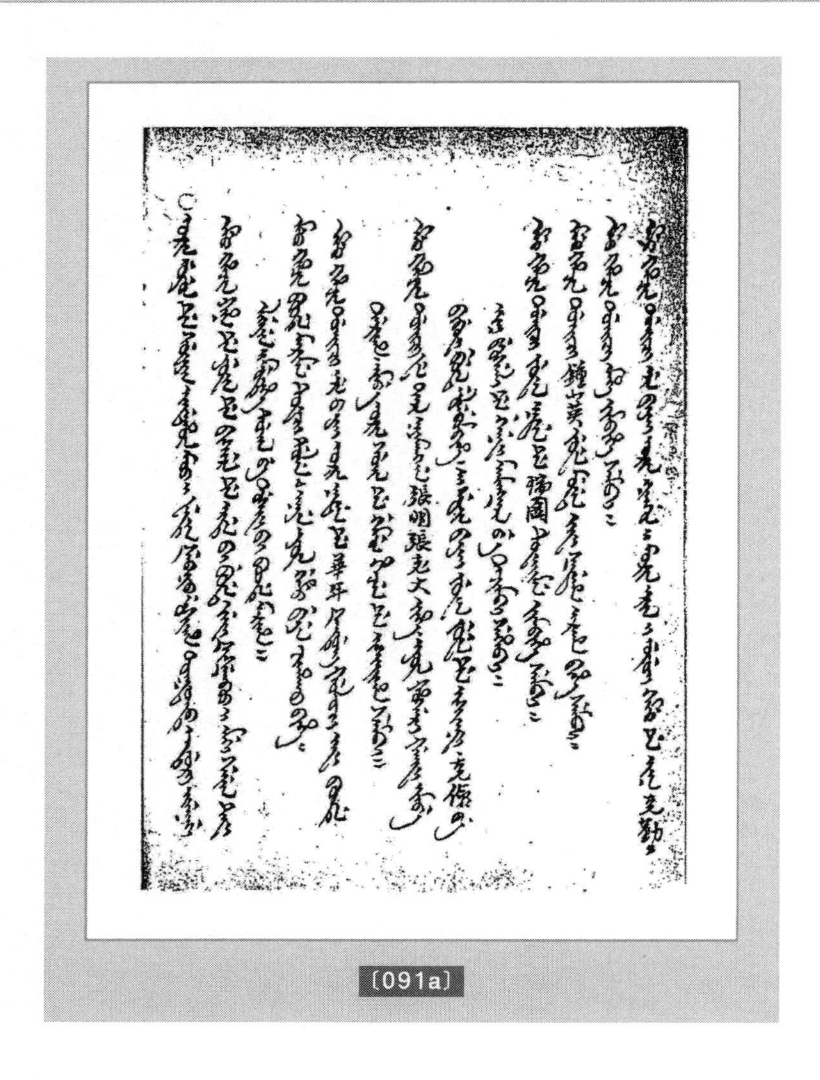

[091a]

○orin uyun de suwayan indahūn moo i feten šebnio usiha toktontu enduri inenggi.
20 9 에 누런 개 木의五行 參 宿 定 神 날

emu hacin han' de yuwan de bisire de erde bi buda jefi šisengboo i emgi sejen tefi
한 가지 涵 德 園 에 있음 에 아침 나 밥 먹고 什勝保 와 함께 수레 타고

elgiyen i mutehe duka be dosifi bi boode mariha..
阜成門 을 들어가서 나 집에 돌아왔다

emu hacin boode marime tuwaci dule ○ eniye eyūn gemu beye cihakū bihe..
한 가지 집에 돌아와 보니 뜻밖에 어머니 누나 모두 몸 불편해 있었다

emu hacin donjici ere biyai orin nadan de 華年 šandung goloci jifi boode
한 가지 들으니 이 달의 20 7 에 華年 山東 省에서 와서 집에

dariha. imbe orin sunja de gemun hecen de isinjiha sembi..
들렀다 그를 20 5 에 京 城 에 이르렀다 한다

emu hacin donjici fe tara niyamangga 張明 張老大 jihe. eyūn hoseri gaifi imbe
한 가지 들으니 옛 사촌 친척의 張明 張老大 왔다 누나 盒子 가지고 그를

bibufi buda ulebumbihe. i sunja biyai juwan juwe de isinafi. 克儉 be
머물게 하고 밥 먹게 하였다 그 5 월의 10 2 에 이르러서 克儉 을

ini puseli de genefi maimašara be tacimbi sehebi..
그의 가게 에 가서 장사 를 배운다 했었다

emu hacin donjici juwan nadan de 瑞图 tuwanjime jimbihe sembi..
한 가지 들으니 10 7 에 瑞圖 보러 왔었다 한다

emu hacin donjici 鍾山英 juwe mudan jifi šadaha araha bihe sembi..
한 가지 들으니 鍾山英 2 번 와서 감사함 보였었다 한다

emu hacin donjici emhe jimbihe sembi..
한 가지 들으니 장모 왔었다 한다

emu hacin donjici ere biyai orin ninggun i morin erin i ujui kemu de ina 克勤 i
한 가지 들으니 이 달의 20 6 의 말 때 의 처음의 刻 에 조카 克勤 의

—— ◦ —— ◦ —— ◦ ——

29일, 무술(戊戌) 목행(木行) 삼수(參宿) 정일(定日).

하나, 함덕원(涵德園)에 있을 때, 아침에 나는 밥 먹고 쉬성보(šisengboo, 什勝保)와 함께 수레를 타고 부성문(阜成門)을 들어가서 집에 돌아왔다.

하나, 집에 돌아와 보니, 뜻밖에 어머니와 누나가 모두 몸이 불편해져 있었다.

하나, 들으니 이번 달 27일에 화년(華年)이 산동성(山東省)에서 와서 집에 들렀다. 그는 25일에 경성(京城)에 이르렀다 한다.

하나, 들으니 오랜 사촌 친척 장명(張明) 장노대(張老大)가 왔다. 누나가 합자(盒子)을 가져와서 그를 머물게 하고서 밥을 먹게 하였다. 그는 5월 12일에 이르러서. 커기얀(kegiyan, 克儉)이 그의 가게에 가서 장사를 배운다 했었다.

하나, 들으니 17일에 서도(瑞圖)가 보러 왔었다 한다.

하나, 들으니 종산영(鍾山英)이 두 번 와서 감사함을 보였었다 한다.

하나, 들으니 장모가 왔었다 한다.

하나, 들으니 이달 26일 오시(午時) 첫 1각(刻)에 조카 커친(kecin, 克勤)의

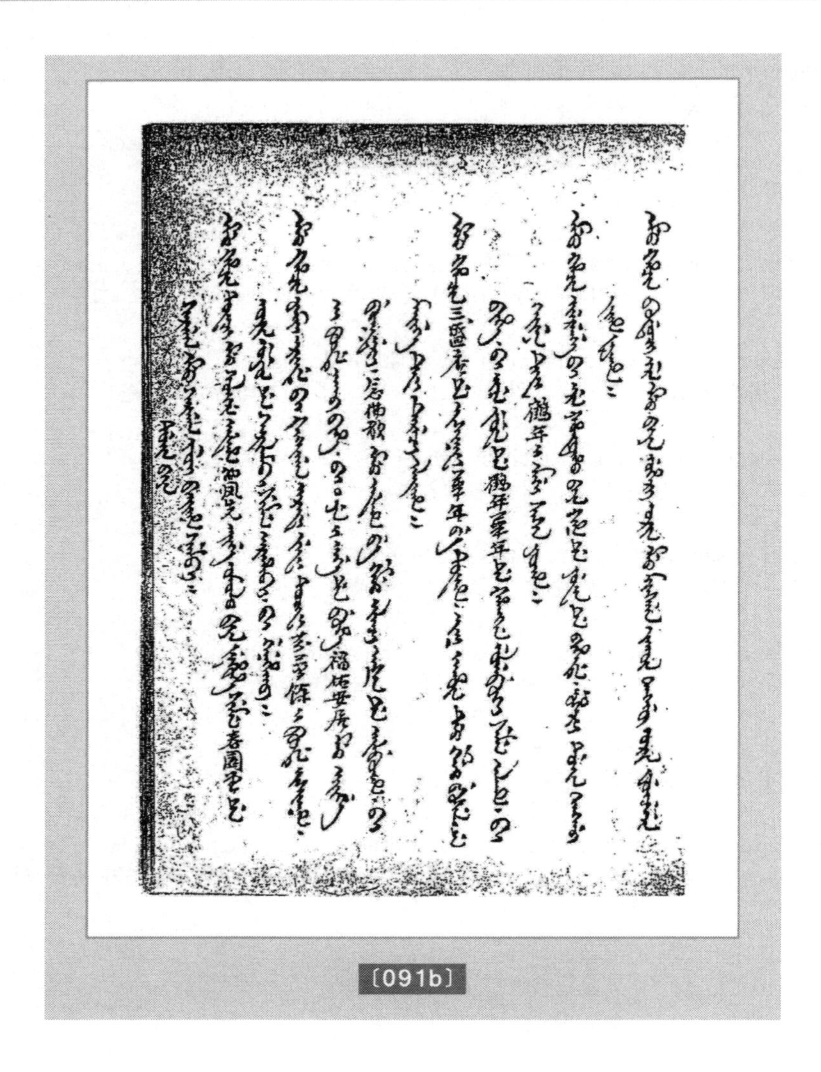

〔091b〕

duin biya
4 월

sargan emu sargan jui banjiha sembi..
아내 한 딸 아이 낳았다 한다

emu hacin tuwaci emu solire afaha 邵凤先 ajige omolo biya fehuhe[112] seme 春園堂 de
한 가지 보니 한 청하는 單子 邵鳳先 작은 손자 달 밟았다 하고 春園堂 에

orin uyun de sarilambi seme arahabi. bi genehekū..
20 9 에 잔치한다 하고 써 있었다 나 가지 않았다

112) biya fehuhe : 아이가 태어난 지 만 한 달이 된 것을 말하는 것으로 보인다.

emu hacin yamji erinde bi šasigan arafi jefi tucifi 芬夢馀 i boode isinaha..
한 가지 저녁 때에 나 국 만들어서 먹고 나가서 芬夢餘 의 집에 이르렀다

i boode akū bihe. bi ○ ye i age de buhe 福佑安居 emu ajige
그 집에 없었다 나 爺 의 형 에게 준 福佑安居 한 작은

bukdari. 念佛歌 emu afaha be gemu ilaci aša de afabuha. bi
摺子 念佛歌 한 편 을 모두 셋째 형수 에 건네주었다 나

majige tefi tereci aljaha..
잠시 앉고서 거기에서 떠났다

emu hacin 三盛店 de isinafi 華年 be tuwaha. ini ahūn deo gemu puseli de
한 가지 三盛店 에 이르러서 華年 을 보았다 그의 兄 弟 모두 가게 에

bihe. bi ice juwe de 鶴年 華年 de hangse ulebuki seme alaha. bi
있었다 나 초 2 에 鶴年 華年에게 국수 먹게 하자 하고 말하였다 나

kejine tefi 鶴年 i emgi sasa yoha..
꽤 앉고서 鶴年 과 함께 같이 갔다

emu hacin ejerengge bi ere hontoho biya han' de yuwan de bihede. uheri duin tanggū
한 가지 기억하는 것 나 이 반 달 涵 德 園 에 있음에 전부 4 百

jiha fayaha..
錢 썼다

emu hacin bodoci ere emu biya uheri orin emu minggan jakūn tanggū orin funcere
한 가지 생각해보니 이 한 달 전부 20 1 千 8 百 20 넘는

—— ◦ —— ◦ —— ◦ ——

4월
아내가 딸 아이 하나를 낳았다 한다.
하나, 보니 청하는 단자(單子) 하나에 소봉선(邵鳳先) 작은 손자가 한 달 되었다 하고, 춘원당(春園堂)에서 29일에 잔치한다 하고 쓰여 있었다. 나는 가지 않았다.
하나, 저녁때에 나는 국을 만들어서 먹고. 나가서 분몽여(芬夢餘)의 집에 이르렀는데, 그는 집에 없었다. 나는 왕야(王爺)의 형이 준 '복우안거(福佑安居)' 라는 작은 접자(摺子) 하나와 염불가(念佛歌) 한 편을 모두 셋째 형수에게 건네주었다. 나는 잠시 앉아 있다가 거기에서 떠났다.
하나, 삼성점(三盛店)에 이르러서 화년(華年)을 보았다. 그의 형제가 모두 가게에 있었다. 나는 초이틀에 학년(鶴年)과 화년에게 국수를 먹게 하겠다 하고 말하였다. 나는 꽤 앉아 있다가 학년과 함께 갔다.
하나, 기억하는 것은, 내가 이번 반 달 동안 함덕원(涵德園)에 있었을 때, 전부 4백 전을 썼다.
하나, 생각해보니 이번 한 달 전부 2만 1천 8백 20전이 넘는

[092a]

jiha fayame baitalaha..
錢 소비해서 썼다

emu hacin kemuni donjici dergi ergi adaki 刘 halangga niyalma duka be ice ome weilefi
한 가지 또 들으니 동 쪽 이웃의 劉 성의 사람 문 을 새롭게 보수해서

juru gisun arafi folome coliki sembi. minde juru gisun yandume arabuki
對聯 써서 새기고 조각하자 한다 나에게 對聯 부탁하여 쓰게 하자

seci bi han' de yuwan de bifi boode akū ofi aliyame muterakū. uttu
하니 나 涵 德 園 에 있고 집에 없어서 기다릴 수 없다 이리

ofi 克儉 ilungga i bade afabufi i araha. bi tuwaci inu sain..
되어서 克儉 ilungga 의 곳에 건네주고 그 썼다 나 보니 또 좋다

—— ◦ —— ◦ —— ◦ ——

돈을 소비해서 썼다.

하나, 또 들으니 동쪽 이웃인 유(劉)씨라는 사람이 문을 새로 보수해서 대련(對聯)을 써서 새기고자 한다. 나에게 대련을 부탁하여 써 달라고 하는데, 나는 함덕원(涵德園)에 있고 집에 없어서 기릴 수 없었다. 이러므로 커기얀(kegiyan, 克儉)이 일룽가(ilungga, 伊隆阿)의 집에 맡겨서 그가 썼다. 내가 보니 또한 좋다.

6. 도광 08년(1828) 5월

〔092b〕

sunja biya amban
5 월 큰달

◯◯sunja biya amban suwayan morin alihabi. ice de sohon ulgiyan moo i feten
5 월 큰달 누런 말 맞았다 초하루 에 누르스름한 돼지 木 의 五行

jingsitun usiha tuwakiyantu enduri inenggi..
井 宿 執 神 날

emu hacin erde 鶴年 jihe. emu fulehun baire bithe be minde afabuha. bahaci
한 가지 아침 鶴年 왔다 한 보시 구하는 책 을 나에게 건네주었다 받으니

豐昌號 de udu minggan jiha baime arabuki sehe. bi tuwaci dule šandung
豐昌號 에 몇 千 錢 부탁하여 쓰자 하였다 나 보니 원래 山東

goloi peng lai hiyan i 沙住寺 juktehen ne dasatame weilere jalin fulehun baimbi.
省의 蓬 萊 縣 의 沙住寺 절 지금 보수하고 만들기 위해서 보시 구한다

bi angga aljaha..
나 약속하였다

emu hacin erde bi hangse jeke. ∘ eniye 甜漿粥 jeke. emu sejen turifi ∘ eniye eyūn
한 가지 아침 나 국수 먹었다 어머니 甜漿粥 먹었다 한 수레 빌려서 어머니 누나

克儉 套兒 gemu ∘ gemun i hoton ulan i enduri i muktehen de hiyan dabufi
克儉 套兒 모두 都城隍廟 에서 香 피우고

babade sarašaha. 西湖景 be tuwaha. tasha be tuwaha. 長兒 十不閑 be
곳곳에서 놀았다 西湖景 을 보았다 호랑이 를 보았다 長兒 十不閑 을

donjiha. ∘ eniye muktehen i dolo 德太太 汪大姊姊 be ucaraha. bi hinghai 德六
들었다 어머니 廟 의 안 德太太 汪大姊姊 를 만났다 나 興海 德六

卩 be ucaraha. 惠大 aša be sabuha. šuntuhuni sarašaha. wargi ergi asaha i
爺 를 만났다 惠大 형수 를 보았다 하루 종일 놀았다 서 쪽 옆채 의

deyen i 掌惡之司 deyen i dolo cai omime tehe. yamji erinde sejen turifi
殿 의 掌惡之司 殿 의 안 차 마시면서 앉았다 저녁 때에 수레 빌려서

boode marihabi. ∘ eniye hoošan i fusheku udafi boode marifi 高三卩 i
집에 돌아왔었다 어머니 종이 의 부채 사서 집에 돌아와서 高三爺 의

—— ∘ —— ∘ —— ∘ ——

5월 큰달

5월 큰달 무오(戊午) 월을 맞았다. 초하루, 기해(己亥) 목행(木行) 정수(井宿) 집일(執日).

하나, 아침에 학년(鶴年)이 왔다. 보시를 구하는 책 하나를 나에게 건넸다. 받으니 풍창호(豐昌號)에서 몇 천 전을 빌려서 쓰자 하였다. 내가 보니 원래 산동성(山東省) 봉래현(蓬萊縣)의 사주사(沙住寺) 절이 지금 보수공사하기 위해 보시를 구한다는 것이다. 나는 보시하기로 약속하였다

하나, 아침에 나는 국수를 먹었다. 어머니는 첨장죽(甜漿粥)을 먹었다. 한 수레 하나를 빌려서 어머니와 누나, 커기얀(kegiyan, 克儉), 투아(套兒)가 모두 도성황묘(都城隍廟)에서 향을 피우고 여러 곳에서 놀았다. 서호경(西湖景)을 보았고, 호랑이를 보았으며, 장아(長兒)는 『십불한(十不閑)』을 들었다. 어머니는 묘(廟) 안에서 덕(德) 할머니 왕대니니(汪大姊姊)를 만났다. 나는 흥해(興海) 덕육야(德六爺)를 만났고, 혜대(惠大) 형수를 보았다. 하루 종일 놀았다. 서쪽 옆채의 전(殿)에 있는 장악지사(掌惡之司) 안에서 차를 마시면서 앉아 있었다. 저녁때에 수레 빌려서 집에 돌아왔었다. 어머니는 종이부채를 사서 집에 돌아와서 고삼야(高三爺)의

〔093a〕

ajige šargan jui 崔五 i sargan jui de meimeni emte dasin buhe. 綠豆
작은 딸 아이 崔五의 딸 아이 에게 각각 한 개씩 자루 주었다 綠豆

mukei buda jeke..
물의 밥 먹었다

emu hacin bi 克勤 i baru tonio sindara de 芬夢馀 jihe. ging foriha manggi
한 가지 나 克勤 의 쪽 바둑 둠 에 芬夢餘 왔다 更 친 뒤에

teni yoha. bi kemuni 克勤 i baru niyeceme sindaha. jai ging ni
비로소 갔다 나 여전히 克勤 의 쪽 남은 판 두었다 둘째 更 의

erinde ergehe..
때에 휴식하였다

―― ◦ ―― ◦ ―― ◦ ――

작은 딸아이와 최오(崔五)의 딸아이에게 각각 한 자루씩 주었다. 녹두물밥을 먹었다.
하나, 내가 커친(kecin, 克勤)과 함께 바둑을 둘 때에 분몽여(芬夢餘)가 왔다. 야경 친 뒤에 비로소 갔다. 나는 여전히 커친과 함께 남은 바둑판을 두었다. 2경(更) 즈음에 휴식하였다

〔093b〕

sunja biya
5 월

○ice juwe de šanyan singgeri boihon i feten guini usiha efujentu enduri inenggi.
초 2 에 흰 쥐 土 의 五行 鬼 宿 破 神 날

emu hacin erde bi ilifi 當街庙 bade ilan minggan gaiha turi šugi be
한 가지 아침 나 일어나 當街廟 곳에서 3 千 얻었고 콩 국 을

omiha..
마셨다

emu hacin 鶴年 neneme jihe. 華年 inu dahanduhai isinjiha. i 歪嘴 nimaha
한 가지 鶴年 먼저 왔다 華年 도 잇달아서 왔다 그 歪嘴 물고기

sunja buhe. nimahai yali emu uhuri buhe. kemuni 光德 age i emu fempi
5 주었다 물고기의 고기 한 봉지 주었다 또한 光德 형 의 한 통

jasigan be minde afabuha. bi tuwaci tede araha gisun. mini duleke aniya
편지 를 나에게 건네주었다 나 보니 거기에 쓴 말 나의 지난 해

王先生 de yandume pilebuhe. jakūn hergen sunja hono pilere unde seme
王先生에게 부탁하여 批點하게 하였는데 8 글자 5 도 批點하지 못하였다 하고

arahabi. fonjici 永德 age boode beye inu katun. ○ eniye hoseri emke
써 있었다 들으니 永德 형 집에 몸 도 강건하다 어머니 盒子 하나

gaifi arki omibuha. hangse tatafi ulebuhe. morin erinde sasa yoha..
가지고 소주 마시게 하였다 국수 만들어서 먹게 하였다 말 때에 같이 갔다

emu hacin 忠魁 jihe. majige tefi genehe..
한 가지 忠魁 왔다 잠시 앉고서 갔다

emu hacin bi erde budai amala gaitai beye cihakū. uju liyeliyehunjehei beyede
한 가지 나 아침 밥의 뒤에 갑자기 몸 불편하다 머리 어지러운 채로 몸에

hūsun baharakū. beyei gubci wenjembi. bi inenggishūn erinde emgeri
힘 가질 수 없다 몸의 전부 열 난다 나 한낮 때에 한 번

amu šaburaha..
잠 졸았다

—— ◦ —— ◦ —— ◦ ——

5월

초이틀, 경자(庚子) 土行(土行) 귀수(鬼宿) 파일(破日).

하나, 아침에 나는 일어나서 당가묘(當街廟) 있는 곳에서 3천 전 가지고 콩국을 마셨다

하나, 학년(鶴年)이 먼저 왔다. 화년(華年)도 잇달아서 왔다. 그가 입 비뚤어진 물고기 다섯 마리를 주었다. 물고기 고기 한 봉지를 주었다. 또한 광덕(光德) 형의 편지 한 통을 나에게 건네주었다. 내가 보니 거기에 쓴 말에, 내가 지난 해에 왕선생(王先生)에게 부탁하여 비점(批點)하게 하였는데, 여덟 글자 가운데 다섯 글자도 비점하지 못하였다고 쓰여 있었다. 들으니 영덕(永德) 형은 집에서 몸도 강건하다 한다. 어머니가 합자(盒子) 하나를 가져와서 소주를 마시게 하였고, 국수 만들어서 먹게 하였다. 오시(午時)에 같이 갔다.

하나, 충괴(忠魁)가 왔다. 잠시 앉아 있다가 갔다.

하나, 나는 아침 식사 뒤에 갑자기 몸이 불편하였다. 머리가 어지럽고 몸에 힘을 가질 수 없다. 몸이 온통 열이 난다. 나는 한낮 즈음에 한 번 잠 졸았다.

〔094a〕

emu hacin yamji erinde buda jekekū. 神麯[113] fuifufi omifi amgaha..
한 가지 저녁 때에 밥 먹지 않았다 神麯 끓여서 마시고 잤다

113) 神麯 : 술을 발효시키는 데 사용하는 '누룩'을 가리킨다. 체하거나 소화불량, 식욕부진 등에 효과가 있어 약으로도 사용한다.

—— ◦ —— ◦ —— ◦ ——

하나, 저녁때에 밥을 먹지 않았다. 신국(神麯) 끓여서 마시고 잤다.

[094b]

sunja biya
5 월

○ice ilan de šahūn ihan boihon i feten lirha usiha tuksintu enduri inenggi.
초 3 에 희끄무레한 소 土 의 五行 柳 宿 危 神 날

emu hacin bi erde ilifi uju liyeliyehunjehengge yebe oho. uyan buda jeke amala 華年姪
한 가지 나 아침 일어나서 머리 어지러운 것 낫게 되었다 죽 밥 먹은 뒤에 華年姪

jifi sasa tucifi 鶴年 be guilefi tob wargi duka be tucifi sejen turime
와서 같이 나가서 鶴年 을 초대해서 西直門 을 나가서 수레 빌려서

tefi 海甸 bade ebuhe. yafahalame iowan ming yuwan 平安園 cai taktu de
타고 海甸 곳에서 내렸다 걸어서 圓 明 園 平安園 茶 樓 에서

cai omiha. culgan tuwara taktu i juleri duleme yabume 萬寿山 de
차 마셨다 閱武樓 의 앞 지나서 가서 萬壽山 에

isinafi tuwaha. fonjici dule cananggi cirgeku be nakaha. sikse uthai
이르러서 보았다 들으니 원래 얼마 전 땅다지기 를 그만 두었다 어제 곧

niyalma be ilibume bahafi dulemburakū[114] oho. be handu usin deri jenduken i
사람 을 세워서 지나갈 수 없게 되었다 우리 벼 밭 으로부터 몰래

dalangga de tafafi teišun i ihan be tuwaha. julesi yabume 繡漪桥 de
둑 에 올라서 구리 의 소 를 보았다 남쪽으로 가서 繡漪橋 에

isinaha. bi emu moro 粳米粥 jeke. 六郎庄 be yabume 海甸 i bade
이르렀다 나 한 사발 粳米粥 먹었다 六郎莊 을 가서 海甸 의 땅에

sejen turime tefi tob wargi dukai tule 四合館 de hangse jeke. duin
수레 빌려서 타고 西直門 밖 四合館 에서 국수 먹었다 4

tanggū funcere jiha fayaha. sejen i jiha ilan tanggū dehi jiha gemu
百 넘는 錢 썼다 수레 의 錢 3 百 40 錢 모두

ceni ahūn deo buhe. hoton dosika manggi 華年 草廠 hūtung de baita
그들 兄 弟 주었다 성 들어간 뒤에 華年 草廠 hūtung 에 일

bifi genehe. bi 鶴年 i sasa 忠魁 i puseli de isinaha. 克俭 tubade
있어서 갔다 나 鶴年 과 같이 忠魁 의 가게 에 이르렀다 克儉 거기에

—— ◦ —— ◦ —— ◦ ——

5월

초사흘, 신축(辛丑) 토행(土行) 류수(柳宿) 위일(危日).

하나, 나 아침 일어나니 머리 어지러운 것 낫게 되었다. 죽 밥 먹은 뒤에 화년(華年)의 조카가 와서 같이 나가고, 학년(鶴年)을 권하여 서직문(西直門)을 나가 수레를 빌려서 타고 해전(海甸) 땅에서 내렸다. 걸어서 원명원(圓明園)의 평안원(平安園)이라는 다루(茶樓)에서 차를 마셨다. 열무루(閱武樓) 앞을 지나가고 만수산(萬壽山)에 이르러서 보았다. 들으니 원래 얼마 전에 땅 다지기를 그만 두었다. 어제 바로 사람을 세워서 지나갈 수 없게 되었다 한다. 우리는 논으로부터 몰래 둑에 올라서 구리 소를 보았다. 남쪽으로 가서 수의교(繡漪橋)에 이르렀다. 나는 갱미죽(粳米粥) 한 그릇을 먹었다. 육랑장(六郎莊)을 가서 해전 땅에서 수레를 빌려서 타고 서직문 밖 사합관(四合館)에서 국수를 먹었다. 4백이 넘는 돈을 썼다. 수레의 돈 3백 40전을 모두 그들 형제(兄弟)에게 주었다. 성에 들어간 뒤에 화년(華年)은 초창(草廠) 후퉁에 일이 있어서 갔다. 나는 학년과 같이 충괴(忠魁)의 가게에 이르렀다. 커기얀(kegiyan, 克儉)이 거기에

114) bahafi dulemburakū : 순서가 바뀐 것으로 보인다.

〔095a〕

bihe. majige tefi tereci aljafi 鶴年 i puseli de isinaha. 永倫
있었다 잠시 앉고서 거기에서 떠나서 鶴年 의 가게 에 이르렀다 永倫

age tubade bihe. bi tereci boode mariha..
형 거기에 있었다 나 거기로부터 집에 돌아왔다

emu hacin donjici enenggi 瑞图 jihe sembi..
한 가지 들으니 오늘 瑞圖 왔다 한다

emu hacin ecimari 景声五 i boode emu fila de tebuhe jancuhūn jofohori
한 가지 오늘 아침 景聲五 의 집에서 한 접시 에 담은 단 귤

juwe binggiya jakūn be benjihe..
2 올방개 8 을 보내왔다

emu hacin enenggi 鶴年 i emgi yabume 祖家街 de 布三卩 i jui 利格 be
한 가지 오늘 鶴年 과 함께 가고 祖家街 에서 布三爺 의 아들 利格 을

ucaraha..
만났다

—— ◦ —— ◦ —— ◦ ——

있었다. 잠시 앉고서 거기에서 떠나서 학년(鶴年)의 가게에 이르렀다. 영윤(永倫) 형이 거기에 있었다. 나는 거기로부터 집에 돌아왔다.

하나, 들으니 오늘 서도(瑞圖)가 왔다 한다.

하나, 오늘 아침 경성오(景聲五)의 집에서 한 접시에 담은 단 귤 2개와 올방개 8개를 보내왔다.

하나, 오늘 학년과 함께 가고 조가가(祖家街)에서 포삼야(布三爺)의 아들 이격(利格)을 만났다.

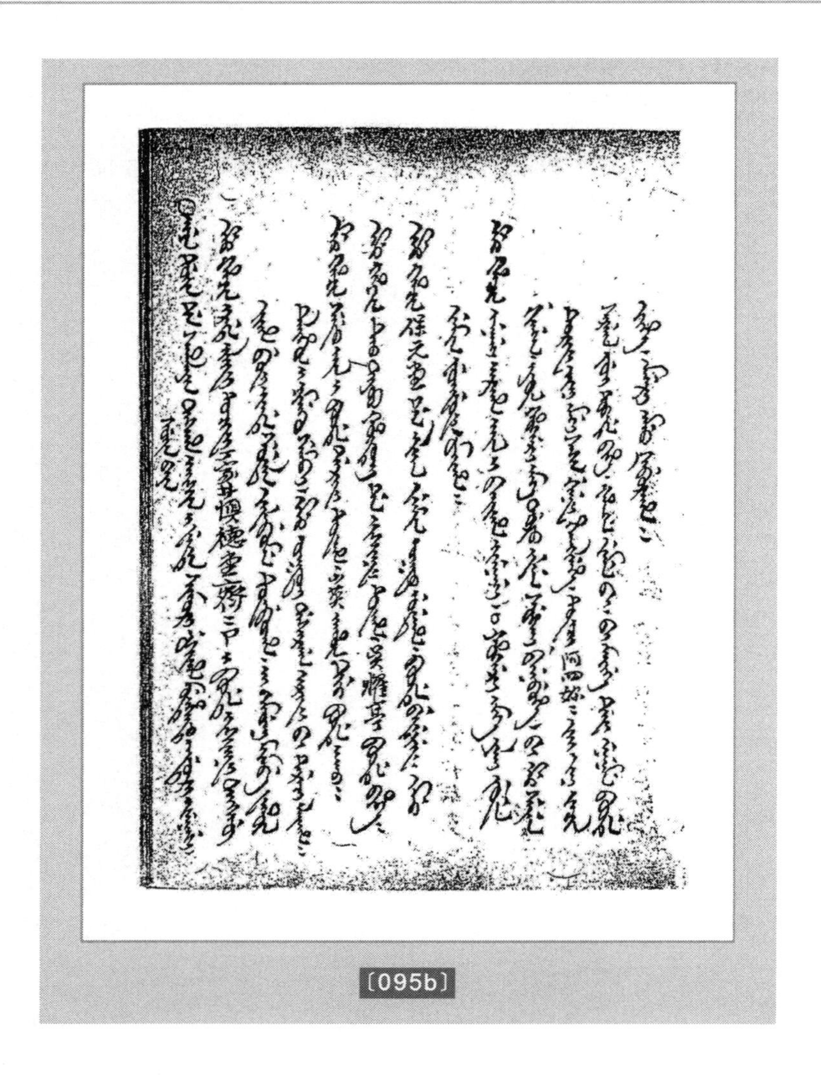

[095b]

sunja biya
5 월

○ice duin de sahaliyan tasha aisin i feten simori usiha mutehentu enduri inenggi.
초 4 에 검은 호랑이 金 의 五行 星 宿 成 神 날

emu hacin erde ilifi tucifi 丁家井 愼德堂 齊二卩 i boode isinafi tanggū
한 가지 아침 일어나 나가서 丁家井 愼德堂 齊二爺 의 집에 이르러 百

jiha bufi inde sudala jafabume tuwabuha. i kemuni mimbe fahūn
錢 주고 그에게 맥 잡아 보게 하였다 그 여전히 나를 肝臟

delihun i nimeku sembi. emu oktoi dasargan arafi bi tereci aljaha..
脾臟 의 병 한다 한 약의 처방전 써서 나 거기에서 떠났다

emu hacin sefu aja i boode darifi tuwaha. 山英 ahūn deo boode akū..
한 가지 師傅 母 의 집에 들러서 보았다 山英 兄 弟 집에 없다

emu hacin teo tiyoo hūtung de isinafi tuwaha. 吳曜亭 boode bihe..
한 가지 頭 條 hūtung 에 이르러서 보았다 吳曜亭 집에 있었다

emu hacin 保元堂 de ilan jemin okto udaha. boode bederefi emu
한 가지 保元堂 에서 3 첩 약 샀다 집에 되돌아와서 한

jemin fuifufi omiha..
첩 끓여서 마셨다

emu hacin enenggi araha aja i banjiha inenggi. ○ hoseri emke yali juwe
한 가지 오늘 養 母 의 태어난 날 盒子 하나 고기 2

ginggen eyūn hoseri emke toro efen susai benebuhe. bi emu sejen
斤 누나 盒子 하나 복숭아 떡 50 보냈다 나 한 수레

turifi ini emgi sasa genefi hengkilehe. tuwaci 阿四妳妳 jai ini jacin
빌려서 그와 함께 같이 가서 인사하였다 보니 阿四妳妳 또 그의 둘째

sargan jui tubade bihe. hangse jeme bi. bi majige tefi neneme boode
딸 아이 거기에 있었다 국수 먹고 있다 나 잠시 앉고서 먼저 집에

jihe. emgeri amu šaburaha..
왔다 한 번 잠 졸았다

—— ◦ —— ◦ —— ◦ ——

5월

초나흘, 임인(壬寅) 金行(金行) 星宿(星宿) 成日(成日).

하나, 아침 일어나 나가서 정가정(丁家井)에 있는 신덕당(愼德堂) 제이야(齊二爺)의 집에 이르러 100전을 주고 그에게 맥을 잡아 보게 하였다. 그는 여전히 나를 간장과 비장에 병이 있다 한다. 약 처방전 하나 쓰고서 나는 거기에서 떠났다.

하나, 사모(師母)의 집에 들러서 보았다. 산영(山英) 형제는 집에 없다.

하나, 두조(頭條) 후퉁에 이르러서 보았다. 오요정(吳曜亭) 집에 있었다.

하나, 보원당(保元堂)에서 약 3첩을 샀다. 집에 되돌아와서 한 첩 끓여서 마셨다.

하나, 오늘 양모의 생일날이다. 나는 합자(盒子) 하나와 고기 2근을, 누나는 합자 하나와 복숭아 떡 50개를 보냈다. 나는 수레 하나를 빌려서 누나와 함께 같이 가서 인사하였다. 보니 아사니니(阿四妳妳)와 또 그의 둘째 딸아이가 거기에 있었다. 국수 먹고 있다. 나는 잠시 앉고서 먼저 집에 왔다. 한 번 잠 졸았다.

[096a]

emu hacin bi getefi 鶴年 jifi mimbe tuwaha. kejine tefi genehe..
한 가지 나 깨어나고 鶴年 와서 나를 보았다 꽤 앉고서 갔다

emu hacin 克儉 渠老八 i bade genehe. mariha manggi 老八 minde muheliyen
한 가지 克儉 渠老八 의 곳에 갔다 돌아온 뒤에 老八 나에게 둥근

durun i wehei yuwan emu jergi uheri ilan farsi 泥性 cai
모양 의 돌의 벼루 한 종류 전부 3 조각 泥性 차

tampin hošonggo durungga emke. erebe juwe hacin be gemu
주전자 사각형의 모양인 것 하나 이를 2 가지 를 모두

minde buhengge sehe sembi. bi bargiyaha..
나에게 준 것 하였다 한다 나 받았다

emu hacin yamji erin de 克儉 ini hehe nakcu be araha aja i booci okdome
한 가지 저녁 때 에 克儉 그의 외숙모 를 養 母 의 집에서 배웅하고

boode jihe..
집에 왔다

emu hacin ecimari ududu agai sabdan maktaha. morin erinde abka galaka. yamji
한 가지 오늘 아침 많은 비의 방울 내렸다 말 때에 하늘 개었다 저녁

erinde geli tulhušefi ududu agai sabdan maktaha..
때에 또 흐려져서 많은 비의 방울 내렸다

emu hacin 忠魁 jihe. duin ginggen sonda i arsun udafi eyūn i boode buhe..
한 가지 忠魁 왔다 4 근 마늘 의 싹 사서 누나 의 집에 주었다

—— ◦ —— ◦ —— ◦ ——

하나, 나 깨어나고 학년(鶴年) 와서 나를 보았다. 꽤 앉고서 갔다.
하나, 커기얀(kegiyan, 克儉) 거노팔(渠老八)이 있는 곳에 갔다. 돌아온 뒤에 노팔(老八)이 나에게 둥근 모양의 돌벼루 한 종류 전부 3개와 사각형 모양의 니성(泥性)의 차 주전자[115] 하나, 이 2가지를 모두 나에게 주는 것이다 하였다 한다. 내가 받았다.
하나, 저녁때에 커기얀이 그의 외숙모를 양모의 집에서 배웅하고서 집에 왔다.
하나, 오늘 아침 많은 빗방울이 내렸다. 오시(午時)에 하늘이 개었다. 저녁때에 또 흐려져서 많은 빗방울이 내렸다.
하나, 충괴(忠魁)가 왔다. 마늘쫑 4근을 사서 누나 집에 주었다.

115) 니성(泥性)의 차 주전자 : 진흙을 반죽한 니료(泥料)로 만든 차 주전자를 가리킨다.

[096b]

sunjangga inenggi.
端午

○ice sunja de sahahūn gūlmahūn aisin i feten jabhū usiha bargiyantu enduri ineenggi.
초 5 에 거무스름한 토끼 金 의 五行 張 宿 收 神 날

sunjangga ineenggi..
端午

emu hacin juwe ginggen ulgiyan i yali. duin ginggen ufa udafi eyūn i boode buhe.
한 가지 2 斤 돼지 의 고기 4 斤 밀가루 사서 누나 의 집에 주었다

be emu ginggen yali ilan ginggen hontoho ginggen ufa udaha. gemu hoho
우리 1 근 고기 3 근 반 근 밀가루 샀다 모두 水

efen arafi jeke. ○ eniye enji doingge hoho efen arafi jeke..
餃子 만들어 먹었다 어머니 야채 속 水餃子 만들어 먹었다

emu hacin 高三哥 duin niyargūn hasi udafi ○ eniye de buhe..
한 가지 高三哥 4 신선한 가지 사서 어머니 에게 주었다

emu hacin tofohon lala juhe efen[116] udafi ○○ fucihi de doboho..
한 가지 15 糉子 사서 부처 에 공양 올렸다

emu hacin bi emu jemin okto fuifufi omiha..
한 가지 나 한 첩 약 끓여서 마셨다

emu hacin yamji erinde udu amba agai sabdan maktaha. nakaha manggi ayan edun daha..
한 가지 저녁 때에 몇 큰 비의 방울 내렸다 그친 뒤에 큰 바람 불었다

emu hacin yamji erinde bi hoho efen jeke. 華年 jifi tuwaha..
한 가지 저녁 때에 나 水餃子 먹었다 華年 와서 보았다

emu hacin ○ eniye 木瓜 nure omiha..
한 가지 어머니 木瓜 술 마셨다

emu hacin yamji budai erinde emhe jifi tuwaha. majige tefi yoha..
한 가지 저녁 밥의 때에 장모 와서 보았다 잠시 앉고서 갔다

emu hacin dergi ergi adaki 景声五 i booci minde juwe irgebun benjifi tuwabuha. tuwaci
한 가지 동 쪽 이웃의 景聲五 의 집에서 나에게 2 詩 보내와서 보였다 보니

—— ◦ —— ◦ —— ◦ ——

단오(端午)

초닷새, 계묘(癸卯) 금행(金行) 장수(張宿) 수일(收日). 단오(端午)이다.

하나, 돼지고기 2근과 밀가루 4근을 사서 누나 집에 주었다. 우리는 고기 2근과 밀가루 3근 반을 샀다. 모두 물만두 만들어서 먹었다. 어머니가 야채 속을 넣은 물만두를 만들어서 먹었다.

하나, 고삼가(高三哥)가 신선한 가지 4개를 사서 어머니에게 주었다.

하나, 종자(糉子) 15개를 사서 부처에게 공양을 올렸다.

하나, 나는 약 한 첩을 끓여서 마셨다.

하나, 저녁때에 큰 빗방울이 몇 방울 내렸다. 그친 뒤에는 큰 바람이 불었다.

하나, 저녁때에 나는 물만두를 먹었다. 화년(華年)이 와서 보았다.

하나, 어머니가 모과 술을 마셨다.

하나, 저녁 식사 때에 장모가 와서 보았다. 잠시 앉아 있다가 갔다.

하나, 동쪽 이웃인 경성오(景聲五)의 집에서 나에게 시 2편을 보내와서 보여주었다. 보니

---

116) lala juhe efen : 찹쌀을 씻어서 갈대 잎으로 어슷하게 네모로 싸서 찐 경단의 일종으로, '종자(糉子)'라고 한다.

[097a]

jangger be weihun jafaha jalin ○○ enduringge ejen i araha irgebun.
jangger 를 살려 잡은 까닭에 聖 皇 의 쓴 詩

四城克復已逾年 元惡潛逃尚苟延 除夕成功意能料 新春捷報佑從天
圖畫喀什先通信 喀爾銕蓋播據巓 盡力窮追趋卡外 舍生立獲在軍前
揚威長齡參贊 楊芳忠兼勇 勁旅营兵銳更堅 振讐邊荒安絕域 酬庸懋典大勳全

sehebi..
하였다

景聲五 i gingguleme acabuhangge.
景聲五 의 공손하게 화답한 것

至正惟清統萬年 [夾註]自古及今惟我大清得大統最正
西戎弍志妄滋延 無倫梟獍生其類 有種麒麟降自天 膽喪思逃人世外
身拴数定銕峯巔 欣欣捷報傳俘後 穆穆宸衷鑑事前 冦滅足徵軍執鋭
功成豈頼將披堅 [夾註]將用智謀不恃勇力 酬庸逾格君恩重 殛惡安良聖德全

sehebi..
하였다

—— ◦ —— ◦ —— ◦ ——

장거르(jangger, 張格爾)를 살려서 잡은 까닭에, 황제(皇帝)께서 쓴 시이다.

四城克復已逾年,	네 성을 회복한 것이 이미 해를 넘기니,
元惡潛逃尙苟延.	악의 우두머리가 몰래 도망가 도리어 구차히 연명하네.
除夕成功意能料,	제석(除夕)에 공을 이룬[117] 뜻을 능히 헤아리겠고,
新春捷報佑從天.	새 봄의 첩보(捷報)는 하늘로부터 도운 것이라네.
圖書喀什先通信,	그림을 그려[118] 카스(塔什)에서 먼저 소식을 전해오고,
喀爾鐵蓋蚤據巔.	카르티거산(喀爾鐵蓋山) 에서 근거지를 무너뜨려 잡았구나.
盡力窮追趨卡外,	힘을 다해 끝까지 좇고 막아 나라 밖으로 몰아내었고,
舍生立獲在軍前.	목숨을 바쳐서 선봉에서 포획하였도다.
揚威長齡參贊,	참찬대신(參贊大臣) 장령(長齡)은 위의를 떨쳤고,
楊芳忠兼勇,	양방(楊芳)은 충성스럽고 용맹하였으며,
勁旅營兵銳更堅.	군대는 굳세고, 병영의 군사들은 민첩하고 강건하도다.
振讋邊荒安絕域,	떨쳐서 변황(邊荒)을 두렵게 하고 절역(絕域)을 안정시키니,
酬庸懋典大勳全.	성대한 의식으로 공로에 보답하여 큰 공훈을 온전케 하리라.

이에 경성오(景聲五)가 공경하게 화답한 것은 다음과 같다.

至正惟淸統萬年,	지극히 공정하여 오직 청나라가 만년을 통치하니,
自古及今, 惟我大淸, 得大統最正.	예부터 지금까지 오직 우리 대청(大淸)이 가장 공정한 대통(大統)을 얻었다.
西戎貳志妄滋延,	서융(西戎)은 두 가지 뜻으로 망령되이 빌붙어 연명하네.
無倫梟獍生其類.	인륜도 없는 올빼미와 맹수 같은 부류가 거기서 태어나는데,
有種麒麟降自天	기개 있는 기린이 하늘로부터 내려왔구나.
膽喪思逃人世外	간담이 떨어져 인간 세상 밖으로 도망할 생각하니,
身拴數定鐵峯巔	몸을 묶어 여러 번 평정하여 쇠 같은 봉우리를 무너뜨렸네.
欣欣捷報傳俘後	사로잡은 뒤에 기쁘고도 기쁜 첩보(捷報)가 전해지니,
穆穆宸衷鑑事前	거룩하신 폐하께서 사전에 살피신 것이로다.
寇滅足徵軍執銳	도적을 멸하여 증명하기 족하고 군사들은 무기를 잡으며,
功成豈賴將披堅	공을 이루었으니, 어찌 장차 갑옷 입은 것에 의지하겠는가,
將用智謀, 不恃勇力.	장차 지모(智謀)를 쓰고자 하면, 용력(勇力)을 믿지 않는다.
酬庸逾格君恩重	성대한 의식이 격식을 넘으니 임금의 은혜가 무겁고,
殛惡安良聖德全	악인을 죽여 백성을 편안케 하니 성덕(聖德)이 온전하리라.

117) 제석(除夕)에 공을 이룬 : 장거르(張格爾, jangger)의 난을 토벌하기 위해 군사 3만 여명을 모아서 도광 6년 (1826) 12월에 아크스(阿克蘇) 지역에서 회합하여 카스(塔什)로 진군하였음을 가리킨다.

118) 그림을 그려 : 장거르의 반란 토벌 과정을 궁정화가를 시켜 그림을 그리게 하여 『평정회강전도책(平定回疆戰圖冊)』으로 황제에게 올렸는데, 이를 가리킨다.

[097b]

sunja biya
5 월

○ice ninggun de niowanggiyan muduri tuwa i feten imhe usiha neibuntu enduri inenggi.
초 6 에 푸른 용 火 의 五行 翼 宿 開 神 날

emu hacin emu jemin okto omiha..
한 가지 한 첩 약 마셨다

emu hacin erde buda jefi ina sargan jui be gaime tucifi 廣成園 de 女觔斗 be
한 가지 아침 밥 먹고 조카 딸 아이 를 데리고 나가서 廣成園 에서 女觔斗 를

tuwaha. yamjifi boode jifi buda jeke..
보았다 해 저물어 집에 와서 밥 먹었다

emu hacin donjici enenggi 德惟一 age tuwanjiha sembi..
한 가지 들으니 오늘 德惟一 형 보러왔다 한다

emu hacin yamji erinde 伊昌吾 jihe. inde araha fusheku be inde afabuha. i
한 가지 저녁 때에 伊昌吾 왔다 그에게 쓴 부채 를 그에게 건네주었다 그

geli emu fusheku talgari bibufi yandume arabuha. ging foriha manggi
또 한 부채 접은 표지 남기고 부탁해서 쓰게 하였다 更 친 뒤에

i yabuha..
그 갔다

emu hacin dergi ergi adaki 刘 halai boo. emu 善寶堂 sere ilan gergen bime
한 가지 동 쪽 이웃의 劉 성의 집 한 善寶堂 하는 3 글자 있어

arabuhabi. bi arafi 克儉 benehe..
쓰게 하였다 나 써서 克儉 보냈다

—— ◦ —— ◦ —— ◦ ——

5월

초엿새, 갑진(甲辰) 화행(火行) 익수(翼宿) 개일(開日).

하나, 약 한 첩을 마셨다.

하나, 아침 밥 먹고 조카 딸아이를 데리고 나가서 광성원(廣成園)에서 여근두(女觔斗)를 보았다. 해가 저물어 집에 와서 밥을 먹었다.

하나, 들으니 오늘 덕유일(德惟一) 형이 보러왔다 한다.

하나, 저녁때에 이창오(伊昌吾)가 왔다. 그에게 글 쓴 부채를 건네주었다. 그는 또 접은 부채 하나를 남기고 부탁해서 쓰게 하였다. 야경 친 뒤에 그가 갔다.

하나, 동쪽 이웃인 유(劉)씨의 집에 선보당(善寶堂) 이라는 세 글자가 있어 썼다. 나는 글을 써서 커기얀(kegiyan, 克儉)을 보냈다.

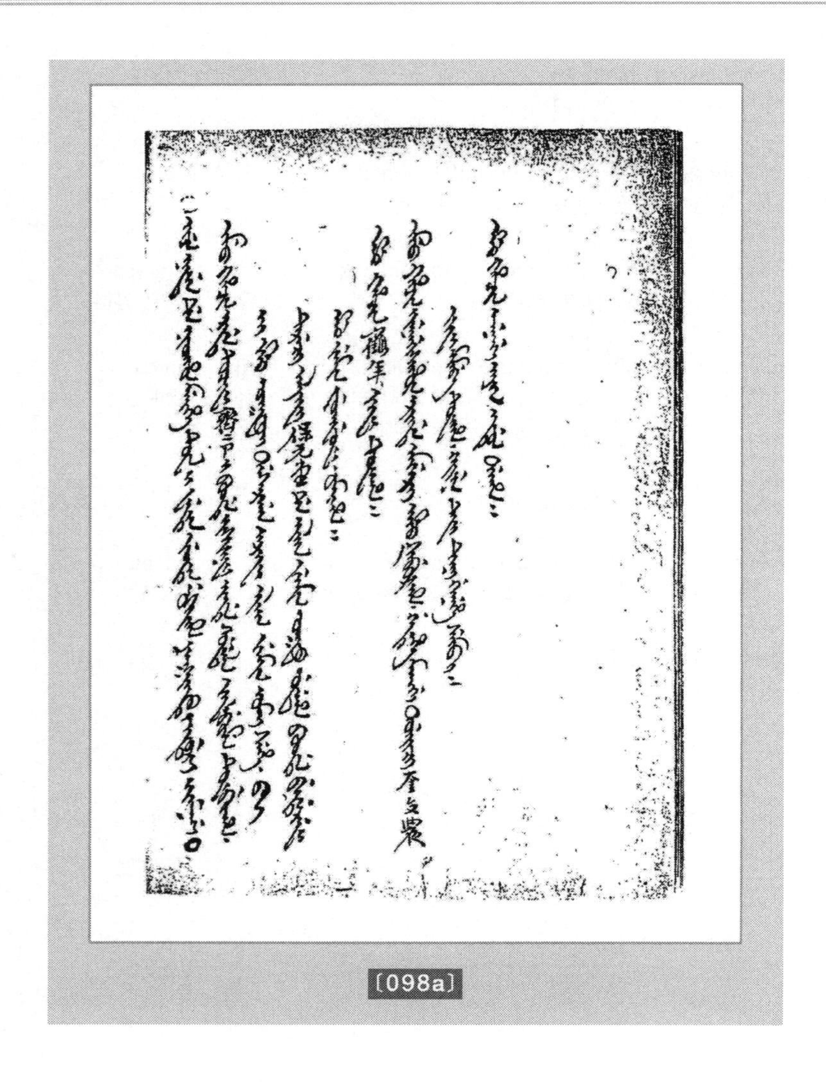

[098a]

○ice nadan de niohon meihe tuwa i feten jeten usiha yaksintu enduri inenggi.
초 7 에 푸르스름한 뱀 火 의 五行 軫 宿 閉 神 날

emu hacin erde tucifi 齊二ㄗ i boode isinafi inde sudala jafabume tuwabuha.
한 가지 아침 나가서 齊二爺 의 집에 이르러서 그에게 맥 잡게 하고 보게 하였다

i emu oktoi dasargan arafi ilan jemin omi sehe. bi
그 한 약의 처방전 써서 3 첩 마시라 하였다 나

tereci aljafi 保元堂 de ilan jemin okto udaha. boode bederefi
거기에서 떠나서 保元堂 에서 3 첩 약 샀다 집에 되돌아와서

emu jemin fuifufi omiha..
한 첩 끓여서 마셨다

emu hacin 鶴年 jifi tuwaha..
한 가지 鶴年 와서 보았다

emu hacin inenggishūn erinde emgeri amu šaburaha. getehe manggi donjici 奎文農
한 가지 한낮 때에 한 번 잠 졸았다 깬 뒤에 들으니 奎文農

jifi mimbe tuwaha. kejine tefi teni genehe sembi..
와서 나를 보았다 꽤 앉고서 이윽고 갔다 한다

emu hacin enenggi ayan edun daha..
한 가지 오늘 큰 바람 불었다

—— ◦ —— ◦ —— ◦ ——

초이레, 을사(乙巳) 화행(火行) 진수(軫宿) 폐일(閉日).
하나, 아침 나가서 제이야(齊二爺)의 집에 이르러서 그에게 맥을 잡아 보게 하였다. 그는 약 처방전 하나를 써서 주고 3첩을 마시라 하였다. 나는 거기에서 떠나 보원당(保元堂)에서 약 3첩을 샀다. 집에 되돌아와서 한 첩을 끓여 마셨다.
하나, 학년(鶴年)이 와서 보았다.
하나, 한낮 즈음에 한 번 잠 졸았다. 깬 뒤에 들으니 규문농(奎文農)이 와서 나를 보았다. 꽤 앉고서 이윽고 갔다 한다.
하나, 오늘 큰 바람이 불었다.

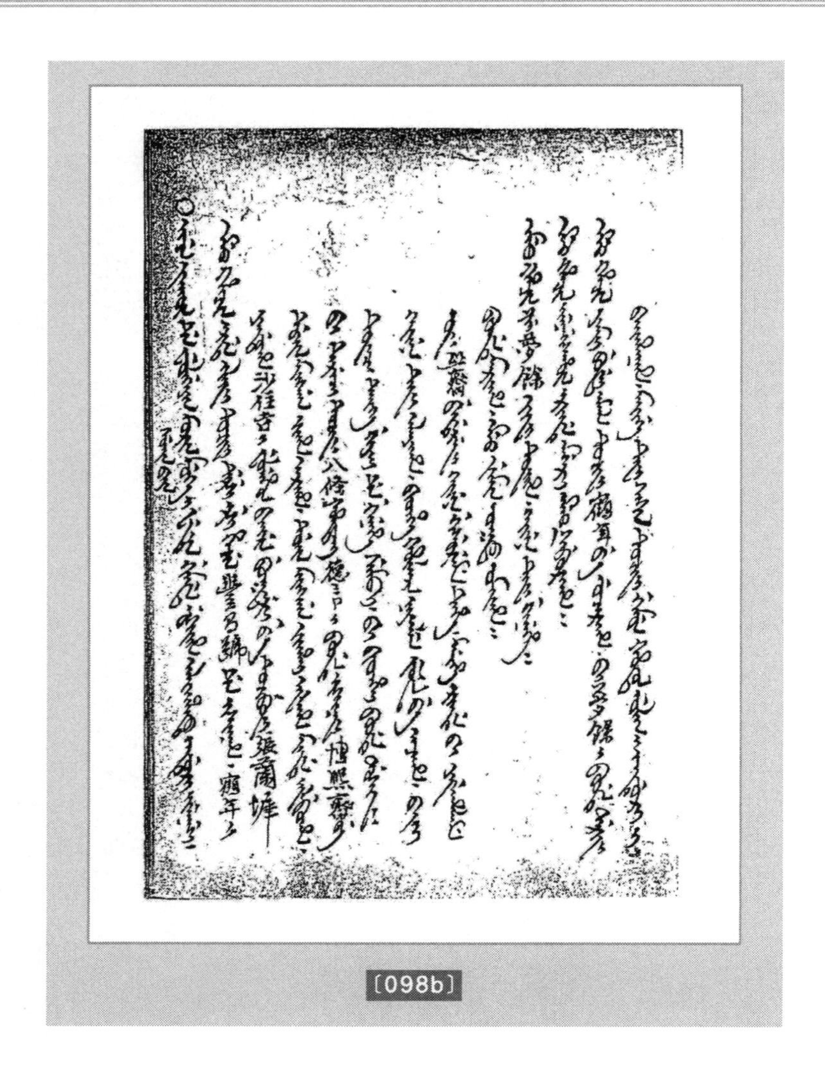

[098b]

sunja biya
5 월

○ice jakūn de fulgiyan morin muke i feten gimda usiha alihantu enduri inenggi.
초 8 에 붉은 말 水 의 五行 亢 宿 建 神 날

emu hacin erde ilifi tucifi dergi ergi hecen 豐昌號 de isinaha. 鶴年 i
한 가지 아침 일어나 나가서 동 쪽 城 豐昌號 에 이르렀다 鶴年 의

yanduha 沙住寺 i fulehun baire bukdari be tucibufi 張蘭墀
부탁한 沙住寺 의 보시 구하는 摺子 를 꺼내고 張蘭墀

duin minggan jiha araha. duin minggan jihai afaha minde afabuha..
4 千 錢 썼다 4 千 錢으로 한 枚 나에게 건네주었다

bi tereci tucifi 八條 hūtung 德三卩 i boode isinafi 博熙齊 be
나 거기에서 나가서 八條 hūtung 德三爺 의 집에 이르러서 博熙齊 를

tuwaci teike giyai de genehe sembi. bi bithei boode dosifi
보니 조금전 街 에 갔다 한다 나 책의 집에 들어가서

kejine tefi aliyaha. bithe hūlara niyalma juwe be acaha. baji
꽤 앉아서 기다렸다 글 읽는 사람 2 을 만났다 잠시

ofi 熙齊 bederefi kejine gisureme tehe. meihe erinde bi yafahalame
되어 熙齊 되돌아와서 꽤 이야기하며 앉았다 뱀 때에 나 걸어서

boode mariha. emu jemin okto omiha..
집에 돌아왔다 한 첩 약 마셨다

emu hacin 芬夢馀 jifi tuwaha. kejine tefi genehe..
한 가지 芬夢餘 와서 보았다 꽤 앉고서 갔다

emu hacin inenggishūn erinde emgeri amu šaburaha..
한 가지 한낮 때에 한 번 잠 졸았다

emu hacin yamji budai amala tucifi 鶴年 be ucaraha. bi 夢馀 i boode darifi
한 가지 저녁 밥의 뒤에 나가서 鶴年 을 만났다 나 夢餘 의 집에 들러서

baihanaha. majige tefi sasa tucifi gemun hoton ulan i enduri i
찾아갔다 잠시 앉고서 같이 나가서 都城隍

—— ◦ —— ◦ —— ◦ ——

5월

초여드레, 병오(丙午) 수행(水行) 항수(亢宿) 건일(建日).

하나, 아침에 일어나 나가서 동성(東城) 풍창호(豐昌號)에 이르렀다. 학년(鶴年)이 부탁한 사주사(沙住寺)의 보시 구하는 접자(摺子)를 꺼내고, 장란지(張蘭墀)가 4천 전을 썼다. 4천 돈 한 매를 나에게 건네주었다. 나는 거기에서 나가서 팔조(八條) 후퉁 덕삼야(德三爺)의 집에 이르러서 박희제(博熙齊)를 보니 조금 전 거리에 나갔다 한다. 나는 서방(書房)에 들어가서 꽤 앉아서 기다렸다. 글 읽는 사람 둘을 만났다. 잠시 되어 희제(熙齊)가 되돌아와서 꽤 이야기하며 앉았다. 사시(巳時)에 나는 걸어서 집에 돌아왔다. 약 한 첩을 마셨다.

하나, 분몽여(芬夢餘)가 와서 보았다. 꽤 앉아 있다가 갔다.

하나, 한낮 때에 한 번 잠 졸았다.

하나, 저녁밥의 뒤에 나가서 학년을 만났다. 나는 몽여(夢餘)의 집에 들러서 찾아갔다. 잠시 앉아 있다가 같이 나가서 도성황묘(都城隍廟)

〔099a〕

muktehen de isinaha. age jijiri udaha. bi aiha malu emke udaha..
廟 에 이르렀다 형 돗자리 샀다 나 유리 병 하나 샀다

mariha manggi dengjan dabuha..
돌아온 뒤에 등잔 불 켰다

emu hacin 高三卩 i keli booi gubci gemu ini boode jifi indeme tehebi..
한 가지 高三爺 의 동서 집의 전부 모두 그의 집에 와서 묵으며 머물렀다

—— ◦ —— ◦ —— ◦ ——

에 이르렀다. 형이 돗자리를 샀다. 나는 유리병 하나를 샀다. 돌아온 뒤에 등잔 불을 켰다.
하나, 고삼야(高三爺)의 동서 집의 전부 모두가 그의 집에 와서 묵으며 머물렀다.

[099b]

sunja biya
5 월

○ice uyun de fulahūn honin muke i feten k'amduri usiha geterentu enduri inenggi.
초 9 에 불그스름한 양 水 의 五行 亢 宿 除 神 날

emu hacin emu jemin okto fuifufi omiha..
한 가지 한 첩 약 끓여서 마셨다

emu hacin erde buda jeke amala ○ eniye eyūn 克儉 妞兒 套兒 sejen turime tefi
한 가지 아침 밥 먹은 뒤에 어머니 누나 克儉 妞兒 套兒 수레 빌려서 타고

gemun hoton ulan i enduri i muktehen de isinaha. huwethi be tuwaha.
都城隍廟 에 이르렀다 바다표범 을 보았다

汪大妳妳 be ucarafi cai omiha. tanggū orin jiha fayafi šuntuhuni
汪大妳妳 를 만나서 차 마셨다 百 20 錢 써서 하루 종일

urgetu jucun be tuwaha. bi juwe moro jušuhuri[119] muke udafi ○ eniye
인형 연극 을 보았다 나 2 사발 關桃子 물 사서 어머니

eyūn de omibuha. emu aiha malu de jušuhuri muke tebufi 妞兒 de
누나 에게 마시게 하였다 한 유리 병 에 關桃子 물 담아서 妞兒 에게

buhe. honin erinde bi neneme boode mariha..
주었다 양 때에 나 먼저 집에 돌아왔다

emu hacin bi boode mariha manggi dere oboro de araha ama jifi tuwaha. kejine tefi
한 가지 나 집에 돌아온 뒤에 얼굴 씻을 때 養 父 와서 보았다 꽤 앉고서

yabuha..
갔다

emu hacin yamji erinde ○ eniye eyūn gemu marifi buda jeke..
한 가지 저녁 때에 어머니 누나 모두 돌아와서 밥 먹었다

emu hacin enenggi be gemu boode akū. nerginde 兆堯蓂 jihe. hacihiyaci dosikakū
한 가지 오늘 우리 모두 집에 없다 이때에 兆堯蓂 왔다 권하니 들어가지 않고

genehe bihe sembi..
갔었다 한다

—— ◦ —— ◦ —— ◦ ——

5월
초아흐레, 정미(丁未) 수행(水行) 항수(亢宿) 제일(除日).
하나, 약 한 첩을 끓여서 마셨다.
하나, 아침밥 먹은 뒤에 어머니와 누나, 커기얀(kegiyan, 克儉), 뉴아(妞兒), 투아(套兒)가 수레를 빌려서 타고 도성황묘(都城隍廟)에 이르렀다. 바다표범을 보았다. 왕대니니(汪大妳妳)를 만나서 차를 마셨다. 120전을 써서 하루 종일 인형극을 보았다. 나는 관도자(關桃子) 물 두 사발을 사서 어머니와 누나에게 마시게 하였다. 유리병 하나에 관도자 물을 담아서 뉴아에게 주었다. 미시(未時)에 나는 먼저 집에 돌아서 왔다.
하나, 내가 집에 돌아온 뒤에 얼굴을 씻고 있을 때, 양부가 와서 보았다. 꽤 앉아 있다가 갔다.
하나, 저녁때에 어머니와 누나가 모두 돌아와서 밥을 먹었다.
하나, 오늘 우리 모두 집에 없었다. 이때에 조요명(兆堯蓂) 왔다. 권하였으나 들어가지 않고 갔었다 한다.

---

119) jušuhuri : 기이한 과일로 알려진 '관도자(關桃子)'를 가리키는데, 맛이 시다고 한다.

〔100a〕

emu hacin yamji erinde 忠魁 jihe. ging foriha manggi genehe..
한 가지 저녁 때에 忠魁 왔다 更 친 뒤에 갔다

—— ◦ —— ◦ —— ◦ ——

하나, 저녁때에 충괴(忠魁)가 왔다. 야경 친 뒤에 갔다.

〔100b〕

sunja biya juwari ten
5 월 夏至

○juwan de suwayan bonio boihon i feten dimbihe[120] usiha jaluntu enduri inenggi.
10 에 누런 원숭이 흙 의 五行 氐 宿 滿 神 날

indahūn erin i tob emu kemu de juwari ten. sunja biya i dulin..
개 때 의 正 1 刻 에 夏至 5 월 의 보름이다

emu hacin erde buda jeke amala emu sejen turime tefi ○ eniye 克俭 妞兒 套兒 mini
한 가지 아침 밥 먹은 뒤에 한 수레 빌려서 타고 어머니 克儉 妞兒 套兒 나의

120) dimbihe : 'dilbihe'의 잘못으로 보인다.

beye kemuni 高三卩 i 妞兒 ninggun niyalma ○ gemun hoton ulan i enduri i
몸소 또 高三爺 의 妞兒 6 사람 都城隍

muktehen de sarašame genehe. hacinggai eficere cangse i dolo araha
廟 에 놀러 갔다 갖가지의 노는 場子 의 안 養

aja be ucarafi ○ eniye i emgi bihe. bi tucifi cai uncara tanse[121] de
母 를 만나서 어머니 와 함께 있었다 나 나가서 차 파는 tanse 에서

uyuci age be ucaraha. 隆卩 be ucaraha. degui be ucaraha. uyuci
아홉째 형 을 만났다 隆爺 를 만났다 德貴 를 만났다 아홉째

age mini emgi cai omiha. tucifi i boode marime yoha. bi dahūme
형 나와 함께 차 마셨다 나가서 그 집에 돌아서 갔다 나 다시

muktehen de dosifi ○ eniye de alafi dehi jiha de emu šanyan bocoi aiha
廟 에 들어가서 어머니 에게 알려서 40 錢 에 한 흰 색의 유리

malu udafi muktehen ci tucike. henggan 恒老四 be ucaraha. ilihai
술병 사서 廟 에서 나갔다 henggan 恒老四 를 만났다 선채로

gisurehe. fakcafi bi boode mariha..
말하였다 헤어지고 나 집에 돌아왔다

emu hacin boode mariha manggi donjici enenggi 永倫 age 連興姪 jifi mimbe
한 가지 집에 돌아온 뒤에 들으니 오늘 永倫 형 連興姪 와서 나를

tuwaha. 永倫 age minde emu minggan jiha buhe. 連興 minde emu minggan
보았다 永倫 형 나에게 1 千 錢 주었다 連興 나에게 1 千

—— ◦ —— ◦ —— ◦ ——

5월, 하지(夏至)
10일, 무신(戊申) 토행(土行) 저수(氐宿) 만일(滿日).
술시(戌時)의 정(正) 1각(刻)에 하지이다. 5월의 보름이다.
하나, 아침밥 먹은 뒤에 수레 하나를 빌려서 타고 어머니와 커기얀(kegiyan, 克儉), 뉴아(妞兒), 투아(套兒), 나, 그리고 고삼야(高三爺)의 뉴아(妞兒), 이렇게 여섯 사람이 도성황묘(都城隍廟)에 놀러 갔다. 갖가지의 노는 장소 안에서 양모를 만나서 어머니와 함께 있었다. 나 나가서 차 파는 단서(tanse)에서 아홉째 형을 만났고, 융아(隆爺)를 만났으며, 덕귀(德貴)를 만났다. 아홉째 형은 나와 함께 차를 마셨으며, 그는 나가서 집에 돌아서 갔다. 나는 다시 묘(廟)에 들어가서 어머니에게 알리고, 40전에 흰 색의 유리 술병 하나를 사서 묘에서 나갔다. 헝간(henggan) 항노사(恒老四)를 만났는데, 선채로 이야기하였다. 나는 헤어져서 집에 돌아왔다.
하나, 집에 돌아온 뒤에 들으니 오늘 영윤(永倫) 형과 연흥(連興) 조카가 와서 나를 보았다. 영윤 형이 나에게 1천 전 주었다. 연흥이 나에게 1천

121) tanse : 의미 미상이다.

[101a]

jiha buhe. 連興 kemuni misun emu ginggen. janggūwan emu uhuri
錢 주었다 連興 또한 醬 1 근 절인 가지 1 봉지

udafi ○ eniye de jafarangge sembi. majige tefi gemu yoha sembi..
사서 어머니 에게 드리는 것 한다 잠시 앉고서 모두 갔다 한다

emu hacin 鶴年 jihe. jing teme bisire de ○ eniye mariha. uyuci age be geli muktehen de
한 가지 鶴年 왔다 마침 앉아 있음 에 어머니 돌아왔다 아홉째 형 을 또 廟 에

dosifi 套兒 de mahū emke. mooi jaida emke. mooi biyantu emke. 妞兒 de hoošan i
들어가서 套兒 에게 가면 하나 나무의 칼 하나 나무의 회초리 하나 妞兒 에게 종이 의

ilha sunja gargan udafi buhe sembi. amba muru inu ilan tanggū
꽃 5 줄기 사서 주었다 한다 큰 대략 또 3 百

funcere jiha fayaha dere. araha aja inu boode mariha. 鶴年 緣簿[122]
넘는 錢 썼으리라 養 母 도 집에 돌아왔다 鶴年 緣簿

jai duin minggan jihai 豐昌號 i jihai afaha be gemu gamafi
또 4 千 錢으로 豐昌號 의 錢으로 한 枚 를 모두 가지고

yoha..
갔다

emu hacin yamji erinde 忠魁 jihe..
한 가지 저녁 때에 忠魁 왔다

emu hacin enenggi ○ eniye i emgi duka tucime saka ilungga jihe. imbe sikse
한 가지 오늘 어머니 와 함께 문 나가는 차에 ilungga 왔다 그를 어제

uksin de gaiha[123]. jifi alafi sasa urgunjeki sehe. duka dosikakū
甲兵 에 얻었다 와서 알려주고 같이 축하하자 하였다 문 들어가지 않고

genehe..
갔다

emu hacin donjici enenggi erde jafaha fudasi jangger be horon be algimbure duka dosimbuha..
한 가지 들으니 오늘 아침 잡은 반역자 jangger 를 宣武門 들어가게 하였다

―― ◦ ―― ◦ ―― ◦ ――

전 주었다. 연흥(連興) 또한 장(醬) 1근과 절인 가지 1봉지를 사서 어머니에게 드리는 것이다 한다. 잠시 앉고서 모두 갔다 한다.

하나, 학년(鶴年)이 왔다. 마침 앉아 있을 때에 어머니가 돌아왔다. 아홉째 형은 또 묘(廟)에 들어가서 투아(套兒)에게 가면(假面) 하나와 나무 칼 하나, 나무 회초리 하나를, 뉴아(妞兒)에게는 종이꽃 다섯 줄기를 사서 주었다 한다. 대략 또 3백이 넘는 돈을 썼으리라. 양모도 집에 돌아왔다. 학년이 연부(緣簿)에 또 4천 전의 풍창호(豐昌號)의 돈으로 한 매를 모두 가지고 갔다.

하나, 저녁때에 충괴(忠魁)가 왔다.

하나, 오늘 어머니와 함께 문 나가려는 차에 일룽가(ilungga, 伊隆阿)가 왔다. 그는 어제 갑병(甲兵)에 선발되어서 와서 알려주고 같이 축하하자 하였다. 문 들어가지 않고 갔다.

하나, 들으니 오늘 아침, 잡은 반역자 장거르(jangger, 張格爾)를 선무문(宣武門)으로 들어가게 하였다.

---

122) 연부(緣簿) : 절에 희사(喜捨)하기를 권유하는 기부 명부를 가리킨다.

123) uksin de gaiha : 'uksin'은 좌령(佐領)의 일반 병사 가운데에서 선발된 갑병(甲兵)을 가리키는데, '갑병에 선발되었다'는 것을 가리킨다.

[101b]

sunja biya
5 월

○juwan emu de sohon coko boihon i feten falmahūn usiha necintu enduri inenggi.
10 1 에 누르스름한 닭 土 의 五行 房 宿 平 神 날

emu hacin erde tucifi 齊二丌 i boode genefi inde sudala jafabume tuwabuha. emu
한 가지 아침 나가서 齊二爺 의 집에 가서 그에게 맥 잡게 하여 보게 하였다 한

oktoi dasargan arafi duin jemin omi sehe. bi tereci aljafi 保
약의 처방전 써서 4 첩 마시라 하였다 나 거기에서 떠나서 保

元堂 de okto udafi boode mariha..
元堂 에서 약 사서 집에 돌아왔다

emu hacin 忠魁 erde ci jifi boode gemu hangse arafi jeke. i emu minggan jiha
한 가지 忠魁 아침 부터 와서 집에 모두 국수 만들어서 먹었다 그 1 千 錢

gajifi ini mama be gemun hoton ulan i enduri i muktehen de sarašame
가져와서 그의 할머니 를 都城隍廟 에 놀러

genereo sembi. emu sejen turifi ○ eniye eyūn 克俭 妞兒 套兒 jai
가겠는가 한다 한 수레 빌려서 어머니 누나 克儉 妞兒 套兒 또

忠魁 mini beye gemu gemun hoton ulan i enduri i muktehen de isinaha.
忠魁 나의 자신 모두 都城隍廟 에 이르렀다

eniye 長兒 i bade 十不闲 be donjiha. bi 忠魁 i emgi cai omiha. neneme 阡障
어머니 長兒 의 곳에서 十不閑 을 들었다 나 忠魁 와 함께 차 마셨다 먼저 阡障

hūtung ni 套兒 be ucaraha. emu niyehei umhan i durun i 西洋景 emke.
hūtung 의 套兒 를 만났다 한 오리의 알 의 모양 의 西洋景 하나

小車兒 emke udafi bi neneme boode mariha..
小車兒 하나 사서 나 먼저 집에 돌아왔다

emu hacin bonio erinde ○ eniye eyūn boode mariha..
한 가지 원숭이 때에 어머니 누나 집에 돌아왔다

emu hacin 華年 jihe. juwe dasin fusheku yandume araha..
한 가지 華年 왔다 2 자루 부채 부탁하여 썼다

—— ◦ —— ◦ —— ◦ ——

5월

11일, 기유(己酉) 토행(土行) 방수(房宿) 평일(平日).

하나, 아침에 나가서 제이야(齊二爺)의 집에 가서 그에게 맥을 잡아 보게 하였다. 약의 처방전 하나 써 주고, 4첩 마시라 하였다. 나 거기에서 떠나서 보원당(保元堂)에서 약 사서 집에 돌아왔다.

하나, 충괴(忠魁)가 아침부터 와서 집에서 모두 국수 만들어서 먹었다. 그는 1천 전을 가져와서 그의 할머니를 도성황묘(都城隍廟)에 놀러 가겠는가 한다. 수레 하나를 빌려서 어머니와 누나 커기얀(kegiyan, 克儉), 뉴아(妞兒), 투아(套兒), 충괴, 그리고 내가 모두 도성황묘에 이르렀다.

어머니는 장아(長兒)에서 『십불한(十不閑)』을 들었다. 나는 충괴와 함께 차를 마셨다. 먼저 천장(阡障) 후퉁의 투아를 만났고, 한 오리 알 모양의 서양경(西洋景) 하나와 소거아(小車兒) 하나를 사서 나는 먼저 집에 돌아왔다.

하나, 신시(申時)에 어머니와 누나가 집에 돌아왔다.

하나, 화년(華年)이 왔다. 부채 2자루를 부탁하여 썼다.

[102a]

emu hacin yamji erinde emu majige burgin aga maktaha..
한 가지 저녁 때에 한 조금 갑자기 비 내렸다

emu hacin 忠魁 yamji buda jefi yoha..
한 가지 忠魁 저녁 밥 먹고 갔다

emu hacin 德玉齋 jifi tuwaha. kejine tefi genehe..
한 가지 德玉齋 와서 보았다 꽤 앉고서 갔다

emu hacin donjici enenggi jafaha jangger be taimiyoo boigoju jekuju muktehun[124] de
한 가지 들으니 오늘 잡은 jangger 를 太廟 社稷壇 에

124) boigoju jekuju muktehun : 사직단(社稷壇)의 만주어 표현이다.

olji alibuhabi sembi..
포로 바쳤다 한다

emu hacin donjici enenggi 徐敬齊 tuwanjiha. duka dosikakū sembi..
한 가지 들으니 오늘 徐敬齊 보러왔다 문 들어오지 않았다 한다

emu hacin donjici ○ ye sikse ci juwan inenggi i šolo baiha sembi..
한 가지 들으니 爺 어제 부터 10 날 의 휴가 청하였다 한다

emu hacin ○○ hesei aliha bithei da cangling de ilan yasai tojin i funggala
한 가지 조서의 大學士 cangling 에게 3 눈의 공작의 꼬리털

šangname hadabu sehe..
상주고 달게 하라 하였다

—— ◦ —— ◦ —— ◦ ——

하나, 저녁때에 갑자기 한 차례 비가 조금 내렸다.
하나, 충괴(忠魁)가 저녁밥을 먹고 갔다.
하나, 덕옥재(德玉齋)가 와서 보았다. 꽤 앉아 있다가 갔다.
하나, 들으니 오늘, 붙잡은 장거르(jangger, 張格爾)를 태묘(太廟) 사직단(社稷壇)에 포로로 바쳤다 한다.
하나, 들으니 오늘 서경제(徐敬齊)가 보러 왔으나 문은 들어오지 않았다 한다.
하나, 들으니 왕야(王爺)가 어제부터 열흘의 휴가를 청하였다 한다.
하나, 조서(詔書)를 담당하는 대학사(大學士) 창링(cangling)에게 눈이 3개인 공작의 꼬리털을 상으로 주고 달게 하라 하였다.

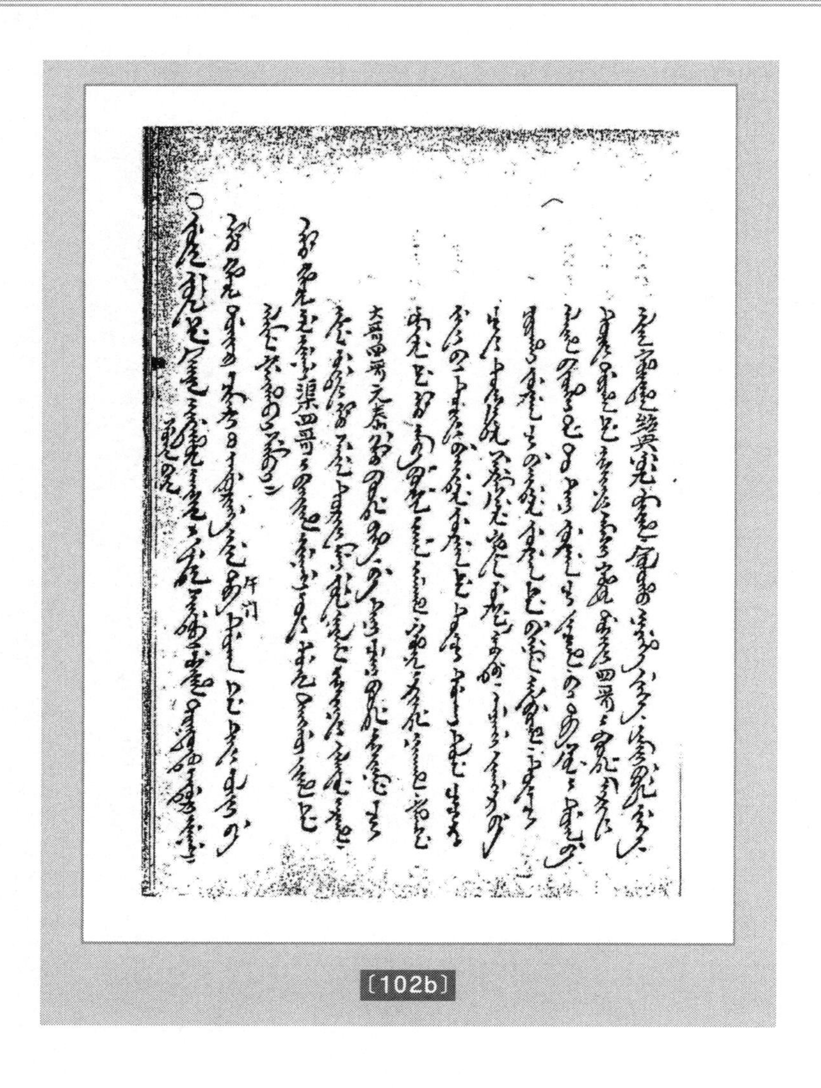

〔102b〕

sunja biya
5 월

○juwan juwe de šanyan indahūn aisin i feten sindubi usiha toktontu enduri inenggi.
10 2 에 흰 개 金 의 五行 心 宿 定 神 날

emu hacin donjici ecimari ○○ enduringge ejen tob duka[125] de tefi olji be
한 가지 들으니 오늘 아침 聖 皇 午 門 에 앉아서 포로 를

alime gaihabi sembi..
바쳐서 받았다 한다

125) tob duka : 황성인 자금성(紫禁城)의 정문인 오문(午門)을 가리킨다.

emu hacin ere inenggi 渠四哥 i banjiha inenggi ofi duin tanggū jiha de
한 가지 이 날 渠四哥 의 태어난 날 되어 4 百 錢 에

efen udafi emu sejen turifi meni juwe niyalma isinafi jalafun araha.
떡 사서 한 수레 빌려서 우리 2 사람 이르러서 壽 축하하였다

大哥 四哥 元泰 gemu boode bihe. be teni ceni boode isiname cai
大哥 四哥 元泰 모두 집에 있었다 우리 마침 그의 집에 이르러 차

omire de emu amba burgin aga agaha. honin erinde nakaha. hangse
마실 때 한 큰 갑자기 비 내렸다 양 때에 그쳤다 국수

jefi bi tucifi beidere jurgan de tuwaci dukai tule cacari
먹고 나 나가서 刑部 에서 보니 문의 밖에 천막

cafi tuwašatara seremšere hafan urse labdu. enenggi jangger be
펼쳐서 보호하고 방어하는 관리 무리 많다 오늘 jangger 를

coohai jurgan ci beidere jurgan de beneme afabuha. tuwaci
兵部 로부터 刑部 에 보내서 건네주었다 보니

aliha bithei da to teni jurgan ci facaha. bi tob šun i duka be
大學士 to 마침 部 로부터 물러났다 나 正陽門 을

tucifi doohan de isinafi amasi hoton dosifi 四哥 i boode marifi
나가서 다리 에 이르러 도로 성 들어가고 四哥 의 집에 돌아와서

ilan hontahan 绍兴 nure omiha. šoloho niyehe jeke. yamji buda jeke.
3 잔 紹興 술 마셨다 구운 오리 먹었다 저녁 밥 먹었다

—— ◦ —— ◦ —— ◦ ——

5월

12일, 경술(庚戌) 금행(金行) 심수(心宿) 정일(定日).

하나, 들으니 오늘 아침 황상(皇上)께서 오문(午門)에 앉아서 포로를 바쳐서 받았다 한다.

하나, 이날 거사가(渠四哥)의 생일날이어서 4백 전에 떡을 사고, 수레 하나를 빌려 우리 두 사람이 가서 수(壽)를 축하하였다. 대가(大哥), 사가(四哥), 원태(元泰) 모두가 집에 있었다. 우리가 마침 그의 집에 이르러 차를 마실 때, 갑자기 한 차례 큰비가 내렸다가 미시(未時)에 그쳤다. 내가 국수를 먹고 나가서 형부(刑部)에서 보니, 형부의 문밖에 천막을 펼쳐서 보호하고 방어하는 관리 무리들이 많다. 오늘 장거르(jangger, 張格爾)를 병부(兵部)로부터 형부에 보내서 건네주었다. 보니 대학사(大學士) 토(to)가 마침 형부로부터 물러서 나왔다. 나는 정양문(正陽門)을 나가서 다리에 이르러 도로 성을 들어가서 사가의 집에 돌아와 소흥(紹興) 술 3잔을 마셨고, 구운 오리를 먹었으며, 저녁밥을 먹었다.

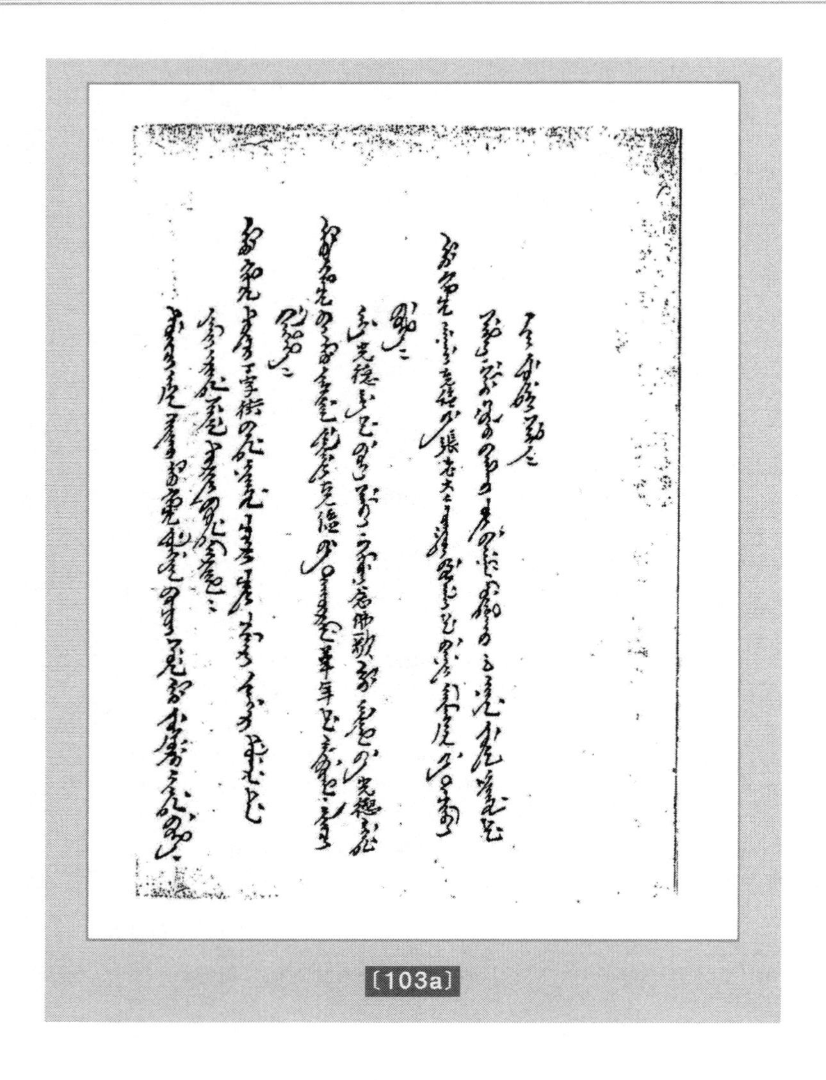

[103a]

duici aša sifikū emu hacin fulgiyan bocoi suje emu jušuru inde buhe.
넷째 형수 비녀 한 가지 붉은 색의 주단 한 자 그에게 주었다

yamji erinde sejen turifi boode mariha..
저녁 때에 수레 빌려서 집에 돌아왔다

emu hacin tuwaci 丁字街 bade ninggun cacari cafi cimari jangger dulere de
한 가지 보니 丁字街 곳에 6 천막 펼쳐서 내일 jangger 지나갈 때

belhehe..
준비하였다

emu hacin bi emu jasigan weilefi 克俭 be takūrame 華年 de afabuha. ilaci
한 가지 나 한 편지 쓰고 克儉 을 시켜서 華年 에게 건네주었다 셋째

age 光德 age de buki sembi. kemuni 念佛歌 emu afaha be 光德 agede
형 光德 형 에게 주자 한다 또한 念佛歌 한 편 을 光德 형에게

buhe..
주었다

emu hacin enenggi 克俭 be 張老大 i oktoi puseli de benefi maimašara be tacimbi
한 가지 오늘 克儉 을 張老大 의 약의 가게 에 보내서 장사하기 를 배운다

sehei. gemu šolo bahakū ofi beneme mutehekū. ○ eniye juwan ninggun de
하였는데 모두 휴가 얻지 못해서 보낼 수 없었다 어머니 10 6 에

jai fudeki sehe..
다시 보내자 하였다

—— ○ —— ○ —— ○ ——

넷째 형수가 비녀 한 가지, 붉은 색 주단 한 자를 그에게 주었다. 저녁때에 수레를 빌려서 집에 돌아왔다.
하나, 보니 정자가(丁字街)라는 곳에 6개를 펼쳐서 내일 장거르(jangger, 張格爾)가 지나갈 때를 준비하였다.
하나, 나 편지 한 통 써서 커기얀(kegiyan, 克儉)을 시켜서 화년(華年)에게 건네주었다. 셋째 형 광덕(光德) 형에게 주고자 한다. 또한 염불가(念佛歌) 한 편을 광덕 형에게 주었다.
하나, 오늘 커기얀을 장노대(張老大)의 약 가게에 보내서 장사하기를 배운다 하였는데, 모두 휴가 얻지 못해서 보낼 수 없었다. 어머니가 16일에 다시 보내자 하였다.

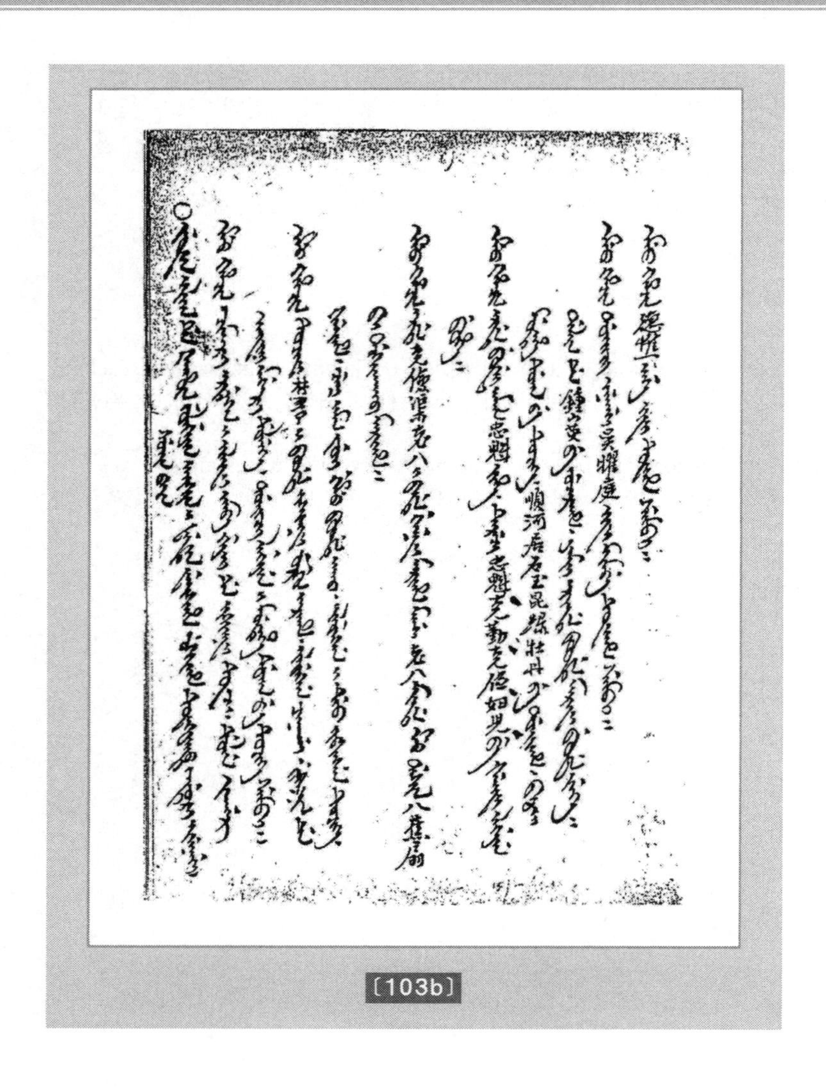

〔103b〕

sunja biya
5 월

○juwan ilan de šahūn fulgiyan aisin i feten weisha usiha tuwakiyantu enduri inenggi.
10 3 에 희끄무레한 돼지 金 의 五行 尾 宿 執 神 날

emu hacin ecimari erdeken i ilifi amba giyai de isinafi tuwaci dule jangger
한 가지 오늘 아침 일찍 일어나 大 街 에 이르러서 보니 뜻밖에 jangger

aifini emgeri duleke. donjici elgiyen i mutehe duka be tucike sembi..
이미 벌써 지나갔다 들으니 阜成門 을 나갔다 한다

emu hacin tucifi 林五卩 i boode isinafi urgun araha. ilungga cananggi uksin de
한 가지 나가서 林五爺 의 집에 이르러서 축하 하였다 ilungga 전날 갑옷 을

gaiha. ceni ama jui gemu boode akū. ilungga i deo ipingga tucike..
얻었다 그들의 父 子 모두 집에 없다 ilungga 의 동생 ipingga 나갔다

bi dosikakū mariha..
나 들어가지 않고 돌아왔다

emu hacin erde 克儉 渠老八 i bade genefi mariha manggi 老八 minde emu dasin 八蕉扇
한 가지 아침 克儉 渠老八 의 곳에 가서 돌아온 뒤에 老八 나에게 한 자루 八蕉扇

buhe..
주었다

emu hacin erde budai amala 忠魁 jihe. tereci 忠魁 克勤 克俭 妞兒 be gaifi elgiyen
한 가지 아침 밥의 뒤에 忠魁 왔다 거기에서 忠魁 克勤 克儉 妞兒 를 데리고

mutehe duka be tucike. 順河居 石玉昆 綠牡丹 be donjiha. birai
阜成門 을 나갔다 順河居 石玉昆 綠牡丹 을 들었다 강의

dalin de 鍾山英 be ucaraha. yamji erinde boode marifi buda jeke..
가 에서 鍾山英 을 만났다 저녁 때에 집에 돌아와서 밥 먹었다

emu hacin donjici enenggi 吳曜庭 jifi mimbe tuwaha sembi..
한 가지 들으니 오늘 吳曜庭 와서 나를 보았다 한다

emu hacin 德惟一 age jifi tuwaha sembi..
한 가지 德惟一 형 와서 보았다 한다

—— ∘ —— ∘ —— ∘ ——

5월

13일, 신해(辛亥) 금행(金行) 미수(尾宿) 집일(執日).

하나, 오늘 아침 일찍 일어나 대가(大街)에 이르러서 보니, 뜻밖에 장거르(jangger, 張格爾)가 이미 벌써 지나갔다. 들으니 부성문(阜成門)을 나갔다 한다.

하나, 나가서 임오야(林五爺)의 집에 이르러서 축하하였다. 일룽가(ilungga, 伊隆阿)가 전날 갑병(甲兵)에 선발되었는데, 그들의 부자가 모두 집에 없다. 일룽가의 동생 이핑가(ipingga)가 나왔다. 나는 들어가지 않고 돌아왔다.

하나, 아침에 커기얀(kegiyan, 克儉) 거노팔(渠老八)이 있는 곳에 가서 돌아오려는데, 노팔(老八)이 나에게 파초선(八蕉扇) 한 자루를 주었다.

하나, 아침밥의 뒤에 충괴(忠魁) 왔다. 거기에서 충괴, 커친(kecin, 克勤), 커기얀, 뉴아(妞兒)를 데리고 부성문을 나가서 순하거(順河居) 석옥곤(石玉昆) 녹모란(綠牡丹)을 들었다. 강가에서 종산영(鍾山英)을 만났다. 저녁때에 집에 돌아와서 밥을 먹었다.

하나, 들으니 오늘 오요정(吳曜庭)이 와서 나를 보았다 한다.

하나, 덕유일(德惟一) 형이 와서 보았다 한다.

[104a]

emu hacin 兆堯蓂 jihe sembi..
한 가지 兆堯蓂 왔다 한다

—— ◦ —— ◦ —— ◦ ——

하나, 조요명(兆堯蓂)이 왔다 한다.

〔104b〕

sunja biya
5 월

○juwan duin de sahaliyan singgeri moo i feten girha usiha efujentu enduri inenggi.
10 4 에 검은 쥐 木 의 五行 箕 宿 破 神 날

emu hacin erde uyuci age jifi tuwaha. kejine tehe. age be bibufi erde buda
한 가지 아침 여덟째 형 와서 보았다 꽤 앉았다 형 을 머물게 해서 아침 밥

ulebuki seci watai ojorakū tucifi jeki sembi. ede sasa tucifi
먹게 하자 하나 도저히 할 수 없어 나가서 먹자 한다 이에 같이 나가서

永福館 de tahūra efen[126] jeke. amala ke giyan genefi fudaraka jangger
永福館 에서 扁食 먹었다 뒤에 ke giyan 가서 반역한 jangger

horon be algimbure dukai tule faitame wambi sembi. ke jiyan mini
宣武門 밖 잘라서 죽인다 한다 ke jiyan 나의

etuku boro be benefi etufi uyuci age i emgi elgiyen i mutehe
옷 모자 를 가져와서 입고 여덟째 형 과 함께 阜成門

duka be tucifi tuwanaki seci niyalmai gisun emgeri duleke sembi.
을 나가서 보러 가자 하니 사람의 말 이미 지나갔다 한다

uttu ofi uyuci age yamulame yoha. bi inu boode mariha..
이러므로 여덟째 형 등청하러 갔다 나 도 집에 돌아왔다

emu hacin erde buda jeke amala 忠魁 jihe. tereci 忠魁 克勤 克俭 妞兒 套兒 be
한 가지 아침 밥 먹은 뒤에 忠魁 왔다 거기에서 忠魁 克勤 克儉 妞兒 套兒 를

gaifi horon be algimbure dukai amba giyai de 瑞圖 be ucaraha.
데리고 宣武門의 大 街 에서 瑞圖 를 만났다

be hoton tucifi ice neihe 葫蘆館 cai puseli de cai omicaha.
우리 성 나가서 새로 연 葫蘆館 차 가게 에서 차 마셨다

koforo efen[127] jeke. cai omifi tucike. donjici fudaraka hūlha huise
거품 떡 먹었다 차 마시고 나갔다 들으니 반역한 도적 回鶻人

jangger be teike fafun i gamaha. ini uju be horho de tebufi lakiyafi
jangger 를 조금전 법으로 처형하였다 그의 머리 를 바구니 에 담아서 걸고

—— ◦ —— ◦ —— ◦ ——

5월
14일, 임자(壬子) 목행(木行) 기수(箕宿) 파일(破日).
하나, 아침에 여덟째 형이 와서 보았다. 꽤 앉아 있었다. 형을 머물게 해서 아침밥을 먹자 하니, 도저히 어찌 할 수 없다 하고 나가서 먹자 한다. 이에 같이 나가서 영복관(永福館)에서 편식(扁食)을 먹었다. 뒤에 커기얀(kegiyan, 克儉)이 와서 반역한 장거르(jangger, 張格爾)를 선무문(宣武門) 밖에서 목을 잘라 죽인다 한다. 커기얀이 나의 옷과 모자를 가져와서 입고 여덟째 형과 함께 부성문(阜成門)을 나가서 보러 가자 하니, 사람들의 말이 이미 지나갔다 한다. 이리하여 여덟째 형은 등청하러 갔고, 나도 집에 돌아왔다.
하나, 아침밥을 먹은 뒤에 충괴(忠魁)가 왔다. 거기에서 충괴, 커친(kecin, 克勤), 커기얀, 뉴아(妞兒), 투아(套兒)를 데리고 선무문(宣武門)의 대가(大街)에서 서도(瑞圖)를 만났다. 우리는 성을 나가서 새로 연 호로관(葫蘆館) 차가게에서 차를 마시고 거품 떡을 먹었다. 차를 마시고 나갔다. 들으니 반역한 도적 회골인(回鶻人) 장거르를 조금 전 법으로 처형하였다. 그의 머리를 바구니에 담아서 걸고

126) tahūra efen : 고기와 야채 속을 넣어 진주조개 모양으로 만든 떡을 가리키며 '편식(扁食)'이라고도 한다.
127) koforo efen : 'kofori efen'의 잘못이다. 발효한 밀가루에 사탕을 넣어 찐 것을 말하는데, '봉고(蜂糕)'라 한다.

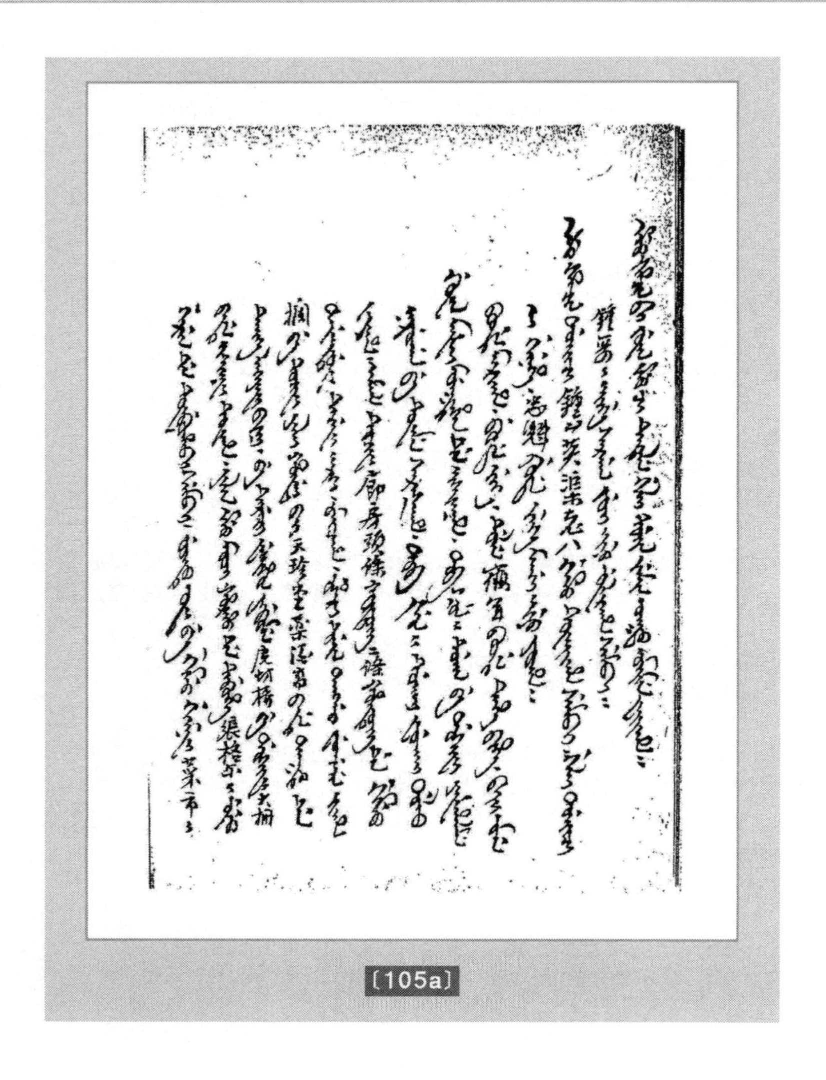

[105a]

geren de tuwabuhabi sembi. uttu ofi be gemu genefi 菜市 i
여럿 에게 보게 하였다 한다 이러므로 우리 모두 가서 菜市 의

bade isinafi tuwaha. yala emu mooi horho de tebuhe. 張格尔 i uju
곳에 이르러서 보았다 진실로 한 나무의 바구니 에 담았다 張格爾 의 머리

teike lakiyafi bini. be tereci wesihun yabume 虎坊桥 be dosifi 大柵欄 be
딱 걸렸구나 우리 거기에서 동쪽 가서 虎坊橋 를 들어가서 大柵欄 을

tucifi yali hūdai bai 天珍堂 藥酒齋 bade taktu de
나가서 고기 시장의 天珍堂 藥酒齋 곳에서 樓 에

tafandufi tecefi arki omicaha. uheri duin tanggū funcere jiha
같이 올라 앉아서 소주 함께 마셨다 전부 4 百 넘는 錢

fayaha. amala tucifi 廊房頭條 hūtung 二條 hūtung de gemu
썼다 뒤에 나가서 廊房頭條 hūtung 二條 hūtung 에 모두

nirugan be tuwame sarašaha. tob šun i dukai fukai dolo
그림 을 보고 놀았다 正陽門의 甕圈의 안

guwan mafai muktehen de isinaha. tob šun i duka be dosifi yafahalame
關 mafa의 廟 에 이르렀다 正陽門 을 들어가고 걸어가서

boode mariha. buda jeke. dule 鶴年 boode tehe bihe. baji ome
집에 돌아왔다 밥 먹었다 뜻밖에 鶴年 집에 앉아 있었다 잠시 되어

i genehe. 忠魁 buda jeke manggi inu yoha..
그 갔다 忠魁 밥 먹은 뒤에 역시 갔다

emu hacin donjici 鍾山英 渠老八 gemu tuwanjiha sembi. geli donjici
한 가지 들으니 鍾山英 渠老八 모두 보러 왔다 한다 또 들으니

鍾哥 i ajige sargan jui inu ufaraha sembi..
鍾哥 의 작은 딸 아이 도 죽었다 한다

emu hacin bi juwan emu ci tetele geli duin jemin okto omime wajiha..
한 가지 나 10 1 부터 지금까지 또 4 첩 약 마시기 끝냈다

—— ◦ —— ◦ —— ◦ ——

여럿에게 보게 하였다 한다. 이러므로 우리 모두 가서 채시(菜市)라는 곳에 이르러서 보았다. 진실로 한 나무의 바구니에 담겼는데, 장거르(jangger, 張格爾)의 머리가 딱 걸렸구나. 우리 거기에서 동쪽으로 가서 호방교(虎坊橋)를 들어가서 대책란(大柵欄)을 나가고, 고기 시장의 천진당(天珍堂)의 약주재(藥酒齋) 있는 곳에서 루(樓)에 같이 올라서 앉아 소주를 함께 마셨다. 전부 4백이 넘는 돈을 썼다. 뒤에 나가서 랑방두조(廊房頭條) 후퉁과 이조(二條) 후퉁에서 모두 그림을 보고 놀았다. 정양문(正陽門)의 옹권(甕圈) 안의 관우(關羽)의 묘(廟)에 이르렀다. 정양문을 들어가 걸어서 집에 돌아왔고, 밥을 먹었다. 뜻밖에 학년(鶴年)이 집에 앉아 있었다. 잠시 있다가 그는 갔다. 충괴(忠魁)도 밥 먹은 뒤에 역시 갔다.

하나, 들으니 종산영(鍾山英)과 거노팔(渠老八)이 모두 보러 왔다 한다. 또 들으니 종가(鍾哥)의 작은 딸 아이도 죽었다 한다.

하나, 나는 11일부터 지금까지 또 약 4첩 마시기를 끝냈다.

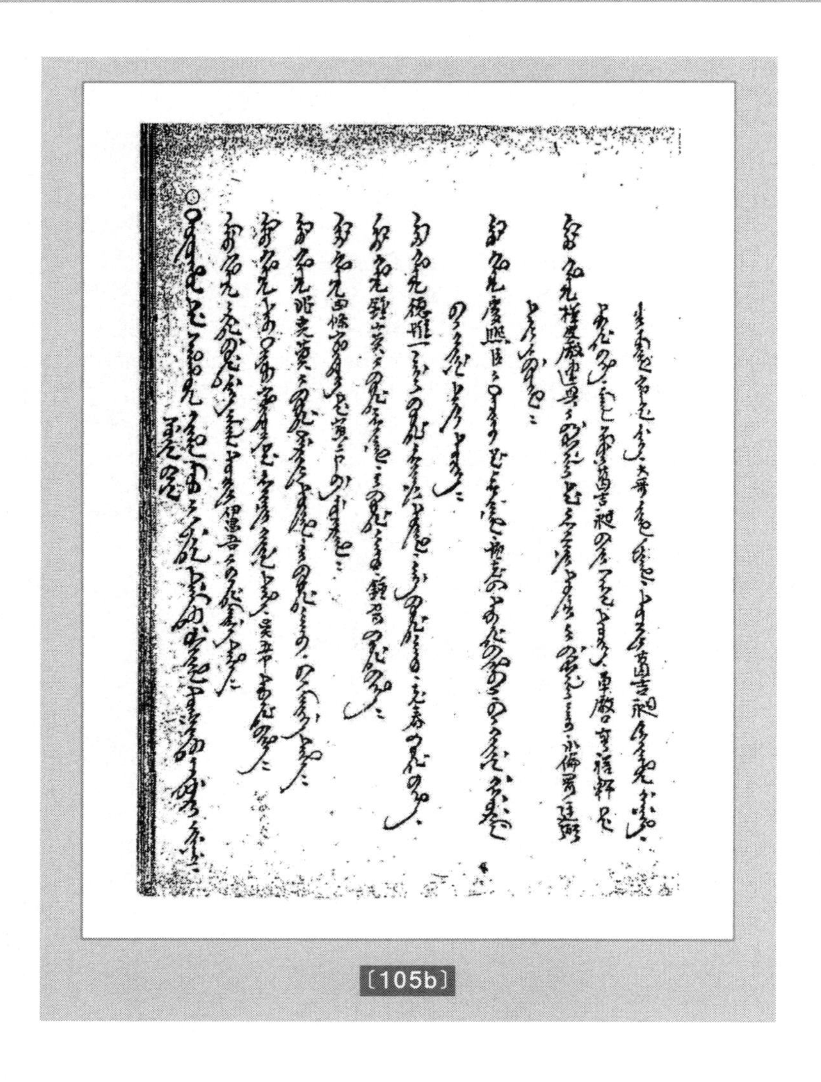

[105b]

sunja biya
5 월

○tofohon de sahahūn ihan moo i feten demtu usiha tuksintu enduri inenggi.
보름 에 거무스름한 소 木 의 五行 斗 宿 危 神 날

emu hacin erde buda jeke amala tucifi 伊昌吾 i bade majige tehe..
한 가지 아침 밥 먹은 뒤에 나가서 伊昌吾 의 곳에 잠시 앉았다

emu hacin teo tiyoo hūtung de isinafi kejine tehe. 吳五丌 tubade bihe..
한 가지 頭 條 hūtung 에 이르러서 꽤 앉았다 吳五爺 거기에 있었다

emu hacin 兆堯蓂 i boode darifi tuwaha. i boode akū. bi majige tehe..
한 가지 兆堯蓂 의 집에 들러서 보았다 그 집에 없다 나 잠시 앉았다

emu hacin 四條 hūtung de 寅二卩 be ucaraha..
한 가지 四條 hūtung 에 寅二爺 을 만났다

emu hacin 鍾山英 i boode isinaha. i boode akū. 鍾哥 boode bihe..
한 가지 鍾山英 의 집에 이르렀다 그 집에 없다 鍾哥 집에 있었다

emu hacin 德惟一 agei boode isinafi tuwaha. age boode akū. 老春 boode bihe.
한 가지 德惟一 형의 집에 이르러서 보았다 형 집에 없다 老春 집에 있었다

bi kejine tefi tucike..
나 꽤 앉고서 나갔다

emu hacin 慶熙臣 i tacikū de isinaha. 恒老四 tubade bihebi. bi kejine gisureme
한 가지 慶熙臣 의 학당 에 이르렀다 恒老四 거기에 있었다 나 꽤 이야기하며

tefi yabuha..
앉고서 갔다

emu hacin 樺皮廠 連興 i puseli de isinafi tuwaci i puseli akū. 永倫哥 延弼
한 가지 樺皮廠 連興 의 가게 에 이르러서 보니 그 가게 없다 永倫哥 延弼

tubade bihe. amala kemuni 葛吉昶 bifi sasa tucike. 草廠口 亨禧軒 de
그곳에 있었다 뒤에 또 葛吉昶 있어서 같이 나갔다 草廠口 亨禧軒 에서

cai omiha. hangse jeke. 大哥 jiha fayaha. tucifi 葛吉昶 wasihūn genehe.
차 마셨다 국수 먹었다 大哥 錢 썼다 나가서 葛吉昶 동쪽으로 갔다

—— ◦ —— ◦ —— ◦ ——

5월
보름, 계축(癸丑) 목행(木行) 두수(斗宿) 위일(危日).
하나, 아침밥을 먹은 뒤에 나가서 이창오(伊昌吾)가 있는 곳에 잠시 앉아 있었다.
하나, 두조(頭條) 후퉁에 이르러서 꽤 앉아 있었다. 오오야(吳五爺)가 거기에 있었다.
하나, 조요명(兆堯蓂)의 집에 들러서 보았다. 그는 집에 없다. 나는 잠시 앉아 있었다.
하나, 사조(四條) 후퉁에서 인이야(寅二爺)를 만났다.
하나, 종산영(鍾山英)의 집에 이르렀다. 그는 집에 없고, 종가(鍾哥)가 집에 있었다.
하나, 덕유일(德惟一) 형의 집에 이르러서 보았다. 형은 집에 없고, 노춘(老春)이 집에 있었다. 나는 꽤 앉아 있다가 나갔다.
하나, 경희신(慶熙臣)의 학교에 이르렀다. 항노사(恒老四)가 거기에 있었다. 나는 꽤 이야기하며 앉아 있다가 갔다.
하나, 화피창(樺皮廠) 연흥(連興)의 가게에 이르러서 보니, 그는 가게에 없고 영윤가(永倫哥) 연필(延弼)이 그곳에 있었다. 뒤에 또 갈길창(葛吉昶)이 있어서 같이 나갔다. 초창구(草廠口) 형희헌(亨禧軒)에서 차를 마셨고, 국수를 먹었다. 대가(大哥)가 돈을 썼다. 나가서 갈길창 동쪽으로 갔다.

〔106a〕

新街口 bade isinafi 大哥 puseli de bederehe. 當街庙 bade isinafi 延弼 inu
新街口 곳에 이르러서 大哥 가게 에 되돌아왔다 當街廟 곳에 이르러서 延弼 도

puseli de yoha. bi boode mariha..
가게 에 갔다 나 집에 돌아왔다

emu hacin bi ecimari 羊市 bade 阿斐軒 be ucaraha bihe. donjici i enenggi boode
한 가지 나 오늘 아침 羊市 곳에서 阿斐軒 을 만났었다 들으니 그 오늘 집에

jifi majige tehe sembi..
와서 잠시 앉았다 한다

—— ◦ —— ◦ —— ◦ ——

신가구(新街口) 라는 곳에 이르러서 대가(大哥)가 가게에 되돌아왔다. 당가묘(當街廟) 라는 곳에 이르러서 연필(延弼)도 가게에 갔다. 나는 집에 돌아왔다.

하나, 나는 오늘 아침에 양시(羊市) 라는 곳에서 아비헌(阿斐軒)을 만났었다. 들으니 그는 오늘 집에 와서 잠시 앉아 있었다 한다.

〔106b〕

sunja biya
5 월

○juwan ninggun de niowanggiyan tasha muke i feten niohan usiha mutehentu enduri inenggi.
10 6 에 푸른 호랑이 水 의 五行 牛 宿 成 神 날

emu hacin ecimari damtun damtulaha..
한 가지 오늘 아침 전당물 전당하였다

emu hacin 朴二卩 jifi tuwaha..
한 가지 朴二爺 와서 보았다

emu hacin 華年 bele benjime teme bisire de 瑞圖 jihe. kejine tefi yabuha..
한 가지 華年 쌀 가져와서 앉아 있을 때 瑞圖 왔다 꽤 앉고서 갔다

emu hacin honin i yali doingge hoho efen arafi 克俭 de ulebuhe. bi inu jeke.
한 가지 양 의 고기 속 水餃子 만들어서 克儉 에게 먹게 하였다 나 도 먹었다

華年 duin jeke..
華年 4 먹었다

emu hacin hebdehe bade cimari 渠大哥 i banjiha inenggi de emu minggan jiha bume. ○ eniye
한 가지 상의한 것에 내일 渠大哥 의 태어난 날 에 1 千 錢 주고 어머니

urun be gaime tuwanaki sehebi..
며느리 를 데리고 보러가자 했었다

emu hacin morin erinde ilan tanggū susai jiha de emu sejen turifi bi 克儉 i
한 가지 말 때에 3 百 50 錢 에 한 수레 빌려서 나 克儉 과

emgi tefi tob wargi duka be tucifi wehei jugūn deri yabume 西南
함께 타고 西直門 을 나가서 돌의 길 따라 가서 西南

門 de isinaha. 一畝園 bade 張配光 i neihe 海安堂 sere ajige oktoi
門 에 이르렀다 一畝園 곳에 張配光 의 연 海安堂 하는 작은 약의

puseli be baime bahafi dule 張老大 通州 de ini gu be okdome
가게 를 찾아 얻고서 뜻밖에 張老大 通州 에 그의 姑 를 맞이하러

genehe ni. emu 傅 halangga niyalma be acafi 克俭 i aciha fulmiyen be
갔도다 한 傅 성의 사람 을 만나서 克儉 의 짐 뭉치 를

—— ◦ —— ◦ —— ◦ ——

5월
16일, 갑인(甲寅) 수행(水行) 우수(牛宿) 성일(成日).
하나, 오늘 아침에 전당물을 전당하였다.
하나, 박이야(朴二爺)가 와서 보았다.
하나, 화년(華年)이 쌀을 가져와서 앉아 있을 때, 서도(瑞圖)가 왔다. 꽤 앉아 있다가 갔다.
하나, 양고기 속을 넣은 물만두를 만들어서 커기얀(kegiyan, 克儉)에게 먹게 하였고, 나도 먹었다. 화년은 네 개를 먹었다.
하나, 상의하기를, 내일 거대가(渠大哥)의 태어난 날이어서 1천 전을 주고, 어머니가 며느리를 데리고 보러가겠다 하였다.
하나, 오시(午時)에 3백 50전에 수레 하나를 빌려서 나는 커기얀과 함께 타고 서직문(西直門)을 나가서 석경(石徑)을 따라 가서 서남문(西南門)에 이르렀다. 일무원(一畝園) 이라는 곳에 장배광(張配光)이 연 해안당(海安堂)이라는 작은 약 가게를 찾아 얻었는데, 뜻밖에 장노대(張老大)가 통주(通州)에 그의 고모를 맞이하러 갔도다. 부(傅)씨 성을 가진 한 사람을 만나서 커기얀의 짐 뭉치를

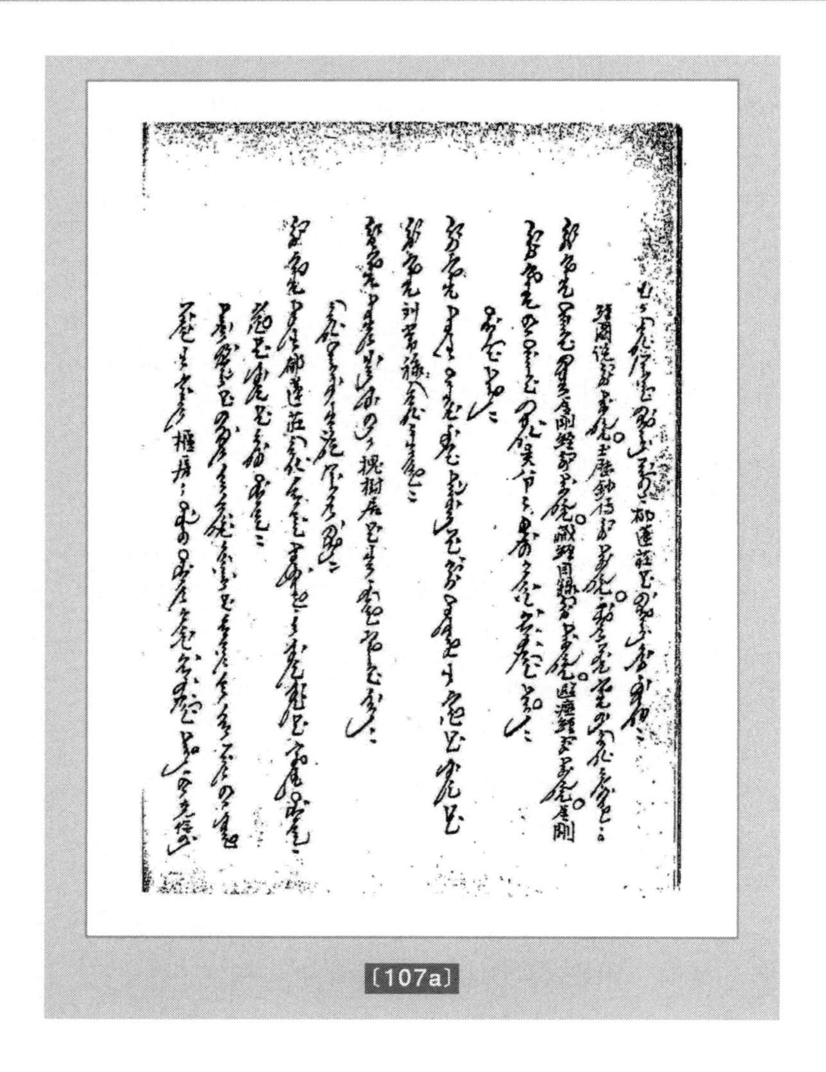

[107a]

sejen ci gaifi 櫃房 i dolo dosifi kejine gisureme tehe. bi 克俭 be
수레 에서 받아 櫃房 의 안 들어가서 꽤 이야기하며 앉았다 나 克儉 을

terei puseli de bibufi jai jidere inenggi de isinafi jai jiki sefi bi yoha.
그의 가게 에 남겨두고 다시 오는 날 에 이르러서 또 오자 하여 나 갔다

han' de yuwan de idu dosika..
涵 德 園 에 당직 들어갔다

emu hacin tuwaci 郁蓮莊 minde jasigan tutabuha. i juwan juwe de hoton dosika.
한 가지 보니 郁蓮莊 나에게 편지 남겼다 그 10 2 에 성 들어갔다

minde tanggū cikten šengkiri buhe..
나에게 百 포기 蓍萩 주었다

emu hacin tucifi ceng fu ba i 槐樹居 de cai omiha hangse jeke..
한 가지 나가서 城 府 곳 의 槐樹居 에 차 마셨다 국수 먹었다

emu hacin 刘常禄 minde acanjiha..
한 가지 劉常祿 나에게 만나러 왔다

emu hacin tuwaci tacire urse delung se gemu tofohon ci han' de yuwan de
한 가지 보니 배우는 무리 德隆 등 모두 보름 에서부터 涵 德 園 에

dosime tehe..
들어가 앉았다

emu hacin bi dangse boode 吳八丁 i baru kejine gisureme tehe..
한 가지 나 檔子 집에 吳八爺 의 쪽 꽤 이야기하며 앉았다

emu hacin dangse booi 金剛经 emu debtelin. 藏经目錄 emu debtelin. 避瘟经 emu debtelin. 金剛
한 가지 檔子 집의 金剛經 한 卷 藏經目錄 한 卷 避瘟經 한 卷 金剛

經圖說 emu debtelin. 玉歷鈔传 emu debtelin. uheri sunja hacin be minde afabuha. ㅇ
經圖說 한 卷 玉歷鈔傳 한 卷 전부 5 가지 를 나에게 건네주었다

ye i minde šangname buhengge sembi. 郁蓮莊 de buhengge inu uttu..
爺 나에게 상하여 준 것 한다 郁蓮莊 에 준 것 도 이렇다

—— ◦ —— ◦ —— ◦ ——

수레에서 받아 궤방(櫃房) 안에 들어가서 꽤 이야기하며 앉았다. 나는 커기얀(kegiyan, 克儉)을 그의 가게에 남겨두고 다시 오는 날에 이르러서 또 오자 하고 나는 갔다. 함덕원(涵德園)에 당직을 들어갔다.
하나, 보니 욱연장(郁蓮莊)이 나에게 편지를 남겼다. 그는 12일에 성을 들어갔다. 나에게 시추(蓍萩)[128] 100 줄기를 주었다.
하나, 나가서 성부(城府) 있는 곳의 괴수거(槐樹居)에서 차를 마셨고, 국수를 먹었다.
하나, 유상록(劉常祿)이 나를 만나러 왔다.
하나, 보니 배우는 무리인 덕륭(德隆) 등이 모두 보름에서부터 함덕원에 들어가 살았다.
하나, 나는 당자방(檔子房)에서 오팔야(吳八爺)와 함께 꽤 이야기하며 앉았다.
하나, 당자방의 『금강경(金剛經)』 한 권, 『장경목록(藏經目錄)』 한 권, 『피온경(避瘟經)』 한 권, 『금강경도설(金剛經圖說)』 한 권, 『옥력초전(玉歷鈔傳)』 한 권, 전부 5가지를 나에게 건네주었다. 왕야(王爺)가 나에게 상으로 준 것이다 한다. 욱연장에게 준 것도 이렇다.

128) 시추(蓍萩) : 비수리 또는 야관문이라고 하는데, 점을 치는 산가지로 대나무인 서(筮)와 함께 사용하였기 때문에 이렇게 부른다.

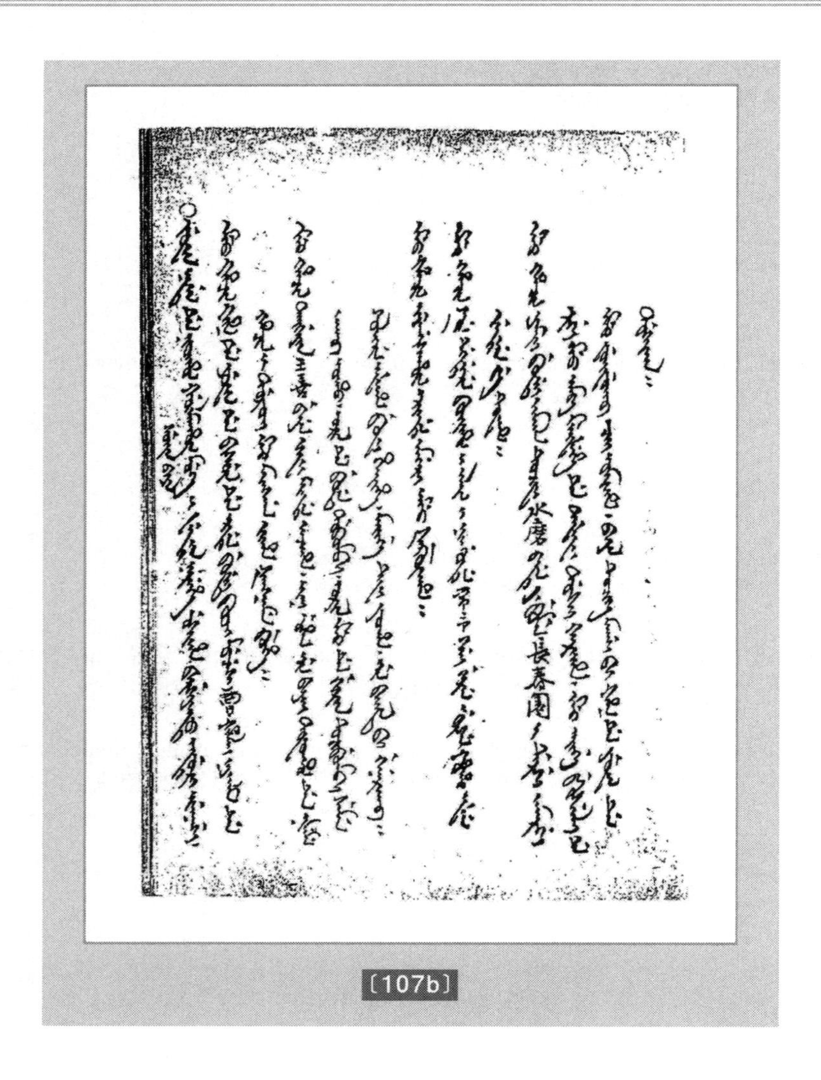

〔107b〕

sunja biya
5 월

○juwan nadan de niohon gūlmahūn muke i feten nirehe usiha bargiyantu enduri inenggi.
10 7 에 푸르스름한 토끼 水 의 五行 女 宿 收 神 날

emu hacin han' de yuwan de bisire de erde budai booi mucesi 曹 halai niyalma de
한 가지 涵 德 園 에 있음 에 아침 飯房의 요리사 曹 씨의 사람 에

hacin i doroi emu minggan jiha šangname buhe..
上元 의 禮로 1 千 錢 상하여 주었다

emu hacin taigiyan 王喜 beye jifi minde acaha. ini uhen ere biyai tofohon de nimeme
한 가지 太監 王喜 몸소 와서 나에 만났다 그의 제수 이 달의 보름 에 병들어

akū oho. orin de buda dobombi. orin emu de giran tucibumbi seme
죽게 되었다 20 에 밥 제사한다 20 1 에 시신 出棺한다 하고

solire afaha bufi henjihe. majige tefi yoha. ere baita bi generakū..
청하는 單子 주어서 가져왔다 잠시 앉고서 갔다 이 일 나 갈 수 없다

emu hacin inenggishūn erinde emgeri amu šaburaha..
한 가지 한낮 때에 한 번 잠 졸았다

emu hacin šun dekdere boihon i alin i ninggude 常二爷 sei geren urse hoho efen
한 가지 해 뜨는 흙 의 산 의 위에 常二爺 등의 여러 무리 水餃子

jetere be tuwaha..
먹는 것을 보았다

emu hacin yamji budai amala tucifi 水磨 bade yabume 長春園 i dergi amargi
한 가지 저녁 밥의 뒤에 나가서 水磨 곳에 가서 長春園 의 東 北

ergi emu amba meifehe de tafafi dosi karaha. emu ajige puseli de
쪽 한 큰 언덕 에 올라서 안으로 바라보았다 한 작은 가게 에서

emu fuifukū cai omiha. biya tucike manggi bi han' de yuwan de
한 주전자 차 마셨다 달 나온 뒤에 나 涵 德 園 에

dosika..
들어갔다

── ○ ── ○ ── ○ ──

5월

17일, 을묘(乙卯) 수행(水行) 여수(女宿) 수일(收日).

하나, 함덕원(涵德園)에 있을 때, 아침에 반방(飯房)의 요리사 조(曹)씨라는 사람에게 상원(上元)의 예(禮)로 1천 전을 상하여 주었다.

하나, 태감(太監) 왕희(王喜)가 몸소 와서 나를 만났다. 그의 제수가 이달 보름에 병들어 죽게 되었는데, 20일에 밥 제사하고 21일에 시신 출관(出棺)한다 하고, 청하는 단자(單子)를 주고 부르러 왔다. 잠시 앉고서 갔다. 이 일에 나는 갈 수가 없다.

하나, 한낮 무렵에 한 번 잠을 졸았다.

하나, 해 뜨는 토산(土山) 위에서 상이야(常二爺) 등의 여러 무리가 물만두 먹는 것을 보았다.

하나, 저녁밥 뒤에 나가서 수마(水磨) 라는 곳에 가서 장춘원(長春園) 동북쪽의 한 큰 언덕에 올라서 안을 바라보았다. 한 작은 가게에서 한 주전자의 차를 마셨다. 달이 나온 뒤에 나는 함덕원에 들어갔다.

〔108a〕

emu hacin delung sei geren urse gemu han' de yuwan de dosika. damu biyadari
한 가지 德隆 등의 여러 무리 모두 涵 德 園 에 들어갔다 다만 매월

siden i baibungga[129] akū. takūršara niyalma akū. ubabe ○ ye i kesi be
公用 의 祿米 없다 사환할 사람 없다 이곳을 爺 의 은택 을

baime nonggibureo seme alibure bithe arafi dangse boode afabufi
청하여 더해주겠는가 하고 올리는 글 지어서 檔子 집에 건네주고

ulame alibubuha..
전달해 올리게 하였다

---

129) siden i baibungga : 재신(宰臣)들에게 매월 공용으로 쓰기 위해 주던 녹미(祿米)를 가리킨다.

emu hacin yamji erinde bi dangse boode kejine tehe..
한 가지 저녁 때에 나 檔子 집에 꽤 앉았다

emu hacin enenggi taigiyan 盧進喜 han' de yuwan de jihe de acaha..
한 가지 오늘 太監 盧進喜 涵 德 園 에 왔음 에 만났다

—— ◦ —— ◦ —— ◦ ——

하나, 덕륭(德隆) 등의 여러 무리들이 모두 함덕원(涵德園)에 들어갔다. 다만 매월 공용(公用)의 녹미(祿米)는 없고, 사환할 사람도 없다. 이곳을 왕야(王爺)의 은택을 청하여 더해주겠는가 하고 올리는 글 지어서 당자방(檔子房)에 건네주고 전달해 올리게 하였다.
하나, 저녁때에 나는 당자방에 꽤 앉아 있었다.
하나, 오늘 태감(太監) 노진희(盧進喜)가 함덕원에 왔을 때 만났다.

〔108b〕

sunja biya
5 월

○juwan jakūn de fulgiyan muduri boihon i feten hinggeri usiha neibuntu enduri inenggi.
10 8 에 붉은 용 土 의 五行 虛 宿 開 神 날

emu hacin han' de yuwan de bisire de erde budai amala dangse booi hafan 吳八卪
한 가지 涵 德 園 에 있을 때 아침 밥의 뒤에 檔子 집의 관리 吳八爺

bithei boode genefi mini baru kejine gisureme tehe. bi hi el be takūrafi
책의 집에 가서 나의 쪽 꽤 이야기하러 앉았다 나 喜 兒 를 시켜서

呂卩 i baci emu tampin cai baime fuifufi omiha..
呂爺 의 곳에서 한 병 차 구하여 끓여서 마셨다

emu hacin 刘六 de jiha bufi soncoho isaha..
한 가지 劉六 에 錢 주고 변발 땋았다

emu hacin 吳八卩 老袁 be takūrafi emu 準撂咒 arafi benjibuhe..
한 가지 吳八爺 老袁 을 보내서 한 準撂咒 만들어 보내왔다

emu hacin yamji buda jefi tucifi 西南门 一畝園兒 bade 海安堂 oktoi puseli de
한 가지 저녁 밥 먹고 나가서 西南門 一畝園兒 곳에서 海安堂 약의 가게 에

isinaha. dule 張明 sikse 通州 ci jifi enenggi geli hoton dosime yoha
이르렀다 뜻밖에 張明 어제 通州 에서 와서 오늘 또 성 들어서 갔

biheni. bi jing teme bisire de ini eshen taigiyan jifi acaha. kejine tefi
었도다 나 마침 앉아 있을 때 그의 숙부 太監 와서 만났다 꽤 앉고서

bi amasi han' de yuwan de dosika..
나 도로 涵 德 園 에 들어갔다

emu hacin dergi ergi boihon i alin de tafafi kejine tehe..
한 가지 동 쪽 흙 의 산 에 올라서 꽤 앉았다

emu hacin yamji erinde taigiyan 慶刘 李三 i baru becunure be donjiha..
한 가지 저녁 때에 太監 慶劉 李三 의 쪽 말다툼함 을 들었다

—— ◦ —— ◦ —— ◦ ——

5월

18일, 병진(丙辰) 토행(土行) 허수(虛宿) 개일(開日).

하나, 함덕원(涵德園)에 있을 때, 아침밥 뒤에 당자방(檔子房)의 관리 오팔야(吳八爺)가 서방(書房)에 가서 나와 함께 꽤 이야기하며 앉아 있었다. 나는 희아(喜兒)를 시켜서 여야(呂爺)가 있는 곳에서 차 한 병을 구하여 끓여서 마셨다.

하나, 유륙(劉六)에게 돈을 주고 변발을 땋았다.

하나, 오팔야(吳八爺)가 노원(老袁)을 보내서 「준락주(準撂咒)」 하나를 만들어서 보내왔다.

하나, 저녁 밥 먹고 나가서 서남문(西南門)의 일무원아(一畝園兒) 라는 곳에서 해안당(海安堂) 이라는 약 가게에 이르렀다. 뜻밖에 장명(張明)이 어제 통주(通州)에서 와서 오늘 또 성에 들어갔구나. 내가 마침 앉아 있을 때, 그의 숙부 태감(太監)이 와서 만났다. 꽤 앉아 있다가 나는 도로 함덕원에 들어갔다.

하나, 동쪽 토산(土山)에 올라서 꽤 앉아 있었다.

하나, 저녁때에 태감 경유(慶劉)가 이삼(李三)과 함께 말다툼하는 것을 들었다.

〔109a〕

○juwan uyun de fulahūn meihe boihon i feten weibin usiha yaksintu enduri inenggi.
10 9 에 불그스름한 뱀 土 의 五行 危 宿 閉 神 날

emu hacin han' de yuwan de bisire de erde buda jeke amala tucifi 掛甲屯 bade
한 가지 涵 德 園 에 있을 때 아침 밥 먹은 뒤에 나가서 掛甲屯 곳에

tehe. 張配光 i boode isinaha. jakūci nakcu hehe nakcu gemu tubade
앉았다 張配光 의 집에 이르렀다 여덟째 외삼촌 외숙모 모두 거기에

bihe. 張配光 boode bifi minde acaha. ini eshen taigiyan inu boode
있었다 張配光 집에 있어서 나에게 만났다 그의 叔父 太監 도 집에

bihe. 二姥姥 inu boode bihe. 譽勇 baturu anfu i sargan inu
있었다 二姥姥 도 집에 있었다 譽勇 baturu anfu 의 아내 도

tubade genefi bi acaha. cimari uthai jurame cahar tušan i
거기에 가서 나 만났다 내일 바로 출발하여 cahar 任職 의

bade geneki sembi. amala 安二ㄗ i mukūn i omolo ilaci jergi hiya
곳에 가자 한다 뒤에 安二爺 의 일족 의 손자 三等侍衛

tere inu genefi tuwanaha. 安二ㄗ i jui 老六 minde acaha. kejine
tere 도 가서 보았다 安二爺 의 아들 老六 나에게 만났다 꽤

gisureme tehe manggi bi fakcara doro arafi tucifi geli jakūci
이야기하며 앉은 뒤에 나 헤어지는 禮 짓고 나가서 또 여덟째

nakcu de acanaha. 張老大 cimari ini gu be cahar de isibume
외삼촌 에 만났다 張老大 내일 그의 姑 를 cahar 에 가도록

fudembi sembi. enenggi dule ne 安二ㄗ i sargan be solime buda ulebumbihe.
보낸다 한다 오늘 뜻밖에 지금 安二爺 의 아내 를 청하여 밥 먹게 하였다

bi 張老大 de henduhe. biyadari biya manashūn de ina 克儉 de udu
나 張老大 에게 말하였다 월마다 월 월말 에 조카 克儉 에게 몇

inenggi šolo bufi boode maribukini seci i angga aljaha. bi tereci
날 휴가 주고 집에 돌아가게 하자 하니 그 약속하였다 나 거기에서

―― ◦ ―― ◦ ―― ◦ ――

19일, 정사(丁巳) 토행(土行) 위수(危宿) 폐일(閉日).

하나, 함덕원(涵德園)에 있을 때, 아침밥을 먹은 뒤에 나가서 괘갑둔(掛甲屯) 이라는 곳에 앉아 있었다. 장배광(張配光)의 집에 이르렀는데, 여덟째 외삼촌과 외숙모가 모두 거기에 있었다. 장배광이 집에 있어서 나를 만났다. 그의 숙부인 태감(太監)도 집에 있었고, 이모모(二姥姥)도 집에 있었다. 예용(譽勇) 바투루(baturu, 巴圖魯) 안푸(anfu, 安福)의 아내도 거기에 가 있어서 나는 만났다. 내일 바로 출발하여 차하르(cahar, 察哈爾)[130] 임지(任地)에 가자 한다. 뒤에 안이야(安二爺) 일족의 손자 삼등시위(三等侍衛) 터러(tere, 特勒)도 와서 보았다. 안이야의 아들 노육(老六)이 나를 만났다. 꽤 이야기하며 앉은 뒤에 나는 헤어지는 예를 짓고 나가서 또 여덟째 외삼촌을 만났다. 장노대(張老大)는 내일 그의 고모를 차하르에 가게 하여 보낸다 한다. 오늘 뜻밖에 지금 안이야의 아내를 청하여 밥을 먹게 하였다. 나는 장노대에게 말하였다. 매달 월말에 조카 커기얀(kegiyan, 克儉)에게 며칠 휴가를 주고 집에 돌아가게 하자 하니, 그가 약속하였다. 나는 거기에서

130) 차하르(cahar, 察哈爾) : 지금의 내몽골 자치구가 있는 지역으로 원나라 이후 차하르 부족이 다스리다가, 1635년에 후금에 항복한 다음부터 청나라의 지배를 받게 되었다.

〔109b〕

sunja biya
5 월

tucifi 平安园 de taktu de tafafi cai omime tehe. morin erinde
나가서 平安園 에 樓 에 올라서 차 마시면서 앉았다 말 때에

han' de yuwan de mariha..
涵 德 園 에 돌아왔다

emu hacin yamji buda jefi el gung men de 呂爷 i emgi cai omime gisureme tehe..
한 가지 저녁 밥 먹고 二 宮 門 에 呂爺와 함께 차 마시고 이야기하며 앉았다

emu hacin yamji erinde dangse booi juleri 吳八丌 常二丌 i emgi gisureme tehe..
한 가지 저녁 때에 檔子 집의 앞 吳八爺 常二爺 와 함께 이야기하며 앉았다

emu hacin sikse enenggi gemu halhūn bihe..
한 가지 어제 오늘 모두 더웠다

—— ◦ —— ◦ —— ◦ ——

5월
나가서 평안원(平安園)에서 루(樓)에 올라 차를 마시면서 앉았다. 오시(午時)에 함덕원(涵德園)에 돌아왔다.
하나, 저녁밥을 먹고 이궁문(二宮門)에 여야(呂爺)와 함께 차를 마시고 이야기하며 앉았다.
하나, 저녁때에 당자방(檔子房)의 앞에서 오팔야(吳八爺), 상이야(常二爺)와 함께 이야기하며 앉았다.
하나, 어제와 오늘은 모두 더웠다.

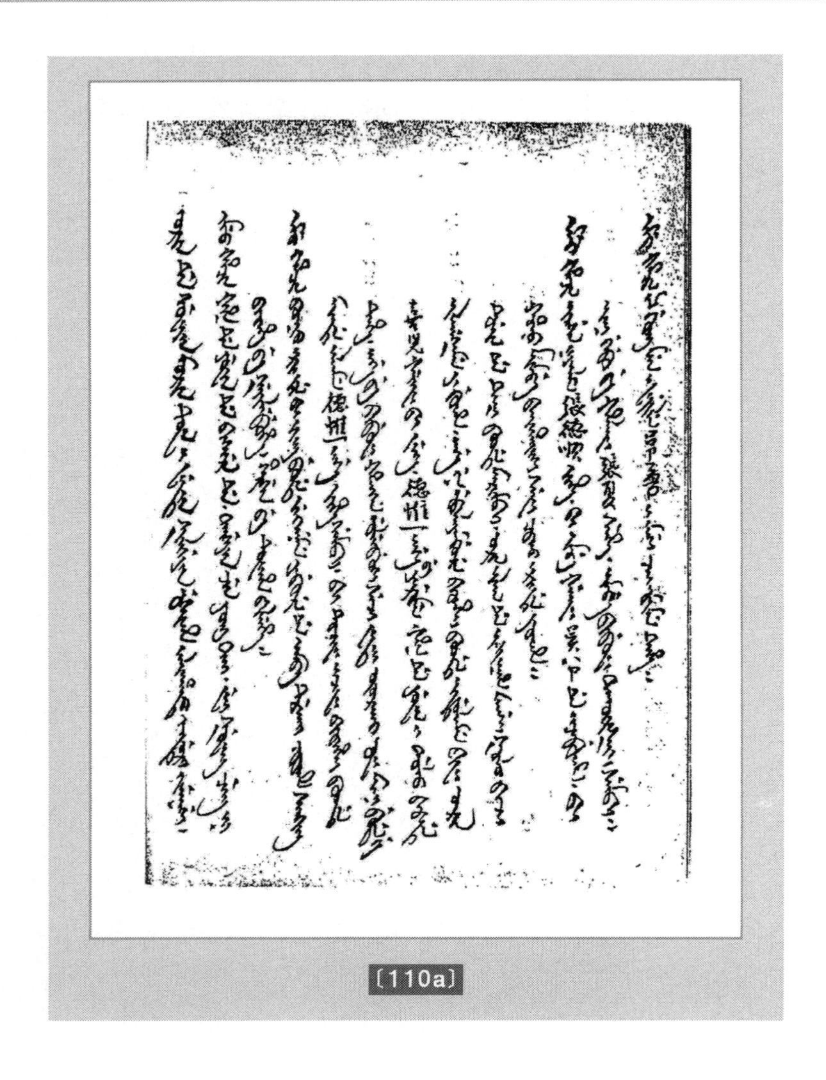

[110a]

○orin de suwayan morin tuwa i feten šilgiyan usiha alihantu enduri inenggi.
20 에 누런 말 火 의 五行 室 宿 建 神 날

emu hacin han' de yuwan de bisire de taigiyan cen yong tai. wei šuwang ceng ni
한 가지 涵 德 園 에 있을 때 太監 陳 永 泰 魏 雙 成 의

bithe be šejilebuhe. hergen be tuwaha pilehe..
글 을 외우게 하였다 글자 를 보고 批點 하였다

emu hacin bonio erinde bi jing buda jekeneme yabure de amba dukai cooha sanking
한 가지 원숭이 때에 나 마침 밥 먹으러 가서 갈 때에 큰 문의 병사 三慶

minde alame 德惟一 age jihe sembi. bi tucifi acafi bithei boode
나에게 알리기를 德惟一 형 왔다 한다 나 나가서 만나고 책의 집에

tehe. age be bibufi hangse ulebuki seci watai ojorakū ofi mini buda be
앉았다 형 을 머물게 하고 국수 먹게 하자 하니 도저히 할 수 없게 되어 나의 밥 을

喜兒 gajifi bi jeke. 德惟一 age be yarume han' de yuwan i dolo babade
喜兒 가져와서 나 먹었다 德惟一 형 을 이끌고 涵 德 園 의 안 곳곳에

ilgašame yabuha. age ne ubaliyambure bithei boode idulame bifi orin
놀려 다녔다 형 지금 번역하는 책의 집에 당직하고 있어서 20

duin de teni boode marimbi. orin ilan de isinaha manggi šolo bici
4 에 비로소 집에 돌아간다 20 3 에 다다른 뒤에 휴가 있으면

hono mimbe baihanjiki sefi coko erinde yoha..
또 나를 찾으러 오자 하고 닭 때에 갔다

emu hacin irgen niyalma 張德順 jihe. bi imbe gaifi 吳八丁 de acabuha. bi
한 가지 백성 사람 張德順 왔다 나 그를 데리고 吳八爺 에게 만나게 하였다 나

ini gebu be halafi 張夏 sehe. imbe bibufi takūršaki sembi..
그의 이름 을 바꿔서 張夏 하였다 그를 머물게 하고 사환시키자 한다

emu hacin el gung men i fejile 呂丁 孟丁 i emgi cai omime tehe..
한 가지 二 宮 門 의 아래 呂爺 孟爺 와 함께 차 마시며 앉았다

—— ◦ —— ◦ —— ◦ ——

20일, 무오(戊午) 화행(火行) 실수(室宿) 건일(建日).

하나, 함덕원(涵德園)에 있을 때, 태감(太監) 진영태(陳永泰)와 위쌍성(魏雙成)에게 글을 외우게 하였다. 글자를 보고 비점(批點)하였다.

하나, 신시(申時)에 내가 마침 밥 먹으러 갈 때에, 큰 문의 병사 삼경(三慶)이 나에게 알리기를 덕유일(德惟一) 형이 왔다 한다. 나는 나가서 만나고 서방(書房)에 앉았다. 형을 머물게 하여 국수 먹게 하려 하니 도저히 할 수 없다. 나의 밥을 희아(喜兒)가 가져와서 나만 먹었다. 덕유일(德惟一) 형을 이끌고 함덕원 안의 곳곳을 놀려 다녔다. 형이 지금 번역방(翻譯房)의 서방(書房)에서 당직하고 있어서 24일에 비로소 집에 돌아가는데, 23일에 이른 뒤에 휴가가 있으면 또 나를 찾아 오겠다 하고 유시(酉時)에 갔다.

하나, 일반 백성 장덕순(張德順)이 왔다. 나는 그를 데리고 오팔야(吳八爺)를 만나게 하였다. 나는 그의 이름을 바꾸어 장하(張夏)라 하였다. 그를 머물게 하여 사환시키고자 한다.

하나, 이궁문(二宮門)의 아래에서 여야(呂爺), 맹야(孟爺)와 함께 차를 마시며 앉았다.

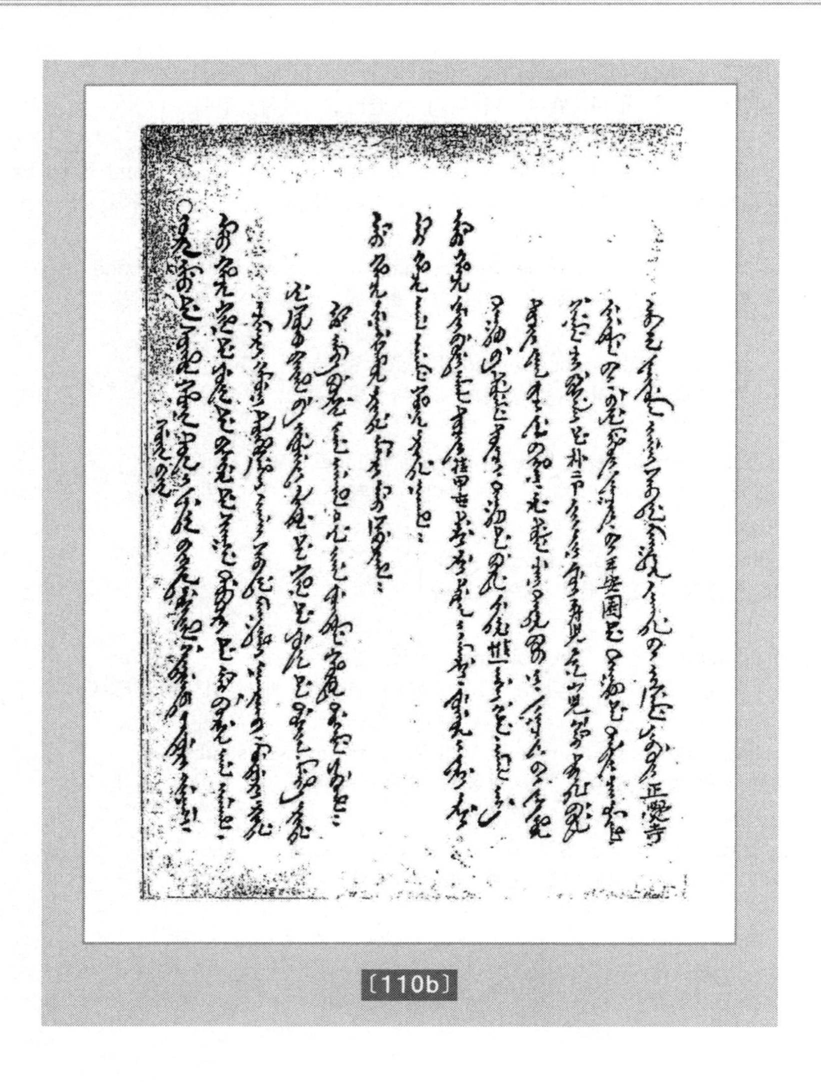

〔110b〕

sunja biya
5 월

○orin emu de sohon honin tuwa i feten bikita usiha geterentu enduri inenggi.
20 1 에 누르스름한 양 火 의 五行 壁 宿 除 神 날

emu hacin han' de yuwan de bisire de sikse dobori de emu burgin aga agaha.
한 가지 涵 德 園 에 있을 때 어제 밤 에 한 갑자기 비 내렸다

ecimari kemuni tulhušehei agai sabdan maktahai nakarakū. muduri erinde
오늘 아침 여전히 흐려진 채 비의 방울 내린 채 그치지 않는다 용 때에

ye šolo baiha be efulefi ildun de han' de yuwan de dosika. meihe erinde
爺 휴가 청한 것 을 취소한 김 에 涵 德 園 에 들어갔다 뱀 때에

emu amba burgin aga agaha. ○ ye aga funtume hoton dosime yabuha..
한 큰 갑자기 비 내렸다 爺 비 무릅쓰고 성 들어서 갔다

emu hacin inenggishūn erinde emgeri amu šaburaha..
한 가지 한낮 때에 한 번 잠 졸았다

emu hacin aga agame honin erinde nakaha..
한 가지 비 내리고 양 때에 그쳤다

emu hacin yamji budai amala tucifi 掛甲屯 dergi ergi duka i amargi jugūn i wargi ergi
한 가지 저녁 밥의 뒤에 나가서 掛甲屯 동 쪽 문 의 뒤의 길 의 서 쪽

taktu be duleme tuwaci. taktu de buda jetere 惟一 agei gese. amala age
樓 를 지나서 보니 樓 에서 밥 먹는 惟一 형과 같다 뒤에 형

tucifi waka oci we biheni. ere dule ceni tatara boo ni. fakcafi bi wasihūn
나가지 않으면 누가 있겠는가 이 역시 그들의 旅館 이구나 헤어지고 나 서쪽으로

geneme cai puseli de 朴二丁 jai ini jui 寿兒 ina 山兒 gemu tubade buda
가서 차 가게 에서 朴二爺 또 그의 아들 壽兒 조카 山兒 모두 거기에서 밥

jendume bi. beye mehufi fakcafi bi 平安園 de taktu de tafafi cai omiha.
함께 먹고 있다 몸 구부려 헤어지고 나 平安園 에서 樓 에 올라서 차 마셨다

abka faijuma agai sabdan maktara jakade bi ekšeme yabufi 正覺寺
하늘 이상하고 비의 방울 내리기 때문에 나 급하게 가서 正覺寺

—— ◦ —— ◦ —— ◦ ——

5월

21일, 기미(己未) 화행(火行) 벽수(壁宿) 제일(除日).

하나, 함덕원(涵德園)에 있을 때 어젯밤에 갑자기 한 차례 비가 내렸다. 오늘 아침 여전히 흐려진 채 빗방울이 내리면서 그치지 않는다. 진시(辰時)에 왕야(王爺)가 휴가 청한 것을 취소한 김에 함덕원에 들어갔다. 사시(巳時)에 갑자기 한 차례 큰비가 내렸다. 왕야는 비를 무릅쓰고 성에 들어서 갔다.

하나, 한낮 때에 잠을 한 번 졸았다.

하나, 비가 내려서 미시(未時)에 그쳤다.

하나, 저녁밥의 뒤에 나가서 괘갑둔(掛甲屯) 동문(東門)의 뒷길 서루(西樓)를 지나서 보니, 루(樓)에서 밥을 먹는 것이 유일(惟一) 형 같다. 뒤에 형이 나가지 않으면 누가 있겠는가. 이 역시 그들의 여관(旅館)이구나. 헤어져서 나는 서쪽으로 가서 차 가게에서 박이야(朴二爺)와 그의 아들 수아(壽兒), 그의 조카 산아(山兒)가 모두 거기에서 함께 밥을 먹고 있다. 몸을 구부려 헤어지고, 나는 평안원(平安園)에서 루(樓)에 올라서 차를 마셨다. 하늘이 이상하고 빗방울이 내리기 때문에 나는 급히 가서 정각사(正覺寺)

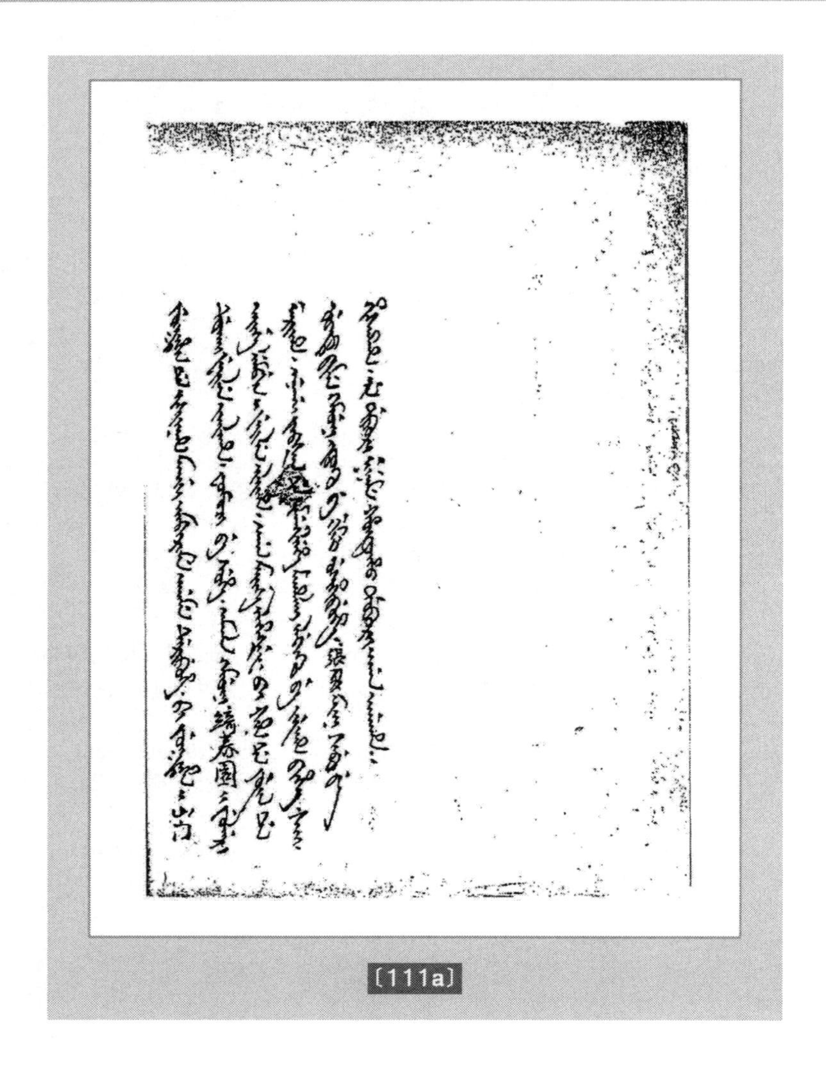

〔111a〕

juktehen de isinaha manggi ambarame agame deribuhe. bi juktehen i 山门
절 에 다다른 후 크게 비 내리기 시작하였다 나 절 의 山門

dukai fejile jailaha. fomoci be suhe amala kemuni 綺春園 i juleri
문의 아래로 피하였다 양말 을 벗은 뒤에 다시 綺春園 의 앞에

ajige lempen i fejile iliha. aga majige elhešefi bi han' de yuwan de
작은 시렁 의 밑에 섰다 비 조금 잦아들어서 나 涵 德 園 에

mariha. enenggi jabšan de simenggilehe mahalai elbeku be jafaha bihe kai.
돌아왔다 오늘 다행으로 기름칠한 모자 덮개 를 가지고 있었도다

uttu bime kemuni etuku be gemu usihibuhe. 張夏 mini sabu be
이리해도 또 옷 을 모두 적셨다 張夏 나의 sabu 를

hishaha. ere dobori neneme hontoho dobori aga agaha..
닦았다 이 밤 앞 반 밤 비 내렸다

—— ◦ —— ◦ —— ◦ ——

절에 다다른 후 크게 비가 내리기 시작하였다. 나는 절의 산문(山門) 아래로 피하였다. 양말을 벗은 뒤에 다시 기춘원(綺春園)의 앞에서 작은 시렁 아래에 서 있었다. 비가 조금 잦아들어서 나는 함덕원(涵德園)에 돌아왔다. 오늘 다행으로 기름칠한 모자 덮개를 가지고 있었도다. 이리해도 옷을 모두 적셨다. 장하(張夏)가 나의 사부(sabu) 신발을 닦았다. 이날 밤 전반(前半)에 밤비가 내렸다.

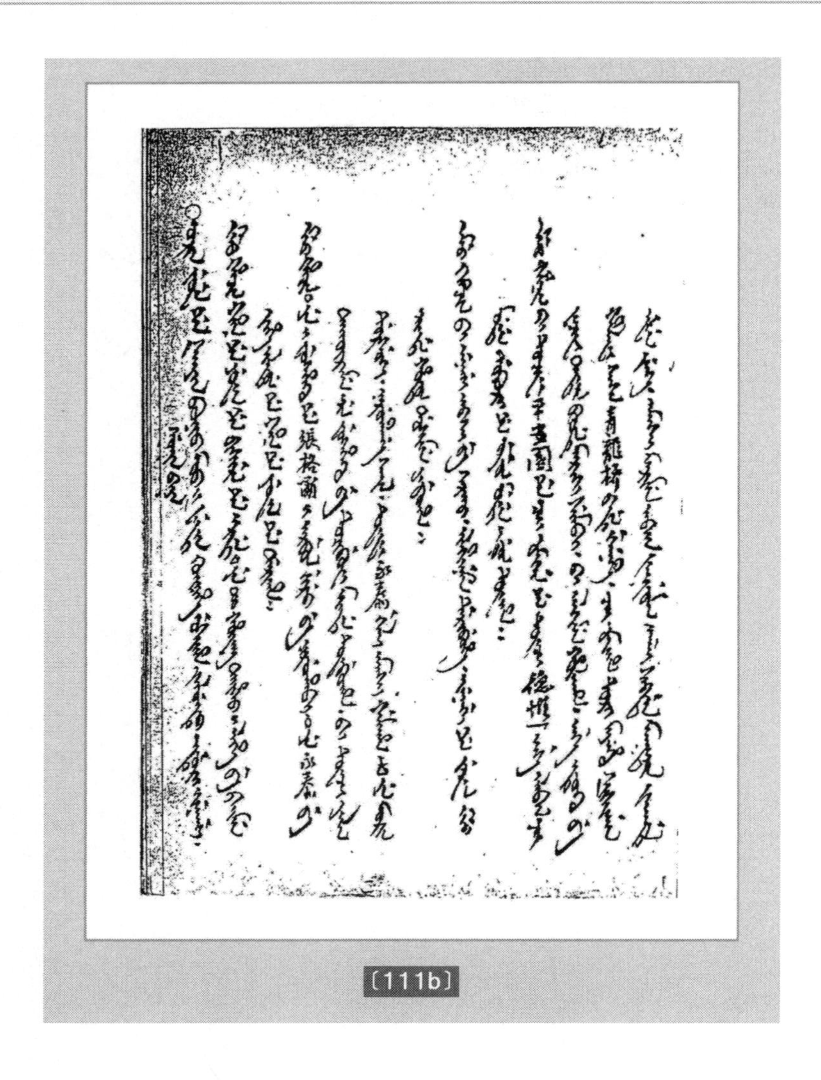

[111b]

sunja biya
5 월

○orin juwe de šanyan bonio moo i feten kuinihe usiha jaluntu enduri inenggi.
20 2 에 흰 원숭이 木 의 五行 奎 宿 滿 神 날

emu hacin han' de yuwan de bisire de erde ○ ye ○○○ hūwang taiheo i elhe be baime
한 가지 涵 德 園 에 있을 때 아침 爺 皇 太后 의 평안 을 드리러

jihe ildun de han' de yuwan de dariha..
온 김 에 涵 德 園 에 들렀다

emu hacin ○ ye i fusheku de 張格爾 i arbun giru be niruhabi. ○ ye 永泰 be
한 가지 爺 의 부채 에 張格爾 의 모습 외견 을 그렸었다 爺 永泰 를

takūrame ere fusheku be tucibufi minde tuwabuha. bi tuwaci yala
시켜서 이 부채 를 보내와서 나에게 보게 하였다 나 보니 진실로

dursuki. niruhangge sain. tuwafi 永泰 geli amasi gamaha. ○ ye morin
비슷하다 그린 것 좋다 보고서 永泰 또 도로 가져갔다 爺 말

erinde hoton dosime yabuha..
때에 성 들어서 갔다

emu hacin bi enenggi absi be sarkū. ilhineme deribuhe. inenggi de juwan emu
한 가지 나 오늘 왠지 를 모르고 설사하기 시작하였다 낮 에 10 1

mudan dobori de uyun mudan edun tuwaha..
번 밤 에 9 번 대변 보았다

emu hacin bi tucifi 平安園 de cai omire de tuwaci 德惟一 age alban ci
한 가지 나 나가서 平安園 에서 차 마실 때 보니 德惟一 형 공무 로부터

facafi tatara boode mariki sembi. bi elkime hūlaha. age etuku be
물러나서 旅館에 돌아가자 한다 나 손 흔들고 불렀다 형 옷 을

halafi sasa 青龍桥 bade genehe cai omiha. turi miyehu šasihan
바꾸고 같이 青龍橋 곳에 갔다 차 마셨다 콩 두부 국

efen jeke. amasi marime abka faijuma. agai sabdan maktara jakade
떡 먹었다 뒤로 돌아오고 하늘 기괴하다 비의 방울 내리기 때문에

—— ◦ —— ◦ —— ◦ ——

5월
22일, 경신(庚申) 목행(木行) 규수(奎宿) 만일(滿日).
하나, 함덕원(涵德園)에 있을 때, 아침에 왕야(王爺)가 황태후(皇太后)의 평안을 드리러 온 김에 함덕원에 들렀다.
하나, 왕야의 부채에 장거르(jangger, 張格爾)의 모습이 그려져 있다. 왕야는 영태(永泰)를 시켜서 이 부채를 보내와서 나에게 보게 하였다. 내가 보니 진실로 비슷하다. 그린 것이 좋다. 보고서 영태가 또 도로 가져갔다. 왕야는 오시(午時)에 성에 들어서 갔다.
하나, 나는 오늘 왠지를 모르고 설사를 하기 시작하였다. 낮에 11번, 밤에 9번 대변을 보았다.
하나, 나는 나가서 평안원(平安園)에서 차를 마실 때 보니, 덕유일(德惟一) 형이 공무로부터 물러나서 여관(旅館)에 돌아가자 한다. 나는 손을 흔들어서 불렀다. 형이 옷을 바꾸고 같이 청룡교(青龍橋) 있는 곳에 갔다. 차를 마셨다. 콩, 두부, 국, 떡을 먹었다. 뒤로 돌아오는데 하늘이 기괴하다. 빗방울이 내리기 때문에

〔112a〕

大有庄 dukai tule murihan i boo cai puseli de cai fuifufi jailaki
大有莊 문의 밖 모퉁이 의 집 차 가게 에서 차 끓이고 피하자

sembi. amala aga ohakū amasi mariha. age tatara boode genehe.
한다 뒤에 비 그치지 않아 도로 돌아왔다 형 旅館에 갔다

bi agei sekiyeku be gamame han' de yuwan de dosika. yala
나 형의 삿갓 을 가져가 涵 德 園 에 들어갔다 진실로

hon šadaha. yamji buda jekekū. dobonio amu akū dembei
몹시 피곤하였다 저녁 밥 먹지 않았다 밤새도록 잠 없고 아주

cihakū bihe..
불편해 있었다

emu hacin cananggi jihe 張德順 be 吳八刀 徐二刀 gemu ojorakū seme mimbe
한 가지 그저께 온 張德順 을 吳八爺 徐二爺 모두 안 된다 하고 나를

tafulame ume terebe bibure sembi. uttu ofi imbe bašaha..
권하고 이를 남겨 두지 마라 한다 그래서 그를 쫓아냈다

—— ∘ —— ∘ —— ∘ ——

대유장(大有莊) 문밖 모퉁이의 집 차 가게에서 차 끓이고 피하자 한다. 그 뒤에도 비 그치지 않아 도로 돌아왔고, 형은 여관(旅館)에 갔다. 나는 형의 삿갓을 가져가 함덕원(涵德園)에 들어갔다. 진실로 몹시 피곤하였다. 저녁밥 먹지 않았다. 밤새도록 잠 없고 아주 불편해 있었다.

하나, 그저께 온 장덕순(張德順)을 오팔야(吳八爺)와 서이야(徐二爺)가 모두 안 된다 하고 나에게 권하여 그를 남겨 두지 마라 한다. 그래서 그를 쫓아냈다.

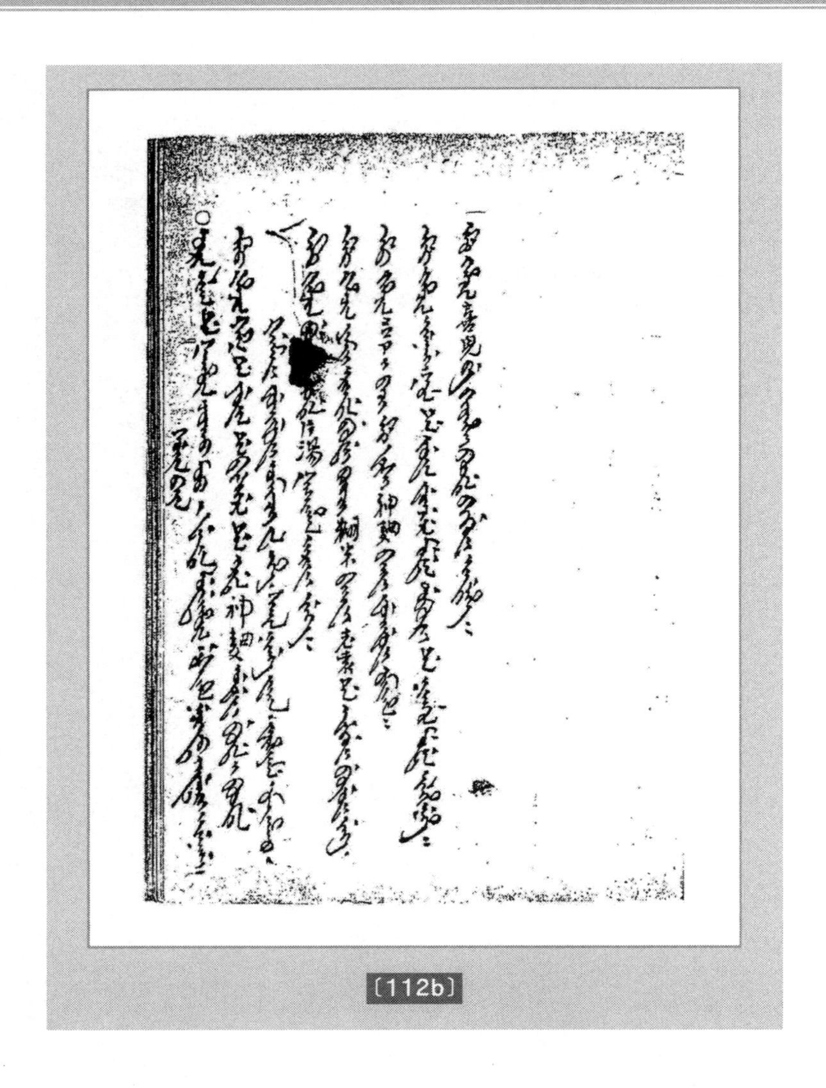

[112b]

sunja biya
5 월

○orin ilan de šahūn coko moo i feten ludahūn usiha necintu enduri inenggi.
20 3 에 희끄무레한 닭 木 의 五行 婁 宿 平 神 날

emu hacin han' de yuwan de bisire de erde 神麯[131] udafi buda i boode
한 가지 涵 德 園 에 있음 에 아침 神麯 사서 飯房에

131) 神麯 : 술을 발효시키는 데 사용하는 '누룩'을 가리킨다. 체하거나 소화불량, 식욕부진 등에 효과가 있어 약으로도 사용한다.

gamafi fuifufi omici wa ehe. sain ningge waka. wacihiyame omihakū..
가져가서 끓여서 마시니 냄새 나쁘다 좋은 것 아니다 다해서 마시지 않았다

emu hacin budai boode 片湯 šasihan arafi jeke..
한 가지 飯房에서 片湯 국 만들어서 먹었다

emu hacin yamji erinde budai booci 糊米 baifi 老袁 de afabufi bujufi jeke..
한 가지 저녁 때에 飯房에서 糊米 구해서 老袁 에게 건네주고 끓여서 먹었다

emu hacin 吕丫 i baci emu farsi 神麯 baifi fuifufi omiha..
한 가지 吕爺 의 곳으로부터 1 조각 神麯 구해서 끓여서 마셨다

emu hacin inenggi šun de juwan funcere mudan dobori de ninggun mudan ilhinehe..
한 가지 낮 해 에 10 넘는 번 밤 에 6 번 설사하였다

emu hacin 喜兒 be bithei boode bibufi indehe..
한 가지 喜兒 를 책의 집에 머무르게 하여 묵었다

—— 。 —— 。 —— 。 ——

5월

23일, 신유(辛酉) 목행(木行) 루수(婁宿) 평일(平日).

하나, 함덕원(涵德園)에 있을 때, 아침에 신국(神麯)을 사서 반방(飯房)에 가져가서 끓여서 마시니 냄새가 나쁘다. 좋은 것이 아니다. 다 마시지 않았다.

하나, 반방에서 편탕(片湯) 국을 만들어서 먹었다.

하나, 저녁때에 반방에서 호미(糊米)를 구해서 노원(老袁)에게 건네주고 끓여서 먹었다.

하나, 여야(吕爺)가 있는 곳으로부터 한 조각 신국을 구해서 끓여서 마셨다.

하나, 낮에 10여 번, 밤에 6번을 설사하였다.

하나, 희아(喜兒)를 서방(書房)에 머무르게 하여 묵었다.

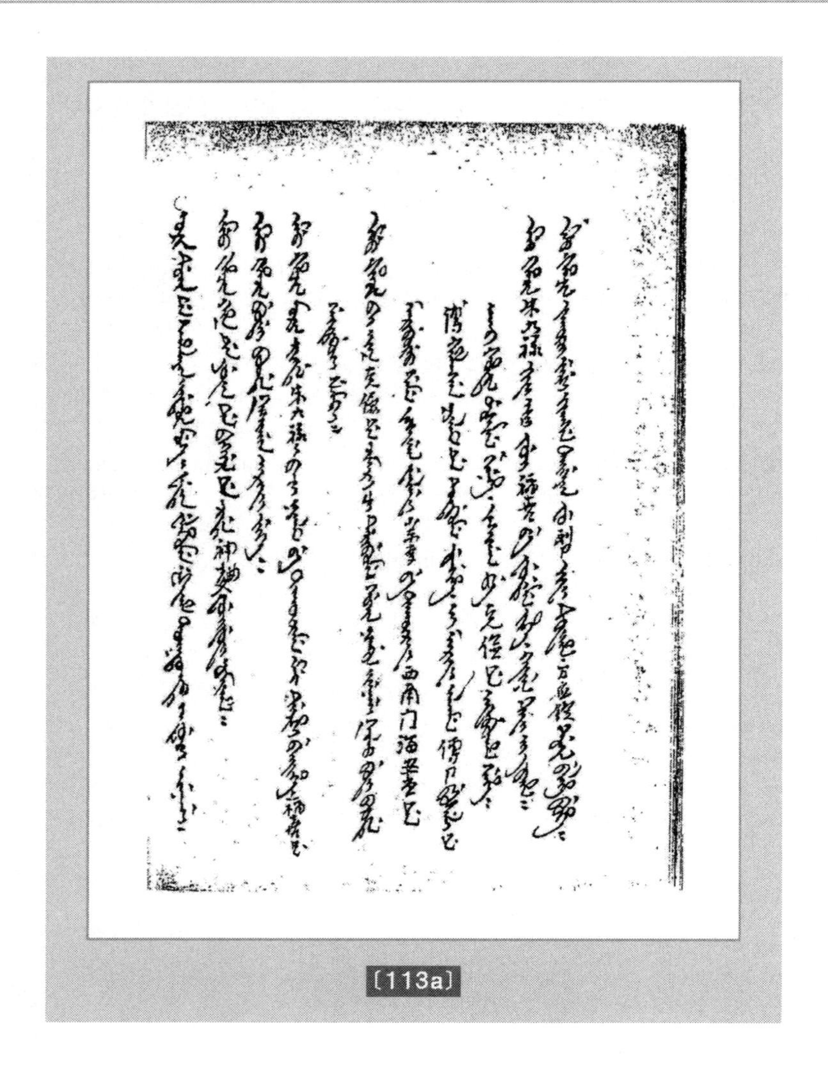
[113a]

○orin duin de sahaliyan indahūn muke i feten welhūme usiha toktontu enduri inenggi.
20 4 에 검은 개 水 의 五行 胃 宿 定 神 날

emu hacin han' de yuwan de bisire de erde 神麯 fuifufi omiha..
한 가지 涵 德 園 에 있을 때 아침 神麯 끓여서 마셨다

emu hacin budai boode šasigan arafi jeke..
한 가지 飯房에서 국 만들어서 먹었다

emu hacin morin erinde 朱九祿 i baci niyalma be takūrame emu derhi benjihe. 福喜 de
한 가지 말 때에 朱九祿 의 곳에서 사람 을 시켜서 한 돗자리 가져왔다 福喜 에

sektebuki sembi..
깔게 하자 한다

emu hacin bi ina 克儉 de cimari ci deribume sunja ninggun inenggi šolo bufi boode
한 가지 나 조카 克儉 에게 내일 부터 시작하여 5 6 날 휴가 주고 집에

maribureo seme jasigan weilefi 山东李 be takūrafi 西南门 海安堂 de
돌아가겠는가 하고 편지 써서 山東李 를 시켜서 西南門 海安堂 에서

傅 halangga niyalma de tutabume unggihe. i marifi alame 傅丌 puseli de
傅 성의 사람 에게 남기도록 보냈다 그 돌아와서 알리기를 傅爺 가게 에

akū hoton dosime genehe. jasigan be 克俭 de afabuha sehe..
없고 성 들어서 갔다 편지 를 克儉 에게 건네주었다 하였다

emu hacin 朱九祿 jifi ini jui 福喜 be fudeme jihe. kejine tefi i yoha..
한 가지 朱九祿 와서 그의 아들 福喜 를 보내고 왔다 꽤 앉고서 그 갔다

emu hacin jakūci jergi jingse taigiyan fu 刘丌 jifi tuwaha. 方应錠 duin belhe[132] buhe..
한 가지 8 品 頂子 太監 福 劉爺 와서 보았다 方應錠 4 먹 주었다

—— ◦ —— ◦ —— ◦ ——

24일, 임술(壬戌) 수행(水行) 위수(胃宿) 정일(定日).
하나, 함덕원(涵德園)에 있을 때, 아침에 신국(神麯)을 끓여서 마셨다.
하나, 반방(飯房)에서 국을 만들어서 먹었다.
하나, 오시(午時)에 주구록(朱九祿)이 있는 곳에서 사람을 시켜서 돗자리 하나를 가져왔다. 복희(福喜)가 깔게 하자 한다.
하나, 나는 조카 커기얀(kegiyan, 克儉)에게 내일부터 시작하여 5~6일 휴가를 주어 집에 돌아가게 하겠는가 하고 편지를 써서 산동리(山東李)를 시켜서 서남문(西南門)에 있는 해안당(海安堂)에서 부(傅)씨 성을 가진 사람에게 남기도록 보냈다. 그가 돌아와서 알리기를 부야(傅爺)는 가게에 없고 성에 들어갔기 때문에 편지를 커기얀에게 건네주었다 하였다.
하나, 주구록이 와서 그의 아들 복희를 보내서 왔다. 꽤 앉고서 그가 갔다.
하나, 8품 정자(頂子) 태감(太監) 복유야(福劉爺)가 와서 보았다. 방응정(方應錠)이 먹 4개를 주었다.

132) belhe : 'behe'의 잘못이다.

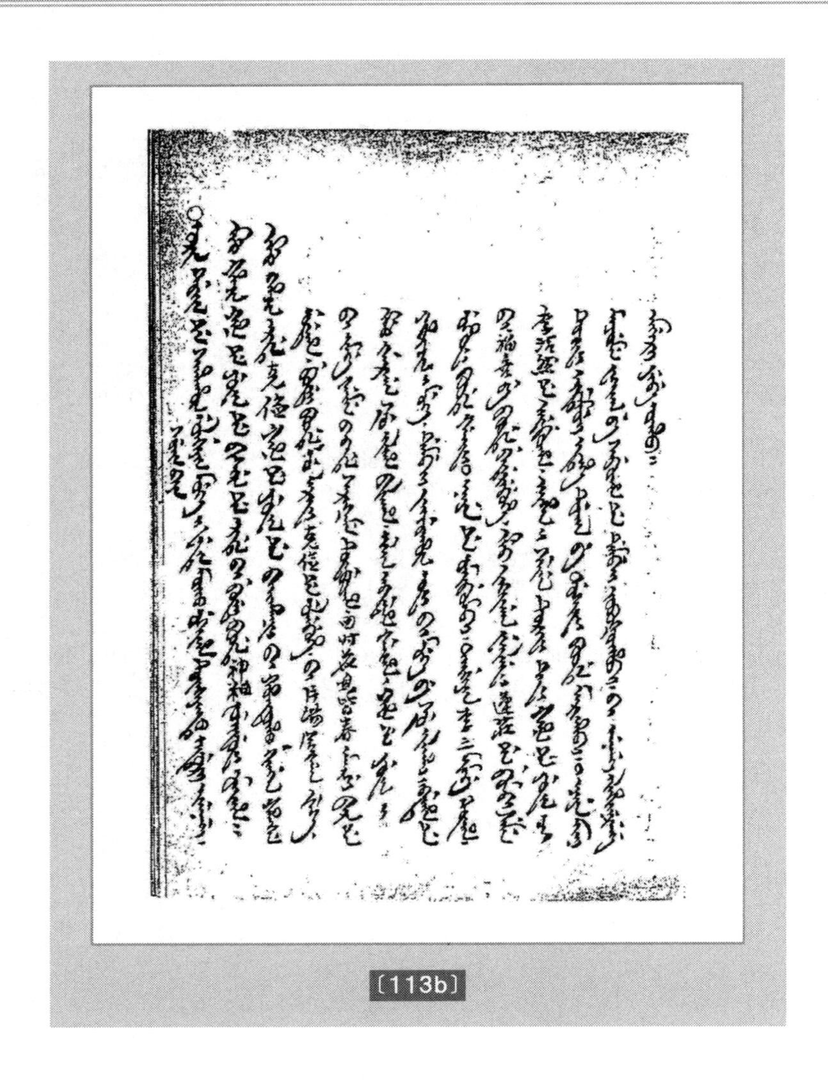

〔113b〕

sunja biya
5 월

○orin duin[133] de sahahūn ulgiyan muke i feten moko usiha tuwakiyantu enduri inenggi.
20 5 에 거무스름한 돼지 水 의 五行 昴 宿 執 神 날

emu hacin han' de yuwan de bisire de erde bi budai boode 神粬 fuifufi omiha..
한 가지 涵 德 園 에 있을 때 아침 나 飯房에서 神麯 끓여서 마셨다

emu hacin erde 克俭 han' de yuwan de baihanafi bi hontoho ginggen hangse
한 가지 아침 克儉 涵 德 園 에 찾아가서 나 반 근 국수

133) duin : 일기의 순서로 볼 때 'sunja'의 잘못으로 보인다.

udaha. budai boode lu arafi 克俭 de ulebuhe. bi 片湯 šasigan jeke.
샀다 飯房에서 滷 만들어서 克儉 에게 먹게 하였다 나 片湯 국 먹었다

bi imbe gaime babade sarašame tuwabuha. 四時花鳥皆春 amargi bira de
나 그를 데리고 곳곳에서 놀며 보여 주었다 四時花鳥皆春 북쪽 강 에

emu gargan šu ilha bilaha. ilan abdaha gaiha. han' de yuwan i
한 줄기 연 꽃 꺾었다 3 잎 땄다 涵 德 園 의

hūcin i muke dembei jancuhūn ofi bi muke be šu ilhai abdaha de
우물 의 물 아주 달게 되어서 나 물 을 연 꽃의 잎 에

uhufi boode gaifi ○ eniye de omibumbi. taigiyan 李三 mimbe tuwaha.
싸서 집에 가지고 어머니 에게 마시게 하였다 太監 李三 나를 보았다

bi 福喜 be boode bederebuhe. emu jasigan weilefi 蓮莊 de bumbi seme
나 福喜 를 집에 되돌아가게 하였다 한 편지 만들어서 蓮莊 에게 준다 하고

李浩然 de afabuha. eihen i sejen turifi tefi han' de yuwan ci
李浩然 에게 건네주었다 나귀 의 수레 빌려서 타고 涵 德 園 에서

tucifi erdemui etehe duka be dosifi boode marihabi. ○ eniye mini
나가서 德勝門 을 들어가서 집에 돌아왔었다 어머니 나의

macume wasika be sabuha de dembei jobošohobi. bi enenggi ilhinerengge
마르고 쇠약해짐 을 보았기 에 매우 걱정하였다 나 오늘 설사한 것

emgeri yebe oho..
이미 낫게 되었다

—— ◦ —— ◦ —— ◦ ——

5월

25일, 계해(癸亥) 수행(水行) 앙수(昻宿) 집일(執日).

하나, 함덕원(涵德園)에 있을 때, 아침에 나는 반방(飯房)에서 신국(神麯)을 끓여서 마셨다.

하나, 아침에 커기얀(kegiyan, 克儉)이 함덕원에 찾아와서 나는 국수 반 근을 샀고, 반방에서 로(滷)를 만들어서 커기얀에게 먹게 하였다. 나는 편탕(片湯) 국을 먹었다. 나는 그를 데리고 곳곳에서 놀면서 구경시켜 주었다. 사시화조개춘(四時花鳥皆春) 북쪽 강에 연꽃 한 줄기를 꺾어서 잎 3개를 땄다. 함덕원의 우물물이 아주 달아서 나는 물을 연꽃 잎에 싸서 집에 가지고 가서 어머니에게 마시게 하였다. 태감(太監) 이삼(李三)이 나를 보았다. 나는 복희(福喜)를 집에 되돌아가게 하였다. 편지 하나를 만들어서 연장(蓮莊)에게 주는 것이다 하고 이호연(李浩然)에게 건네주었다. 나귀 수레 빌려서 타고 함덕원에서 나가서 덕승문(德勝門)을 들어가서 집에 돌아왔다. 어머니는 내가 마르고 쇠약해진 것을 보고서 매우 걱정하였다. 나는 오늘 설사한 것이 이미 낫게 되었다.

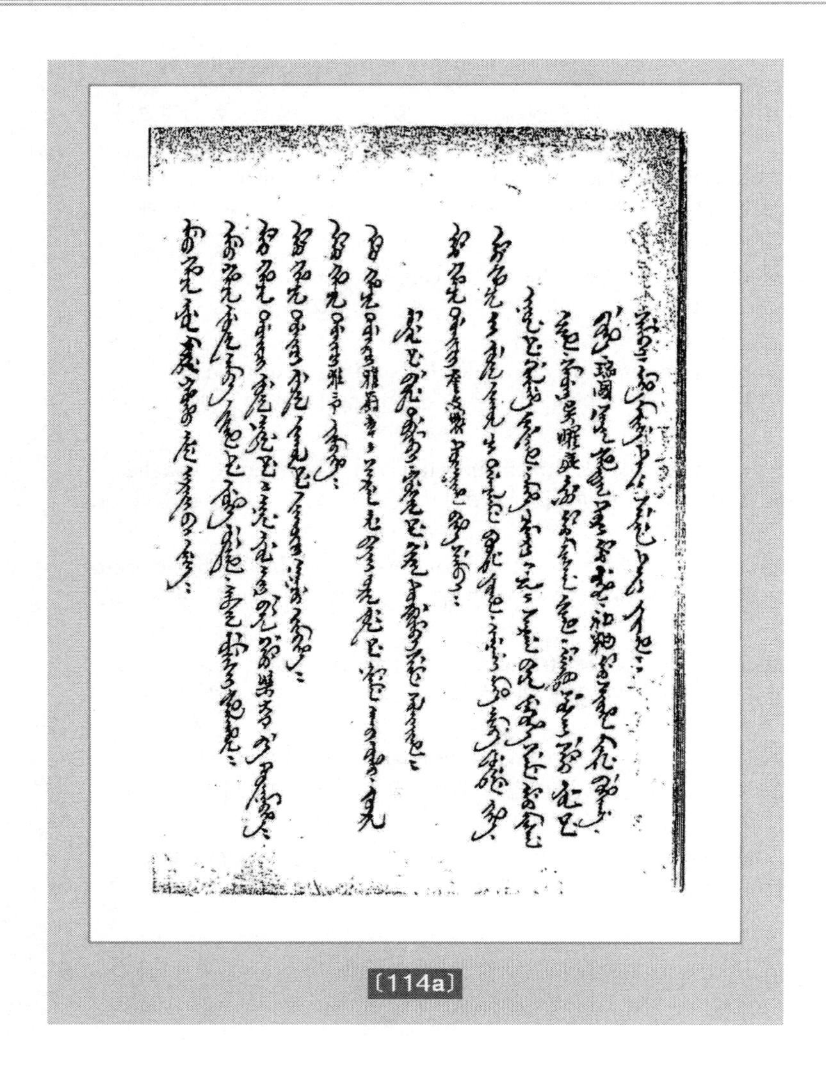

[114a]

emu hacin eyun hoho efen arafi bi jeke..
한 가지 누나 水餃子 만들어서 나 먹었다

emu hacin juwan amba jiha de juhe udaha. abka umesi halhūn..
한 가지 10 큰 錢 에 얼음 샀다 하늘 매우 덥다

emu hacin donjici juwan nadan de ○ eniye eyun ini beye gemu 渠大T be tuwanambihe..
한 가지 들으니 10 7 에 어머니 누나 그의 몸소 모두 渠大爺 를 보러 갔었다

emu hacin donjici juwan jakūn de jakūci nakcu jimbihe..
한 가지 들으니 10 8 에 여덟째 외삼촌 왔었다

emu hacin donjici 雅二卩 jimbihe..
한 가지 들으니 雅二爺 왔었다

emu hacin donjici 雅蔚章 i sargan ere biyai orin juwe de nimeme akū oho. orin
한 가지 들으니 雅蔚章 의 아내 이 달의 20 2 에 병들어 죽게 되었다 20

uyun de buda dobombi. gūsin de giran tucibumbi seme solinjiha..
9 에 밥 제사한다 30 에 시신 出棺한다 하고 청해 왔다

emu hacin donjici 奎文農 tuwanjiha bihe sembi..
한 가지 들으니 奎文農 보러왔었다 한다

emu hacin i juwan jakūn ci dancalame boode yoha. enenggi emhe imbe fudeme jihe.
한 가지 그 10 8 부터 覲行하러 집에 갔다 오늘 장모 그를 보내서 왔다

eniye de guilehe jafaha. emhe cimari kecin i sargan biya fekuhe[134] seme emu minggan
어머니에게 살구 드렸다 장모 내일 kecin 의 아내 달 넘었다 하고 1 千

jiha. kemuni 吳曜庭 inu emu minggan jiha. mentu susai gemu eyun de
錢 또 吳曜庭 도 1 千 錢 찐빵 50 모두 누나 에

buhe. 瑞圖 šanyan halfiyan turi emu uhun. 神粬 emu sithen minde buhengge
주었다 瑞圖 흰 제비 콩 한 봉지 神麯 한 함 나에게 준 것

sembi. emhe majige tefi sejen tefi yoha..
한다 장모 잠시 앉고서 수레 타고 갔다

—— ◦ —— ◦ —— ◦ ——

하나, 누나가 물만두를 만들어서 내가 먹었다.
하나, 큰 돈 10전에 얼음을 샀다. 하늘이 매우 덥다.
하나, 들으니 17일에 어머니와 누나가 모두 직접 거대야(渠大爺)를 보러 갔었다 한다.
하나, 들으니 18일에 여덟째 외삼촌이 왔었다 한다.
하나, 들으니 아이야(雅二爺)가 왔었다 한다.
하나, 들으니 아울장(雅蔚章)의 아내가 이 달 22일에 병들어 죽었다. 29일에 밥 제사하고, 30일에 시신 출관(出棺)한다 하고 청해 왔다 한다.
하나, 들으니 규문농(奎文農)이 보러왔었다 한다.
하나, 그녀가 18일부터 근행(覲行)하러 집에 갔는데, 오늘 장모가 그녀를 보내서 왔다. 어머니에게 살구를 드렸다. 장모가 내일 커친(kecin, 克勤)의 아내가 달 넘었다 하고 1천 전을, 또 오요정(吳曜庭)도 1천 전과 찐빵 50개를 모두 누나에게 주었다. 서도(瑞圖)가 흰 제비콩 한 봉지와 신국(神麯) 한 함은 나에게 준 것이다 한다. 장모는 잠시 앉아 있다가 수레를 타고 갔다.

---

134) biya fekuhe : 아이가 태어난 지 만 한 달이 된 것을 말하는 것으로 보이며, 'biya fehuhe'로 표기되고 있다.

〔114b〕

sunja biya
5 월

emu hacin tuwaci cimari 獨石口 ba i aisilame hadalara da gilingga 吉三卩 i baci
한 가지 보니 오늘 아침 獨石口 땅 의 副將 gilingga 吉三爺 의 곳에서

jasigan benjihe. bi tuwaha. ke cin be emu karulara jasigan arabufi
편지 보내왔다 나 보았다 ke cin 을 한 답하는 편지 쓰게 해서

fempilehe..
봉하였다

—— ◦ —— ◦ —— ◦ ——

5월

하나, 보니 오늘 아침에 독석구(獨石口)라는 땅의 부장(副將) 길링가(gilingga) 길삼야(吉三爺)가 있는 곳에서 편지를 보내와서 내가 보았다. 커친(kecin, 克勤)에게 답하는 편지 하나를 쓰게 해서 봉하였다.

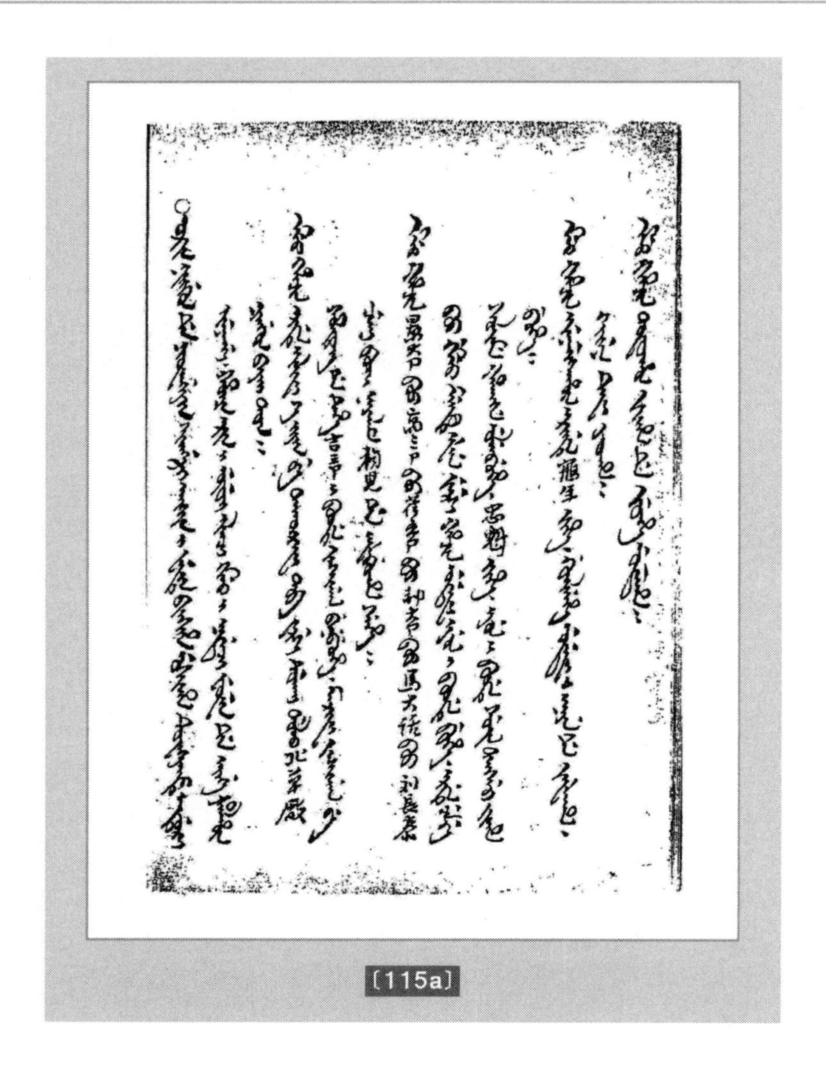

[115a]

○orin ninggun de niowanggiyan singgeri aisin i feten bingha usiha tuwakiyantu enduri inenggi.
20 6 에 푸른 쥐 金의 五行 畢 宿 執 神 날

honin erin i ujui ilaci kemu i nadaci fuwen de ajige halhūn
양 때 의 처음의 셋째 刻 의 일곱째 分 에 小暑

ninggun biyai ton..
7 월의 節

emu hacin erde ilifi ke giyan be takūrafi tob wargi dukai dolo 北草廠
한 가지 아침 일어나 ke giyan 을 시켜서 西直門 안 北草廠

hūtung de tehe 吉三丅 i boode jasigan benebuhe. marifi jasigan be
hūtung 에 사는 吉三爺의 집에 편지 보내게 하였다 돌아와서 편지 를

ceni booi niyalma 狗兒 de afabuha sehe..
그의 집의 사람 狗兒 에게 건네주었다 하였다

emu hacin 景大丅 boo 高三丅 boo 崔五丅 boo 郝大丅 boo 馬大話 boo 刘長泰
한 가지 景大爺 집 高三爺 집 崔五爺 집 郝大爺 집 馬大話 집 劉長泰

boo gemu mentu efen jergi hacin udafi eyun i boode buhe. erde cembe
집 모두 찐빵 떡 등 종류 사서 누나 의 집에 주었다 아침 그를

solime hangse ulebuhe. 忠魁 jihe. eyun i boode sunja tanggū jiha
청하여 국수 먹게 하였다 忠魁 왔다 누나 의 집에 5 百 錢

buhe..
주었다

emu hacin inenggishūn erinde 鶴年 jihe. guilehe udafi ○ eniye de jafaha.
한 가지 한낮 때에 鶴年 왔다 살구 사서 어머니에게 드렸다

kejine tefi yoha..
꽤 앉고서 갔다

emu hacin tofohon jiha de juhe udaha..
한 가지 15 錢 에 얼음 샀다

—— ∘ —— ∘ —— ∘ ——

26일, 갑자(甲子) 금행(金行) 필수(畢宿) 집일(執日).
미시(未時)의 첫 3각(刻) 7분(分)에 소서(小暑)이다. 7월의 절기(節氣)이다.
하나, 아침에 일어나 커기얀(kegiyan, 克儉)을 시켜서 서직문(西直門) 안 북초창(北草廠) 후퉁에 사는 길삼야(吉三爺)의 집에 편지를 보내게 하였다. 돌아와서는 편지를 그의 집의 사람 구아(狗兒)에게 건네주었다 하였다.
하나, 경대야(景大爺) 집, 고삼야(高三爺) 집, 최오야(崔五爺) 집, 학대야(郝大爺) 집, 마대화(馬大話) 집, 유장태(劉長泰) 집이 모두 찐빵과 떡 등의 종류를 사서 누나의 집에 주었다. 아침에 그들을 청하여 국수를 먹게 하였다. 충괴(忠魁)가 와서 누나의 집에 5백 전을 주었다.
하나, 한낮 때에 학년(鶴年)이 왔다. 살구를 사서 어머니에게 드렸다. 꽤 앉아 있다가 갔다.
하나, 15전에 얼음을 샀다.

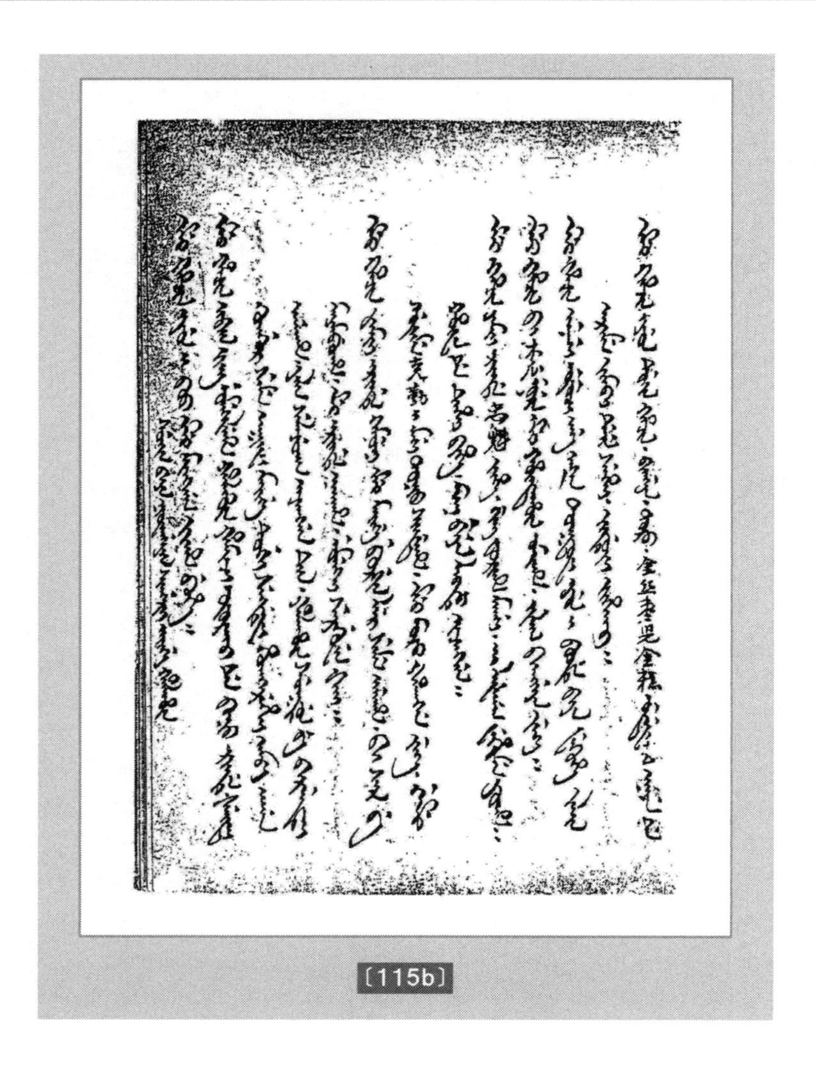

[115b]

sunja biya niowanggiyan singgeri ajige halhūn
5 월 푸른 쥐 小暑

emu hacin eyun i boo emu minggan jiha buhe..
한 가지 누나 의 집 1 千 錢 주었다

emu hacin abka jing umesileme halhūn. hamici ojorakū de bonio erinde gaitai
한 가지 하늘 마침 드러나고 덥다 참을 수 없음 에 원숭이 때에 갑자기

kunggur seme akjafi majige tugi sektefi hungkerehei amba aga
우르르 쾅 하고 우레 쳐서 점점 구름 깔려서 퍼부으면서 큰 비

agaha. yala selacuka icangga. ten halhūn sukdun be biretei
내렸다 진실로 후련하고 상쾌하다 가장 더운 기운 을 완전히

mayambuha. emu erinde nakaha. umesi serguwen kai..
없앴다 한 때에 그쳤다 매우 시원하도다

emu hacin yamji erinde kemuni emu majige burgin ler seme agaha. bi sara be
한 가지 저녁 때에 또 한 조금 갑자기 촉촉하게 비 내렸다 나 우산 을

sujame 克勤 i emgi tonio sindaha. emu moro hangse jeke. gemu
쓰고 克勤 과 함께 바둑 두었다 한 사발 국수 먹었다 모두

hūwa de tehei bihe. mini beye labdu icangga..
마당 에 앉은 채 있었다 나의 몸 많이 상쾌하다

emu hacin yamji erinde 忠魁 jihe. ging foriha manggi. i lifagan fehume yoha..
한 가지 저녁 때에 忠魁 왔다 更 친 뒤에 그 진창 밟고 갔다

emu hacin bi 木瓜 nure emu hūntahūn[135] omiha. ilan binggiya jeke..
한 가지 나 木瓜 술 한 잔 마셨다 3 올방개 먹었다

emu hacin enenggi uyuci age aša toktofi eyun i boode biya fekuhe[136] jalin
한 가지 오늘 아홉째 형 형수 반드시 누나 의 집에 달 넘었기 때문에

arame jimbi dere sehei. jiduji jihekū..
축하하러 오리라 했으나 결국 오지 않았다

emu hacin eyun duin hacin binggiya. toro. 金丝枣兒 金糕 udafi ∘ eniye de
한 가지 누나 4 가지 올방개 복숭아 金絲棗兒 金糕 사서 어머니 에게

—— ∘ —— ∘ —— ∘ ——

5월 갑자(甲子) 소서(小暑)
하나, 누나 집에 1천 전을 주었다.
하나, 하늘이 바야흐로 완전하게 덥다. 참을 수 없었는데, 신시(申時)에 갑자기 우르르 쾅 하고 우레가 치고 점점 구름이 깔리면서 퍼붓듯이 큰비가 내렸다. 진실로 후련하고 상쾌하다. 가장 더운 기운을 완전히 없앴다. 한 때에 그쳤다. 매우 시원하도다.
하나, 저녁때에 또 촉촉하게 비가 조금 내렸다. 나는 우산을 쓰고 커친(kecin, 克勤)과 함께 바둑을 두었다. 국수 한 사발을 먹었다. 모두 마당에 앉은 채 있었다. 나의 몸 많이 상쾌하다.
하나, 저녁때에 충괴(忠魁)가 왔다. 야경 친 뒤에 그가 진창을 밟고 갔다.
하나, 나는 모과 술 한 잔을 마셨고, 올방개 3개를 먹었다.
하나, 오늘 아홉째 형과 형수 누나의 집에 달 넘었기 때문에 반드시 축하하러 오리라 했으나 결국 오지 않았다.
하나, 누나가 올방개, 복숭아, 금사조아(金絲棗兒), 금고(金糕) 4가지를 사서 어머니에게

135) hūntahūn : 'hūntahan'의 잘못이다.
136) biya fekuhe : 아이가 태어난 지 만 한 달이 된 것을 말하는 것으로 보이며, 'biya fehuhe'로 표기되고 있다.

[116a]

jafaha..
드렸다

── ◦ ── ◦ ── ◦ ──

드렸다.

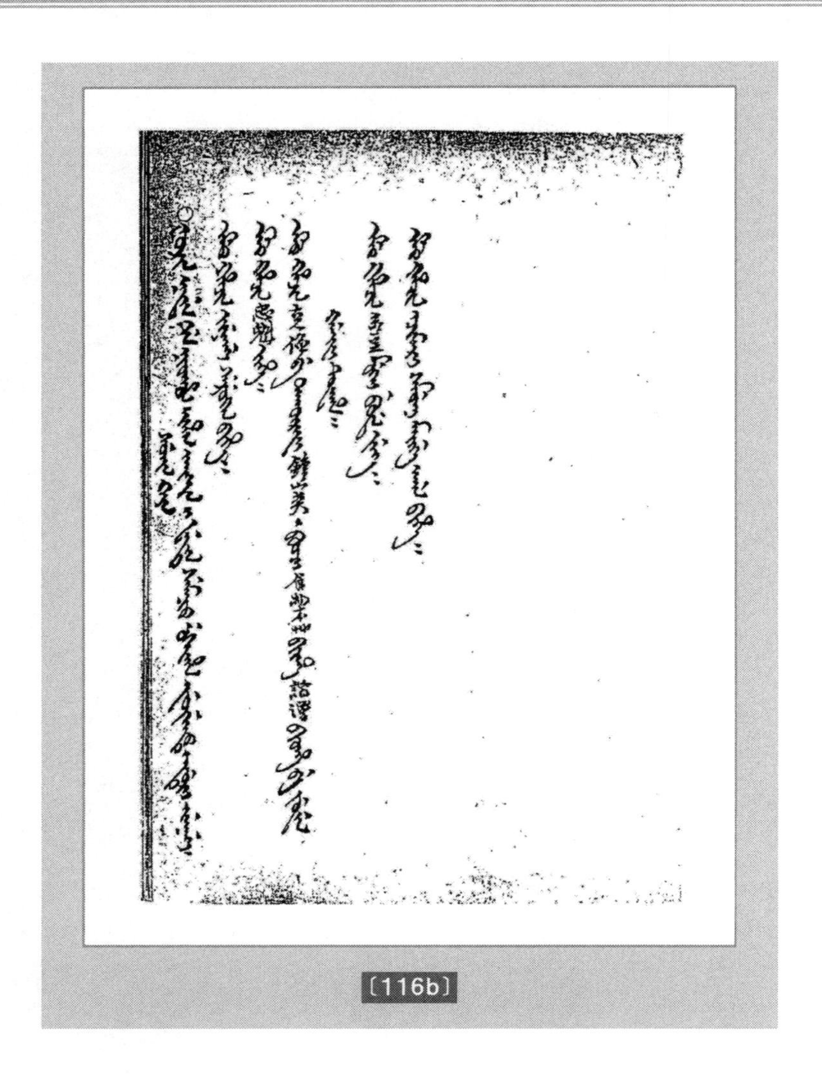

〔116b〕

sunja biya
5 월

○orin nadan de niohon ihan aisin i feten semnio usiha efujentu enduri inenggi.
20 7 에 푸르스름한 소 金 의 五行 觜 宿 破 神 날

emu hacin inenggi seruken bihe..
한 가지 낮 시원하였다

emu hacin 忠魁 jihe..
한 가지 忠魁 왔다

emu hacin 克俭 be takūrafi 鍾山英 i booci 食物本艸 bithe 諧譜 bithe be juwen
한 가지 克儉 을 시켜서 鍾山英 의 집에서 食物本草 책 諧譜 책 을 빌려

gaifi tuwaha..
가지고 보았다

emu hacin 小豆 mukei buda jeke..
한 가지 小豆 물의 밥 먹었다

emu hacin ecimari kemuni majige aga bihe..
한 가지 오늘 아침 또 조금 비 있었다

—— ◦ —— ◦ —— ◦ ——

5월
27일, 을축(乙丑) 금행(金行) 자수(觜宿) 파일(破日).
하나, 낮이 시원하였다.
하나, 충괴(忠魁)가 왔다.
하나, 커기얀(kegiyan, 克儉)을 시켜서 종산영(鍾山英)의 집에서 『식물본초(食物本草)』와 『해보(諧譜)』 책을 빌려 가지고 보았다.
하나, 소두(小豆) 물의 밥을 먹었다.
하나, 오늘 아침에 또 비가 조금 있었다.

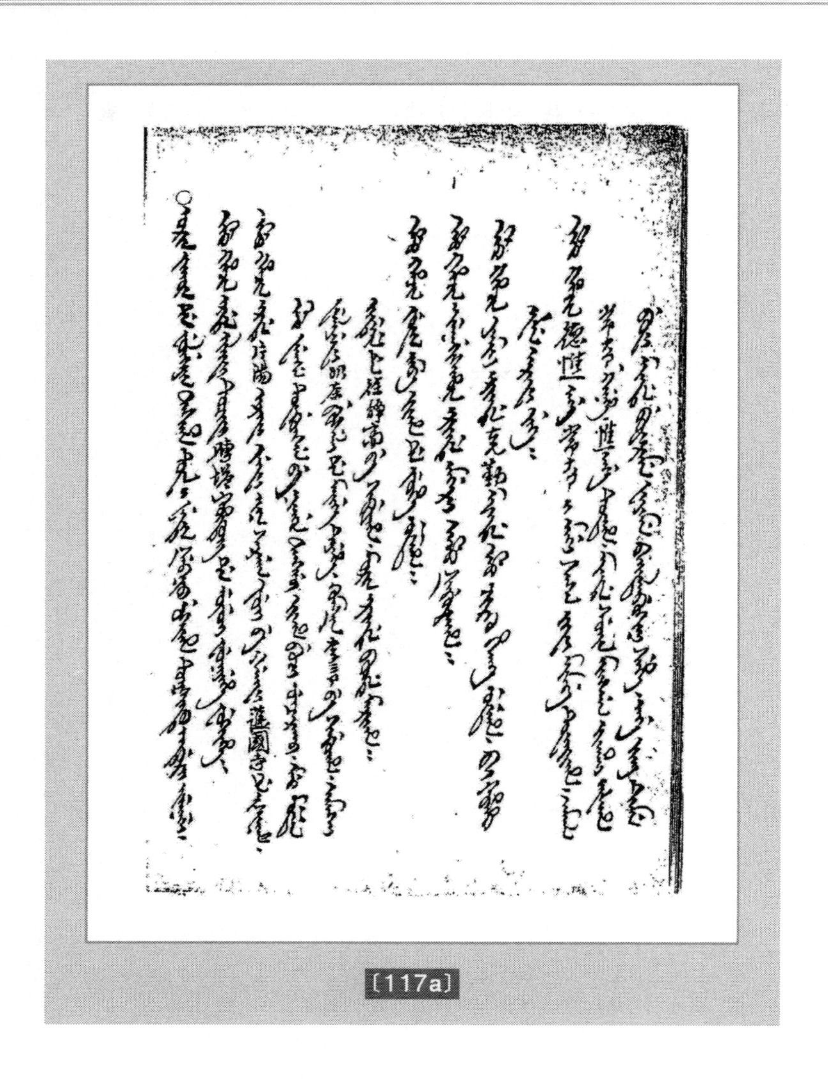

[117a]

○orin jakūn de fulgiyan tasha tuwa i feten šebnio usiha tuksintu enduri inenggi.
20 8 에 붉은 호랑이 火 의 五行 參 宿 危 神 날

emu hacin erde ilifi tucifi 磚塔 hūtung de ujui funiyehe fusihe..
한 가지 아침 일어나 나가서 磚塔 hūtung 에 머리의 털 깎았다

emu hacin erde 片湯 arafi jefi ina sargan jui be gaifi 護國寺 de isinaha..
한 가지 아침 片湯 만들어서 먹고 조카 딸 아이 를 데리고 護國寺 에 이르렀다

emu fengse tuwabungga be ninggun tanggū jiha buci uncarakū. emu mudan
한 화분 전시한 것 을 6 百 錢 주니 팔지 않는다 한 번

feliyefi 奶茶 puseli de majige teyehe. kumeši[137] 李三丌 be sabuha. amasi
걸어서 奶茶 가게 에서 잠시 쉬었다 樂舞生 李三爺 를 보았다 돌아

jidere de 徐靜斋 be sabuha. morin erinde boode mariha..
올 때 徐靜齋 를 보았다 말 때에 집에 돌아왔다

emu hacin juwan amba jiha de juhe udaha..
한 가지 10 큰 錢 에 얼음 샀다

emu hacin inenggishūn erinde emgeri amu šaburaha..
한 가지 한낮 때에 한 번 잠 졸았다

emu hacin yamji erinde 克勤 minde emu cirku hengke udaha. bi hoho
한 가지 저녁 때에 克勤 나에게 한 冬瓜 샀다 나 水

efen arafi jeke..
餃子 만들어 먹었다

emu hacin 德惟一 age 常大丌 i emgi sasa jifi mimbe tuwanjiha. amala
한 가지 德惟一 형 常大爺 와 함께 같이 와서 나를 보러 왔다 뒤에

常大丌 genehe. 惟一 age tutaha. minde sunja minggan jihai afaha
常大爺 갔다 惟一 형 뒤에 남았다 나에게 5 千 錢으로 한 枚

bufi minde buyarame fayame baitalabukini sehe. age jing teme
주고 나에게 조금씩 소비해서 쓰게 하자 하였다 형 마침 앉아

—— ◦ —— ◦ —— ◦ ——

28일, 병인(丙寅) 화행(火行) 삼수(參宿) 위일(危日).
하나, 아침에 일어나 나가서 전탑(磚塔) 후퉁에서 머리카락을 깎았다.
하나, 아침에 편탕(片湯)을 만들어 먹고, 조카 딸아이를 데리고 호국사(護國寺)에 이르렀다. 한 화분 전시하는 것을 6백 전을 주었으나 팔지를 않는다. 한 번 걸어서 우유 차 가게에서 잠시 쉬었다. 낙무생(樂舞生) 이삼야(李三爺)를 보았다. 돌아 올 때에 서정재(徐靜齋)를 보았다. 오시(午時)에 집에 돌아왔다.
하나, 큰 돈 10전에 얼음을 샀다.
하나, 한낮 즈음에 잠을 한 번 졸았다.
하나, 저녁때에 커친(kecin, 克勤)이 나에게 동과(冬瓜) 하나를 사주었다. 나는 물만두를 만들어 먹었다.
하나, 덕유일(德惟一) 형이 상대야(常大爺)와 함께 같이 와서 나를 보러 왔다. 뒤에 상대야는 갔고, 유일(惟一) 형은 남았다. 나에게 5천 전 한 매를 주고 나에게 조금씩 소비해서 써라 하였다. 형이 마침 앉아

137) kumeši : 樂舞生을 가리키는 'kumusi'의 잘못으로 보인다.

〔117b〕

sunja biya
5 월

bisire de 鶴年 jihe. age genehe manggi 鶴年 geli kejine tehei
있을 때 鶴年 왔다 형 간 뒤에 鶴年 또 꽤 앉았다가

teni yoha..
비로소 갔다

emu hacin 鍾山英 jifi tuwaha..
한 가지 鍾山英 와서 보았다

—— ◦ —— ◦ —— ◦ ——

있을 때, 학년(鶴年)이 왔다. 형이 간 뒤에 학년이 또 꽤 앉아 있다가 비로소 갔다.
하나, 종산영(鍾山英)이 와서 보았다.

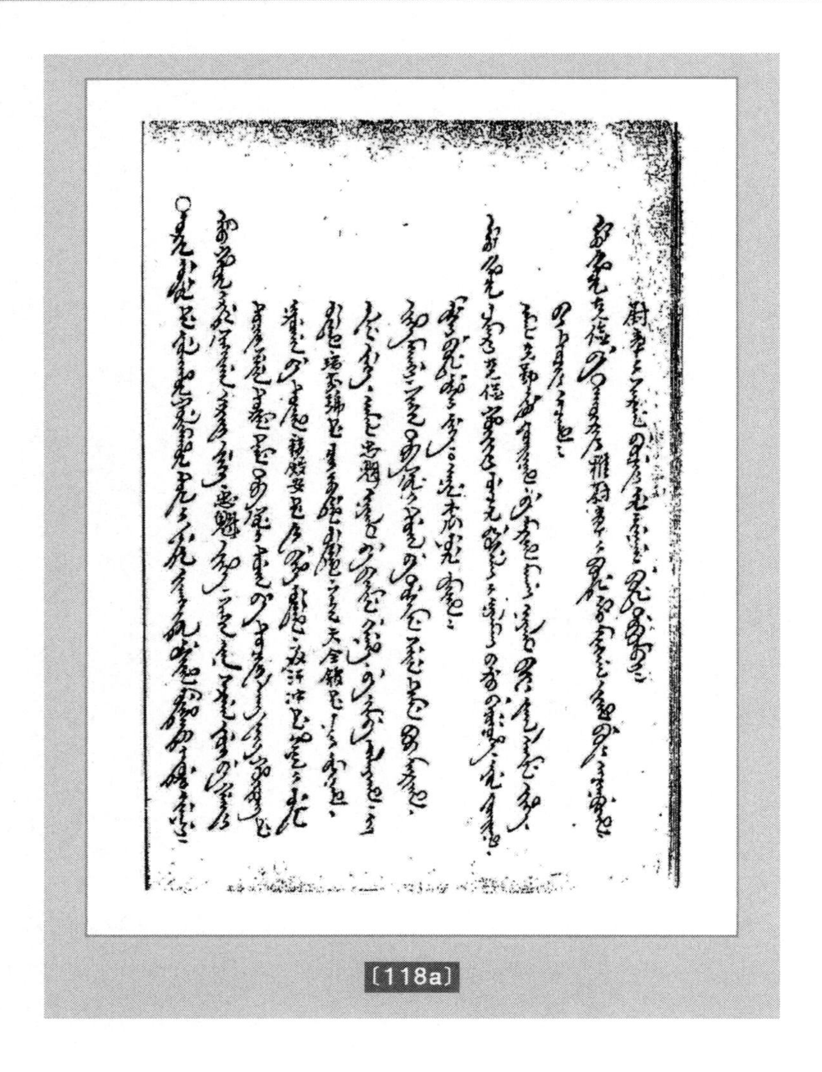

[118a]

○orin uyun de fulahūn gūlmahūn tuwa i feten jingsitun usiha mutehentu enduri inenggi.
20 9 에 불그스름한 토끼 火 의 五行 井 宿 成 神 날

emu hacin erde šasigan arafi jeke. 忠魁 jihe. sasa ina sargan jui be gaifi
한 가지 아침 국 만들어 먹었다 忠魁 왔다 같이 조카 딸 아이 를 데리고

tucifi sejen turime teme tob šun i duka be tucifi lang fang hūtung de
나가서 수레 빌려서 타고 正陽門 을 나가서 廊 房 hūtung 에

nirugan be tuwaha. 韩殿安 de fi behe udaha. 夜汗沖 de hiyan i ufa
그림 을 보았다 韓殿安 에서 筆 먹 샀다 夜汗沖 에서 香 의 가루

udaha. 瑞芬號 de cai abdaha udaha. sasa 天全館 de cai omiha.
샀다 瑞芬號 에서 차 잎 샀다 같이 天全館 에서 차 마셨다

efen jeke. amala 忠魁 niyalma be baime genehe. be imbe aliyaha. i
떡 먹었다 뒤에 忠魁 사람 을 찾으러 갔다 우리 그를 기다렸다 그

jihe manggi sasa tob šun i duka be dosime sejen teme boo mariha.
온 뒤에 같이 正陽門 을 들어가 수레 타고 집 돌아왔다

mukei buda uhei jeke. ○ eniye 木瓜 nure omiha..
물의 밥 함께 먹었다 어머니 木瓜 술 마셨다

emu hacin ecimari 克俭 hūjiri uncara puseli i niyalmai baru becunuhe. eyun fonjinaha.
한 가지 오늘 아침 克儉 소금 파는 가게 의 사람의 쪽 싸웠다 누나 들으러갔다

amala 克勤 inu fonjinaha. be mariha manggi niyalma bifi waka alime jihe.
뒤에 克勤 도 들으러갔다 우리 돌아온 뒤에 사람 있어서 사죄하러 왔다

bi tucifi acaha..
나 나가서 만났다

emu hacin 克俭 be takūrafi 雅蔚章 i boode emu minggan jiha bufi acanabuha.
한 가지 克儉 을 시켜서 雅蔚章 의 집에 1 千 錢 주고 만나러 가게 하였다

蔚章 i sargan bucefi ere inenggi buda dobombi..
蔚章 의 아내 죽어서 이 날 밥 제사한다

—— ◦ —— ◦ —— ◦ ——

29일, 정묘(丁卯) 火行(火行) 井宿(井宿) 成日(成日).

하나, 아침에 국을 만들어 먹었다. 충괴(忠魁)가 왔다. 같이 조카 딸아이를 데리고 나가서 수레를 빌려 타고 정양문(正陽門)을 나가서 랑방(廊房) 후퉁에서 그림을 보았다. 한전안(韓殿安)에서 붓과 먹을 샀다. 야한충(夜汗沖)에서 향 가루를 샀다. 서분호(瑞芬號)에서 차 잎을 샀다. 같이 천전관(天全館)에서 차를 마셨고, 떡을 먹었다. 뒤에 충괴가 사람을 찾으러 갔다. 우리는 그를 기다렸다. 그가 온 뒤에 같이 정양문을 들어가 수레를 타고 집에 돌아왔다. 물밥을 함께 먹었다. 어머니는 모과 술을 마셨다.

하나, 오늘 아침 커기얀(kegiyan, 克儉)이 소금 파는 가게의 사람과 함께 싸웠다. 누나가 물어보러 갔다. 뒤에 커친(kecin, 克勤)도 물어보러 갔다. 우리가 돌아온 뒤에 사람이 있어서 사죄하러 왔다. 내가 나가서 만났다.

하나, 커기얀을 시켜서 아울장(雅蔚章)의 집에 1천 전을 주고 만나러 가게 하였다. 울장(蔚章)의 아내가 죽어서 이날 밥 제사한다.

〔118b〕

sunja biya
5 월

emu hacin ○ eniye 克俭 be takūrafi 渠大卩 be tuwaha..
한 가지 어머니 克儉 을 시켜서 渠大爺 를 보았다

—— ◦ —— ◦ —— ◦ ——

하나, 어머니 커기얀(kegiyan, 克儉)을 시켜서 거대야(渠大爺)를 보았다.

[119a]

○gūsin de suwayan muduri moo i feten guini usiha bargiyantu enduri inenggi.
30 에 누런 용 木 五行 鬼 宿 收 神 날

emu hacin ere inenggi halhūn. bi šuntuhuni gūwabsi genehekū..
한 가지 이 날 덥다 나 하루 종일 다른 곳에 가지 않았다

emu hacin ere inenggi 雅蔚章 i sargan giran tucibuhe..
한 가지 이 날 雅蔚章 의 아내 시신 出棺한다

emu hacin 華年 jifi tuwaha..
한 가지 華年 와서 보았다

emu hacin 忠魁 jihe..
한 가지 忠魁 왔다

emu hacin ere biyade uheri orin uyun minggan jakūn tanggū gūsin duin jiha
한 가지 이번 달에 전부 20 9 千 8 百 30 4 錢

fayame baitalaha..
소비해서 썼다

—— ◦ —— ◦ —— ◦ ——

30일, 무진(戊辰) 목행(木行) 귀수(鬼宿) 수일(收日).
하나, 이날 덥다. 나는 하루 종일 다른 곳에 가지 않았다.
하나, 이날 아울장(雅蔚章)의 아내 시신을 출관(出棺)한다.
하나, 화년(華年)이 와서 보았다.
하나, 충괴(忠魁)가 왔다.
하나, 이번 달에 전부 2만 9천 8백 34전을 소비해서 썼다.

7. 도광 08년(1828) 6월

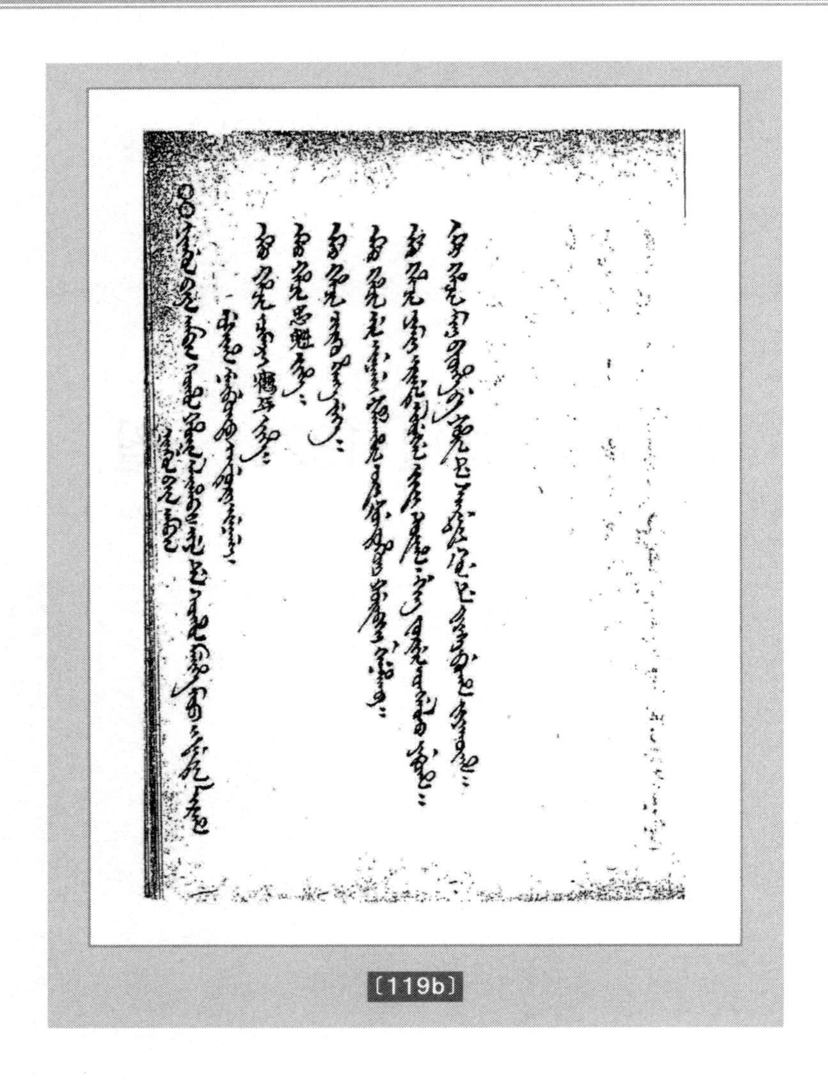

[119b]

ninggun biya amban
6 월 큰달

○○ninggun biya amban sohon honin alihabi. ice de sohon meihe moo i feten lirha
6 월 큰 달 누르스름한 양 맞았다 초하루 에 누르스름한 뱀 木 의 五行 婁

usiha neibuntu enduri inenggi.
宿 開 神 날

emu hacin ecimari 鶴年 jihe..
한 가지 오늘 아침 鶴年 왔다

emu hacin 忠魁 jihe..
한 가지 忠魁 왔다

emu hacin cirku hengke jeke..
한 가지 冬瓜 먹었다

emu hacin ere inenggi halhūn ofi šuntuhuni gūwabsi genehekū..
한 가지 이 날 덥게 되어서 하루 종일 다른 곳에 가지 않았다

emu hacin yamji erinde ilungga jifi tuwaha. ging forire onggolo yabuha..
한 가지 저녁 때에 ilungga 와서 보았다 更 치기 전에 떠났다

emu hacin mini bithe be hūwa de sindafi šun de fiyakiyabuha fiyakūha..
한 가지 나의 책 을 마당 에 놓고서 해 에 쬐어서 말렸다

—— ◦ —— ◦ —— ◦ ——

6월 큰 달
6월 큰 달, 기미(己未)월 맞았다 초하루, 기사(己巳) 목행(木行) 루수(婁宿) 개일(開日).
하나, 오늘 아침에 학년(鶴年)이 왔다.
하나, 충괴(忠魁)가 왔다.
하나 동과(冬瓜)를 먹었다.
하나, 이날 더워서 하루 종일 다른 곳에 가지 않았다.
하나, 저녁때에 일룽가(ilungga, 伊隆阿)가 와서 보았다. 야경 치기 전에 떠났다.
하나, 나의 책을 마당에 놓고서 햇볕에 쬐어서 말렸다.

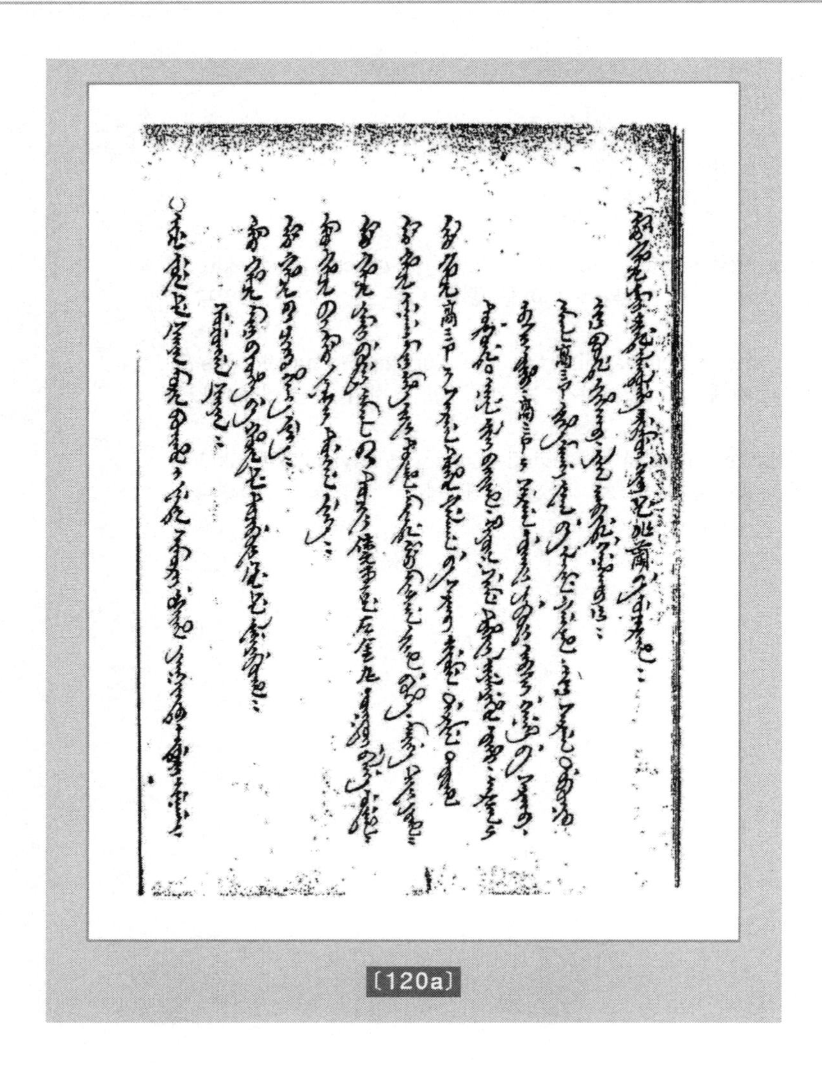

[120a]

○ice juwe de šanyan morin boihon i feten simori usiha yaksintu enduri inenggi.
초 2 에 흰 말 土 의 五行 星 宿 閉 神 날

surungga[138] šanyan
初 伏

emu hacin mini bithe be hūwa de tucibufi šun de walgiyabuha..
한 가지 나의 책 을 마당 에 옮겨서 해 에 말렸다

emu hacin bi cirku hengke jeke..
한 가지 나 冬瓜 먹었다

---

138) surungga : 'sucungga'의 잘못으로 보인다.

emu hacin bi emu farsi dungga jeke..
한 가지 나 한 조각 수박 먹었다

emu hacin yamji budai amala bi tucifi 保元堂 de 左金丸 oktoi belge udaha..
한 가지 저녁 밥의 뒤에 나 나가서 保元堂 에서 左金丸 약의 알 샀다

emu hacin enenggi mini emhe jifi tuwaha. minde emu minggan jiha buhe. majige tefi yoha..
한 가지 오늘 나의 장모 와서 보았다 나에게 1 千 錢 주었다 잠시 앉고서 갔다

emu hacin 高三卩 i sargan tulhun galgan be sarkū ijume darime tooha
한 가지 高三爺 의 아내 흐림 맑음 을 모르고 빈정거리고 욕하며 꾸짖었기

turgunde ○ eniye jili banjiha. hiyok seme tuhefi liyeliyehun oho. arkan i
때문에 어머니 화 냈다 휴 하고 넘어져서 실신하게 되었다 겨우 그

absi oho. 高三卩 i sargan ukafi yabufi absi genehe be sarkū.
어찌 되었다 高三爺 의 아내 달아나 가서 어디에 갔는지 를 모른다

amala 高三卩 jihe manggi waka be alime gaiha. ini sargan dobonio
뒤에 高三爺 온 뒤에 잘못 을 받아 가졌다 그의 아내 밤새도록

ini boode jihekū. yala aibide genehekū ni..
그의 집에 오지 않았다 진실로 어째서 가지 않았는가

emu hacin yamji erinde iletulehe erdemui giyai de 兆蘭 be ucaraha..
한 가지 저녁 때에 景 德 街 에서 兆蘭 을 만났다

—— ◦ —— ◦ —— ◦ ——

초이틀, 경오(庚午) 토행(土行) 성수(星宿) 폐일(閉日).
초복(初伏)이다.
하나, 나의 책을 마당에 옮겨서 햇볕에 말렸다.
하나, 나는 동과(冬瓜)를 먹었다.
하나, 나는 수박 한 조각을 먹었다.
하나, 저녁 식사 뒤에 나는 나가서 보원당(保元堂)에서 좌금환(左金丸)이라는 가루약을 샀다.
하나, 오늘 장모가 와서 보았다. 나에게 1천 전을 주었다. 잠시 앉아 있다가 갔다.
하나, 고삼야(高三爺)의 아내가 앞뒤를 분간하지 못하고 빈정거리고 욕하며 꾸짖었기 때문에 어머니가 화를 내었고, '휴' 하고 쓰러져 실신하게 되었다. 겨우 그 어찌 되었다. 고삼야의 아내는 달아나서 어디로 갔는지를 모른다. 뒤에 고삼야가 온 뒤에 잘못을 받아 들였다. 그의 아내는 밤새도록 그의 집에 오지 않았다. 진실로 어째서 가지 않았는가.
하나, 저녁때에 경덕가(景德街)에서 조란(兆蘭)을 만났다.

〔120b〕

ninggun biya sucungga šanyan
6 월 初 伏

○ice ilan de šahūn honin boihon i feten jabhū usiha alihantu enduri inenggi.
초 3 에 희끄무레한 양 土 의 五行 張 宿 建 神 날

emu hacin sikse dobori de uthai akjan akjafi agai sabdan akū. ecimari
한 가지 어제 밤 에 갑자기 우레 치고 비의 방울 없다 오늘 아침

ler seme aga agame deribuhe. šuntuhuni giyalan lakcan i agaha.
촉촉하게 비 오기 시작하였다 하루 종일 間 끊임없이 비 왔다

dobori de inu uttu..
밤 에 도 이렇다

emu hacin šuntuhuni 克勤 i baru tonio sindaha..
한 가지 하루 종일 克勤 의 쪽 바둑 두었다

emu hacin ecimari hangse jeke. yamji halfiyan turi colafi jeke..
한 가지 오늘 아침 국수 먹었다 저녁 제비 콩 볶아서 먹었다

emu hacin 高三丌 šuntuhuni ini sargan be babade baici babe bahakū. ini
한 가지 高三爺 하루 종일 그의 아내 를 곳곳에 찾으나 간 곳을 발견하지 못했다 그의

sargan kemuni ini amba baša i ilan biya i ajige jui be tebeliyeme
아내 또 그의 큰 처제 의 3 월 의 작은 아들 을 안고

gaifi yabuha. te emu inenggi juwe dobori tule indehengge. yala
데리고 갔다 지금 한 낮 2 밤 밖에서 머문 것 진실로

ambula giyan waka gese..
매우 도리 아닌 것 같다

emu hacin enenggi 克俭 puseli de geneki sehei. agai turgunde geneme mutehekū..
한 가지 오늘 克儉 가게 에 가자 했으나 비 때문에 갈 수 없었다

emu hacin ecimari 鶴年 jifi tuwaha. yamji 忠魁 jihe..
한 가지 오늘 아침 鶴年 와서 보았다 저녁 忠魁 왔다

—— ◦ —— ◦ —— ◦ ——

6월 초복(初伏)

초사흘, 신미(辛未) 토행(土行) 장숙(張宿) 건일(建日).

하나, 어젯밤에 갑자기 우레가 쳤으나 빗방울은 없었다. 오늘 아침에 촉촉하게 비가 오기 시작하였다. 하루 종일 간에 끊임없이 비가 왔다. 밤에도 이러하였다.

하나, 하루 종일 커친(kecin, 克勤)과 함께 바둑을 두었다.

하나, 오늘 아침에 국수를 먹었다. 저녁에 제비 콩을 볶아서 먹었다.

하나, 고삼야(高三爺)가 하루 종일 그의 아내를 곳곳에서 찾았으나 간 곳을 발견하지 못했다. 그의 아내가 또 그의 큰 처제의 3개월 된 작은 아들을 안고 데려갔다. 지금 하루 낮과 두 밤을 밖에서 머무는 것은 진실로 매우 도리가 아닌 것 같다.

하나, 오늘 커기얀(kegiyan, 克儉)이 가게에 가자고 하였으나, 비 때문에 갈 수가 없었다.

하나, 오늘 아침에 학년(鶴年)이 와서 보았다. 저녁에 충괴(忠魁)가 왔다.

[121a]

○ice duin de sahaliyan bonio aisin i feten imhe usiha geterentu enduri inenggi.
초 4 에 검은 원숭이 金의 五行 翼 宿 除 神 날

emu hacin erde ilifi tucifi juwe cirku hengke udaha..
한 가지 아침 일어나 나가서 2 冬瓜 샀다

emu hacin erde budai amala elgiyen i mutehe duka be tucifi 順河居 de cai fuifufi
한 가지 아침 밥의 뒤에 阜成門 을 나가서 順河居 에 차 끓여서

omiha. abka erde ofi amasi feliyeme yabume tuwaci 福祿居 de urgetu
마셨다 하늘 아침 되어서 도로 걸어 가서 보니 福祿居 에서 인형

jucun bi. uttu ofi 順河居 de isinafi ninggun jiha bufi tereci
극 있다 그래서 順河居 에 이르러서 6 錢 주고 그로부터

福祿居 de urgetu jucun be tuwaha. yamji erinde hoton dosifi boode
福祿居 에서 인형 극 을 보았다 저녁 때에 성 들어가서 집에

marifi hoho efen arafi jeke..
돌아와서 水餃子 만들어서 먹었다

emu hacin donjici enenggi 雪兒 ini ambu i ajige jui be tebeliyeme amasi benjihe. ini
한 가지 들으니 오늘 雪兒 그의 큰이모 의 작은 아들 을 안고 도로 보내왔다 그의

aja be te 高六卩 i boode tehebi sembi..
어머니 를 지금 高六爺 의 집에 살았다 한다

emu hacin bi boode mariha manggi 雅蔚章 jifi tuwaha. kejine tefi genehe..
한 가지 나 집에 돌아온 뒤에 雅蔚章 와서 보았다 꽤 앉고서 갔다

emu hacin donjici enenggi 鶴年 鍾山英 瑞圖 gemu mimbe tuwanjiha sembi..
한 가지 들으니 오늘 鶴年 鍾山英 瑞圖 모두 나를 보러 왔다 한다

emu hacin enenggi gehun galaka..
한 가지 오늘 말끔히 개었다

—— ◦ —— ◦ —— ◦ ——

초나흘, 임신(壬申) 금행(金行) 익수(翼宿) 제일(除日).
하나, 아침 일어나 나가서 동과(冬瓜) 2개를 샀다.
하나, 아침 식사 뒤에 부성문(阜成門)을 나가서 순하거(順河居)에서 차를 끓여서 마셨다. 하늘이 아침이 되어 도로 걸어가서 보니, 복록거(福祿居)에서 인형극이 있다. 그래서 순하거에 이르러서 6전을 주고 그로부터 복록거에서 인형극을 보았다. 저녁때에 성에 들어가서 집에 돌아와서 물만두를 만들어서 먹었다.
하나, 들으니 오늘 설아(雪兒)가 그의 큰이모의 작은 아들을 안고 도로 보내왔다. 그의 어머니가 지금 고육야(高六爺)의 집에 있었다 한다.
하나, 내가 집에 돌아온 뒤에 아울장(雅蔚章)이 와서 보았다. 꽤 앉아 있다가 갔다.
하나, 들으니 오늘 학년(鶴年), 종산영(鍾山英), 서도(瑞圖)가 모두 나를 보러 왔다 한다.
하나, 오늘은 말끔히 개었다.

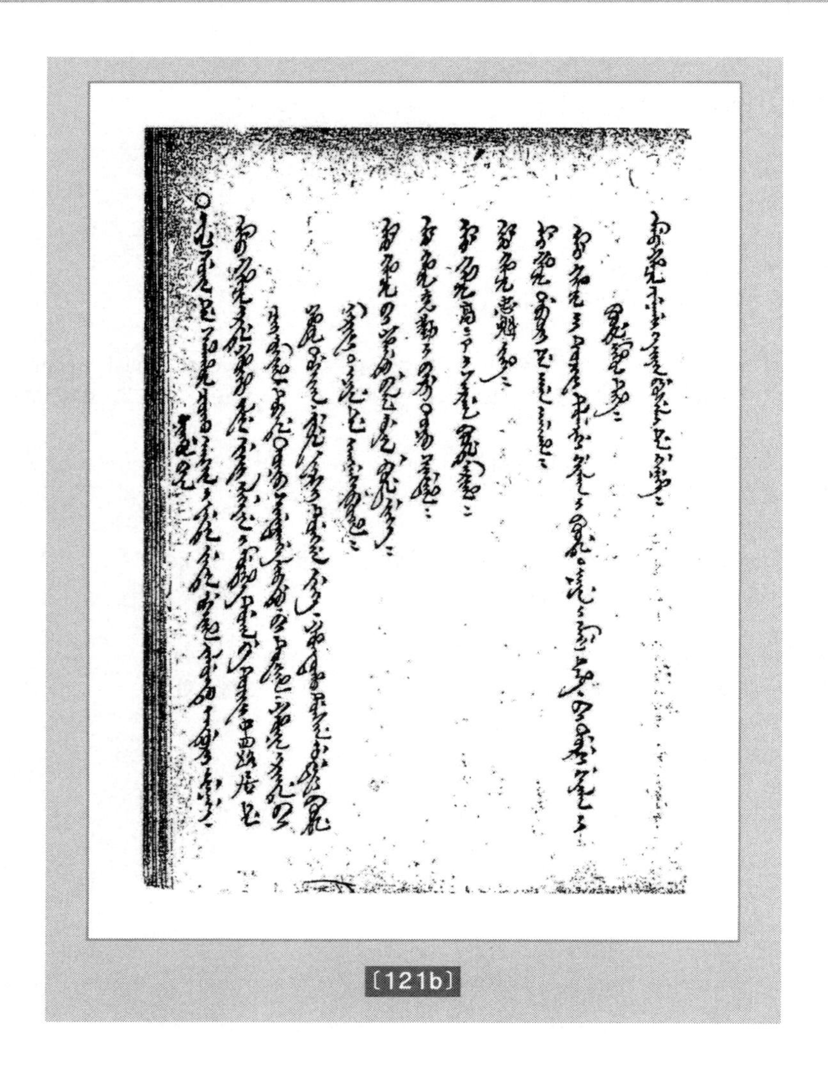

[121b]

ninggun biya
6 월

○ice sunja de sahahūn coko aisin i feten jeten usiha jaluntu enduri inenggi.
초 5 에 거무스름한 닭 金 의 五行 軫 宿 滿 神 날

emu hacin erde hoho efen jefi elgiyen i mutehe duka be tucifi 中四路居 de
한 가지 아침 水餃子 먹고 阜成門 을 나가서 中四路居 에서

cai omiha. tubade tonio sindarangge labdu. bi tuwaha. honin erinde bi
차 마셨다 그곳에서 바둑 두는 사람 많다 나 보았다 양 때에 나

hoton dosika. juwe farsi dungga jeke. hontoho dungga udafi boode
성 들어갔다 2 조각 수박 먹었다 반 수박 사서 집에

mariha. ○ eniye de anggasibuha..
돌아왔다 어머니 에게 맛보게 하였다

emu hacin bi handu bele uyan buda jeke..
한 가지 나 흰 쌀 죽 밥 먹었다

emu hacin 克勤 i baru tonio sindaha..
한 가지 克勤 의 쪽 바둑 두었다

emu hacin 高三卩 i sargan boode mariha..
한 가지 高三爺 의 아내 집에 돌아왔다

emu hacin 忠魁 jihe..
한 가지 忠魁 왔다

emu hacin dobori de aga agaha..
한 가지 밤 에 비 비왔다

emu hacin i tucifi tulergi giyalan i boode ○ eniye i emgi tehe. bi dorgi giyalan i
한 가지 그 나가서 바깥쪽의 間 의 집에 어머니 와 함께 앉았다 나 안쪽 間 의

boode emhun tehe..
집에서 혼자 앉았다

emu hacin enenggi ke giyan puseli de genehe..
한 가지 오늘 ke giyan 가게 에 갔다

—— ◦ —— ◦ —— ◦ ——

6월

초닷새, 계유(癸酉) 금행(金行) 진수(軫宿) 만일(滿日).

하나, 아침에 물만두를 먹고 부성문(阜成門)을 나가 중사로거(中四路居)에서 차를 마셨다. 그곳에서 바둑 두는 사람이 많아서 내가 보았다. 미시(未時)에 나는 성을 들어갔다. 수박 2 조각을 먹었다. 수박 반통을 사서 집에 돌아왔고, 어머니에게 맛보게 하였다.

하나, 나는 흰쌀 죽 밥을 먹었다.

하나, 커친(kecin, 克勤)과 함께 바둑을 두었다.

하나, 고삼야(高三爺)의 아내가 집에 돌아왔다.

하나, 충괴(忠魁)가 왔다.

하나, 밤에 비가 왔다.

하나, 그녀가 나가서 바깥쪽 칸의 집에 어머니와 함께 앉았다. 나는 안쪽 칸의 집에서 혼자 앉았다.

하나, 오늘 커기얀(kegiyan, 克儉)이 가게에 갔다.

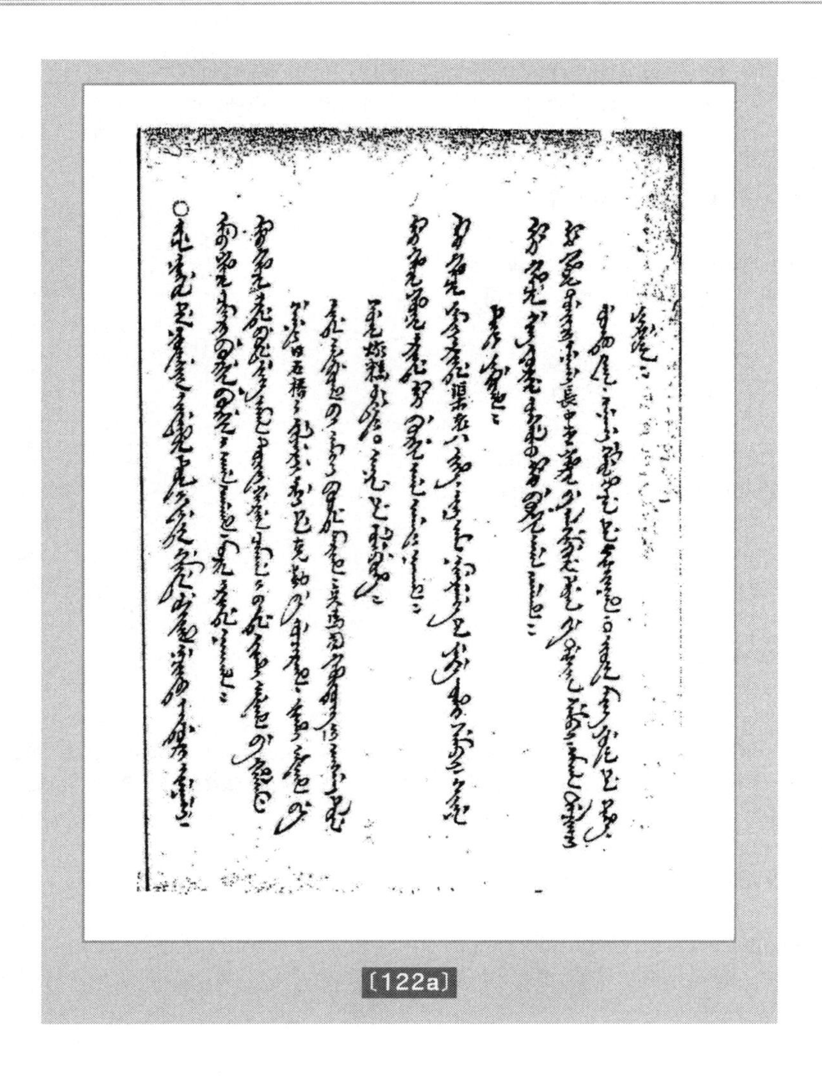

[122a]

○ice ninggun de niowanggiyan indahūn tuwa i feten gimda usiha necintu enduri inenggi.
초 6 에 푸른 개 火의五行 角 宿 平 神 날

emu hacin ecimari burgin burgin i aga agaha. morin erinde nakaha..
한 가지 오늘 아침 후두둑 후두둑 비 내렸다 말 때에 그쳤다

emu hacin erde buda jeke amala tucifi garhan camgan i bade jihai afaha be halame
한 가지 아침 밥 먹은 뒤에 나가서 單 牌樓 의 곳에 錢으로 한 枚 를 바꾸러

genefi 甘石桥 i julergi ergi de 克勤 be ucaraha. jihai afaha be
가서 甘石橋 의 남 쪽 에 克勤 을 만났다 錢으로 한 枚 를

inde afabuha. bi amasi boode mariha. 兵馬司 hūtung ni anggai tule
그에게 건네주었다 나 도로 집에 돌아왔다 兵馬司 hūtung 의 입구의 밖에

sunja 炸糕 udafi ○ eniye de ulebuhe..
5 炸糕 사서 어머니 에게 먹게 하였다

emu hacin honin erinde emu burgin aga agafi nakaha..
한 가지 양 때에 한 갑자기 비 내리고 그쳤다

emu hacin yamji erinde 渠老八 jihe. ini ama nimerengge te yebe oho sembi. kejine
한 가지 저녁 때에 渠老八 왔다 그의 아버지 아픈 것 이제 낫게 되었다 한다 꽤

tefi yabuha..
앉고서 갔다

emu hacin ging forire onggolo emu burgin aga agaha..
한 가지 更 치기 전에 한 갑자기 비 내렸다

emu hacin donjici enenggi 長中堂 horon be algimbure duka be dosika sembi. amala dacilaci
한 가지 들으니 오늘 長中堂 宣武門 을 들어갔다 한다 뒤에 알아보니

uttu waka. enenggi gemun hecen de isinaha. ○ iowan ming yuwan de tehe.
그렇지 않다 오늘 京 城 에 이르렀다 圓 明 園 에 앉았다

yargiyan..
정말이다

—— ◦ —— ◦ —— ◦ ——

초엿새, 갑술(甲戌) 화행(火行) 각수(角宿) 평일(平日).
하나, 오늘 아침에 후두둑 후두둑 하고 비가 내렸다. 오시(午時)에 그쳤다.
하나, 아침 밥 먹은 뒤에 나가서 단패루(單牌樓) 라는 곳에서 돈으로 한 매를 바꾸러 가서 감석교(甘石橋)의 남쪽에서 커친(kecin, 克勤)을 만났다. 돈으로 한 매를 그에게 건네주었다. 나는 도로 집에 돌아왔다. 병마사(兵馬司) 후퉁의 입구 밖에서 작고(炸糕) 5개를 사서 어머니에게 먹게 하였다.
하나, 미시(未時)에 갑자기 한 차례 비가 내리고 그쳤다.
하나, 저녁때에 거노팔(渠老八)이 왔다. 그의 아버지가 아픈 것이 이제 낫게 되었다 한다. 꽤 앉아 있다가 갔다.
하나, 야경 치기 전에 갑자기 한 차례 비가 내렸다.
하나, 들으니 오늘 장중당(長中堂)이 선무문(宣武門)을 들어갔다 한다. 뒤에 자세히 알아보니 그렇지 않았다. 오늘 경성(京城)에 이르렀고, 원명원(圓明園)에 머문다 한다. 정말이다.

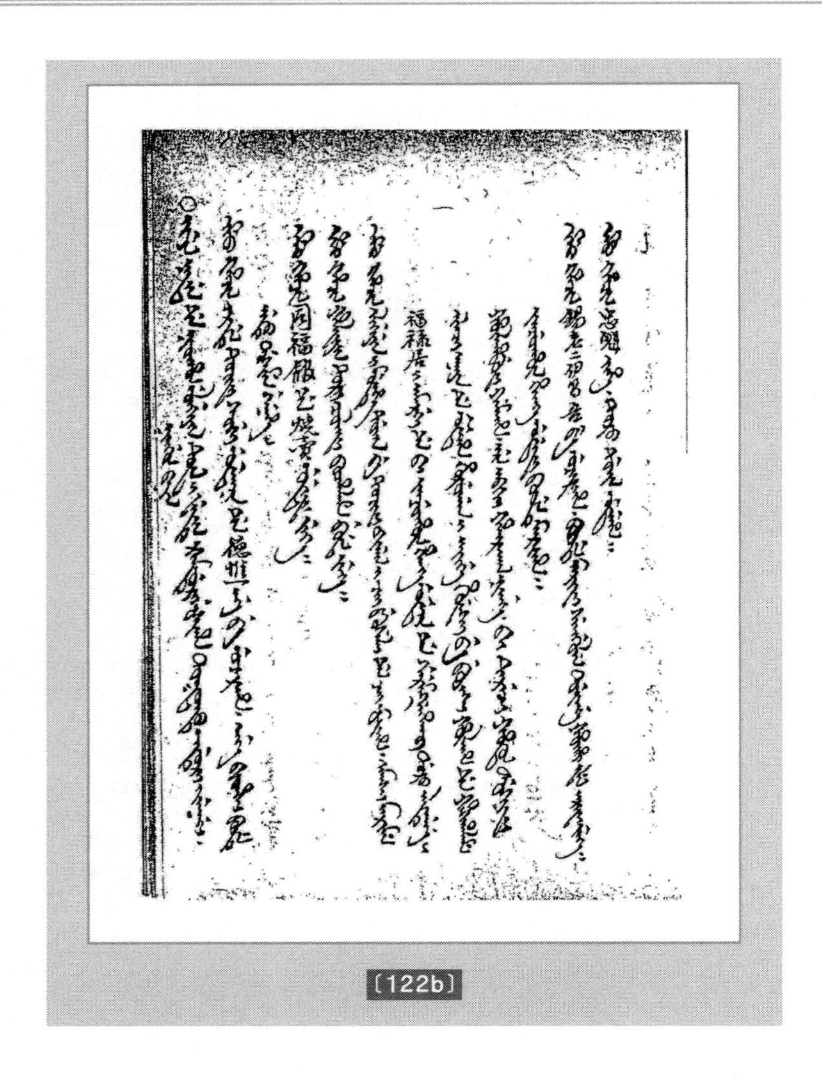

〔122b〕

ninggun biya
6 월

○ice nadan de niohon ulgiyan tuwa i feten k'amduri usiha toktontu enduri inenggi.
초 7 에 푸르스름한 돼지 火 의 五行 亢 宿 定 神 날

emu hacin erde tucifi sogi udanara de 德惟一 age be ucaraha. age bithei boode
한 가지 아침 나가서 채소 사러 갈 때 德惟一 형 을 만났다 형 책의 집에

idu dosime genehe..
당직 들어서 갔다

emu hacin 同福館 de 燒賣[139] udafi jeke..
한 가지 同福館 에서 燒賣 사서 먹었다

emu hacin halfiyan turi colafi boohalame buda jeke..
한 가지 제비 콩 볶고 요리하여 밥 먹었다

emu hacin elgiyen i mutehe duka be tucifi bigan i cai puseli de cai omiha. amasi marime
한 가지 阜成門 을 나가서 들 의 차 가게 에서 차 마셨다 뒤로 돌아와서

福祿居 i amargi de bi jancuhūn hengke udara de seremšehekū doro eldengge i
福祿居 의 북쪽 에서 나 단 외 살 때 조심하지 않아 道 光 의

ilaci aniya de udaha hurugan i ajige huwesi be buyasi hūlha de hashalame
셋째 해 에 산 玳瑁甲 의 작은 칼 을 자잘한 도둑 에 울타리 두르고

hūlhabufi gamaha. ere absi hairakan ningge. bi tereci hoton dosifi
훔쳐서 가졌다 이 얼마나 아쉬운 것 나 그로부터 성 들어가서

jancuhūn hengke udafi boode mariha..
단 외 사서 집에 돌아왔다

emu hacin 錫老二 伊昌吾 be ucaraha. boode marifi sengkule doingge hoho efen arafi jeke..
한 가지 錫老二 伊昌吾 를 만났다 집에 돌아와서 부추 속 水餃子 만들어서 먹었다

emu hacin 忠魁 jihe. toro duin udaha..
한 가지 忠魁 왔다 복숭아 4 샀다

—— ○ —— ○ —— ○ ——

6월

초이레, 을해(乙亥) 화행(火行) 항수(亢宿) 정일(定日).

하나, 아침에 나가서 채소를 사러 갈 때, 덕유일(德惟一) 형을 만났다. 형은 서방(書房)에 당직하러 들어갔다.

하나, 동복관(同福館)에서 소매(燒賣) 만두를 사서 먹었다.

하나, 제비 콩을 볶아 요리하여 밥을 먹었다.

하나, 부성문(阜成門)을 나가서 길거리 차 가게에서 차를 마셨다. 뒤로 돌아와서 복록거(福祿居) 북쪽에서 내가 단외를 살 때, 조심하지 않아 도광(道光) 3년에 산 대모갑(玳瑁甲)으로 장식한 작은 칼을 좀도둑들이 둘러싸고 훔쳐서 가져갔다. 이 얼마나 아쉬운 일인가. 나는 그로부터 성에 들어가서 단 외를 사서 집에 돌아왔다.

하나, 석노이(錫老二) 이창오(伊昌吾)를 만났다. 집에 돌아와서 부추 속을 넣은 물만두를 만들어서 먹었다.

하나, 충괴(忠魁)가 왔다. 복숭아 4개를 샀다.

---

139) 燒賣 : 돼지고기, 양파, 소금, 후추 등을 섞어서 얇은 피에 넣고 찐 만두의 일종이다.

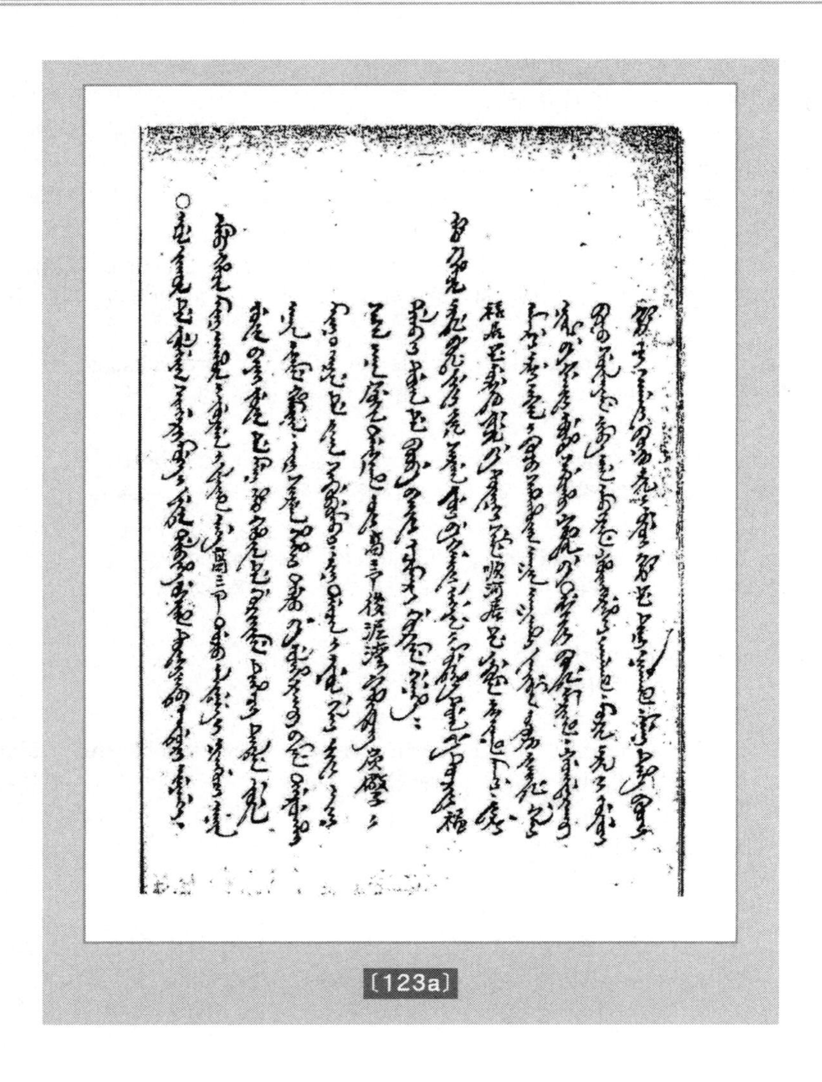

[123a]

○ice jakūn de fulgiyan singgeri muke i feten dilbihe usiha tuwakiyantu enduri inenggi.
초 8 에 붉은 쥐 水 의 五行 氐 宿 執 神 날

emu hacin mini ahūn i jurgan i faliha age 高三丁 doro eldengge i ningguci aniya
한 가지 나의 형 의 인연으로 맺은 형 高三爺 道 光 의 여섯째 해

juwan biyai juwan de meni emu hūwa de gurinjime teheci tetele juwe
10 월의 10 에 우리의 한 동네 에 옮겨 와서 살았으니 지금까지 2

aniya isime hamika. ini sargan hehei doro be ulhirakū bime daruhai
해 대체로 가깝다 그의 아내 여자의 도리 를 알지 못하고 있고 항상

mini ᴑ eniye de waka sabubumbi. ini dancan i eyun geli jifi ini
나의 어머니 에 잘못 보인다 그의 친정 의 언니 또 와서 그와

sasa anan šukin daišaha ofi 高三卩 后泥湾 hūtung 炭廠子 i
같이 허둥지둥 엉망이 되어서 高三爺 後泥灣 hūtung 炭廠子 의

dalbai duka de boobe baifi ecimari gurime genehe..
옆의 문 에 집을 구해서 오늘 아침 옮겨서 갔다

emu hacin erde buda jefi ina sargan jui be gaifi elgiyen i mutehe duka be tucifi
한 가지 아침 밥 먹고 조카 딸 아이 를 데리고 阜成門 을 나가서

福祿居 de urgetu jucun be tuwanaki seme 順河居 de yabume isinaha manggi. wargi
福祿居 에 인형 극 을 보러가자 하고 順河居 에 가서 다다른 뒤에 西

amargi ergi abka i boco sahahūkan akjan akjahai faijume ojoro jakade geli
北 쪽 하늘 의 색 어두워져 우레 치면서 기괴하게 되기 때문에 또

niol be gaifi ebuhu sabuhū. hoton be dosifi boode mariha. goidarakū
妞兒를 데리고 허둥거리며 성 을 들어가서 집에 돌아왔다 오래지않아

bono suwaliyame amba aga ambarame hungkerehei agaha. morin erin i ujui
우박 함께 큰 비 대단히 세차게 비 내렸다 말 때 의 처음의

kemu ci agafi bonio erin i ujui kemu de teni nakaha. meni tehe booi
刻 부터 비와서 양 때 의 처음의 刻 에 비로소 그쳤다 우리 산 집의

—— ∘ —— ∘ —— ∘ ——

초여드레, 병자(丙子) 수행(水行) 저수(氐宿) 집일(執日).

하나, 나의 형의 인연으로 맺은 고삼야(高三爺) 형은 도광(道光) 6년 10월 10일에 우리 동네에 한 번 옮겨 와서 살았으니, 지금까지 대체로 2년에 가깝다. 그의 아내는 여자의 도리를 알지 못하고 항상 나의 어머니에게 잘못 보인다. 그의 친정 언니가 또 와서 그와 같이 우왕좌왕 엉망이 되어서, 고삼야는 후니만(後泥灣) 후퉁 탄창자(炭廠子)의 옆 문에 집을 구해서 오늘 아침에 옮겨서 갔다.

하나, 아침에 밥을 먹고 조카 딸아이를 데리고 부성문(阜成門)을 나가 복록거(福祿居)에 인형극을 보러가자 하고 순하거(順河居)에 이르렀는데, 서북쪽 하늘색이 어두워지고 우레가 치면서 기괴하게 되었기 때문에 또 뉴아(妞兒)를 데리고 허둥거리며 성을 들어가서 집에 돌아왔다. 오래지않아 우박과 함께 큰비가 대단히 세차게 내렸다. 오시(午時)의 첫 각(刻)부터 비가 와서 미시(未時)의 첫 각(刻)에 비로소 그쳤다. 우리가 사는 집의

[123b]

ninggun biya
6 월

dorgi giyalan i boo fajiran i amargi ci muke dosinjifi elekei nagan be
안쪽 間 의 집 모퉁이 의 북쪽 으로부터 물 들어와서 거의 구들 을

dabaha. eyun ina ke cin i sargan gubcingge gemu muke be fengseku i tebufi
넘었다 누나 조카 ke cin 의 아내 온 집안 모두 물 을 대야로 담아서

hūwa de doolaha. yala šuntuhuni šaburaha. yamji erinde uhei hangse arafi
마당 에 쏟았다 진실로 하루 종일 졸았다 저녁 때에 함께 국수 만들어서

jeke..
먹었다

emu hacin elgiyen i mutehe dukai tule 奎老四 be ucaraha..
한 가지 阜成門 밖 奎老四 를 만났다

emu hacin bi boode marifi donjici teike 華年 jihe. minde juwe minggan jiha bufi
한 가지 나 집에 돌아와서 들으니 조금전 華年 왔다 나에게 2 千 錢 주고서

aika udame jetereo sehe. 忠賢 inu emu minggan jiha minde buhe.
무언가 사서 먹으세요 하였다 忠賢 도 1 千 錢 나에게 주었다

abka faijuma ofi ekšeme yoha sembi..
하늘 기괴해져서 급하게 갔다 한다

emu hacin dorgi giyalan i booi nagan muke de ebeniyehei udejehe[140] ofi meni ○ eniye
한 가지 안쪽 間 의 집의 구들 물 에 잠겨서 무너지게 되어 우리 어머니

jui ilan niyalma gemu tulergi giyalan i booi nagan de tehe. gūnici
아들 3 사람 모두 바깥 間 의 집의 구들 에 앉았다 생각해보니

ere boo saicungga fengšen i orin ilaci aniya de 磚塔兒 hūtung ci
이 집 嘉 慶 의 20 셋째 해 에 磚塔兒 hūtung 에서

gurinjime teheci tetele juwan emu aniya oho. agai ucuri damu
옮겨와서 살았으니 지금까지 10 1 해 되었다 비의 계절 다만

sabdara dabala. uttu muke dosire ba akū. ere ainci booi fajiran i
물방울 불과하다 이처럼 물 들어오는 바 없다 이 아마 집의 모퉁이의

—— ∘ —— ∘ —— ∘ ——

6월
안쪽 칸 집의 모퉁이 북쪽으로부터 물이 들어와서 거의 구들을 넘었다. 누나와 조카 커친(kecin, 克勤)의 아내, 또 온 집안이 모두 물을 대야로 담아서 마당에 쏟았다. 진실로 하루 종일 졸았다 저녁때에 함께 국수 만들어서 먹었다.
하나, 부성문(阜成門) 밖에서 규노사(奎老四)를 만났다.
하나, 내가 집에 돌아와서 들으니 조금 전 화년(華年)이 와서 나에게 2천 전을 주고서 무언가 사서 드세요 하였다. 충현(忠賢)도 1천 전을 나에게 주었는데, 하늘이 기괴해져서 급하게 갔다 한다.
하나, 안쪽 칸 집의 구들이 물에 잠겨 무너지게 되어 어머니와 세 아들이 모두 바깥 칸 집의 구들에 앉아 있었다. 생각해보니 이 집은 가경(嘉慶) 23년(1818)에 전탑아(磚塔兒) 후퉁에서 옮겨와서 살았으니 지금까지 11년이 되었다. 비의 계절에는 다만 물방울에 불과하였고, 이처럼 물이 들어오는 바가 없었다. 이는 아마도 집 모퉁이

140) udejehe : 'ulejehe'의 잘못으로 보인다.

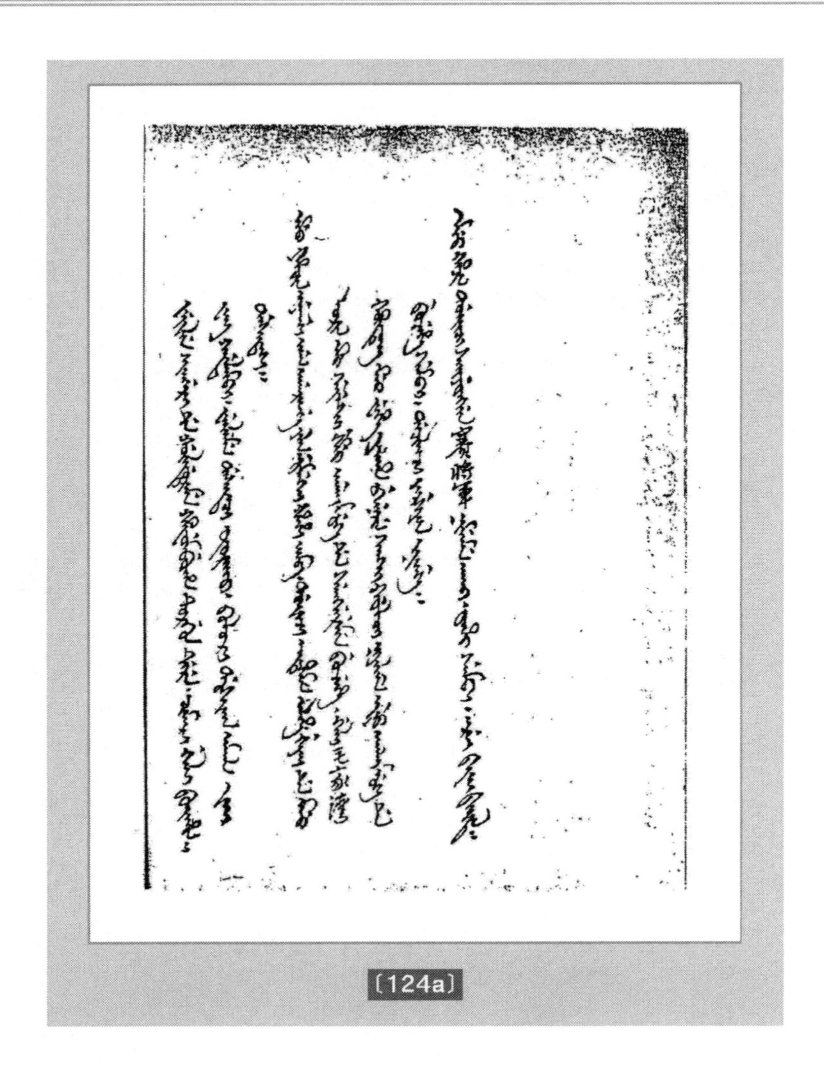
[124a]

fejile singgeri de gūldurame hafumbuha turgun dere. cimari geli boihon i
아래 쥐 에게 구멍을 뚫고 통했기 때문이리라 내일 또 土 의

wang kadalambi. weileme dasataci ojorakū. bolori dosika amala jai
旺 주관한다 시공하고 수리할 수 없다 가을 들어간 뒤에 다시

dasataki..
수리하자

emu hacin enenggi aga agarangge yala umesi hahi amba. donjici enteheme elhe giyai de emu
한 가지 오늘 비 오는 것 진실로 매우 절박하고 크다 들으니 長 安 街 에서 한

lorin emu sejesi gemu agai muke de sengsereme bucehe. geli 毛家湾
노새 한 수레꾼 모두 비의 물 에 빠져서 죽었다 또 毛家灣

hūtung emu wehe yaha benere sansi goloi niyalma inu agai muke de
hūtung 한 石 炭 보내는 山西 省의 사람 도 비의 물 에

bucehe sembi. dacilaci yargiyan ningge..
죽었다 한다 알아보니 사실인 것

emu hacin donjici saicungga 賽將軍 nimeme akū oho sembi. erei biyai baita..
한 가지 들으니 saicungga 賽將軍 병들어 죽게 되었다 한다 이의 달의 일

아래를 쥐가 구멍을 뚫고 통했기 때문이리라. 내일은 또 토왕용사(土旺用事)하는 날이기 때문에 시공하거나 수리할 수가 없다. 가을로 들어간 뒤에 다시 수리하자.

하나, 오늘 비 오는 것이 진실로 매우 절박하고 크다. 들으니 장안가(長安街)에서 노새 한 마리와 수레꾼 한 사람이 모두 빗물에 빠져서 죽었고, 또 모가만(毛家灣) 후퉁에 석탄을 보내주는 산서성(山西省) 사람 한 명도 빗물에 죽었다 한다. 상세히 알아보니 사실이었다.

하나, 들으니 사이충가(saicungga) 새장군(賽將軍)이 병들어 죽게 되었다 한다. 이달의 일

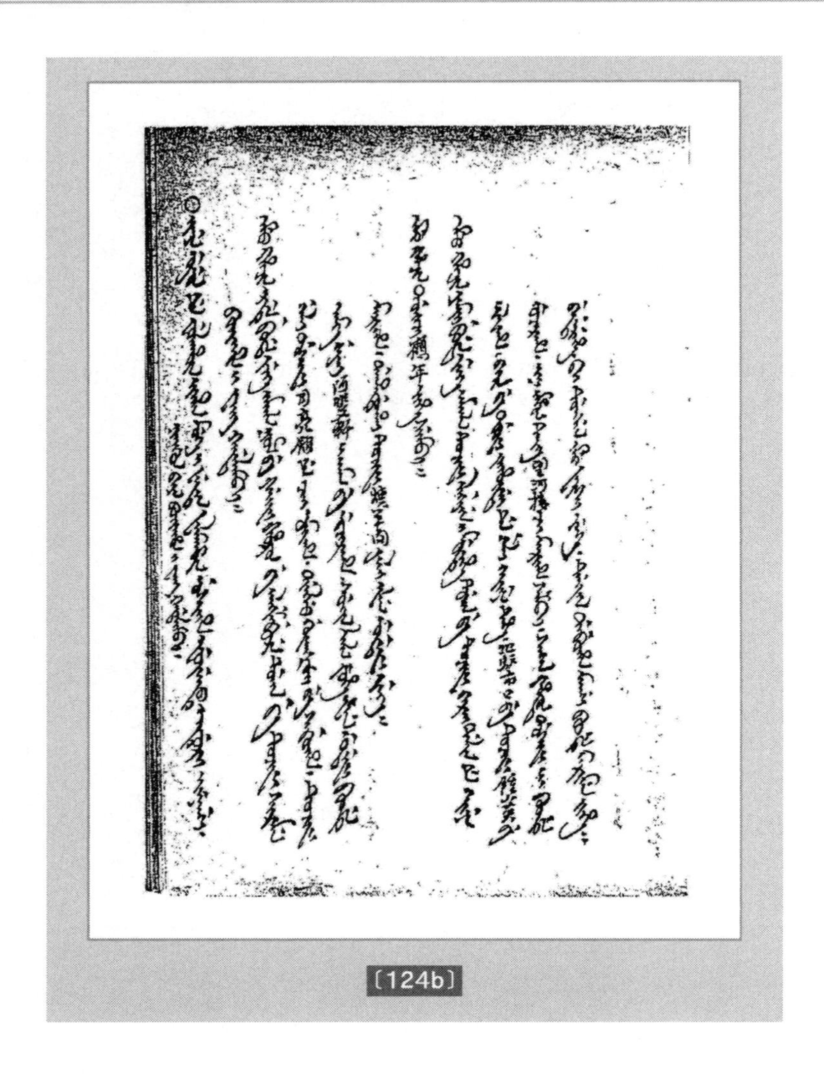

〔124b〕

ninggun biya boihon i wang kadalambi[141)]..
6 월 土 의 旺 주관하다

○ice uyun de fulahūn ihan muke i feten falmahūn usiha efujentu enduri inenggi.
초 9 에 불그스름한 소 水 의 五行 房 宿 破 神 날

boihon i wang kadalambi..
土 의 旺 주관하다

141) boihon i wang kadalambi : 토왕용사(土旺用事)의 만주어 표현으로, 이 날은 오행 중에서 '토(土)'의 기운이 왕성하다고 한다. 춘하추동의 절기마다 한 번씩 있으며, 이때는 흙과 관련한 일은 금한다고 한다.

emu hacin erde buda jeke amala niol be gaifi horon be algimbure duka be tucifi sirame
한 가지 아침 밥 먹은 뒤에 niol 을 데리고 宣武門 을 나가서 이어서

geli dosifi 月亮館 de cai omiha. dinglu guwangšui be sabuha. tucifi
또 들어가서 月亮館 에서 차 마셨다 定祿 光舒 를 보았다 나가서

amba giyai 阿斐軒 i ama be ucaraha. sunja lala juhe efen[142] udafi boode
大 街 阿斐軒 의 아버지 를 만났다 5 糉子 사서 집에

mariha. dahanduhai tucifi 燒羊肉 yali efen udafi jeke..
돌아왔다 잇따라 나가서 燒羊肉 고기 떡 사서 먹었다

emu hacin donjici 鶴年 jihe sembi..
한 가지 들으니 鶴年 왔다 한다

emu hacin yamji buda jeke amala tucifi elgiyen i mutehe duka be tucifi birai dalin de kejine
한 가지 저녁 밥 먹은 뒤에 나가서 阜成門 을 나가서 강의 가 에 꽤

iliha. bira be doofi jahūdai de geli kejine tehe. 北燈市口 be tucifi 鍾山英 be
섰다 강 을 건너서 배 에서 또 꽤 앉았다 北燈市口 를 나가서 鍾山英 을

ucaraha. ini emhun teike 望河楼 ci mariha sembi. sasa hoton dosifi i boode
만났다 그의 혼자 조금전 望河樓 로부터 돌아왔다 한다 같이 성 들어가서 그 집에

bederehe. bi dungga emu farsi jeke. dengjan dabuha manggi boode marime jihe..
되돌아갔다 나 수박 한 조각 먹었다 등잔 불 켠 뒤에 집에 돌아서 왔다

—— ∘ —— ∘ —— ∘ ——

6월, 토왕용사(土旺用事)이다.
초아흐레, 정축(丁丑) 수행(水行) 방수(房宿) 파일(破日).
토왕용사(土旺用事)이다.
하나, 아침밥을 먹은 뒤에 뉴아(妞兒)를 데리고 선무문(宣武門)을 나가고, 또 이어서 들어가서 월량관(月亮館)에서 차를 마셨다. 정록(定祿)과 광서(光舒)를 보았다. 나가서 대가(大街)의 아비헌(阿斐軒)의 아버지를 만났다. 종자(糉子) 5개를 사서 집에 돌아왔다. 잇따라 나가서 소양육(燒羊肉) 고기와 떡을 사서 먹었다.
하나, 들으니 학년(鶴年)이 왔다 한다.
하나, 저녁 밥 먹은 뒤에 나가서 부성문(阜成門)을 나가서 강가에 꽤 서 있었다. 강을 건너서 배에서 또 꽤 앉아 있었다. 북등시구(北燈市口)를 나가서 종산영(鍾山英)을 만났다. 그는 혼자서 조금 전에 망하루(望河樓)로부터 돌아왔다 한다. 같이 성에 들어가고 그는 집에 되돌아갔다. 나는 수박 한 조각을 먹었다. 등잔 불 켠 뒤에 집에 돌아서 왔다.

---

142) lala juhe efen : 찹쌀을 씻어서 갈대 잎으로 어슷하게 네모로 싸서 찐 경단의 일종으로, '종자(糉子)'라고 한다.

〔125a〕

○juwan de suwayan tasha boihon i feten sindubi usiha tuksintu enduri inenggi.
10 에 누런 호랑이 土 의 五行 心 宿 危 神 날

emu hacin erde eberi ufa senggule sampa udafi eyun i boode bufi uhei hoho efen arafi jeke..
한 가지 아침 약한 가루 부추 새우 사서 누나 의 집에 주고서 함께 水餃子 만들어 먹었다

bi sain ufa honin i yali i doingge arafi juwe erin jeke..
나 좋은 가루 양 의 고기 의 속 만들어서 2 때 먹었다

emu hacin niol be gaifi elgiyen i mutehe duka be tucifi 福祿居 de urgetu jucun be donjime
한 가지 niol 을 데리고 阜成門 을 나가서 福祿居 에 인형 극 을 들으러

genefi tuwaci enenggi akū. 十不闲 bi. be donjihakū. bai emu moro cai omiha.
가서 보니 오늘 없다 十不閑 있다 우리 듣지 않았다 괜히 한 사발 茶 마셨다

ninggun jiha bufi yoha. 顺河居 de 石玉崑 龍图案 任廣顺 水滸傳 be
6 錢 주고 갔다 順河居 에서 石玉崑 龍圖案 任廣順 水滸傳 을

donjiha. tubade nirui janggin 定六卩 inghuwa 英二卩 liyanhi 連老大 be ucaraha.
들었다 그곳에서 佐領 定六爺 英華 英二爺 連熙 連老大 를 만났다

julen alara be donjime wajihakū. abka wargi amargi ergi eherefi faijuma cananggi
故事 말하는 것 을 듣기 마치지 않았다 하늘 西 北 쪽 나쁘게 되고 좋지 않아 이전

gese ofi ekšeme hoton dosifi boode mariha. goidarakū emu burgin aga
처럼 되어 급하게 성 들어가서 집에 돌아왔다 머지않아 한 갑자기 비

agaha. emu kemu sidende nakafi šuwe gehun galaka..
내렸다 1 刻 사이에 그치고 곧바로 말끔히 개었다

emu hacin sunja biyai ice duin ci tetele arki be angga de gamaha ba akū. enenggi tucifi
한 가지 5 월의 초 4 부터 지금까지 소주 를 입 에 가져간 바 없다 오늘 나가서

鴻昌號 ci arki majige udafi udu angga omiha..
鴻昌號 로부터 소주 조금 사서 몇 입 마셨다

emu hacin enenggi 顺河居 de jancuhūn hengke dungga gemu jeke..
한 가지 오늘 順河居 에서 단 외 수박 모두 먹었다

—— ◦ —— ◦ —— ◦ ——

10일, 무인(戊寅) 토행(土行) 심수(心宿) 위일(危日).

하나, 아침에 약한 밀가루, 부추, 새우를 사서 누나 집에 주고 함께 물만두를 만들어 먹었다. 나는 좋은 밀가루와 양고기로 속을 만들어서 2 때를 먹었다.

하나, 뉴아(妞兒)를 데리고 부성문(阜成門)을 나가서 복록거(福祿居)에 인형극을 들으러 가서 보니 오늘은 인형극이 없고 『십불한(十不閑)』이 있다. 우리는 듣지 않았다. 괜히 차 한 사발을 마셨다. 6전을 주고 갔다. 순하거(順河居)에서 『석옥곤(石玉崑)』, 『용도안(龍圖案)』, 『임광순(任廣順)』, 『수호전(水滸傳)』을 들었다. 그곳에서 좌령(佐領) 정육야(定六爺), 영화(英華) 영이야(英二爺), 연희(連熙) 연노대(連老大)를 만났다. 고사(故事) 말하는 것을 다 듣지 않았다. 서북쪽 하늘이 이전처럼 나쁘고 좋지 않게 되어 급히 성을 들어가서 집에 돌아왔다. 머지않아 갑자기 한 바탕 비가 내렸다. 1각(刻) 사이에 그치고 곧바로 말끔히 개었다.

하나, 5월 초나흘부터 지금까지 소주를 입에 가져간 바 없다. 오늘 나가서 홍창호(鴻昌號)로부터 소주를 조금 사서 몇 모금 마셨다.

하나, 오늘 순하거(順河居)에서 단 외와 수박을 모두 먹었다.

[125b]

ninggun biya
6 월

emu hacin ○ eniye de foyoro udame alibufi nure omibuha. sakda beyei tuhe efen[143] arafi
한 가지 어머니 에 자두 사서 올리고 술 마시게 하였다 어르신 몸소 보리 떡 만들어서

jeke..
먹었다

143) tuhe efen : 보리를 갈아 가루로 만든 다음, 반죽하여 얇게 펴고 둥글게 만들어서 마른 솥에 기름을 발라 지져서 익혀 먹는 떡의 일종을 가리킨다.

emu hacin yamji erinde 蒲兒茶 cai fuifufi omiha..
한 가지 저녁 때에 蒲兒茶 차 끓여서 마셨다

emu hacin 忠魁 jihe..
한 가지 忠魁 왔다

—— ◦ —— ◦ —— ◦ ——

6월
하나, 어머니에게 자두를 사서 드리고, 술을 마시게 하였다. 어르신은 몸소 보리떡을 만들어서 먹었다
하나, 저녁때에 포아차(蒲兒茶)를 끓여서 마셨다.
하나, 충괴(忠魁)가 왔다.

[126a]

○juwan emu de sohon gūlmahūn boihon i feten weisha usiha mutehentu enduri inenggi.
10 1 에 누르스름한 토끼 土 의 五行 尾 宿 成 神 날

emu hacin erde budai amala ina ke cin i baru tonio sindaha..
한 가지 아침 밥 뒤에 조카 ke cin 과 쪽 바둑 두었다

emu hacin morin erinde emhe jihe. ○ eniye de enji efen emu uhuri udafi alibume jafaha.
한 가지 말 때에 장모 왔다 어머니 에 야채 떡 한 봉지 사서 올려서 드렸다
ini sargan jui de
그의 딸 아이 에

emu minggan jiha bufi jalafun arambi. majige tefi bibuci ojorakū sejen tefi yoha..
1 千 錢 주고 壽 축하한다 잠시 앉고서 있을 수 없어 수레 타고 갔다

emu hacin bi tucifi tanggū orin jiha de emu amba dungga udafi sasa uhei jeke..
한 가지 나 나가서 百 20 錢 에 한 큰 수박 사서 같이 함께 먹었다

emu hacin emu minggan jiha fayafi yamji erinde ○ eniye eyun ina se gemu uhei hangse arafi
한 가지 1 千 錢 써고 저녁 때에 어머니 누나 조카 등 모두 함께 국수 만들어서

jeke..
먹었다

emu hacin ina ke cin i baru tonio sindaha..
한 가지 조카 ke cin 의 쪽 바둑 두었다

—— ◦ —— ◦ —— ◦ ——

11일, 기묘(己卯) 토행(土行) 미수(尾宿) 성일(成日).
하나, 아침 식사 뒤에 조카 커친(kecin, 克勤)과 함께 바둑을 두었다.
하나, 오시(午時)에 장모가 왔다. 어머니에게 야채 떡 한 봉지를 사서 올려서 드렸다. 그의 딸아이에게 1천 전을 주고 수(壽)를 축하한다. 잠시 앉았다가 있을 수 없어 수레를 타고 갔다.
하나, 내가 나가서 120전에 큰 수박 하나를 사서 같이 함께 먹었다.
하나, 1천 전을 써서 저녁때에 어머니, 누나, 조카들과 모두 함께 국수를 만들어서 먹었다.
하나, 조카 커친과 함께 바둑을 두었다.

〔126b〕

ninggun biya amba halhūn dulimbai šanyan
6 월 大 暑 中 伏

○juwan juwe de šanyan muduri aisin i feten girha usiha bargiyantu enduri inenggi.
10 2 에 흰 용 金 의 五行 箕 宿 收 神 날

muduri erin i ujui emu kemu de amba halhūn ninggun biyai dulin
용 때 의 처음의 일 刻 에 大 暑 6 월의 보름

dulimbai šanyan..
中 伏

emu hacin ere inenggi mini sargan i banjiha inenggi. eberi ufa senggule sampa udafi
한 가지 이 날 나의 아내 의 태어난 날 약한 가루 부추 새우 사서

eyun i booi gubci suwaliyame gemu uhei hoho efen arafi jeke..
누나 의 집의 전부 같이 모두 함께 水餃子 만들어서 먹었다

emu hacin erde budai amala 克勤 妞兒 套兒 be gaifi elgiyen i mutehe duka be tucifi 福祿居 de
한 가지 아침 밥의 뒤에 克勤 妞兒 套兒 를 데리고 阜成門 을 나가서 福祿居에서

juwe tanggū jiha fayafi urgetu jucun be tuwaha. tubade dukai janggin 凤五卩 be
2 百 錢 써서 인형 극 을 보았다 그곳에서 문의 章京 鳳五爺 를

ucaraha. ini fiyanggū jui be gaime inu urgetu jucun be tuwaha. bi ceni funde
만났다 그의 막내 아들 을 데리고 또 인형 극 을 보았다 나 그들 대신

jiha buci watai ojorakū ofi nakaha. facaha manggi be hoton dosifi 羊市
錢 주니 도저히 할 수 없게 되어서 그만두었다 파한 뒤에 우리 성 들어가서 羊市

bade etuku uncara puseli de 德惟一 age jai bukui galai da 春二卩 be
곳에 옷 파는 가게 에서 德惟一 형 또 씨름 翼 長 春二爺 를

ucaraha. beye mehufi fakcafi be boode mariha..
만났다 몸 구부려 인사하고 헤어져서 우리 집에 돌아왔다

emu hacin boode marifi donjici enenggi uyuci age jifi tuwaha. minde juwe ajige
한 가지 집에 돌아와서 들으니 오늘 아홉째 형 와서 보았다 나에게 2 작은

dungga udafi buhe. genehe bihe sembi. tere dungga be uhei jeke..
수박 사서 주고 갔었다 한다 그 수박 을 함께 먹었다

—— ∘ —— ∘ —— ∘ ——

6월 대서(大暑) 중복(中伏)

12일, 경진(庚辰) 금행(金行) 기수(箕宿) 수일(收日).

진시(辰時)의 첫 1각(刻)에 대서(大暑)이고, 6월의 보름이며 중복(中伏)이다.

하나, 이날은 나의 아내가 태어난 날이다. 약한 밀가루, 부추, 새우를 사서 누나 집 식구 전부와 같이 모두 함께 물만두를 만들어서 먹었다.

하나, 아침 식사 뒤에 커친(kecin, 克勤), 뉴아(妞兒), 투아(套兒)를 데리고 부성문(阜成門)을 나가서 복록거(福祿居)에서 2백 전을 써서 인형극을 보았다. 그곳에서 문의 장경(章京) 봉오야(鳳五爺)를 만났다. 그의 막내아들을 데리고 이 인형극을 보았다. 내가 그들 대신 도저히 돈을 줄 수 없어서 그만두었다. 마친 뒤에 우리는 성을 들어가서 양시(羊市) 있는 곳에 있는 옷 파는 가게에서 덕유일(德惟一) 형과 씨름의 익장(翼長) 춘이야(春二爺)를 만났다. 몸을 구부려 인사하며 헤어지고, 우리는 집에 돌아왔다.

하나, 집에 돌아와서 들으니 오늘 아홉째 형이 와서 보았다. 나에게 작은 수박 2개를 사서 주고 갔다 한다. 그 수박을 함께 먹었다.

〔127a〕

emu hacin ecimari 鶴年 jihe bihe..
한 가지 오늘 아침 鶴年 왔었다

emu hacin ere inenggi gehun gahūn halhūn bihe..
한 가지 이 날 말끔하게 맑고 더웠다

—— ◦ —— ◦ —— ◦ ——

하나, 오늘 아침 학년(鶴年)이 왔었다.
하나, 이날 말끔하게 맑고 더웠다.

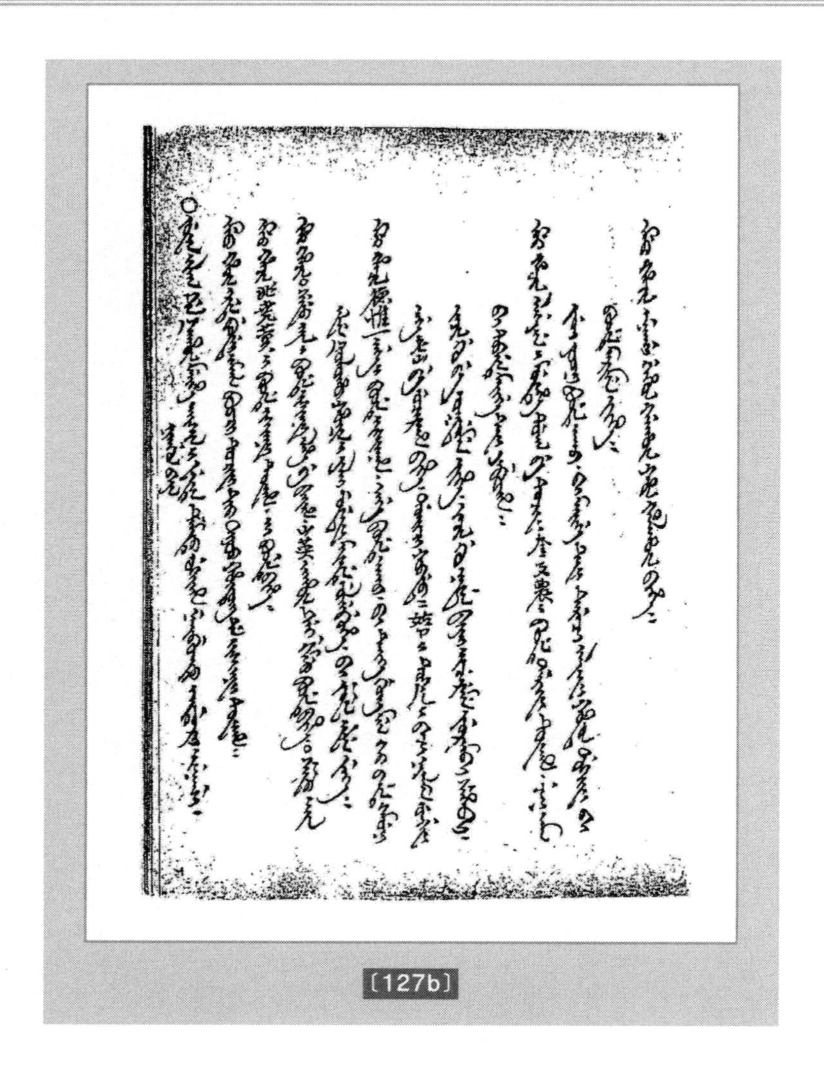

[127b]

ninggun biya
6 월

○juwan ilan de šahūn meihe aisin i feten demtu usiha neibuntu enduri inenggi.
10 3 에 희끄무레한 뱀 金 의 五行 斗 宿 開 神 날

emu hacin erde budai amala booci tucifi teo tiyoo hūtung de isinafi tuwaha..
한 가지 아침 밥의 뒤에 집에서 나가서 頭 條 hūtung 에 이르러서 보았다

emu hacin 兆堯蓂 i boode isinafi tuwaha. i boode bihe..
한 가지 兆堯蓂 의 집에 이르러서 보았다 그 집에 있었다

emu hacin ○ sefu aja i boode isinafi elhe be baiha. 山英 ahūn deo gemu boode bihe. ○ sefu aja
한 가지 師傅 母 의 집에 이르러서 안부 를 드렸다 山英 兄 弟 모두 집에 있었다 師傅 母

efen šoloho honin i yali udafi minde ulebuhe. bi juwe efen jeke..
떡 구운 양 의 고기 사서 나에게 먹게 하였다 나 2 떡 먹었다

emu hacin 德惟一 age i boode isinaha. age boode akū. bi teike gung men keo bade kemuni
한 가지 德惟一 형 의 집에 이르렀다 형 집에 없다 나 조금전 宮 門 口 곳에서 또한

age 老山 be ucaraha bihe. donjici kobdo 二姑卩 i tušan i baci niyalma unggifi
형 老山 을 만났었다 들으니 kobdo 二姑爺 의 任職 의 곳에서 사람 보내서

jacin gu be okdome jihe. jacin gu nadan biyai icereme jurambi sehebi.
둘째 姑 를 마중하러 나왔다 둘째 姑 7 월의 초순에 출발한다 하였다

bi tubade majige tefi yabuha..
나 그곳에 잠시 앉고서 갔다

emu hacin elgiyen i mutehe duka be tucifi 奎文農 i boode darifi tuwaha. ceni ama
한 가지 阜成門 을 나가서 奎文農 의 집에 들러서 보았다 그들의 父

jui yooni boode akū. bi majige tefi tereci aljafi hoton dosifi bi
子 전부 집에 없다 나 잠시 앉고서 거기에서 떠나서 성 들어가고 나

boode marime jihe..
집에 돌아서 왔다

emu hacin enenggi gehun gahūn hon halhūn bihe..
한 가지 오늘 말끔하게 맑고 몹시 더웠다

—— ◦ —— ◦ —— ◦ ——

6월
13일, 기사(己巳) 금행(金行) 두수(斗宿) 개일(開日).
하나, 아침 식사 뒤에 집에서 나가서 두조(頭條) 후퉁에 이르러서 보았다.
하나, 조요명(兆堯蓂)의 집에 이르러서 보았다. 그는 집에 있었다.
하나, 사모(師母)의 집에 이르러서 안부를 드렸다. 산영(山英) 형제가 모두 집에 있었다. 사모는 떡과 구운 양고기를 사서 나에게 먹게 하였다. 나는 떡 2개를 먹었다.
하나, 덕유일(德惟一) 형의 집에 이르렀다. 형이 집에 없다. 나는 조금 전 궁문구(宮門口)이라는 곳에서 또한 형인 노산(老山)을 만났었다. 들으니 코브도(kobdo) 지역[144]의 이고야(二姑爺)의 임직(任職)이 있는 곳에서 사람을 보내서 둘째 고모를 마중하러 나왔다. 둘째 고모는 7월의 초순에 출발한다 하였다. 나 그곳에 잠시 앉아 있다가 갔다.
하나, 부성문(阜成門)을 나가서 규문농(奎文農)의 집에 들러서 보았다. 그들 부자는 전부 집에 없다. 나는 잠시 앉아 있다가 거기에서 떠나 성을 들어가고, 집에 돌아서 왔다.
하나, 오늘 말끔하게 맑고 몹시 더웠다.

---

144) 코브도(kobdo) 지역 : 지금의 몽골 서부의 있는 '호브드 주'를 가리키는 것으로 보인다.

[128a]

emu hacin 崔二卩 丁字街 bade buda hangse uncambi. bi yamji budai amala terei bade
한 가지 崔二爺 丁字街 곳에서 밥 국수 판다 나 저녁 밥의 뒤에 그의 곳에서

majige iliha. fonjici terei boobe dorgi hoton i gencehen baci 兵馬司豬尾巴 hūtung de
잠시 섰다 들으니 그의 집을 內 城 의 언저리 땅에서 兵馬司豬尾巴 hūtung 에

gurime tehe sembi. bi jing tubade ilime bisire de 高三卩 inu tubade isiname genehe.
옮겨서 살았다 한다 나 바야흐로 그곳에 서서 있음 에 高三爺 도 그곳에 이르러서 갔다

bi emu mudan feliyeme yabufi boode mariha..
나 한 번 걸어 가서 집에 돌아왔다

—— ◦ —— ◦ —— ◦ ——

하나, 최이야(崔二爺)가 정자가(丁字街) 있는 곳에서 밥과 국수를 판다. 나는 저녁 식사 뒤에 그곳에서 잠시 섰다. 들으니 그의 집을 내성(內城) 언저리 땅에서 병마사(兵馬司)의 저미파(豬尾巴) 후통에 옮겨서 살고 있다 한다. 내가 바야흐로 그곳에 서서 있을 때, 고삼야(高三爺)도 그곳에 이르렀다. 나는 한 번 걸어서 집에 돌아왔다.

[128b]

ninggun biya
6 월

○juwan duin de sahaliyan morin moo i feten niohan usiha yaksintu enduri inenggi.
10 4 에 검은 말 木 의 五行 牛 宿 閉 神 날

emu hacin erde budai erinde 張配光 jihe. imbe ere biyai ice nadan ci cahar baci jurafi
한 가지 아침 밥의 때에 張配光 왔다 그를 이 달의 초 7 부터 cahar 곳에서 출발해서

juwan emu de gemun hecen de isinjiha sembi. minde yandume emu fempi sain be
10 1 에 京 城 에 이르렀다 한다 나에게 부탁하기를 한 통 안부 를

fonjire jasigan araha. ini gu ye de burengge. kejine tefi morin erinde yabuha..
묻는 편지 썼다 그의 姑 爺 에게 줄 것 꽤 앉고서 말 때에 갔다

emu hacin ina ke cin emu tanggū jakūnju jiha de emu honin i uju udaha. bi emu tanggū
한 가지 조카 ke cin 1 百 80 錢 에 한 양 의 머리 샀다 나 1 百

ninju jiha de inu emu honin i uju udaha uhei jeke..
60 錢 에 또 한 양 의 머리 사서 함께 먹었다

emu hacin 鶴年 jihe. bi inde juwe dasin fusheku araha..
한 가지 鶴年 왔다 나 그에게 2 자루 부채 썼다

emu hacin 伊昌吾 jihe..
한 가지 伊昌吾 왔다

emu hacin ere inenggi hon halhūn ofi bi šuntuhuni booci tucikekū..
한 가지 이 날 몹시 덥게 되어 나 하루 종일 집에서 나가지 않았다

emu hacin juwan amba jiha de juhe udaha..
한 가지 10 큰 錢 에 얼음 샀다

emu hacin ere inenggi 張配光 jing boode teme bisire de 德惟一 age booi niyalma be takūrafi
한 가지 이 날 張配光 마침 집에 앉아 있음 에 德惟一 형 집의 사람 을 시켜서

emu fempi jasigan benjihe. bi neifi tuwaci dule kobto 二姑㓚 i baci benjihe
한 통 편지 보내왔다 나 열어서 보니 뜻밖에 kobto 二姑爺 의 곳에서 보내온

jasigan mini sain be fonjirengge ni..
편지 나의 안부 를 묻는 것이도다

—— 。—— 。—— 。——

6월

14일, 임오(壬午) 목행(木行) 우수(牛宿) 폐일(閉日).

하나, 아침 식사 때에 장배광(張配光)이 왔다. 그는 이달 초 7일부터 차하르(cahar)에서 출발해서 11일에 경성(京城)에 이르렀다 한다. 나에게 부탁하기에 안부를 묻는 편지 한 통을 썼는데, 그의 고야(姑爺)에게 줄 것이다. 꽤 앉아 있다가 오시(午時)에 갔다.

하나, 조카 커친(kecin, 克勤)이 180전에 양 머리 하나를 샀다. 나도 160전에 양 머리 하나를 사서 함께 먹었다.

하나, 학년(鶴年)이 왔다. 나는 그에게 부채 2자루를 써서 주었다.

하나, 이창오(伊昌吾)가 왔다.

하나, 이날 몹시 더워서 나는 하루 종일 집에서 나가지 않았다.

하나, 큰 돈 10전에 얼음을 샀다.

하나, 이날 장배광이 마침 집에 앉아 있을 때, 덕유일(德惟一) 형이 집의 사람을 시켜서 편지 한 통을 보내왔다. 내가 열어서 보니, 뜻밖에도 코브도(kobdo) 지역의 이고야(二姑爺)가 있는 곳에서 보내온 편지로 나의 안부를 묻는 것이도다.

[129a]

○tofohon de sahahūn honin moo i feten nirehe usiha alihantu enduri inenggi.
보름 에 거무스름한 양 木 의 五行 女 宿 建 神 날

emu hacin inenggishūn erinde emgeri amu šaburaha..
한 가지 한낮 때에 한 번 잠 졸았다

emu hacin juwan jiha de juhe udaha..
한 가지 10 錢 에 얼음 샀다

emu hacin dungga udame jeke..
한 가지 수박 사서 먹었다

emu hacin šuntuhuni boode bifi gūwabsi genehekū..
한 가지 하루 종일 집에 있고 다른 곳에 가지 않았다

emu hacin ke cin i baru tonio sindaha..
한 가지 ke cin 과 쪽 바둑 두었다

—— ◦ —— ◦ —— ◦ ——

보름(15일), 계미(癸未) 목행(木行) 여수(女宿) 건일(建日).
하나, 한낮 즈음에 잠을 한 번 졸았다.
하나, 10전에 얼음을 샀다.
하나, 수박을 사서 먹었다.
하나, 하루 종일 집에 있고 다른 곳에 가지 않았다.
하나, 커친(kecin, 克勤)과 함께 바둑을 두었다.

[129b]

ninggun biya
6 월

○juwan ninggun de niowanggiyan bonio muke i feten hinggeri usiha geterentu enduri inenggi.
10 6 에 푸른 원숭이 水 의 五行 虛 宿 除 神 날

emu hacin erde budai amala 華年 jihe. enji efen tanggū udafi ○ eniye de jafarangge.
한 가지 아침 밥의 뒤에 華年 왔다 야채 만두 百 사서 어머니 에 드리는 것

amba dungga juwe udafi minde burengge. ere 光榮 age jiha fayafi inde yanduha
큰 수박 2 사서 나에게 주는 것 이 光榮 형 錢 써서 그에게 부탁했고

benjibuhe sembi. i kejine tefi yabuha..
보내왔다 한다 그 꽤 앉고서 갔다

emu hacin ere dungga be faitafi uhei jeke..
한 가지 이 수박 을 잘라서 함께 먹었다

emu hacin yamji erinde bi tucifi 林五卩 i boode isinafi tuwaha. 昌吾 boode bifi mimbe
한 가지 저녁 때에 나 나가서 林五爺 의 집에 이르러서 보았다 昌吾 집에 있어서 나를

hacihiyame boode dosimbuha. ini ama duleke biyai orin juwe de 磚塔兒
권하여 집에 들어가게 하였다 그의 아버지 지난 달의 20 2 에 磚塔兒

hūtung ○○ guwan mafai muktehen i juleri bethe be tuyabuha. te dasafi
hūtung 關 mafa의 廟 의 앞에서 발 을 접질렀다 지금 치료해서

kemuni yebe ohakū. bi kejine gisureme tefi tereci boode marime jihe..
아직도 좋게 되지 않았다 나 꽤 이야기하며 앉고서 거기에서 집에 돌아서 왔다

emu hacin šoloho honin i yali tatangga hangse[145] arafi jeke. tucifi 院兒 hūtung de genefi
한 가지 구운 양 의 고기 拉條麵 만들어 먹었다 나가서 院兒 hūtung 에 가서

araha ama be tuwanaci hūtung ni dolo sakda be ucaraha. 玉兒 be gaifi
養 父 를 보러오니 hūtung 의 안 어르신 을 만났다 玉兒 를 데리고

giyai de cai abdaha udame genembi sembi. bi bode[146] darifi araha aja be
街 에서 차 잎 사러 간다 한다 나 집에 들러서 養 母 를

tuwaha. 小姑娘 boode bihe. šenggin de emu nišargan banjiha. gūldurafi yasa gemu
보았다 小姑娘 집에 있었다 이마 에 한 종기 생겼다 안으로 퍼져서 눈 모두

—— ◦ —— ◦ —— ◦ ——

6월
16일, 갑신(甲申) 수행(水行) 허수(虛宿) 제일(除日).
하나, 아침 식사 뒤에 화년(華年)이 왔다. 야채 만두 100개를 사 와서 어머니에게 드리고 큰 수박 2개를 사서 나에게 주었는데, 이것은 광영(光榮) 형이 돈을 써서 그에게 부탁하여 보내왔다고 한다. 그는 꽤 앉아 있다가 갔다.
하나, 이 수박을 잘라서 함께 먹었다.
하나, 저녁때에 나는 나가서 임오야(林五爺)의 집에 이르러서 보았다. 창오(昌吾)가 집에 있어서 나를 권하여 집에 들어가게 하였다. 그의 아버지가 지난 달 22일에 전탑아(磚塔兒) 후퉁의 관우묘(關羽廟) 앞에서 발을 접질렀다. 지금 치료했으나 아직도 좋아지지 않았다. 나는 꽤 이야기하며 앉아 있다가 거기에서 집에 돌아서 왔다.
하나, 구운 양고기의 납조면(拉條麵)을 만들어 먹었다. 나가서 원아(院兒) 후퉁에 가서 양부를 보러가니 후퉁 안에서 어르신을 만났다. 옥아(玉兒)를 데리고 시가(市街)에 차 잎을 사러 간다 한다. 나는 집에 들러서 양모를 보았다. 소고낭(小姑娘)이 집에 있었다. 이마에 종기가 하나 생겼는데, 안으로 퍼져서 눈이 모두

145) tatangga hangse : 밀가루를 소금물로 반죽한 다음 가늘고 길게 늘인 면으로 '납조면(拉條麵)'이라고 한다.
146) bode : 'boode'의 잘못이다.

[130a]

aibiha. bi majige tefi tereci tucike..
부었다 나 잠시 앉고서 거기에서 나갔다

emu hacin 三盛店 de isinaha. 光荣 age 華年 忠贤 de baniha buhe. ce 孫承善 i emgi
한 가지 三盛店 에 이르렀다 光榮 형 華年 忠賢 에 감사 주었다 그들 孫承善 과 함께

hangse jendume bihebi. majige tefi tereci yabuha..
국수 먹고 있었다 잠시 앉고서 거기에서 갔다

emu hacin elgiyen i mutehe dukai amba giyai de 保元堂 de 左金丸 udaha. 育真丸
한 가지 阜成門의 大 街 에 保元堂 에서 左金丸 샀다 育眞丸

udaha. ging forire onggolo boode jihe..
샀다 更 치기 전에 집에 왔다

emu hacin šuntuhuni tugi alhata tulhušemeliyan i bicibe aga ohakū. ging forire
한 가지 하루 종일 구름 뒤섞여서 구름 낀 채로 있어도 비 되지 않았다 更 칠

erinde udu sabdan maktaha..
때에 몇 방울 내렸다

emu hacin bi jeke jaka jaci dabanaha ofi dobori de dolo kušun cihakū.
한 가지 나 먹은 것 몹시 과도하게 되어 밤 에 배 불편하고 불쾌하였다

jai inenggi ilifi sosoho..
다음 날 일어나 설사하였다

—— ◦ —— ◦ —— ◦ ——

부었다. 나는 잠시 앉아 있다가 거기에서 나갔다

하나, 삼성점(三盛店)에 이르렀다. 광영(光榮) 형, 화년(華年), 충현(忠賢)에게 감사를 드렸다. 그들은 손승선(孫承善)과 함께 국수를 먹고 있었다. 잠시 앉아 있다가 거기에서 갔다.

하나, 부성문(阜成門)의 대가(大街)에 있는 보원당(保元堂)에서 좌금환(左金丸)과 육진환(育眞丸)을 샀다. 야경 치기 전에 집에 왔다.

하나, 하루 종일 구름이 뒤섞이고, 구름이 낀 채로 있으나 비가 되지는 않았다. 야경 칠 무렵에 비가 몇 방울 내렸다.

하나, 나는 먹은 것이 몹시 과도하게 되어 밤에 배가 불편하고 불쾌하였다. 다음 날 일어나 설사를 하였다.

〔130b〕

ninggun biya
6 월

○juwan nadan de niohon coko muke i feten weibin usiha jaluntu enduri inenggi.
10 7 에 푸르스름한 닭 水 의 五行 危 宿 滿 神 날

emu hacin enenggi han' de yuwan de idu dosiname geneki sehe bihe. gūnihakū sikse
한 가지 오늘 涵 德 園 에 당직 들어서 가자 했었다 생각하지 못하고 어제

jeke jaka acanarakū ofi ecimari sosome nimeme deribuhe. hefeli nimembi.
먹은 것 맞지 않게 되어서 오늘 아침 설사하고 아프기 시작하였다 배 아프다

erde buda jekekū. kungšun bele uyan buda arafi jeke. honin erinde emgeri
아침 밥 먹지 않았다 눌은 내 나는 쌀 죽 밥 만들어 먹었다 양 때에 한 번

amu šaburafi getefi emgeri hamtafi sosorongge nakafi yebe oho. šuntuhuni
잠 졸고 깨고서 한 번 대변보고 설사하는 것 그쳐서 낫게 되었다 하루 종일

booci tucikekū. 神麯[147] fuifufi omiha..
집에서 나가지 않았다 神麯 끓여서 마셨다

—— ◦ —— ◦ —— ◦ ——

6월
17일, 계유(癸酉) 수행(水行) 위수(危宿) 만일(滿日).
하나, 오늘 함덕원(涵德園)에 당직 들어가려고 했었다. 생각지도 못하게 어제 먹은 것이 맞지 않아서 오늘 아침 설사하고 아프기 시작하였다. 배가 아프다.
아침밥을 먹지 않았다. 눌은 내 나는 쌀죽 밥을 만들어 먹었다. 미시(未時)에 잠 한 번 졸다가 깨고서 대변을 한 번 보았는데, 설사하는 것이 그쳐서 낫게 되었다. 하루 종일 집에서 나가지 않았다. 신국(神麯)을 끓여서 마셨다.

147) 神麯 : 술을 발효시키는 데 사용하는 '누룩'을 가리킨다. 체하거나 소화불량, 식욕부진 등에 효과가 있어 약으로도 사용한다.

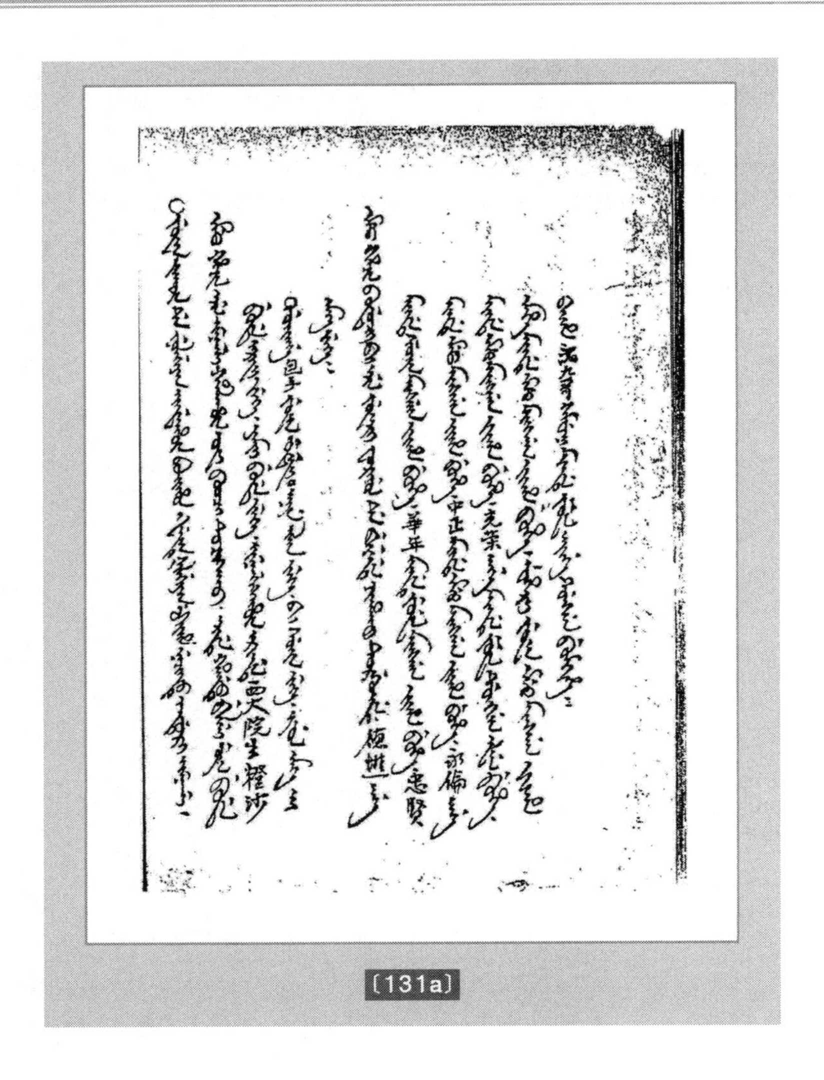

〔131a〕

○juwan jakūn de fulgiyan indahūn boihon i feten šilgiyan usiha necintu enduri inenggi.
10 8 에 붉은 개 土 의 五行 室 宿 平 神 날

emu hacin ere inenggi halhūn ofi booci tucikekū. erde handu belei uyan buda
한 가지 이 날 덥게 되어서 집에서 나가지 않았다 아침 흰 쌀로 죽 밥

buda arafi jeke yamji buda jeke. inenggishūn erinde 西大院 生橙沙
밥 만들어 먹었고 저녁 밥 먹었다 한낮 때에 西大院 生橙沙

doingge 包子 juwan udafi ○ eniye ilan jeke. bi sunja jeke. eyun emke i
속 包子 10 사서 어머니 3 먹었고 나 5 먹었고 누나 하나 그녀

emke jeke..
하나 먹었다

emu hacin bodoci bi ere juwari forgon de beyede cihakū turgunde. 德惟一 age
한 가지 보니 나 이 여름 철 에 몸에 불편한 까닭에 德惟一 형

minde sunja minggan jiha buhe. 華年 minde juwe minggan jiha buhe. 忠贤
나에게 5 千 錢 주었다 華年 나에게 2 千 錢 주었다 忠賢

minde emu minggan jiha buhe. 中正 minde emu minggan jiha buhe. 永倫 age
나에게 1 千 錢 주었다 中正 나에게 1 千 錢 주었다 永倫 형

minde emu minggan jiha buhe. 光荣 age minde juwe dungga efen buhe.
나에게 1 千 錢 주었다 光榮 형 나에게 2 수박 떡 주었다

emhe minde emu minggan jiha buhe. uheri juwan emu minggan jiha
장모 나에게 1 千 錢 주었다 전부 10 1 千 錢

baha. 满九哥 kemuni minde juwe ajige dungga bumbihe..
받았다 滿九哥 또한 나에게 2 작은 수박 주었었다

—— ◦ —— ◦ —— ◦ ——

18일, 병술(丙戌) 토행(土行) 실수(室宿) 평일(平日).
하나, 이날 더워서 집에서 나가지 않았다. 아침에 흰 쌀로 죽 밥 만들어 먹었고, 저녁에 밥을 먹었다. 한낮 때에 서대원(西大院)에서 생등사(生橙沙)로 속을 넣은 만두 10개를 사서 어머니가 3개 먹었고, 내가 5개 먹었고, 누나가 하나, 그녀[아내]가 하나를 먹었다.
하나, 보니 나는 이번 여름철에 몸이 불편한 까닭에 덕유일(德惟一) 형이 나에게 5천 전을 주었고, 화년(華年)이 나에게 2천 전을 주었고, 충현(忠賢)이 나에게 1천 전을 주었고, 중정(中正)이 나에게 1천 전을 주었고, 영윤(永倫) 형이 나에게 1천 전을 주었다. 또 광영(光榮) 형이 나에게 수박 2개와 떡을 주었으며, 장모가 나에게 1천 전을 주었는데, 전부 1만 1천 전을 받았다. 만구가(滿九哥)가 또한 나에게 작은 수박 2개를 주었었다.

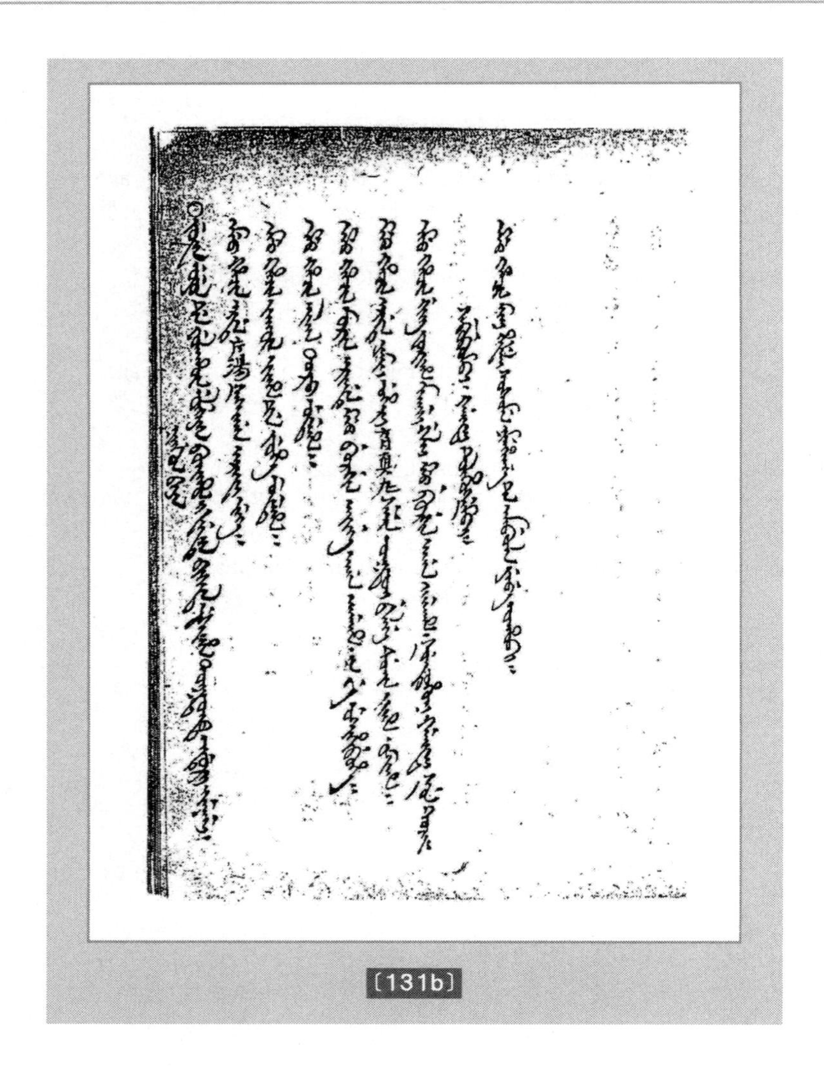

〔131b〕

ninggun biya
6 월

juwan uyun de fulahūn ulgiyan boihon i feten bikita usiha toktontu enduri inenggi.
10 9 에 불그스름한 돼지 土 의 五行 壁 宿 定 神 날

emu hacin erde 片湯 šasigan arafi jeke..
한 가지 아침 片湯 국 만들어서 먹었다

emu hacin jakūn jiha de juhe udaha..
한 가지 8 錢 에 얼음 샀다

emu hacin ilan toro udaha..
한 가지 3 복숭아 샀다

emu hacin morin erinde emu burgin ajige aga agaha. na be usihibuhe..
한 가지 말 때에 한 갑자기 가는 비 내렸다 땅 을 적셨다

emu hacin erde yamji uheri 育真丸 sere oktoi belge duin jiha omiha..
한 가지 아침 저녁 전부 育眞丸 하는 약의 알 4 錢 마셨다

emu hacin ging foriha manggi geli emu burgin aga agaha. šuntuhuni gaitai šun tucifi
한 가지 更 친 뒤에 또 한 갑자기 비 내렸다 하루 종일 갑자기 해 나와서

sabubumbi. gaitai tulhušembi..
보인다 갑자기 흐려진다

emu hacin mini hefeli sosome nimehengge te ambula yebe ohobi..
한 가지 나의 배 설사하고 아픈 것 이제 많이 낫게 되었다

—— ◦ —— ◦ —— ◦ ——

6월
19일, 정해(丁亥) 토행(土行) 벽수(壁宿) 정일(定日).
하나, 아침에 편탕(片湯) 국을 만들어서 먹었다.
하나, 8전에 얼음을 샀다.
하나, 복숭아 3개를 샀다.
하나, 오시(午時)에 갑자기 한 차례 가는 비가 내렸고, 땅을 적셨다.
하나, 아침저녁으로 전부 육진환(育眞丸) 이라는 환약 4전어치를 마셨다.
하나, 야경 친 뒤에 또 갑자기 한 차례 비가 내렸다. 하루 종일 갑자기 해가 나와서 보였다가 갑자기 흐려진다.
하나, 나의 배가 설사하고 아픈 것이 이제 많이 낫게 되었다.

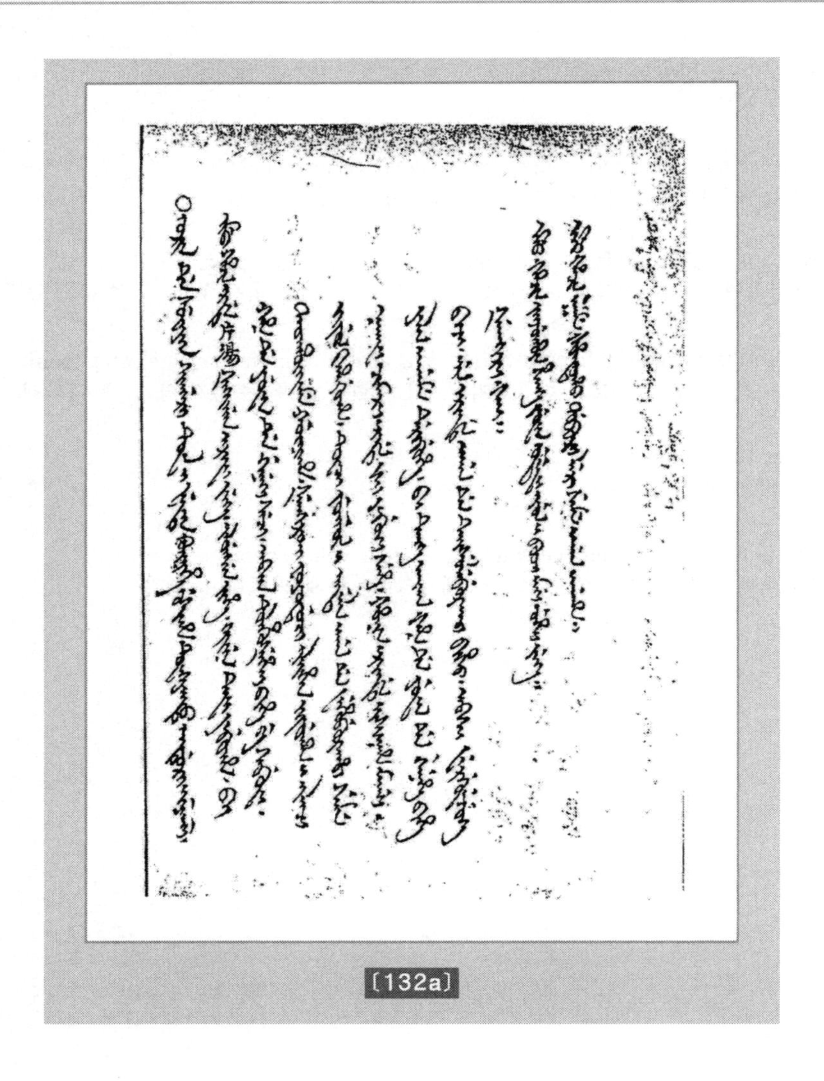

[132a]

orin de suwayan singgeri tuwa i feten kuinihe usiha tuwakiyantu enduri inenggi.
20 에 누런 쥐 火 의 五行 奎 宿 執 神 날

emu hacin erde 片湯 šasigan arafi jeke. ilungga jihe. kejine tefi yabuha. bi
한 가지 아침 片湯 국 만들어서 먹었다 ilungga 왔다 꽤 앉고서 갔다 나

han' de yuwan de geneki seci. abka tulhušehei bihe be sabufi.
涵 德 園 에 가자 하니 하늘 흐려진 채 있는 것 을 보고서

tathūnjame gūniha. šengkiri i foyodoci ilihen jijuhan i ilaci
주저주저하고 망설이었다 蓍萩 로 점치니 艮卦 의 세 번째

jijun bahabuha. tuwaci jugūn i andala aga de fehuburakū seme
爻 얻었다 보니 길 의 도중에 비 때문에 따라 잡을 수 없다 하고

nakafi cimari erde jai yabuki sehe. honin erinde isinaha manggi
그치고 내일 아침 다시 가게 하자 하였다 양 때에 다다른 뒤에

yala agame deribuhe. bi teike aika han' de yuwan de genehe bihe
진실로 비오기 시작하였다 나 조금전 만약에 涵 德 園 에 갔었다

bici ere erinde aga de teisuleburakū biheo. absi ferguwecuke
면 이 때에 비 에 맞게 되지 않았겠는가 정말로 기이한

šengkiri kai..
蓍萩 로구나

emu hacin jancuhūn hengke juwan udafi eyun i booi emgi uhei jeke..
한 가지 단 외 10 사서 누나 의 집과 함께 같이 먹었다

emu hacin neneme hontoho dobori ler seme aga agaha..
한 가지 앞 반 밤 촉촉하게 비 내렸다

—— ◦ —— ◦ —— ◦ ——

20일, 무자(戊子) 화행(火行) 규수(奎宿) 집일(執日).
하나, 아침에 편탕(片湯) 국을 만들어서 먹었다. 일룽가(ilungga, 伊隆阿)가 왔다. 꽤 앉아 있다가 갔다. 나는 함덕원(涵德園)에 가려고 하였으나, 하늘이 흐려진 채 있는 것을 보고서 주저주저하고 망설였다. 시추(蓍萩)로 점을 치니 간괘(艮卦)의 세 번째 효(爻)를 얻었다. 보니, '길 도중에 비 때문에 따라 잡을 수 없다' 하여 '그만두고 내일 아침 다시 가게 하자' 하였다. 미시(未時)에 다다르니, 진실로 비가 오기 시작하였다. 내가 만약 조금 전에 함덕원에 갔었다면, 이 때 비에 맞게 되지 않았겠는가. 정말로 기이한 시추로구나.
하나, 단 외 10개를 사서 누나 집과 함께 같이 먹었다.
하나, 밤 전반(前半)에 촉촉하게 비가 내렸다.

[132b]

ninggun biya
6 월

○orin emu de sohon ihan tuwa i feten ludahūn usiha efujentu enduri inenggi.
20 1 에 누르스름한 소 火 의 五行 婁 宿 破 神 날

emu hacin erde ilifi tuwaci majige majige aga agame jugūn nilhūn yabuci ojorakū..
한 가지 아침 일어나서 보니 조금씩 조금씩 비 내리고 길 미끄러워 갈 수 없다

emu hacin erde honin i yali senggule udafi teliyere puseli de afabufi orin emu 包子
한 가지 아침 양 의 고기 부추 사서 음식 가게 에 건네주고 20 1 包子

efen teliyehe. bi erde juwan duin jeke. eyun de juwe buhe. ina 克勤 de
만두 쪘다 나 아침 10 4 먹었다 누나 에게 2 주었다 조카 克勤 에게

juwe buhe. yamji erinde funcehe ilan be hakšafi jeke. kemuni handu bele
2 주었다 저녁 때에 남은 3 을 구워서 먹었다 또 흰 쌀

uyan buda arafi budalaha..
죽 밥 만들어서 먹었다

emu hacin ke cin i baru tonio sindaha..
한 가지 ke cin 의 쪽 바둑 두었다

emu hacin ○ eniye duin eberi ufai 鍋盔 efen[148] udafi urun i emgi jeke. yamji buda
한 가지 어머니 4 약한 가루의 鍋盔 떡 사서 며느리 와 함께 먹었다 저녁 밥

obuha..
삼았다

emu hacin morin erinde aga nakaha. yamjitala tulhušehei bihe..
한 가지 말 때에 비 그쳤다 저녁까지 흐려진 채로 있었다

—— ◦ —— ◦ —— ◦ ——

6월
21일, 기축(己丑) 화행(火行) 루수(婁宿) 파일(破日).
하나, 아침에 일어나서 보니 조금씩 조금씩 비가 내리고 길이 미끄러워서 갈 수가 없다.
하나, 아침 양고기와 부추를 사서 만두 찌는 가게에 건네주고 만두 21개를 쪘다. 나는 아침에 14개를 먹었고, 누나에게 2개를 주었으며, 조카 커친(kecin, 克勤)에게 2개를 주었다. 저녁때에 남은 3개를 구워서 먹었다. 또 흰 쌀 죽 밥을 만들어서 먹었다.
하나, 커친과 함께 바둑을 두었다.
하나, 어머니가 약한 밀가루로 만든 과회(鍋盔) 떡 4개를 사서 며느리와 함께 먹었다. 저녁밥으로 삼았다.
하나, 오시(午時)에 비가 그쳤다. 저녁까지 흐려진 채로 있었다.

148) 鍋盔 efen : 얇게 구운 밀가루 떡을 가리킨다.

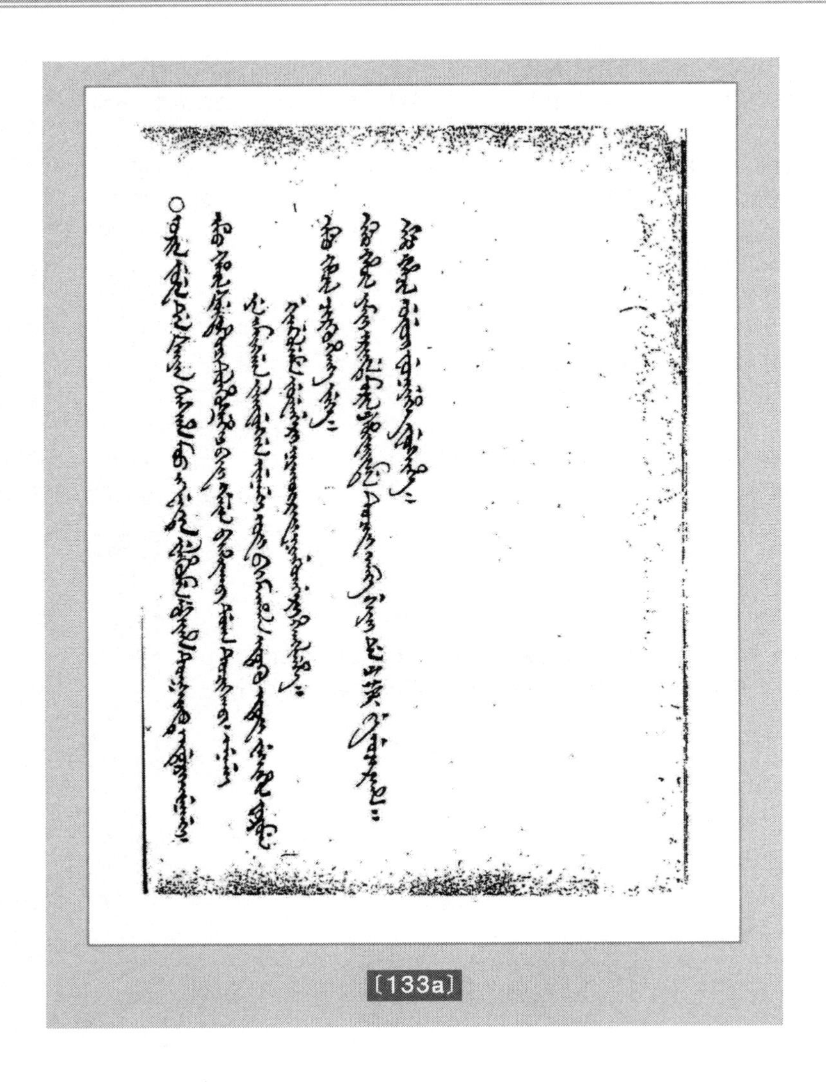

[133a]

○orin juwe de šanyan tasha moo i feten welhūme usiha tuksintu enduri inenggi.
20 2 에 흰 호랑이 木 의 五行 胃 宿 危 神 날

emu hacin šuntuhuni tulhušehei bifi sejen baharakū duka tucikekū. enenggi
한 가지 하루 종일 흐려진 채 있어서 수레 구하지 못해 문 나가지 않았다 오늘

ye i minggan jalafungga inenggi ofi bi mahala etuku etufi wesihun forome
爺 의 千 壽의 日 되어 나 모자 옷 입고서 동쪽 향하여

gingguleme juwenggeri niyakūrafi ninggunggeri hengkilehe..
공경하게 두 번 무릎 꿇고서 여섯 번 절하였다

emu hacin cirku hengke jeke..
한 가지 冬瓜 먹었다

emu hacin yamji erinde morin hūwaitame tucifi amba giyai de 山英 be ucaraha..
한 가지 저녁 때에 말 매러 나가서 大 街 에서 山英 을 만났다

emu hacin ujui funiyehe fusihe..
한 가지 머리의 털 깎았다

—— ◦ —— ◦ —— ◦ ——

22일, 경인(庚寅) 목행(木行) 위수(胃宿) 위일(危日).
하나, 하루 종일 흐려진 채 있고, 수레를 구하지 못해서 문을 나가지 않았다. 오늘 왕야(王爺)의 천수일(千壽日)이어서 나는 모자를 쓰고 옷을 입고서 동쪽을 향하여 공경하게 두 번 무릎을 꿇고서 여섯 번 절을 하였다.
하나, 동과(冬瓜)를 먹었다.
하나, 저녁때에 말 매러 나가서 대가(大街)에서 산영(山英)을 만났다.
하나, 머리를 깎았다.

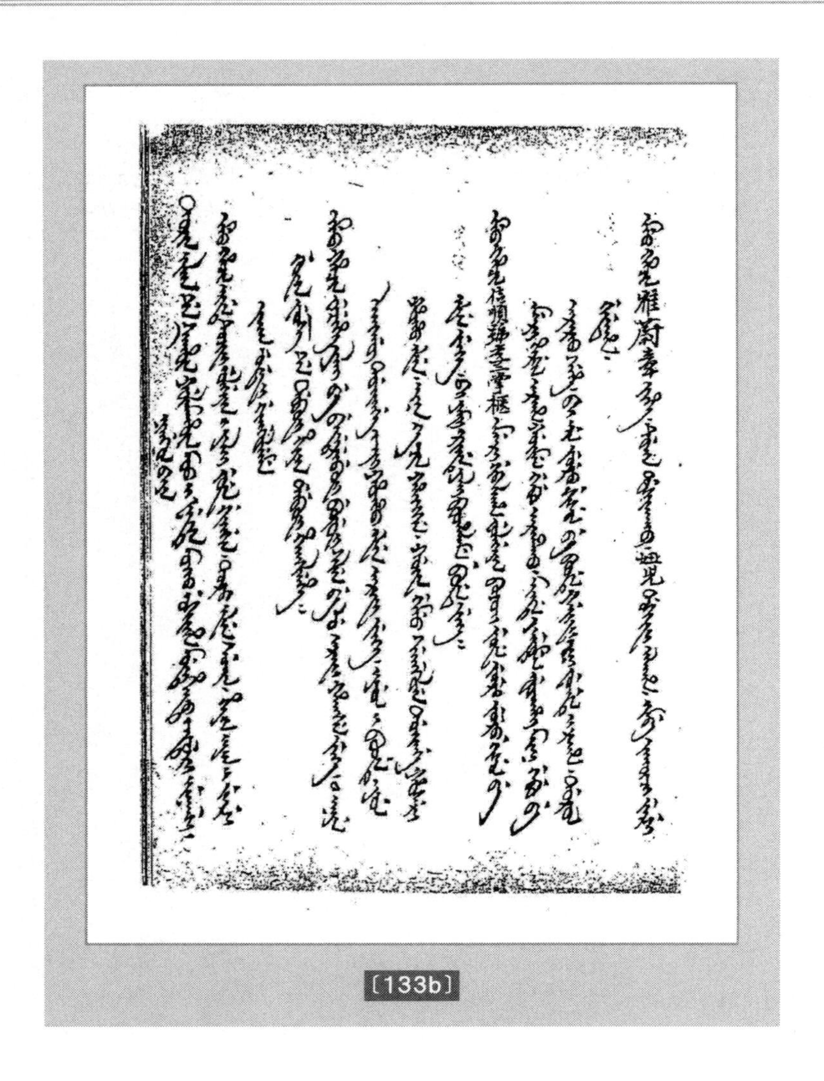

[133b]

ninggun biya
6 월

○orin ilan de šahūn gūlmahūn moo i feten moko usiha mutehentu enduri inenggi.
20 3 에 희끄무레한 토끼 木 의 五行 胃 宿 成 神 날

emu hacin erde tucifi ulgiyan i yali juwe ginggen toro efen sunja hiyan ayan i jergi
한 가지 아침 나가서 돼지 의 고기 2 斤 복숭아 떡 5 香 초 등

jaka udafi gingguleme
물건 사서 공경하게

guwan fudzi de dobofi hiyan dabufi hengkilehe..
關 夫子 에 바쳐서 香 피우고 절하였다

emu hacin wecehe yali be bederebufi bujufi sile be lu arafi hangse jeke. ○ eniye
한 가지 제사한 고기 를 물리고 삶아서 국 을 滷 만들고 국수 먹었다 어머니

langgū doingge enji hoho efen arafi jeke. eyun i boode eyun
호박 속 야채 水餃子 만들어서 먹었다 누나 의 집에서 누나

hoho efen. ina ke cin hangse. gūwa gemu senggele doingge hoseri
水餃子 조카 ke cin 국수 다른 모두 닭 벼슬 속 盒子

efen jeke. bi yamji erinde yali boohalame buda jeke..
떡 먹었다 나 저녁 때에 고기 요리하여 밥 먹었다

emu hacin 信順號 李二掌櫃 emgeri gibalaha fulgiyan bocoi juwe juru juru gisun be
한 가지 信順號 李二掌櫃 한 번 표구한 빨간 색의 2 쌍 對聯 을

emgeri hergen araha. goime gebu arahakū. minde yandume uthai mini gebu be
한 번 글자 썼다 맞게 이름 쓰지 않았다 나에게 부탁하기에 바로 나의 이름 을

ararao sehe. bi ere juru gisun be boode gajifi ini funde i araha. doron
쓰겠는가 하였다 나 이 對聯 을 집에 가져와서 그의 대신 적었다 도장

gidaha..
찍었다

emu hacin 雅蔚章 jihe. duka dosikakū. 妞兒 dosifi alaha. imbe jakūci jergi
한 가지 雅蔚章 왔다 문 들어가지 않았다 妞兒 들어가서 알렸다 그를 여덟째 品

—— ∘ —— ∘ —— ∘ ——

6월

23일, 기묘(己卯) 목행(木行) 위수(胃宿) 성일(成日).

하나, 아침에 나가서 돼지고기 2근, 복숭아 떡 5개, 향과 초 등 물건을 사서 공경하게 관부자(關夫子)에게 바치고 향을 피우며 절을 하였다.

하나, 제사한 고기를 물리고 삶아서 국을 로(滷) 만들고 국수를 먹었다. 어머니가 호박 속 넣은 야채 물만두를 만들어서 먹었다. 누나 집에서 누나는 물만두를, 조카 커친(kecin, 克勤)은 국수를, 다른 사람들 모두는 닭 벼슬 속 넣은 합자(盒子) 떡을 먹었다. 나는 저녁때에 고기를 요리하여 밥을 먹었다.

하나, 신순호(信順號) 이이장궤(李二掌櫃)가 한 번 표구한 빨간 색의 대련 2쌍에 글자를 한 번 썼는데, 이름을 맞게 쓰지 않았다. 나에게 부탁하기에 바로 '나의 이름을 쓰겠는가' 하였다. 나는 이 대련을 집에 가져와서 그 대신 글씨를 적고 도장을 찍었다.

하나, 아울장(雅蔚章)이 왔으나 문을 들어오지 않았는데, 뉴아(妞兒)가 들어와서 알렸다. 그가 8품

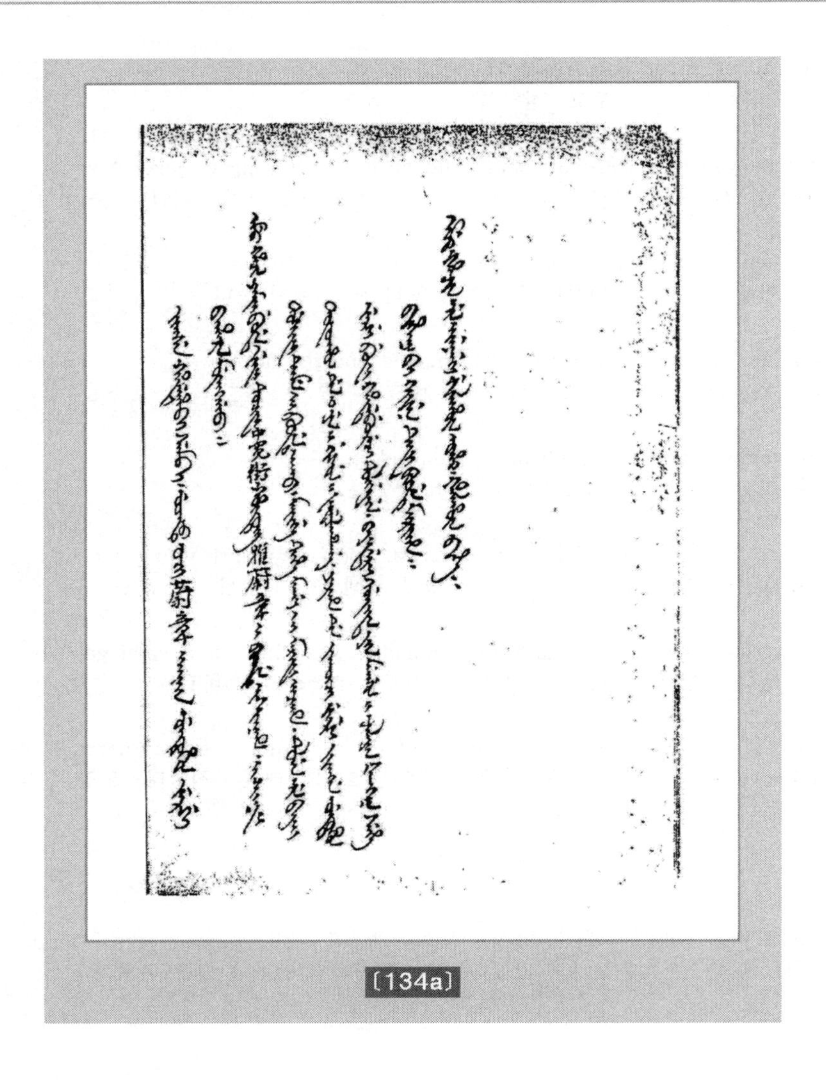
[134a]

jingse hadahabi sembi. uttu oci 蔚章 aika untuhun jergi
頂子 박았다 한다 이리 되면 蔚章 무언가 虛 品

bahara mujanggao..
받는 것 정말인가

emu hacin yamji buda jefi tucifi 中寬街 hūtung 雅蔚章 i boode isinaha. isinafi
한 가지 저녁 밥 먹고 나가서 中寬街 hūtung 雅蔚章 의 집에 이르렀다 이르러서

dosifi teme i boode akū. majige tehe manggi i marifi acaha. dule ere biyai
들어가서 앉고 그 집에 없다 잠시 앉은 뒤에 그 돌아와서 만났다 놀랍게도 이 달의

tofohon de ○ ye i gisun i fafulahangge yarha de jakūci jergi jingse untuhun
보름 에 爺의 말 로 傳敎한 것 yarha 에 여덟째 品階 頂子 虛

jergi bufi hadabureci tulgiyen. biyadari sunjata yan menggun i caliyan šangna sehe
品階 주고서 박게 하는 것 외에 매월 다섯 씩 兩 銀 의 錢糧 상주라 하였

biheni. bi kejine tefi boode mariha..
었구나 나 꽤 앉고서 집에 돌아왔다

emu hacin ere inenggi gilahūn oho halhūn bihe..
한 가지 이 날 엷게 구름 끼게 되었고 더웠다

—— ◦ —— ◦ —— ◦ ——

정자(頂子) 박았다 한다. 그러면 울장(蔚章)이 무언가 허함(虛銜)을 받는 것이 정말인가.
하나, 저녁 밥 먹고 나가서 중관가(中寬街) 후퉁에 있는 아울장(雅蔚章)의 집에 이르렀다. 이르러서 들어가서 앉으니, 그는 집에 없다. 잠시 앉아 있으니, 그가 돌아와서 만났다. 놀랍게도 이달 보름에 왕야(王爺)가 말로 전교(傳敎)하기를, '야르하(yarha, 雅爾哈)에게 8품 허함 주고 정자 박게 하는 것 외에도 별도로 매월 다섯 씩 양은(兩銀)으로 전량(錢糧)을 상으로 주라' 하였었구나. 나는 꽤 앉아 있다가 집에 돌아왔다.
하나, 이 날 엷게 구름 끼었고 더웠다.

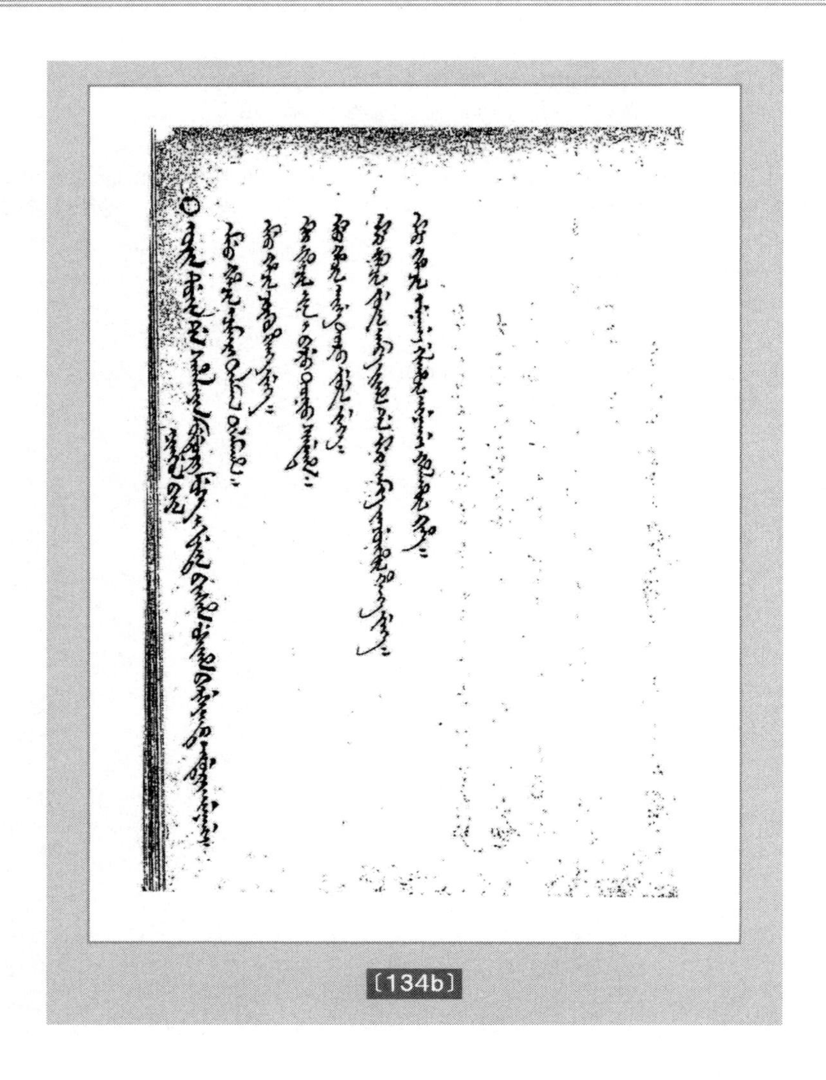

〔134b〕

ninggun biya
6 월

○orin duin de sahaliyan muduri muke i feten bingha usiha bargiyantu enduri inenggi.
20 4 에 검은 용 水 의 五行 畢 宿 收 神 날

emu hacin ecimari talman talmaha..
한 가지 오늘 아침 안개 끼었다

emu hacin cirku hengke jeke..
한 가지 冬瓜 먹었다

emu hacin ina i baru tonio sindaha..
한 가지 조카 의 쪽 바둑 두었다

emu hacin ajige toro juwe jeke..
한 가지 작은 복숭아 2 먹었다

emu hacin juwan amba jiha de emu amba jancuhūn hengke jeke..
한 가지 10 큰 錢 에 한 큰 단 외 먹었다

emu hacin enenggi gilahūn inenggi halhūn bihe..
한 가지 오늘 엷게 구름 끼고 날 더웠다

—— ◦ —— ◦ —— ◦ ——

6월
24일, 임진(壬辰) 수행(水行) 필수(畢宿) 수일(收日).
하나, 오늘아침 안개가 끼었다.
하나, 동과(冬瓜)를 먹었다.
하나, 조카와 함께 바둑을 두었다.
하나, 작은 복숭아 2개를 먹었다.
하나, 큰돈 10전에 큰 단 외 하나를 먹었다.
하나, 오늘 엷게 구름이 끼고 날이 더웠다.

[135a]

○orin sunja de sahahūn meihe muke i feten semnio usiha neibuntu enduri inenggi.
20 5 에 거무스름한 뱀 水 의 五行 觜 宿 開 神 날

emu hacin šuntuhuni booci tucikekū..
한 가지 하루 종일 집에서 나가지 않았다

emu hacin yamji erinde i eyun i baru tonio sindame gaibuha ofi jilidara jakade bi
한 가지 저녁 때에 그녀 누나 와 같이 바둑 두고 지게 되어 화내기 때문에 나

imbe tantaha..
그녀를 때렸다

emu hacin bi yonggari udafi jeke..
한 가지 나 사과 사서 먹었다

emu hacin langgū udaha..
한 가지 호박 샀다

—— ◦ —— ◦ —— ◦ ——

25일, 계사(癸巳) 수행(水行) 자수(觜宿) 개일(開日).
하나, 하루 종일 집에서 나가지 않았다.
하나, 저녁때에 그녀[아내]가 누나와 같이 바둑을 두고 지게 되어 화를 냈기 때문에, 내가 그녀[아내]를 때렸다.
하나, 나는 사과를 사서 먹었다.
하나, 호박을 샀다.

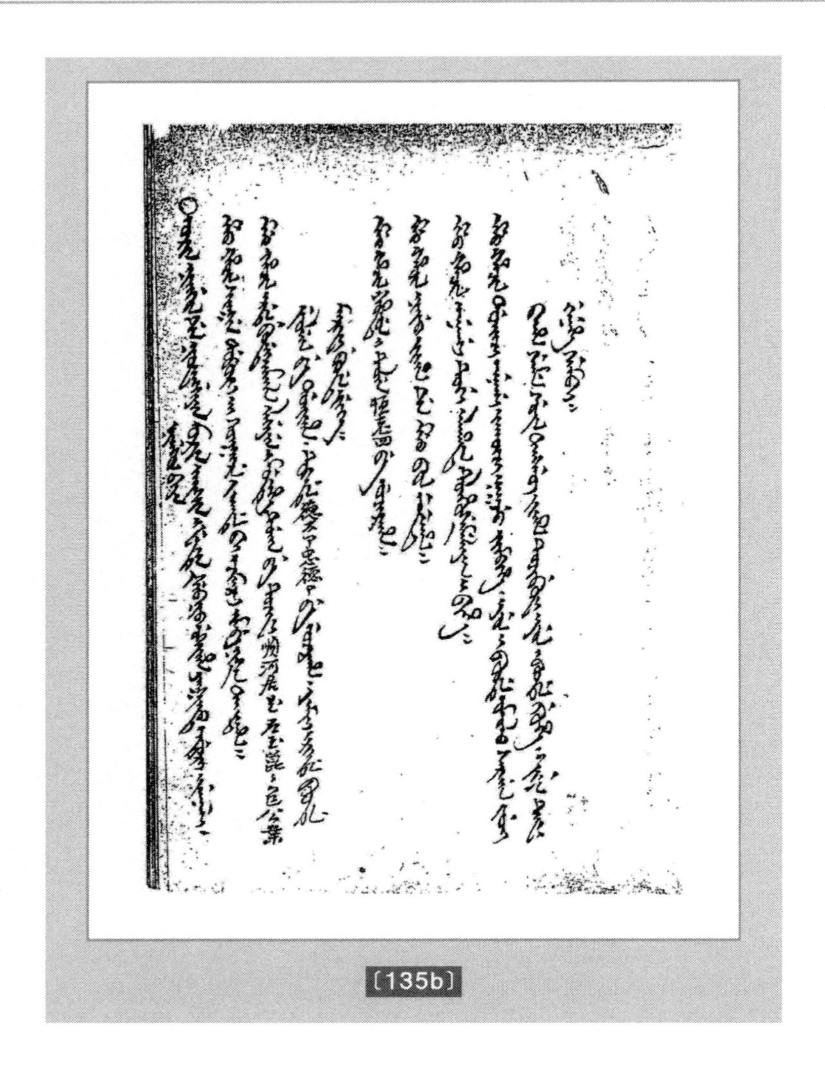

〔135b〕

ninggun biya
6 월

○orin ninggun de niowanggiyan morin aisin i feten šebnio usiha yaksintu enduri inenggi.
20 6 에 푸른 말 金 의 五行 參 宿 閉 神 날

emu hacin sikse dobori i soksire jakade bi ecimari imbe niša tantaha..
한 가지 어제 밤 그 흐느껴 우는 까닭에 나 오늘 아침 그녀를 확실히 때렸다

emu hacin erde budai amala elgiyen i mutehe duka be tucifi 順河居 de 石玉崑 i 包公案
한 가지 아침 밥의 뒤에 阜成門 을 나가서 順河居에서 石玉崑의 包公案

julen be donjiha. tubade 德太丁 忠德丁 be ucaraha. yamji erinde boode
故事 를 들었다 그곳에서 德太爺 忠德爺 를 만났다 저녁 때에 집에

marifi buda jeke..
돌아와서 밥 먹었다

emu hacin hodon[149] i tule 恒老四 be ucaraha..
한 가지 성 의 밖에서 恒老四 를 만났다

emu hacin ninju jiha de emu bon udaha..
한 가지 60 錢 에 한 끌 샀다

emu hacin enenggi tugi alhata tulhušemeliyan i bihe..
한 가지 오늘 구름 뒤섞여서 흐려져 있었다

emu hacin donjici enenggi jakūci nakcu jimbihe. eyun i boode omolo sargan jui
한 가지 들으니 오늘 여덟 째 외삼촌 왔었다 누나 의 집에 손자 딸 아이

baha seme sunja tanggū jiha tucibufi eyun i boode buhe. kejine tefi
얻었다 하고 5 百 錢 꺼내어서 누나 의 집에 주었다 꽤 앉고서

genehe sembi..
갔다 한다

—— ◦ —— ◦ —— ◦ ——

6월
26일, 갑오(甲午) 금행(金行) 삼수(參宿) 폐일(閉日).
하나, 어제 밤 그녀[아내]가 흐느껴 우는 까닭에, 나는 오늘 아침 그녀[아내]를 확실하게 때렸다.
하나, 아침밥의 뒤에 부성문(阜成門)을 나가서 순하거(順河居)에서 석옥곤(石玉崑)의 포공안(包公案) 고사(故事)를 들었다. 그곳에서 덕태야(德太爺) 충덕야(忠德爺)를 만났다. 저녁때에 집에 돌아와서 밥 먹었다.
하나, 성 밖에서 항노사(恒老四)를 만났다.
하나, 60전에 끌 하나를 샀다.
하나, 오늘은 구름이 뒤섞여서 흐려져 있었다.
하나, 들으니 오늘 여덟 째 외삼촌이 왔었는데, 누나 집에 손자 딸아이를 얻었다 하여 5백 전을 꺼내어서 누나 집에 주고는 꽤 앉아 있다가 갔다 한다.

149) hodon : 'hoton'의 잘못이다.

[136a]

○orin nadan de niohon honin aisin i feten jingsitun usiha yaksintu enduri inenggi.
20 7 에 푸르스름한 양 金 의 五行 井 宿 閉 神 날

ere dobori singgeri erin i ujui jai kemu de bolori dosimbi..
이 밤 쥐 때 의 처음의 둘째 刻 에 가을 들어가다

nadan biyai ton..
7 월의 節

emu hacin sikse dobori ci aga agame ecimari kemuni agahai morin erinde nakafi šuwe
한 가지 어제 밤 부터 비 오고 오늘 아침 또 비왔으나 말 때에 그치고 곧바로

gehun galaka..
맑게 개었다

emu hacin ecimari aga agaha. icangga ofi bi tucifi ufa jergi jaka udafi langgū be
한 가지 오늘 아침 비 왔다 상쾌하게 되어 나 나가서 가루 등 물건 사고 호박 을

do arafi eyun i boo suwaliyame uhei hoho efen jeke..
소 만들고 누나 의 집 같이 함께 水餃子 먹었다

emu hacin honin i erinde 鶴年 jihe. kejine tefi yoha..
한 가지 양 의 때에 鶴年 왔다 꽤 앉고서 갔다

emu hacin yamji erinde abka dembei gilahūn genggiyen icangga ofi bi tucifi
한 가지 저녁 때에 하늘 아주 엷게 구름 끼고 깨끗하고 상쾌하게 되어 나 나가서
御河桥 doohan i
御河橋 다리 의

ninggude kejine ilifi ○ dorgi yafan i tuwabungga be tuwaha..
위에 꽤 서서 內 苑 의 경치 를 보았다

—— ◦ —— ◦ —— ◦ ——

27일, 을미(乙未) 금행(金行) 정수(井宿) 폐일(閉日).
이날 밤 자시(子時)의 첫 2각(刻)에 입추(立秋)이다. 7월의 절기(節氣)이다.
하나, 어젯밤부터 비가 오고 오늘 아침에 또 비가 왔으나 오시(午時)에 그치고는 곧바로 맑게 개었다.
하나, 오늘 아침에 비가 왔다. 상쾌해지게 되고, 나는 나가서 밀가루 등 물건을 사고 호박으로 소를 만들어 누나 집과 같이 함께 물만두를 먹었다.
하나, 미시(未時)에 학년(鶴年)이 왔다. 꽤 앉아 있다가 갔다.
하나, 저녁때에 하늘이 아주 엷게 구름이 끼고, 깨끗하고 상쾌하게 되어 나는 나가서 어하교(御河橋) 다리 위에 꽤 서서 내원(內苑)[150]의 경치를 보았다.

150) 내원(內苑) : 궁궐 안에 있는 정원을 가리킨다.

[136b]

ninggun biya bolori dosimbi
6 월 가을 들어가다

○orin jakūn de fulgiyan bonio tuwa i feten guini usiha alihantu enduri inenggi.
20 8 에 붉은 원숭이 火 의 五行 鬼 宿 建 神 날

emu hacin erde ilifi tuwaci dalikū daldafi
한 가지 아침 일어나서 보니 병풍 가리고서

enduringge beye hoton dosika. duleke manggi bi 集成 damtun i puseli de damtun damtulaha.
皇上 몸소 성 들어갔다 지난 뒤에 나 集成 전당 의 가게 에 전당 전당하였다

瑞霞居 ci farsilaha misun be juwe farsi gajifi ◦ eniye de tuwabuci ehe
瑞霞居 에서 각으로 자른 醬 을 2 조각 가지고 어머니 에 보이니 나쁘다

seme geli harangga puseli de bederebuhe. tereci 德成號 de ilan ulcin
하고 또 管下 가게 에 물리게 하였다 그로부터 德成號 에서 3 꿰미

juwe tanggū jiha de sunja ginggen cai abdaha udaha. kemuni boode bisire
2 百 錢 에 5 근 차 잎 샀다 아직도 집에 있는

juwe kiyan 江西 hoošan 戳紗 fusheku jumanggi emke. niyaniyun jumanggi emke.
2 묶음 江西 종이 戳紗 부채 주머니 하나 빈랑 주머니 하나

dambagui jumanggi emke. ajige fulhūca emke. sese ilhangga suje bosho
담배의 주머니 하나 작은 작은 주머니 하나 금실 꽃무늬의 비단 콩팥

durungga fadu emu juru. ere jergi jaka be bodoci uheri inu juwan emu
모양 주머니 한 쌍 이 종류 물건 을 계산하니 전부 또 10 1

minggan sunja tanggū jiha baibumbi. bi erde buda jefi ninju jiha de
千 5 百 錢 받는다 나 아침 밥 먹고서 60 錢 에

emu eihen i sejen turifi teme ere jaka be jafame 德惟一 agei boode isinafi
한 당나귀 수레 빌려서 타고 이 물건 을 가지고 德惟一 형의 집에 이르러서

二姑姑 de jafame buhe. dacilaci nadan biyai juwan de isinaha manggi teni
二姑姑 에게 드렸다 들으니 7 월의 10 에 이른 후 비로소

jurambi sembi. 德惟一 age boode bihe. biyangga efen[151] tubihe jergi hacin encefi
출발한다 한다 德惟一 형 집에 있었다 월병 과일 등 종류 대접하고

—— ◦ —— ◦ —— ◦ ——

6월 입추(立秋)이다.
28일, 병신(丙申) 화행(火行) 귀수(鬼宿) 건일(建日).
하나, 아침에 일어나서 보니 병풍으로 가리고서 황상(皇上)께서 몸소 성에 들어갔다. 지난 간 뒤에 나는 집성(集成)이라는 전당 가게에 전당물을 전당하였다. 서하거(瑞霞居)에서 사각으로 자른 장(醬) 2 조각을 가지고 어머니에게 보이니 나쁘다 하고, 또 관하(管下)의 가게에 물리게 하였다. 그로부터 덕성호(德成號)에서 3꿰미 2백 전에 찻잎 5근을 샀다. 아직도 집에 있는 강서지(江西紙) 종이 2 묶음, 얇은 비단에 수를 놓은 부채주머니 하나, 빈랑 주머니 하나, 담배 주머니 하나, 작은 주머니 하나, 금실 꽃무늬의 비단 콩팥 모양 주머니 한 쌍, 이러한 종류의 물건을 계산하니 전부 또 1만 1천 5백 전을 받는다. 나는 아침밥을 먹고서 60전에 당나귀 수레 하나를 빌려서 타고 이 물건을 가지고 덕유일(德惟一) 형의 집에 이르러서 둘째 고모에게 드렸다. 상세히 알아보니 7월 10일에 이른 후 비로소 출발한다 한다. 덕유일 형이 집에 있었다. 월병(月餠)과 과일 등 종류를 대접하고

151) biyangga efen : '월병(月餠)'의 만주어 표현이다.

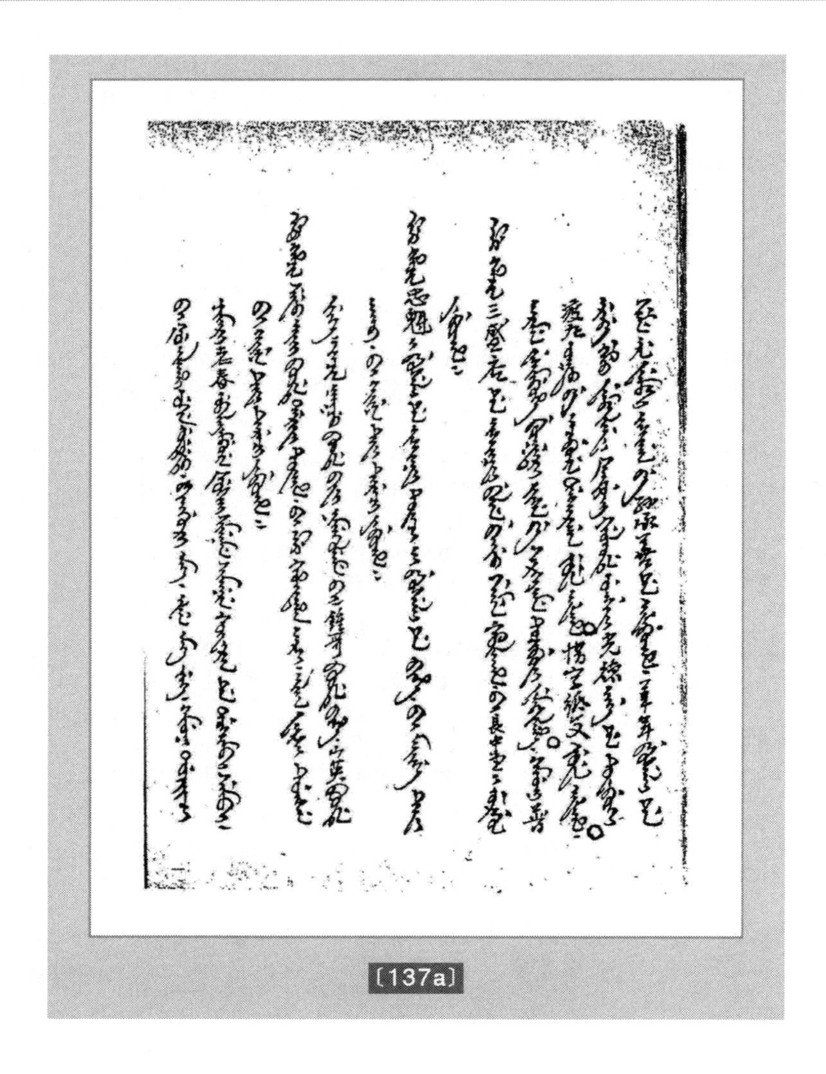

[137a]

bi šu ilhai use ududu. pingguri emke. efen emke jeke. kemuni donjici
나 연 꽃의 뿌리 몇 사과 하나 떡 하나 먹었다 또 들으니

cimari 老春 ubaliyambure šusai simneme simnere kūwaran[152] de dosimbi sembi.
내일 老春 번역하는 秀才 시험 보러 貢院 에 들어간다 한다

bi kejine tefi tereci yabuha..
나 꽤 앉고서 거기에서 갔다

emu hacin sefu ajai boode darifi tuwaha. bi emu hontahan arki. ilan farsi dungga
한 가지 師傅 母의 집에 들러서 보았다 나 한 잔 소주 3 조각 수박

152) simnere kūwaran : 과거 등의 시험을 보는 공원(貢院)을 가리킨다.

jeke. jacin nakcu boode bifi nimekuleme bi. 鍾哥 boode bihe. 山英 boode
먹었다 여덟 째 외삼촌 집에 있고 병들어 있다 鍾哥 집에 있었다 山英 집에

akū. bi kejine tefi tereci yabuha..
없다 나 꽤 앉고서 거기에서 갔다

emu hacin 忠魁 i puseli de isinafi tuwaci i puseli de bihe. bi majige tefi
한 가지 忠魁 의 가게 에 이르러서 보니 그 가게 에 있었다 나 잠시 앉고서

yabuha..
떠났다

emu hacin 三盛店 de isinafi bele benju seme hūlaha. bi 長中堂 i urgun
한 가지 三盛店 에 이르러서 쌀 가져오라 하고 불렀다 나 長中堂 의 경사

arame wesimbuhe bukdari jise be sarkiyame tucibufi fempilehe. kemuni
축하하러 상주한 上奏文 草稿 를 淸書하고 올려서 봉하였다 또

普渡丸 okto be acabure dasargan juwe afaha 惜字紙文 juwe afaha
普渡丸 약 을 조제하는 처방전 2 장 惜字紙文 2 장

erebe gemu fempilefi šandung golode unggifi 光德 age de tuwabuki
이를 모두 봉해서 山東 省에 보내서 光德 형 에게 보게 하자

seme ere fempi jasigan be 孫承善 de afabuha. 華年 puseli de
하고 이 봉한 편지 를 孫承善 에게 건네주었다 華年 가게 에

—— ◦ —— ◦ —— ◦ ——

나는 연꽃 뿌리 몇 개, 사과 하나, 떡 하나를 먹었다. 또 들으니 내일 노춘(老春)이 번역하는 수재(秀才) 시험 보러 공원(貢院)에 들어간다 한다. 나는 꽤 앉아 있다가 거기에서 갔다.

하나, 사모(師母)의 집에 들러서 보았다. 나는 소주 한 잔과 수박 3 조각을 먹었다. 여덟 째 외삼촌이 집에 있는데 병들어 있다. 종가(鍾哥)는 집에 있었으나, 산영(山英)은 집에 없다. 나는 꽤 앉아 있다가 거기에서 갔다.

하나, 충괴(忠魁)의 가게에 이르러서 보니 그가 가게에 있었다. 나는 잠시 앉아 있다가 떠났다.

하나, 삼성점(三盛店)에 이르러서 쌀 가져오라 하고 불렀다. 나는 장중당(長中堂)의 경사를 축하하러 상주한 상주문(上奏文) 초고를 청서(淸書)하여 올리고 봉하였다. 또 보도환(普渡丸) 이라는 약을 조제하는 처방전 2장과 석자지문(惜字紙文) 2장, 이를 모두 봉해서 산동성(山東省)에 보내서 광덕(光德) 형에게 보게 하자 하고 이 봉한 편지를 손승선(孫承善)에게 건네주었다. 화년(華年)이 가게에

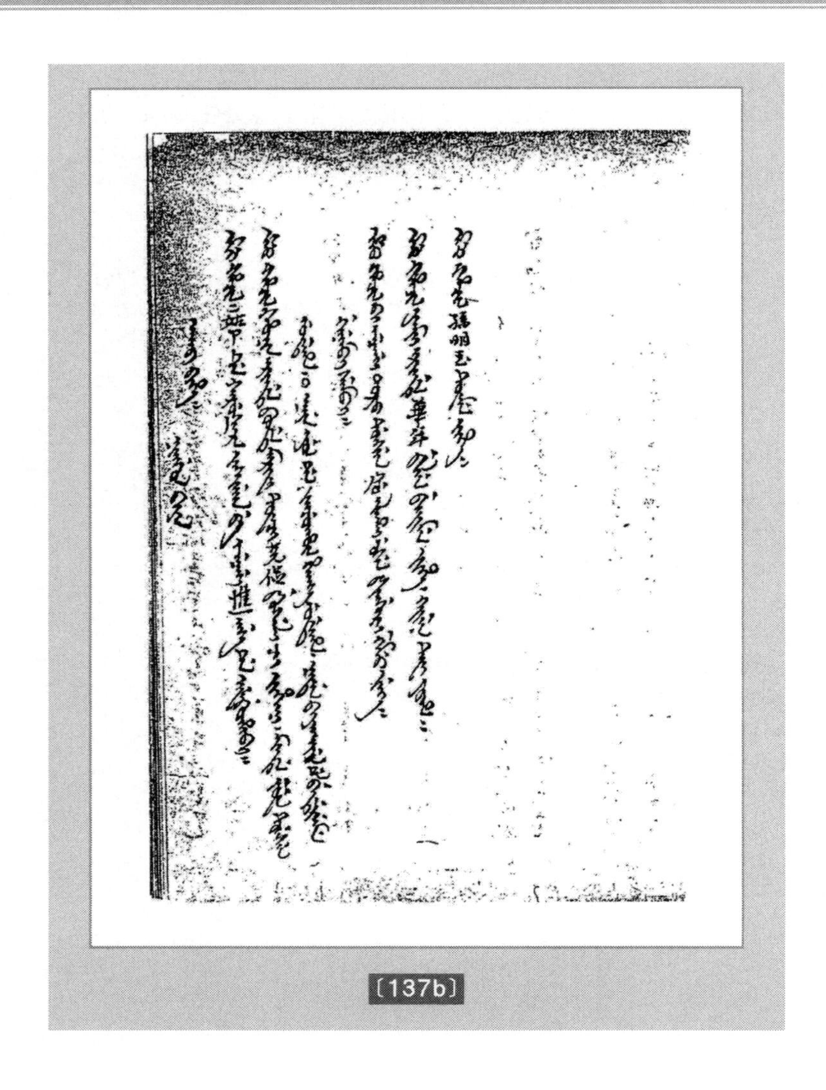

〔137b〕

ninggun biya
6 월

akū bihe..
없었다

emu hacin 二姑卩 de karušara jasigan be enenggi 惟一 age de afabuhabi..
한 가지 二姑爺 에게 답하는 편지 를 오늘 惟一 형 에게 건네주었다

emu hacin honin erinde boode marifi tuwaci 克俭 puseli ci jiheni. minde juwe dungga
한 가지 양 때에 집에 돌아와서 보니 克儉 가게 에서 왔구나 나에게 2 수박

udaha. ○ eniye eyun de jancuhūn hengke udaha. nadan biya ice de bedereme
샀다 어머니 누나 에게 단 외 샀다 7 월 초 에 되돌아서

genembi sembi..
간다 한다

emu hacin bi enenggi toro dungga šu ilhai use pingguri gemu jeke..
한 가지 나 오늘 복숭아 수박 연 꽃의 씨앗 사과 모두 먹었다

emu hacin yamji erinde 華年 bele benjime jihe. kejine tefi yoha..
한 가지 저녁 때에 華年 쌀 가져서 왔다 꽤 앉고서 갔다

emu hacin 孫明玉 tuwame jihe..
한 가지 孫明玉 보러 왔다

―― ◦ ―― ◦ ―― ◦ ――

6월
없었다,
하나, 둘째 고모부에게 답하는 편지를 오늘 유일(惟一) 형에게 건네주었다.
하나, 미시(未時)에 집에 돌아와서 보니, 커기얀(kegiyan, 克儉)이 가게에서 왔구나. 나에게 수박 2개를 사 주었다. 어머니가 누나에게 단 외를 사 주었다. 7월 초에 되돌아서 간다 한다.
하나, 나는 오늘 복숭아, 수박, 연꽃 씨앗, 사과를 모두 먹었다.
하나, 저녁때에 화년(華年)이 쌀을 가져서 왔다. 꽤 앉아 있다가 갔다.
하나, 손명옥(孫明玉)이 보러 왔다.

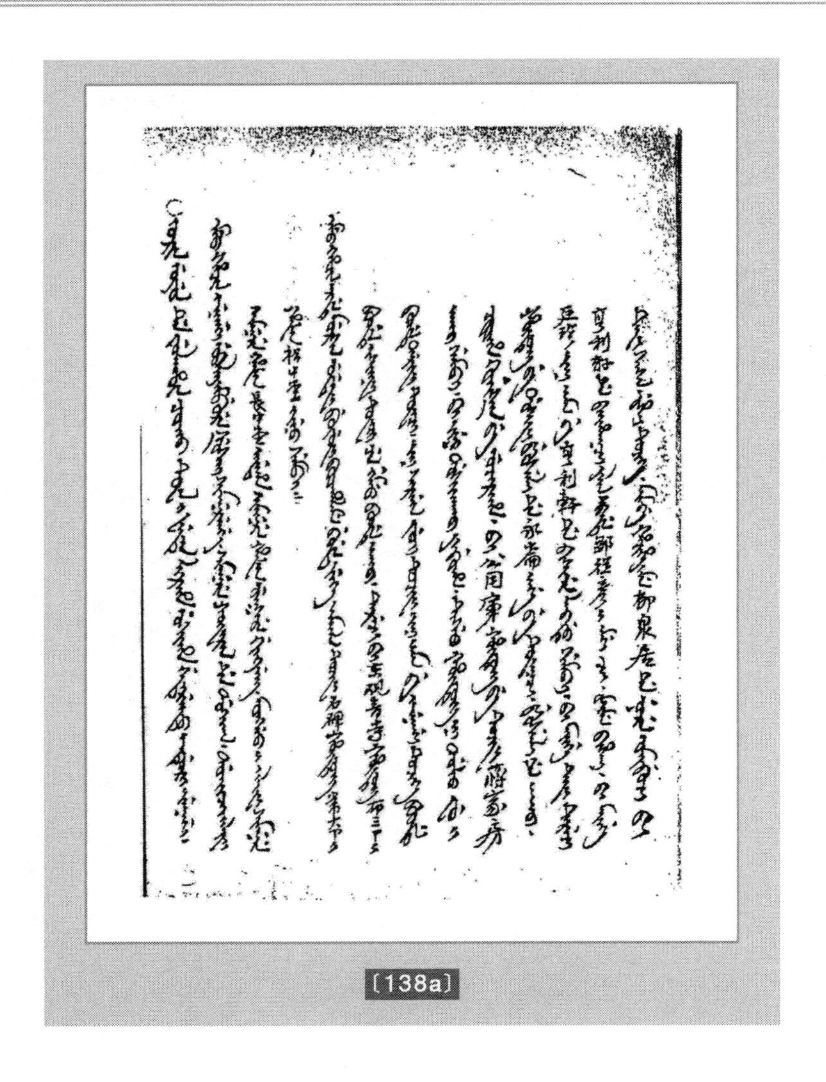

〔138a〕

○orin uyun de fulahūn coko tuwa i feten lirha usiha geterentu enduri inenggi.
20 9 에 불그스름한 닭 火 의 五行 柳 宿 除 神 날

emu hacin enenggi ubaliyambure šusai simnerengge. simnere kūwaran[153] de dosika. donjici alifi
한 가지 오늘 번역하는 秀才 뽑는 것 貢院 에 들어갔다 들으니 正

simnere hafan[154] 長中堂 adaha simnere hafan[155] uksun gingjeng. monggo i alifi simnere
考 官 長中堂 副 考 官 종실 敬徵 몽고 의 正 考

153) simnere kūwaran : 과거 등의 시험을 보는 공원(貢院)을 가리킨다.
154) alifi simnere hafan : 과거 시험에서 주 시험관인 정고관(正考官)을 가리킨다.
155) adaha simnere hafan : 과거 시험에서 부 시험관인 부고관(副考官)을 가리킨다.

hafan 松中堂 inu sembi..
官 松中堂 이다 한다

emu hacin erde mursa udafi bujufi boohalame buda jeke amala tucifi 石碑 hūtung 常大卩 i
한 가지 아침 무 사서 끓여서 요리하여 밥 먹은 뒤에 나가서 石碑 hūtung 常大爺 의

boode isinafi tuwaci ce gemu boode akū. tereci bi 东观音寺 hūtung 布三卩 i
집에 이르러서 보니 그들 모두 집에 없다 거기에서 나 東觀音寺 hūtung 布三爺 의

boode darifi tuwaci. ini sargan jui tucifi ini ama be enenggi tucike boode
집에 들러서 보니 그의 딸 아이 나가서 그의 아버지 를 오늘 나갔고 집에

akū sembi. bi inu dosikakū yabuha. tesu hūtung ni dolo fu i
없다 한다 나 도 들어가지 않고 갔다 본 hūtung 의 안 府 의

cooha kuišan be ucaraha. bi 公用庫 hūtung be tucifi 蔣家房
병사 kuišan 을 만났다 나 公用庫 hūtung 을 나가서 蔣家房

hūtung be dosifi puseli de 永崙 age be tuwanaci. puseli de akū..
hūtung 을 들어가서 가게 에 永崙 형 을 보러 가니 가게 에 없다

延珍 ini ama be 亨利軒 de bisire labdu sembi. bi majige tefi tereci
延珍 그의 아버지 를 亨利軒 에 있을 것 많다 한다 나 잠시 앉고서 거기에서

亨利軒 de baihanaci yala tubade 鄒從彦 i emgi cai omime biheni. bi majige
亨利軒 에 찾으러 가니 진실로 그곳에서 鄒從彦 과 함께 차 마시면서 있었구나 나 잠시

tefi sasa uhei ucike. mimbe hacihiyame 柳泉居 de nure omibuci bi
앉고서 같이 함께 나갔다 나를 권하여 柳泉居 에서 술 마시게 하니 나

—— ◦ —— ◦ —— ◦ ——

29일, 정유(丁酉) 화행(火行) 유수(柳宿) 제일(除日).
하나, 오늘 번역하는 수재(秀才) 뽑는 것 공원(貢院)에 들어갔다. 들으니 정고관(正考官)은 장중당(長中堂)이고, 부고관(副考官) 은 종실 경징(敬徵)이며, 몽골어의 정고관(正考官)은 송중당(松中堂)이라 한다.
하나, 아침 무를 사서 끓여서 요리하여 밥 먹은 뒤에 나가서 석비(石碑) 후퉁 상대야(常大爺)의 집에 이르러서 보니 그들 모두 집에 없다. 거기에서 나는 동관음사(東觀音寺) 후퉁 포삼야(布三爺)의 집에 들러서 보니 그의 딸아이가 나와서 그의 아버지가 오늘 나갔고 집에 없다 한다. 나도 들어가지 않고 갔다. 본 후퉁의 내부(內府)의 병사 규산(奎山)을 만났다. 나는 공용고(公用庫) 후퉁을 나가서 장가방(蔣家房) 후퉁을 들어가서 가게에 영윤(永崙) 형을 보러 가니 가게에 없다. 연진(延珍)이 그의 아버지가 형리헌(亨利軒)에 있을 가능성이 많다 한다. 나는 잠시 앉아 있다가 거기에서 형리헌에 찾으러 가니 진실로 그곳에서 추종언(鄒從彦)과 함께 차 마시면서 있구나. 나는 잠시 앉아 있다가 같이 함께 나갔다. 나를 권하여 유천거(柳泉居)에서 술 마시게 하니 나

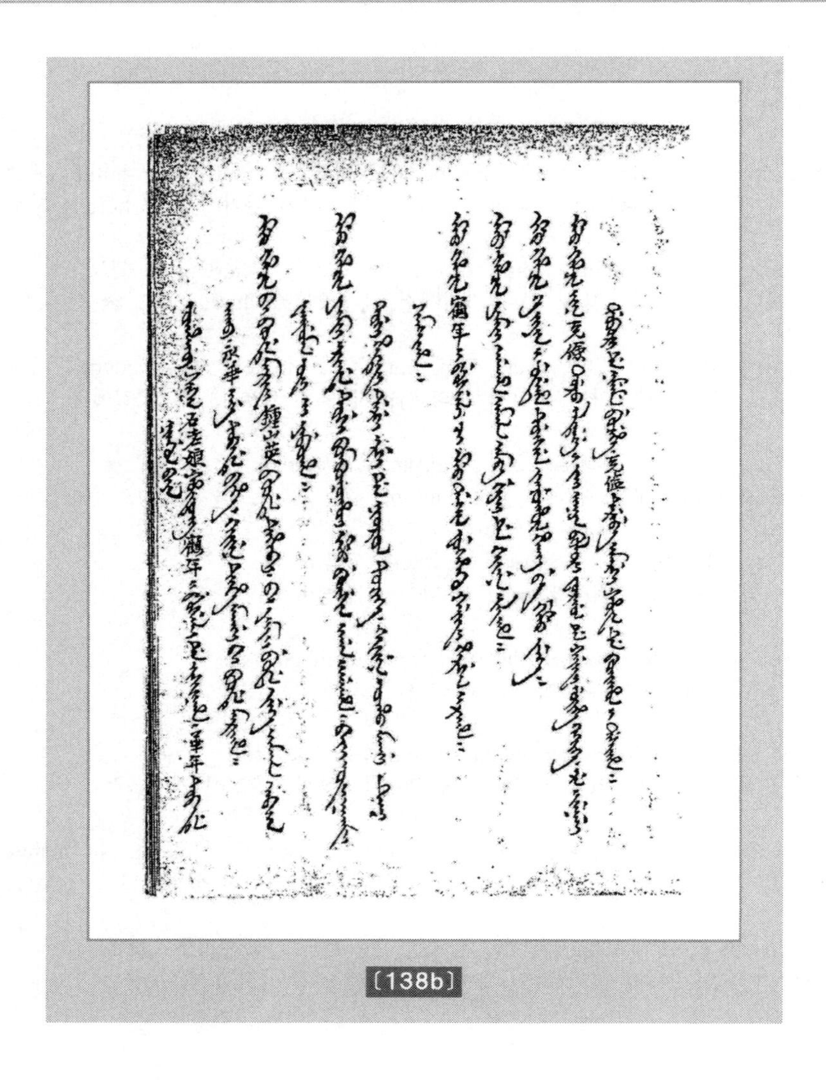

〔138b〕

ninggun biya
6 월

ohakū. sasa 石老娘 hūtung 鶴年 i puseli de isinaha. 華年 tubade
거절하였다 같이 石老娘 hūtung 鶴年 의 가게 에 이르렀다 華年 그곳에

akū. 永華 age tubade bihe. kejine tehe manggi bi boode mariha..
없다 永華 형 그곳에 있었다 꽤 앉은 뒤에 나 집에 돌아왔다

emu hacin bi boode marifi 鍾山英 boode tehebi. bi yamji buda jeke amala abka
한 가지 나 집에 돌아와서 鍾山英 집에 앉았다 나 저녁 밥 먹은 뒤에 하늘

faijuma ofi i yabuha..
이상해져서 그 떠났다

emu hacin yamji erinde tugi bombonohoi emu burgin aga agaha. baji ofi nakafi
한 가지 저녁 때에 구름 떼지어 모였다가 한 갑자기 비 내렸다 잠시 되어 그치고

tugi hetefi dergi ergi de nioron tucike. kejine oho manggi teni
구름 흩여져서 동 쪽 에 무지개 나왔다 꽤 된 뒤에 비로소

samsiha..
사라졌다

emu hacin 鶴年 i puseli ci emu dasin fusheku gajifi hergen araha..
한 가지 鶴年 의 가게 에서 한 자루 부채 가지고 글자 썼다

emu hacin yamji agaha amala amba giyai de kejine iliha..
한 가지 저녁 비온 뒤에 大 街 에서 꽤 섰다

emu hacin ke giyan i udaha dungga jancuhūn hengke be gemu jeke..
한 가지 ke giyan 의 산 수박 단 외 를 모두 먹었다

emu hacin ina 克儉 doro eldengge i jai aniya bolori forgon de gajifi ujihe kesike. ere inenggi
한 가지 조카 克儉 道 光 의 둘째 해 가을 계절 에 데려와 키운 고양이 이 날

dobori de nimeme bucehe. 克儉 terebe amargi hūwa de boihon i dasiha..
밤 에 병들어 죽었다 克儉 그를 뒤의 마당 에 흙 으로 묻었다

—— 。—— 。—— 。——

6월
거절하였다. 같이 석노랑(石老娘) 후퉁 학년(鶴年)의 가게에 이르렀다. 화년(華年)은 그곳에 없고, 영화(永華) 형이 그곳에 있었다. 꽤 앉은 뒤에 나는 집에 돌아왔다.
하나, 내가 집에 돌아오니, 종산영(鍾山英)이 집에 앉아 있었다. 저녁밥을 먹은 뒤에 하늘이 이상해져서 그는 떠났다.
하나, 저녁때에 구름이 떼 지어 모였다가 갑자기 한 차례 비가 내렸다. 잠시 뒤에 그치고 구름이 흩여져서 동쪽에 무지개가 나왔다. 꽤 지난 뒤에 비로소 사라졌다.
하나, 학년의 가게에서 부채 한 자루를 가지고 글자를 썼다.
하나, 저녁 비온 뒤에 대가(大街)에서 꽤 서 있었다.
하나, 커기얀(kegiyan, 克儉)이 산 수박과 단 외를 모두 먹었다.
하나, 조카 커기얀이 도광(道光)의 2년 가을 계절에 데려와서 키운 고양이가 이날 밤에 병들어 죽었다. 커기얀이 고양이를 뒷마당에 흙으로 묻었다.

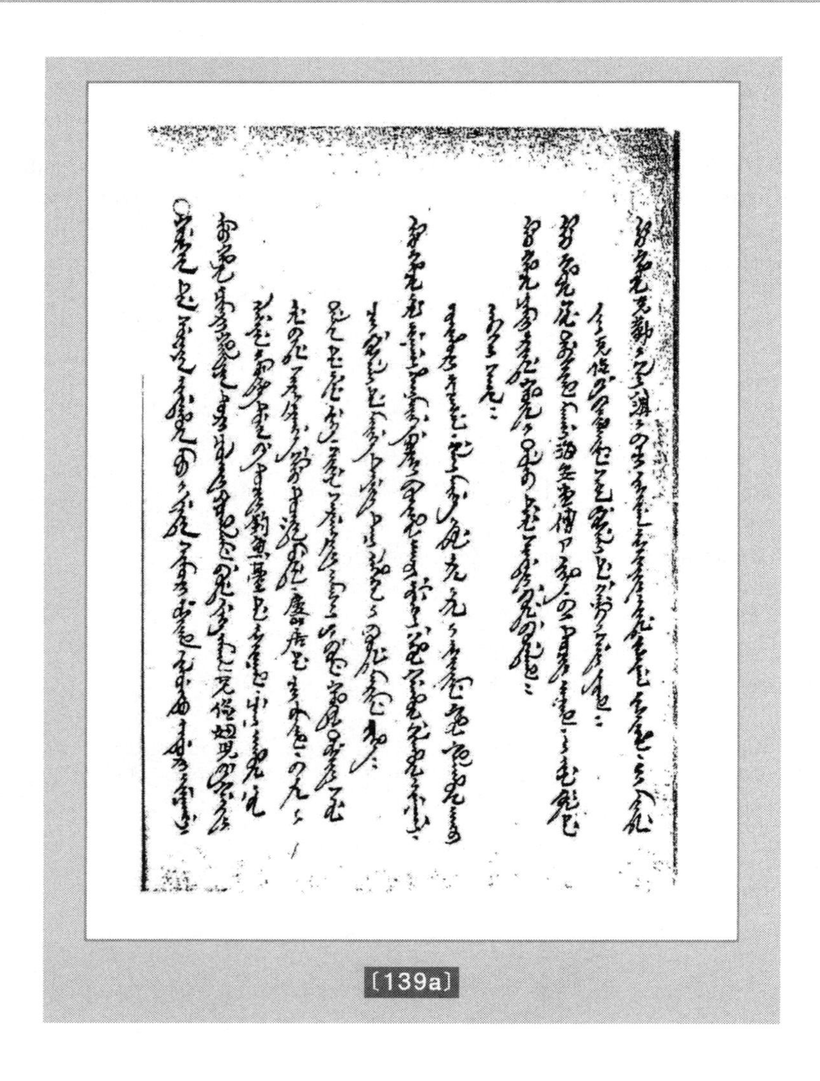

[139a]

○gūsin de suwayan indahūn moo i feten simori usiha jaluntu enduri inenggi.
30 에 누런 개 木 의 五行 星 宿 滿 神 날

emu hacin ecimari halfiyan turi colafi boohalame buda jeke amala 克俭 妞兒 be gaifi
한 가지 오늘 아침 제비 콩 볶고 요리하여 밥 먹은 뒤에 克儉 妞兒 을 데리고

elgiyen i mutehe duka be tucifi 釣魚臺 de isinaha. ceni ahūn non
阜成門 을 나가서 釣魚臺 에 이르렀다 그들 형 누이

ere bade sarašarangge gemu tuktan mudan. 慶山居 de cai omiha. bira i
이 곳에서 노는 것 모두 처음 번 慶山居 에서 차 마셨다 강 의

dalin de efen jeke. kejine sargašafi amasi yabume hoton dosifi sun
가 에서 떡 먹었다 꽤 놀고서 돌아 가서 성 들어가서 우유

cai puseli de majige teyefi teni elheken i boode marime jihe..
茶 가게 에서 잠시 쉬고서 비로소 천천히 집에 돌아서 왔다

emu hacin ere inenggi heni majige buraki boihon akū umesi gehun gahūn gilahūn inenggi.
한 가지 이 날 조금도 작은 먼지 흙 없이 매우 말끔하게 맑고 엷게 구름 낀 날

oihori icangga. geli majige edun erin erin i sinjime hon halhūn akū
너무나 상쾌하다 또 작은 바람 때 때 로 다다라오고 몹시 덥지 않아

absi sain..
너무 좋다

emu hacin yamji erinde hūwa i dolo dere sindafi buda budalaha..
한 가지 저녁 때에 마당 의 안 床 두고서 밥 먹었다

emu hacin šun dabsiha manggi 海安堂 傅卩 jihe. bi tucifi acaha. i ice juwe de
한 가지 해 진 뒤에 海安堂 傅爺 왔다 나 나가서 만났다 그 초 2 에

jai 克俭 be baihanjime sasa puseli de genembi sefi yoha..
다시 克儉 을 보러 와서 같이 가게 에 간다 해서 갔다

emu hacin 克勤 i keli 八溝 i baci jasigan isinjifi inde jasigan jasiha. i minde
한 가지 克勤 의 동서 八溝 의 곳에서 편지 이르러와서 그에게 편지 썼다 그 나에게

—— ◦ —— ◦ —— ◦ ——

30일, 무술(戊戌) 목행(木行) 성수(星宿) 만일(滿日).

하나, 오늘 아침 제비 콩 볶고 요리하여 밥 먹은 뒤에 커기얀(kegiyan, 克儉)과 뉴아(妞兒)를 데리고 부성문(阜成門)을 나가서 조어대(釣魚臺)에 이르렀다. 그들의 형과 누이가 이곳에서 노는 것은 모두 이번이 처음이다. 경산거(慶山居)에서 차를 마셨고, 강가에서 떡을 먹었다. 꽤 놀다가 돌아가서 성에 들어가고, 우유 차 가게에서 잠시 쉬고서 비로소 천천히 집에 돌아서 왔다.

하나, 이날은 조금도 작은 먼지나 흙도 없이 매우 말끔하게 맑고 엷게 구름 낀 날이다. 너무나 상쾌하고, 또 작은 바람이 때때로 불어오고 몹시 덥지 않아서 너무나 좋다.

하나, 저녁때에 마당 안에 상(床)을 두고서 밥을 먹었다.

하나, 해 진 뒤에 해안당(海安堂) 부야(傅爺)가 왔다. 나는 나가서 만났다. 그는 초이틀에 다시 커기얀을 보러 와서 같이 가게에 간다 해서 갔다.

하나, 커친(kecin, 克勤)의 동서 팔구(八溝)가 있는 곳에서 편지가 이르러 와서 그에게 편지를 썼다. 그는 나에게

[139b]

ninggun biya
6 월

yandume emu karu gaire jasigan araha..
부탁하고 한 답하는 편지 썼다

emu hacin yamji erinde amba giyai de kejine iliha..
한 가지 저녁 때에 大 街 에서 꽤 섰다

emu hacin bodoci ere biyade uheri orin nadan minggan nadan tanggū orin jakūn minggan
한 가지 계산하니 이 달에 전부 20 7 千 7 百 20 8 千

jiha fayame baitalaha..
錢 소비해서 썼다

—— ◦ —— ◦ —— ◦ ——

6월
부탁하고 답하는 편지 하나를 썼다.
하나, 저녁때에 대가(大街)에서 패 서 있었다.
하나, 계산하니 이 달에 전부 2만 7천 7백, 혹은 2만 8천 전 소비해서 썼다.

8. 도광 08년(1828) 7월

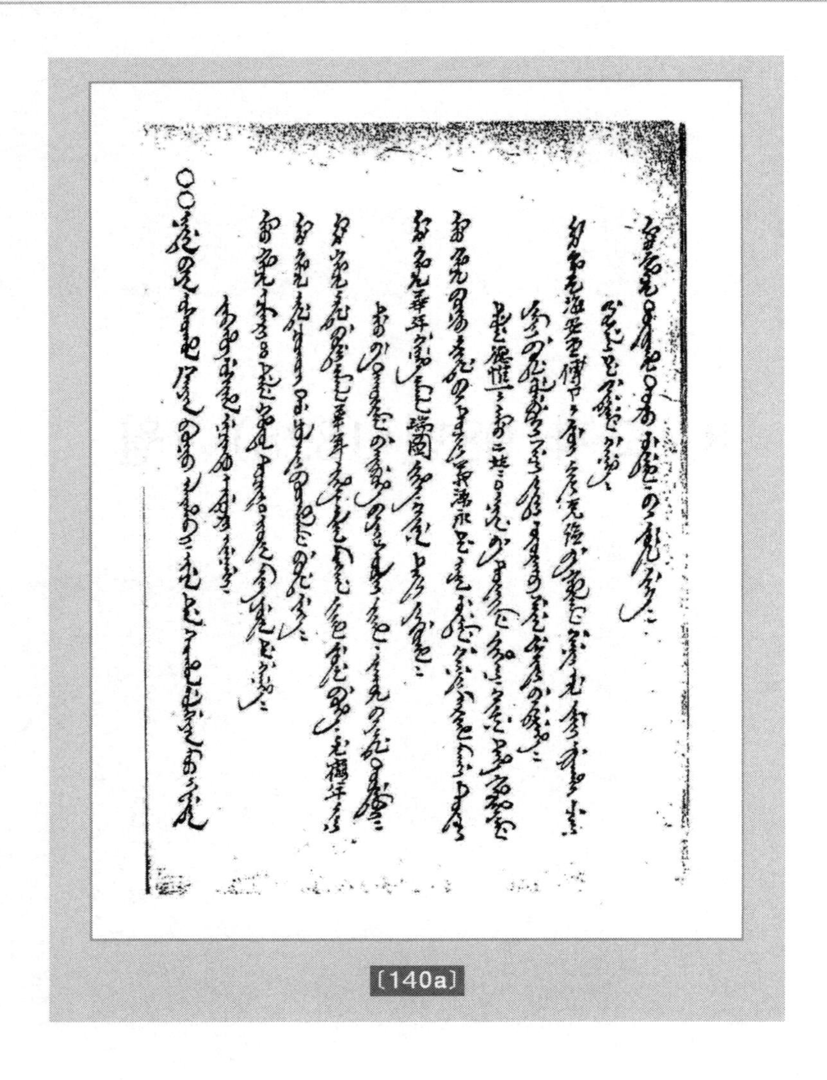

[140a]

○○nadan biya osohon šanyan bonio alihabi. ice de sohon ulgiyan moo i feten
7 월 작은 달 흰 원숭이 맞았다 초하루 에 누르스름한 돼지 木 의 五行

jabhū usiha necintu enduri inenggi.
張 宿 平 神 날

emu hacin ecimari ○○ dele hoton tucifi ○ iowan ming yuwan de genehe..
한 가지 오늘 아침 皇上 성 들어가서 圓 明 園 에 갔다

emu hacin erde cokoi do colafi boohalame buda jeke..
한 가지 아침 닭의 내장 볶아서 요리하여 밥 먹었다

emu hacin erde budai amala 華年 jihe. ilan minggan jiha juwen buhe. ere 鶴年 ini
한 가지 아침 밥의 뒤에 華年 왔다 3 千 錢 빌려 주었다 이 鶴年 그의

deo be takūrame benjibuhe biyai kooli jiha. jakūn biyade toodambi..
동생 을 시켜서 보내온 월의 例 錢이다 8 월에 갚는다

emu hacin 華年 genehe. amala 瑞图 jihe. kejine tefi yabuha..
한 가지 華年 갔다 뒤에 瑞圖 왔다 꽤 앉고서 갔다

emu hacin bonio erinde bi tucifi 義源永 de ayan udame genefi mariha manggi tuwaci
한 가지 원숭이 때에 나 나가서 義源永 에 초 사러 가서 돌아온 뒤에 보니

dule 德惟一 i amu 二姑姑 ○ eniye be tuwanjime jiheni. kejine tehe. hacihiyame
뜻밖에 德惟一 의 큰어머니 二姑姑 어머니에게 보러와 있었구나 꽤 앉았다 권하여

yamji buda ulebuki seci watai ojorakū sejen wesifi bederehe..
저녁 밥 먹게 하자 하니 도저히 할 수 없어 수레 올라서 되돌아갔다

emu hacin 海安堂 傅⼝ i jui jifi 克俭 be hūlame genefi ere yamji uthai ceni
한 가지 海安堂 傅爺 의 아들 와서 克儉 을 불러서 가고 이 저녁 바로 그의

puseli de bedereme genehe..
가게 에 되돌아서 갔다

emu hacin tofohon toro udaha. bi juwe jeke..
한 가지 15 복숭아 샀다 나 2 먹었다

—— ◦ —— ◦ —— ◦ ——

7월 작은 달 경신(庚申)월 맞았다.
초하루, 기해(己亥) 목행(木行) 장수(張宿) 평일(平日).
하나, 오늘 아침 황상(皇上)께서 성에 들어가서 원명원(圓明園)에 갔다.
하나, 아침에 닭의 내장을 볶아서 요리하여 밥을 먹었다.
하나, 아침 식사 뒤에 화년(華年)이 왔다. 3천 전을 빌려 주었다. 이것은 학년(鶴年)이 그의 동생을 시켜서 보내온 월례(月例)의 돈이다. 8월에 갚는다.
하나, 화년이 간 뒤에 서도(瑞圖)가 왔다. 꽤 앉아 있다가 갔다.
하나, 신시(申時)에 내가 나가서 의원영(義源永)에 초를 사러 갔다가 돌아온 뒤에 보니, 뜻밖에 덕유일(德惟一)의 큰어머니 둘째 고모가 어머니를 보러 와 있었구나. 꽤 앉았다. 권하여 저녁 밥 먹게 하려 하나 도저히 할 수 없어 수레에 올라서 되돌아갔다.
하나, 해안당(海安堂) 부야(傅爺)의 아들이 와서 커기얀(kegiyan, 克儉)을 불러서 가고, 이날 저녁에 바로 그의 가게에 되돌아서 갔다.
하나, 복숭아 15개를 샀다. 나는 2개를 먹었다.

〔140b〕

nadan biya osohon
7 월 작은 달

emu hacin mini cejen i ergi de idaraka gese nimembi. ainaha be sarkū..
한 가지 나의 가슴 의 쪽 에 욱신거린 것 같이 아프다 왠지 를 모르겠다

—— ◦ —— ◦ —— ◦ ——

7월 작은 달

하나, 나의 가슴 쪽이 욱신거린 것 같이 아프다. 왠지를 모르겠다.

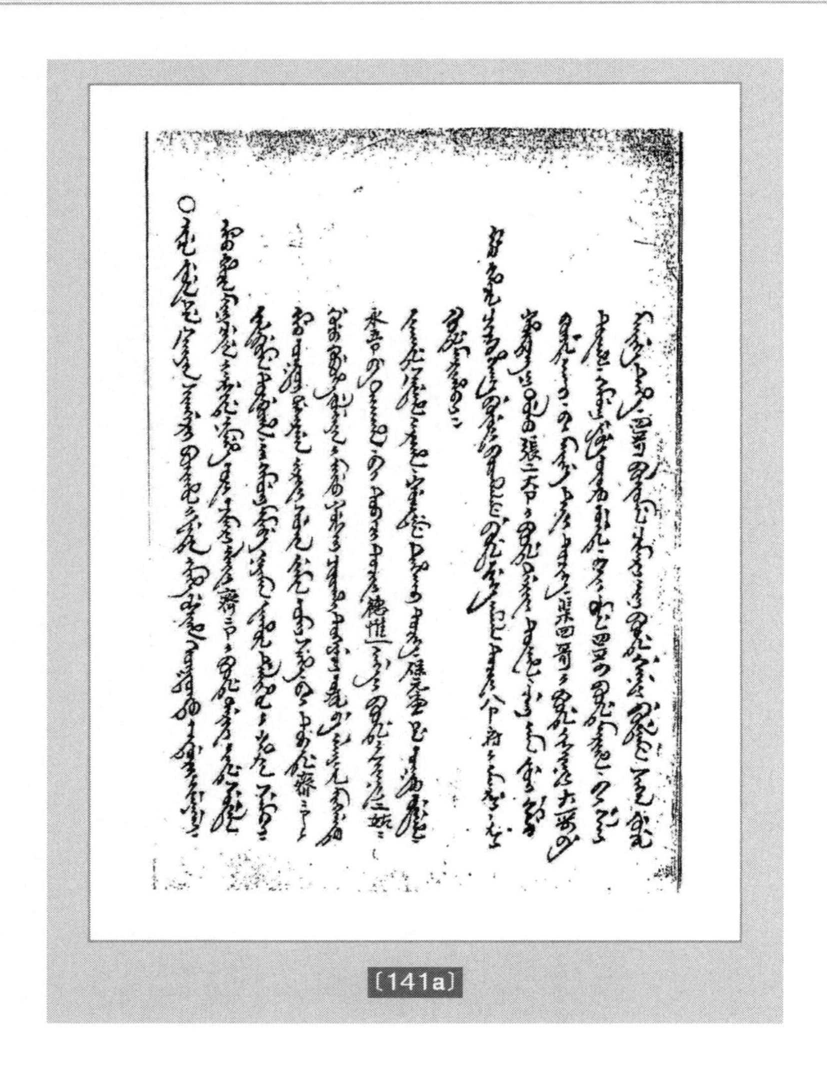

〔141a〕

○ice juwe de šanyan singgeri boihon i feten imhe usiha toktontu enduri inenggi.
초 2 에 흰 쥐 土 의 五行 翼 宿 定 神 날

emu hacin mini cejen i ergide nimehe ofi ecimari ilifi 齊二刀 i boode darifi inde sudala
한 가지 나의 가슴 의 쪽에 아프게 되어 오늘 아침 일어나 齊二爺 의 집에 들러서 그에게 맥

jafabume tuwabuha. i kemuni mimbe niyaman fahūn delihun i haran sembi..
잡게 하여 보게 하였다 그 여전히 나를 심장 간장 비장 때문 한다

emu oktoi dasargan arafi sunja jemin omi sehe. bi tubade 齊二刀 i
한 약의 처방전 써서 5 첩 마시라 하였다 나 그곳에서 齊二爺 의

gucu kubuhe fulgiyan i manju gūsai coohai tukiyeci oron be aliyara minggatu
친구 만주 양홍기 군사의 등용 관직 을 기다리는 千總

永五刀 be takaha. bi tubaci tucifi 德惟一 age i boode isinafi 二姑姑
永五爺 를 사귀었다 나 거기에서 나가서 德惟一 형 의 집에 이르러서 二姑姑

jakade šadaha araha. goidame tehekū tucike. 保元堂 de okto udaha.
곁에서 위로 지었다 오래도록 앉지 않고 나갔다 保元堂 에서 약 샀다

boode marihabi..
집에 돌아왔다

emu hacin cirku hengke bujufi boohalame buda jeke amala tucifi 八刀府 i amargi ergi
한 가지 冬瓜 끓여서 요리하여 밥 먹은 뒤에 나가서 八爺府 의 북 쪽

hūtung ni dolo 張二大刀 i boode darifi tuwaha. ceni ama jui gemu
hūtung 의 안 張二大爺 의 집에 들러서 보았다 그의 父 子 모두

boode akū. bi majige tefi tucike. 渠四哥 i boode isinafi 大哥 be
집에 없다 나 잠시 앉고서 나갔다 渠四哥 의 집에 이르러서 大哥 를

tuwaha. kemuni yebe ojoro unde. baji ome 四哥 boode mariha. bi geli
보았다 아직도 낫게 되지 못하였다 잠시 되어 四哥 집에 돌아왔다 나 또

majige tehe. 四哥 boljome cimari ini boode genefi budalame sasa jucun
잠시 앉았다 四哥 약속하기를 내일 그의 집에 가서 밥 먹고 같이 연극

—— ∘ —— ∘ —— ∘ ——

초이틀, 경자(庚子) 토행(土行) 익수(翼宿) 정일(定日).
하나, 나의 가슴 쪽이 아프게 되어 오늘 아침 일어나 제이야(齊二爺)의 집에 들러서 그에게 맥을 잡아 보게 하였다. 그는 여전히 나를 심장, 간장, 비장 때문이라 한다. 약 처방전 하나를 쓰고, 5첩을 마시라 하였다. 나는 그곳에서 제이야의 친구 만주 양홍기(鑲紅旗) 군사의 등용 관직을 기다리는 천총(千總) 영오야(永五爺)를 사귀었다. 나는 거기에서 나가서 덕유일(德惟一) 형의 집에 이르렀는데, 둘째 고모 곁에서 위로를 하면서 오래도록 앉지 않고 나갔다. 보원당(保元堂)에서 약 샀다. 집에 돌아왔다.
하나, 동과(冬瓜)를 끓여서 요리하여 밥 먹은 뒤에 나가서 팔야부(八爺府)의 북쪽 후퉁 안에 있는 장이대야(張二大爺)의 집에 들러서 보았다. 그들 부자는 모두 집에 없다. 나는 잠시 앉고서 나갔다. 거사가(渠四哥)의 집에 이르러서 대가(大哥)를 보았다. 아직도 낫지 못하였다. 잠시 되어 사가(四哥)가 집에 돌아왔다. 나는 또 잠시 앉았다. 사가가 약속하기를, 내일 그의 집에 와서 밥 먹고 같이 연극

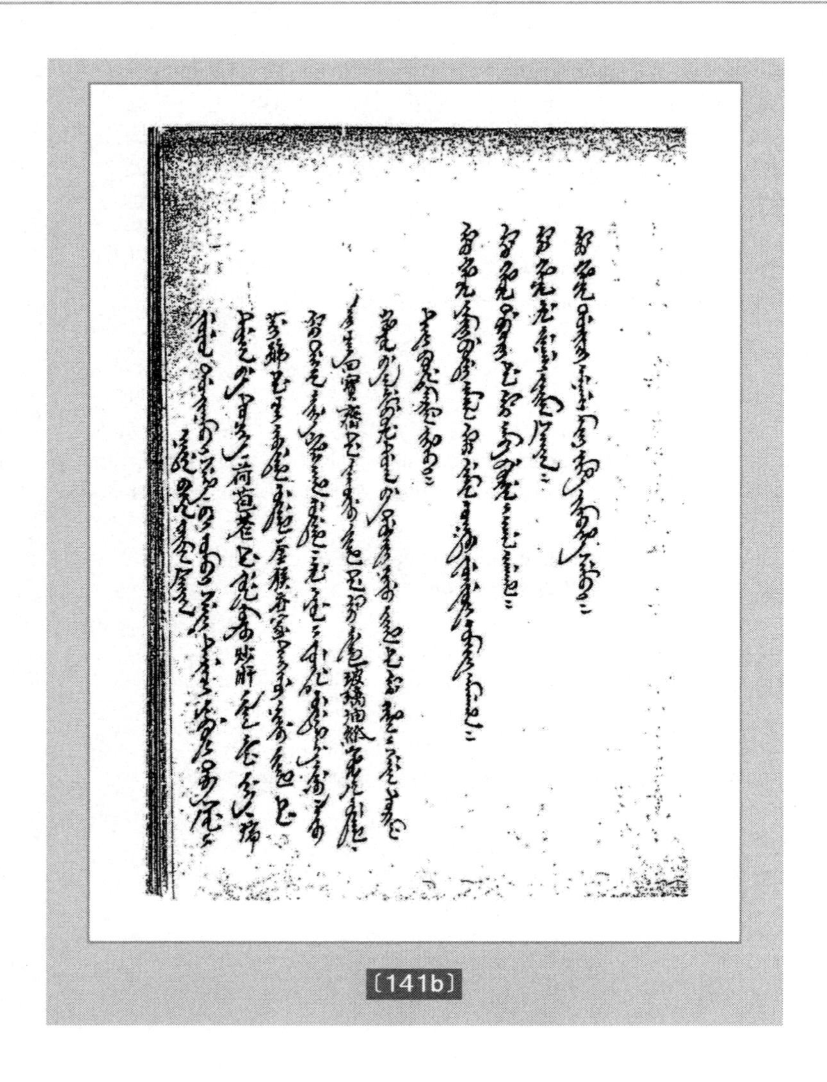

〔141b〕

nadan biya wajima šanyan
7 월 末 伏

jucun donjinambi sehe. bi ombi sefi tereci yabufi tob šun i
연극 들으러 간다 하였다 나 된다 하고 거기에서 가서 正陽

duka be tucike. 荷苞巷 de juwe moro 炒肝 ilan efen jeke.
門 을 나갔다 荷苞巷 에서 2 사발 炒肝 떡 3 먹었다

瑞芬號 de cai abdaha udaha. 金猴乔家 tanggū ninju jiha de
瑞芬號 에서 차 잎 샀다 金猴喬家 百 60 錢 에

emu dasin ajige hasaha udaha. ere eyun i funde udahangge. inu
한 자루 작은 가위 샀다 이 누나 의 대신 산 것 또

lio lii cang 四寶齋 de jakūnju jiha de emu afaha 玻璃油紙 hoošan udaha.
琉 璃 廠 四寶齋 에 80 錢 에 한 장 玻璃油紙 종이 샀다

horon be algimbure duka be dosifi ninju jiha de emu eihen i sejen turime
宣武門 을 들어가서 60 錢 에 한 당나귀 의 수레 빌려서

tefi boode marime jihebi..
타고 집에 돌아서 왔다

emu hacin yamji budai amala emu jemin okto fuifufi omifi amgaha..
한 가지 저녁 밥의 뒤에 한 첩 약 끓여서 마시고 잤다

emu hacin dobori de emu amba burgin i aga agaha..
한 가지 밤 에 한 큰 갑작스럽게 비 내렸다

emu hacin ere inenggi wajima šanyan..
한 가지 이 날 末 伏

emu hacin donjici enenggi mini imhe[156] jimbihe sembi..
한 가지 들으니 오늘 나의 장모 왔었다 한다

—— ◦ —— ◦ —— ◦ ——

7월 말복(末伏)

연극 들으러 간다 하였다. 나는 된다 하고 거기에서 가서 정양문(正陽門)을 나갔다. 하포항(荷苞巷)에서 2사발 초간(炒肝) 떡 3개를 먹었다. 서분호(瑞芬號)에서 차 잎을 샀다. 금후교가(金猴喬家)에서 160전에 작은 가위 한 자루를 샀다. 이것은 누나 대신 산 것이다. 또 유리창(琉璃廠) 사보재(四寶齋)에서 80전에 파리유지(玻璃油紙) 종이 한 장을 샀다. 선무문(宣武門)을 들어가서 60전에 당나귀 수레 하나를 빌려서 타고서 집에 돌아 왔다.

하나, 저녁 식사 뒤에 약 한 첩을 끓여서 마시고 잤다.

하나, 밤에 갑작스럽게 한 차례 큰비가 내렸다.

하나, 이 날은 말복(末伏)이다.

하나, 들으니 오늘 나의 장모가 왔었다 한다.

---

156) imhe : 'emhe'의 잘못으로 보인다.

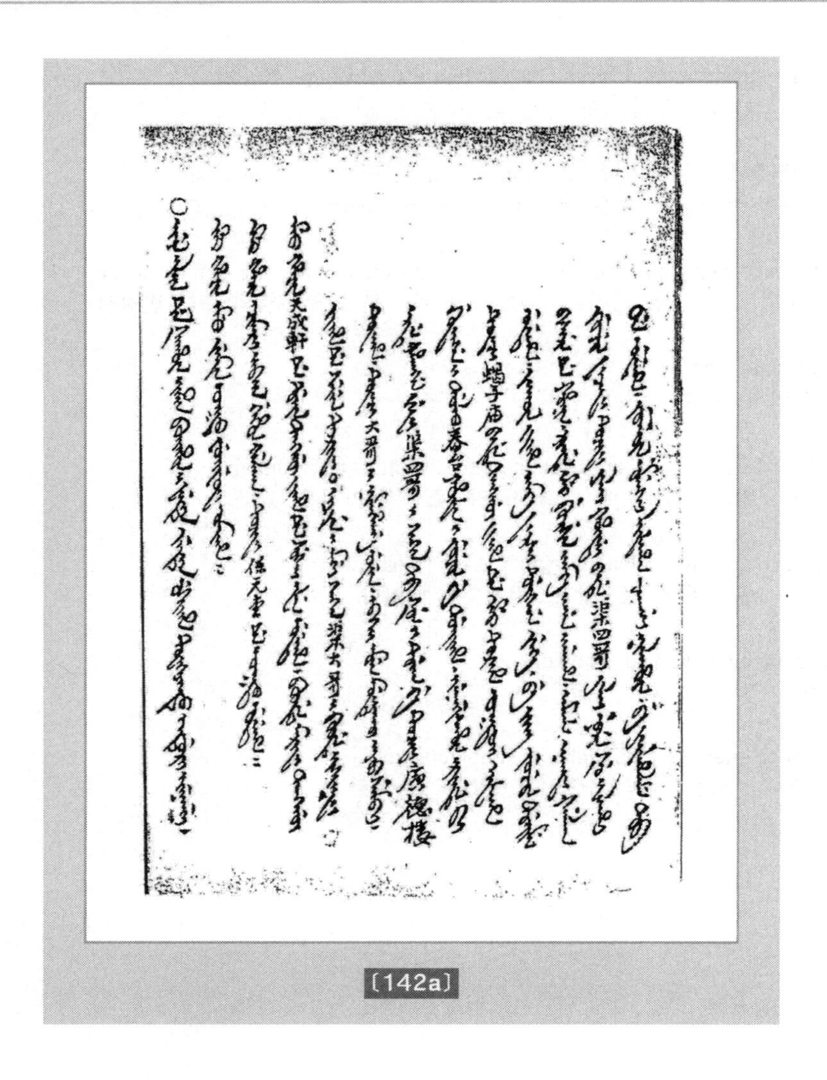

[142a]

○ice ilan de šahūn ihan boihon i feten jeten usiha tuwakiyantu enduri inenggi.
초 3 에 희끄무레한 소 土 의 五行 軫 宿 執 神 날

emu hacin emu jemin okto fuifufi omiha..
한 가지 한 첩 약 끓여서 마셨다

emu hacin ecimari abka gehun galaka. tucifi 保元堂 de okto udaha..
한 가지 오늘 아침 하늘 말끔히 개었다 나가서 保元堂 에서 약 샀다

emu hacin 天成軒 de duin tanggū jiha de susai efen udaha. boode marifi tanggū
한 가지 天成軒 에 4 百 錢 에 50 떡 샀다 집에 돌아와서 百

jiha de sejen turifi ○ eniye i emgi sasa 渠大哥 i boode isinafi
錢 에 수레 빌려서 어머니 와 함께 같이 渠大哥 의 집에 이르러서

tuwaha. tuwaci 大哥 i nimehengge ujen. ebsi ome muterakū ayoo sembi.
보았다 보니 大哥 의 아픈 것 중하고 이렇게 되기가 가능할 수 없을 것이다 한다

erde hangse jefi 渠四哥 i sasa tob šun i duka be tucifi 廣德樓
아침 국수 먹고서 渠四哥 와 같이 正陽門 을 나가서 廣德樓

guwanse[157] i dolo 春台 hūfan i jucun be donjiha. inenggishūn erinde bi
管席 의 안 春臺 극단 의 연극 을 들었다 한낮 때에 나

tuwaci 蝎子庙 bade tanggū jiha de emu turha oktoi afaha
보니 蝎子廟 곳에 百 錢 에 한 고약의 한 枚

udaha. jakūn jiha amba farsi dungga jeke. be jing jucun donjime
샀다 8 錢 큰 조각 수박 먹었다 우리 마침 연극 듣고

bisire de honin erinde emu burgin amba aga agaha. amala nakafi galaka.
있을 때 양 때에 한 갑자기 큰 비 내렸다 뒤에 그치고 개었다

jucun facafi tucifi yali hūdai bade 渠四哥 yali nure šu ilhai
연극 파하고 나가서 고기 시장에 渠四哥 고기 술 연 꽃의

da udaha. jugūn umesi lifahan canggi nilhūn. be yafahalame tob
뿌리 샀다 길 매우 질척할 뿐 아니라 미끄럽다 우리 걸어서

—— ◦ —— ◦ —— ◦ ——

초사흘, 신축(辛丑) 토행(土行) 진수(軫宿) 집일(執日).

하나, 약 한 첩을 끓여서 마셨다.

하나, 오늘 아침 하늘이 말끔히 개었다. 나가서 보원당(保元堂)에서 약을 샀다.

하나, 천성헌(天成軒)에서 400전에 떡 50개를 샀다. 집에 돌아와서 100전에 수레를 빌려서 어머니와 함께 같이 거대가(渠大哥)의 집에 이르러서 보았다. 보니 대가(大哥)의 아픈 것이 중하고 이렇게 되기가 가능하지 않을 것이다 한다. 아침에 국수를 먹고 거사가(渠四哥)와 같이 정양문(正陽門)을 나가서 광덕루(廣德樓)의 관중석 안에서 춘대(春臺) 라는 극단의 연극을 들었다. 한낮 때에 내가 찾아서 갈자묘(蝎子廟) 라는 곳에서 100전에 고약 한 매를 샀다. 8전하는 큰 조각의 수박을 먹었다. 우리가 바야흐로 연극 듣고 있을 때, 미시(未時)에 갑자기 한 차례 큰비가 내린 뒤에 그치고 개었다. 연극이 파하고 나가서 고기 시장에서 거사가가 고기, 술, 연꽃 뿌리를 샀다. 길이 매우 질척할 뿐 아니라 미끄럽다. 우리는 걸어서

157) guwanse : 'guwangsi(管席)'의 잘못으로 보인다.

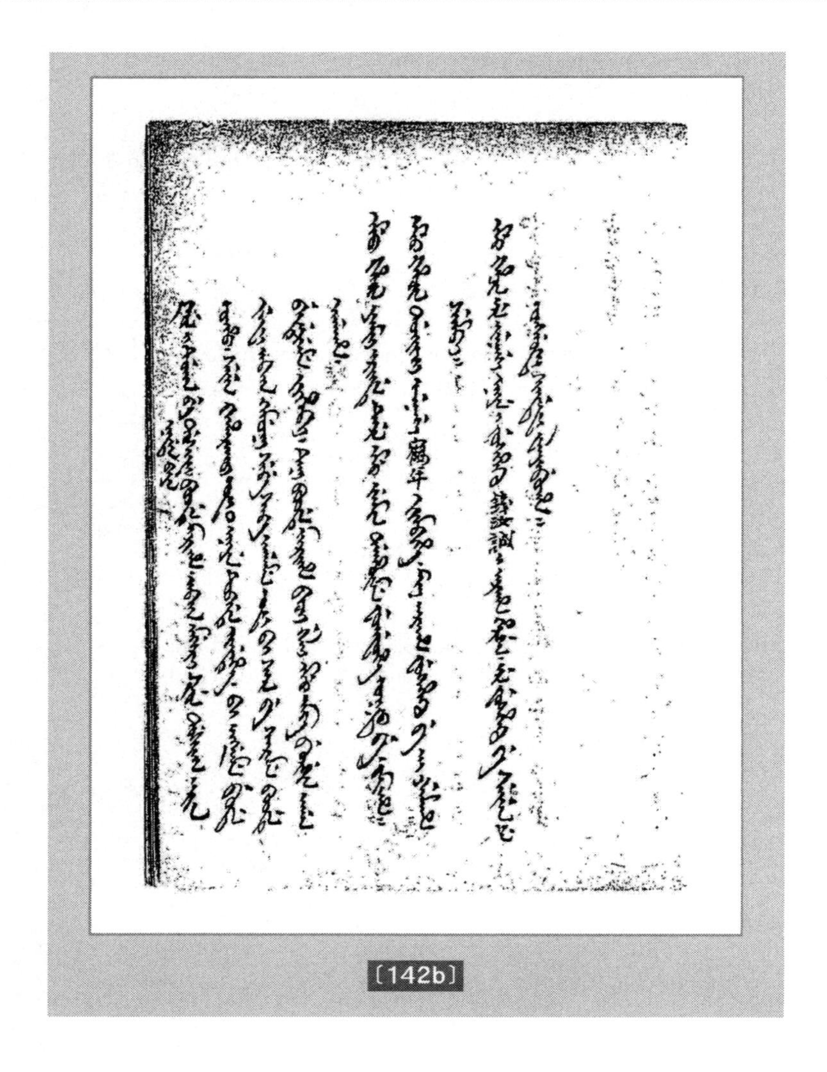

[142b]

nadan biya
7 월

šun i duka be dosifi boode mariha. abka emgeri šun dosika erin
正陽門 을 들어가 집에 돌아왔다 하늘 이미 해 지는 때

oho. sejen baharakū ofi ◦ eniye tubade indehe. bi ekšeme buda
되었다 수레 구하지 못 해서 어머니 그곳에서 묵었다 나 급하게 밥

jefi abka kemuni sebe saba agame ofi bi sara be sarame boode
먹고 하늘 여전히 조금씩 조금씩 비 내리고 있어서 나 우산 을 쓰고 집에

bedereme jihebi. teni boode mariha bici geli emu amba burgin aga
되돌아서 왔다 겨우 집에 돌아와 있으니 또 한 큰 갑자기 비

agaha..
내렸다

emu hacin yamji erinde tere emu jemin dahūme fuifuhe okto be omiha..
한 가지 저녁 때에 그 한 첩 다시 끓인 약 을 마셨다

emu hacin donjici enenggi 鶴年 jimbihe. mini araha fusheku be i gamaha
한 가지 들으니 오늘 鶴年 왔었다 나의 쓴 부채 를 그 가져갔다

sembi..
한다

emu hacin ere inenggi eniye i fusheku 錢汝誠 i araha hergen. ere fusheku be sejen de
한 가지 이 날 어머니 의 부채 錢汝誠 의 쓴 글자 이 부채 를 수레 에

onggofi sindafi waliyabuha..
잊어버리고 놓고서 잃어버렸다

—— ◦ —— ◦ —— ◦ ——

7월
정양문(正陽門)을 들어가 집에 돌아왔다. 하늘이 이미 해 지는 때가 되었다. 수레를 구하지 못 해서 어머니가 그곳에서 묵었다. 나는 급하게 밥을 먹었고, 하늘이 여전히 조금씩 조금씩 비가 내리고 있어서 나는 우산을 쓰고 집에 되돌아서 왔다. 겨우 집에 돌아와 있으니 또 갑자기 한 차례 큰비가 내렸다.
하나, 저녁때에 그 한 첩 다시 끓인 약을 마셨다.
하나, 들으니 오늘 학년(鶴年)이 와서 내가 쓴 부채를 그가 가져갔다 한다.
하나, 이날 어머니의 부채는 전여성(錢汝誠)이 쓴 글씨인데, 이 부채를 수레에 잊어버리고 놓고서 잃어버렸다.

〔143a〕

○ice duin de sahaliyan tasha aisin i feten gimda usiha efujentu enduri inenggi.
초 4 에 검은 호랑이 金 의 五行 角 宿 破 神 날

emu hacin erde emu jemin okto omiha..
한 가지 아침 한 첩 약 마셨다

emu hacin ecimari 鶴年 jihe. kejine tefi genehe..
한 가지 오늘 아침 鶴年 왔다 꽤 앉고서 갔다

emu hacin erde budai amala tucifi 瑞图 i boode isinafi tuwaha. majige tefi bi tereci
한 가지 아침 밥의 뒤에 나가서 瑞圖 의 집에 이르러서 보았다 잠시 앉고서 나 거기에서

tucifi emu burgin aga agaha. bi 元興號 olhon tubihe puseli de
나가서 한 갑자기 비 내렸다 나 元興號 마른 과일 가게 에

majige jailaha. aga nakaha manggi bi boode marime jihe..
잠시 피하였다 비 그친 뒤에 나 집에 돌아서 왔다

emu hacin yamji budai amala ∘ eniye sejen teme boode bedereme jihe. 渠四哥 ilan baksan
한 가지 저녁 밥의 뒤에 어머니 수레 타고 집에 되돌아서 왔다 渠四哥 3 묶음

lakiyangga hangse buhe..
마른 국수 주었다

emu hacin dobori de aga bihe..
한 가지 밤 에 비 있었다

emu hacin sikse udaha oktoi afaha be cejen i hashū ergide latuha..
한 가지 어제 산 약의 한 枚 를 가슴 의 왼 쪽에 붙였다

—— ∘ —— ∘ —— ∘ ——

초나흘, 임인(壬寅) 금행(金行) 각수(角宿) 파일(破日).

하나, 아침에 약 한 첩을 마셨다.

하나, 오늘 아침 학년(鶴年)이 왔다. 꽤 앉아 있다가 갔다.

하나, 아침 식사 뒤에 나가서 서도(瑞圖)의 집에 이르러서 보았다. 잠시 앉아 있다가 내가 거기에서 나가는데 갑자기 한 차례 비가 내렸다. 나는 원흥호(元興號) 라는 마른 과일 파는 가게에서 잠시 피하였다. 비가 그친 뒤에 나는 집에 돌아서 왔다.

하나, 저녁 식사 뒤에 어머니가 수레를 타고 집에 되돌아 왔다. 거사가(渠四哥)가 마른 국수 3 묶음을 주었다.

하나, 밤에 비가 있었다.

하나, 어제 산 약 한 매를 가슴 왼쪽에 붙였다.

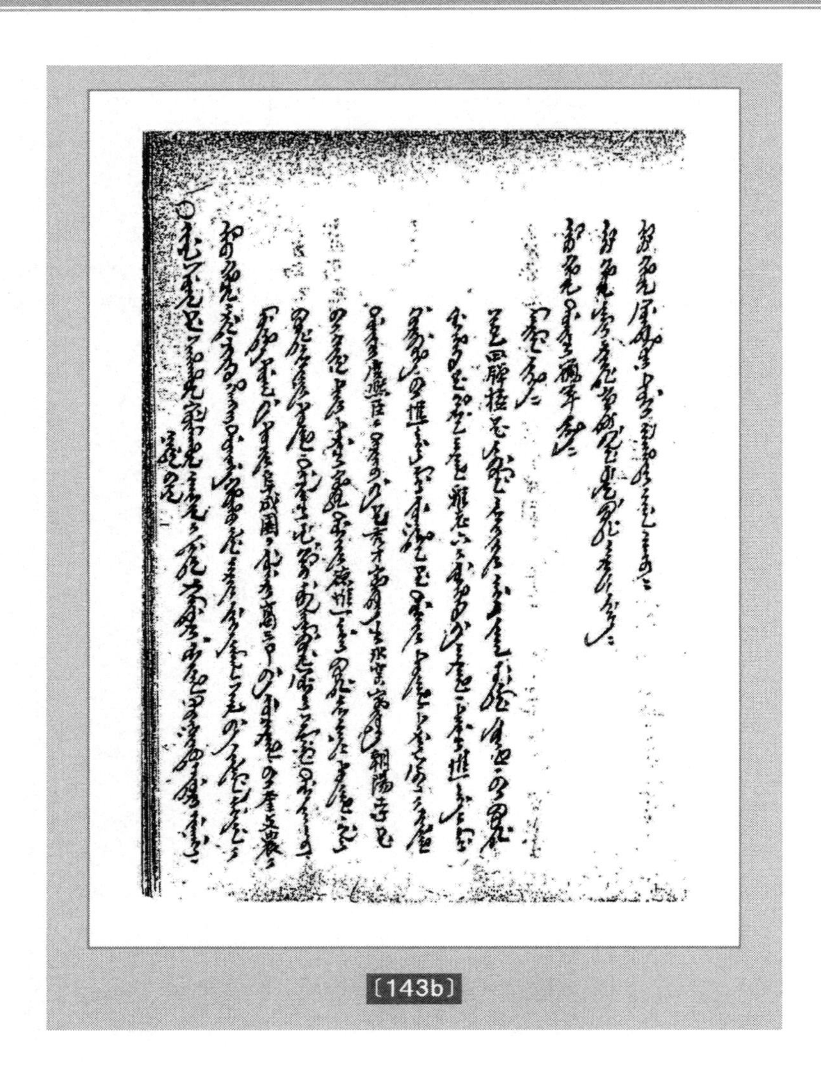

[143b]

nadan biya

7 월

○ice sunja de sahahūn gūlmahūn aisin i feten k'amduri usiha tuksintu enduri inenggi.

초 5 에 거무스름한 토끼 金 의 五行 亢 宿 危 神 날

emu hacin erde cirku hengkei doingge hoho efen arafi jeke amala sara be jafame elgiyen i

한 가지 아침 冬瓜의 속 水餃子 만들어 먹은 뒤에 우산 을 쓰고 阜

mutehe duka be tucifi 阜成園 i juleri 高三卩 be ucaraha. bi 奎文農 i

成門 을 나가서 阜成園 의 앞에 高三爺 를 만났다 나 奎文農 의

boode isinafi tuwaha. dacilaci ce gemu ubaliyambure šusai simneme dosikakū.
집에 이르러서 보았다 알아보니 그들 모두 번역하는 秀才 시험 보러 들어가지 않았다

bi kejine tefi tereci hoton dosifi 德惟一 agei boode isinafi tuwaha. geli
나 꽤 앉고서 거기에서 성 들어가서 德惟一 형의 집에 이르러서 보았다 또

donjici 慶熙臣 i tacikū be te 秀才 hūtung ci 冰窖 hūtung 朝陽寺 de
들으니 慶熙臣의 학당 을 지금 秀才 hūtung 으로부터 冰窖 hūtung 朝陽寺 에

guribuhe. bi 惟一 agei emgi juktehen de dosifi tuwaha. terei šabi i jafaha
옮겼다 나 惟一 형과 같이 절 에 들어가서 보았다 그의 제자 의 한 枚

fusheku de hergen araha. 雅老六 i fusheku be araha. tereci 惟一 age i emgi
부채 에 글자 썼다 雅老六 의 부채 를 썼다 그로부터 惟一 형 과 함께

sasa 四牌楼 de yabume isinjifi age jaka udame yoha. bi boode
같이 四牌樓 에 가서 다다르고 형 물건 사러 갔다 나 집에

marime jihe..
돌아서 왔다

emu hacin donjici 鶴年 jihe..
한 가지 들으니 鶴年 왔다

emu hacin yamji erinde handu bele uyan buda arafi jeke..
한 가지 저녁 때에 흰 쌀 죽 밥 만들어 먹었다

emu hacin šuntuhuni tugi alhatai aga akū..
한 가지 하루 종일 구름 뒤섞인 채 비 없다

—— ◦ —— ◦ —— ◦ ——

7월
초닷새, 계묘(癸卯) 금행(金行) 항수(亢宿) 위일(危日).
하나, 아침에 동과(冬瓜) 속을 넣은 물만두를 만들어 먹은 뒤에 우산을 쓰고
부성문(阜成門)을 나가서 부성원(阜成園)의 앞에서 고삼야(高三爺)를 만났다. 나는 규문농(奎文農)의 집에 이르러서 보았다. 알아보니 그들 모두 번역하는 수재(秀才) 시험 보러 들어가지 않았다 한다. 나는 꽤 앉아 있다가 거기에서 성에 들어가서 덕유일(德惟一) 형의 집에 이르러서 보았다. 또 들으니 경희신(慶熙臣)의 학당을 지금 수재(秀才) 후퉁에서 빙교(冰窖) 후퉁에 있는 조양사(朝陽寺)에 옮겼다 한다. 나는 유일(惟一) 형과 같이 절에 들어가서 보았다. 그의 제자의 부채 한 매에 글자를 썼고, 아노육(雅老六)의 부채에도 썼다. 그로부터 유일 형과 함께 같이 사패루(四牌樓)에 가서 이르고, 형은 물건을 사러 갔다. 나는 집에 돌아서 왔다.
하나, 들으니 학년(鶴年)이 왔다 한다.
하나, 저녁때에 흰 쌀 죽 밥을 만들어서 먹었다.
하나, 하루 종일 구름이 뒤섞인 채로 비는 없다.

〔144a〕

emu hacin ecimari 林五丌 be tuwaha. dosifi majige tehe. ini bethe te cun cun i
한 가지 오늘 아침 林五爺 를 보았다 들어가서 잠시 앉았다 그의 다리 이제 점점

yebe ohobi. ilungga boode akū bihe..
낫게 되었다 ilungga 집에 없었다

emu hacin oktoi afaha be cejen i hashū ergide latuha bici kušun ofi geli kūwalafi
한 가지 약의 한 枚 를 가슴 의 왼 쪽에 붙여 있으니 불편하게 되어 다시 떼어서

halame ulenggu ergide latuha..
바꾸고 배 쪽에 붙였다

emu hacin yamji ecimari emu jemin okto omiha..
한 가지 저녁 오늘 아침 한 첩 약 마셨다

—— ◦ —— ◦ —— ◦ ——

하나, 오늘 아침에 임오야(林五爺)를 보았다. 들어가서 잠시 앉았다. 그의 다리가 이제는 점점 낫게 되었다. 일룽가(ilungga, 伊隆阿)는 집에 없었다.
하나, 약 한 매를 가슴 왼쪽에 붙여 있으니, 불편하게 되어 다시 떼서 바꾸어 배 쪽에 붙였다.
하나, 오늘 아침과 저녁에 약 한 첩을 마셨다.

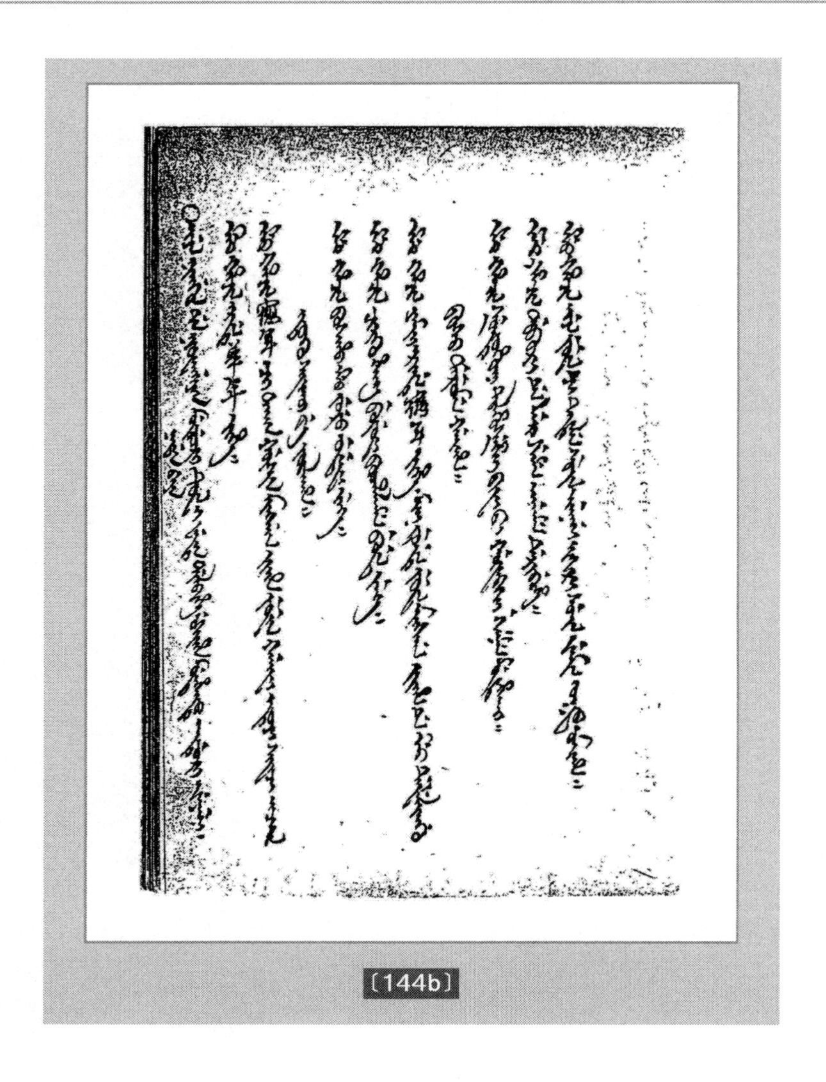

〔144b〕

nadan biya
7 월

ice ninggun de niowanggiyan muduri tuwa i feten dilbihe usiha mutehentu enduri inenggi.
초 6 에 푸른 용 火 의 五行 氐 宿 成 神 날

emu hacin erde 華年 jihe..
한 가지 아침 華年 왔다

emu hacin 鶴年 ci taka gūsin minggan jiha juwen gaifi etuci sifici acara
한 가지 鶴年 에서 잠시 30 千 錢 빌려 가지고 입거나 꽂아도 맞는

etuku sifikū be joolaha..
옷 비녀 를 꽂았다

emu hacin bosho emu juru udafi jeke..
한 가지 콩팥 한 쌍 사서 먹었다

emu hacin cirku hengke bujufi boohalame buda jeke..
한 가지 冬瓜 끓여서 요리하여 밥 먹었다

emu hacin yamji erinde 鶴年 jihe. mini funde juwe minggan jiha de emu defelinggu
한 가지 저녁 때에 鶴年 왔다 나의 대신 2 千 錢 에 한 필

boso darume gaiha..
베 외상으로 샀다

emu hacin šuntuhuni tulhušehei bifi bi gūwabsi geneme mutehekū..
한 가지 하루 종일 흐려진 채 있어서 나 다른 곳에 갈 수 없었다

emu hacin dobori de ler seme agame deribuhe..
한 가지 밤 에 촉촉하게 비오기 시작하였다

emu hacin ice juwe ci tetele sunja inenggi ikiri sunja jemin okto omiha..
한 가지 초 2 부터 지금까지 5 날 계속해서 5 첩 약 마셨다

—— ◦ —— ◦ —— ◦ ——

7월
초엿새, 갑진(甲辰) 화행(火行) 저수(氐宿) 성일(成日).
하나, 아침에 화년(華年)이 왔다.
하나, 학년(鶴年)에게서 잠시 3만전 빌려 가지고 입거나 꽂아도 맞는 옷 비녀를 꽂았다.
하나, 콩팥 한 쌍을 사서 먹었다.
하나, 동과(冬瓜)를 끓여서 요리하여 밥을 먹었다.
하나, 저녁때에 학년이 왔다. 내 대신으로 2천 전에 베 한 필을 외상으로 사서 가졌다.
하나, 하루 종일 흐려진 채 있어서 나는 다른 곳에 갈 수가 없었다.
하나, 밤에 촉촉하게 비가 오기 시작하였다.
하나, 초이틀부터 지금까지 닷새를 계속해서 약 5첩을 마셨다.

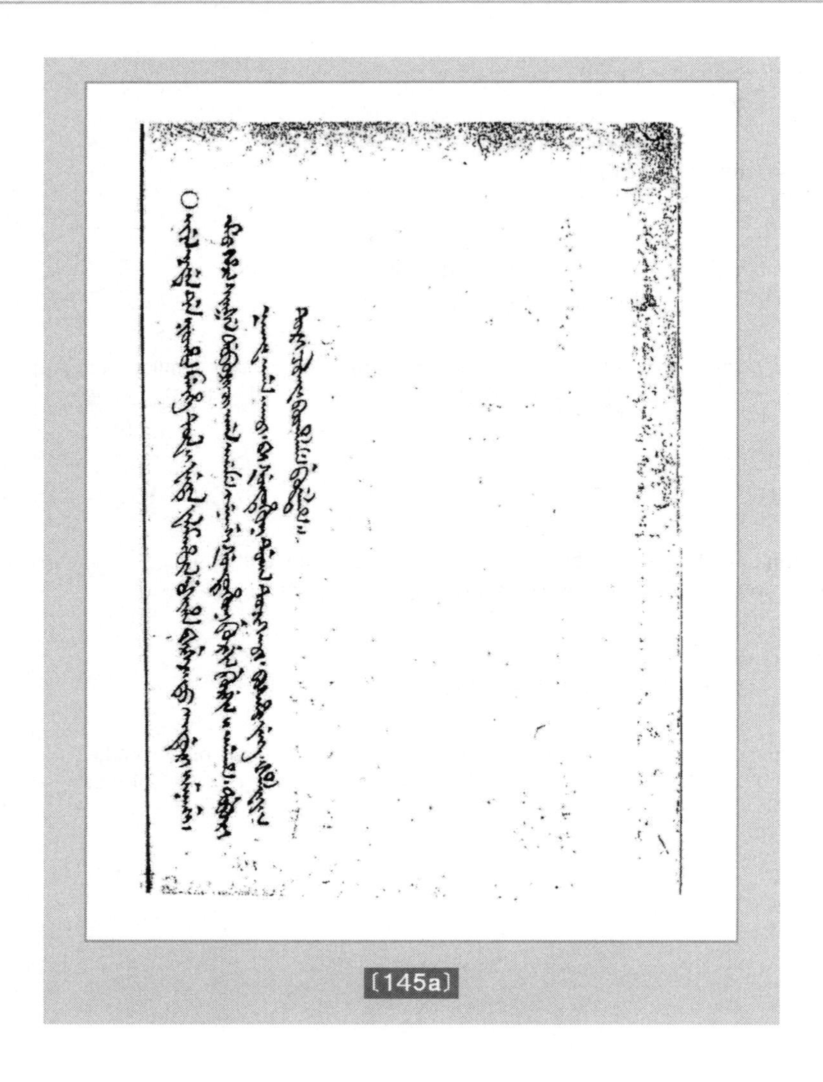

〔145a〕

○ice nadan de niohon meihe tuwa i feten falmahūn usiha bargiyantu enduri inenggi.
초 7 에 푸르스름한 뱀 火 의 五行 房 宿 收 神 날

emu hacin sikse dobori ci aga agame enenggi šuntuhuni burgin burgin i agaha. dobori
한 가지 어제 밤 부터 비 내리고 오늘 하루 종일 후두둑 후두둑 비 왔다 밤

nakafi aga akū. bi šuntuhuni duka tucikekū. bosho jeke. halfiyan
그치고 비 없다 나 하루 종일 문 나가지 않았다 콩팥 먹었다 제비

turi colafi boohalame budalaha..
콩 볶고 요리하여 밥 먹었다

—— ◦ —— ◦ —— ◦ ——

초이레, 을사(乙巳) 화행(火行) 방수(房宿) 수일(收日).

하나, 어젯밤부터 비가 내리고, 오늘도 하루 종일 후두둑 후두둑 하며 비가 왔다. 밤에는 그치고 비가 없다. 나는 하루 종일 문을 나가지 않았다. 콩팥을 먹었으며, 제비 콩을 볶고 요리하여 밥을 먹었다.

〔145b〕

nadan biya
7 월

○ice jakūn de fulgiyan morin muke i feten sindubi usiha neibuntu enduri inenggi.
초 8 에 붉은 말 水 의 五行 心 宿 開 神 날

emu hacin ecimari ilifi tuwaci abka gehun gahūn ome galaka..
한 가지 오늘 아침 일어나서 보니 하늘 말끔하고 맑게 되어 개었다

emu hacin cirku hengke be do arafi hoho arafi uhei jeke. inenggishūn erinde
한 가지 冬瓜 를 소 만들고 餃子 만들어 함께 먹었다 한낮 때에

bi tucifi 渠大哥 i boode isinafi imbe tuwaha. tuwaci nimehengge ujen
나 나가서 渠大哥 의 집에 이르러서 그를 보았다 보니 아픈 것 중하고

kemuni mini baru udu gisun gisurehe. 渠四哥 老八 gemu tucifi boode
또 나의 쪽 몇 이야기 하였다 渠四哥 老八 모두 나가서 집에

akū. kejine tefi bi genere namašan 四哥 i 范志神麯 be bi emu
없다 꽤 앉고서 나 가는 김에 四哥 의 范志神麯 을 나 한

sithen gajiha. bi ildun de ceni sara be benehe. bi tereci tob
상자 가졌다 나 하는 김에 그들의 우산 을 돌려주었다 나 거기에서 正

šun i duka be tucifi eihen turifi teme horon be algimbure dukai
陽門 을 나가서 당나귀 빌려서 타고 宣武門

tule ebuhe. jakūn jiha de emu farsi dungga jeke. 葫蘆館 de
밖에 내렸다 8 錢 에 한 조각 수박 먹었다 葫蘆館 에

kofori efen udaha. sunja pingguri udaha. hoton be dosifi elhei
蜂糕 샀다 5 사과 샀다 성 을 들어가서 천천히

yabume marime tokton cin wang ni fu i juleri 瑞图 be ucaraha.
가서 돌아오고 tokton 親 王 의 府 의 앞에 瑞圖 를 만났다

bi boode bedereme jihe..
나 집에 되돌아서 왔다

emu hacin donjici 兆尭蓂 jihe bihe sembi..
한 가지 들으니 兆堯蓂 왔었다 한다

—— ◦ —— ◦ —— ◦ ——

7월

초여드레, 병오(丙午) 수행(水行) 심수(心宿) 개일(開日).

하나, 오늘 아침에 일어나서 보니 하늘이 말끔하고 맑게 개었다.

하나, 동과(冬瓜)로 소를 만들고 만두를 만들어서 함께 먹었다. 한낮 때에 나는 나가서 거대가(渠大哥)의 집에 이르러서 그를 보았다. 보니 아픈 것이 중하고, 또 나를 보고 몇 마디 이야기 하였다. 거사가(渠四哥)와 노팔(老八)이 모두 나가서 집에 없다. 꽤 앉아 있다가 나는 가는 김에 사가(四哥)의 범지신국(范志神麯) 한 상자를 가졌고, 이참에 그들의 우산을 돌려주었다. 나는 거기에서 정양문(正陽門)을 나가서 당나귀를 빌려서 타고 선무문(宣武門) 밖에서 내렸다. 8전에 수박 한 조각을 먹었다. 호로관(葫蘆館)에서 봉고(蜂糕)를 샀고, 사과 5개를 샀다. 성을 들어가서 천천히 걸어서 돌아오는데 정친왕부(定親王府) 앞에서 서도(瑞圖)를 만났다. 나는 집에 되돌아 왔다.

하나, 들으니 조요명(兆堯蓂) 왔었다 한다.

[146a]

emu hacin ina 克儉 i baci niyalma de yandufi ildun de juwan juwe gargan
한 가지 조카 克儉 의 곳에서 사람 에게 부탁하는 김 에 10 2 줄기

šu ilhai da benjibufi minde buhe. bi tooselaci sunja ginggen funceme
연 꽃의 뿌리 보내와서 나에게 주었다 나 재니 5 斤 넘어

bi. bi neneme emu gargan jeke..
있다 나 먼저 한 줄기 먹었다

emu hacin 磚塔兒 hūtung de ujui funiyehe fusihe..
한 가지 磚塔兒 hūtung 에서 머리의 털 깎았다

emu hacin 鶴年 jihe..
한 가지 鶴年 왔다

—— ◦ —— ◦ —— ◦ ——

하나, 조카 커기얀(kegiyan, 克儉)이 있는 곳에서 사람에게 부탁하는 김에 12 줄기 연꽃 뿌리를 보내와서 나에게 주었다. 내가 재어보니 5 근이 넘는다. 내가 먼저 한 줄기를 먹었다.
하나, 전탑아(磚塔兒) 후통에서 머리를 깎았다.
하나, 학년(鶴年)이 왔다.

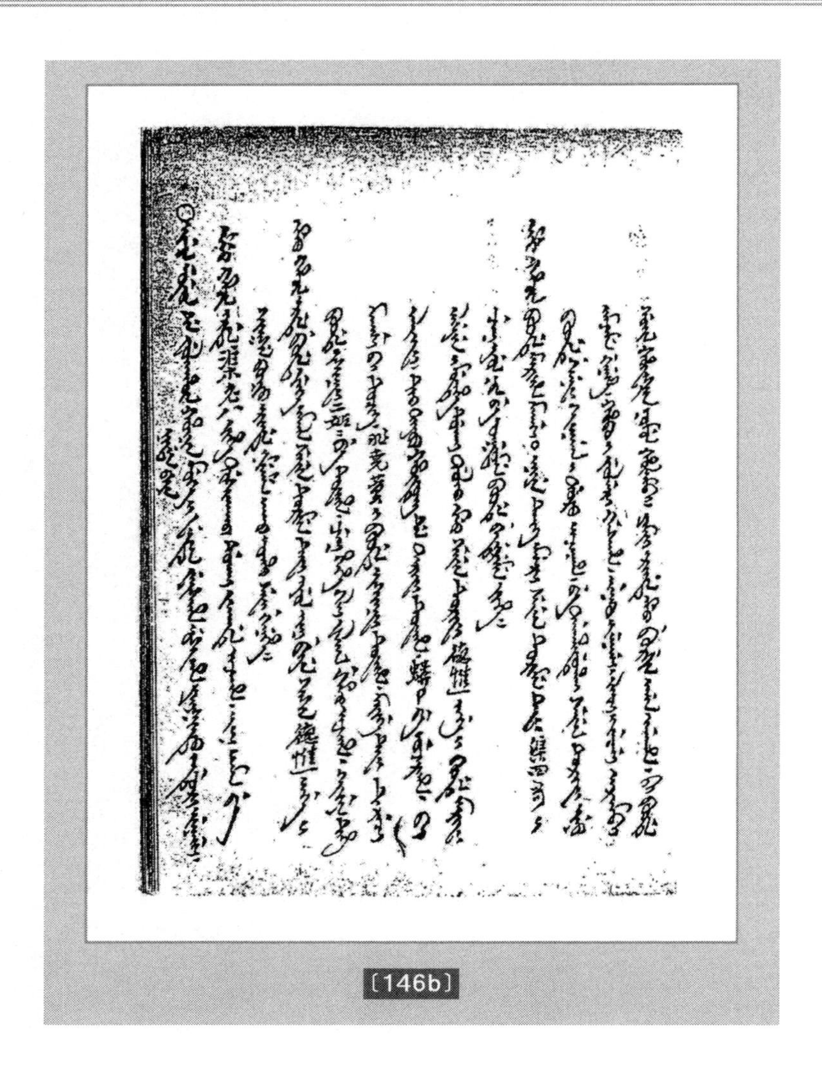

[146b]

nadan biya
7 월

○ice uyun de fulahūn honin muke i feten weisha usiha yaksintu enduri inenggi.
초 9 에 불그스름한 양 水 의 五行 尾 宿 閉 神 날

emu hacin erde 渠老八 jihe. dosikakū. dukai jakade acaha. ini ama be
한 가지 아침 渠老八 왔다 들어가지 않았다 문의 곁에서 만났다 그의 아버지 를

sikse bonio erinde nimeme akū oho sefi genehe..
어제 원숭이 때에 병들어 죽게 되었다 하고 갔다

emu hacin erde buda jeke amala sejen turime tefi eyun ini beye sasa 德惟一 age i
한 가지 아침 밥 먹은 뒤에 수레 빌려서 타고 누나 그의 몸소 같이 德惟一 형 의

boode isinafi 二姑姑 be tuwaha. ceni hehe keli jalan gemu acaha. kejine tehe
집에 이르러서 二姑姑 를 보았다 그들의 동서 輩 모두 만났다 꽤 앉은

manggi bi tucike. 兆堯蓂 i boode isinafi tuwaha. majige tefi tereci
뒤에 나 나갔다 兆堯蓂 의 집에 이르러서 보았다 잠시 앉고서 거기에서

aljafi. teo tiyoo hūtung de darifi tuwaha. 蟒卩 be ucaraha. bi
헤어져서 頭 條 hūtung 에 들러서 보았다 蟒爺 를 만났다 나

elgiyen i mutehe dukai dolo emu sejen turifi 德惟一 age i boode marifi
阜成門의 안 한 수레 빌려서 德惟一 형 의 집에 돌아가서

ceni eyun non be okdome boode bedereme jihe..
그들의 자매 를 맞이하고 집에 되돌아서 왔다

emu hacin boode mariha manggi ○ eniye teike emgeri sejen turime tefi 渠四哥 i
한 가지 집에 돌아온 뒤에 어머니 조금전 이미 수레 빌려서 타고 渠四哥 의

boode genefi sinagan i doro acanaha. be dahanduhai sejen turifi inu
집에 가서 喪服 의 禮 만나러 갔다 우리 즉시 수레 빌려서 또

amcame genehe. hobo i juleri gasaha. ineku inenggi ilaci inenggi arambi.
좇아서 갔다 棺 의 앞에서 울었다 이 날 셋째 날 지낸다

sunja hūwašan nomun hūlambi. yamji erinde emu burgin aga agaha. bi boode
5 和尙 經 읽는다 저녁 때에 한 갑자기 비 내렸다 나 집에

—— ◦ —— ◦ —— ◦ ——

7월
초아흐레, 정미(丁未) 수행(水行) 미수(尾宿) 폐일(閉日).
하나, 아침에 거노팔(渠老八)이 왔다. 들어가지 않고 문의 곁에서 만났다. 그의 아버지가 어제 신시(申時)에 병들어 죽게 되었다 하고 갔다.
하나, 아침 밥 먹은 뒤에 수레를 빌려서 타고 누나가 직접 같이 덕유일(德惟一) 형의 집에 이르러서 둘째 고모를 보았다. 그들의 동서들을 모두 만났다. 꽤 앉은 뒤에 나는 나갔다. 조요명(兆堯蓂)의 집에 이르러서 보았다. 잠시 앉고서 거기에서 헤어져서 두조(頭條) 후퉁에 들러서 보았다. 망야(蟒爺)를 만났다. 나는 부성문(阜成門) 안에서 수레 하나를 빌려 덕유일 형의 집에 돌아가서 그들의 자매를 맞이하여 집에 되돌아서 왔다.
하나, 집에 돌아온 뒤에 어머니가 조금 전에 이미 수레를 빌려서 타고 거사가(渠四哥)의 집에 가서 상복의 예로 만나러 갔다. 우리는 즉시 수레를 빌려서 또 좇아서 갔다. 관(棺) 앞에서 울었다. 이날 셋째 날 지내는데 화상(和尙) 5명이 경(經)을 읽는다. 저녁때에 갑자기 한 차례 비가 내렸다. 나 집에

[147a]

marime ohakū. tubade indehe..
돌아오지 못 하였다 그곳에서 묵었다

—— ∘ —— ∘ —— ∘ ——

돌아오지 못 하고, 그곳에서 묵었다.

〔147b〕

nadan biya
7 월

○juwan de suwayan bonio boihon i feten girha usiha alihantu enduri inenggi.
10 에 누런 원숭이 土 의 五行 箕 宿 建 神 날

emu hacin abka gereme 渠四哥 i booci aljafi boode isinjifi etuku be halame
한 가지 하늘 밝고 渠四哥 의 집으로부터 떠나서 집에 이르러 옷 을 갈아

etufi 德惟一 哥 i boode isinaha. 二姑姑 kobdo i bade geneme enenggi jurambi.
입고서 德惟一 형 의 집에 이르렀다 二姑姑 kobdo 의 곳에 가고 오늘 출발한다

tubade 奎文農 be ucaraha. erde kemuni majige aga bihe. amala nakafi galaka.
그곳에서 奎文農 을 만났다 아침 또 조금 비 있었다 뒤에 그치고 개었다

惟一 age emu sejen turifi. bi 鍾山英 i emgi tembi. meihe erinde booci
惟一 형 한 수레 빌려서 나 鍾山英 과 함께 탄다 뱀 때에 집에서

jurafi erdemui etehe duka be tucifi 清河 ba i 義合店 de udelehe.
출발하고서 德勝門 을 나가서 清河 땅의 義合店 에서 점심 먹었다

ubade jurara doroi fudere urse gemu mariha. damu 喜三爷 morin yalume
이곳에 출발하는 禮로 배웅하는 무리들 모두 돌아왔다 다만 喜三爺 말 타고

bi 山英 i emgi sejen teme julesi fudembi. 清河 i baci aljafi yabure
나 山英 과 함께 수레 타고 앞에 배웅한다 清河 의 땅에서 떠나서 갈

nerginde kemuni ajige burgin i aga agaha. amala nakafi šuwe gehun galaka.
때에 또 작은 갑작스럽게 비 내렸다 뒤에 그치고 곧바로 말끔히 개었다

jai ging ni erinde 南口 bade isinaha. hoton dosifi 四合店 de indeme
둘째 更 의 때에 南口 땅에 이르렀다 성 들어가서 四合店 에 묵고

tataha. jabšan de biyai elden de bahafi sain i yabuha bihe. ere 南口 ba
머물렀다 다행히 달의 빛 에 얻어서 잘 걸었었다 이 南口 땅

erdemui etehe duka ci sangkangge tanggū ba isimbi. be gemu ere tatara
德勝門 에서 긴 것 百 리 가깝다 우리 모두 이 旅

boode tatafi indehe..
館에 머물러 묵었다

—— ◦ —— ◦ —— ◦ ——

7월
10일, 무신(戊申) 토행(土行) 기수(箕宿) 건일(建日).
하나, 하늘이 밝아서 거사가(渠四哥)의 집에서 떠나 집에 이르러 옷을 갈아 입고서 덕유일(德惟一) 형의 집에 이르렀다. 둘째 고모가 코브도(kobdo) 지역에 가려고 오늘 출발한다. 그곳에서 규문농(奎文農)을 만났다. 아침에 또 비가 조금 있은 뒤에 그치고 개었다. 유일(惟一) 형이 수레 하나를 빌려서 나는 종산영(鍾山英)과 함께 탄다. 사시(巳時)에 집에서 출발하여 덕승문(德勝門)을 나가서 청하(清河)라는 곳의 의합점(義合店)에서 점심을 먹었다. 이곳에서 출발하는 예를 하고, 배웅하는 무리들은 모두 돌아왔다. 다만 희삼야(喜三爺)가 말을 타고, 나는 산영(山英)과 함께 수레를 타고 앞에서 배웅한다. 청하 땅에서 떠나서 갈 때에 또 갑작스럽게 작은 비가 내린 뒤에 그치고 곧바로 말끔하게 개었다. 밤 2경(更) 때에 남구(南口) 땅에 이르렀다. 성에 들어가서 사합점(四合店)에 묵고는 머물렀다. 다행히 달빛을 얻어서 잘 걸었다. 이 남구 땅은 덕승문(德勝門)에서 거리가 100리에 가깝다. 우리 모두는 이 여관(旅館)에 머물러서 묵었다.

[148a]

emu hacin bi enenggi yonggari jeke..
한 가지 나 오늘 능금 먹었다

— ◦ — ◦ — ◦ —

하나, 나는 오늘 능금을 먹었다.

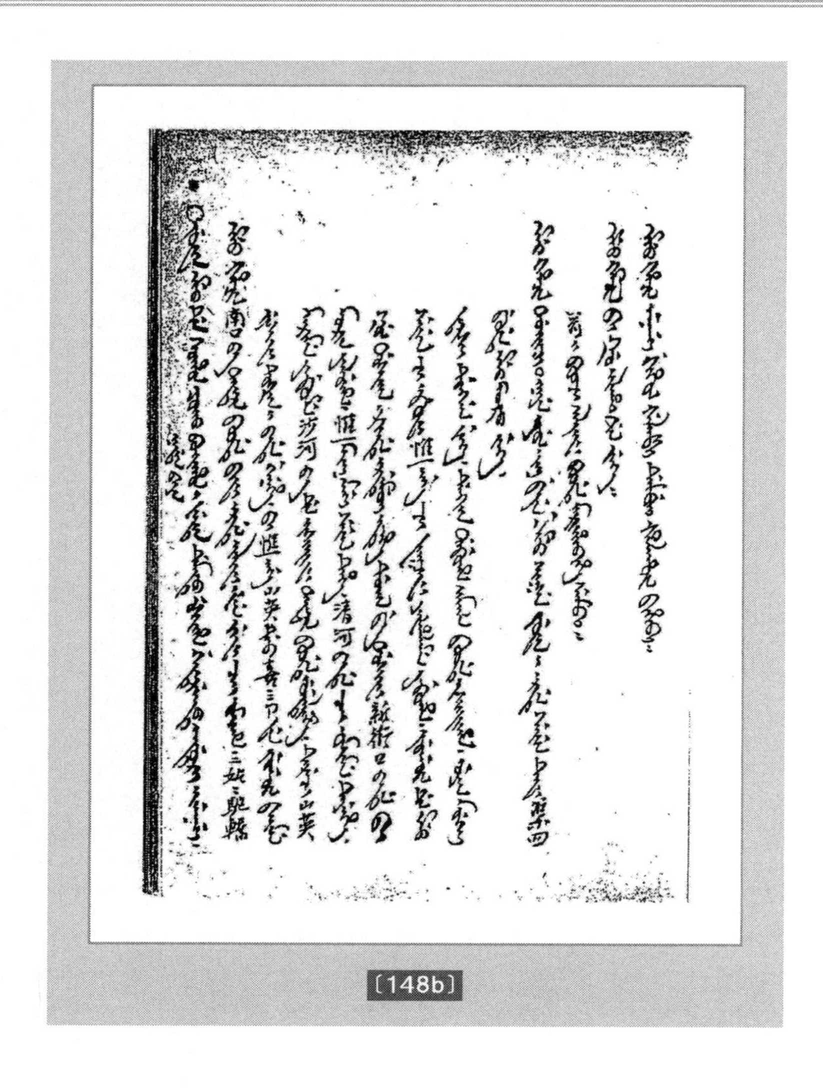

[148b]

nadan biya
7 월

○juwan emu de sohon coko boihon i feten demtu usiha geterentu enduri inenggi.
10 1 에 누르스름한 닭 土 의 五行 斗 宿 除 神 날

emu hacin 南口 ba tatara boode bifi erde ilifi efen jefi cai omiha. 二姑姑 駝轎
한 가지 南口 땅 旅館에 있고 아침 일어나서 떡 먹고서 차 마셨다 二姑姑 駝轎

wesifi tušan i bade genehe. bi 惟一 age 山英 deo 喜三卩 fe jugūn baime
올라서 任職 의 곳에 갔다 나 惟一 형 山英 동생 喜三爺 옛 길 따라

marime yabume 沙河 ba de isinjifi tatara boode udelehe. tereci 山英
돌아서 가서 沙河 땅 에 다다르고 旅館에서 점심 먹었다 거기에서 山英

morin yaluha. 惟一 mini emgi sejen tehe. 清河 bade cai omime teyehe.
말 탔다 惟一 나와 함께 수레 탔다 清河 땅에서 차 마시면서 쉬었다

šun dosika erinde erdemui etehe duka be dosifi 新街口 bade bi
해 진 때에 德勝門 을 들어가서 新街口 곳에 나

sejen ci ebufi 惟一 age ci fakcafi yafahalame yabuha. jugūn de emu
수레 에서 내려서 惟一 형 으로부터 헤어지고 걸어서 갔다 길 에서 한

farsi dungga jeke. dengjan dabuha amala boode isinjiha. uyan mukei
조각 수박 먹었다 등잔 불 켠 뒤에 집에 이르렀다 죽 물의

buda emu moro jeke..
밥 한 사발 먹었다

emu hacin donjici ◦ eniye eyun ini beye gemu sikse juwan i erde sejen tefi 渠四哥
한 가지 들으니 어머니 누나 그의 몸소 모두 어제 10 의 아침 수레 타고 渠四哥

i booci aljafi boode marihabihe sembi..
의 집에서 떠나서 집에 돌아왔었다 한다

emu hacin bi šu ilhai da jeke..
한 가지 나 연 꽃의 뿌리 먹었다

emu hacin enenggi gehun galapi dembei halhūn bihebi..
한 가지 오늘 말끔히 개이고 아주 더웠었다

—— ◦ —— ◦ —— ◦ ——

7월
11일, 기유(己酉) 토행(土行) 두수(斗宿) 제일(除日).
하나, 남구(南口) 땅 여관(旅館)에 묵고, 아침에 일어나서 떡을 먹고서 차를 마셨다. 둘째 고모는 낙타 가마[駝轎]에 올라서 임직(任職)의 땅에 갔다. 나, 유일(惟一) 형, 산영(山英) 동생, 희삼야(喜三爺)는 지나온 길을 따라 돌아가서 사하(沙河) 땅에 이르러 여관(旅館)에서 점심을 먹었다. 거기에서 산영은 말을 탔고, 유일과 나는 함께 수레를 탔다. 청하(清河) 땅에서 차를 마시면서 쉬었다. 해가 지는 즈음에 덕승문(德勝門)을 들어가서 신가구(新街口) 라는 곳에서 나는 수레에서 내려 유일 형과 헤어지고 걸어서 갔다. 길에서 수박 한 조각을 먹었다. 등잔 불 켠 뒤에 집에 이르렀다. 물밥 죽 한 사발을 먹었다.
하나, 들으니 어머니와 누나는 몸소 모두 어제 10일 아침에 수레를 타고 거사가(渠四哥)의 집에서 떠나서 집에 돌아왔었다 한다.
하나, 나는 연꽃 뿌리를 먹었다.
하나, 오늘 말끔히 개이고 아주 더웠다.

〔149a〕

emu hacin mini cece gahari yatarakū dambagu gocikū fadu gemu sejen de onggotai
한 가지 나의 비단 적삼 부쇠 담배 무릎덮개 주머니 모두 수레 에 잊어버리고

sindafi gamahakū..
두고서 가져오지 않았다

emu hacin eyun minde emu juru sabu weilefi buhe. bi etuhe..
한 가지 누나 나에게 한 쌍 sabu 만들어서 주었다 나 신었다

—— ◦ —— ◦ —— ◦ ——

하나, 나의 비단 적삼, 부쇠, 담배, 무릎덮개, 주머니, 모두를 수레에 잊어버리고 두고서 가져오지 않았다.

하나, 누나가 나에게 사부(sabu) 신발 한 쌍을 만들어 주어서 내가 신었다.

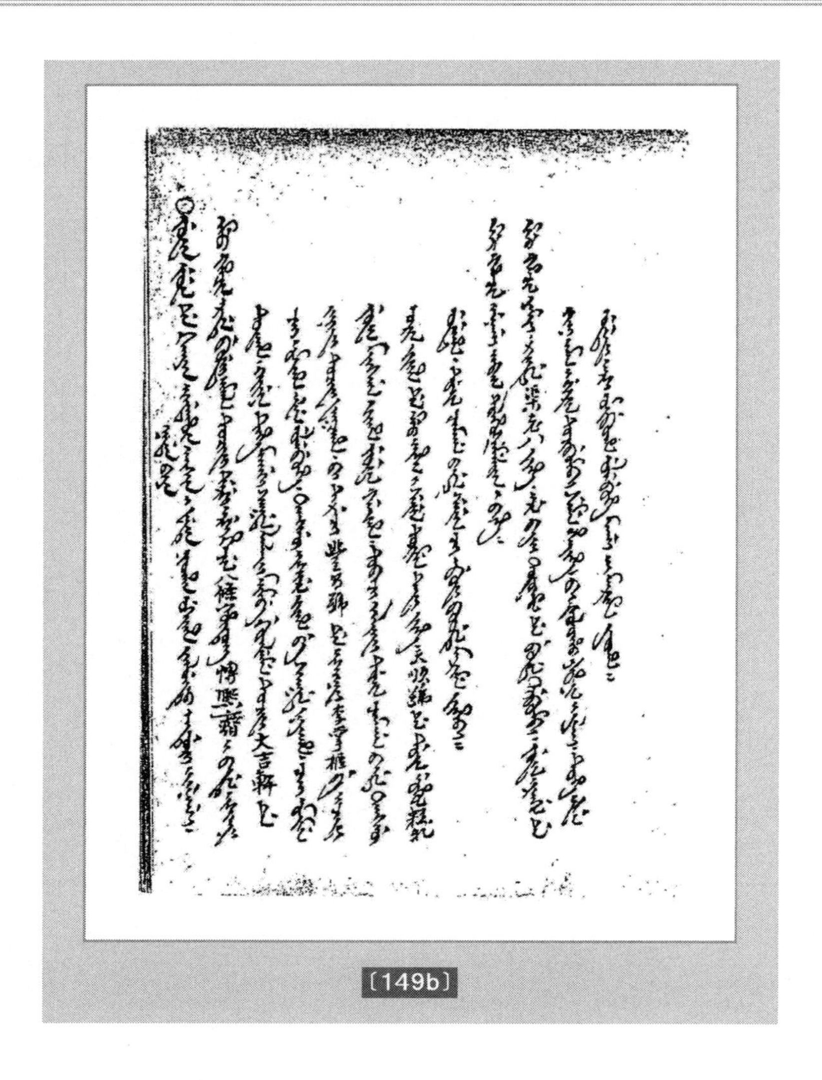

〔149b〕

nadan biya
7 월

○juwan juwe de šanyan indahūn aisin i feten niohan usiha jaluntu enduri inenggi.
10 2 에 흰 개 金 의 五行 牛 宿 滿 神 날

emu hacin erde budai amala tucifi dergi ergi hecen 八條 hūtung 博熙齋 i bade isinafi
한 가지 아침 밥의 뒤에 나가서 동 쪽 성 八條 hūtung 博熙齋 의 곳에 이르러서

tuwaha. kejine tehe manggi sakda lalanji mimbe guileme tucifi 大吉軒 de
보았다 꽤 앉은 뒤에 어르신 누누이 나를 권하고 나가서 大吉軒 에서

cai omiha efen ulebuhe. tanggū isire jiha be sakda fayaha. cai omime
차 마시고 떡 먹게 하였다 百 이르는 錢 을 어르신 썼다 차 마시기

wajifi tucifi fakcaha. bi tereci 豐昌號 de isinafi 李掌櫃 be acafi
끝나고 나가서 헤어졌다 나 거기에서 豐昌號 에 이르러서 李掌櫃 를 만나서

juwan minggan jiha juwen gaiha. tubaci aljafi duin camgan bade tanggū
10 千 錢 빌려 가졌다 그곳에서 떠나서 四牌樓 곳에 百

orin jiha de emu eihen i sejen turime tefi jihe. 天順號 de duin uhun 糕乹[158]
이십 錢 에 한 당나귀 의 수레 빌려서 타고 왔다 天順號 에서 4 봉지 糕乾

udaha. duin camgan bade sejen ci ebufi boode marime jihebi..
샀다 四牌樓 곳에 수레 에서 내려서 집에 돌아서 왔었다

emu hacin enenggi abka tulhušemeliyan i bihe..
한 가지 오늘 하늘 흐려진 채 있었다

emu hacin yamji erinde 渠老八 jihe. ere biyai tofohon de buda dobombi. juwan ninggun de
한 가지 저녁 때에 渠老八 왔다 이 달의 보름 에 밥 제사한다 10 6 에

ini ama i giran tucibumbi seme henjihe. bi šoloho honin i yali. tuhe efen[159]
그의 아버지 의 시신 出棺한다 하고 보내왔다 나 구운 양 의 고기 보리 떡

udafi arki omibuha ulebuhe manggi i marime yoha..
사서 소주 마시게 하고 먹게 한 뒤에 그 돌아서 갔다

—— ◦ —— ◦ —— ◦ ——

7월

12일, 경술(庚戌) 금행(金行) 우수(牛宿) 만일(滿日).

하나, 아침 식사 뒤에 나가서 동성(東城) 팔조(八條) 후퉁 박희재(博熙齋)가 있는 곳에 이르러서 보았다. 꽤 앉은 뒤에 어르신이 누누이 나를 권하여 나가서는 대길헌(大吉軒)에서 차를 마시고 떡을 먹게 하였다. 100 여 전을 어르신이 썼다. 차 마시기를 끝내고 나가서 헤어졌다. 나는 거기에서 풍창호(豐昌號)에 이르러서 이장궤(李掌櫃)를 만나 1만 전을 빌려서 가졌다. 그곳에서 떠나 사패루(四牌樓) 있는 곳에서 120전에 당나귀 수레 하나를 빌려서 타고 왔다. 천순호(天順號)에서 고건(糕乾) 4 봉지를 샀다. 사패루 있는 곳에서 수레에서 내려 집에 돌아서 왔었다.

하나, 오늘은 하늘이 흐려진 채로 있었다.

하나, 저녁때에 거노팔(渠老八)이 왔다. 이 달 보름에 밥 제사하고, 16일에 그의 아버지 시신을 출관(出棺)한다 하고 보내왔다. 나는 구운 양고기와 보리떡을 사서 소주 마시게 하고 음식을 먹게 한 뒤에 그는 돌아서 갔다.

---

158) 糕乹 : 쌀가루와 설탕을 재료로 만든 '말린 떡'인 고건(糕乾)을 가리킨다. '糕乾' 뒤에 만주어 'efen'을 덧붙여 '糕乾 efen'으로 표기하기도 한다.

159) tuhe efen : 보리를 갈아 가루로 만든 다음, 반죽하여 얇게 펴고 둥글게 만들어서 마른 솥에 기름을 발라 지져서 익혀 먹는 떡의 일종을 가리킨다.

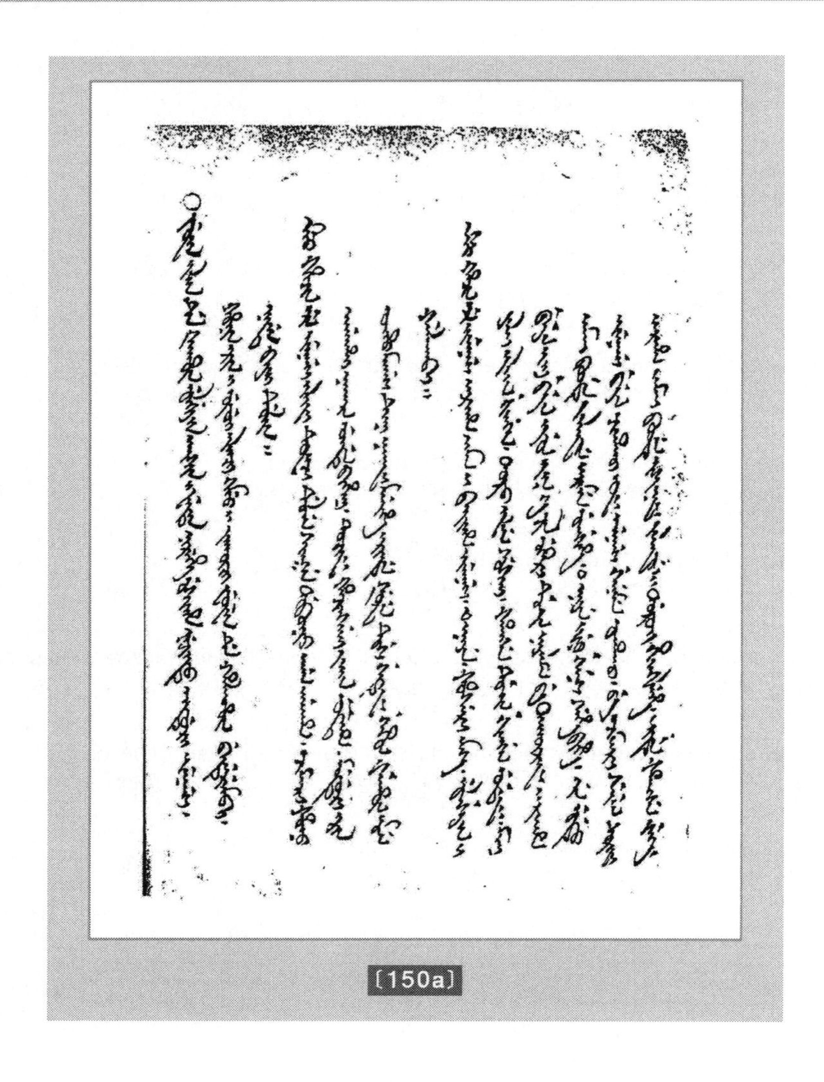

[150a]

○juwan ilan de šahūn ulgiyan aisin i feten nirehe usiha necintu enduri inenggi.
10 3 에 희끄무레한 돼지 金 의 五行 女 宿 平 神 날

honin erin i ujui ilaci kemu i jakūci fuwen de halhūn bederembi..
양 때 의 처음의 셋째 刻 의 여덟째 分 에 더위 물러난다

nadan biyai dulin..
7 월의 보름이다

emu hacin ere inenggi ilifi tuwaci dule sikse dobonio aga agaha. ecimari hono
한 가지 이 날 일어나서 보니 뜻밖에 어제 밤새도록 비 왔다 오늘 아침 아직

agahai nakara unde biheni. tucifi hacinggai jaka udaha. muduri erin
비오는 채로 그치지 못하고 있구나 나가서 갖가지의 물건 샀다 용 때

oho manggi teni nakafi meihe erinde šuwe tugi getefi gehun gahūn ome
된 뒤에 비로소 그치고 뱀 때에 곧바로 구름 걷혀서 말끔하고 맑게 되어

galakabi..
개었다

emu hacin ere inenggi araha ama i banjiha inenggi. ○ eniye hoseri emke. ulgiyan i
한 가지 이 날 養 父 의 태어난 날 어머니 盒子 하나 돼지 의

yali ilan ginggen. toro efen susai. hangse duin ginggen udafi mini
고기 3 斤 복숭아 떡 50 국수 4 斤 사고서 나의

beye ini beye eyun ina ke cin uheri duin niyalma be takūrafi araha
자신 그녀의 자신 누나 조카 ke cin 전부 4 사람 을 시켜서 養

amai boode jalafun arame unggihe. ○ eniye inu geneki sehe bihe. ere udu
父의 집에 壽 축하하러 보냈다 어머니 도 가자 하였었다 이 몇

inenggi beye cihakū ofi enenggi geneme ohakū. be ecimari sejen turifi
날 몸 불편하게 되어 오늘 가지 못하였다 우리 오늘 아침 수레 빌려서

araha amai boode isinafi jalafun i doroi hengkilehe. erde hangse jeke.
養 父의 집에 이르러서 壽 의 禮로 인사하였다 아침 국수 먹었다

—— ◦ —— ◦ —— ◦ ——

미시(未時)의 첫 3각(刻) 8분(分)에 더위 물러난다[처서(處暑)]. 7월의 보름이다.
하나, 이 날 일어나서 보니 뜻밖에 어제 밤새도록 비가 왔다. 오늘 아침 아직
비오는 채로 그치지 못하고 있구나. 나가서 갖가지의 물건을 샀다. 진시(辰時)가 된 뒤에 비로소 그치고, 사시(巳時)에 곧바로 구름이 걷혀서 말끔하고 맑게 되어 개었다.
하나, 이 날 양부의 태어난 날이어서 어머니가 합자(盒子) 하나— 돼지고기 3근, 복숭아 떡 50개, 국수 4근을 사서 나와 그녀[아내], 누나, 조카 커친(kecin, 克勤) 전부 4사람을 시켜서 양부의 집에 수(壽)를 축하하러 보냈다. 어머니도 가려고 하였으나, 이 며칠 몸이 불편하여 오늘 가지 못하였다. 우리는 오늘 아침 수레를 빌려서 양부의 집에 이르러 축수(祝壽)의 예로 인사하였다. 아침에 국수를 먹었다.

〔150b〕

nadan biya halhūn bederembi
7 월 더위 물러난다

bi tucifi boode bederehe..
나 나가서 집에 되돌아왔다

emu hacin inenggishūn erinde tucifi ○ eniye mimbe takūrafi 糕乾 juwe uhun lakiyangga
한 가지 한낮 때에 나가서 어머니 나를 시켜서 糕乾 2 봉지 마른

hangse juwe baksan jafafi sefu aja i boode isinafi tuwaha. 鍾哥 山英
국수 2 묶음 가지고서 師傅 母의 집에 이르러서 보았다 鍾哥 山英

gemu boode bihe. bi tubade kejine tehe. emu manju efen jeke. amala 雅老四
모두 집에 있었다 나 그곳에 꽤 앉았다 한 만주 떡 먹었다 뒤에 雅老四

老六 jai 图 二嬸 genehe manggi. bi tereci yabuha..
老六 또 圖 二嬸 간 뒤에 나 거기에서 떠났다

emu hacin teo tiyoo hūtung de isinaha. 吳耀庭 ama jui gemu tubade bihebi.
한 가지 頭 條 hūtung 에 이르렀다 吳耀庭 父 子 모두 그곳에 있었다

bi majige tefi yabuha..
나 잠시 앉고서 떠났다

emu hacin 芬夢馀 i boode darifi tuwaha. age boode akū. ilaci aša ahūngga
한 가지 芬夢餘 의 집에 들러서 보았다 형 집에 없다 셋째 형수 큰

aša jacin aša gemu acafi mimbe hacihiyame cin i boode tehe. bi majige
형수 둘째 형수 모두 만나서 나를 권하여 본채에 앉았다 나 잠시

tefi tereci yabuha..
앉고서 거기에서 갔다

emu hacin 三盛店 de isinafi kejine tehe. donjici 連兴子 inu jakan beye
한 가지 三盛店 에 이르러서 꽤 앉았다 들으니 連興子 도 요즘 몸

cihakū bihe. te yebe oho. ceni puseli i ulin i boihoju 猛
불편해 있었다 이제 낫게 되었다 그들의 가게 의 財 의 社 猛

halai niyalma jaka cananggi nimeme akū oho sembi..
성의 人 物 전날 병들어 죽게 되었다 한다

—— ◦ —— ◦ —— ◦ ——

7월 더위 물러난다[처서(處暑)].
나는 나가서 집에 되돌아왔다.
하나, 한낮 때에 나가서 어머니가 나를 시켜서 고건(糕乾) 2 봉지 마른 국수 2 묶음을 가지고서 사모(師母)의 집에 이르러서 보았다. 종가(鍾哥)와 산영(山英)이 모두 집에 있었다. 나는 그곳에 꽤 앉아 있었다. 만주(manju) 떡 하나를 먹었다. 뒤에 아노사(雅老四)와 노육(老六), 또 도(圖) 둘째 숙모가 간 뒤에 나는 거기에서 떠났다.
하나, 두조(頭條) 후퉁에 이르렀다. 오요정(吳耀庭) 부자가 모두 그곳에 있었다. 나는 잠시 앉아 있다가 떠났다.
하나, 분몽여(芬夢餘)의 집에 들러서 보았다. 형은 집에 없다. 셋째 형수, 큰 형수, 둘째 형수를 모두 만나고, 나를 권하기에 본채에 앉았다. 나는 잠시 앉아 있다가 거기에서 갔다.
하나, 삼성점(三盛店)에 이르러서 꽤 앉아 있었다. 들으니 연흥자(連興子)도 요즘 몸이 불편해 있었는데 이제는 낫게 되었고, 그들 가게의 재사(財社)인 맹(猛)씨 성을 가진 인물이 전날 병들어 죽게 되었다 한다.

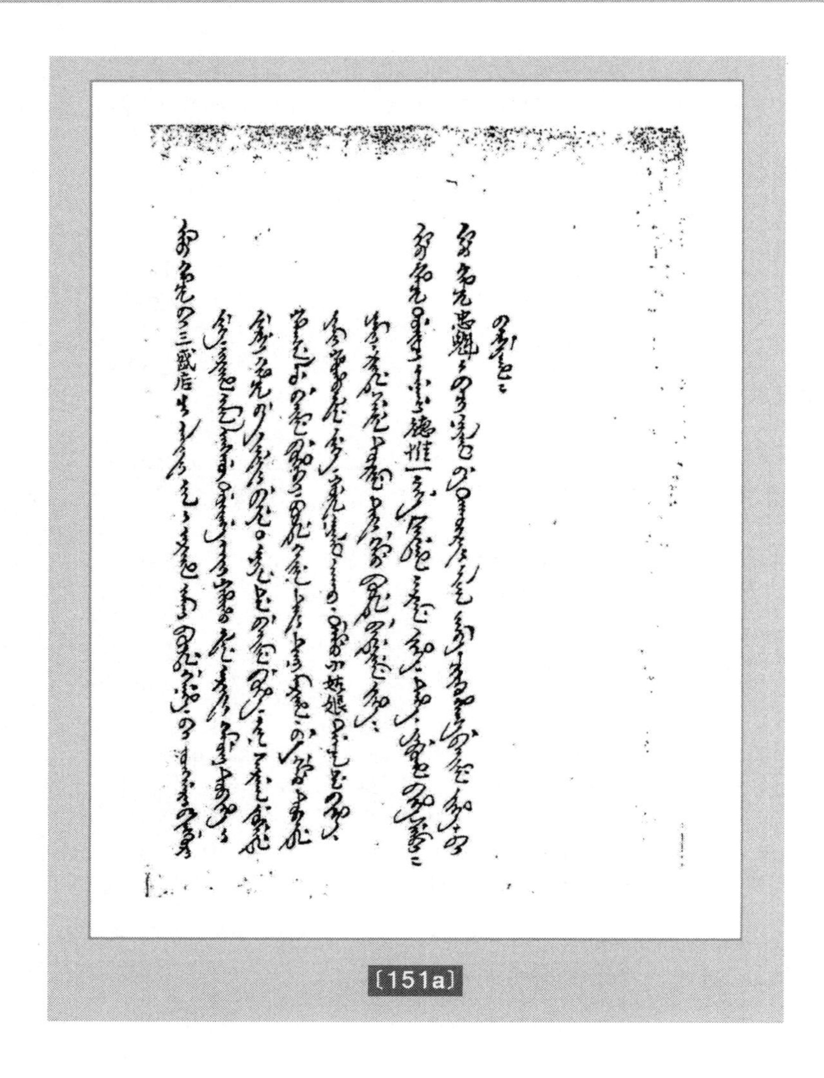

[151a]

emu hacin bi 三盛店 ci aljafi an i araha amai boode genehe. bi yonggari pingguri
한 가지 나 三盛店에서 떠나서 평소대로 養 父의 집에 갔다 나 능금 사과

jeke. araha ama langgū doingge enji hoho efen arafi kemuni tubihe i
먹었다 養 父 호박 속 야채 水餃子 만들고 또 과일 의

jergi hacin be jafafi beye ○ eniye de benjime buhe. ina sargan jusede
물건 종류 를 가지고 몸소 어머니 에게 보내서 주었다 조카 딸 아이들에게

hangse lu benjime buhebi. boode kejine tefi teni mariha. be gemu tubade
국수 lu 보내서 주었다 집에 꽤 앉고서 비로소 돌아왔다 우리 모두 그곳에서

yamji hoho efen jeke. gūwa niyalma akū. damu 小姑娘 dancan de bihe.
저녁 水餃子 먹었다 다른 사람 없다 다만 小姑娘 친정 에 있었다

yamji erinde sejen turime tefi gemu boode bedereme jihe..
저녁 때에 수레 빌려서 타고 모두 집에 되돌아서 왔다

emu hacin donjici enenggi 德惟一 age šadaha arame jihe. tehe yabuha bihe sembi..
한 가지 들으니 오늘 德惟一 형 감사함 보이면서 왔다 앉았다 갔었다 한다

emu hacin 忠魁 i baci niyalma be takūrafi ilan amba cirku hengke benjime jihe. bi
한 가지 忠魁 의 곳에서 사람 을 시켜서 3 큰 冬瓜 보내서 왔다 나

bargiyaha..
받았다

—— ◦ —— ◦ —— ◦ ——

하나, 나는 삼성점(三盛店)에서 떠나서 평소대로 양부의 집에 갔다. 나는 능금 사과를 먹었다. 양부는 호박 속을 넣은 야채 물만두를 만들고 또 과일의 등류를 가지고 몸소 어머니에게 보내 주었고, 조카 딸아이들에게 국수 로(滷)를 보내서 주었다. 집에 꽤 앉아 있다가 비로소 돌아왔다. 우리는 모두 그곳에서 저녁에 물만두를 먹었다. 다른 사람은 없고, 다만 소고낭(小姑娘)이 친정에 있었다. 저녁때에 수레를 빌려서 타고 모두 집에 되돌아서 왔다.

하나, 들으니 오늘 덕유일(德惟一) 형이 감사함을 보이며 왔다가 앉아 있다가 갔다 한다.

하나, 충괴(忠魁)가 있는 곳에서 사람을 시켜서 큰 동과(冬瓜) 3개를 보내 와서 내가 받았다.

[151b]

nadan biya
7 월

○juwan duin de sahaliyan singgeri moo i feten hinggeri usiha toktontu enduri inenggi.
10 4 에 검은 쥐 木 의 五行 虛 宿 定 神 날

emu hacin enenggi cirku hengke bujufi booha arame erde yamji buda jeke..
한 가지 오늘 冬瓜 끓여서 요리 만들고 아침 저녁 밥 먹었다

emu hacin inenggishūn erinde nure udafi tubihe jergi hacin be encefi ○ eniye i emgi omiha.
한 가지 한낮 때에 술 사서 과일 등 물건 을 나누어 어머니 와 함께 마셨다

uhei jeke..
함께 먹었다

emu hacin ke giyan i benjibuhe juwan juwe gargan šu ilhai da be te gemu jeme wacihiyaha..
한 가지 ke giyan 의 보내온 10 2 줄기 연 꽃의 뿌리 우리 이제 모두 먹기 다하였다

emu hacin yamji budai amala 芬夢馀 age jihe. sasa tucifi 德惟一 age be baiki
한 가지 저녁 밥의 뒤에 芬夢餘 형 왔다 같이 나가서 德惟一 형 을 부르자

seme yabufi gung men keo de isinaha manggi age tahūra efen[160] jeki seme sasa
하고 가서 宮 門 口 에 다다른 후 형 扁食 먹자 하여 같이

魁昌居 de dosifi tuwaci agei gucu nesuken 讷门 tubade tehebi. age
魁昌居 에 들어가서 보니 형의 친구 nesuken 訥爺 그곳에 앉아 있다 형

terei emgi tehe. bi tehekū. neneme 惟一 age i boode age be aliyame yoha.
그와 함께 앉았다 나 앉지 않았다 먼저 惟一 형 의 집에 형 을 기다리러 갔다

bi 惟一 age i boode dosifi tuwaci 八旧 鍾山英 gemu tubade bihebi. bi
나 惟一 형 의 집에 들어가서 보니 八舊 鍾山英 모두 그곳에 있었다 나

kejine tehe manggi 夢馀 age jifi inu dosikakū. 惟一 age be guileme
꽤 앉은 뒤에 夢餘 형 와서 도무지 들어오지 않았다 惟一 형 을 권하여

tucifi sasa 天成軒 de cai omiha. ging foriha manggi sasa tucifi
나가서 같이 天成軒 에서 차 마셨다 更 친 뒤에 같이 나가서

geli amasi julesi emgeri feliyefi 惟一 age neneme boode bedereme yoha. bi
또 뒤로 앞으로 한 번 걸어서 惟一 형 먼저 집에 되돌아서 갔다 나

—— ◦ —— ◦ —— ◦ ——

7월
14일, 임자(壬子) 목행(木行) 허수(虛宿) 정일(定日).
하나, 오늘 동과(冬瓜)를 끓여서 요리를 만들고 아침과 저녁에 밥을 먹었다.
하나, 한낮 때에 술을 사서 과일 등 물건을 나누어 어머니와 함께 마시고, 함께 먹었다.
하나, 커기얀(kegiyan, 克儉)이 보내온 12 줄기 연꽃 뿌리를 우리는 이제 모두 다 먹었다.
하나, 저녁 식사 뒤에 분몽여(芬夢餘) 형이 왔다. 같이 나가서 덕유일(德惟一) 형을 부르자 하고 가서 궁문구(宮門口)에 다다랐다. 형이 편식(扁食)을 먹자 하여 같이 괴창거(魁昌居)에 들어가서 보니, 형의 친구 너수컨(nesuken) 눌야(訥爺)가 그곳에 앉아 있다. 형은 그와 함께 앉았으나 나는 앉지 않고, 먼저 유일(惟一) 형의 집에 형을 기다리러 갔다. 내가 유일 형의 집에 들어가서 보니 팔구(八舊)와 종산영(鍾山英)이 모두 그곳에 있었다. 내가 꽤 앉아 있는데, 뒤에 몽여(夢餘) 형이 와서는 도무지 들어오지 않았다. 유일 형을 권하여 나가서 같이 천성헌(天成軒)에서 차를 마셨다. 야경 친 뒤에 같이 나가서 또 앞으로 뒤로 한 차례 걷고는, 유일 형이 먼저 집에 되돌아서 갔다. 나는

160) tahūra efen : 고기와 야채 속을 넣어 진주조개 모양으로 만든 떡을 가리키며 '편식(扁食)'이라고도 한다.

[152a]

夢馀 age ci fakcafi inu boode mariha..
夢餘 형 으로부터 헤어지고 역시 집에 돌아왔다

—— ◦ —— ◦ —— ◦ ——

몽여(夢餘) 형에게서 헤어져서 역시 집에 돌아왔다.

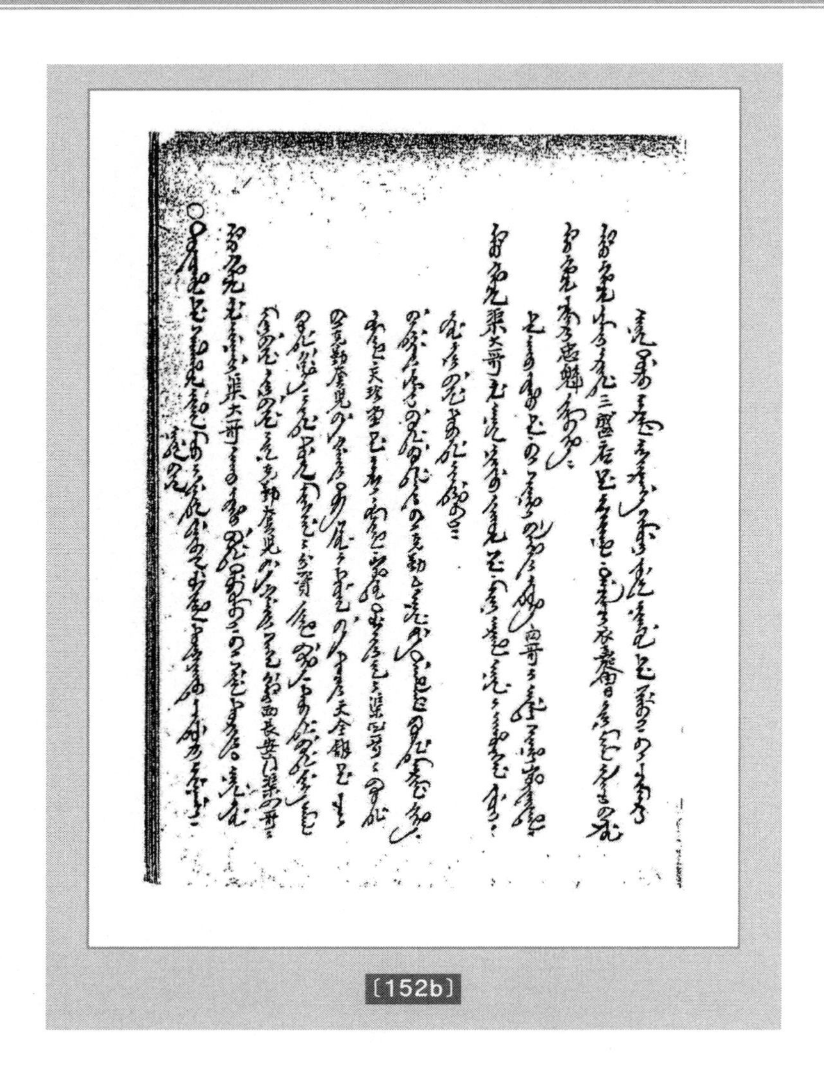

[152b]

nadan biya
7 월

○tofohon de sahahūn ihan moo i feten weibin usiha tuwakiyantu enduri inenggi.
보름 에 거무스름한 소 木 의 五行 危 宿 執 神 날

emu hacin ere inenggi 渠大哥 akū oho buda dobombi. bi sejen turifi ○ eniye eyun
한 가지 이 날 渠大哥 죽어서 밥 제사한다 나 수레 빌려서 어머니 누나

mini beye ini beye ina 克勤 套兒 be gaifi sasa gemu 西長安门 渠四哥 i
나의 자신 그녀의 자신 조카 克勤 套兒 을 데리고 같이 모두 西長安門 渠四哥 의

boode genehe. inde duin minggan i 分資 jiha buhe. tubade buda jeke amala
집에 갔다 그에게 4 千 의 分資 錢 주었다 그곳에서 밥 먹은 뒤에

bi 克勤 套兒 be gaifi tob šun i duka be tucifi 天全館 de cai
나 克勤 套兒 을 데리고 正陽門 을 나가서 天全館 에서 차

omiha. 天珍堂 de arki omiha. hoton dosifi an i 渠四哥 i boode
마셨다 天珍堂 에서 소주 마셨다 성 들어가서 평소처럼 渠四哥 의 집에

bederefi yamji buda budalafi bi 克勤 △ eniye be dahalaha boode marime jihe..
되돌아가서 저녁 밥 먹고서 나 克勤 어머니 를 따라서 집에 돌아서 왔다

eyun ini beye tubade indehebi..
누나 그녀의 자신 그곳에 묵었다

emu hacin 渠大哥 ere aniya ninju jakūn se mini araha eniye i ahūngga jui
한 가지 渠大哥 이 해 60 8 세 나의 養 母 의 큰 아들

te akū oho de. bi sinahi belhefi etuhe. 四哥 i adali sinahi hūwaitaha..
지금 죽게 됨 에 나 상복 준비해서 입었다 四哥 와 같은 상복 매었다

emu hacin ecimari 忠魁 jimbihe..
한 가지 오늘 아침 忠魁 왔다

emu hacin yamji erinde 三盛店 de isinaha. dacilaci 衣嘉會 ini mama ilaci barun
한 가지 저녁 때에 三盛店 에 이르렀다 알아보니 衣嘉會 그의 할머니 세 번째 朞

aniya doro arame isirangge kemuni juwan ninggun de sembi. bi cimari
年 禮 행하러 다다른 것 또 10 6 에 한다 나 내일

—— ◦ —— ◦ —— ◦ ——

7월

보름[15일], 계축(癸丑) 목행(木行) 위수(危宿) 집일(執日).

하나, 이날 거대가(渠大哥)가 죽어서 밥 제사한다. 나는 수레를 빌려서 어머니, 누나, 나, 그녀[아내], 조카 커친(kecin, 克勤), 투아(套兒)를 데리고 같이 모두 서장안문(西長安門)에 있는 거사가(渠四哥)의 집에 갔다. 그에게 4천의 분자(分資) 돈을 주었다. 그곳에서 밥 먹은 뒤에 나는 커친과 투아를 데리고 정양문(正陽門)을 나가 천전관(天全館)에서 차를 마셨다. 천진당(天珍堂)에서 소주를 마셨다. 성을 들어가서 평소처럼 거사가의 집에 되돌아가서 저녁 밥을 먹고, 나는 커친과 어머니를 따라서 집에 돌아서 왔다. 누나와 그녀[아내]는 그곳에 묵었다.

하나, 거대가는 이해에 68세이고, 나의 양모의 큰 아들로 지금 죽게 됨에 나는 상복을 준비해서 입었다. 사가(四哥)와 같은 상복을 입었다.

하나, 오늘 아침 충괴(忠魁)가 왔다.

하나, 저녁때에 삼성점(三盛店)에 이르렀다. 알아보니 의가회(衣嘉會)가 그의 할머니 세 번째 기년례(朞年禮)를 행하기 위해 이른 것으로 게다가 16일에 한다. 나는 내일

〔153a〕

geli 渠大哥 i giran tucibure de genembi. 衣嘉會 i baita de ina 克勤
또 渠大哥 의 시신 出棺할 때에 간다 衣嘉會 의 일 에 조카 克勤

mini funde genere dabala. fonjici ce an i 阜盛軒 de isambi sembi. bi
나의 대신 가는 것 뿐이다 들으니 그들 평소대로 阜盛軒 에 모인다 한다 나

majige tefi 三盛店 ci boode mariha..
잠시 앉고서 三盛店 에서 집에 돌아왔다

emu hacin ilan šu ilhai hitha udafi juse de efibume buhe..
한 가지 3 연 꽃의 송이 사서 아이들 에게 놀도록 주었다

emu hacin ere inenggi yongsu cin wang ni banjiha inenggi..
한 가지 이 날 yongsu 親 王 의 태어난 날이다

—— ◦ —— ◦ —— ◦ ——

또 거대가(渠大哥)의 시신을 출관(出棺)할 때에 간다. 의가회(衣嘉會)의 일에는 조카 커친(kecin, 克勤)이 나 대신 갈 참이다. 들으니 그들은 평소대로 부성헌(阜盛軒)에 모인다 한다. 나는 잠시 앉고서 삼성점(三盛店)에서 집에 돌아왔다.

하나, 연꽃 송이 3개를 사서 아이들에게 놀도록 주었다.

하나, 이날은 의친왕(儀親王)이 태어난 날이다.

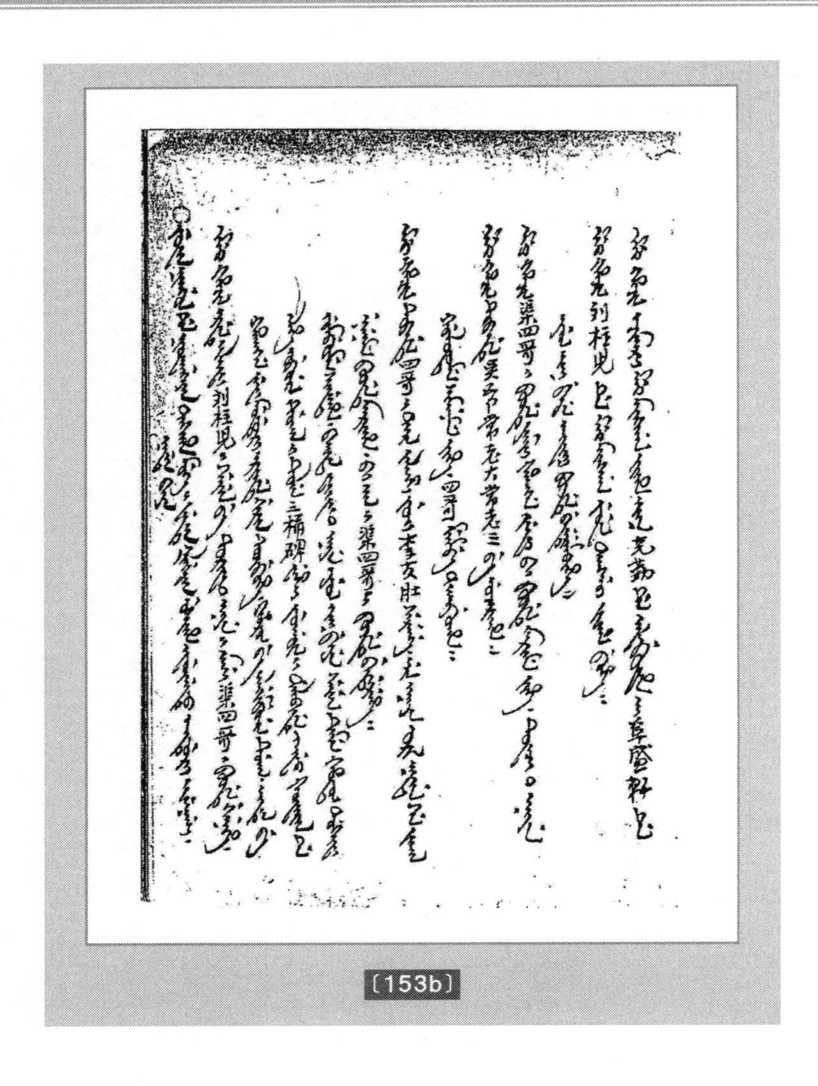

〔153b〕

nadan biya
7 월

○juwan ninggun de niowanggiyan tasha muke i feten šilgiyan usiha efujentu enduri inenggi.
10 6 에 푸른 호랑이 水 의 五行 室 宿 破 神 날

emu hacin erde ilifi 刘柱兒 i sejen be turifi ○ eniye i emgi 渠四哥 i boode genehe..
한 가지 아침 일어나서 劉柱兒 의 수레 를 빌려서 어머니 와 함께 渠四哥 의 집에 갔다

hangse jefi muduri erinde giran tucibuhe. horon be algimbure duka. eiten be
국수 먹고 용 때에 시신 出棺하였다 宣武門 廣

elhe obure duka i tule 三桶碑 wehei jugūn i dalbade eifu kūwaran de
寧門 의 밖 三桶碑 돌의 길 의 옆에 무덤 墻 에

umbume sindaha. baita wajifi ○ eniye eyun ini beye sejen teme hoton dosifi
묻어 두었다 일 끝나고 어머니 누나 그녀의 자신 수레 타고 성 들어가서

neneme boode mariha. bi an i 渠四哥 i boode bederehe..
먼저 집에 돌아왔다 나 평소처럼 渠四哥 의 집에 되돌아갔다

emu hacin tubade 四哥 i tara jalahi jui 李友肚 serengge. ere aniya orin nadan se jakan
한 가지 그곳에 四哥 의 사촌 조카 아이 李友肚 하는 이 이 해 20 7 세 최근

golotome simneme jihe. 四哥 membe takabuha..
鄕試 시험 보러 왔다 四哥 우리를 소개하였다

emu hacin tubade 吳五卩 常老大 常老三 be ucaraha..
한 가지 그곳에서 吳五爺 常老大 常老三 을 만났다

emu hacin 渠四哥 i boode yamji hangse jefi bi boode marime jihe. tuwaci ○ eniye
한 가지 渠四哥 의 집에서 저녁 국수 먹고서 나 집에 돌아서 왔다 보니 어머니

eyun ini beye aifini boode bederembihe..
누나 그녀의 자신 이미 집에 되돌아와 있었다

emu hacin 刘柱兒 de emu minggan juwe tanggū jiha buhe..
한 가지 劉柱兒 에 1 千 2 百 錢 주었다

emu hacin ecimari emu minggan jiha ina 克勤 de afabuha. i 阜盛軒 de
한 가지 오늘 아침 1 千 錢 조카 克勤 에 건네주었다 그 阜盛軒 에

—— ◦ —— ◦ —— ◦ ——

7월

16일, 갑인(甲寅) 수행(水行) 실수(室宿) 파일(破日).

하나, 아침 일어나서 유주아(劉柱兒)의 수레를 빌려서 어머니와 함께 거사가(渠四哥)의 집에 갔다. 국수를 먹고 진시(辰時)에 시신을 출관(出棺)하였다. 선무문(宣武門)과 광녕문(廣寧門)의 밖 삼통비(三桶碑) 석경(石徑) 옆에 무덤 장(墻)에 묻어 두었다. 일이 끝나고 어머니와 누나, 그녀[아내]는 수레를 타고 성을 들어가서 먼저 집에 돌아왔다. 나는 전처럼 거사가의 집에 되돌아갔다.

하나, 그곳에 사가(四哥)의 사촌 조카아이 이우두(李友肚) 라는 이가 있는데, 이 해에 27세로 최근에 향시(鄕試) 시험을 보러 왔다. 사가가 우리를 소개하였다.

하나, 그곳에서 오오야(吳五爺), 상노대(常老大), 상노삼(常老三)을 만났다.

하나, 거사가의 집에서 저녁에 국수를 먹고서 나는 집에 돌아서 왔다. 보니 어머니, 누나, 그녀[아내]가 이미 집에 되돌아와 있었다.

하나, 유주아(劉柱兒)에게 1천 2백 전을 주었다.

하나, 오늘 아침에 1천 전을 조카 커친(kecin, 克勤)에게 건네주었다. 그는 부성헌(阜盛軒)에

〔154a〕

isafi hoton tucifi hoošan deijifi marifi 德馨堂 de buda budalaha.
모여서 성 나가서 종이 태우고서 돌아와서 德馨堂 에서 밥 먹었다

fakcaha. aifini boode mariha. ecimari 連興子 kemuni guileme jimbihe
헤어졌다 이미 집에 돌아왔다 오늘 아침 連興子 또 요청하러 왔었다

sehe. niyalma tome ninggun tanggū jiha baibuha sembi. funcehe duin
하였다 사람 마다 6 百 錢 받았다 한다 남은 4

tanggū be ke cin minde afabufi bargiyaha..
百 을 ke cin 나에게 건네주고 거두었다

emu hacin ina sargan juse de tanggū jiha bufi hangse ulebuhe..
한 가지 조카 딸 아이들 에게 百 錢 주고서 국수 먹게 하였다

—— ∘ —— ∘ —— ∘ ——

모여 성을 나가서 종이를 태우고서 돌아와서 덕형당(德馨堂)에서 밥을 먹고서 헤어졌다. 이미 집에 돌아왔다. 오늘 아침에 연흥자(連興子)가 또 요청하러 왔었다 하였다. 사람마다 6백 전을 받았다 한다. 남은 4백을 커친(kecin, 克勤)이 나에게 건네주어서 받았다.

하나, 조카 딸아이들에게 100전을 주고서 국수를 먹게 하였다.

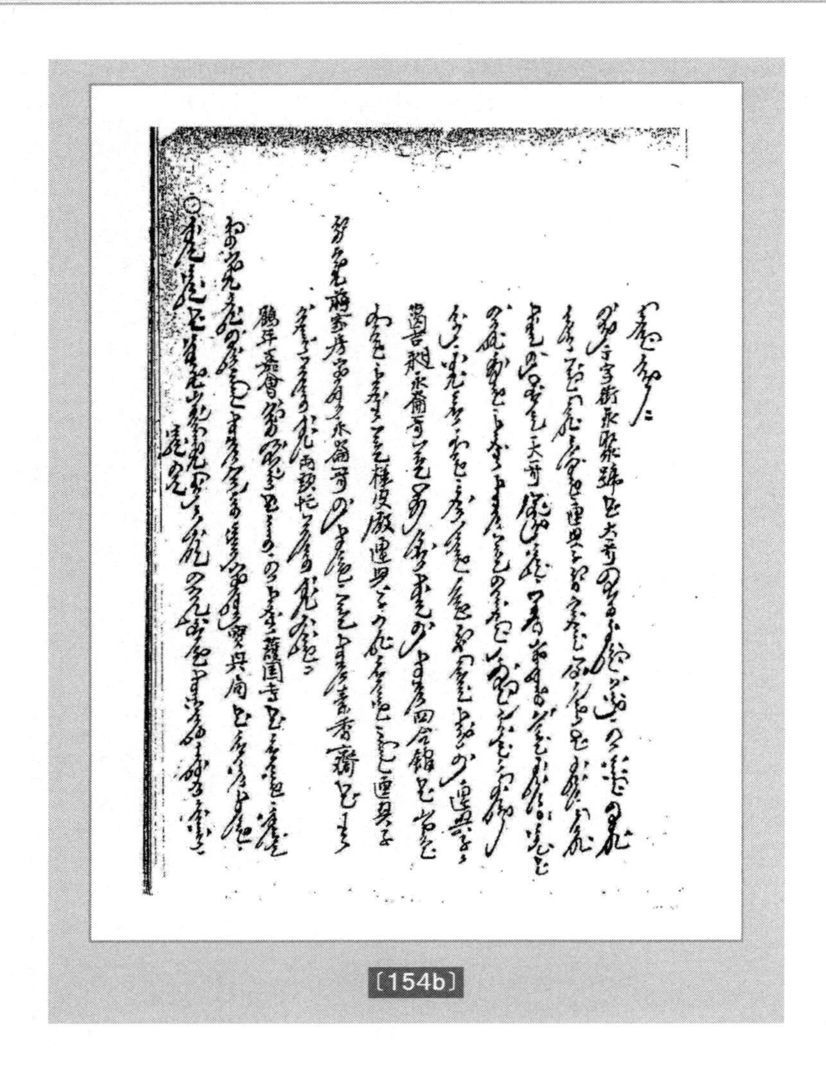

〔154b〕

nadan biya
7 월

○juwan nadan de niohon gūlmahūn muke i feten bikita usiha tuksintu enduri inenggi.
10 7 에 푸르스름한 토끼 水 의 五行 壁 宿 危 神 날

emu hacin erde budai amala tucifi ši lao niyang hūtung 寶㒷局 de isinafi tuwaha.
한 가지 아침 밥의 뒤에 나가서 石 老 娘 hūtung 寶興局 에 이르러서 보았다

鶴年 嘉會 gemu puseli de akū. bi tereci 護國寺 de isinaha. niowanggiyan
鶴年 嘉會 모두 가게 에 없다 나 거기에서 護國寺 에 이르렀다 푸른

giranggi sifikū juwe 兩頭忙 sifikū juwe udaha..
뼈 비녀 2 兩頭忙 비녀 2 샀다

emu hacin 蔣家房 hūtung 永崙哥 be tuwaha. sasa tucifi 素香齋 de cai
한 가지 蔣家房 hūtung 永崙哥 를 보았다 같이 나가서 素香齋 에 차

omiha. tereci sasa 樺皮廠 連興子 bade isinaha. amala 連興子
마셨다 거기에서 같이 樺皮廠 連興子 곳에 이르렀다 뒤에 連興子

葛吉昶 永崙哥 sasa tob wargi duka be tucifi 四合館 de hangse
葛吉昶 永崙哥 같이 西直門 을 나가서 四合館 에 국수

jeke. nure arki omiha. erei fayaha jiha emu minggan dehi be 連興子 i
먹었다 술 소주 마셨다 이의 쓴 錢 1 千 40 을 連興子 의

bekdun obuha. tereci tucifi sasa bigarame yabume elgiyen i mutehe
외상으로 하였다 거기에서 나가서 같이 외출하러 가고 阜成門

duka be dosika. 大哥 šulhe nadan. toro hontoho ginggen udafi ○ eniye de
을 들어갔다 大哥 배 7 복숭아 반 근 사고서 어머니 에게

jafaki seme minde afabuha. 連興子 emu gargan šu ilhai da udafi minde
드리자 하고 나에게 건네주었다 連興子 한 줄기 연 꽃의 뿌리 사서 나에게

buhe. 丁字街 永聚號 de 大哥 boso udame genehe. bi neneme boode
주었다 丁字街 永聚號 에 大哥 베 사러 갔다 나 먼저 집에

marime jihe..
돌아서 왔다

—— ◦ —— ◦ —— ◦ ——

7월
17일, 을묘(乙卯) 수행(水行) 벽수(壁宿) 위일(危日).
하나, 아침 식사 뒤에 나가서 석노랑(石老娘) 후퉁 보흥국(寶興局)에 이르러서 보았다. 학년(鶴年)과 가회(嘉會)가 모두 가게에 없다. 나는 거기에서 호국사(護國寺)에 이르렀다. 푸른 뼈 비녀 2개와 양두망(兩頭忙) 비녀 2개를 샀다.
하나, 장가방(蔣家房) 후퉁의 영윤(永崙) 형을 보았다. 같이 나가서 소향재(素香齋)에서 차를 마셨다. 거기에서 같이 화피창(樺皮廠)의 연흥자(連興子)가 있는 곳에 이르렀다. 뒤에 연흥자는 갈길창(葛吉昶), 영윤 형과 같이 서직문(西直門)을 나가서 사합관(四合館)에서 국수를 먹었고, 술과 소주를 마셨다. 이렇게 쓴 1천 40전을 연흥자의 외상으로 하였다. 거기에서 나가 같이 외출하러 가서 부성문(阜成門)을 들어갔다. 대가(大哥)가 배 7개, 복숭아 반 근을 사고서 어머니에게 드리자 하고 나에게 건네주었다. 연흥자가 한 줄기 연꽃 뿌리를 사서 나에게 주었다. 정자가(丁字街)에 있는 영취호(永聚號)에서 대가는 베를 사러 갔다. 나는 먼저 집에 돌아서 왔다.

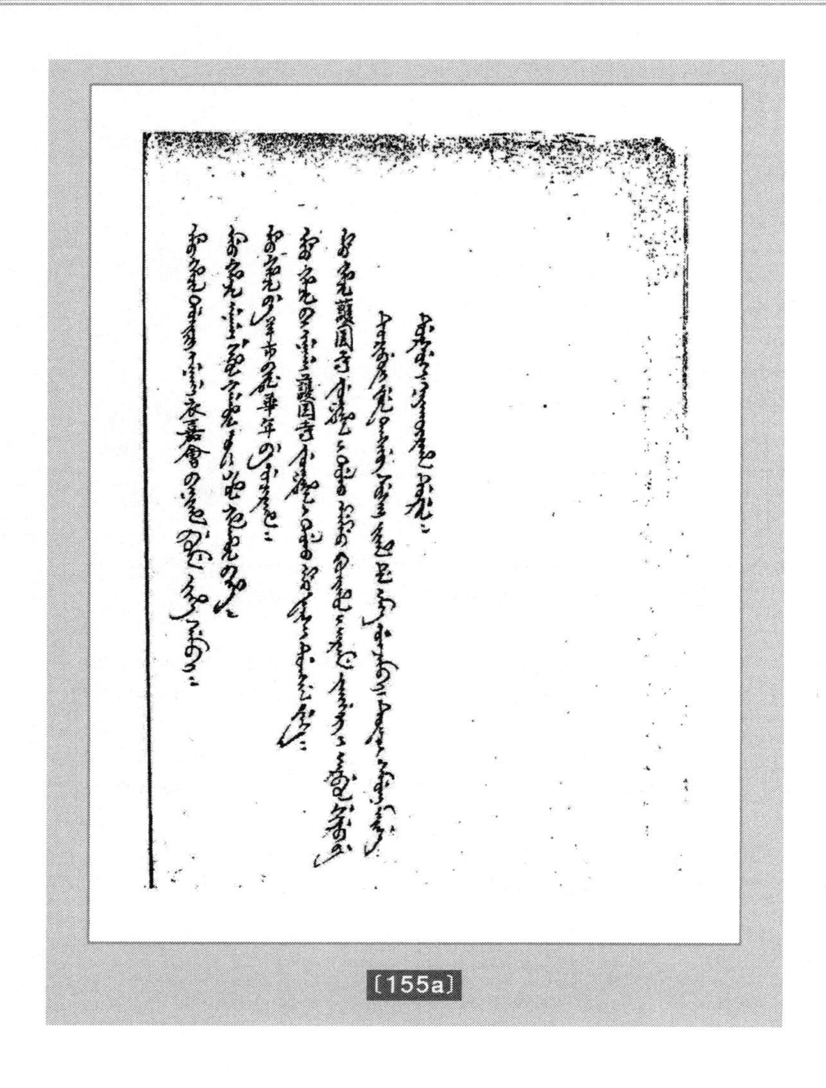

[155a]

emu hacin donjici enenggi 衣嘉會 baniha bume jihe sembi..
한 가지 들으니 오늘 衣嘉會 감사 주러 왔다 한다

emu hacin enenggi gehun gahūn ofi hon halhūn bihe..
한 가지 오늘 말끔하고 맑게 되어서 몹시 더웠다

emu hacin be 羊市 bade 華年 be ucaraha..
한 가지 우리 羊市 곳에서 華年 을 만났다

emu hacin bi enenggi 護國寺 juktehen i dolo emu farsi dungga jeke..
한 가지 나 오늘 護國寺 절 의 안 한 조각 수박 먹었다

emu hacin 護國寺 juktehen i dolo ememu boihon i arame jangger i arbun giru be
한 가지 護國寺 절 의 안 혹 흙 으로 만들고 jangger 의 모습 을

tucibufi juwe tanggū susai jiha de emke uncambi. tuwaci kemuni majige
나타내서 2 百 50 錢 에 하나씩 판다 보니 또한 조금

dursuki. niyakūraha durun..
비슷하다 무릎 꿇은 모양이다

—— ◦ —— ◦ —— ◦ ——

하나, 들으니 오늘 의가회(衣嘉會)가 감사드리러 왔다 한다.

하나, 오늘 말끔하고 맑게 되어서 몹시 더웠다.

하나, 우리는 양시(羊市)가 있는 곳에서 화년(華年)을 만났다.

하나, 나는 오늘 호국사(護國寺) 절 안에서 수박 한 조각을 먹었다.

하나, 호국사 절 안에 혹 흙으로 만들어 장거르(jangger, 張格爾)의 모습을 나타내서 2백 50전에 하나씩 판다. 보니 또한 조금 비슷하다. 무릎을 꿇은 모양이다.

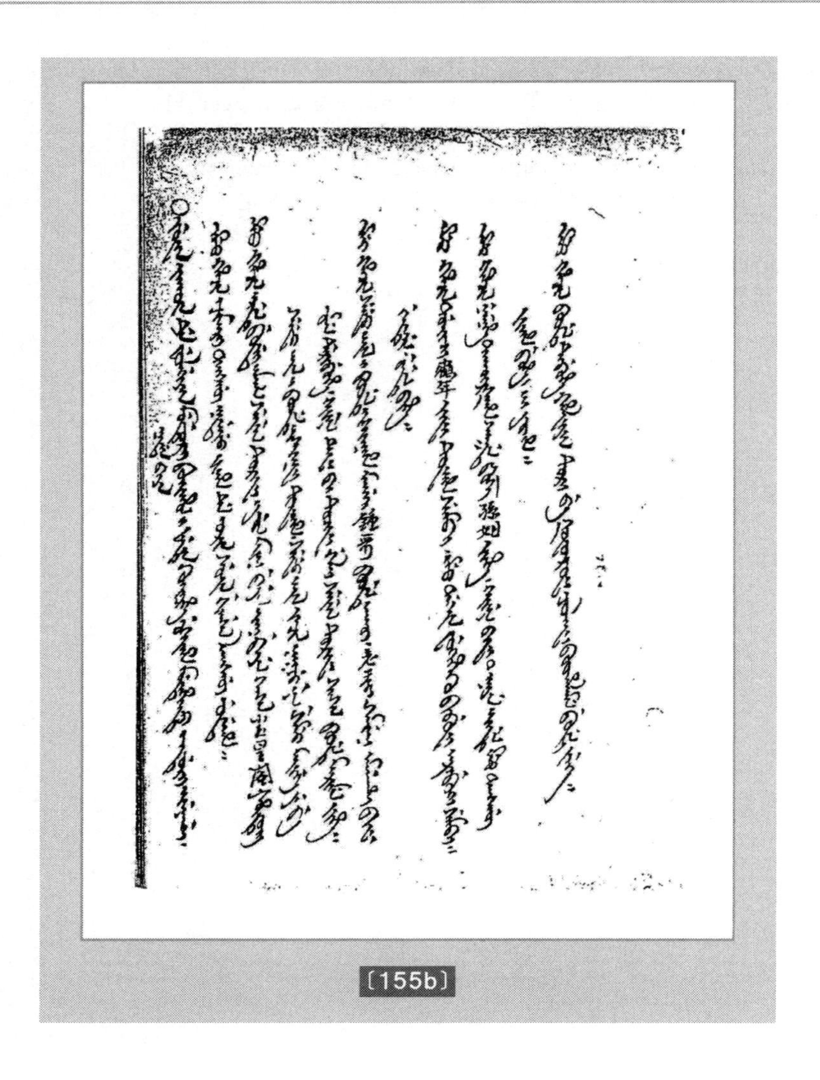

[155b]

nadan biya
7 월

○juwan jakūn de fulgiyan muduri boihon i feten kuinihe usiha mutehentu enduri inenggi.
10 8 에 붉은 용 土 의 五行 奎 宿 成 神 날

emu hacin ecimari tanggū nadanju jiha de orin sunja ginggen langgū udaha..
한 가지 오늘 아침 百 70 錢 에 20 5 斤 호박 샀다

emu hacin erde budai amala sejen turifi eyun mini beye ini beye sasa 小玉皇閣 hūtung
한 가지 아침 밥의 뒤에 수레 빌려서 누나 나의 몸 그녀의 자신 같이 小玉皇閣 hūtung

sefu aja i boode isinafi tuwaha. sefu aja jacin nakcu ne gemu majige yebe
師傅 母 의 집에 이르러서 보았다 師傅 母 둘째 외삼촌 이제 모두 조금씩 낫게

ome deribuhe. kejine tefi bi tucifi geli sejen turifi sasa boode marime jihe..
되기 시작하였다 꽤 앉고서 나 나가서 또 수레 빌려서 같이 집에 돌아서 왔다

emu hacin sefu aja i boode isinaha manggi 鍾哥 boode akū. 老秀 kemuni amgahai bifi
한 가지 師傅 母 의 집에 다다른 후 鍾哥 집에 없다 老秀 아직도 자는 채로 있어서

getere unde bihe..
깨지 못하고 있었다

emu hacin donjici 鶴年 jifi tuwaha sembi. emu dasin fusheku bibufi arabuki sembi..
한 가지 들으니 鶴年 와서 보았다 한다 한 자루 부채 남겨서 글 쓰게 하자 한다

emu hacin nenehe takūršaha sakda pudzi 孫姐 jihe. kejine bifi ｏ eniye inde emu tanggū
한 가지 전에 사환이었던 늙은 婆子 孫姐 왔다 꽤 있고서 어머니 그에게 1 百

jiha buhe i yoha..
錢 주었고 그 갔다

emu hacin boode tebuhe halfiyan turi be šoforofi colafi boohalame buda jeke..
한 가지 집에서 심은 제비 콩 을 따서 볶고 요리하여 밥 먹었다

—— ◦ —— ◦ —— ◦ ——

7월
18일, 병진(丙辰) 토행(土行) 규수(奎宿) 성일(成日).
하나, 오늘 아침에 170전으로 호박 25근을 샀다.
하나, 아침 식사 뒤에 수레를 빌려서 누나, 나, 그녀[아내]와 같이 소옥황각(小玉皇閣) 후통에 있는 사모(師母)의 집에 이르러서 보았다. 사모와 둘째 외삼촌은 이제 모두 조금씩 나아지기 시작하였다. 꽤 앉아 있다가 내가 나가서 또 수레를 빌려서 같이 집에 돌아서 왔다.
하나, 사모의 집에 다다른 뒤에 보니 종가(鍾哥)는 집에 없다. 노수(老秀)는 아직도 자는 채로 있어서 깨지 못하고 있었다.
하나, 들으니 학년(鶴年)이 와서 보았다 한다. 부채 한 자루를 남겨서 글을 쓰게 하자 한다.
하나, 이전에 사환이었던 늙은 파자(婆子) 손저(孫姐)가 왔다. 꽤 있다가 어머니가 그에게 100전을 주었으며, 그가 갔다.
하나, 집에서 심은 제비 콩을 따서 볶고 요리하여 밥을 먹었다.

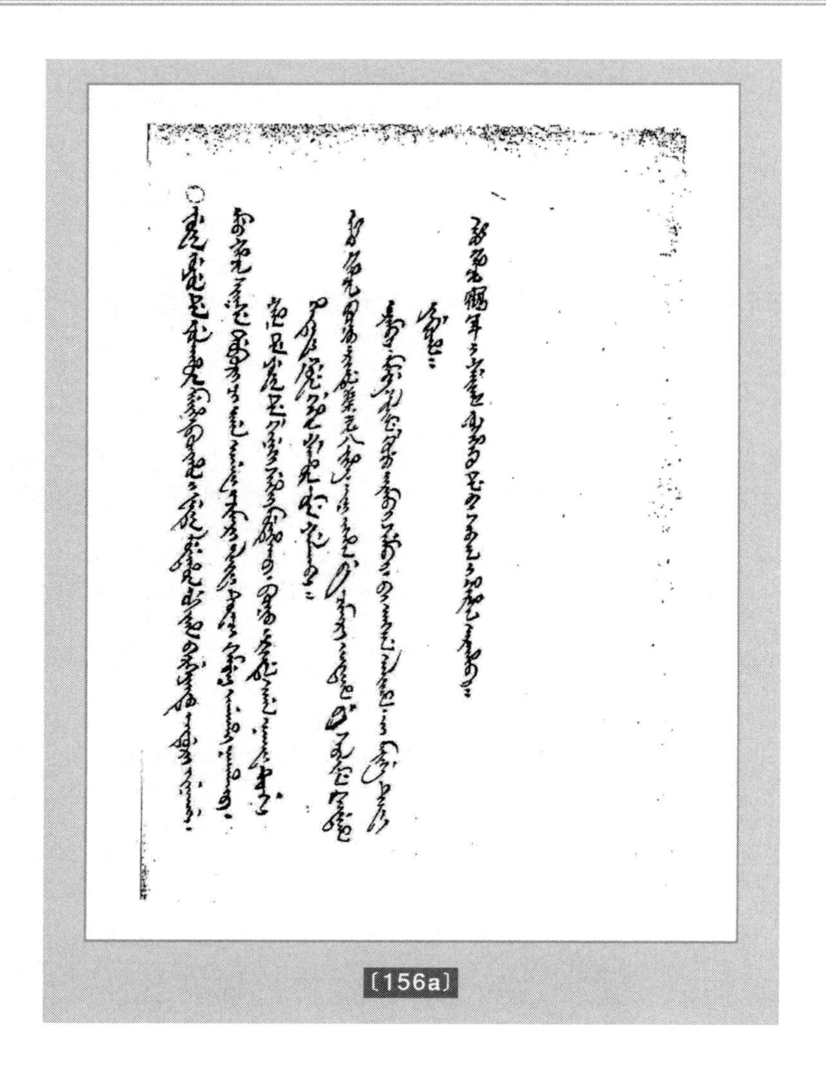

[156a]

○juwan uyun de fulahūn meihe boihon i feten ludahūn usiha bargiyantu enduri inenggi.
10 9 에 불그스름한 뱀 土 의 五行 婁 宿 收 神 날

emu hacin sikse dobori ci aga agafi ecimari ilifi tuwaci kemuni agahai nakahakū.
한 가지 어제 밤 부터 비 와서 오늘 아침 일어나서 보니 여전히 비 온 채 그치지 않았다

han' de yuwan de geneki sehei mutehekū. bonio erinde aga nakafi tugi
涵 德 園 에 가자 했는데 할 수 없었다 원숭이 때에 비 그쳐서 구름

hetefi šuwe gehun gahūn ome galakabi..
흩여지고 곧바로 말끔하고 맑게 되어 개었다

emu hacin bonio erinde 渠老八 jihe. ini eshen be cimari antaha be solime šadaha
한 가지 원숭이 때에 渠老八 왔다 그의 叔父 를 내일 손님 을 청하여 감사함

arambi. mimbe solime gucu arambi sembi. bi angga aljaha. i majige tefi
보인다 나를 청하여 벗 삼는다 한다 나 약속하였다 그 잠시 앉고서

yabuha..
갔다

emu hacin 鶴年 i gajiha fusheku de bi sabka i herhen[161] arahabi..
한 가지 鶴年 의 가져온 부채 에 나 젓가락으로 글자 썼었다

—— ◦ —— ◦ —— ◦ ——

19일, 을사(乙巳) 토행(土行) 루수(婁宿) 수일(收日).
하나, 어젯밤부터 비가 와서 오늘 아침에 일어나서 보니 여전히 비가 온 채로 그치지 않았다. 함덕원(涵德園)에 가려고 했는데 갈 수가 없었다. 신시(申時)에 비가 그치고 구름이 흩어져서 곧바로 말끔하고 맑게 되어 개었다.
하나, 신시에 거노팔(渠老八)이 왔다. 그의 숙부가 내일 손님을 청하여 감사함을 보이고, 나를 청하여 벗 삼는다 한다. 내가 그러자고 약속하였다. 그는 잠시 앉아 있다가 갔다.
하나, 학년(鶴年)의 가져온 부채에 나는 젓가락으로 글자를 썼었다.

161) herhen : 'hergen'의 잘못으로 보인다.

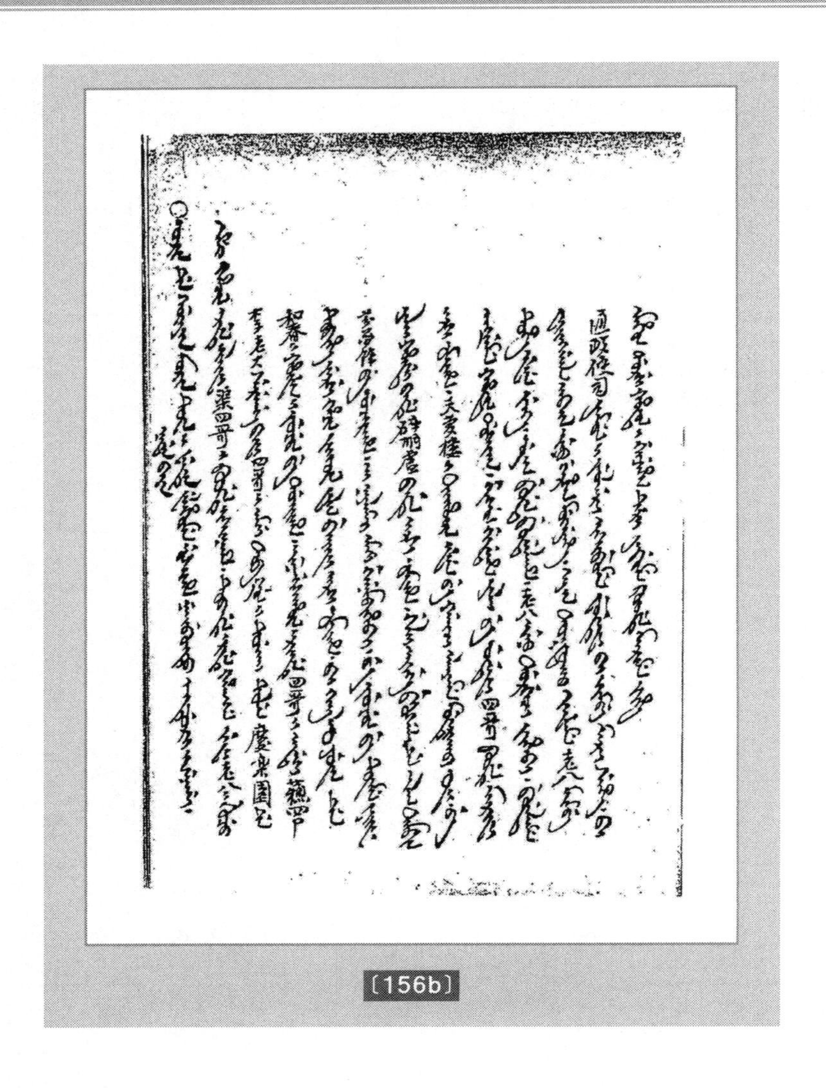
〔156b〕

nadan biya
7 월

○orin de suwayan morin tuwa i feten welhūme usiha neibuntu enduri inenggi.
20 에 누런 말 火의五行 胃 宿 開 神 날

emu hacin erde ilifi 渠四哥 i boode isinaha. tubade erde hangse jefi 老八 i gucu
한 가지 아침 일어나서 渠四哥 의 집에 이르렀다 그곳에서 아침 국수 먹고 老八 의 친구

李老大 serengge bifi 四哥 i emgi tob šun i dukai tule 慶樂園 de
李老大 하는 이 있어서 四哥 와 함께 正陽門 밖에 慶樂園에서

和春 i hūfan jucun be donjiha. inenggishūn erinde 四哥 i adaki 蘇四卩
和春의 극단 연극 을 들었다 한낮 때에 四哥 의 이웃의 蘇四爺

tubihe jergi hacin jakūn fila benjifi arki omiha. bi king lo yuwan de
과일 등 종류 8 접시 보내와서 소주 마셨다 나 慶 樂 園 에

芬夢馀 be ucaraha. i niyalmai emgi genembihebi. be jucun be tuwame wajifi
芬夢餘 를 만났다 그 사람과 함께 갔었었다 우리 연극 을 보기 마치고서

yali hūdai bade 碎胡蘆 bade arki omiha. geli ajige puseli de ilan tampin
고기 시장에 碎胡蘆 곳에서 소주 마셨다 또 작은 가게 에서 3 병

arki omiha. 天慶樓 i tahūra efen be gaici aliyame muterakū ofi be
소주 마셨다 天慶樓 의 扁食 을 사면 기다릴 수 없어서 우리

ekšeme hoton dosika. misun gidaha yali be udafi 四哥 boode marifi
급하게 성 들어갔다 醬 재운 고기 를 사서 四哥 집에 돌아와서

tuhe efen jeke. uyan buda budalaha. 老八 inu dorgici jihebi. budalame
보리 떡 먹었다 죽 밥 먹었다 老八 도 안으로부터 왔다 밥 먹기

wajinggala abka inu gerhen mukiyehe. ayan toktokū jafame 老八 mimbe
끝나기 전에 하늘 도 희미함 사라졌다 燈籠 가지고 老八 나를

通政使司 yamun i juleri isibume fudefi bi imbe mari sehe. bi
通政使司 衙門 의 앞에 보내 주고서 나 그를 돌아가라 하였다 나

emhun dorgi hoton i gencehen deri yabume boode marime jihe..
혼자 內 城 의 언저리 따라 가서 집에 돌아서 왔다

—— 。 —— 。 —— 。 ——

7월

20일, 무오(戊午) 화행(火行) 위수(胃宿) 개일(開日).

하나, 아침에 일어나서 거사가(渠四哥)의 집에 이르렀다. 그곳에서 아침에 국수를 먹고 노팔(老八)의 친구 이노대(李老大) 라는 이가 있어서 사가(四哥)와 함께 정양문(正陽門) 밖의 경락원(慶樂園)에서 화춘(和春) 이라는 극단의 연극을 들었다. 한낮 때에 사가의 이웃인 소사야(蘇四爺)가 과일 등 종류 8접시를 보내와서 소주를 마셨다. 나는 경락원에서 분몽여(芬夢餘)를 만났는데, 그는 다른 사람과 함께 그곳에 갔었다. 우리는 연극 보기를 마치고서 고기 시장에 있는 쇄호로(碎胡蘆) 라는 곳에서 소주를 마셨고, 또 작은 가게에서 소주 3병을 마셨다. 천경루(天慶樓)의 편식(扁食)을 사려면 기다릴 수 없어서 우리는 급하게 성을 들어갔다. 장(醬)에 재운 고기를 사서 사가의 집에 돌아와서 보리떡을 먹고, 죽 밥을 먹었다. 노팔도 안으로부터 왔다. 밥 먹기가 끝나기 전에 하늘은 희미함조차도 사라졌다. 등롱(燈籠)을 가지고 노팔이 나를 통정사사(通政使司) 아문(衙門) 앞에 보내 주었는데, 나는 그를 돌아가라 하였다. 나는 혼자서 내성(內城)의 언저리를 따라 가서 집에 돌아 왔다.

[157a]

emu hacin enenggi gehun gahūn ome halhūn bihe..
한 가지 오늘 말끔하고 맑게 되어 더웠다

—— ◦ —— ◦ —— ◦ ——

하나, 오늘은 말끔하고 맑게 되어 더웠다.

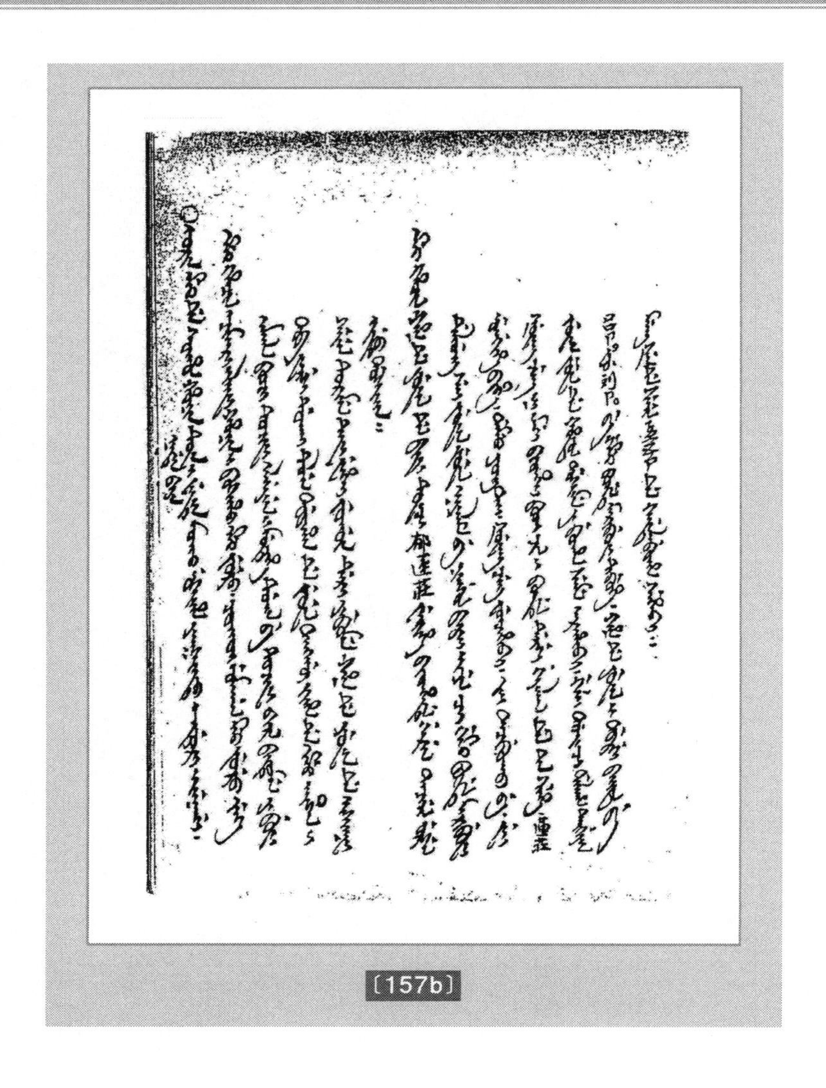

〔157b〕

nadan biya
7 월

○orin emu de sohon honin tuwa i feten moko usiha yaksintu enduri inenggi.
20 1 에 누르스름한 양 火 의 五行 昴 宿 閉 神 날

emu hacin ecimari ilifi honin i bosho emu juru cokoi umgan emu juru jeke.
한 가지 오늘 아침 일어나서 양 의 콩팥 한 쌍 닭의 알 한 쌍 먹었다

amala booci tucifi elgiyen i mutehe duka be tucifi bira bitume yabufi
뒤에 집에서 나가서 阜成門 을 나가서 강 따라 걸어서

tob wargi dukai tule doohan de juwe tanggū jiha de emu eihen i
西直門의 밖 다리 에서 2 百 錢 에 한 당나귀의

sejen turime tefi wehei jugūn deri yabume han' de yuwan de isinafi
수레 빌려서 타고 돌의 길 따라 가서 涵 德 園 에 이르러서

idu dosika..
당직 들어갔다

emu hacin han' de yuwan de bifi tuwaci 郁蓮莊 werihe bithede geren tacire urse
한 가지 涵 德 園 에 있어서 보니 郁蓮莊 남긴 글에 여러 학생 무리

delung sei juwan juwe niyalma be ninggun biyai ice ci gemu boode maribufi
delung 등의 10 2 사람 을 6 월의 초하루부터 모두 집에 돌아가게 하여

unggihe bihe. damu yong tai šuwang ceng funcehebi. jai tacibukū be wei
보냈고 있다 다만 永 泰 雙 成 남았다 또한 教官 을 魏

šuwang ceng ni emgi bithei booi cin i boode dergi giyalan de te sehe. 蓮庄
雙 成 과 함께 책의 집의 본채에 동쪽 間 에 머물라 하였다 蓮莊

juwan juwe de hoton dosime yabuha seme arahabi. geli donjici dalaha taigiyan
10 2 에 성 들어서 갔다 하고 알렸다 또 들으니 우두머리인 太監

呂丌 fu 刘丌 be gemu boode maribufi tebuhe. han' de yuwan i dorgi baita be
呂爺 福 劉爺 를 모두 집에 돌아가게 하여 지내게 하였다 涵 德 園 의 안쪽 일 을

meng šen de sere 孟五丌 de kadalabuha sehebi..
孟 愼 德 하는 孟五爺 에게 맡겼다 하였다

—— ◦ —— ◦ —— ◦ ——

7월
21일, 기미(己未) 화행(火行) 앙수(昴宿) 폐일(閉日).
하나, 오늘 아침 일어나서 양 콩팥 한 쌍과 닭 알 한 쌍을 먹었다. 그런 뒤에 집에서 나가고 부성문(阜成門)을 나가서 강을 따라 걸어서 서직문(西直門) 밖의 다리에서 2백 전에 당나귀 수레 하나를 빌려서 타고 석경(石徑)을 따라 가고, 함덕원(涵德園)에 이르러서 당직을 들어갔다.
하나, 함덕원에 있으면서 욱연장(郁蓮莊)이 남긴 글을 보니, '여러 학생 무리인 덜룽(delung, 德隆) 등 12 사람을 6월 초하루부터 모두 집에 돌아가게 하여 보냈는데, 다만 영태(永泰)와 쌍성(雙成)은 남았다. 또 교관을 위쌍성(魏雙成)과 함께 서방(書房) 본채의 동쪽 칸에서 머물라고 하였다. 연장(蓮莊)은 12일에 성에 들어서 갔다' 하고 알렸다. 또 들으니, '우두머리 태감(太監) 여야(呂爺)와 복유야(福劉爺)를 모두 집에 돌아가게 하여 지내게 하였고, 함덕원 내부의 일을 맹신덕(孟愼德) 이라는 맹오야(孟五爺)에게 맡겼다' 하였다.

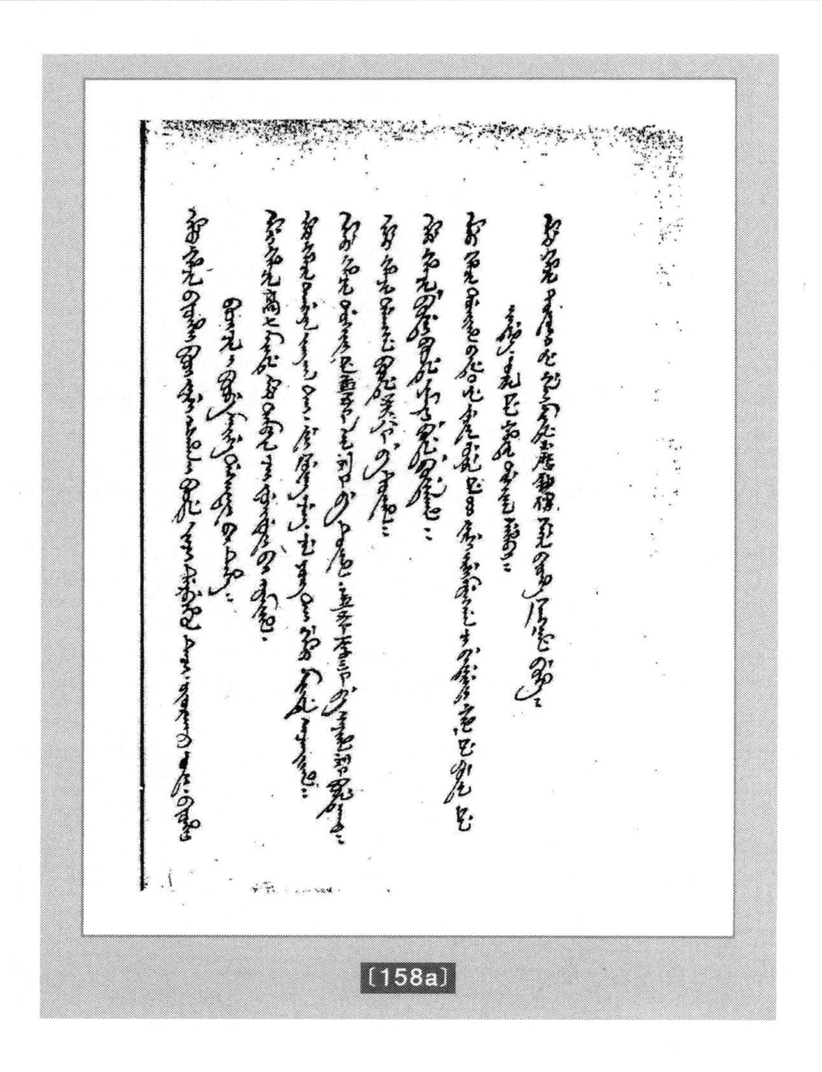

[158a]

emu hacin bithei booi wargi asaha i boode jaci derbehun teci ojorakū ofi bithei
한 가지 책의 집의 서쪽 사랑채에 무척 습기 많아 살 수 없게 되어서 책의

booi cin i boobe majige dasatafi bi tehe..
집의 몸채 를 조금 청소하고 나 앉았다

emu hacin 高七 minde emu tampin cai fuifufi bi omiha..
한 가지 高七 나에게 한 병 차 끓여서 나 마셨다

emu hacin taigiyan jang an tai. wei šuwang ceng. cen yong tai gemu minde acanjiha..
한 가지 太監 張安泰 魏 雙 成 陳 永 泰 모두 나에게 만나러 왔다

emu hacin dosifi da 孟五卩 lan 刘卩 be tuwaha. 孟五卩 李三卩 be acaha. 刘卩 boode akū..
한 가지 들어가서 長 孟五爺 lan 劉爺 를 보았다 孟五爺 李三爺 를 만났다 劉爺 집에 없다

emu hacin dangse boode 吴八卩 be tuwaha..
한 가지 檔子 집에 吳八爺 를 보았다

emu hacin budai boode yamji buda budalaha..
한 가지 飯房에서 저녁 밥 먹었다

emu hacin donjiha bade ○ ye juwan uyun de ○○○ wargi ergi munggan ci bederefi
한 가지 들은 바에 爺 10 9 에 西陵 에서 되돌아와서
han' de yuwan de
涵 德 園 에

indehe. orin de hoton dosika sehebi..
묵었다 20 에 성 들어갔다 하였다

emu hacin tuwaci ○ ye geli minde 玉歷鈔傳 sere bithe šangname buhe..
한 가지 보니 爺 또 나에게 玉歷鈔傳 하는 글 상하여 주었다

—— ◦ —— ◦ —— ◦ ——

하나, 서방(書房)의 서쪽 사랑채에 무척 습기가 많아 지낼 수가 없어서 서방의 몸채를 조금 청소하고서 나는 앉아 있었다.

하나, 고칠(高七)이 나에게 차 한 병을 끓여 주어 내가 마셨다.

하나, 태감(太監) 장안태(張安泰), 위쌍성(魏雙成), 진영태(陳永泰)이 모두 나를 만나러 왔다.

하나, 들어가서 우두머리 맹오야(孟五爺)와 란(lan, 蘭) 유야(劉爺)를 보았고, 맹오야와 이삼야(李三爺)를 만났다. 유야(劉爺)는 집에 없다.

하나, 당자방(檔子房)에서 오팔야(吳八爺)를 보았다.

하나, 반방(飯房)에서 저녁밥을 먹었다.

하나, 들은 바에 왕야(王爺)가 19일에 서릉(西陵)에서 되돌아와서 함덕원(涵德園)에 묵었고, 20일에 성에 들어갔다 하였다.

하나, 보니 왕야가 또 나에게 '옥역초전(玉歷鈔傳)' 라는 글을 상으로 하여 주었다.

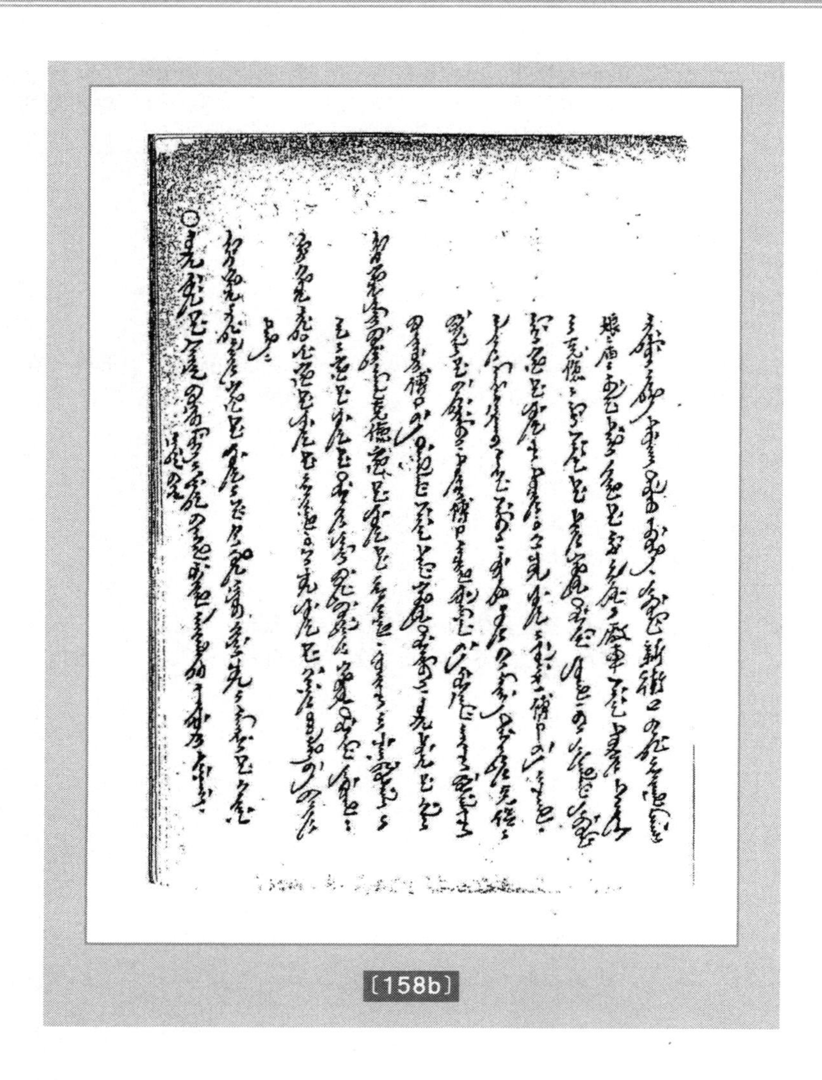

〔158b〕

nadan biya
7 월

○orin juwe de šanyan bonio muke i feten bingha usiha alihantu enduri inenggi.
20 2 에 흰 원숭이 水 의 五行 畢 宿 建 神 날

emu hacin erde ilifi han' de yuwan i sy ši huwa niyoo jiyei cūn i amargi de kejine
한 가지 아침 일어나서 涵 德 園 의 四 時 花 鳥 皆 春 의 북쪽 에 꽤

tehe..
앉았다

emu hacin erde ○ ye han' de yuwan de isinaha. ○ ki cūn yuwan de genefi ○○○ elhe be baifi
한 가지 아침 爺 涵 德 園 에 이르렀다 綺 春 園 에 가서 문안 을 드리고

an i han' de yuwan de dosifi yamji buda budalafi hoton dosime yabuha..
평소처럼 涵 德 園 에 들어가서 저녁 밥 먹고 성 들어서 갔다

emu hacin yamji budai amala 克儉 han' de yuwan de isinaha. fonjici i ceni puseli i
한 가지 저녁 밥의 뒤에 克儉 涵 德 園 에 이르렀다 들으니 그 그들의 가게 의

boigoji 傅丁 be dahalame sejen teme hoton dosimbi. orin duin de geli
주인 傅爺 를 따라 수레 타고 성 들어간다 20 4 에 또

puseli de bederembi. tuwaci 傅丁 aciha fulmiyen be ušame ainci puseli ci
가게 에 되돌아간다 보니 傅爺 짐 을 끌어가기 아마도 가게 에서

aljafi maimašarakū aise sembi. uttu ofi bi majige dasatafi 克俭 i
떠나서 장사하지 않는 것 아닌가 한다 이렇게 해서 나 잠시 준비해서 克儉 과

emgi han' de yuwan ci tucifi ○ ki cūn yuwan i juleri 傅丁 be acaha.
함께 涵 德 園 에서 나가서 綺 春 園 의 앞에 傅爺 를 만났다

i 克儉 i emgi sejen de tefi hoton dosime yoha. bi yafahalame yabume
그 克儉 과 같이 수레 에 타고 성 들어서 갔다 나 걸어서 가고

娘娘庙 i ebele dehi jiha de emu ildun i 廠車 sejen turifi tefi
娘娘廟 의 이쪽에 40 錢 에 한 편 의 廠車 수레 빌려서 타고

erdemui etehe dukai dolo ebuhe. yabume 新街口 bade isinaha manggi
德勝門 안 내렸다 가서 新街口 곳에 다다른 뒤에

—— ◦ —— ◦ —— ◦ ——

7월

22일, 경신(庚申) 수행(水行) 필수(畢宿) 건일(建日).

하나, 아침 일어나서 함덕원(涵德園)의 사시화조개춘(四時花鳥皆春)의 북쪽에 꽤 앉아 있었다.

하나, 아침에 왕야(王爺)가 함덕원에 이르렀다. 기춘원(綺春園)에 가서 문안을 드리고 평소처럼 함덕원에 들어가서 저녁밥을 먹고 성에 들어서 갔다.

하나, 저녁 식사 뒤에 커기얀(kegiyan, 克儉)이 함덕원에 이르렀다. 들으니 그는 그들 가게의 주인 부야(傅爺)를 따라 수레를 타고 성에 들어가고, 24일에 다시 가게에 되돌아간다 한다. 보니 부야가 짐을 끌어가는 것이 아마도 가게로부터 떠나서는 장사를 하지 않는 것이 아닌가 한다. 이렇게 해서 나는 잠시 준비해서 커기얀과 함께 함덕원에서 나가 기춘원 앞에서 부야를 만났고, 그는 커기얀과 같이 수레에 타고 성에 들어서 갔다. 나는 걸어서 가다가 낭랑묘(娘娘廟)의 이쪽에서 40전에 창거(廠車) 수레 한 편을 빌려서 타고 덕승문(德勝門) 안에서 내렸다. 가다가 신가구(新街口) 라는 곳에 다다른 뒤에

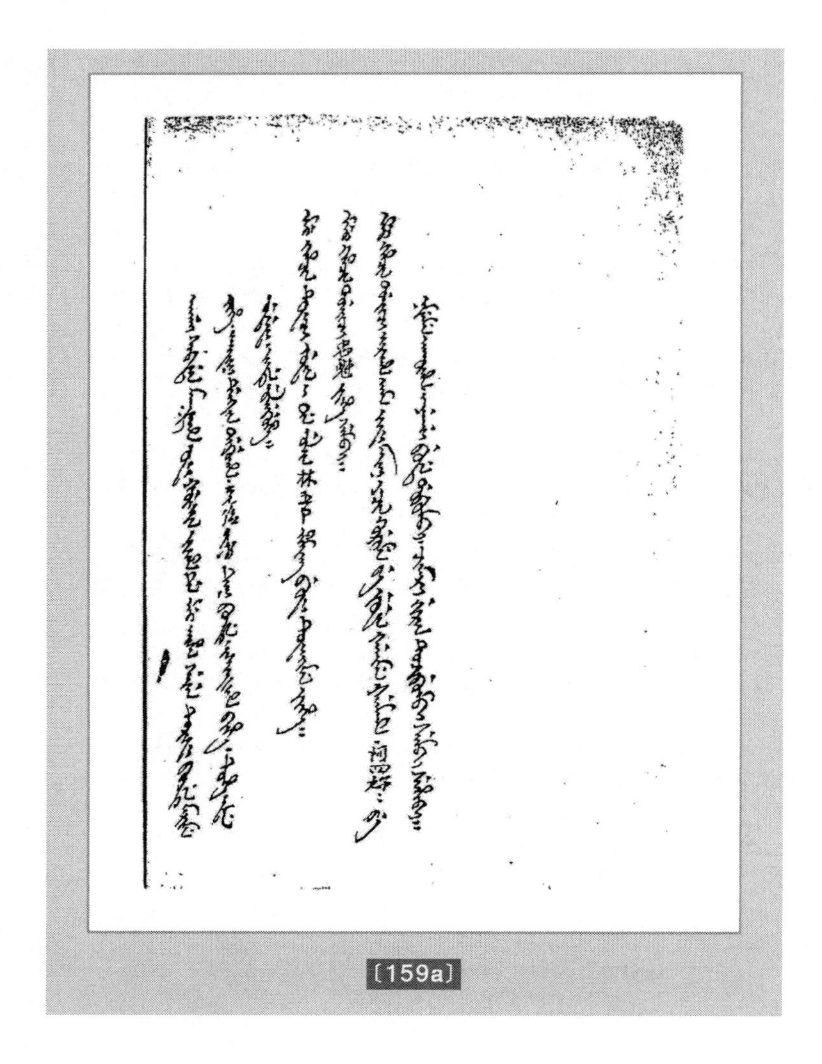

[159a]

agai sabdan maktaha ofi gūsin jiha de emu eihen sejen turifi boode marime
비의 방울 내리게 되어 30 錢 에 한 당나귀 수레 빌려서 집에 돌아서

jihe. aifini dengjan dabuha. 克俭 inu teni boode isinjiha bihe. tuhe efen
왔다 이미 등잔 불 켰다 克儉 도 그의 집에 다다라와 있었다 보리 떡

udafi inde ulebuhe..
사서 그에게 먹게 하였다

emu hacin tuwaci juwan i da ulin 林五丌 jyming bufi tuwanjime jihe..
한 가지 보니 護軍校 ulin 林五爺 制命 주고서 보러와서 왔다

emu hacin donjici 忠魁 jihe sembi..
한 가지 들으니 忠魁 왔다 한다

emu hacin donjici araha ama jifi mini yacin kurume be juwen gaime gamaha. 阿四妳妳 be
한 가지 들으니 養 父 와서 나의 아청 흩저고리를 빌려 가지고 가져갔다 阿四妳妳 를

nimeme akūha. enenggi buda dobombi. cimari giran tucibumbi sembi sehebi..
병들어 죽었다 오늘 밥 제사한다 내일 시신 出棺한다 한다 하였다

—— ◦ —— ◦ —— ◦ ——

빗방울이 내려서 30전에 당나귀 수레 하나를 빌려서 집에 돌아서 왔다. 이미 등잔불을 켰고, 커기얀(kegiyan, 克儉)도 그의 집에 다다라와 있었다. 보리떡을 사서 그에게 먹게 하였다.

하나, 보니 호군교(護軍校) 울린(ulin) 임오야(林五爺)가 제명(制命)을 주고서 보러 왔다.

하나, 들으니 충괴(忠魁)가 왔다 한다.

하나, 들으니 양부가 와서 나의 아청(鴉靑) 홑저고리를 빌려서 가지고 갔다. 아사니니(阿四妳妳)가 병들어 죽었다. 오늘 밥 제사하고, 내일 시신 출관(出棺)한다 하였다.

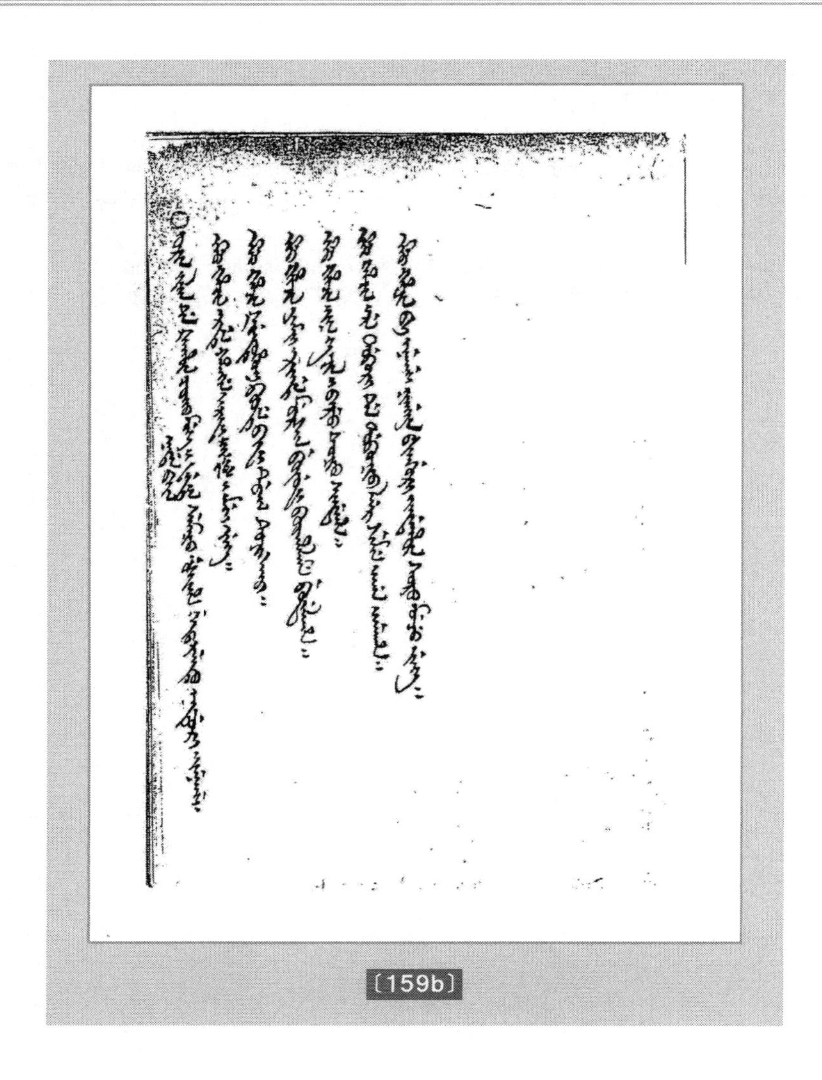

〔159b〕

nadan biya
7 월

○orin ilan de šahūn coko muke i feten semnio usiha geterentu enduri inenggi.
20 3 에 희끄무레한 닭 水 의 五行 觜 宿 除 神 날

emu hacin erde hangse arafi 克俭 i emgi jeke..
한 가지 아침 국수 만들어서 克儉 과 함께 먹었다

emu hacin šuntuhuni boode bifi duka tucikekū..
한 가지 하루 종일 집에 있고 문 나가지 않았다

emu hacin yamji erinde mursin[162] bujufi boohalame budalaha..
한 가지 저녁 때에 무 끓여서 요리하여 밥 먹었다

emu hacin ina ke cin i baru tonio sindaha..
한 가지 조카 克 勤 의 쪽 바둑 두었다

emu hacin ere dobori de dobonio ler seme aga agaha..
한 가지 이 밤 에 밤새도록 촉촉하게 비 내렸다

emu hacin bi enenggi ninggiya pingguri indahūn soro mucu jeke..
한 가지 나 오늘 마름 사과 멧대추 포도 먹었다

—— ◦ —— ◦ —— ◦ ——

7월
23일, 신유(辛酉) 수행(水行) 자수(觜宿) 제일(除日).
하나, 아침에 국수를 만들어서 커기얀(kegiyan, 克儉)과 함께 먹었다.
하나, 하루 종일 집에 있고 문을 나가지 않았다.
하나, 저녁때에 무를 끓여서 요리하여 밥을 먹었다.
하나, 조카 커친(kecin, 克勤)과 함께 바둑을 두었다.
하나, 이 밤에 밤새도록 촉촉하게 비가 내렸다.
하나, 나는 오늘 마름, 사과, 멧대추, 포도를 먹었다.

162) mursin : 'mursa'의 잘못 또는 방언으로 보인다.

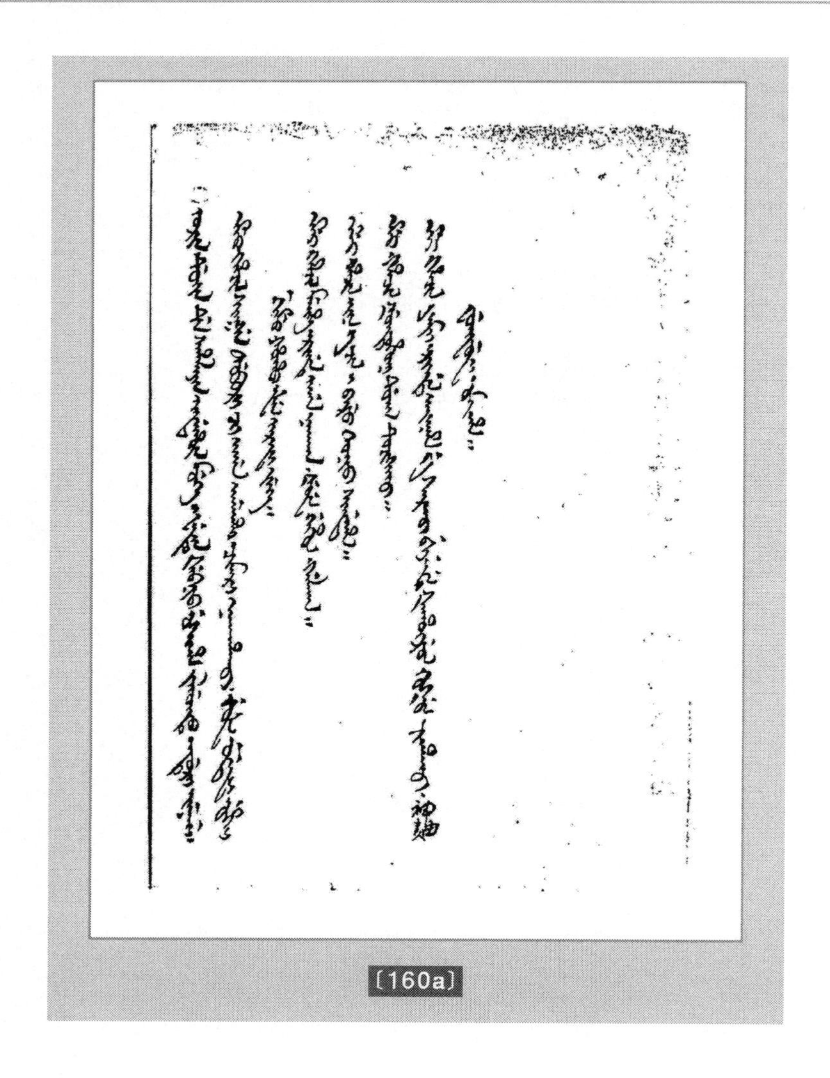

〔160a〕

○orin duin de sahaliyan indahūn muke i feten šebnio usiha jaluntu enduri inenggi.
20 4 에 검은 개 水의五行 參 宿 滿 神 날

emu hacin sikse dobori ci aga agahai ecimari nakahakū. ufa udafi uhei
한 가지 어제 밤 부터 비 내린 채로 오늘 아침 그치지 않았다 밀가루 사서 함께

gemu hoho efen arafi jeke..
모두 水餃子 만들어서 먹었다

emu hacin meihe erinde aga nakaka. šuwe gehun galaka..
한 가지 뱀 때에 비 그쳤다 곧바로 말끔히 개었다

emu hacin ina ke cin i baru tonio sindaha..
한 가지 조카 ke cin 과 쪽 바둑 두었다

emu hacin šuntuhuni duka tucikekū..
한 가지 하루 종일 문 나가지 않았다

emu hacin yamji erinde ainaha be sarkū beyede šahūrun kušun cihakū. 神麯[163]
한 가지 저녁 때에 왠지 를 모르고 몸에 춥고 불편하고 불쾌하다 神麯

fuifufi omiha..
끓여서 마셨다

—— ◦ —— ◦ —— ◦ ——

24일, 임술(壬戌) 수행(水行) 삼수(參宿) 만일(滿日).
하나, 어젯밤부터 비가 내린 채로 오늘 아침에 그치지 않았다. 밀가루를 사서 함께 모두 물만두를 만들어서 먹었다.
하나, 사시(巳時)에 비가 그쳤다. 곧바로 말끔하게 개었다.
하나, 조카 커친(kecin, 克勤)과 함께 바둑을 두었다.
하나, 하루 종일 문을 나가지 않았다.
하나, 저녁때에 왠지를 모르게 몸이 춥고 불편하고 불쾌하다. 신국(神麯)을 끓여서 마셨다.

163) 神麯 : 술을 발효시키는 데 사용하는 '누룩'을 가리킨다. 체하거나 소화불량, 식욕부진 등에 효과가 있어 약으로도 사용한다.

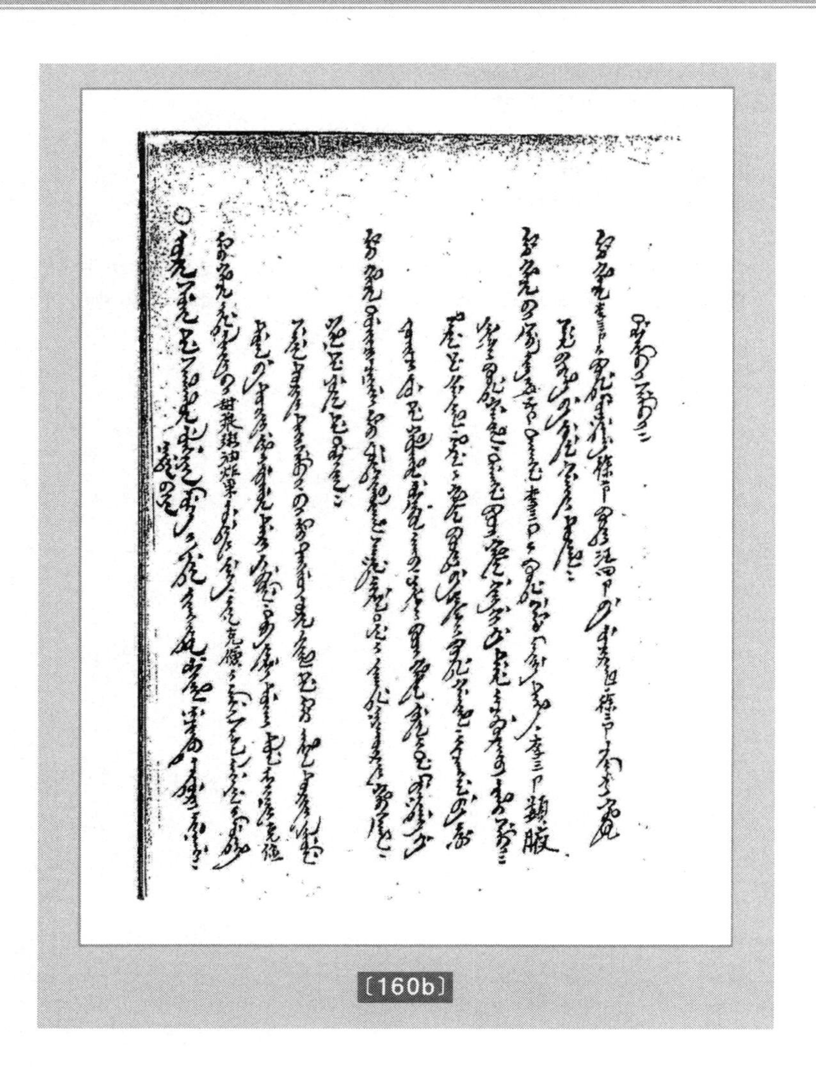

〔160b〕

nadan biya
7 월

◯orin sunja sahahūn ulgiyan muke i feten jingsitun usiha necintu enduri inenggi.
20 5 거무스름한 돼지 水 의 五行 井 宿 平 神 날

emu hacin erde ilifi bi 甜漿粥 油炸果 udafi jeke. ina 克儉 i emgi sasa elgiyen i mutehe
한 가지 아침 일어나서 나 甜漿粥 油炸果 사서 먹었다 조카 克儉과 함께 같이 阜成

duka be tucifi wehei jugūn deri yabume. tob wargi dukai tule isinafi 克位
門 을 나가서 돌의 길 따라 가고 西直門의 밖 이르러서 克儉

sejen turifi teki sembi. bi emu tanggū orin jiha de emu eihen turifi yalume
수레 빌려서 타자 한다 나 1 百 20 錢 에 한 당나귀 빌려서 타고

han' de yuwan de dosika..
涵 德 園 에 들어갔다

emu hacin donjici cananggi emu fudasihūlaha sakda irgen ○ ye i jakade niyakūrafi habšaha.
한 가지 들으니 그저께 한 홍분한 늙은 백성 爺 의 곳에 무릎 꿇고 고소하였다

fonjici fu de holhon ušabun akū[164]. yafasi booi hafan juwan i da mukdengge be
알아보니 府 에 정강이 연계 없다 園戶의 관리 護軍校 mukdengge 를

heren de gaiha. heren i hafan bootai be yafasi boode gaiha. icangga be inu
마구간 에 데려갔다 마구간 의 관리 寶泰 를 園戶에 데려갔다 icangga 를 또

yafasi boode gaiha. dangse booi hafan ging gi be dere acaburakū oho sembi..
園戶에 데려갔다 檔子 집의 관리 ging gi 를 얼굴 만나지 못하였다 한다

emu hacin bi šeo ling 孟五爷 dangse 李三爷 i boode gemu majige tehe. 李三爷 類腋
한 가지 나 首 領 孟五爺 檔子 李三爺 의 집에 모두 잠시 앉았다 李三爺 類腋

sere bithe be juwen gaifi tuwaha..
하는 글 을 빌려 가지고 보았다

emu hacin 李三爷 i boode mukdengge 徐二爷 bootai 汪四爷 be ucaraha. 徐二爷 cimari hoton
한 가지 李三爺 의 집에 mukdengge 徐二爺 bootai 汪四爺 를 만났다 徐二爺 내일 성

dosimbi sembi..
들어간다 한다

── ◦ ── ◦ ── ◦ ──

7월

25일, 계해(癸亥) 수행(水行) 정수(井宿) 평일(平日).

하나, 아침에 일어나서 나는 첨장죽(甜漿粥)과 유작과(油炸果)를 사서 먹었다. 조카 커기얀(kegiyan, 克儉)과 함께 같이 부성문(阜成門)을 나가서 석경(石徑)을 따라 가고, 서직문(西直門) 밖에 이르러서 커기얀이 수레를 빌려서 타자고 한다. 나는 120전에 당나귀 하나를 빌려서 타고 함덕원(涵德園)에 들어갔다.

하나, 들으니 그저께 홍분한 늙은 백성 하나가 왕야(王爺)의 처소에 무릎을 꿇고 호소하였다. 알아보니 왕부(王府)에 정강이 연계가 없다. 원호(園戶)의 관리가 호군교(護軍校) 묵덩거(mukdengge)를 마구간에 데려갔고, 마구간의 관리가 보태(寶泰)를 원호에 데려갔으며, 이창가(icangga)를 또 원호에 데려갔다. 그래서 당자방(檔子房)의 관리 깅기(ging gi)의 얼굴을 만나지 못하였다 한다.

하나, 나와 수령(首領) 맹오야(孟五爺)가 당자(檔子) 이삼야(李三爺)의 집에 모두 잠시 앉아 있었다. 이삼야 『유액(類腋)』[165] 라는 책을 빌려 가지고 보았다.

하나, 이삼야의 집에서 묵덩거, 서이야(徐二爺), 보태, 왕사야(汪四爺)를 만났다. 서이야가 내일 성에 들어간다 한다.

164) holhon ušabun akū : 정확한 의미를 알 수가 없다.
165) 『유액(類腋)』 : 청나라 때 요배겸(姚培謙, 1693-1766)이 만든 유서의 일종이다.

〔161a〕

emu hacin yamji budai amala tucifi ceng fu bade isinaha. emu farsi fungku udaha.
한 가지 저녁 밥의 뒤에 나가서 成 府 곳에 이르렀다 한 조각 수건 샀다

duin 缸炉 efen udaha..
4 缸爐 떡 샀다

emu hacin ere inenggi asuru šahūrungga gese..
한 가지 이 날 대단히 추운 것 같다

—— ◦ —— ◦ —— ◦ ——

하나, 저녁 식사 뒤에 나가서 성부(成府)라는 곳에 이르렀다. 수건 한 조각을 샀다. 항로(缸爐) 떡 4개를 샀다.
하나, 이날 대단히 추운 것 같다.

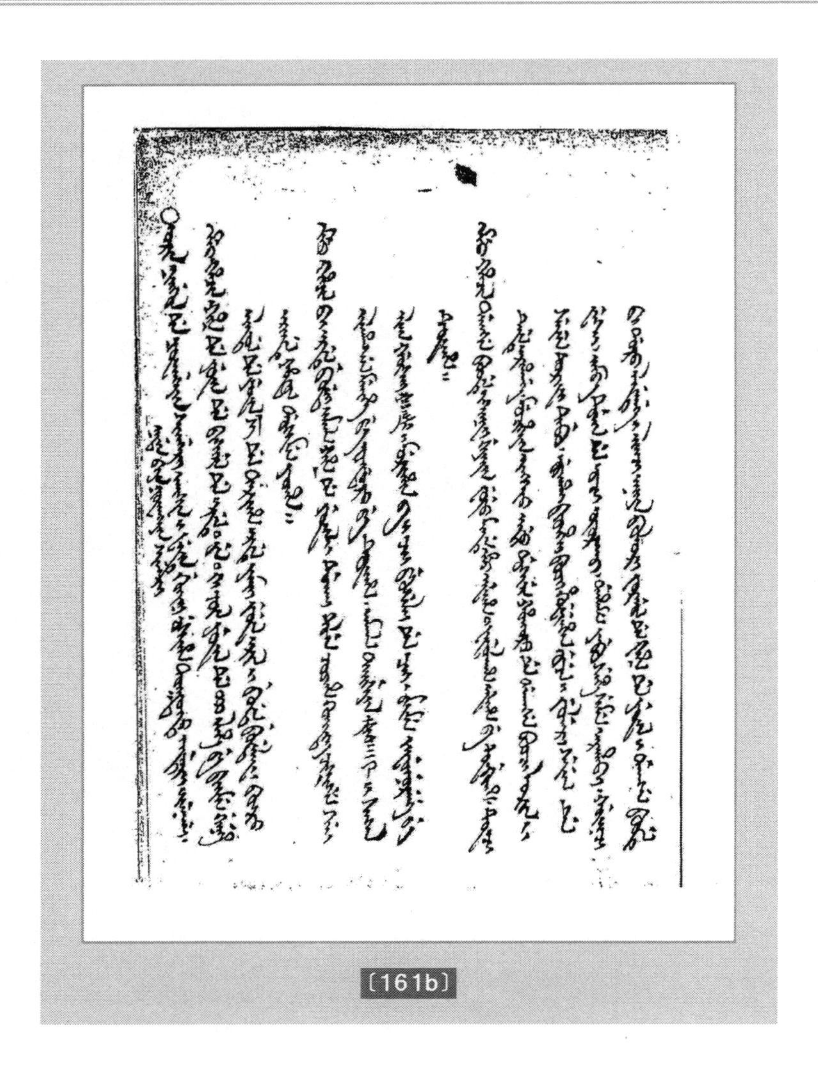

〔161b〕

nadan biya niowanggiyan singgeri
7 월 푸른 쥐

○orin ninggun de niowanggiyan singgeri aisin i feten guini usiha toktontu enduri inenggi.
20 6 에 푸른 쥐 金 의 五行 鬼 宿 定 神 날

emu hacin han' de yuwan de bisire de erde ○ ye ○ ki cūn yuwan de ○○○ elhe be baime genehe
한 가지 涵 德 園 에 있을 때 아침 爺 綺 春 園 에 문안 을 하러 간

ildun de yuwan dzi de dariha. erde yamji juwe erin i buda budalafi bonio
김 에 園 子 에 들렀다 아침 저녁 2 때 의 밥 먹고 원숭이

erinde hoton dosime yoha..
때에 성 들어서 갔다

emu hacin bi erde budai amala han' de yuwan i dukai tule cooha kuiting cišisy sei
한 가지 나 아침 밥의 뒤에 涵 德 園 의 문의 밖 병사 奎亭 七十四 세의

ilhangga meihe be ondoro be tuwaha. amala taigiyan 李三丌 i sasa
꽃무늬의 뱀 을 때리는 것 을 보았다 뒤에 太監 李三爺 와 같이

ilan gūsai 營房 i murihan ba i cai puseli de cai omime jafunurengge be
三 旗의 營房 의 모퉁이 곳 의 차 가게 에서 차 마시며 씨름하는 것 을

tuwaha..
보았다

emu hacin dangse boode isinafi giyajan fuju minde emu afaha ○ fafulaha afaha be tuwabuha. tuwaci
한 가지 檔子 집에 이르러서 侍從 富住 나에게 한 장 傳敎한 문서 를 보여주었다 보니

tede arahangge mucihiyan ingsio idu dosire hokoro de dangse booci lorin i
거기에 쓴 것 mucihiyan 英秀 당직 들어가서 마치고 나올 때 檔子 집에서 노새 의

sejen turifi tebu. uthai bithei booi huwejehen uce i juleri sejen de
수레 빌려서 타라 곧 책의 집의 병풍 문 의 앞 수레 에

wesi. amba duka de oci ojorakū. dahame yabu sehe seme arahabi. gūnici
올라가라 큰 문 에서 될 수 없다 따라서 가라 하였다 하고 썼다 생각하니

bi doro eldengge i ilaci aniya bolori forgon de han' de yuwan i dangse boode
나 道 光 의 셋째 해 가을 계절 에 涵 德 園 의 檔子 집에

—— ◦ —— ◦ —— ◦ ——

7월 갑자(甲子)

26일, 갑자(甲子) 금행(金行) 귀수(鬼宿) 정일(定日).

하나, 함덕원(涵德園)에 있을 때 아침에 왕야(王爺)가 기춘원(綺春園)에 문안을 하러 간 김에 원자(園子)에 들렀다. 아침과 저녁 2때의 밥을 먹고 신시(申時)에 성에 들어서 갔다.

하나, 나 아침 식사 뒤에 함덕원의 문 밖에서 병사 규정(奎亭)이 74세로 꽃무늬 뱀을 때리는 것을 보았다. 뒤에 태감(太監) 이삼야(李三爺)와 같이 삼기(三旗)의 영방(營房)의 모퉁이 있는 곳의 차 가게에서 차를 마시면서 씨름하는 것을 보았다.

하나, 당자방(檔子房)에 이르러서 시종(侍從) 부주(fuju, 富住)가 나에게 한 장 전교(傳敎)한 문서를 보여주었다. 보니 거기에 쓰여 있기를, '무치히얀(mucihiyan, 穆齊賢)과 영수(英秀)는 당직 들어가서 마치고 나올 때 당자방에서 노새 수레를 빌려서 타라. 곧 서방(書房)의 병풍 문 앞에서 수레에 올라라. 대문에서는 할 수 없다. 따라서 행하라' 하였다 하고 썼다. 생각하니 나는 도광(道光) 3년 가을 계절에 함덕원의 당자방에

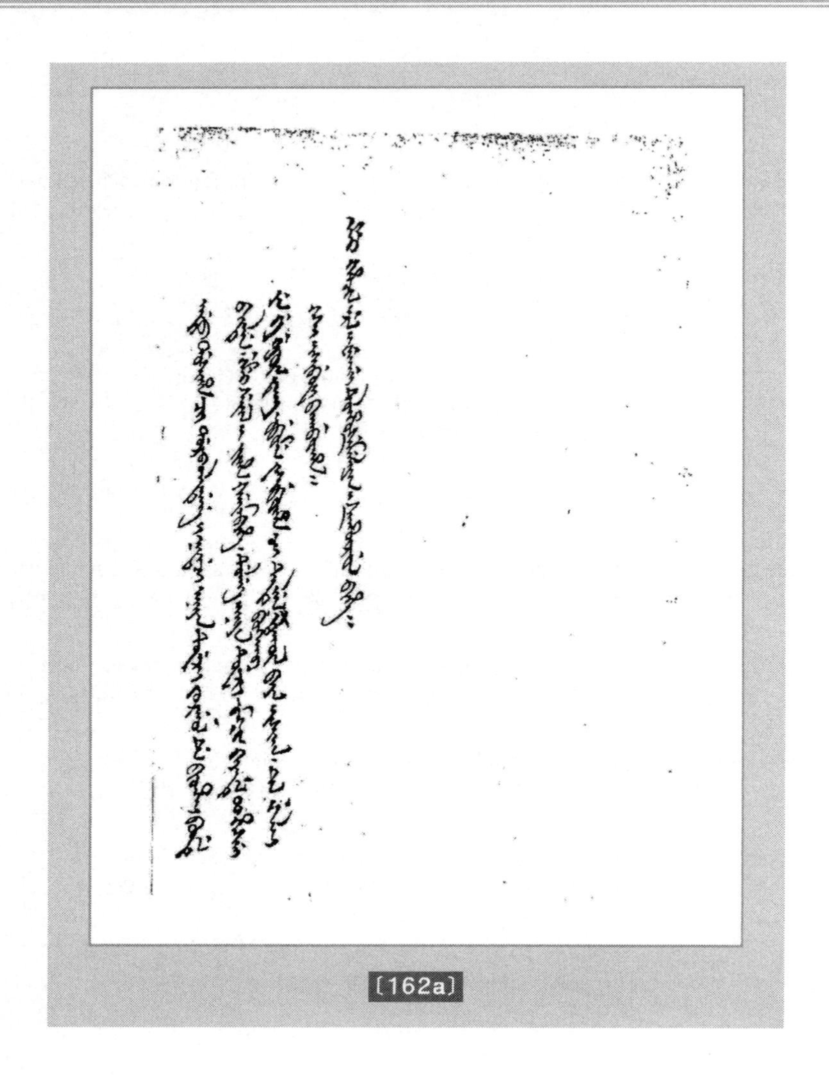

[162a]

idu dosiha ci doro eldengge i nadaci aniya tuweri forgon de bithei boode
당직 들어간 것 으로부터 道 光 의 일곱째 해 겨울 계절 에 책의 집에

bitele. gemu sejen i jiha gaimbihe. duleke aniya tuweri omšon biyade ꠰꠰ hesei
있도록 모두 수레 의 錢 받아왔었다 지난 해 겨울 동짓 달에 칙서의

ye be giyūn wang obume wasibuha ci tetele buhekū jakūn biya isika. te geli
爺 를 郡 王 삼아 내린 것으로부터 지금까지 주지 않은 것 8 달 이르렀다 지금 또

kesi isibufi baibuha..
은혜 이르러서 받았다

emu hacin ere inenggi tulhušemeliyan i šahūrun bihe..
한 가지 이 날 흐려지면서 추웠다

—— ∘ —— ∘ —— ∘ ——

당직 들어간 것으로부터 도광(道光)의 7년 겨울 계절에 서방(書房)에 있을 때까지 모두 수레의 돈을 받아왔었다. 지난 해 겨울 동짓달에 '왕야(王爺)를 군왕(郡王)으로 삼으라' 하고 칙서(勅書)가 내린 것으로부터 지금까지 주지 않은 것이 8달에 이르렀다. 지금 또 은혜가 미쳐서 받았다.
하나, 이날 흐려지면서 추웠다.

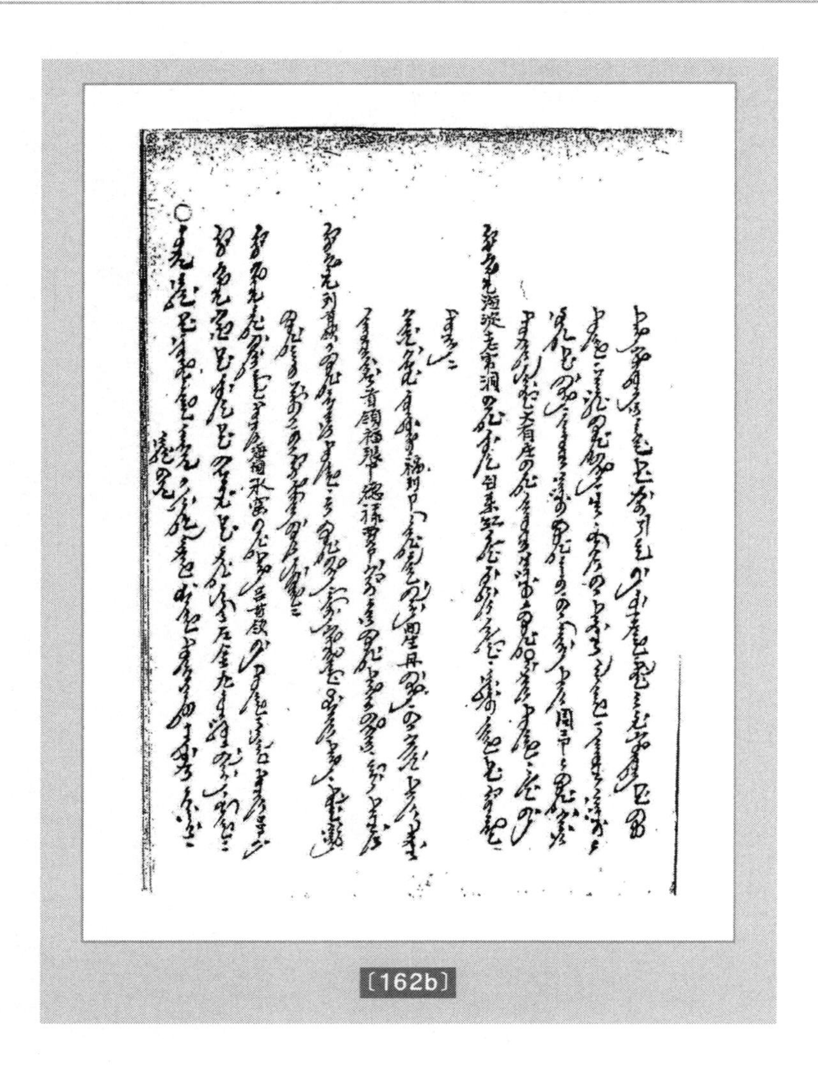

[162b]

nadan biya
7 월

○orin nadan de niohon ihan aisin i feten lirha usiha tuwakiyantu enduri inenggi.
20 7 에 푸르스름한 소 金 의 五行 柳 宿 執 神 날

emu hacin han' de yuwan de bisire de erde yamji 左金丸 oktoi belge omiha..
한 가지 涵 德 園 에 있을 때 아침 저녁 左金丸 약의 알 먹었다

emu hacin erde budai amala tucifi 海甸冰窖 bade tehe 呂首领 be tuwaha. niyalma tucifi 呂㓗 be
한 가지 아침 밥의 뒤에 나가서 海甸冰窖 곳에 사는 呂首領 을 보았다 사람 나가서 呂爺 를

boode akū sembi. bi emu jyming bufi yabuha..
집에 없다 한다 나 한 制命 주고 갔다

emu hacin 刘首领 i boode isinafi tuwaha. i boode bihe. mimbe hacihiyame dosifi tehe..
한 가지 劉首領 의 집에 이르러서 보았다 그 집에 있었다 나를 권하여 들어가서 앉았다
dule nenehe
뜻밖에 지난

jakūci jergi 首領 福張丌 德祿賈丌 gemu ini boode tehei biheni. emgi tecefi
여덟째 品 首領 福張爺 德祿賈爺 모두 그의 집에 앉은 채로 있었구나 함께 마주 앉아서

kejine gisun jondoho. 福刘丌 minde ilan belge 再生丹 buhe. bi kejine tefi tereci
꽤 말 생각 내었다 福劉爺 나에게 3 알 再生丹 주었다 나 꽤 앉고서 거기에서

tucike..
나갔다

emu hacin 海淀 老虎洞 bade juwan 自來紅 efen udafi jafame. nadanju jiha de emu eihen
한 가지 海淀 老虎洞 곳에서 10 自來紅 떡 사서 잡고 70 錢 에 한 당나귀

turifi yalume 大有庄 bade jakūci nakcu i boode darifi tuwaha. efen be
빌려서 타고 大有莊 곳에 여덟째 외삼촌 의 집에 들러서 보았다 떡 을

nota de buhe. jakūci nakcu boode akū. bi majige tefi 周二丌 i boode genefi
동생들 에게 주었다 여덟째 외삼촌 집에 없다 나 잠시 앉고서 周二爺 의 집에 가서

tuwaha. sakda boode bihe. cai omifi bi tereci aljaha. jakūci nakcu i
보았다 어르신 집에 있었다 차 마시고 나 거기에서 떠났다 여덟째 외삼촌 의

tehe hūtung ni angga de g'ao dzi an be ucaraha. dule i ere hūtung de boo
사는 hūtung 의 어귀 에서 高 自 安 을 만났다 뜻밖에 그 이 hūtung 에 집

—— ◦ —— ◦ —— ◦ ——

7월
27일, 을축(乙丑) 금행(金行) 유수(柳宿) 집일(執日).
하나, 함덕원(涵德園)에 있을 때 아침과 저녁에 좌금환(左金丸) 이라는 환약을 먹었다.
하나, 아침 식사 뒤에 나가서 해전빙교(海甸冰窖) 라는 곳에 사는 여수령(呂首領)을 보았다. 사람이 나와서 여야(呂爺)가 집에 없다 한다. 나는 제명(制命) 하나를 주고 갔다.
하나, 유수령(劉首領)의 집에 이르러서 보았다. 그는 집에 있었다. 나를 권하기에 들어가서 앉았다. 뜻밖에 전(前) 8품 수령(首領) 복장야(福張爺)와 덕록가야(德祿賈爺)가 모두 그의 집에 앉은 채로 있구나. 함께 마주 앉아서 꽤 말을 하였다. 복유야(福劉爺)가 나에게 재생단(再生丹) 3알을 주었다. 나는 꽤 앉아 있다가 거기에서 나왔다.
하나, 해정(海淀) 노호동(老虎洞) 이라는 곳에서 자래홍(自來紅) 떡 10개를 사서 들고, 70전에 당나귀 한 마리를 빌려서 타고 대유장(大有莊) 있는 곳에 여덟째 외삼촌 집에 들러서 보았다. 떡을 동생들에게 주었다. 여덟째 외삼촌은 집에 없다. 나는 잠시 앉아 있다가 주이야(周二爺)의 집에 가서 보았다. 어르신이 집에 있었다. 차를 마시고 나는 거기에서 떠났다. 여덟째 외삼촌이 사는 후퉁의 어귀에서 고자안(高自安)을 만났다. 뜻밖에 그는 이 후퉁의 집에서

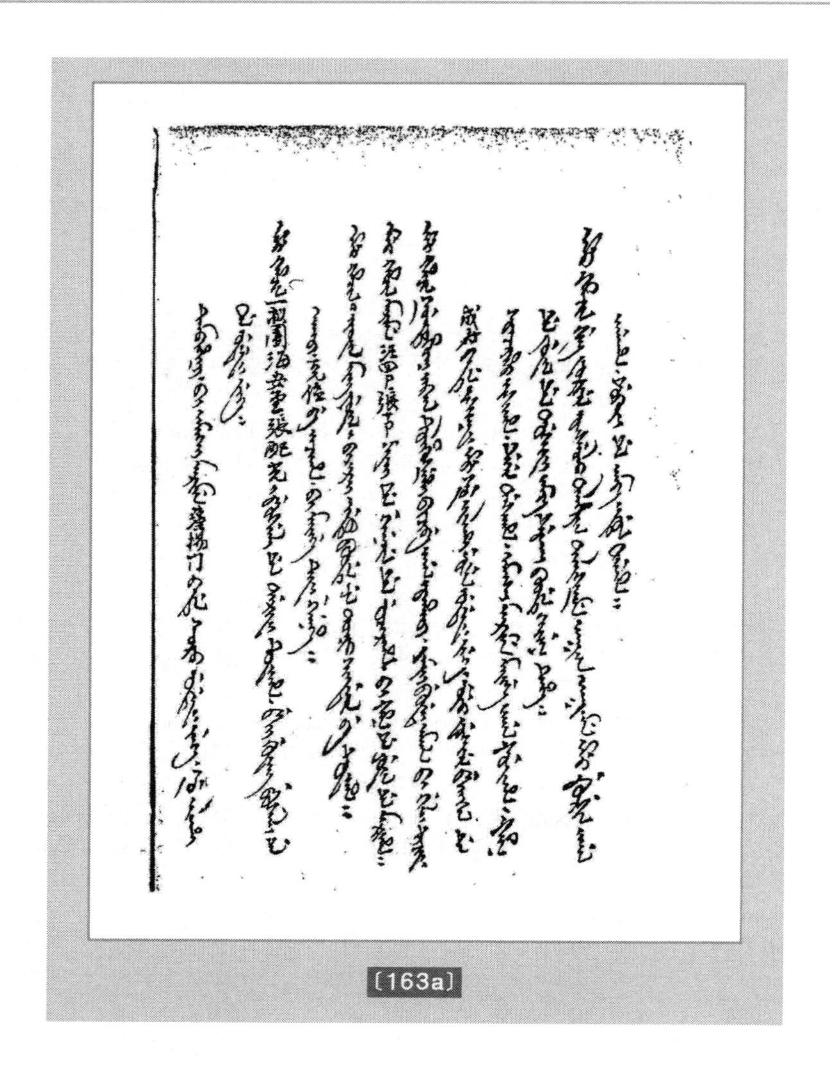
[163a]

tembiheni. bi amasi marime 藻揚门 bade soro udafi jeke. šu ilhai
살고 있었구나 나 도로 돌아와서 藻揚門 곳에서 대추 사서 먹었다 연 꽃의

da udafi jeke..
뿌리 사서 먹었다

emu hacin 一畝園 海安堂 張配光 i puseli de darifi tuwaha. pei guwang puseli de
한 가지 一畝園 海安堂 張配光 의 가게 에 들러서 보았다 配 光 가게 에

akū. 克俭 be acaha. bi majige tefi genehe..
없다 克儉 을 만났다 나 잠시 앉고서 갔다

emu hacin ○ iowan ming yuwan i bayara idu boode ce tonio sindara be tuwaha..
한 가지 圓 明 園 의 護軍 당직 방에서 지금 바둑 두는 것 을 보았다

emu hacin marime 汪四卩 張十卩 giyai de genere de ucaraha. bi han' de yuwan de mariha..
한 가지 돌아가서 汪四爺 張十爺 街 에 갈 때 만났다 나 涵 德 園 에 돌아왔다

emu hacin šuntuhuni abka tulhušehei bicibe aga ohakū. yamji budai amala bi geli tucifi
한 가지 하루 종일 하늘 흐려진 채 있으나 비 되지 않았다 저녁 밥의 뒤에 나 또 나가서

成府 bade isinafi emu šu ilhai use udafi jeke. uju fusire pengse de
成府 곳에 이르러서 한 연 꽃의 밥 사서 먹었다 머리 깎는 막사 에서

soncoho isaha. dere dasaha. amasi marime majige aga goiha. han'
변발 땋았다 얼굴 다듬었다 도로 돌아오면서 조금 비 맞았다 涵

de yuwan de dosifi amba dukai boode kejine tehe..
德 園 에 들어가서 큰 문의 집에 꽤 앉았다

emu hacin ging forire onggolo talkiyan tališame akjan akjame emu burgin aga
한 가지 更 치기 전에 번개 치고 우레 치며 한 갑자기 비

agaha. dobori de amba edun daha..
내렸다 밤 에 큰 바람 불었다

── ◦ ── ◦ ── ◦ ──

살고 있었구나. 나는 도로 돌아와서 조양문(藻揚門) 있는 곳에서 대추를 사서 먹었다. 연꽃 뿌리를 사서 먹었다.

하나, 일무원(一畝園)이 있는 해안당(海安堂)이라는 장배광(張配光)의 가게에 들러서 보았다. 배광(配光)은 가게에 없다. 커기얀(kegiyan, 克儉)을 만났다. 나는 잠시 앉아 있다가 갔다.

하나, 원명원(圓明園)의 호군(護軍)이 당직방에서 지금 바둑 두는 것을 보았다.

하나, 돌아가다가 왕사야(汪四爺)와 장십야(張十爺)가 시가(市街)에 가는 것을 만났다. 나는 함덕원(涵德園)에 돌아왔다.

하나, 하루 종일 하늘이 흐려진 채 있었으나 비가 되지는 않았다. 저녁 식사 뒤에 나는 또 나가서 성부(成府) 라는 곳에 이르러서 연꽃 밥 하나를 사서 먹었다. 머리 깎는 막사에서 변발을 땋았고, 얼굴을 다듬었다. 도로 돌아오면서 비를 조금 맞았다. 함덕원에 들어가서 대문 방에 꽤 앉아 있었다.

하나, 야경 치기 전에 번개 치고 우레 치며 갑자기 한 차례 비가 내렸다. 밤에는 큰바람이 불었다.

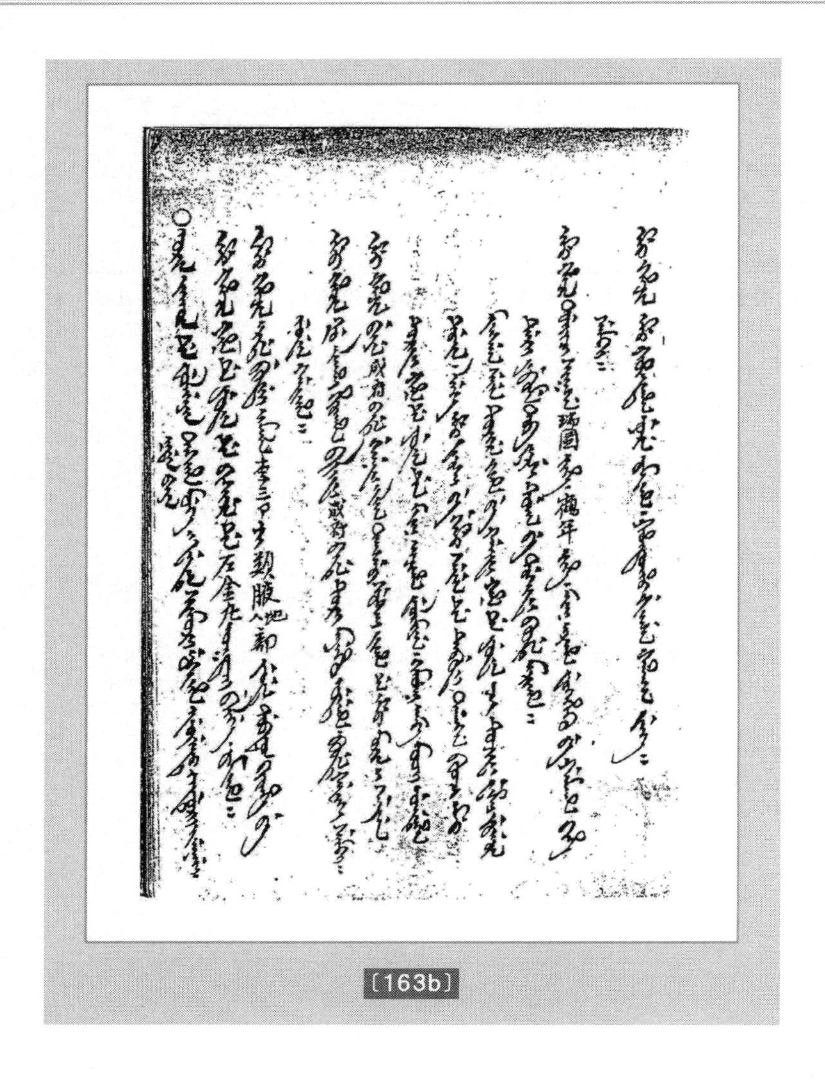

[163b]

nadan biya
7 월

○orin jakūn de fulgiyan tasha muke i feten simori usiha efujentu enduri inenggi.
20 8 에 붉은 호랑이 水 의 五行 星 宿 破 神 날

emu hacin han' de yuwan de bisire de 左金丸 oktoi belge omiha..
한 가지 涵 德 園 에 있을 때 左金丸 약의 알 마셨다

emu hacin erde budai amala 李三卩 ci 類腋 地 人 部 juwe dobton bithe be
한 가지 아침 밥의 뒤에 李三爺 에서 類腋 地 人 部 2 권 책 을

juwen gajiha..
빌려 가졌다

emu hacin šu ilhai hitha bijafi 成府 bade turi miyehu udaha. boode gajiki sembi..
한 가지 연 꽃의 송이 꺾어서 成府 곳에서 콩 두부 샀다 집에 가져가자 한다

emu hacin beye 成府 bade genefi ilan tanggū susai jiha de emu morin i sejen
한 가지 직접 成府 곳에 가서 3 百 50 錢 에 한 말 의 수레

turifi han' de yuwan de mini aciha fulmiyen. kemuni amba mooi undehen
빌려서 涵 德 園 에 나의 짐 묶음 또한 큰 나무의 판

duin. leke emu farsi be gemu sejen de tebufi dangse booci emu
4 숫돌 한 조각 을 모두 수레 에 싣고서 檔子 집에서 1

minggan sejen turire jiha be gaifi han' de yuwan ci tucifi wehei jugūn
千 수레 세내는 錢 을 받아서 涵 德 園 에서 나가서 돌의 길

deri yabume tob wargi duka be dosifi boode mariha..
따라 가고 西直門 을 들어가서 집에 돌아왔다

emu hacin donjici sikse 瑞图 jihe. 鶴年 jihe. mini araha fusheku be gamaha bihe
한 가지 들으니 어제 瑞圖 왔다 鶴年 왔다 나의 쓴 부채 를 가져갔었다

sembi..
한다

emu hacin emu hūntahan nure omiha. hontoho ginggen hangse jeke..
한 가지 한 잔 술 마셨다 반 근 국수 먹었다

—— ◦ —— ◦ —— ◦ ——

7월
28일, 병인(丙寅) 수행(水行) 성수(星宿) 파일(破日).
하나, 함덕원(涵德園)에 있을 때 좌금환(左金丸) 이라는 환약을 마셨다.
하나, 아침 식사 뒤에 이삼야(李三爺)에게서 『유액(類腋)』「지부(地部)」와 「인부(人部)」 2권을 빌려서 가졌다.
하나, 연꽃 송이를 꺾고, 성부(成府) 있는 곳에서 콩 두부를 사서 집에 가져가려고 한다.
하나, 직접 성부 있는 곳에 가서 350전에 말 수레 하나를 빌리고, 함덕원에서 나의 짐 묶음, 또 큰 나무 판 4개, 숫돌 조각 하나를 모두 수레에 싣고서 당자방(檔子房)에서 수레 빌리는 돈 1천을 받아 함덕원에서 나가 석경(石徑)을 따라 가고, 서직문(西直門)을 들어가서 집에 돌아왔다.
하나, 들으니 어제 서도(瑞圖)가 왔고, 학년(鶴年)이 와서 내가 쓴 부채를 가져갔다 한다.
하나, 술 한 잔을 마셨고, 국수 반 근을 먹었다.

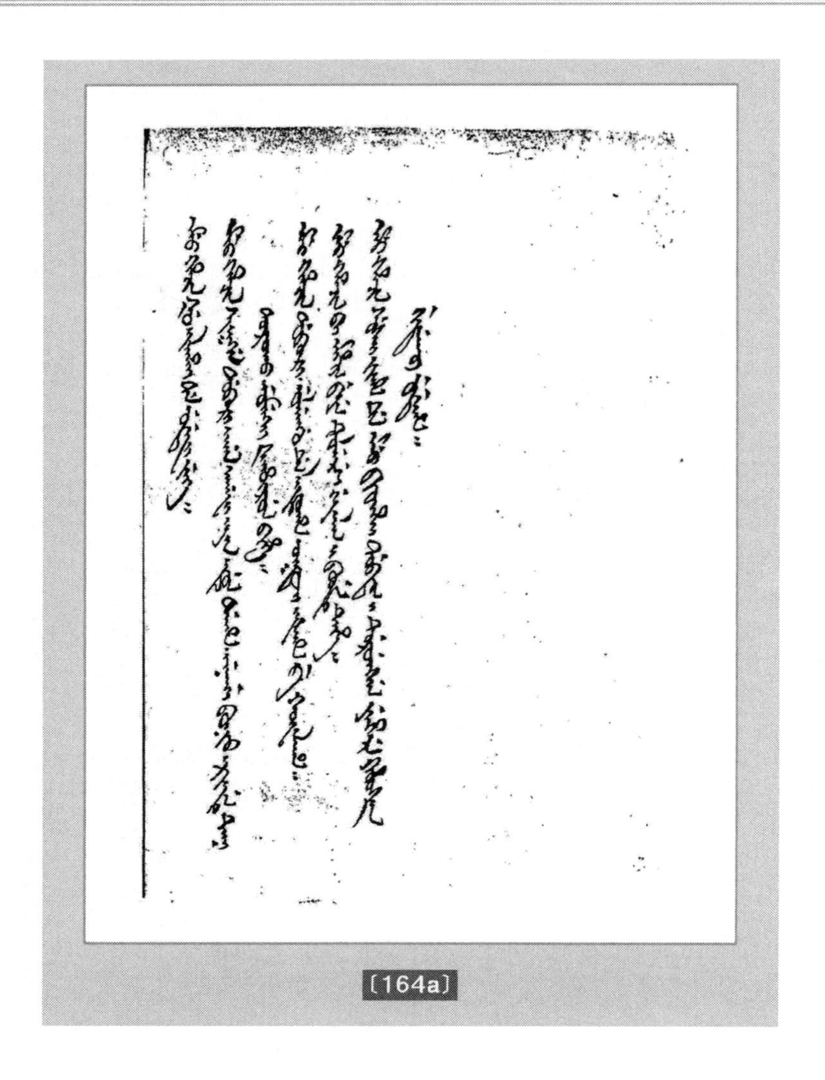
[164a]

emu hacin šu ilhai da udafi jeke..
한 가지 연 꽃의 뿌리 사서 먹었다

emu hacin sikse dobori aga agafi ayan edun daha. enenggi bonio erinde teni
한 가지 어제 밤 비 와오고 큰 바람 불었다 오늘 원숭이 때에 비로소

toroko. umesi šahūrun bihe..
잠잠해졌다 매우 추웠다

emu hacin dobori ulenggu de latuha oktoi afaha be kūwalaha..
한 가지 밤 배꼽 에 붙인 약의 한 枚 를 뗐다

emu hacin bi emhun beye tulergi giyalan i boode tehe..
한 가지 나 혼자 몸소 바깥 間 의 방에 앉았다

emu hacin susai jiha de emu bithei dobton i durungga yehere hoošan
한 가지 50 錢 에 한 책의 갑 의 모양인 磁器 종이

gidakū udaha..
書鎭 샀다

—— ◦ —— ◦ —— ◦ ——

하나, 연꽃 뿌리를 사서 먹었다.
하나, 어젯밤에 비가 오고 큰바람이 불었다. 오늘 신시(申時)에 비로소 잠잠해졌다. 매우 추워졌다.
하나, 밤에 배꼽에 붙인 약 한 매를 뗐다.
하나, 나는 혼자 몸소 바깥 칸의 방에 앉았다.
하나, 50전에 한 책갑(冊匣) 모양의 자기(磁器), 종이, 서진(書鎭)을 샀다.

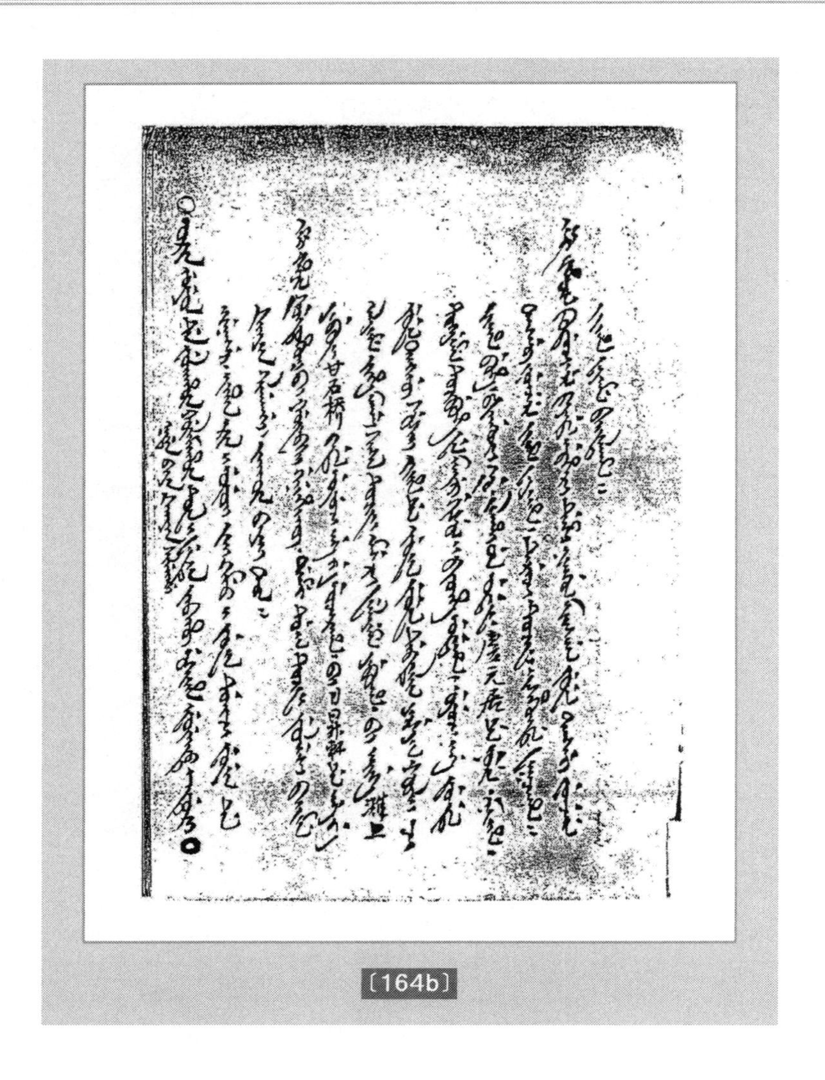

〔164b〕

nadan biya šanyan silenggi
7 월 白 露

○orin uyun de fulahūn gūlmahūn tuwa i feten jabhū usiha efujentu enduri
20 9 에 불그스름한 토끼 火 의 五行 張 宿 破 神

inenggi. ihan erin i ujui jai kemu i juwan duici fuwen de
날 소 때 의 처음의 둘째 刻 의 10 넷째 分 에

šanyan silenggi. jakūn biyai ton..
白 露 8 월의 節

emu hacin šuntuhuni bi gūwabsi genehekū. damu duka tucifi julesi baime
한 가지 하루 종일 나 다른 곳에 가지 않았다 다만 문 나가 남쪽으로 찾으러

yabufi 甘石桥 bade uyuci age be ucaraha. bi 日昇軒 de age be
가서 甘石橋 곳에 아홉째 형 을 만났다 나 日昇軒 에서 형 을

aliyame jihe manggi sasa tucifi emgeri feliyeme yabuha. bi ajige 灘上
기다리고 온 뒤에 같이 나가서 한 번 걸어서 갔다 나 작은 灘上

juwe tanggū susai jiha de juwan juwe debtelin yargiyan kooli ci
2 百 50 錢 에 10 2 卷 實 錄 에서

tukiyeme tucibuhe fe manju gisun i bithe udaha. uyuci age funde
올려서 빼낸 옛 manju 글자 의 책 샀다 아홉째 형 대신

jiha buhe. pingguri šu ilhai da udafi 慶元居 de nure omiha.
錢 주었다 사과 연 꽃의 뿌리 사서 慶元居 에서 술 마셨다

tanggū funcere jiha fayaha. tereci tucifi ishunde fakcaha..
百 넘는 錢 썼다 거기에서 나가서 서로 헤어졌다

emu hacin bodoci ere biyade uheri dehi ninggun minggan juwe tanggū funcere
한 가지 생각해보니 이 달에 전부 40 6 千 2 百 넘는

jiha fayame baitalaha..
錢 소비해서 썼다

—— ◦ —— ◦ —— ◦ ——

7월 백로(白露)

29일, 정묘(丁卯) 화행(火行) 장수(張宿) 파일(破日).

축시(丑時)의 첫 2각(刻)의 14분(分)에 백로(白露)이다. 8월의 절기(節氣)이다.

하나, 하루 종일 나는 다른 곳에 가지 않았다. 다만 문을 나가 남쪽으로 찾으러 가서 감석교(甘石橋) 라는 곳에서 아홉째 형을 만났다. 나는 일승헌(日昇軒)에서 형을 기다렸는데, 형이 온 뒤에 같이 나가서 한 번 걸어서 갔다. 나는 작은 개울가에서 250전에 실록(實錄) 12권에서 빼서 초록한 옛 만주(manju) 글자 책을 샀다. 아홉째 형이 대신 돈을 주었다. 사과와 연꽃 뿌리를 사서 경원거(慶元居)에서 술을 마셨다. 100전이 넘는 돈을 썼다. 거기에서 나가서 서로 헤어졌다.

하나, 생각해보니 이 달에 전부 4만 6천 2백이 넘는 돈을 소비해서 썼다.

<부 록>

1. 시간과 별자리

1. 60갑자

60갑자를 만주어 표현할 때에는 10간(干)과 12지(支)의 조합으로 표현한다. 즉 10간의 만주어는 niowanggiyan(甲), niohon(乙), fulgiyan(丙), fulahūn(丁), suwayan(戊), sohon(己), šanyan(庚), šahūn(辛), sahaliyan(壬), sahahūn(癸)이며, 12지의 만주어는 singgeri(子), ihan(丑), tasha(寅), gūlmahūn(卯), muduri(辰), meihe(巳), morin(午), honin(未), bonio(申), coko(酉), indahūn(戌), ulgiyan(亥)인데, 각각을 조합하는 방식으로 표현한다. 예를 들면 다음과 같다.

niowanggiyan muduri : 갑진(甲辰)
niohon meihe : 을사(乙巳)
fulgiyan morin : 병오(丙午)
fulahūn honin : 정미(丁未)
suwayan bonio : 무신(戊申)
sohon coko : 기유(己酉)
šanyan indahūn : 경술(庚戌)
šahūn ulgiyan : 신해(辛亥)
sahaliyan singgeri : 임자(壬子)
sahahūn ihan : 계축(癸丑)

2. 건제십이신(建除十二神)

하늘의 북두칠성은 1년 동안 한 바퀴 회전하는데, 그 회전을 12방위로 나누고 한 달의 길이를 측정하는데 사용하였다. 이 때 방위를 12지(支)로 표시를 하였는데, 북극성을 중심으로 아래의 지평선 방향을 자(子), 위쪽을 오(午), 동쪽을 묘(卯), 서쪽을 유(酉)로 정하고, 이를 따라 12지의 방위가

시계 반대방향으로 결정된다. 즉 북두칠성이 매월 30도씩 회전하면 한 달[30일 또는 31일]이 흐르게 되며, 각 달을 '절월(節月)'이라 하고, 각 달의 절기가 시작되는 날을 '절일(節日)'이라 한다. 북두칠성의 자루 끝의 별을 파군성(破軍星)이라 하는데, 파군성이 각 절일의 초저녁에 향한 방향을 '월건(月建)'이라 한다.

그리고 각 방위는 12신(神)을 두었는데, 건(建)·제(除)·만(滿)·평(平)·정(定)·집(執)·파(破)·위(危)·성(成)·수(收)·개(開)·폐(閉)의 명칭을 붙이고 '십이직(十二直)' 또는 '건제(建除) 12신'이라 부른다. 또 이 12신은 12달 각각의 날짜에 부여하여 매일의 길흉을 관장하는데, 제(除)·정(定)·집(執)·위(危)·성(成)·개(開)는 길하고, 건(建)·만(滿)·평(平)·파(破)·수(收)·폐(閉)는 흉하다.

alihantu enduri inenggi : 건일(建日)
geterentu enduri inenggi : 제일(除日)
jaluntu enduri inenggi : 만일(滿日)
necintu enduri inenggi : 평일(平日)
toktontu enduri inenggi : 정일(定日)
tuwakiyantu enduri inenggi : 집일(執日)
efujentu enduri inenggi : 파일(破日)
tuksintu enduri inenggi : 위일(危日)
mutehentu enduri inenggi : 성일(成日)
bargiyantu enduri inenggi : 수일(收日)
neibuntu enduri inenggi : 개일(開日)
yaksintu enduri inenggi : 폐일(閉日)

3. 24절기(節氣)

niyengniyeri dosimbi : 입춘(立春)
aga muke : 우수(雨水)
butun aššambi : 경칩(驚蟄)
niyengniyeri dulin : 춘분(春分)
hangsi : 청명(淸明) 또는 한식(寒食)
jeku aga : 곡우(穀雨)
juwari dosimbi : 입하(立夏)
ajige jalu : 소만(小滿)
maise urembi : 망종(芒種)
juwari ten : 하지(夏至)
ajige halhūn : 소서(小暑)

amba halhūn : 대서(大暑)
bolori dosimbi : 입추(立秋)
halhūn bederembi : 처서(處暑)
šanyan[šanggiyan] silenggi : 백로(白露)
bolori dulin : 추분(秋分)
šahūrun silenggi : 한로(寒露)
gecen gecembi : 상강(霜降)
tuweri dosimbi : 입동(立冬)
ajige nimanggi : 소설(小雪)
amba nimanggi : 대설(大雪)
tuweri ten : 동지(冬至)
ajige šahūrun : 소한(小寒)
amba šahūrun : 대한(大寒)

4. 12시간

singgeri erin : 자시(子時)
ihan erin : 축시(丑時)
tasha erin : 인시(寅時)
gūlmahūn erin : 묘시(卯時)
muduri erin : 진시(辰時)
meihe erin : 사시(巳時)
morin erin : 오시(午時)
honin erin : 미시(未時)
bonio erin : 신시(申時)
coko erin : 유시(酉時)
indahūn erin : 술시(戌時)
ulgiyan erin : 해시(亥時)

5. 28수(宿)

gimda usiha : 각수(角宿)
k'amduri usiha : 항수(亢宿)
dilbihe usiha : 저수(氐宿)
falmahūn usiha : 방수(房宿)

sindubi usiha : 심수(心宿)
weisha usiha : 미수(尾宿)
girha usiha : 기수(箕宿)
demtu usiha : 두수(斗宿)
niohan usiha : 우수(牛宿)
nirehe usiha : 여수(女宿)
hinggeri usiha : 허수(虛宿)
weibin usiha : 위수(虛宿)
šilgiyan usiha : 실수(室宿)
bikita usiha : 벽수(壁宿)
kuinihe usiha : 규수(奎宿)
ludahūn usiha : 루수(婁宿)
welhūme usiha : 위수(胃宿)
moko usiha : 묘수(昴宿)
bingha usiha : 필수(畢宿)
semnio usiha : 자수(觜宿)
šebnio usiha : 삼수(參宿)
jingsitun usiha : 정수(井宿)
guini usiha : 귀수(鬼宿)
lirha usiha : 류수(柳宿)
simori usiha : 성수(星宿)
jabhū usiha : 장수(張宿)
imhe usiha : 익수(翼宿)
jeten usiha : 진수(軫宿)

2. 주요 지명

1. 후퉁(胡同)

후퉁(hūtung, 胡同)은 북경 지역의 '골목'을 가리키는 말로 성읍(城邑)에 있는 비교적 작은 거리를 지칭하며, 소주(蘇州) 등 남방에서는 '항롱(巷弄)'·'항(巷)'으로 부른다. 원나라 때에 몽골인들이 대도(大都)의 거리를 후퉁이라 불렀는데, 우물을 의미하는 몽골어 'xuttuk'에서 유래한 것으로 보고 있지만 여러 가지 설이 있다. 후퉁은 '사(死) 후퉁'과 '활(活) 후퉁'으로 나뉘며, 전자는 입구가 하나만 있고 그 끝에서 거주지로 들어가서 막혀 있고, 후자는 두 끝이 통하거나 큰 거리로 이어져 있다. 북경에는 원대 이후 최근에 이르기까지 수천 개의 후퉁이 존재하였으며, 35개 정도의 지구(地區)에 소속되어 있었다. 유명한 후퉁만 해도 3천여 개에 이르렀으나, 점차 개발로 사라져 가고 있다. 본문 가운데 나오는 후퉁을 살펴보면 대략 다음과 같다.

- 강방(杠房) 후퉁 : 북경시 서성구 중부에 위치하였으며, 1965년에 동태평가(東太平街)에 병합되었다. 옛날에 경사나 장례식을 대행해주는 가게를 강방(杠房)이라고 하였는데, 아마도 그곳에 이러한 가게가 많이 있었기 때문인 것으로 보인다.
- 공용고(公用庫) 후퉁 : 북경시 서성구에 위치하며, 청나라 때에 황가의 외공용고(外公用庫)가 있었기 때문에 이렇게 불렸다. 명나라 때에는 공용고(供用庫)로 불렸고, 청나라 때에는 음이 와전되어 전후궁의고(前後宮衣庫)로도 불렸다가 중화민국 수립 후 전공용(前公用庫)로 개칭하여 지금에 이른다.
- 궁문구(宮門口) 후퉁 : 북경시 서성구 부성문(阜成門) 안쪽 부내대가(阜內大街) 근처에 위치한다. 근처에 묘응사(妙應寺)[백탑사(白塔寺)라고도 함]가 있다. 지금은 북경의 주요 대형 병원과 금융기관이 집중해 있다.
- 능인사(能仁寺) 후퉁 : 북경시 서성구 중부에 있었던 능인사라는 절 근처의 후퉁을 가리킨다. 능인사는 원나라 연우 6년(1319)에 처음 지었는데, 명나라 홍희 원년(1425)에는 대능인사(大能仁寺)라는 편액을 썼다. 남쪽으로는 병마사(兵馬司) 후퉁, 북쪽으로는 전탑(磚塔) 후퉁과 닿아

있었다. 문화대혁명 초기에 대부분 파괴되었고, 1984년에는 화재로 소실되어 지금은 없어졌다.

- 동관음사(東觀音寺) 후퉁 : 북경시 서성구 중부에 위치하며, 지금의 '동관영(東冠英) 후퉁'으로 정홍기(正紅旗) 구역에 속한다. 명나라 때 관음사란 절로 인해 '관음사 후퉁'으로 명명하였으나, 청나라 때에 '동관음사 후퉁'으로 부르기도 하였다. 1958년에 관음사가 철거되고, 1965년에 동관음사 후퉁과 비슷한 음인 '동관영 후퉁'으로 개칭하였다.
- 두아채(豆芽菜) 후퉁 : 북경시 동성구 동쪽과 서성구 사이에 위치한다. 명나라 때부터 이곳에 두부집[豆腐房]과 콩나물을 발아시키는 데가 많이 있었기 때문에 건륭 연간에 '두아채(豆芽菜) 후퉁'으로 불렀다. 선통 연간에 '남두아채(南豆芽菜) 후퉁'으로 부르다가, 1965년에 '미인(美人) 후퉁'과 병합하여 '남두아(南豆芽) 후퉁'으로 개칭되었다. 그 뒤 문화대혁명 때 '홍소병(紅小兵) 후퉁'으로 개칭되었다.
- 두조(頭條) 후퉁 : 정황기(正黃旗) 구역에 속하는 두조 후퉁을 가리킨다. 북경시 서성구 북쪽에 위치하며, 지금의 '신가구사조(新街口四條)'이다. 명나라 때 '두조 후퉁'을 '일조(一條) 후퉁'이라고 부르다가 청나라 건륭연간에 '두조 후퉁'으로 칭하고, 1965년에 다시 '신가구사조'로 개칭하였다.

  정황기 구역에는 7개의 후퉁이 있는데, 남쪽에서부터 북쪽까지 순서대로 두조(頭條) 후퉁, 이조(二條) 후퉁, 삼조(三條) 후퉁, 사조(四條) 후퉁, 오조(五條) 후퉁, 육조(六條) 후퉁, 칠조(七條) 후퉁으로 명명하였다. 참고로 같은 이름의 후퉁이 동쪽의 정백기(正白旗) 구역(지금의 북경시 동성구)에도 있는데, 남쪽에서부터 북쪽까지 순서대로 '두조(頭條) 후퉁'부터 '십이조(十二條) 후퉁'까지 명명하였다. 만주어에서는 이를 구별하기 위해 후퉁 앞에 'dergi ergi hecen[東城]'을 넣었다.
- 랑방(廊房) 후퉁 : 북경시 서성구에 위치하며, 동쪽의 전문대가(前門大街)에서 시작하여 서쪽의 매시가(煤市街)에 이른다. 명나라 영락 초에 전문(前門)[正陽門] 밖에 랑방(廊房)을 짓고 사람들을 이주시켜 상업 활동을 장려하고 랑방(廊房) 후퉁이라 하였다. 랑방 후퉁에는 '랑방두조(廊房頭條), 랑방이조(廊房二條), 랑방삼조(廊房三條)'가 있고, '대책란(大柵欄)'과 같이 각종 상업 점포가 자리하고 있는 거대한 상가 지역을 이루었다.
- 모가만(毛家灣) 후퉁 : 북경시 서성구에 위치하며, 정홍기(正紅旗) 구역에 있었다. 근처에 호국사(護國寺)가 있다. 명나라 때 문헌에는 전중후(前中後)의 3개 후퉁이 보이며, 건륭 연간의 지도에 모가만(茅家湾) 후퉁이 처음 보이는데 나중에 '茅'가 '毛'로 바뀐 것으로 보인다.
- 병마사(兵馬司) 후퉁 : 북경시 서성구 중부에 위치하며, 동쪽의 서사남대가(西四南大街)에서 서쪽으로는 태평교대가(太平橋大街)에 이른다. 명나라 때 병마사(兵馬司)가 이곳에 있었기 때문에 이렇게 불렀다.
- 북초창(北草廠) 후퉁 : 북경시 서성구 북쪽에 위치한다. 북쪽으로는 후우각(後牛角) 후퉁, 남쪽으로는 서직문(西直門)의 내대가(內大街)와 닿아있다. 명나라 때에는 '초창(草廠)'이라 불렀고, 청나라 때에는 서직문의 내대가를 경계로 북쪽을 '북초창(北草廠)', 남쪽을 '남초창(南草廠)'이라고 하였다.

- 빙교(冰窖) 후퉁 : 북경시 서성구 중부에 위치하며, 지금의 '빙결(冰潔) 후퉁'이다. 동쪽으로 서직문(西直門)의 남소가(南小街)에서 시작하여 서쪽으로는 부성문(阜成門)의 북순성가(北順城街)로 이어지는데, 명나라 때 근처에 빙고[冰窖]가 있어서 이렇게 불렀다.
- 사우사(捨佑寺) 후퉁 : 어디인지 확실하지 않다.
- 사조(四條) 후퉁 : 정황기(正黃旗) 구역에 속하는 사조 후퉁을 가리킨다. 북경시 서성구 북쪽에 위치하며, 지금의 '신가구사조(新街口四條)'로 명나라 때에 명명하였다. 청나라 말에 그 북쪽에 있는 소사조(小四條)와 구별하기 위해 '대사조(大四條)'로 개칭하였다가 1965년에 다시 '신가구사조'로 개칭하였다.
- 삼조(三條) 후퉁 : 정황기(正黃旗) 구역에 속하는 삼조 후퉁을 가리킨다.
- 석노랑(石老娘) 후퉁 : 북경시 서성구 중부에 위치하며, 동쪽으로는 서사북대가(西四北大街)에서 시작하여 서쪽으로는 조등우로(趙登禹路)로 이어진다. 명나라 때부터 석노랑(石老娘) 후퉁으로 불렀다. 기록에는 강과 다리기 있었다고 되어 있으나, 지금은 강도 다리도 남아 있지 않다.
- 석부마후택(石駙馬後宅) 후퉁 : 북경시 서성구 중남부에 위치하며, 양람기(鑲藍旗) 구역에 속한다. 동쪽으로는 동인각로(佟麟閣路), 남쪽로는 요시구대가(鬧市口大街)에 이른다. 명나라 때에는 석부마가후반변(石駙馬街後半邊) 후퉁이라 하였는데, 선종(宣宗)의 둘째 딸인 순덕공주(順德公主)의 부마 석(石)씨의 저택이 이곳에 있으므로 이렇게 불렀다. 청나라 건륭 연간에 후갑(後閘) 후퉁으로 불렀으며, 선통 연간에 석부마후택(石駙馬後宅) 후퉁으로 칭하였는데 후택(後宅) 후퉁으로 부르기도 하였다. 1965년에 문화(文華) 후퉁으로 개칭하여 지금에 이른다.
- 석비(石碑) 후퉁 : 북경시 서성구 동남쪽에 위치하며, 정홍기 구역에 속한다. 명나라 때 비석(碑石)으로 인해 명명한 것으로 알려졌는데, 이 비석은 금의위(錦衣衛)가 적은 비석이라는 설과 하마비(下馬碑)를 가리킨다는 설이 있다.
- 설지(雪池) 후퉁 : 경산(景山)과 북해(北海) 사이에 있던 후퉁으로 이곳에 황실 빙고 여섯 개가 있으므로 이렇게 명명하였다.
- 소옥황각(小玉皇閣) 후퉁 : 북경시 서성구에 위치하며, 근처의 옥황각(玉皇閣)으로 인해 이렇게 불렀다. 옥황각은 명나라 선통 7년(1432)에 처음 지었으며, 청대를 거치면서 중수하였다. 지금은 육강(育强) 후퉁으로 개칭하였다.
- 소원(小院) 후퉁 : 북경시 서성구 금융가(金融街) 지구의 동북부에 위치하며, 양홍기(鑲紅旗) 구역에 속한다. 소원아(小院兒) 후퉁으로도 불렀다.
- 소원아(小院兒) 후퉁 : 소원(小院) 후퉁의 별칭이다.
- 수거(水車) 후퉁 : 북경시 서성구에 위치하며, 동쪽으로는 횡수거(橫水車) 후퉁에서 시작하여 서쪽으로는 부성문(阜成門)의 남순성가(南順城街)에 이른다. 명나라 때에 수거(水車) 후퉁으로 불렀으며, 청나라 때에는 서수거(西水車) 후퉁으로 불리기도 하였으며, 1911년에 소수거(小水車) 후퉁으로 개칭하였다. 1990년부터 금융가 지구가 되었다.
- 수재(秀才) 후퉁 : 북경시 서성구에 위치하며, 정홍기(正紅旗) 구역에 속한다. 근처에 춘수(春樹) 후퉁이 있다.

- 순포청(巡捕廳) 후퉁 : 북경시 동성구에 위치하며, 양홍기(鑲紅旗) 구역에 있었다. 근처에 부성문(阜成門)이 있으며, 순검(巡檢)을 담당하던 순포청(巡捕廳)이 있었기 때문에 이렇게 명명한 것으로 보인다.
- 십이조(十二條) 후퉁 : 정백기(正白旗) 구역에 있는 십이조 후퉁을 가리킨다.
- 양식점(糧食店) 후퉁 : 북경시 서성구에 위치하며, 건륭 때부터 이곳에 양식점이 많이 있어서 이렇게 불렀다. 1965년에 양식점가(粮食店街)로 개칭하였다.
- 양육(羊肉) 후퉁 : 북경시 서성구 중부에 위치한다. 동쪽으로는 서사남대가(西四南大街)에서 시작하여 서쪽으로는 태평교대가(太平橋大街)로 이어진다. 명나라 때 양육(羊肉) 후퉁으로 이름한 이래로 오늘에 이르는데, 당시 양고기나 양을 판매하는 곳이 있었던 것으로 보인다.
- 연악(演樂) 후퉁 : 북경시 동성구 동남쪽에 위치하며, 양백기(鑲白旗) 구역에 있었다. 명나라 때부터 존재하였으며, 궁궐의 음악 교습과 연출을 맡아보던 관청이 있었기 때문에 이렇게 부른 것으로 추정된다.
- 오공위(蜈蚣衛) 후퉁 : 북경시 서성구 중부에 위치하며, 무공위(武功衛) 후퉁이라고도 한다. 명나라 때 경사(京師)의 무공위(武功衛) 아문이 있었기 때문에 이렇게 불렀으나, 청나라 때 음이 와전되어 오공위 후퉁이 되었다. 지금은 다시 무공위 후퉁으로 부른다.
- 왕가(汪家) 후퉁 : 북경시 동성구에 위치하며 정백기(正白旗) 구역에 있었다. 건륭 연간의 북경 지도에는 '왕가(汪家) 후퉁'으로 되어 있으나, 가경 10년(1805)의 북경 지도에는 '왕가(王家) 후퉁'으로 표시되어 있다.
- 원보(元寶) 후퉁 : 성황묘가(城隍廟街) 서북쪽에 남북으로 나 있는 두 가닥의 길이 있는데, 동쪽을 '동원보(東元寶) 후퉁'이라고 하고 서쪽을 '서원보(西元寶) 후퉁'이라고 한다. '원보(元寶)'란 '은정(銀錠)', 곧 '말굽 은(銀)'을 가리키는 말로, 동원보 후퉁과 서원보 후퉁의 담벼락이 마치 '말굽 은'으로 만든 것 같아 보이기 때문에 붙여진 이름이다.
- 원아(院兒) 후퉁 : 소원(小院) 후퉁의 별칭으로 보인다.
- 육조(六條) 후퉁 : 정백기(正白旗) 구역에 있는 육조 후퉁을 가리킨다.
- 장가방(蔣家坊) 후퉁 : 장가방(蔣家房)으로도 표기한다. 북경시 서성구 신가구북대가(新街口北大街) 동쪽, 정황기(正黃旗) 구역의 덕승문(德勝門) 덕승교(德勝橋) 서쪽에 위치하며, 지금은 신가구동가(新街口東街)로 개칭하였다. '장(漿)'이 '장(蔣)'으로 와전되었다는 설이 있는데, '장가방(漿家房)'은 명나라 때에 의복을 빨래하는 기관인 완의국(浣衣局)의 속칭으로 이로 인해 이렇게 부르게 되었다.
- 장방(醬房) 후퉁 : 북경시 서성구 서황성(西皇城) 근남가(根南街) 서쪽에 위치한 대장방(大醬房) 후퉁울 가리키는데, 이곳에는 청 태조 누르하치(努爾哈赤)의 셋째 아들인 다이선(Daišen, 代善)의 저택인 예친왕부(禮親王府)가 있었다.
- 저미파(豬尾巴) 후퉁 : 북경시 서성구 중부에 위치하며, 북으로 대원(大院) 후퉁에서 북으로 병마사(兵馬使) 후퉁에 이른다. 1911년 이후 이름이 좋지 못하다 하여 주위박(朱葦箔) 후퉁으로 개칭하여 지금에 이른다.

· 전탑(磚塔) 후퉁 : 북경의 서사패루(西四牌樓) 부근에 위치하며, 이곳에 서 있는 오래된 벽돌탑에 의해 이렇게 불렀다. 이 탑은 원나라 때의 명신 야율초재(耶律楚才)의 스승이자 고승인 만송(萬松) 노인의 유골을 안치해 둔 탑으로 건립 연대는 정확히 알 수가 없다.
· 전탑아(磚塔兒) 후퉁 : 전탑(磚塔) 후퉁을 가리킨다.
· 정장아(丁章兒) 후퉁 : 북경시 서성구 중부에 위치하며, 양홍기(鑲紅旗) 구역에 있었다. 명나라 때 '정아장(丁兒張) 후퉁'이라고 불렀다가 청나라 때에는 '정장(丁章) 후퉁'으로 개칭하였다. 두장(兜章) 후퉁, 또는 정아장(丁兒張) 후퉁으로도 불렸으며, 1956년에 '정장 후퉁'으로 개칭하였다.
· 중관가(中寬街) 후퉁 : 북경시 서성구 중부에 위치하며, 양홍기(鑲紅旗) 구역에 속한다. 청나라 때 지금의 십방소가(什坊小街)에 해당하는 '십팔반절(十八半截)'을 남관가(南寬街), 중관가(中寬街), 북관가(北寬街)로 나누었으며, 1965년에 남관가는 남풍(南豊) 후퉁으로 개칭하였고, 중관가는 북관가와 병합되어 북풍(北豊) 후퉁으로 개칭하였다.
· 찰원(察院) 후퉁 : 북경시 서성구에 있었으나 지금은 도로가 되었다. 동쪽으로는 동인각로(佟麟閣路), 서쪽로는 단수파(單手帕) 후퉁과 접해 있었으므로 명나라 때에는 '수파(手帕) 서 후퉁'이라 하였다. 청나라 때에 찰원 후퉁으로 바뀌었는데, 이곳에 명대의 도찰원(都察院)이 있었기 때문이라고 한다.
· 천장(阡障) 후퉁 : 북경시 서성구 부성문(阜成門) 근처의 도성황묘(都城隍廟) 부근의 후퉁으로 추정되나 확실하지 않다.
· 철사자(鐵獅子) 후퉁 : 북경시 동성구 장자충로(張自忠路)에 위치하며, 정백기(正白旗) 구역에 있었다. 원나라 성종 연간에 철로 주조한 사자 한 쌍이 있으므로 이렇게 명명하였다.
· 초창(草廠) 후퉁 : 북초창(北草廠) 후퉁을 가리킨다.
· 춘수(春樹) 후퉁 : '춘수(椿樹) 후퉁'의 잘못이다. 예전의 선무구 동북쪽에 위치하며, 지금의 '동춘수(東椿樹) 후퉁'이다. 명나라 때에 참죽나무[椿樹]로 인해 명명하였으며, 1965년에 '동춘수 후퉁'으로 개칭하였다.
· 팔조(八條) 후퉁 : 정백기(正白旗) 구역에 속하는 팔조 후퉁을 가리킨다.
· 화피창(樺皮廠) 후퉁 : 북경시 서성구 북부에 위치하며, 북으로 덕승문(德勝門) 서대가(西大街)에서 남으로는 서직문(西直門) 내대가(內大街)에 이른다. 황실 내무부(內务府)에서 필요로 하던 자작나무 껍질[樺皮]을 조달하던 화피창(樺皮廠)이 있었던 데에서 이렇게 불렸다.
· 홍라창(紅羅廠) 후퉁 : 북경시 서성구 중부에 위치하였는데, 청나라 때 체를 만들고 판매하는 사람들이 이곳에서 거주하였기 때문에 홍라창(紅羅廠)이라 하였다. 1965년에 '홍라항(紅羅巷)'으로 개칭하였다. 2000년 이후 재건 사업으로 지금은 존재하지 않는다.
· 후니만(後泥灣) 후퉁 : 북경시 서성구 중부에 위치한다. 이곳에 자연적으로 형성된 소택(沼澤)이 있었는데, 원나라 때 이를 정비하여 작은 하천을 만든 다음부터 조운(漕運)으로 인해 그 주변이 점차 취락으로 발전하였다. 건륭 연간에 전니만(前泥灣)과 후니만(後泥灣) 후퉁이 기록되어 있으며, 1965년에 이르러서는 전니와(前泥洼)와 후니와(後泥洼) 후퉁으로 개칭하였다가,

1990년 이후 개발로 인해 후니와 후퉁은 없어졌다.

- 회갑창(盔甲廠) : 북경시 동성구 동남쪽에 위치하며, 정람기(正藍旗) 속한다. 명나라 때에 이곳에 갑옷, 포, 총, 활, 화살, 화약 등을 만드는 회갑창(盔甲廠)[안비국(鞍轡局)으로 부름]을 설치한 데서 이렇게 불렀다.

2. 북경의 성문(城門)

북경은 자금성(紫禁城)을 중심으로 황성(皇城), 내성(內城), 외성(外城)을 겹겹이 둘러쌓아 황실의 위엄을 높이고 외세의 침략으로부터 보호하고자 하였고, 이에 따라서 성문이 많이 있을 수밖에 없었다. 지금은 대부분은 사라졌지만, 외부와 연결되는 주요 성문으로는 자금성 4개, 황성 7개, 내성에 9개, 외성에 7개 등 모두 27개 성문이 있었다고 한다.

1) 자금성 : dabkūri dorgi hoton. 황제가 거주하던 지역으로 사면이 10m 높이의 성벽으로 둘러싸여 있으며, 명나라 영락 18년(1420)에 처음 세웠다. 동서남북으로 4개의 성문이 있다.

- 동화문(東華門) : dergi eldengge duka. 자금성의 동문으로 청나라 때에는 대신들이 사용하였다. 황제나 황후, 황태후가 죽었을 때 관이 이곳을 통해 나갔기 때문에 '귀문(鬼門)' 또는 '음문(陰門)'이라고 부르기도 하였다.
- 서화문(西華門) : wargi eldengge duka. 자금성의 서문으로 동화문과 그 모습이 거의 일치한다. 1900년에 서구 8개국 연합군이 베이징을 점령했을 때, 서태후(西太后)와 광서제(光緒帝)가 이 문을 통하여 자금성을 빠져나갔다.
- 오문(午門) : julergi dulimbai duka. 자금성의 남문이자 정문으로 다른 문들과 다르게 양쪽에 웅장하게 장식하기 위해 지은 날개가 있다. 정면에 3개의 문이 있는데 가장 가운데 문은 오직 황제만이 출입할 수 있었으나, 결혼식 날의 황후와, 과거 시험에서 장원급제한 3명의 학자만이 특별히 이 가운데 문을 이용할 수 있었다. 또 매년 동지에 이곳에서 황제는 역서를 반포하였고, 전쟁에서 승리를 하면 개선식과 아울러 포로를 종묘에 바치는 의식인 '헌부(獻俘)'를 거행하였다.
- 신무문(神武門) : šen u men. 자금성의 북문으로 강희제 이전에는 현무문(玄武門)으로 불렸으나, 강희제 즉위 후 피휘하기 위해 신무문(神武門)으로 개칭하였다. 황제가 순행과 경서(京西) 각 원(園)으로 갈 때 출입하는 문이었으며, 선발된 수녀(秀女)들이 출입하는 통로 역할도 하였다. 현재는 고궁박물원(故宮博物院)의 정문이 되어 있다.

2) 황성 : dorgi hoton. 황궁을 보위하며 각종 편의를 제공하기 위해 자금성 둘레에 세운 성으로, 모두 7개의 성문이 있었다. 명나라 영락 연간에 처음 세우고, 청나라를 거쳤으나 근현대를 지나면서 대부분 파괴되고 성문을 잇던 성곽도 없어졌다.

· 천안문(天安門) : abkai elhe obure duka. 황성의 남문으로 명나라 영락 18년(1420)에 세웠으며 승천문(承天門)으로 불렀다. 1644년 이자성(李自成)이 북경을 공격했을 때 소실된 것을 순치 8년(1651)에 다시 지으면서 '천안문'으로 이름을 바꾸었다. '天安'은 '하늘로부터 명을 받아 나라를 평안하게 하고 백성을 다스린다'(受命于天, 安邦治民)는 뜻이다.
· 지안문(地安門) : na i elhe obure duka. 황성의 북문으로 명나라 영락 18년(1420)에 세웠으며 북안문(北安門)으로 불렀으며, 민간에서는 '뒷문'이라 하였다. 순치 8년(1651)에 '지안문'으로 개칭하였으며, 지금은 없어졌다.
· 동안문(東安門) : dergi elhe duka. / dergi elhe obure duka. 황성의 동문으로 명나라 영락 18년(1420)에 세웠으며, 동쪽 담장의 남쪽으로 치우쳐 있고, 자금성의 동화문과 직선 길로 이어져 있었다. 문 안쪽에는 망은교(望恩橋)가 있고, 문 밖에는 동안문대가(東安門大街)와 동안시장(東安市場)이 있다. 지금은 없어지고 터만 남아 있다.
· 서안문(西安門) : wargi elhe duka. / wargi elhe obure duka. 황성의 서문으로 명나라 영락 15년(1417)에 처음 세웠으며, 서쪽 담장의 중간 약간 북쪽 부분에 있다. 자금성 서쪽에 서원(西苑)과 태액지(太液池) 등의 정원이 있어 자금성의 북쪽 담장과 거의 직선을 이루고 있다.
· 대청문(大淸門) : daicing duka. 황성의 정남문으로 명나라 영락 18년(1420)에 세웠으며 천안문과 정양문(正陽門)[즉 전문(前門)]의 중간에 위치한다. 명나라 때는 '대명문(大明門)'이라 하였으며, 청나라 때는 '대청문'으로 개칭하였고, 1912년에 '중화문(中華門)'으로 개칭하였다. 이 문은 평소에는 열지 않고 황제나 태상황, 또는 황태후, 태황태후 등이 황궁에 출입할 때에만 열었으며 일반인은 출입하지 못하였다. 1952년 천안문광장(天安門廣場)을 만들면서 헐었으며, 현판은 수도박물관(首都博物館)에 소장되어 있다.
· 장안좌문(長安左門) : dergi cang an men duka. 동장안문(東長安門)이라고도 한다. 명나라 영락 18년(1420)에 천안문 서쪽에는 장안우문(長安右門)을, 동쪽에는 이 문을 세웠다. 명청 때에 전시(殿試)에서 진사 합격자 명단을 쓴 황방(黃榜)을 고악대(鼓樂隊)가 인도하여 자금성 오문(午門)에서 천안문을 지나서 이 문으로 나가기 때문에 '용문(龍門)' 또는 '청룡문(靑龍門)'으로 칭하였다. 문의 앞에는 하마비(下馬碑)가 서 있었고, 일반인들은 다닐 수 없었으며, 등청하는 관리들이 출입하였다. 1952년에 헐리고 지금은 없다.
· 장안우문(長安右門) : wargi cang an men duka. 서장안문(西長安門)이라고도 한다. 명나라 영락 18년(1420)에 천안문 동쪽에는 장안좌문(長安左門)을, 서쪽에는 이 문을 세웠다. 청나라 때에 죄수의 사형을 심의하는 '조심(朝審)' 때에 감옥에 있던 죄수가 이 문의 남쪽 입구로 들어갔기 때문에 흉이 많고 길이 적다고 하여 '호문(虎門)' 또는 '백호문(白虎門)'으로 칭하였다. 문의 앞에는 하마비(下馬碑)가 서 있었고, 일반인들은 다닐 수 없었다. 장안좌문(長安左門)과 함께 1952년에 헐리고 지금은 없다.

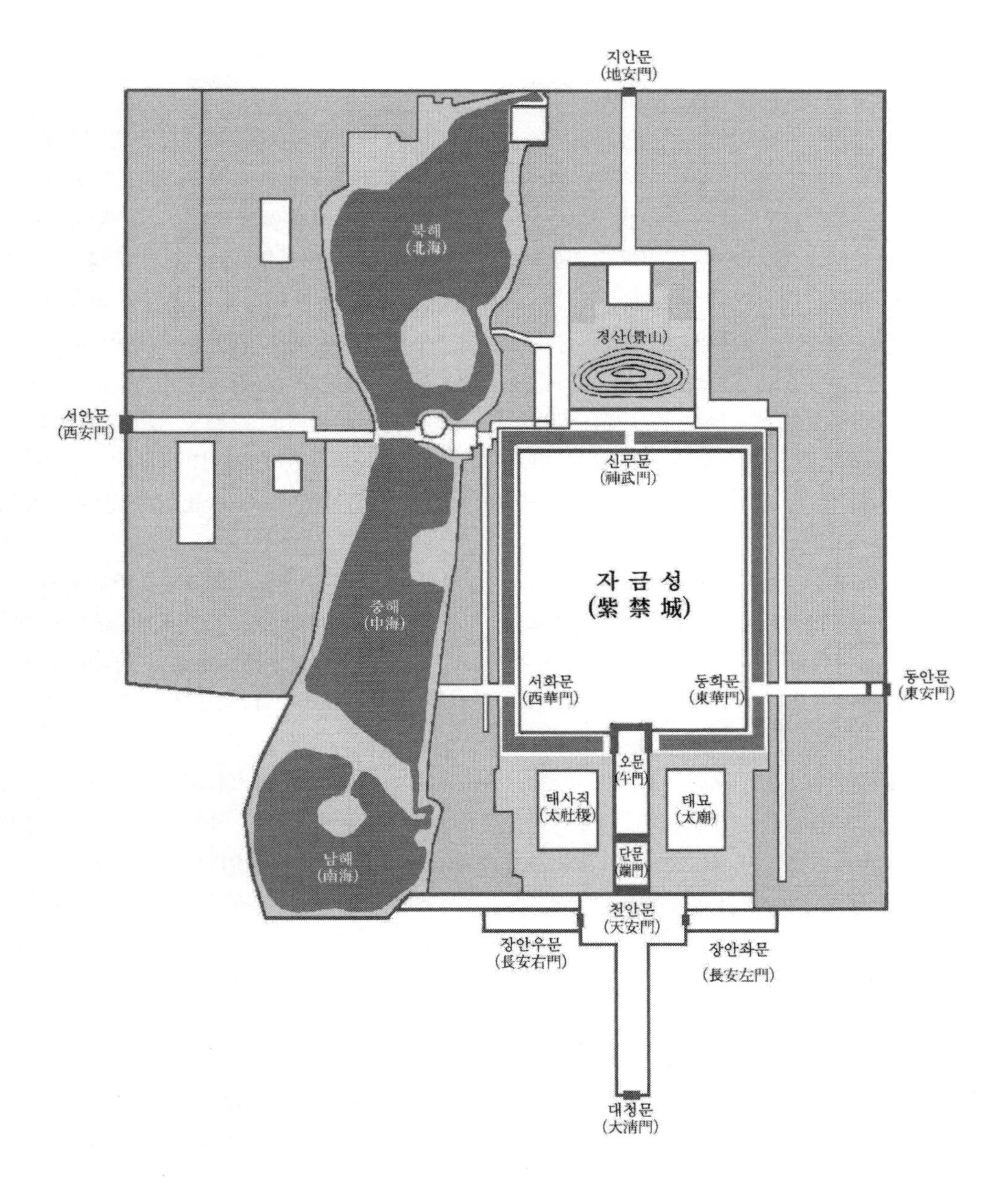

3) 내성 : 외적의 침략을 막기 위해 皇城 밖에 세운 성으로 원나라 성벽을 수축하였다. 모두 9개의 성문이 있으며 각 성문의 출입은 엄격한 규정이 있고, 각각 다른 기능을 담당하였다.

- 숭문문(崇文門) : šu be wesihulere duka. 내성의 남문 동편에 있다. 원나라 때 문명문(文明門)이라 하였으며, 민간에서는 '합덕문(哈德門)' 혹은 '해대문(海岱門)'으로도 불렀다. 정통 4년(1439) 문명문을 남쪽으로 옮겨 중수한 뒤에 숭문문으로 개칭하였다. 술을 운송하는 수레가 외성의 좌안문(左安門)을 지나 이 문에 이르러서 술과 관련한 세금을 납부하였기 때문에 세관 역

할을 하였다. 옹성 안 동북쪽에는 관제묘가 있었으나, 1950년에 옹성과 함께 헐리고, 1966년에는 성문 위의 성루(城樓)가 헐렸다.

- 정양문(正陽門) : tob šun i duka. 내성의 정남문(正南門)으로 민간에서는 '전문(前門)'으로도 불렸다. 자금성의 오문, 황성의 천안문과 대청문이 이 문과 일직선으로 이어져 있으며, 황제의 어가만 출입할 수 있었다. 영락 17년(1419)에 새로 세우고는 려정문(麗正門)으로 불렸으며, 정통 4년(1439)에 중수하면서 '정양문'으로 개칭하였다. 정양문은 성루 앞에 전루(箭樓)가 있고, 이 둘을 옹성이 감싸면서 연결되어 있었으나 1914년 도로를 내는 과정에서 옹성을 허물어 분리되어 있다. 지금 정양문의 성루는 내성 9개의 문 가운데 유일하게 현존하는 성루이다.
- 선무문(宣武門) : horon be algimbure duka. 내성의 남문 서편에 있다. 원나라 때 순승문(順承門)이라 하였으며, 민간에서는 순치문(順治門) 또는 순직문(順直門)으로도 불렸다. 정통 4년(1439) 순승문을 남쪽으로 옮겨 중수한 뒤에 선무문으로 개칭하였다. 청나라 때에는 죄수를 선무문 밖의 채시구(菜市口) 지역으로 이송하여 사형시켰기 때문에 '사문(死門)'으로도 불렸다. 1927년부터 허물어져 지금은 없어졌다.
- 부성문(阜成門) : elgiyen i mutehe duka. 내성의 서문으로 원나라 지원 4년(1267)에 세조가 대도을 수축하고 평칙문(平則門)을 세웠으며, 정통 원년(1436)에 중수하면서 부성문으로 개칭하였다. 청나라 때 부성문은 석탄 운반 차량이 주로 출입하였다고 한다. 옹성의 동북쪽에 관제묘가 있었으나 1953년 옹성과 전루의 기단이 헐리면서 없어졌으며, 1965년에는 성루도 헐리고 터만 남았다.
- 서직문(西直門) : tob wargi duka. 내성의 서문으로 원나라 지원 4년(1267)에 세조가 대도을 수축하고 화의문(和義門)을 세웠으며, 영락 17년(1419)에 중수하면서 서직문으로 개칭하였다. 청나라 때 황제들이 마시는 물은 이화원(頤和園) 옥천산(玉泉山)의 물이었는데, 물을 운송하는 수레들은 모두 서직문을 통해 출입하였으며, 이를 위해 서직문에서 이화원까지 석로(石路)를 만들었다. 옹성의 동북쪽에 관제묘가 있었으나 1950년대에 헐렸고, 1969년에는 성루와 전루, 옹성 등이 헐려서 없어졌다.
- 덕승문(德勝門) : erdemui etehe duka. 내성의 북문으로 명나라 홍무 4년(1371)에 북쪽에 있던 것을 현재의 위치로 옮겨와 중수하고 이름은 그대로 하였다. 이후 청나라 말에 이르기까지 여러 차례의 중수를 거쳤으며, 1915년부터 점차 헐리기 시작하여 현재는 전루만 남아 있다. '德勝'은 발음이 '得勝'과 같아 군대가 출정할 때 반드시 이 문을 지나갔으며, 군대 및 전차가 출입하였다고 한다.
- 안정문(安定門) : elhe toktoho duka. 내성의 북문으로 명나라 초기에 대도를 수축하면서 북쪽에 있던 안정문(安貞門)을 현재의 위치로 옮겨와 중수하면서 안정문으로 개칭하였다. 군대가 전쟁에서 승리하고 북경으로 돌아올 때 '나라가 태평하고 백성들이 편안하라[國泰民安]'는 의미에서 이 문을 지났다고 한다. 1915년부터 헐리기 시작하여 지금은 없어졌다.
- 동직문(東直門) : tob dergi duka. 내성의 동문으로 원나라 대도의 숭인문(崇仁門)이었는데, 영락 17년(1419)에 중수하면서 동직문으로 개칭하였다. 청나라 때 이 문은 기와와 목재 등을 운반

하는 수레가 주로 출입하였다고 한다. 1915년부터 헐려서 지금은 없어졌다.

- 조양문(朝陽門) : šun be aliha duka. 내성의 동문으로 원나라 대도의 제화문(齊化門)이었으며, 정통 4년(1439)에 중수하면서 '조양문'으로 개칭하였다. 이 문은 서쪽의 부성문(阜成門)과 형체가 같으며, 양곡을 운반하는 수레가 주로 출입하여 '양문(糧門)'이라 하였다. 1900년에 전루가 일본군 대포에 피격되어 1903년에 중건하였으나, 1915년부터는 점차 헐리고 지금은 모두 없어졌다.

4) 외성 : 명나라 가정 32년(1553)에 외세로부터의 방어를 강화하기 위해 세운 성으로 내성의 남쪽에 있다고 하여 남성(南城)이라고도 불린다.

- 영정문(永定門) : enteheme toktoho duka. 외성의 정남문이다. 처음 지었을 때는 성대(城台)와 성루(城樓)만 존재하였는데, 뒤에 옹성을 증축하고, 건륭 32년(1767)에 이르러서는 옹성 정면에 전루(箭樓)를 증축하였다. 1951년부터 도로 확장 등의 이유로 헐리면서 지금은 모두 없어졌다.
- 좌안문(左安門) : hashū ergi elhe obure duka. 외성의 정남문인 영정문의 동편에 있으며, 민간에서는 강찰문(礓礤門)으로도 불렸다. 가정 32년(1553)에 짓기 시작하여 가정 43년(1564)에 완성하였다. 청나라 때에도 그대로 이어지다가 1953년부터 허물기 시작하여 지금은 모두 없어졌다.
- 우안문(右安門) : ici ergi elhe obure duka. 외성의 정남문인 영정문의 서편에 있으며, 민간에서는 초교문(草橋門)으로도 불렸다. 가정 32년(1553)에 짓기 시작하여 가정 41년(1562)에 완성하였다. 이 문은 금나라의 중도성(中都城) 내에 있었으며, 1956년부터 허물기 시작하여 지금은 모두 없어졌다.
- 광거문(廣渠門) : eiten be hafumbure duka. 외성의 동문으로 민간에서는 사와문(沙窩門)으로도 불렸다. 가정 32년(1553)에 짓기 시작하여 가정 43년(1564)에 완성하였다. 성루와 전루, 옹성을 모두 갖추고 있으며, 숭정 2년(1629)에 홍타이지[皇太極]가 청군을 이끌고 이 성문 아래로 진격해 오기도 하였다. 1930년대 일본군이 점령하였을 때 일부를 허물었고, 1953년에 도로를 내기 위해 모두 허물고 지금은 없다.
- 광안문(廣安門) : eiten be elhe obure duka. 외성의 서문으로 민간에서는 창의문(彰儀門)으로도 불렸다. 가정 32년(1553)에 짓기 시작하여 가정 43년(1564)에 완성하였다. 성루와 전루, 옹성을 모두 갖추고 있으며, 처음에는 광녕문(廣寧門)으로 부르다가 도광제(道光帝)의 이름인 '旻寧'을 피휘하기 위하여 '광안문'으로 개칭하였다. 이 문은 금나라의 중도(中都) 성 내에 위치하고 있었으며, 1930년대 일본군이 점령하였을 때 일부를 허물었고, 1953년에 도로를 내기 위해 모두 허물고 지금은 없다.
- 동편문(東便門) : dergi ildun[ildungga] duka. 외성의 북문으로 동쪽 지역에 위치한다. 가정 32년(1553)에 짓기 시작하여 가정 43년(1564)에 완성하였다. 건륭 31년(1766) 성루 맞은 편 옹성 위에 전루를 얹어 증축하였다. 1951년에 철로를 내기 위해 모두 허물고 지금은 없다.

· 서편문(西便門) : wargi ildun[ildungga] duka. 외성의 북문으로 서쪽 지역에 위치한다. 가정 32년(1553)에 짓기 시작하여 가정 43년(1564)에 완성하였다. 이 문은 금나라의 중도(中都) 성내에 위치하고 있었으며, 도로 건설을 위하여 1949년부터 허물기 시작하여 1952년에 모두 허물고 지금은 없다.

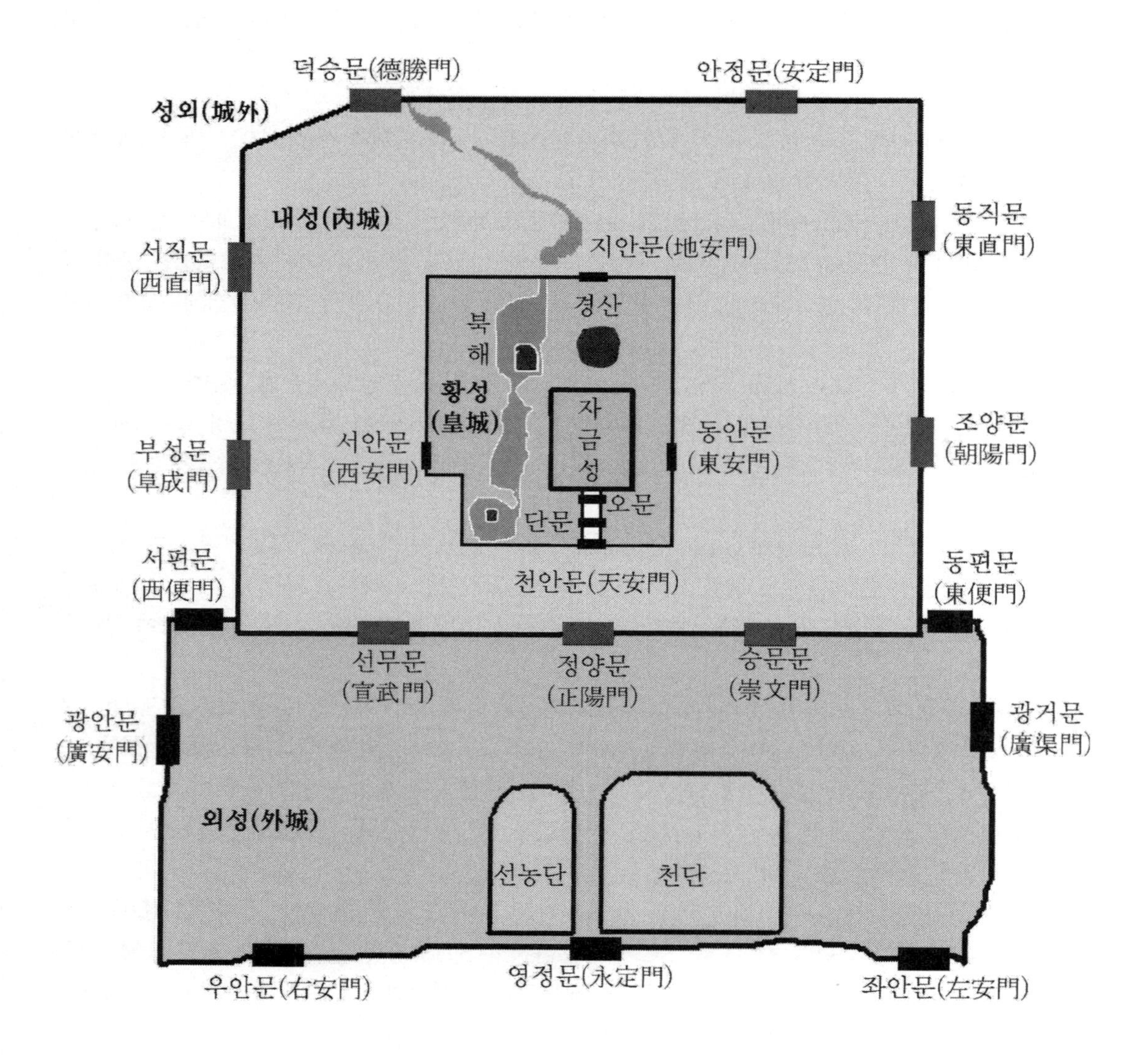

3. 사묘(寺廟)

- 능인사(能仁寺) : 원나라 연우 6년(1319)에 처음 지었으며, 명나라 홍희 원년(1425)에 확장하면서 '대능인사(大能仁寺)'로 편액하였다. 원래 북경시 서성구 중부에 있었으나 문화대혁명 초기에 많이 파괴되었고, 1984년 9월에 화재로 소실하였다. 현재 이 절은 남아 있지 않지만, 이 절이 있던 후퉁을 '능인후퉁(能仁胡同)'이라고 하였다.
- 조공관(曹公觀) : 북경시 서성구 서직문내대가(西直門內大街) 북쪽의 동신개후퉁(東新開胡同)에 있던 도교 사원으로, 명나라 천순 2년(1458)에 환관 조화순(曹化淳)이 세웠다고 알려져 있으나 정확하지는 않으며, 현재는 없다. 원래 이름은 숭원관(崇元觀)이지만, 조로공관(曹老公觀), 조공관(曹公觀), 조로호관(曹老虎觀) 등으로도 부르며, 원문에서는 '曹公觀 tuwaran'으로 표기하였다.
- 각생사(覺生寺) : 옹정 11년(1733)에 칙명으로 서직문(西直門) 밖 증가장(曾家莊) 터(현재의 북경시 해정구)에 세웠으며, 이듬해 겨울에 옹정제가 친필로 각생사라는 편액을 하사하였다. 건륭 8년(1743)에 건륭제가 만수사(萬壽寺)의 영락대종(永樂大鍾)을 각생사로 옮긴 다음부터는 대종사(大鍾寺)로 부르기도 한다. 원문에서는 '觉生寺', '覺生寺', 'giyoo šeng sy', '觉生寺 juktehen' 등으로 표기하고 있다.
- 홍묘(紅廟) : "북경의 관제묘(關帝廟)는 대부분을 '홍묘(紅廟)'로 속칭한다.(王彬·徐秀珊(2008), 『北京地名典』, 「'紅廟' 條目」)"는 기록으로 볼 때, 원문의 '홍묘(紅廟)'도 관제묘를 가리키는 것으로 보인다.
- 호국사(護國寺) : 지금의 북경시 서성구 동북쪽에 있으며, 원나라 때 '숭국사(崇國寺)'라는 이름으로 세웠다. 명나라 성화 8년(1472)에 '대융선호국사(大隆善護國寺)'로 바꾸었다가 청나라 강희 61년(1722)에 몽골 버일러[beile, 貝勒]가 강희제의 생신을 축하하기 위해 이 절을 보수하고 '호국사(護國寺)'로 부르게 되었다.
- 쌍관제묘(雙關帝廟) : 북경시 서성구(西城區) 서사북대가(西四北大街)에 있는 관제묘(關帝廟)를 가리킨다. 원문에서는 '쌍관(雙關) mafai muktehen'로 표기하였는데, 만주어 'mafa'는 관우를 가리키고, 'muktehen'은 사묘(祠廟)를 가리킨다. 금나라 대정(大定) 연간에 지어졌으며, 명나라와 청나라 때에 각각 중수되어 오늘에 이른다.
- 묘응사(妙應寺) : 백탑사(白塔寺)로 불리며, 지금의 중국 북경시 서성구 부성문내대가(阜成門內大街)에 위치하는 티베트 불교 사원이다. 이 절은 원나라 지원(至元) 연간에 처음 세워져 '대경수만안사(大聖壽萬安寺)'라 하였으며, 절 안에 사발을 엎어 놓은 듯한 흰색 탑[白塔]이 있는데, 가장 이른 시기에 세워진 최대 규모의 라마탑(喇嘛塔)이다. 원나라가 망할 무렵인 1368년에 절이 불타고 백탑만 남았는데, 명나라 선덕(宣德) 8년(1433년)에 백탑이 중수하였고, 천순(天順) 원년(1457년)에 중건되면서 '묘응사(妙應寺)'라 하였다.
- 도좌관음사(倒座觀音寺) : 석가모니불을 등지고 뒷면에 거꾸로 앉은 관음보살을 '도좌관음(倒座觀音)'이라 하는데, 원문에 의하면 해전(海甸) 지역[지금의 북경시 해정구]에 도좌관음사(倒座觀音寺)가 있었던 것으로 보인다.

- 백탑암(白塔庵) : 지금의 북경시 해정구 중국화연구원(中國畵研究院) 내에 위치하는데, 암자 내에 있는 백탑(白塔)으로 인해 이렇게 이름하였다. 민간의 전설에 의하면, 명나라 건문제(建文帝)가 '정난의 변[靖難之役]' 때에 남경으로 도망쳐 머리를 깎고 스님이 되었는데, 말년에 베이징에 와서 지내다가 죽은 뒤 서산에 묻히고 이 탑이 세워졌다고 한다.
- 융복사(隆福寺) : 지금의 북경시 동성구, 옛 정백기(正白旗) 지역에 있었던 티베트 불교 사원이다. 명나라 경태 3년(1452)에 세웠으며, 청나라 옹정 원년(1723)에 중수하였고, 광서 27년(1901)에 화재로 많은 부분이 소실되었다. 1976년 지진으로 훼손되면서 나머지 건물도 철거되었으나 1985년부터 다시 짓기 시작하여 1988년 완공하여 지금에 이른다.
- 원통암(圓通庵) : 지금의 북경시 서성구, 옛 정황기(正黃旗) 지역에 위치하는 면화오조(棉花五條) 후통에 있었던 것으로 추정되는 암자이다.
- 용왕묘(龍王廟) : muduri wang ni muktehen. 북경 이화원(頤和園)의 곤명호(昆明湖) 내 남호도(南湖島)에 있는 사묘로 지금의 '광윤령우사(廣潤靈雨祠)'를 가리킨다. 명나라 홍치 14년(1501) 서호(西湖) 동제(東提)에 처음 세워 '용신사(龍神祠)'라 하였는데, 청나라 건륭 연간에 호수와 그 주변의 흙을 파내어 남호도를 만들어 용신사를 옮겨와 중건하면서 '광윤사(廣潤祠)'로 개명하고, 비를 비는 곳으로 삼았다. 이후 몇 차례의 중수를 거치고, 가경제(嘉慶帝)家때 기우제의 효험이 있자 손수 '廣潤靈雨祠'라는 편액을 써서 하사하였다. 함풍 10년(1860) 영국과 프랑스 연합군에 의해 소실되었다가 광서 14년(1888)에 중건하였다. 2008년에 지금의 모습으로 다시 중수하였으며, 속칭 '용왕묘'로 불린다.
- muduri wang ni muktehen : → 용왕묘(龍王廟).
- 만수사(萬壽寺) : 지금의 북경시 해정구 남장하(南長河) 북쪽에 위치하는 사찰로 명나라 만력 5년(1577)에 처음으로 건립하기 시작하여 다음 해에 완공하고, '칙건만수사(敕建萬壽寺)'라 하였다. 청나라로 들어오면서 순치 2년에 '칙건호국만수사(敕建護國萬壽寺)'로 개칭하였고, 그 뒤 몇 차례의 화재로 소실되었다가 중수와 확장을 거쳤다. 근대를 거치면서 화재로 소실되거나 훼손된 것을 1984년부터 2023년까지 4차에 걸쳐 전면적인 복원과 중수 작업을 거쳐 지금에 이르고 있다.
- 오탑사(五塔寺) : 지금의 북경시 해정구 서직문(西直門) 밖 백석교(白石橋) 동쪽으로 남장하(南長河)의 북쪽에 위치하는 사찰이다. 명나라 영락제(永樂帝)가 처음 세워 '진각사(眞覺寺)'로 사액하였으며, 성화 9년(1473) 사찰안에 네모난 기단 위에 세워진 다섯 개로 이루어진 금강보좌식(金剛寶座式) 탑 때문에 이후로 사람들이 '오탑사(五塔寺)'라고 불렀다. 청나라 건륭 16년(1751)에 중수하면서 옹제제의 이름을 피휘하여 '정각사(正覺寺)'로 개명하였고, 함풍 10년(1860) 영국과 프랑스 연합군에 의해 소실되고 탑만 남았다.
- 서정(西頂) 광인궁(廣仁宮) : 지금의 북경시 해정구 서정로(西頂路) 북쪽에 있던 도교 사원으로 '서정(西頂) 낭랑묘(娘娘廟)'라고도 한다. 명나라 정덕 연간에 처음 창건하여 '가상관(嘉祥觀)'이라 하였으며, 만력 18년(1590)에 중건하여 '호국홍자궁(護國洪慈宮)'을 사액하였고, 만력 36년(1608)에는 이곳에 '서정 낭랑묘'를 세웠다. 청나라 강희 47년(1708)에 다시 중수하고, 강희 51년(1712)에 '광인궁'으로 개칭하였다. 명나라 때부터 매년 4월 1일부터 15일까지 묘회(廟會)를 거행하였는

데, 청나라 조정에서도 이를 중시하였으나 20세기 이후로 없어졌다. 2007년부터 중수를 시작하여 건물 대부분을 복원하였을 뿐만 아니라 종교활동도 회복하였다.

· 낭랑묘(娘娘廟) : → 서정(西頂) 광인궁(廣仁宮)

· 옥황각(玉皇閣) : 지금의 북경시 서성구 부성문(阜城門) 동북쪽에 위치하는 도교 사원으로 옥황상제(玉皇上帝)를 모시고 제사하는 곳이다. 명나라 선덕 8년(1433)에 처음 조천궁(朝天宮)을 세웠는데, 천계 6년(1626)에 화재로 소실되고, 명나라 말에 중건하면서 '어칙호국천원관(御敕護國天元觀)'으로 사액하였다. 청나라에 중수하면서 '옥황각'으로 이름을 바꾸었으며, '옥황묘(玉皇廟)'로도 불린다.

4. 원각(園閣)

· 함덕원(涵德園) : 강희 연간에 강희제의 셋째 황자인 윤지(胤祉)에게 하사한 장원이다. 처음에는 희춘원(熙春園)이라 하였는데 원명원(圓明園)에 부속시켰었다. 원명원의 동쪽에 있기 때문에 '동원(東園)'이라고도 불렀다. 도광 2년에 황제가 이를 둘로 나누어 서쪽을 '춘택원(春澤園)'이라 하고 도광제의 넷째 동생 서친왕(瑞親王) 면흔(綿忻)에게 하사하며, 동쪽을 '함덕원(涵德園)'이라 하고 도광제의 셋째 동생 돈친왕(惇親王) 면개(綿愷)에게 하사하였다. 그 뒤 함덕원은 함풍 2년(1852)에 '청화원(清華園)'으로 개명하고, 춘택원은 '근춘원(近春園)'으로 개명하였다. 1860년에 영국과 프랑스 연합군이 근춘원을 불태웠는데, 다행히 청화원은 불타는 것을 면하였다. 1909년 외무부에서는 청화원을 미국으로 유학가는 학생들을 위한 '유미학무처(遊美學務處)'로 삼았으며, 1910년에는 '청화학당(清華學堂)'으로 개명하였고, 이후 발전을 계속하여 지금의 '청화대학(清華大學)'이 되었다.

· 원명원(圓明園) : 강희 48년(1709) 옹친왕(雍親王) 윤진(胤禛)에게 하사한 정원이 그 기원이 되는데, 이후 옹정 3년(1725) 여러 건물이 증축되고 확장되었다. 건륭제 시기에는 원명원의 동쪽으로 장춘원(長春園), 동남쪽으로 기춘원(綺春園)[후에 만춘원(萬春園)이라고 개칭]이 건설되었다. 1860년에 영국과 프랑스 연합군이 원명원을 비롯하여 여러 장원들을 불태웠고, 1900에는 8국 연합군에 의해 다시 철저하게 훼손되었다.

· 기춘원(綺春園) : 원명원(圓明園)의 동남쪽에 위치하는 장원으로 강희제의 13자 이친왕(怡親王) 윤상(允祥)에게 하사한 화원으로 '교휘원(交輝園)'이라 하였다. 건륭 중기에는 대학사 부항(傅恒)에게 하사하면서 '춘화원(春和園)'으로 개명하였으며, 건륭 34(1769)에 원명원에 포함시키면서 '기춘원(綺春園)'으로 불렀다. 가경제에 이르러서는 '기춘원삼십경(綺春園三十景)'을 비롯한 주요한 건축들이 완성되었고, 도광 연간부터는 태후(太后)와 태비(太妃)들이 머무르는 화원이 되었다. 1860년에 영국과 프랑스 연합군에 의해 일부 훼손된 것을 동치 연간에 일부 중수하였으나, 광서 26년(1900)에 8국 연합군에 의해 다시 철저하게 훼손되고 정각사(正覺寺) 10여 칸만이 남았다. 동치 연간에 중수를 시도할 때 '만춘원(萬春園)'으로 개칭하였고, 1986년에 전면적으로 보수하기

시작하여 여러 건축들을 차례로 복원하고 있다.
- 문창각(文昌閣) : 문운공명(文運功名)을 주관하는 신에 제사하기 위해 건륭 15년(1750)에 지어진 이화원(頤和園) 내 곤명호(昆明湖) 동제(東提)의 북쪽에 위치한 성관(城館) 형태의 건축물이다. 도교에서 공명과 복록을 주관하는 문창성(文昌星)에서 명칭을 따왔는데, 문운창성(文運昌盛)이라는 뜻을 지닌다. 이화원 내 여섯 개의 성관 가운데 가장 크며, 만수산(萬壽山)의 경치와 곤명호의 전경을 한눈에 볼 수 있다. 1860년에 영국과 프랑스 연합군에 의해 불타 없어졌고, 현재의 성루는 광서 연간에 재건한 것이다.
- 곽여정(廓如亭) : 이화원(頤和園) 내 동제(東提)에서 남호도(南湖島)의 용왕묘(龍王廟)로 들어가는 십칠공교(十七孔橋)의 동쪽 끝에 위치한 2층으로 된 팔각형 정자로 팔방정(八方亭)으로도 부른다. 건륭 17년(1752)에 처음 세울 때는 4면만 볼 수 있었으나, 광서 29년(1903)에 처마를 덧대어 팔각정 형태로 중수하였다. 안팎으로 24개의 원기둥과 16개의 사각기둥으로 되어 있으며, 중국의 정자 가운데 가장 크다.
- 열무루(閱武樓) : 향산(香山)의 동남쪽에 위치하며, 단성연무청(團城演武廳) 혹은 서산단성(西山團城)의 정문이다. 청나라 때 건예영(健鋭營)이 훈련하던 곳으로 건륭 13년(1748)에 지어졌으며, 문 앞에 흰 옥석으로 된 다리가 있는데 열무루석교(閱武樓石橋)라고 한다.

5. 산과 하천

- 곤명호(昆明湖) : 북경 이화원(頤和園) 내에 위치하며, 이화원 면적의 약 3/4을 차지하고 있을 만큼 넓은 인공 호수이다. 곤명호는 원래 옥천산(玉泉山)의 샘물이 흘러내려 옹산(甕山), 즉 만수산(萬壽山) 앞에서 이루어진 호수로 칠리락(七里濼) 대박호(大泊湖) 등으로 불렀다. 금나라 때에 수도인 중도(中都) 서쪽에 위치하기 때문에 서호(西湖)라고 불르던 것을, 건륭 16년(1751)에 곤명호로 개칭하였다.
- 장하(長河) : golmin bira. 북경성 서북쪽을 흐르는 약 5.5km의 하천으로, 곤명호에서 곤옥하(昆玉河)가 흘러 내려오다가 북경성 해자로 갈라져서 흘러 들어간다. 요나라 때에는 '고량하(高梁河)', 금나라 때에는 '조하(皂河)', 원나라 때에는 '금수하(金水河)', 명나라 때에는 '옥하(玉河)', 청나라 때에 '장하(長河)'라고 불렀다.
- golmin bira : → 장하(長河).
- ambalinggū alin : → 경산(景山)
- 경산(景山) : ambalinggū alin. 자금성 북쪽에 위치한 인공산으로 지금의 경산공원(景山公園)을 가리킨다. 원나라 때부터 황실의 어원(御苑)이었는데, 명나라 영락 18년(1420)에 지금의 형태로 만들어졌으며, 진산(鎮山), 만세산(萬歲山), 매산(煤山) 등으로 불리다가 청나라 순치 12년(1655)에 '경산(景山)'으로 개칭하였다. 원림(園林)의 기능 외에도 활쏘기, 조상의 제사, 학습, 희곡 공연, 종교 행사 등 다양한 역할을 하였다.

· 홍석산(紅石山) : 이화원(頤和園) 북궁문(北宮門) 밖의 청룡교(青龍橋) 부근에 있던 산으로 추정된다. 원문에서는 '紅石山 alin'으로 표기되어 있다.

· 만수산(萬壽山) : 북경 이화원(頤和園) 내에 위치하는 산이다. 만수산은 원래 이름이 옹산(甕山)이었고, 1153년 금나라 해릉양왕(海陵煬王)이 이곳 산기슭에 행궁을 지은 바 있었다. 원나라 때 쿠빌라이 칸은 궁중의 용수를 확보할 목적으로 중통 3년(1262)과 지원 27년(1290) 두 차례에 걸쳐 옥천산(玉泉山) 샘물을 옹산 기슭에서 막아 물을 끌어들이고, 서호(西湖)를 준설하여 수역을 크게 늘리도록 하였는데, 이때 파낸 흙을 옹산에 쌓아 원래보다 크게 높아졌다. 건륭 15년(1751)에 건륭제가 황태후 회갑을 경축하기 위하여 보은연수사(報恩延壽寺)를 짓고, 이듬해 만수산(萬壽山)으로 개칭하였다.

· 향산(香山) : 북경시 해정구 서쪽에 위치한 해발 557미터의 산이다. 청나라 강희제 때 제정된 「삼산오원(三山五園)」 가운데 하나로 지정하고, 서북에 위치한 황실 원림(園林)의 중요한 경관으로 간주하였다. 현재 대부분의 지역이 향산공원(香山公園)으로 편입되어 있다.

· 묘봉산(妙峯山) : 북경시 문두구구(門頭溝區) 묘봉산진(妙峰山鎭)에 위치한 해발 1291미터의 산이다. 당나라 때부터 불교 사찰을 비롯하여 도교 사원과 민간신앙을 신봉하는 장소로 잘 알려져 있다. 강희제 때 낭랑묘(娘娘廟)를 봉한 이후 '영감궁(靈感宮)'을 세우고 묘봉산낭랑묘회(妙峰山娘娘廟會)를 열어 북경과 그 인근에서 성행하였다.

6. 가항(街巷)

· 온성교(溫盛橋) : 지금의 북경시 서성구에 위치한 찰원(察院) 후퉁과 수파(手帕) 후퉁을 연결해 주던 돌다리이다. 광서 11년(1885)에 쓰여진『京師坊巷志稿』에 의하면, 원래 문성교(文盛橋)였는데 '文'의 음이 '溫'으로 와전되어 온성교(溫盛橋)로 부른다고 하였다.

· 건석교(乾石橋) : 지금의 북경시 서성구 서사가(西斜街) 동쪽 입구에 있던 돌다리이다. 원나라 지원 29년(1292)에 건석교(建石橋)가 있었다고 하는데, 사용된 돌의 색이 회백색이었기 때문에 당시에 백석교(白石橋)라 불렀다. 명나라 때 1차례 중건하였고, 청나라 때 중건하면서 건석교(乾石橋)로 칭하였으며, '乾'의 음이 '감(甘)'과 비슷하여 후대로 오면서 감석교(甘石橋)로도 불렀다. 현재는 '백석교(白石橋)'로 불린다.

· 마시교(馬市橋) : 지금의 북경시 서성구 부내대가(阜內大街)의 대명호(大明濠)에 있었던 아치형 돌다리로 근처에 마시장이 있었기 때문에 마시교(馬市橋)라고 하였다. 1929년에 해자를 메워 길을 만들면서 다리도 없앴다.

· 청룡교(青龍橋) : 이화원(頤和園) 북궁문(北宮門) 밖 서쪽으로 300미터 정도 가면 이화원(頤和園)으로 흘러 들어가는 경밀인수거(京密引水渠)에 있는데, 여기에 있는 아치형 돌다리이다.

· 수의교(繡漪橋) : 이화원(頤和園) 가장 남쪽에 있는 돌다리로 곤명호(昆明湖)에서 장하(長河)로 흘러 들어가는 입구 부분에서 동제(東堤)와 서제(西堤)를 연결시켜 준다. 건륭 15년(1750)에 처음

세웠으며, 북경 사람들은 '라과교(羅鍋橋)'라고 부른다. 다리 밑으로 배가 지나갈 수 있도록 아치형 수문이 높게 되어 있는데, 황제와 황후가 이화원에 갈 때, 서직문(西直門) 밖의 의홍당(倚虹堂)이나 낙선원(樂善園)에서 배를 타고 들어갔기 때문이다.

· 십칠공교(十七孔橋) : 이화원(頤和園)의 곤명호 동쪽에 있는 곽여정(廓如亭)과 남호도(南湖島) 사이를 이어주는 17개의 아치로 아루어진 긴 돌다리이다. 건륭 연간에 처음 세웠으며, 광서 연간에 중건하였다. 다리의 난간에는 건륭제가 쓴 편액이 있는데, 남쪽에는 '修蝀凌波'라는 네 글자가, 북쪽에는 '靈鼉偃月'이라는 네 글자가 있다.

· 서제육교(西堤六橋) : 이화원(頤和園)의 곤명호 서제(西堤)에 있는 6개의 다리로 계호교(界湖橋), 빈풍교(豳風橋), 옥대교(玉帶橋), 경교(鏡橋), 연교(練橋), 류교(柳橋)를 가리킨다. 건륭 연간에 처음 세워졌으며, 항주(杭州) 서호(西湖)의 소제육교(蘇堤六橋)를 본떠서 만들었고, 광서 연간에 중건하였다. 이 가운데 빈풍교는 원래 상저교(桑苧橋)였는데, 함풍제의 이름을 피휘하기 위하여 이름을 바꾸었다.

· 고량교(高粱橋) : 지금의 북경시 서성구와 해정구의 교차 지역 장하(長河) 위에 놓인 아치형 돌다리로 장하가 요나라 때에 '고량하(高粱河)'로 불린 것으로 인해 이렇게 불렸다. 원나라 지원 29년(1292)에 처음 세웠고, 건륭 16년(1751)에 중건하였는데, 이때에 황제와 황후가 이화원에 갈 때 배로 갈아타던 의홍당(倚虹堂)을 다리 서쪽에 세웠다. 20세기 초에 헐렸다가 1980년대 초에 중건하였다.

· 사도구(四道口) : 지금의 북경시 해정구 동남쪽에 위치하며, 두 길이 서로 엇갈려 건널목 모양이 네모로 생겼기 때문에 이렇게 불렸다. 원나라 때부터 존재하였으며, 1905년 경장철로(京張鐵路)를 건설할 때에 철길로 편입되고 건널목이 생겼다.

· 서랑하(西廊下) : 지금의 북경시 서성구 부성문내대가(阜成門內大街)의 북쪽에 묘응사(妙應寺)가 있고, 그 서북쪽에 위치하는 서랑하(西廊下) 후퉁을 가리키는 것으로 보인다.

· 사안정(四眼井) : 지금의 북경시 서성구 부성문내대가(阜成門內大街)의 남쪽에 있던 사안정(四眼井) 후퉁을 가리키는 것으로 보인다. 입구가 4개인 우물이 있었기 때문에 이렇게 이름하였다고 한다.

· 이도책란(二道柵欄) : 지금의 북경시 서성구 부성문내대가(阜成門內大街)의 남쪽, 전탑(磚塔) 후퉁 다음에 있는 대원(大院) 후퉁을 가리키며, 바로 옆에 삼도책란(三道柵欄) 후퉁과 이어져 있다. → 삼도책란(三道柵欄).

· 삼도책란(三道柵欄) : 지금의 북경시 서성구 부성문내대가(阜成門內大街)의 남쪽, 전탑(磚塔) 후퉁 아래에 있는 삼도책란(三道柵欄) 후퉁을 가리킨다. 도둑이 집으로 들어오는 것을 막기 위해 후퉁 안에 울타리를 설치하였기 때문에, 사람들이 '삼도책란(三道柵欄)'이라고 부르다가 1965년에 '삼도책란 후퉁'으로 이름하였다. → 이도책란(二道柵欄).

· 동성(東城) : 지금의 북경 동성구(東城區) 지역을 가리키며, 원문에서는 'dergi hecen' 또는 'dergi ergi hecen'으로도 표기하였다.

· 해전(海甸) : 지금의 북경시 해정구의 옛 명칭으로, 이 지역이 고대로부터 얕은 호수였기 때문에

'海淀'이라고 칭하였다. 문헌에 따라서는 '해전(海甸)' 또는 '해점(海店)'이라고도 하였다.

- 대유장(大有莊) : 이화원 북쪽에 위치한 마을로 명나라 말기에 겨우 8가구가 살고 있었으나, 청나라 건륭 연간에 '복록영화(福祿榮華)를 모두 다 가지라'라는 의미로 '대유장(모두 다 가지는 마을)'이라는 이름을 하사하였다.
- 금십방가(錦什坊街) : 지금의 북경시 서성구 중부에 위치하며 남쪽으로는 태평교대가(太平橋大街)에서 시작하여 북쪽으로는 부성문내대가(阜成門內大街)로 이어진다. 원나라 때에 금성방(金城坊)이라 하였고, 명나라 때에는 금성방가(金城坊街)라고 하였다. 청나라 때에 양홍기 구역에 해당하며 청나라 때에는 금석방가(錦石坊街)로 표기하였으나, '什'과 '石'의 발음이 같아서 지금의 표기로 바뀐 것으로 추정된다.
- 유리창(琉璃廠) : 지금의 북경시 서성구 남쪽 선무문(宣武門) 밖 외성에 위치하며, 원나라 때에는 유리 기와[琉璃瓦]를 굽는 가마가 있었다. 명나라 때에 공부(工部) 소속의 오대창(五大廠)이 있었는데, 그 가운데 하나가 '유리창'이었으며, 이로 인해 지금의 지명이 유래하였다. 청나라 때에는 내성의 거주민을 외성으로 옮길 때 선무문 일대에 사람들이 모여 살게 되었는데, 주로 유리창 부근에 문인들이 모여 거주하게 되고, 고적과 서화 등을 거래하는 시장이 형성되면서 발전하였다. 특히 『사고전서』를 편찬할 때는 전국의 진귀한 서적들이 거래되었고, 편찬에 참여한 학자들이 이 근처에 많이 모여 살았다.
- 장안가(長安街) : 지금의 북경시 천안문(天安門) 앞을 동서로 지나는 넓은 거리로 천안문 앞에 넓은 광장이 있고, 이를 중심으로 동장안가(東長安街)와 서장안가(西長安街)로 나뉜다. 명나라 영락 연간에 황성을 건설할 때 한나라와 당나라의 수도였던 장안(長安)의 이름을 본떠서 이렇게 이름하였다.
- 경덕가(景德街) : 지금의 북경시 서성구 부성문내대가(阜成門內大街)의 가운데 부분의 거리를 가리키는데, 명나라 때부터 이렇게 불렀다. 이곳에는 중국의 역대제왕묘(曆代帝王廟)가 있고 그 본당이 경덕숭성전(景德崇聖殿)인데, 이 '景德'을 취하여 이렇게 이름하였다.
- 서릉(西陵) : 하북성(河北省) 보정시(保定市)에 있는 능묘(陵墓)로 옹정제, 가경제, 도광제, 광서제의 황릉과 옹정제의 비인 효경헌황후(孝敬憲皇后)와 효성헌황후(孝聖憲皇后)를 비롯한 9기의 황후릉, 그리고 다수의 친왕과 공주들의 묘가 있다. 원문에는 만주어로 'wargi ergi munggan'으로 표기하고 있다.

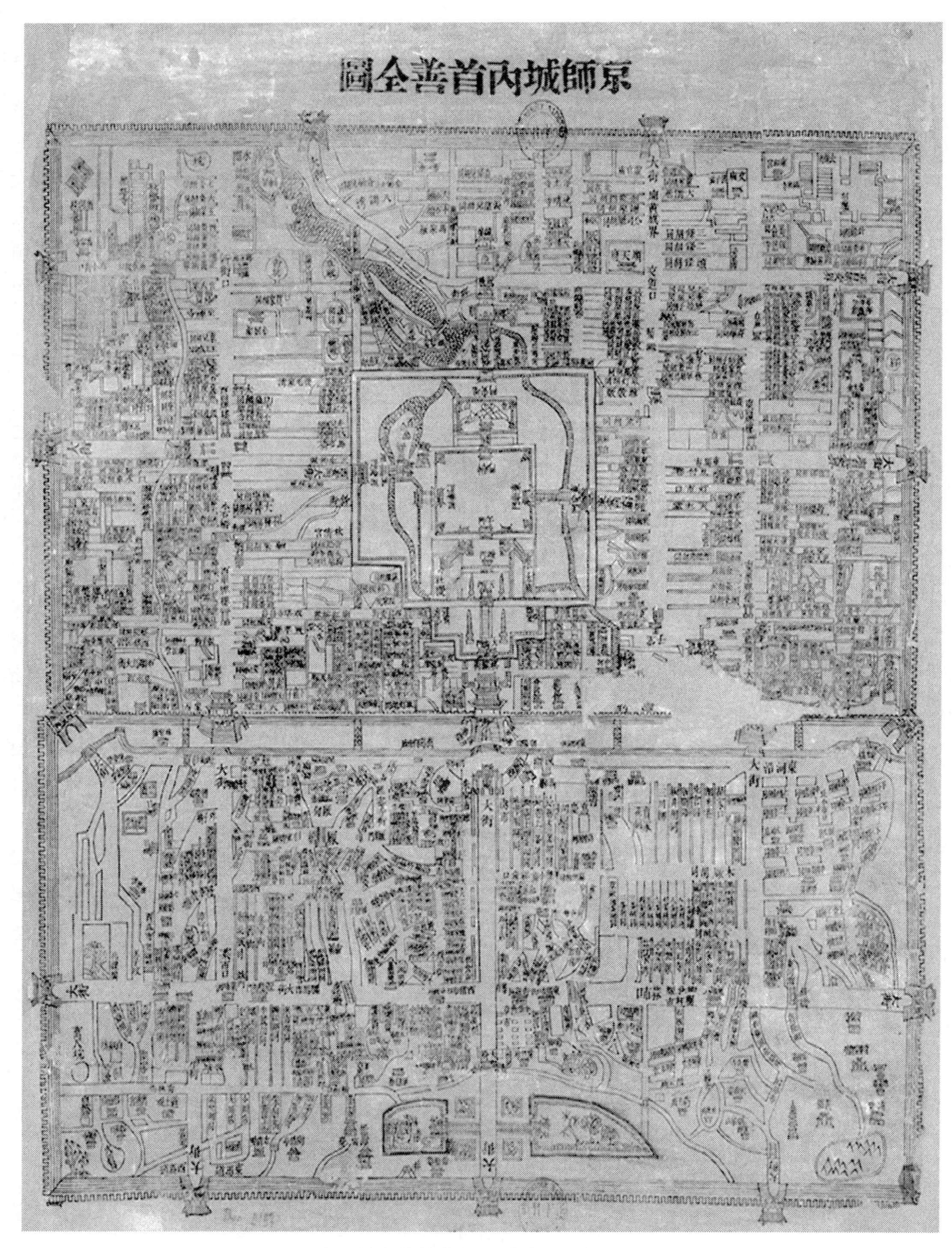

京師城內首善全圖(清代 1800년 후반)

3. 기타

· 북경의 희원(戱院) : 청나라 때 북경에는 경극(京劇)을 비롯한 다양한 종류의 기예와 연극을 공연하던 희원(戲園) 혹은 희루(戱樓)로 불리던 극장이 있었다. 청나라 초기에 술을 팔던 주관(酒館)과 차를 팔던 차원(茶園)에 정식으로 무대를 만들어 '극장식 식당' 형태로 상업적 영업을 하였으며, 희곡은 비교적 조용한 차원에서 공연하였다고 한다. 그리고 점차 시간이 지나면서 각각 희관(戱館)과 희원(戲園)으로 불리면서 전문화되었는데, 건륭제로부터 도광제에 이르기까지 북경에는 이러한 희원이 수십 군데가 있었다고 한다.

이 가운데 18세기에는 삼경원(三慶園), 광덕루(廣德樓), 광화루(廣和樓), 경락원(慶樂園)의 4대 희원이 유명하였으며, 19세기 초에는 삼경원(三慶園), 광덕루(廣德樓), 광화루(廣和樓), 경락원(慶樂園), 동락원(同樂園), 경화원(慶和園), 중화원(中和園)의 7대 희원이 유명하였다. 그러다가 1900년 의화단(義和團) 사건 때에 대부분의 희원들이 화재로 소실되었으며, 이후 중건하면서 '희원(戱院)'으로 발전하게 되고, 1905년 무렵부터는 전통 기예와 경극 외에도 서양에서 들어온 영화를 함께 상영하였다.

또 별도의 전문 극단[hūfan]이 있어 희원에서 극을 무대에 올렸는데, 원문 가운데에서는 경화춘(景和春), 쌍화(雙和), 신흥금옥(新興金鈺), 춘대(春臺), 화춘(和春)와 같은 극단이 나온다. 원문에서 보이는 희원을 살펴보면 다음과 같다.

- 만흥원(萬興園) : 정확한 위치는 알 수 없다. 본문에는 경화춘(景和春)이라는 극단이 곡예(曲藝)나 잡기(雜技) 등 민간에서 유행되는 기예를 공연한 것이 보인다.
- 부성원(阜成園) : 부성문(阜成門) 밖에 있었던 희원으로 보인다.
- 경락원(慶樂園) : 지금의 북경시 서성구 대책란가(大柵欄街)에 있으며, 강희 연간의 기록으로 보아 오래전부터 존속한 것으로 보인다. 1909년에 주소봉(朱少峰)과 양운보(楊韻譜)를 중심으로 자금을 모아 중건하면서 '경락희원(慶樂戱園)'으로 이름을 바꾸고, 다른 희원들과 차등을 기하기 위하여 무대를 원형으로 만들고 개인별로 의자를 배치하였는데, 당시 사람들의 요구가 '청극(聽劇)' 중심에서 '간극(看劇)' 중심으로 변화하면서 대환영을 받았다. 또한 시대의 발전에 따라 야간 공연, 남녀 동석 등 기존의 관습을 바꾸었으며, 당시 경극의 명가인 양소루(楊小樓),

왕봉경(王鳳卿), 여옥금(余玉琴), 양보충(楊寶忠), 류연방(劉硯芳)이 출연하면서 이름을 날렸다. 1990년대에 이르러 오락실과 쇼핑센터로 개조되었다.

- 중화원(中和園) : 지금의 북경시 서성구 양식점가(糧食店街)에 있으며, 건륭 55년(1790) 무렵에 안휘성과 강소성의 희곡 단체들이 상경하여 시작하였다는 설과 도광 연간에 설립하였다는 설이 있다. 동치·광서 연간에 경극의 명인이었던 담흠배(譚鑫培), 왕요경(王瑤卿), 왕장림(王長林)이 함께『타어살가(打漁殺家)』를 공연하여 이름을 떨쳤으며, 1928년에는 경극의 대가 매란방(梅蘭芳)이『봉환소(鳳還巢)』를 처음 공연하기도 하였다. 1980년 이후로 들어오면서 중수와 개축을 거쳐 현대식 극장으로 탈바꿈하였다.
- 천락원(天樂園) : 지금의 북경시 동성구 선어구가(鮮魚口街) 동편에 있으며, 건륭 60년(1795)의 문헌에 '천락관(天樂館)'으로 나오고 있어 최소한 건륭 연간에는 존재하고 있었을 것으로 추정된다. 광서 연간에는 천락차원(天樂茶園)이라 하였으며, 1900년 의화단(義和團) 사건 때에 다행으로 화재를 면하게 되고, 1901년 전제운(田際雲)이 사들여 자신이 조직한 옥성반(玉成班)이라는 극단을 중심으로 운영하면서 일약 유명해지게 되었다. 이후 중일전쟁으로 소실된 것을 1950년에 재건하여 사용해 오다가 2012년에 완전히 현대적 양식의 극장으로 변모하게 되었다.
- 광덕루(廣德樓) : 지금의 북경시 서성구 대책란가(大柵欄街) 서편에 있으며, 북경에서 현존하는 가장 오래된 희원의 하나로 가경 원년(1796)에 창건하였다. 1800년대 중반 이후 경극계의 대가인 정장경(程長庚), 여자운(餘紫雲), 왕계분(汪桂芬), 여삼승(余三勝), 매교령(梅巧玲) 등이 출연하였으며, 뒤이어 희련성(喜連城), 쌍경사(雙慶社), 빈경사(斌慶社) 등의 극단이 장기간에 걸쳐 극을 무대에 올렸다. 이에 당시 광덕루에는 1,000여석의 관중석을 보유한 유명한 희원으로 이름을 날렸고, 연대본희(連臺本戲)『팔선득도(八仙得道)』,『개천벽지(開天闢地)』등을 공연하여 많은 인기를 얻으면서 북경 문화예술의 중심지가 되었다. 그러나 중국이 건립되는 과정에서 화재로 소실되자 북경시 정부가 주도하여 중수를 준비하였고, 1954년에 이전의 규모를 축소하여 400여 석의 '전문소극장(前門小劇場)'을 건립하여 오늘에 이르고 있다.

· 공원(貢院) : simnere kūwaran. 명청시대에 향시(鄕試)를 치르던 장소로 공사원(貢士院), 공위(貢闈), 공장(貢場), 위장(闈場)이라고도 하였다. 청나라 때는 전국의 성(省) 17곳에 공원이 있었으며, 이 가운데 북경공원(北京貢院)은 예부의 회시(會試)와 순천부(順天府)의 향시를 치르던 장소였다.

· 사시화조개춘(四時花鳥皆春) : 원문의 내용으로 볼 때, 함덕원(涵德園) 내에 있던 특정한 장소로 보이나 정확하지는 않다.

· 모변지(毛邊紙) : 닥나무 껍질과 어린 대나무의 섬유에 수산화나트륨을 섞어서 만든 종이로 죽지(竹紙)라고도 한다. 색깔이 누렇고 찢어지기 쉬우나 먹물이 잘 흡수되어 묵객(墨客)들의 필사용으로 많이 애용되었다. 그런데 〈어제증정청문감〉에서는 "흰쌀의 껍질을 찧어 물에 담그고 떠서 만든 종이를 '모변지(毛邊紙)'라 한다. 종이의 가장자리가 모두 털과 같으므로 명명한 것이다. 상주문(上奏文)을 쓰거나 빨간색으로 물들여서 대련을 쓰는 데에 사용한다."고 하여 다른 종류의 종이로도 볼 수 있다.

· 공련지(公連紙) : 연지(連紙)는 보통 모죽(毛竹)이나 눈죽(嫩竹)을 찧어 물에 담그고 종이 4장 또는 2장을 연속하여 겹치게 떠서 만든 종이이다.

· ijasha : 〈어제청문감〉의 'ijasha mahala' 항목에서 "국화처럼 생긴 증자(鐙子)를 넣어서 만들어 높은 사람이 쓰는 모자"로 풀이하고 '산반격탑모(算盤挌搭帽)'로 한역하였다. 이 '산반격탑(算盤挌搭)'을 사람들이 '산반결(算盤結)'이라고 속칭하였는데, '산반결'은 모자의 꼭대기에 꿰매는 국화같이 생긴 장식을 가리킨다. 따라서 'ijasha'는 '국화 증자를 넣은 반장(盤長)'으로 볼 수 있다.

· 화액(靴掖) : 비단이나 가죽으로 만들어 장화 모양 신발 목에 넣는 주머니로 지폐나 문서 등의 물건을 넣는 데에 사용한다.

· 하미수(蝦米須) : juru gisun. 기둥이나 집 입구의 문 양쪽에 써서 거는 '대련(對聯)'을 말하는데, 그 모양이나 양식에 따라 'amba juru gisun(큰 대련)', 'ajige juru gisun(작은 대련)', '條幅 juru gisun(반절보다 폭이 좁고 세로로 긴 형태인 족자처럼 쓴 대련)' 등이 있다. 이 가운데 '蝦米須 juru gisun'은 댓구가 되는 구절을 1폭당 'ㅏ' 모양과 같이 위의 2줄에 각 4자씩, 아래에 7자를 배치한 것으로 그 모양이 새우 수염과 같다 하여 붙여진 이름으로 '하수대(蝦須對)'라고도 한다.

· 금석운부(金石韻府) : 명나라 숭정 13년(1640)에 주운(朱雲)이 5권으로 편찬한 자서(字書)이다. 다양한 서체의 변화를 겪은 한자의 자형을 여러 문헌에서 모아 놓은 것으로 한자의 자형을 널리 비교하여 살피고 정확하게 문장을 이해할 수 있도록 도와주기 위해 만들었다.

· 서양경(西洋景) : '서양경(西洋鏡)[peep show]'으로 쓰이는데, 요지경(瑤池鏡)을 가리킨다. 확대경을 장치하여 놓고 그 속의 여러 가지 재미있는 그림을 돌리면서 구경하는 장치로 주로 서양 그림이었기 때문에 '서양경'으로 부른 것으로 보인다.

역주자 약력

김유범 Kim YuPum 고려대학교 국어교육학과 교수
김양진 Kim RyangJin 경희대학교 국어국문학과 교수
신상현 Shin SangHyun 고려대학교 민족문화연구원 연구교수
여채려 Yu CaiLi 경희대학교 국어국문학과 박사

고려대학교 민족문화연구원 만주학 총서 ⑬

역주 한창녹몽 제1책

초판인쇄 2023년 12월 20일
초판발행 2023년 12월 30일

역 주 자 김유범, 김양진, 신상현, 여채려
발 행 처 박문사
발 행 인 윤석현
등 록 제2009-11호

우편주소 서울시 도봉구 우이천로 353
대표전화 (02)992－3253
전 송 (02)991－1285
전자우편 bakmunsa@hanmail.net
홈페이지 http://jnc.jncbms.co.kr
책임편집 최인노

ISBN 979-11-92365-51-0 93890 정가 90,000원

* 이 논문 또는 저서는 2014년 정부(교육부)의 재원으로 한국연구재단의 지원을 받아 수행된 연구임(NRF-2014S1A5B4036566)